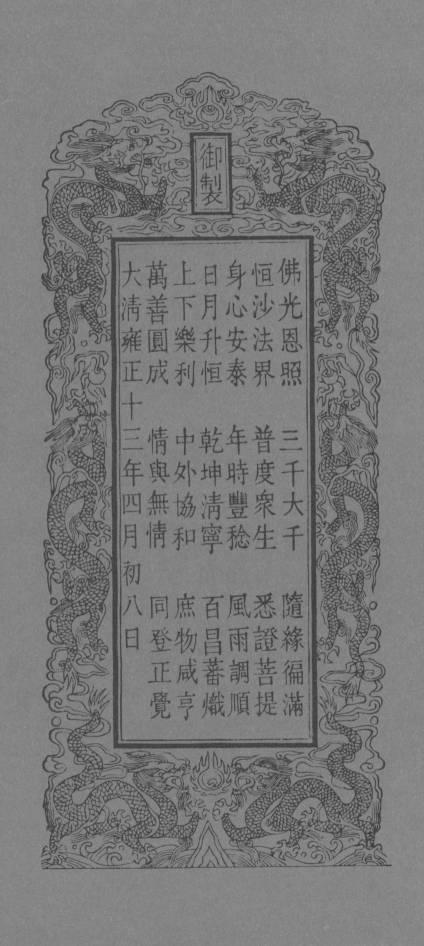

御製

佛光恩照　三千大千　隨緣徧滿
恒沙法界　普度衆生　悉證菩提
身心安泰　年時豐稔　風雨調順
日月升恒　乾坤清寧　百昌蕃熾
上下樂利　中外協和　庶物咸亨
萬善圓成　情與無情　同登正覺

大清雍正十三年四月初八日

第五四册　小乘經　阿含部（六）

起世因本經

隋三藏法師達摩笈多等譯

清刻龍藏佛說法變相圖

起世因本經卷第六

隋三藏法師達摩笈多等譯

阿脩羅品第六之二

諸比丘彼阿脩羅七頭會處有二岐道爲通彼王往來遊戲故鞞摩質多羅阿脩羅王宮殿之處有二岐道亦復如是諸小阿脩羅王宮殿之處亦二岐道諸小阿脩羅住止之處亦二岐道娑羅園林亦二岐道奢摩梨園林亦二岐道俱毗陀羅園林亦二岐道難陀那園林亦二岐道難陀池側亦二岐道蘇質怛邏波吒羅大樹之下亦二岐道悉皆如前與七頭會處相通來往諸比丘若鞞摩質多羅阿脩羅王意欲向彼娑羅園林奢摩梨俱毗陀羅難陀那等園林澡浴嬉戲遊行受樂者爾時彼王即便心念諸小阿脩羅王及念諸

小阿脩羅衆是時諸小阿脩羅王并及諸小阿脩羅等亦生是念鞞摩質多羅阿脩羅王心念我等如是知已即以種種衆寶瓔珞莊嚴其身各嚴飾已乘種種乘俱共來詣鞞摩質多羅阿脩羅王宮門之外到已下乘至鞞摩質多羅阿脩羅王殿前而住爾時鞞摩質多羅阿脩羅王見此諸小阿脩羅王及諸小阿脩羅衆來在殿前亦即自以種種瓔珞莊嚴其身既莊嚴已便起就乘是時諸小阿脩羅王及諸小阿脩羅衆等左右侍衛周帀圍遶前後導從相將往詣娑羅園林及奢摩棃園林俱毗陀羅園林難陀那園林到其處已先在難陀園林前駐駕而息諸比丘難陀園內有三風輪自然吹動莊嚴彼園何名爲三謂開淨吹何者名開有風輪來開彼諸門名之爲開何者爲淨有風輪來掃彼園林令地清淨名之爲淨何者爲吹有風輪來吹動彼園林樹衆華飄零四散名之爲吹諸比丘難陀園中風散種種上妙衆華積至于膝有種種香其香氛馥徧滿園林當於是時鞞摩質多羅阿脩羅王即與諸小阿脩羅王及小阿脩羅衆圍遶共入難陀園林隨意洗浴觀看遊戲諸阿脩羅等於此園林或經一月或二三月澡浴嬉戲各隨所欲住止遊行恣情受樂諸比丘有五阿脩羅恒常住在鞞摩質多羅阿脩羅王側爲欲防過諸惡事故何者爲五一名隨喜二名常有三名常醉四名牟眞隣陀五名鞞訶多羅諸比丘鞞摩質多羅阿脩羅王有如是等五阿脩羅恒常在側守衛防護諸比丘彼鞞摩質多羅阿脩羅王宮殿

之上有大海水深萬由旬住在其上然彼水聚有四種風輪自然持之何等爲四一名爲住二名安住三名不墮四名牢固由此風持常住不動諸比丘須彌山王南面過千由旬大海之下有踊躍阿脩羅王宮殿住處其處縱廣八萬由旬七重城壁略說猶如鞞摩質多羅阿脩羅王住處一切所有此中一一亦如彼說汝應當知乃至此王宮殿之上有大水聚亦四風輪之所住持所謂住及安住不墮牢固等諸比丘須彌山王西面亦千由旬大海水下有奢婆羅阿脩羅王宮殿住處其處縱廣八萬由旬七重城壁略說亦如鞞摩質多羅阿脩羅王住處一切所有此中一一亦如彼說汝應當知乃至此王宮殿之上所有水聚亦爲四種風輪之所住持住及安住不墮牢固等諸比丘須彌山王北面過千由旬大海水下有羅睺羅阿脩羅王宮殿住處其處縱廣八萬由旬七重城壁諸門臺閣樓櫓却敵園苑華池乃至種種樹種種葉種種華種種果種種香熏有種種鳥各各和鳴皆如上說諸比丘於彼城內有羅睺羅阿脩羅王所住之城其城名曰摩婆帝縱廣莊嚴亦如前說七重城壁七重欄楯外有七重多羅行樹七重鈴網周帀圍遶雜色可觀皆是硨磲碼碯等七寶所成此之城壁高下縱廣亦如前說城壁四面亦有諸門一一諸門高下縱廣並亦如前彼一一門皆有樓櫓却敵臺閣園苑諸池及華沼等亦有諸樹其樹各有種種葉種種華種種果種種香熏亦有種種諸雜類鳥各各和鳴諸比丘摩婆帝城王所

住處有羅睺羅阿脩羅王聚會之所亦名七頭其處縱廣如上所說欄楯七重及諸鈴網多羅行樹周帀圍遶雜色可觀乃至亦是硨磲碼碯等七寶之所莊嚴於四方面各有諸門彼一一門亦有樓櫓雜色可觀乃至硨磲碼碯等七寶所成以天硨磲徧布其地柔軟細滑觸之猶如迦旃隣提衣當處中央有一寶柱高下縱廣如上所說於其柱下為羅睺羅阿脩羅王置一高座其座高下縱廣莊校一一如前雜色可觀七寶所成所謂硨磲碼碯等柔軟細滑觸之猶如迦旃隣提衣其座左邊為十六小阿脩羅王亦各別置諸妙高座七寶所成雜色可觀右邊亦為十六小阿脩羅王置諸高座如上所說柔軟細滑觸之如迦旃隣提衣諸比丘彼阿脩羅王七頭會處東面為羅睺羅阿脩羅王別置宮殿其處縱廣一一如前七重垣牆七重欄楯七重鈴網乃至七重多羅行樹周帀圍遶雜色可觀乃至硨磲碼碯等七寶所成於四方面各有諸門彼一一門悉有樓櫓臺觀却敵重閣園苑諸池衆華泉沼有種種樹其樹各有種種葉種種華種種果種種香熏復有種種異類衆鳥各各和鳴其音哀雅甚可愛樂諸比丘阿脩羅王七頭會處西南北面有諸小阿脩羅王宮殿住處其諸宮殿或有縱廣九百由旬或有八百或有七百乃至六百五百四百三百二百由旬其最小者尚百由旬各各皆有七重垣牆七重欄楯略說乃至種種衆鳥各各和鳴諸比丘彼阿脩羅王七頭會處四面復有小阿脩羅衆宮殿住處其處縱廣或

九十由旬或八十七十六十五十四十三十二十由旬極最小者猶尚縱廣十二由旬七重垣牆略說乃至種種衆鳥各各和鳴諸比丘彼阿脩羅王七頭會處東面復有羅睺羅阿脩羅王園苑名娑羅林其林縱廣一一如前七重垣牆七重欄楯乃至碼碯等七寶所成於四方面各有諸門彼一一門皆有樓櫓雜色可觀乃至亦爲硨磲碼碯等七寶所成甚可愛樂諸比丘彼阿脩羅王七頭會處南面亦有羅睺羅阿脩羅王園苑名奢摩梨林縱廣莊嚴皆如上說七重垣牆乃至七重多羅行樹雜色可觀亦爲七寶之所成就所謂硨磲碼碯等於四方面各有諸門彼一一門皆有樓櫓亦碼碯等七寶所成諸比丘彼阿脩羅王七頭會處西面亦有羅睺羅阿脩羅王園苑名俱毗陀羅林縱廣一一皆如上說七重垣牆乃至碼碯等七寶所成於四方面各有諸門彼一一門皆有樓櫓雜色可觀乃至亦是硨磲碼碯等寶之所成就甚可愛樂諸比丘彼阿脩羅王七頭會處北面有羅睺羅阿脩羅王園苑名難陀那林其林縱廣如上所說七重垣牆乃至碼碯等七寶所成於四方面各有諸門彼一一門亦有樓櫓種種校飾雜色可觀乃至硨磲碼碯等寶之所莊嚴甚可愛樂諸比丘奢摩梨及娑羅林二苑之間爲羅睺羅阿脩羅王出一池水名曰難陀其池縱廣如上所說其水涼冷柔軟輕甘清淨不濁以七寶塼七重砌壘七重寶板間錯莊嚴七重欄楯七重鈴網亦有七重多羅行樹周帀圍遶雜色可觀乃至碼碯等七寶

所成於池四方各有階道甚可愛樂亦爲七寶之所莊嚴池生諸華所謂優鉢羅華鉢頭摩華拘牟頭華奔荼利華其華火形火色火光略說如上乃至水形水色水光明照四方香氣氛氳普熏一切又有藕根汁白味甘食之香美猶如上蜜諸比丘俱毗陀羅及難陀那二苑之間爲羅睺羅阿脩羅王出一大樹其樹亦名蘇質怛邏波吒羅樹形縱廣種種莊嚴皆如上說乃至七重牆院七重欄楯皆是硨磲碼碯等七寶所成甚可愛樂略說乃至種種衆鳥各各和鳴其音哀雅聽者歡喜諸比丘彼阿脩羅毛七頭會處一切莊嚴如上所說亦有歧道去來徑路爲通羅睺羅阿脩羅王遊宮殿故又爲諸小阿脩羅王及諸小阿脩羅衆亦有歧道通其往來向奢摩梨及俱毗陀羅亦有歧道向難陀那及難陀池蘇質怛邏波吒羅樹等皆有歧道通其往來遊戲受樂諸比丘羅睺羅阿脩羅王若欲往詣娑羅林苑及難陀那林等澡浴遊戲徧觀看時爾時即念鞞摩質多羅阿脩羅王時鞞摩質多羅阿脩羅王便作是念羅睺羅阿脩羅王心念於我欲俱遊戲爾時鞞摩質多羅阿脩羅王作是念已復自念其諸小阿脩羅王及其諸小阿脩羅衆時彼諸小阿脩羅王并其諸小阿脩羅衆咸生是心鞞摩質多羅阿脩羅王垂念我等我等當往便以種種衆寶瓔珞莊嚴其身既莊嚴已各乘騎乘共詣鞞摩質多羅阿脩羅王所到已在宮門外齊行而立爾時鞞摩質多羅阿脩羅王既見諸小阿脩羅王及小阿脩羅衆皆以集會即自

嚴身服諸瓔珞御種種乘與諸小王及阿脩羅衆左右侍衛前後圍遶往詣羅睺羅阿脩羅王所到已止住爾時羅睺羅阿脩羅王復更起心念踊躍奢婆羅二阿脩羅王時踊躍奢婆羅二阿脩羅王亦作是念羅睺羅阿脩羅王今念我等如是知已即各念其諸小阿脩羅王幷其諸小阿脩羅衆如是念時彼等各知咸亦嚴飾聚集來詣踊躍奢婆羅二大王所到已亦復嚴身瓔珞乘騎將從前後圍遶來向羅睺羅阿脩羅王住處各隨所安住在一面爾時羅睺羅阿脩羅王見鞞摩質多羅阿脩羅王等並已雲集即自念其諸小阿脩羅王及其諸小阿脩羅衆其衆知已亦各嚴飾服乘而來至羅睺羅阿脩羅王前儼然住立時羅睺羅阿脩羅王見衆集已便著種種妙寶瓔珞莊嚴其身駕種種乘前後圍遶與鞞摩質多羅阿脩羅王踊躍阿脩羅王奢婆羅阿脩羅王幷諸小王及阿脩羅衆一切雲集前後導從往詣娑羅林奢摩梨林俱毗陀羅林難陀那林等到已少時逡巡而住諸比丘難陀苑中自然而有三種風輪何者爲三謂開淨吹是中開者有風輪來開苑諸門名之爲開淨者有風輪來掃除其地令皆清淨名之爲淨吹者有風輪來吹諸華樹令華布散名之爲吹諸比丘難陀苑中上妙好華徧散地上積至于膝其華香氣普熏園林莊嚴具足種種可樂爾時羅睺羅阿脩羅王及鞞摩質多羅阿脩羅王踊躍阿脩羅王奢婆羅阿脩羅王等幷諸小王羣衆眷屬小脩羅等圍遶共入難陀那園入已澡浴遊戲受樂

種種觀看或行或住或卧或坐隨所欲樂恣意遊行諸比丘羅睺羅阿脩羅王亦有五阿脩羅常隨侍衞護諸惡事名字如前宫上海水縱廣厚薄四種風持令不墮墜並如上說

四天王品第七

諸比丘須彌山王東面半腹有山名曰由乾陀山頂去地四萬二千由旬其山頂上有提頭賴吒天王城郭住處城名賢上縱廣正等六百由旬七重垣牆七重欄楯七重鈴網復有七重多羅行樹周帀圍遶雜色可觀悉以七寶而爲莊飾所謂金銀瑠璃玻瓈赤珠硨磲碼碯等之所成就於四方面各有諸門一一諸門皆有樓櫓却敵臺觀園苑諸池有諸華林種種異樹其樹各有種種葉種種華種種果種種香其香普熏有種種鳥各各和鳴其音哀雅甚可愛樂諸比丘須彌山王南面半腹下去地際四萬二千由旬於由乾陀山頂之上有毗婁勒迦天王城郭住處城名善現縱廣莊嚴皆如提頭賴吒天王住處所說乃至種種諸鳥各各和鳴其音哀雅甚可愛樂諸比丘須彌山王西面半腹下去地際四萬二千由旬由乾陀山頂有毗婁博义天王城郭住處城名善觀縱廣莊嚴一一皆如提頭賴吒天王住處所說乃至種種諸鳥各各和鳴其音哀雅甚可愛樂諸比丘須彌山王比面半腹下去地際亦四萬二千由旬由乾陀山頂有毗沙門天王住止之處三大城郭其三者何一名毗舍羅婆二名伽婆鉢帝三名阿荼槃多咸各縱廣六百由旬七重垣牆七重欄楯略說乃至種種衆鳥各各和鳴諸

比丘唯除月天子宮殿日天子七大宮殿已自餘官屬及四天王天中諸天子宮其間或有縱廣正等四十由旬或有三十或有二十乃至十二由旬其最小者猶尚縱廣六由旬所居亦各七重垣牆七重欄楯略說如前乃至衆鳥各各和鳴諸比丘毗舍羅婆伽婆鉢帝二宮之間爲毗沙門天王出生一池名那稚尼縱廣正等四十由旬其水調和清涼輕軟其味甘美香潔不濁其池四邊七重塼砌七重寶板間錯分明七重欄楯七重鈴網亦有七重多羅行樹周帀圍遶雜色可觀乃至硨磲碼碯等七寶所成於四方面各有階道亦以七寶之所莊飾池中多有優鉢羅華鉢頭摩華拘牟陀華奔荼利華等自然出生其華火形火色火光乃至水形水色水光華量大小皆如車輪光明所照至半由旬香氣所熏滿一由旬有諸藕根大如車軸割之汁出色白如乳食之甘美味如上蜜諸比丘伽婆鉢帝阿荼槃多二宮之間爲毗沙門天王立一園苑其園名曰迦毗延多縱廣正等四十由旬七重垣牆七重欄楯乃至七重多羅行樹周帀圍遶雜色可觀略說如前乃至七寶之所成就諸比丘提頭賴吒天王賢上住處城郭往來有二歧道毗婁勒迦天王善現住處城郭往來亦二歧道毗婁博义天王善觀住處城郭往來亦二歧道毗沙門天王阿荼槃多城郭住處亦二歧道毗舍羅婆及伽婆鉢帝城郭住處亦二歧道四天王天所有眷屬諸小天衆宮殿住處亦各往來有二歧道那稚尼池及迦毗延多苑等亦各往來有二

歧道諸比丘毗沙門天王若欲往至迦毗延多苑中遊戲澡浴者爾時即念提頭賴吒天王時提頭賴吒天王心亦生念毗沙門天王意念於我如是知已即復自念其界所屬諸小天王及小天衆是時東面眷屬諸王及其天衆咸作是念提頭賴吒天王心念我等如是知已各各嚴身著諸瓔珞乘諸騎乘詣提頭賴吒大天王所到已在前一面而住爾時提頭賴吒天王亦自莊飾服諸瓔珞嚴駕騎乘與諸小王天衆眷屬前後圍遶相與俱詣毗沙門大天王所到已在前一面而住爾時毗沙門天王心復更念毗婁勒迦毗婁博乂二大天王時彼二王亦作是念毗沙門王意念我等如是知已即各自念已所統領諸小天王并諸天衆時彼小王及諸天衆亦皆作念我大天王心念我等宜時速往如是知已各以瓔珞嚴飾其身俱共往詣毗婁勒迦毗婁博乂二大王所時二大王知諸小王及餘天衆皆集會已亦自嚴身服衆瓔珞前就騎乘與衆圍遶咸共往詣毗沙門大天王所到已在前隨便停住爾時毗沙門大天王見二天王及其天衆皆已集會亦自念其所領小王及諸天衆爾時北方諸小天王及其天衆即作是念毗沙門大天王今念我等如是知已各著種種衆寶瓔珞莊嚴其身俱共往詣毗沙門大天王前默然而住爾時毗沙門大天王即亦自著衆寶瓔珞莊嚴其身駕種種乘與提頭賴吒毗婁勒迦毗婁博乂等四大天王各將所屬諸天王衆前後圍遶皆共往詣迦毗延多園苑到已在苑門前暫時停住

諸比丘其迦毗延多苑中自然而有三種風輪謂開淨吹開者開彼園門淨者淨其園地吹者吹其園樹令華飄颺諸比丘迦毗延多苑中所散衆華積至半膝種種香氣周徧普熏爾時毗沙門大天王提頭賴吒天王毗婁勒迦天王毗婁博叉天王等與諸小王及衆眷屬圍遶共入迦毗延多苑中澡浴遊戲種種受樂在彼園中澡浴訖已或復一月二月三月遊戲受樂隨心所欲恣意遊行諸比丘毗沙門王有五夜叉恒常隨逐侍衛左右爲防護故何者爲五一名五丈二名曠野三名金山四名長身五名針毛諸比丘毗沙門天王遊戲去來常爲此等五夜叉神之所守護

三十三天品第八之一

諸比丘須彌山王頂上有三十三天宫殿住處其處縱廣八萬由旬七重城壁七重欄楯七重鈴網外有七重多羅行樹周帀圍遶雜色可觀七寶所成所謂金銀瑠璃玻瓈赤珠硨磲碼碯等其城舉高四百由旬厚五十由旬城壁四面相去各各五百由旬於其中間乃開一門一一城門悉皆舉高三十由旬闊十由旬其門兩邊並有樓櫓却敵臺閣軒檻輦輿又有諸池華林果樹其樹各各有種種葉種種華種種果種種香其香普熏有種種鳥各各和鳴其音調雅甚可愛樂又彼諸門一一門處各有五百夜叉爲三十三天晝夜守護諸比丘於彼城内爲三十三天王更立一城名曰善見其城縱廣六萬由旬七重城壁七重欄楯七重鈴網外有七重多羅行樹周帀圍遶雜色可觀亦以七寶之所成就所

調金銀乃至碼碯其城亦高四百由旬厚五十由旬城之四面亦各相去五百由旬於其中間更開一門諸門亦高三十由旬闊十由旬一一諸門亦有樓櫓却敵臺閣水池華林種種奇樹其樹各有種種葉種種華種種果種種香其香普熏種種衆鳥各各和鳴如是諸門門門皆有五百夜叉爲三十三天晝夜守護諸比丘三十三天善見城側爲伊羅鉢那大龍象王立一宫殿其宫縱廣六百由旬七重牆壁七重欄楯略說乃至種種衆鳥各各和鳴諸比丘善見城内有三十三天聚會之處名善法堂其處縱廣五百由旬七重欄楯七重鈴網外有七重多羅行樹周帀圍遶雜色可觀乃至碼碯等七寶所成於四方面各有諸門一一諸門皆有樓櫓却敵臺觀種種雜色七寶所成其地純是青瑠璃寶柔輭細滑觸之猶若迦旃隣提衣當其中央有一寶柱高二十由旬於寶柱下爲天帝釋别置一座高一由旬方半由旬雜色可觀乃至硨磲等七寶成就柔輭細滑觸之如前其座兩邊各有十六小天王座夾侍左右七寶所成雜色可觀柔輭細滑觸之如前諸比丘此善法堂諸天集處有帝釋宫其宫縱廣一千由旬七重垣牆乃至衆鳥各各和鳴諸比丘此善法堂諸天集處東西南北四面皆有諸小天王宫殿住處其宫或廣九百由旬或復縱廣八百由旬或復七百六百五百四百三百二百由旬其最小者猶尚縱廣一百由旬七重垣牆乃至衆鳥各各和鳴又善法堂諸天會處東西南北各有三十三天諸小天衆宫

殿住處其宮或廣九十由旬或復縱廣八十由旬或復七十六十五十四十三十二十由旬其最小者猶尚縱廣十二由旬七重垣牆乃至衆鳥各各和鳴諸比丘此善法堂諸天會處東面有三十三天王苑名波婁沙縱廣正等一千由旬略說乃至七重垣牆皆碼碯等七寶所成於四方面各有諸門一一諸門各有樓櫓雜色可觀乃至碼碯七寶所成諸比丘波婁沙苑中有二大石一名賢二名善賢皆天碼碯之所成就並各縱廣五十由旬柔輭細滑觸之猶如迦旃隣提衣諸比丘此善法堂諸天集處南面亦有三十三天王苑名雜色車其苑縱廣亦千由旬七重垣牆乃至碼碯之所成就於四方面各有諸門一一諸門皆有樓櫓雜色可觀乃至碼碯等七寶所成於彼苑中亦有二石一名雜色二名善雜色天青瑠璃之所成就並各縱廣五十由旬柔輭細滑觸之猶如迦旃隣提衣諸比丘此善法堂諸天集處西面復有三十三天王苑名曰雜亂其苑縱廣亦千由旬七重垣牆乃至七寶之所成就四方諸門皆有樓櫓却敵臺閣並七寶成此雜亂苑中亦有二石一名善現二名小善現皆天玻瓈之所成就亦各縱廣五十由旬柔輭細滑觸之猶如迦旃隣提衣諸比丘此善法堂諸天集處北面復有三十三天王苑名曰歡喜其苑縱廣亦千由旬七重垣牆乃至碼碯等七寶所成四方諸門各有樓櫓却敵臺閣亦爲七寶之所莊嚴諸比丘歡喜園中亦有二石一名歡喜二名善歡喜天銀所成亦各縱廣五十由旬柔

輭潤澤觸之如觸迦旃隣提衣諸比丘於波婁沙及雜色車二園之間爲三十三天王故有一大池名曰歡喜縱廣正等五百由旬其水涼冷輕輭甘美清潔不濁以七寶塼四面砌壘七重寶板莊嚴閒錯七重欄楯乃至七重多羅行樹周帀圍遶雜色可觀於池四方各有階道並是七寶之所莊校中有諸華所謂優鉢羅華鉢頭摩華拘牟陀華奔茶利華其華火形火色火光乃至水形水色水光縱廣大小皆如車輪光明所照至一由旬風吹香氣熏一由旬有諸藕根大如車軸割之汁流色白如乳其味甘美如最上蜜諸比丘雜亂歡喜二園之間爲三十三天王故有一大樹名波利夜怛邏俱毗陀羅其樹本下周七由旬略說乃至枝葉徧覆牆院縱廣五十由旬七重垣牆乃至衆鳥各各和鳴諸比丘此波利夜怛邏俱毗陀羅樹下有一石名般茶甘婆羅天金所成其石縱廣五十由旬柔輭潤澤觸之如觸迦旃隣提衣諸比丘以何因緣此善法堂諸天會處名爲善法諸比丘其善法堂諸天會處三十三天王集會坐時於中惟論微妙細密善語深義審諦思惟稱量觀察皆是世間諸勝要法眞實正理是以諸天稱此會處爲善法堂又何因緣名波婁沙迦苑諸比丘麤澀園中三十三天王入已坐於賢及善賢二石之上惟論世間麤惡不善戲謔之語是故稱爲波婁沙迦又何因緣名雜色車苑諸比丘雜色車園三十三天王入已坐於雜色善雜色二石之上惟論世間種種雜類色相語言是故稱爲雜色車苑又何

因緣名雜亂苑諸比丘此雜亂園三十三天王常以月八日十四日十五日放其宫内一切婇女於此園中令與三十三天衆合雜嬉戲不生障隔恣其歡娛受天五欲具足功德遊行受樂是故諸天共稱此園爲雜亂苑

起世因本經卷第六

音釋

岐　巨支切路二達也　邏　郎佐切　駐　中句切止馬也　氛氳　氛撫文切氳於云切氛氳氣貌　颺　余章切風飄物也　波婁沙迦　梵語也此云麤澀

起世因本經卷第七

隋三藏法師達摩笈多等譯

三十三天品第八之二

諸比丘又何因緣彼天有園名爲歡喜諸比丘彼歡喜園三十三天王入其中已坐於歡喜善歡喜二石之上心受歡喜意念歡喜念已復念受諸悅樂受悅樂已復受極樂是故諸天共稱彼園以爲歡喜諸比丘又彼天樹有何因緣名波利夜怛邏拘毗陀羅諸比丘彼波利夜怛邏拘毗陀羅樹下有天子住名曰末多日夜常以彼天種種五欲功德具足和合遊戲受樂是故諸天遂稱彼樹以爲波利夜怛邏拘毗陀羅復次諸比丘三十三天縱有急疾未曾肯捨般荼甘婆石必設供養尊重恭敬然後乃復隨意而去所以者何此石乃是如來昔日所住之處是故諸天以爲支提一切世間天人魔梵沙門婆羅門等應供養故諸比丘有三十三天惟得眼見波晝沙迦園身不能入身不入故不得彼處五欲功德受具足樂何以故彼業勝故以其前世善根微劣不能得入有三十三天得見波晝沙迦園身亦能入既得入已具得彼處種種五欲和合功德而受快樂何以故以其善根增上勝故諸比丘有三十三天眼不得見雜色車園身亦不入亦不得以彼園五欲和合功德而受快樂何以故以其善根有別異故有三十三天眼雖得見雜色車園身不得入亦不得以彼園五欲和合功德而受快樂何以故以其善根有優劣故有三十三天眼既得見雜色車園身亦得入既得入已具足得

彼種種五欲同體和合而受快樂何以故以其善根增上勝故諸比丘凡是一切三十三天無不悉見雜亂之園亦皆得入既得入已悉亦同得彼園苑中種種五欲和合功德具足同體而受快樂何以故修業等故彼中無有別異善根故諸比丘有三十三天身不得見歡喜之園亦不得入不得入故不得彼中種種五欲和合功德同體具足而受快樂何以故彼處果勝前世造業有別異故有三十三天見歡喜園而不得入亦不能得歡喜園中種種五欲和合功德同體具足而受快樂何以故以彼諸天業別異故有三十三天見歡喜園身亦得入既得入已具足得彼種種五欲和合功德同體快樂並皆受之何以故彼天往昔所修善業無別異故諸比丘其善法堂三十三天聚會之處有二歧道帝釋天王宮殿住處亦二歧道諸小天王并餘宮屬三十三天宮殿之處亦二歧道伊羅婆那大龍象王宮殿處所亦二歧道波婁沙迦園亦二歧道雜色車園雜亂園歡喜園歡喜池等一一處所各有二道波利夜怛邏拘毗陀羅樹下亦二歧道諸比丘帝釋天王若欲往詣波婁沙迦園雜色車園歡喜園等澡浴遊戲受歡樂時爾時即念伊羅婆那大龍象王時伊羅婆那大龍象王亦生是念帝釋天王心念於我如是知已從其宮出即自化作三十三頭其一一頭具有六牙一一牙上化作七池一一池中各有七華一一華上各七玉女一一玉女各復自有七女爲侍爾時伊羅婆那大龍象王作如是等諸神變已即時往詣

帝釋王所到已在前儼然而住爾時帝釋天王復更心念三十三天諸小王等并三十三諸小天衆時彼小王及諸天衆亦生是心帝釋天王今念我等如是知已各以種種衆妙瓔珞莊嚴其身各乘車乘俱共往詣天帝釋所到已各各在前而住時天帝釋見諸天已亦自種種莊嚴其身服衆瓔珞諸天大衆前後左右周帀圍遶與諸小王共昇伊羅婆那龍象王上帝釋天王正當中央坐眞頭上左右兩邊各有十六諸小天王坐彼伊羅婆那龍象王化頭之上各各坐已時天帝釋將諸天衆向波婁沙迦及雜色車雜亂歡喜等園到已停住其歡喜等四園之中各各皆有三種風輪謂開淨吹略説如前開門淨地及吹華等諸比丘彼諸園中吹華分散徧布地上

深至于膝其華香氣處處普熏時天帝釋與諸小天王及三十三天衆前後圍遶入雜色車歡喜等園嬉戲受樂隨意遊行或坐或卧時釋天王欲得瓔珞即念毗守羯磨天子時彼天子即便化作衆寶瓔珞奉上天王若三十三天諸眷屬等須瓔珞者毗守羯磨亦皆化出而供給之欲聞音聲及妓樂者則有諸鳥出種種聲其聲和雅令天樂聞諸天爾時如是受樂一日乃至七日一月乃至三月種種歡娛澡浴嬉戲行住坐卧隨意東西諸比丘帝釋天王有十天子常爲守護何等爲十一名因陀羅迦二名瞿波迦三名頻頭迦四名頻頭婆迦五名阿俱吒迦六名吒都多迦七名時婆迦八名胡盧祇那九名難荼迦十名胡盧婆迦諸比丘帝釋天王有如是等十

天子衆恒隨左右不曾捨離爲守衛故諸比丘閻浮提地爲一切人故有水生諸華最上精勝極可樂者所謂優鉢羅華鉢頭摩華拘牟陀華奔荼利迦華此諸華等芬芳輭美有陸生華最極好者所謂阿提目多迦華瞻波迦華波吒羅華蘇摩那華婆利師迦華摩利迦華摩頭揵地迦華搔揵地迦華遊提迦華殊低沙迦利迦華陀奴沙迦膩迦華等諸比丘瞿陀尼人有水生華最極好者所謂優鉢羅華鉢頭摩華拘牟陀華奔荼利迦華香氣芬馥處處普熏有陸生華最極好者所謂阿提目多迦華瞻波迦華波吒羅華蘇摩那華婆利師迦華摩利迦華摩頭揵地迦華搔揵地迦華遊提迦華殊低沙迦利迦華陀奴沙迦膩迦華等諸比丘弗婆提人有水生華最極好者所謂優鉢羅華鉢頭摩華拘牟陀華奔荼利迦華色甚光鮮香氣芬馥有陸生華最極好者所謂阿提目多迦華瞻波迦華波吒羅華蘇摩那華婆利師迦華摩利迦華摩頭揵地迦華搔揵地迦華遊提迦華殊低沙迦利迦華陀奴沙迦膩迦華等諸比丘鬱單越人有水生華最極好者所謂優鉢羅華鉢頭摩華拘牟陀華奔荼利迦華香氣柔輭處處普熏有陸生華最極好者所謂阿提目多迦華瞻波迦華波吒羅華蘇摩那華婆利師迦華摩利迦華摩頭揵地迦華搔揵地迦華遊提迦華殊低沙迦利迦華陀奴沙迦膩迦華等諸比丘一切諸龍及金翅鳥住處各有水生衆華最極好者所謂優鉢羅華鉢頭摩華拘牟陀華奔荼利迦華香氣氛氳柔輭美

妙有陸生華最極好者所謂阿提目多迦華瞻波迦華波吒羅華蘇摩那華婆利師迦華摩利迦華摩頭揵地迦華播揵地迦華遊提迦華殊低沙迦利迦華羯迦羅利迦華摩訶羯迦羅利迦華等諸比丘阿脩羅等亦各具有水生諸華最極好者所謂優鉢羅華鉢頭摩華拘牟陀華奔茶利迦華香氣普熏甚可愛樂有陸生華最極好者所謂阿提目多迦華瞻波迦華波吒羅華蘇摩那華婆利師迦華摩利迦華摩頭揵地迦華播揵地迦華遊提迦華殊低沙迦利迦華陀奴師迦華羯迦羅利迦華摩訶羯迦羅利迦華頻隣曇華摩訶頻隣曇華曼陀羅梵華摩訶曼陀羅梵華等諸比丘四天王天所有諸天有水生華極妙端正可愛樂者所謂優鉢羅華鉢頭摩華拘牟陀華奔茶利迦華其氣甚香質極柔輭有陸生華最勝好者所謂阿提目多迦華瞻波迦華波吒羅華蘇摩那華婆利師迦華摩利迦華摩頭揵地迦華播揵地迦華遊提迦華殊低沙迦利迦華陀奴沙迦華羯迦羅利迦華摩訶羯迦羅利迦華頻隣曇華摩訶頻隣曇華等諸比丘三十三天有水生華極妙端正可愛樂者所謂優鉢羅華鉢頭摩華拘牟陀華奔茶利迦華等其氣極香形甚柔輭有陸生華最勝好者所謂阿提目多迦華瞻波迦華波吒羅華蘇摩那華婆利師迦華摩利迦華摩頭揵地迦華播揵地迦華遊提迦華殊低沙迦利迦華陀奴沙迦膩迦華羯迦羅利迦華摩訶羯迦羅利迦華頻隣曇華摩訶頻隣曇華曼陀羅梵華摩訶曼陀羅梵華

等如三十三天所有諸華夜摩天兜率陀天化自樂天他化自在天魔身天等如是次第一一具有更無别異諸比丘人間衆華有七種色何等爲七所謂火色火光金色金光青色青光赤色赤光白色白光黄色黄光黒色黒光譬如魔梵常所現色諸比丘人間有此七種色華諸阿脩羅亦復如是有此七色一切天衆亦復有此七種光色譬如魔梵常所現色諸比丘一切諸天有十種别法何等爲十諸比丘一諸天行時來去無邊二諸天行時來去無礙三諸天行時無有遲疾四諸天行時足無蹤跡五諸天身力無患疲勞六諸天之身有形無影七一切諸天無大小便八一切諸天無有洟唾九諸天之身清淨微妙無皮肉筋脈脂血髓骨十諸天之身欲現長短青黄赤白大小麤細隨意悉能並皆美妙端嚴殊絶令人愛樂一切天身有此十種不可思議諸比丘又諸天身充實洪滿齒白方密髪青齊整柔輭潤澤身有光明及有神力騰虚飛逝眼視無瞬瓔珞自然衣無垢膩諸比丘閻浮提人壽命百年中有夭逝瞿陁尼人壽命二百亦有夭逝弗婆提人壽命三百亦有中夭欝單越人定壽千年無有夭殤閻摩羅世諸衆生等壽七萬二千歲亦有中夭諸龍及金翅鳥等壽命一劫亦有中夭諸阿脩羅壽命千歲同三十三天然亦中夭四天王天壽五百歲亦有中夭三十三天壽一千歲夜摩諸天壽二千歲兜率陀天壽四千歲化樂諸天壽八千歲他化自在天壽萬六千歲魔身天壽三萬二千歲梵身天壽命一劫

光憶念天壽命二劫徧淨諸天壽命四劫廣果諸天壽命八劫無想諸天壽十六劫不麤諸天壽命千劫無惱諸天壽二千劫善見諸天壽三千劫善現諸天壽四千劫色究竟天壽五千劫虛空處天壽十千劫識處天壽二萬一千劫無所有處天壽四萬二千劫非想非非想處天壽八萬四千劫此等諸天皆有中夭諸比丘閻浮提人身長三肘半衣長七肘闊三肘半瞿陀尼人弗婆提人身量及衣與閻浮等鬱單越人身長七肘衣長十四肘上下七肘阿脩羅身長一由旬衣長二由旬闊一由旬重半迦利沙四天王天身長半由旬衣長一由旬闊半由旬重一迦利沙三十三天身長一由旬衣長二由旬闊一由旬重半迦利沙夜摩天身長二由旬衣長四由旬闊二由旬重一迦利沙四分之一兜率陀天身長四由旬衣長八由旬闊四由旬重一迦利沙八分之一化樂天身長八由旬衣長十六由旬闊八由旬重一迦利沙十六分之一他化自在天身長十六由旬衣長三十二由旬闊十六由旬重一迦利沙三十二分之一魔身諸天身長三十二由旬衣長六十四由旬闊三十二由旬重一迦利沙六十四分之一自此已上諸天身量長短與衣正等無差諸比丘閻浮提人所有市易或以錢寶或以穀帛或以衆生瞿陀尼人所有市易或以牛羊或摩尼寶弗婆提人所作市易或以財帛或以五穀或摩尼寶鬱單越人無復市易所欲自然故諸比丘閻浮提人瞿陀尼人弗婆提人悉有男女婚嫁之法鬱單越人無我我

所樹枝若垂男女便合無復婚嫁諸比丘諸龍金翅鳥阿脩羅等皆有婚嫁男女法式略如人間四天王天三十三天夜摩天兜率陀天化樂天他化自在天魔身天等皆有嫁娶略說如前從此已上所有諸天不復婚嫁以無男女異故諸比丘閻浮提人若行欲時二根相到流出不淨瞿陀尼人弗婆提人欝單越人並亦如是一切諸龍金翅鳥等若行欲時亦二根相到但出風氣即得暢適無有不淨諸阿脩羅四天王天三十三天行欲之時根到暢適亦出風氣猶如諸龍及金翅鳥無有差異夜摩諸天執手成欲兜率陀天憶念成欲化樂諸天熟視成欲他化自在天共語成欲魔身諸天相看成欲並得暢適成其欲事諸比丘人間所有螢火之明則復不如燈焰光明燈焰光明又復不如炬火之明炬火之明不如火聚火聚之明不如諸天星宿光明星宿之明不如月宮殿明月宮殿明又復不如日宮殿明日宮殿明光焰照曜猶尚不如四天王天牆壁宮殿身瓔珞明四天王天所有光明則又不如三十三天所有光明三十三天所有光明則又不如夜摩諸天牆壁宮殿瓔珞光明夜摩天中所有諸光則又不如兜率陀天所有光明兜率陀天所有諸光則又不如化樂天光化樂天中所有光明則又不如他化自在諸天光明他化自在所有光明則又不如魔身天光魔身諸天牆壁宮殿瓔珞光明比於下天最勝最妙殊特無過諸比丘雖然此魔身天光比梵身天光轉更不及彼梵身天比光憶念天則又不及其光

憶念天比徧淨天則又不及徧淨諸天比廣果天則又不及如是略說無惱熱天善見天善現天阿迦膩吒天等惟除瓔珞餘如上說應如是知諸比丘若天世界若魔若梵沙門婆羅門人等世間所有光明欲比如來阿羅訶三藐三佛陀光明百千萬億恒河沙數不可爲比此如來光最勝最妙殊特第一所以者何諸比丘如來之身戒行無量故三摩提般若解脫解脫知見神通及神通行教化及教化輪說處及說處輪等皆無量故諸比丘如來如是無量功德一切諸法皆悉具足以是義故如來光明最勝無上當如是持諸比丘一切衆生有四種食以資諸大得自住持得成諸有得相攝受何等爲四一者麤段及微細食二者觸食三意思食四者識食何等衆生應食麤段及微細食諸比丘閻浮提人飯食麨豆及魚肉等此等名爲麤段之食覆蓋按摩澡浴揩拭脂膏塗摩此等名爲微細之食瞿陀尼人弗婆提人麤段微細與閻浮提略皆齊等鬱單越人身不耕種自然而有成熟粳米爲麤段食覆蓋澡浴及按摩等爲微細食諸比丘一切諸龍金翅鳥等以諸魚鼈黿鼉蝦蟇虬螭虵獺金毗羅等爲麤段食覆蓋澡浴等爲微細食諸阿脩羅以天須陀妙好之味以爲麤段諸覆蓋等以爲微細四天王天并諸天衆皆用彼天須陀之味以爲麤段諸覆蓋等以爲微細三十三天還以彼天須陀之味以爲麤段諸覆蓋等以爲微細如三十三天乃至夜摩天兜率陀天化樂天他化自在天等並用彼天須陀之味以爲麤

段諸覆蓋等以爲微細自此以上所有諸天並以禪悅法喜爲食三摩提爲食三摩跋提爲食無復麤段及微細食諸比丘何等衆生以觸爲食諸比丘一切衆生受卵生者所謂鵝鴈鴻鶴鷄鴨孔雀鸚鵡鸜鵒鳩鴿鷰雀雉鵲烏等及餘種種雜類衆生從卵生者以彼從卵而得身故一切皆以觸爲其食何等衆生以思爲食若有衆生以意思惟資潤諸根增長身命所謂魚鼈龜虵蝦蟇伽羅瞿陀等及餘衆生以意思惟潤益諸根增長壽命者此等皆用思爲其食何等衆生以識爲食所謂地獄衆生及無邊識處天等此諸衆生皆用識持以爲其食諸比丘此四種食爲諸衆生住持諸大攝受生分此中有優陀那偈

華色與諸法　壽命衣第五　市易及嫁娶
根光食爲十

諸比丘世間衆生皆悉共有三種惡行何等爲三所謂身惡行口惡行意惡行諸比丘有諸衆生作身惡行作口惡行作意惡行以是因緣身壞命終墮於惡趣生地獄中彼於此處最後識滅地獄之識初相續生彼識共生即有名色緣名色故即有六入諸比丘復有衆生作身惡行作口惡行作意惡行以是因緣身壞命終墮於惡趣生畜生中彼於此處最後識滅畜生之識初相續生當於彼識共生之時即有名色緣名色故即有六入諸比丘復有衆生作身惡行作口惡行作意惡行以是因緣身壞命終墮於惡趣生閻摩世彼於此處最後識滅閻摩世識初相續生當於彼識初生之時即共名色一時俱生緣名色

故即有六入諸比丘此等名爲三種惡行應當遠離諸比丘世間復有三種善行何等爲三所謂身善行口善行意善行諸比丘或有衆生身作善行口作善行意作善行以是因緣身壞命終生於人道彼於此處最後識滅人道之識初相續生彼識生時即共名色一時同生緣名色故即有六入諸比丘復有衆生身作善行口作善行意作善行以是因緣身壞命終生於天上此處識滅彼天上識初相續生彼識生時即共名色一時俱生有名色故即生六入諸比丘彼於天中或在天子或在天女或於坐處或兩膝内或兩股間忽然而生初出生時即如人間十二歲兒若是天男即在天子坐處膝邊隨一處生若是天女即在天女兩股内生既出生已彼天即稱是我兒女如是應知諸比丘修善生天有如是法所謂天子天女等初生之時以自業因所熏習故得三種念一者自知從其處死二者自知今此處生三知彼生是此業果是此福報又作是念以我彼處身命壞已來生此間緣我有是三種業果三業果熟得來生此何者爲三所謂身善行口善行意善行此等三業果報熟故身壞命終來生此處復作是念願我若於此處死已當生人間我於人間既受生已還修身口意等善行以身口意修善行故身壞已後還來此生作是念已次便思食念欲食時即於其前有衆寶器自然盛滿天須陀味種種異色諸天子中有勝業者其須陀味色最白淨若彼天子果報中者其須陀味色則稍赤若彼天子福德下者其須

陀味色則稍黑時彼天子以手把取天須陀味內其口中此須陀味既入口已即自漸漸消融變化譬如酥及生酥擲置火中即自消融無復形影如是如是天須陀味置於口中自然消化亦復如是食此味已若有渴時即於其前有天寶器盛滿天酒福上中下白赤黑色略說如前入其口中消融亦爾時彼天子食飲既訖身遂長大麁細高下與彼舊生天子天女等無有異諸比丘此諸天子天女等身既充足各隨其意有所趣向或詣池水入彼池中澡浴清淨歡喜受樂出池水已復詣香樹彼香樹枝自然低屈從枝中出種種妙香流入其手諸天子等取以塗身塗身訖已復詣衣樹爾時衣樹亦爲低枝於其枝間又出種種微妙好衣垂至其手取而著之著衣既訖詣瓔珞樹低垂入手亦復如前上下縈繫莊嚴身已復詣鬘樹其樹低垂流出種種上妙華鬘其天取之嚴飾頭已復詣器樹樹出種種衆寶雜器隨意入手將詣果林盛種種果或便噉食或取汁飲如是復詣諸音樂樹樹亦低垂自然化出種種樂器隨意取之或彈或擊或歌或舞音聲微妙令人樂聞於是復詣諸林苑中既入苑已即見無量百數無量千數無量無邊百千億數諸天玉女此諸天等未見女時所有知見前世業報謂我從某處來生此間我身今受如是報果以業熟故當於是時了了分明憶宿世事如視掌中由見天女迷諸色故正念覺智此心即滅既失如是前生念已著現在欲口惟唱言此等皆是天玉女耶天玉女耶此則名爲欲

愛所縛諸比丘此等名爲三種善行應當修習諸比丘一一月中有六烏晡沙他白月半分有十五日黑月半分亦十五日白黑二月各有三齋何者白月半分三受齋日所謂月八日十四日十五日黑月亦有三受齋日如白月數何故白黑二月各於三日受持齋戒諸比丘白黑二月各有八日當於是日四天大王集其眷屬普告之言汝等各往徧觀四方於世間中頗亦有人修行孝順供養父母恭敬沙門婆羅門不於諸尊長崇重以不修行布施受禁戒不守攝八關持六齋不時四天王如是勑已彼諸使者奉天王命即下徧觀一切世人誰修孝行供養父母何族姓子恭敬沙門及婆羅門復有誰家男子女人敬事尊長敦崇禮讓誰行布施誰受六齋誰持八禁誰守戒行爾時使者次第徧歷觀察世間若見人中少能孝順供養父母少能承事尊重沙門少能祗敬耆舊有德諸婆羅門於諸長老少能崇敬布施微薄受齋稀踈護戒不全禁守多缺是時天使具足見已即日還詣四天王所啓言大王當知世間一切人衆無多孝養奉事父母亦復無多恭敬沙門及婆羅門無多敬重耆舊有德師僧尊長亦無多人修行布施受持六齋亦無多人奉行禁戒守護八關爾時四大天王聞諸天使如是語已心意慘然甚不歡悅報使者言世間諸人若實爾者甚爲不善所以者何人間壽命極成短促少時在世宜修諸善轉至後世便得安樂云何今者彼諸人等無有多行孝養父母乃至不能修持六齋受行八禁守攝身

口此大損減我諸天衆轉更增加阿脩羅種諸比丘若世間人多行孝順供養父母尊重沙門及婆羅門敬事耆舊敦修禮讓好行布施樂受六齋勤崇福業恒守八禁如是修行相續不絕爾時天使廵察見已白四王言大王當知世間衆人多有孝順供養父母多有恭敬沙門婆羅門及諸尊長樂行布施勤修齋戒爾時四大天王從諸天使聞此語已心大歡喜踊躍無量作如是言甚善甚善諸世間人能如是修極大賢善何以故彼諸人等壽命短少不久便當移至他世今者乃能於彼人間孝養父母奉事沙門及婆羅門尊敬耆舊修行禮讓多樂布施持戒守齋如是便當增長諸天無量眷屬損減修羅所有種類諸比丘何故黒白二月各十四日是烏哺沙他諸比丘此黒白二月十四日時四大天王亦各如前召其太子使下世間觀察善惡善少則愁善多則喜具足皆如天使所說惟以太子自下爲異諸比丘黒白二月各十五日何故復是烏哺沙他諸比丘爾日四大天王自下世間躬察善惡知多少已即時自往詣善法堂諸天聚集議論之處在其堂前面向帝釋具說人間善惡多少違順之事爾時帝釋若聞人間修福者少便復慘然悵怏不樂云何如是天衆減少阿脩羅衆轉更增多若聞人間如法者多則大歡喜踊躍無量作如是言我諸天衆漸當增長阿脩羅衆漸當損耗諸比丘由此六日諸天下觀人間善惡應修齋戒故名此日爲烏哺沙他

起世因本經卷第七

音釋

羯居謁切
淒唾淒他計切唾湯臥切
筋脈筋舉欣切骨絡也脈莫白切幕絡也
瞬舒閏切目動也
夭殤夭於兆切不盡天年曰夭殤式羊切未成人而死曰殤
肘陟柳切二尺曰肘
半迦利沙梵語也此云半兩
麨尺沼切乾糧也
鼈并列切介蟲也
黿鼉黿愚袁切鼉徒何切
蝦蟇蝦胡加切蟇莫霞切
虬螭虬渠幽切螭抽知切虬螭並龍屬
獺他達切食魚獸也
鸜鵒鸜其俱切鵒余蜀切鸜鵒鳥名
股公戶切陛也
烏晡沙他梵語也此云增長謂受持齋法增長善根
悵怏悵敕亮切情不滿足也怏於兩切失志望恨貌

起世因本經卷第八

隋三藏法師達摩笈多等譯

三十三天品第八之三

諸比丘若復有時諸外道等或波利婆羅闍迦或更餘者來詣汝所問汝等言是諸長老何因何緣有一色人爲諸非人之所恐怖有一色人不爲非人之所恐怖彼諸外道若作是問汝等應當如是報言諸長老等此有因緣何以故於世間中有一色人習行非法内有邪見及顛倒見彼等專行十不善法說不善法念不善法邪見顛倒以作如是十不善故護生諸神漸漸捨離如是等人若百若千惟留一神總守護之如牛群羊群或百或千其傍惟置一人守視此亦如是以護神少故恒爲非人之所恐怖有一色人習行正法不行邪見不顛倒見彼人既行如是十善正見正語修善業故是一一人皆有無量若百若千諸神守視以是因緣此人不被非人恐怖譬如國王若王大臣隨一一人則有百千護生諸神之所守護諸比丘人間若有如是姓字非人之中亦有如是一切姓字諸比丘人間所有山林川澤國邑城隍村塢聚落居住之處於非人中亦有如是山林城邑舍宅之名諸王大臣坐起處所諸比丘一切街衢四交道中屈曲巷陌屠膾之坊及諸巖窟並無空虛皆有衆神及諸非人之所依止又棄死屍林塚丘壑一切惡獸所行之道悉有非人在中居住一切林樹高至一尋圍滿一尺即有神祇在上依住以爲舍宅諸比丘一切世間男子女人從生已後即有諸神常隨逐行

不曾捨離惟習行諸惡及命欲終時方乃捨去如前所說諸比丘閻浮提洲有五種事勝瞿陁尼何等爲五一者勇健二者正念三者佛出世處四者是修業地五者行梵行處瞿陁尼洲有三種事勝閻浮提何等爲三一者饒牛二者饒羊三者饒摩尼寶閻浮提有五種事勝弗婆提略說如前弗婆提洲有三種事勝閻浮提何等爲三一者洲最寬大二者普含諸渚三者洲甚勝妙閻浮提洲有五種事勝鬱單越如上所說鬱單越洲有三種事勝閻浮提何等爲三一者彼人無我我所二者壽命最長三者彼人有勝上行閻浮提洲有五種事勝閻魔世亦如上說閻魔世中有三種事勝閻浮提何等爲三一者壽命長二者身形大三者有自然衣食閻浮提人有五種事勝一切龍金翅鳥等如前所說諸龍及金翅鳥有三種事勝閻浮提何等爲三一者壽命長二者身形大三者宮殿寬博閻浮提中有五種事勝阿脩羅如前所說阿脩羅中有三種事勝閻浮提何等爲三一者壽命長二者形色勝三者受樂多如是三事最爲殊勝諸比丘四天王天有三事勝一者宮殿高二者宮殿妙三者宮殿有勝光明三十三天有三事勝何等爲三一者長壽二者色勝三者多樂如是夜摩天兜率陁天化樂天他化自在天魔身天等應知皆有三種勝事如三十三天勝閻浮提中所說閻浮提洲有五種事勝諸天龍如上所說汝等應知諸比丘於三界中有三十八種衆生種類何等名爲三十八種諸比丘欲界中有十二種色界中有

二十二種無色界中復有四種諸比丘何者欲界十二種類謂地獄畜生餓鬼人阿脩羅四天王天三十三天夜摩天兜率陀天化樂天他化自在天魔身天等此名十二何者色界二十二種謂梵身天梵輔天梵衆天大梵天光天少光天無量光天光音天淨天少淨天無量淨天徧淨天廣天少廣天無量廣天廣果天無想天無煩天無惱天善見天善現天阿迦膩吒天等此等名爲二十二種無色界中有四種者謂空無邊天識無邊天無所有天非想非非想天此名四種諸比丘於世間中有四種雲謂白雲黑雲赤雲黄雲諸比丘此四雲中若白色者多有地界若黑色者多有水界若赤色者多有火界若黄色者多有風界汝等應當如是識知諸比丘世間復有四種大神何等爲四所謂地大大神水大大神火大大神風大大神諸比丘曾於一時地大大神發是惡見心自念言於地界中無水火風界諸比丘我於爾時詣彼神所而告之言大神汝心實有如是惡見云地界中無水火風三大界耶彼答我言實爾世尊我復告言大神汝今莫起如是惡見何以故此地界中實皆具有水火風界但於其中地界偏多以是因緣得地大名諸比丘我能知彼地大大神發如是念斷其惡見令生歡喜於諸垢中得法眼淨證果覺道無有結惑度疑彼岸無復煩惱不隨他教隨順法行而白我言大德世尊我今歸依佛歸依法歸依僧大德世尊我從今後常當奉持優婆夷戒乃至命盡更不殺盜及非法等歸佛法僧清淨護持

諸比丘復於一時水大大神生於惡見亦如是念於水界中無有地界火界風界我知其意往詣彼所而問之言汝實爾不答言實爾我復告言汝今莫作如是惡見此水界中具有地界及火風界以偏多故得水界名如是乃至火神風神俱有此見佛既知已悉往詣問并答佛言實爾世尊佛開其意皆得悟解歸依三寶悉隨順行略說如前地大大神斷除疑惑來詣我所諸比丘此等名爲四大大神諸比丘世間有雲從地上昇在虛空中或有至一俱盧奢住或二或三俱盧奢住乃至六七俱盧奢住諸比丘或復有雲上虛空中一由旬住或二三四五六七由旬住諸比丘或復有雲上虛空中百由旬住乃至二三四五六七百由旬住或復有雲從地上空千由旬住二三四五六七千由旬住乃至劫盡諸比丘或時外道波利婆羅闍迦來詣汝所作如是問諸長老等何因緣故虛空雲中有是音聲汝諸比丘應如是答有三因緣更相觸故於雲聚中有音聲出何者爲三諸長老等或復一時雲中風界與其地界相觸著故便有聲出所以者何譬如樹枝相揩相磨即有火出如是如是諸長老等此是第一出聲因緣復次長老或於一時雲中風界與彼水界相觸著故即便出聲亦如上說此是第二出聲因緣復次長老或於一時雲中風界與彼火界相觸著故即便出聲略說乃至譬如兩樹相揩火出此是第三出聲因緣應如是答諸比丘亦應如是廣分別知諸比丘或時外道波利婆羅闍迦來詣汝所作如是問諸長

老等何因緣故虛空雲中忽生電光諸比丘汝等應當作如是答諸長老等有二因緣虛空雲中出生電光何等爲二一者東方有電名曰無厚南方有電名曰順流西方有電名墮光明北方有電名百生樹諸長老等或有一時東方所出無厚大電與彼西方墮光明電相觸相對相磨相打以如是故從彼虛空雲聚之中出生大明名曰電光此是第一電光因緣復次諸長老等二者或復南方順流大電與彼北方百生大電相觸相對相磨相打以如是故出生電光譬如兩木風吹相著忽然火出還歸本處此是第二電光因緣從雲聚中有光明出諸比丘於虛空中有五因緣能障礙雨令占候師不測不知增長迷惑記天必雨而更不雨何者爲五諸比丘或有一時於虛空中雲興雷動作伽荼伽荼瞿廚瞿廚等聲或出電光或復有風吹冷氣至如是種種皆是雨相諸占察人及天文師等悉尅此時必當降雨爾時羅睺羅阿脩羅王從其宮出便以兩手撮彼雨雲擲置海中諸比丘此是第一雨障因緣而天文師及占候者不見不知心生疑惑記天必雨而竟不雨諸比丘或復有時虛空起雲雲中亦作伽荼伽荼等聲亦出電光亦復有風吹冷氣來時天文師及占候者見是相已尅天此時必當降雨爾時火界增上力生即於其時雨雲燒滅此名第二雨障因緣彼天文師及占候者不見不知心生迷惑記天必雨而遂不雨諸比丘或復有時虛空起雲雲中亦作伽荼伽荼等聲亦出電光亦復有風吹冷氣來時天文

師及占候者見是相已記天此時必當作雨時以風界增上力生則能吹雲擲置於彼迦陵伽磧中或復擲置壇荼迦磧中或復擲置摩登伽磧中或復擲置諸曠野中或復擲置摩連那磧地此名第三雨障因緣彼天文人及占候者不見不知心生迷惑記天必雨而遂不雨諸比丘或復有時虛空起雲於彼雲中亦作伽荼伽荼等聲亦出電光及有風起吹冷氣來諸占候者記天必雨然行雨諸神有時放逸以放逸故彼雲不得依時降雨旣不時雨雲自消散此是第四雨障因緣以是義故諸天文人心生迷惑記天必雨而遂不雨諸比丘或復有時空中起雲雲中亦作伽荼伽荼等聲出大電光吹冷氣來諸天文人記必當雨然此閻浮一切人民其中多有不如法行躭樂諸欲慳貪嫉妬邪見所纏彼諸人等以惡行故習非法故樂著欲故貪嫉競故天則不雨諸比丘此名第五雨障因緣諸天文人及占候者不見不知心生迷惑記天必雨而遂不雨諸比丘是名五種雨障因緣

此中有優陀那偈

華法色壽命　衣服及賣買　嫁娶三摩提
并四種飲食　二行晡沙他　上下名三界
雲色諸天等　俱盧奢鳴電

鬬戰品第九

諸比丘我念往昔有時諸天與阿脩羅起大鬬戰爾時帝釋告其所領三十三天言諸仁者汝等諸天若與脩羅共爲戰鬬宜好莊嚴善持器仗若諸天勝脩羅不如汝等可共生捉毗摩質多羅阿脩羅王以五繫縛之將到

善法堂前諸天會處三十三天聞帝釋命依教奉行爾時毗摩質多羅阿脩羅王亦復如是告諸脩羅言若諸天衆共阿脩羅鬬戰之時天若不如即當生捉帝釋天王以五繫縛之將詣諸阿脩羅七頭會處立置我前諸脩羅衆亦受教行諸比丘當於彼時帝釋天王戰鬬得勝即便生捉阿脩羅王以五繫縛之將詣善法堂前諸天集處向帝釋立爾時毗摩質多羅阿脩羅王若作是念願諸脩羅各自安善我今不用諸阿脩羅我當在此與三十三天一處共居同受娛樂甚適我意其毗摩質多羅阿脩羅王興此念時即見自身五縛悉解諸天種種五欲功德皆現其前或復有時作如是念我今不用三十三天願諸天等各自安善我願還歸阿脩羅宮起此念時其身五繫即還縛之五欲功德忽即散滅諸比丘毗摩質多羅阿脩羅王有如是等微細結縛諸魔結縛復細於此所以者何諸比丘邪思惟時即被結縛正憶念時即便解脫何以故諸比丘思惟有我是爲邪思思惟無我亦是邪思乃至思惟我是有常我是無常有色無色有想無想及非有想非無想等並是邪思諸比丘此邪思惟是癰是瘡猶如毒箭其中若有多聞聖達智慧之人知是邪思如病如瘡如癰如箭如是念已繫心正憶不隨心行令心不動多所利益諸比丘若念有我則是邪念則是有爲則是戲論若念無我亦是戲論乃至有色無色有想無想非有想非無想悉是戲論諸比丘所有戲論皆悉是病如癰如瘡猶如毒箭其中所有多聞聖達智

慧之人知此戲論諸過患已樂無戲論守心寂靜多所修行諸比丘我念往昔有釋天王與阿脩羅欲與戰鬬時天帝釋告其四面三十三天作如是言諸仁者宜善莊嚴身及器仗令諸脩羅欲來戰鬬若諸天勝可生捉取毗摩質多羅阿脩羅王以五繫縛之將詣諸天善法堂前集會之處令其見我時三十三天受帝釋命依教奉行阿脩羅王亦如是教諸比丘當爾戰時諸天得勝即以五繫縛阿脩羅王將詣善法堂前爾時毗摩質多羅阿脩羅王既被五繫在天衆前見天帝釋入善法堂就座而坐即出惡言種種罵詈毀辱天主時天帝釋有執御者名摩多離見毗摩質多羅阿脩羅王對衆惡言毀罵天主即便以偈白帝釋言

帝釋天王爲羞畏　爲無勢力故懷忍
聞如是等麤惡罵　含受耐之都不言

爾時帝釋還以偈答摩多離言

我非羞畏故懷忍　亦非無力於脩羅
誰能如我神策謀　豈得同於彼無智

時摩多離復更以偈白天主言

若不嚴加重訶責　愚癡熾盛轉更增
若當折伏無智人　猶如畏杖牛奔走
今若縱之令得樂　至其本處更自高
是故明智當以威　示現勇健制愚騃

爾時帝釋復以偈答摩多離言

如此等事我久知　爲伏衆人愚癡故
彼以瞋嫌而罵詈　我聞堪忍自制心

時摩多離更復以偈白帝釋曰

帝釋天王願善思　如是含忍有一患

彼愚癡者作是罵　謂生怯畏不敢酬

爾時帝釋重復偈答摩多離言

彼愚癡輩隨其意　謂我畏之而默然
若求益身求利安　宜於彼等常懷忍
如我意者見彼罵　不應於瞋復起瞋
若於瞋處報以瞋　如是戰鬬難得勝
若爲他人所嬈惱　有志能忍極爲難
當知此忍爲强力　如是忍者應讃美
若我若他凡起心　皆求遠離大畏處
他人既已瞋罵我　不應於彼復起怨
若於自己若他人　二處皆應作利益
既知已被他瞋罵　當使自瞋轉得消
如是二處利益心　若自若他皆成就
彼人意念是愚癡　此皆因於不知法
若有大力諸丈夫　能爲無力故含忍
於無力人忍不瞋　如是忍者他所讃
彼人無有智慧力　唯以愚癡力爲力
愚癡心故棄捨法　如是等人無正行
彼以愚癡求我勝　瞋恚罵詈出麤言
能忍彼惡則常勝　是忍增上難具說
勝人出語畏不論　於等恐生怨故忍
聞下人言能忍者　此忍爲諸智所讃

諸比丘汝等當知爾時帝釋則我身是我於彼時身作三十三天王自在治化受勝福報縱任快樂而常懷忍亦讃歎忍樂行調柔無復瞋恚亦恒讃歎無瞋恚者諸比丘汝等自說於修行中有信解心捨俗出家精勤不懈汝等若欲於餘衆生身行忍辱讃歎忍辱調順慈悲常行安樂滅除瞋恚讃不瞋者汝亦應作如是修學諸比丘我念往昔諸天衆等

與阿脩羅各嚴器仗欲與鬬戰爾時帝釋告天衆言諸仁者若阿脩羅與諸天鬬天得勝時汝等可以五繫縛之如前所說諸天奉敎阿脩羅王亦復如是勑其軍衆諸比丘爾時鬬戰阿脩羅勝帝釋天王不如退還是時馭者迴千輻輪賢調御車欲向天宮有一居吒奢摩梨樹金翅鳥王巢於其上已生諸卵帝釋見已告摩多離執馭者言

樹上有卵摩多離　爲我迴輅遠避護
寧爲脩羅失身命　勿令毀破此鳥巢

時摩多離善執馭者聞釋天主如是勑已即便右迴天千輻輪賢調御車還復直詣阿脩羅宮諸比丘爾時諸阿脩羅衆見帝釋車忽然迴還咸謂帝釋別有竒策更來合戰阿脩羅衆因即大退各趣本宮諸比丘爾時帝釋以慈因緣諸天還勝脩羅不如諸比丘欲知爾時天帝釋者即我身是諸比丘我於爾時爲大天主主領三十三天自在治化受勝福報猶能憐愍一切衆生爲其壽命而作利益起慈悲心汝等比丘以信捨家應當利益一切衆生諸比丘我憶往昔天阿脩羅欲共戰鬬爾時帝釋告毗摩質多羅阿脩羅王言仁者我等且攝種種器仗天及脩羅其中各有明智慧者彼悉能知我等二家所說法義若善若惡但以善言長者取勝於是天主與阿脩羅相推前說爾時毗摩質多羅阿脩羅王即便在先向天帝釋而說偈言

愚癡猛盛者　必須重訶責　折伏於無智
猶牛畏鞭走　愚癡無有智　所在難調制
是故用嚴杖　速斷其癡慢

爾時毗摩質多羅阿脩羅王向天帝釋說此偈已阿脩羅衆幷諸眷屬皆大歡喜稱歎踊躍帝釋諸天及其眷屬默然而住爾時毗摩質多羅阿脩羅王告帝釋言汝大天王便可說偈爾時天主向阿脩羅而說偈言

我明見此事　不欲共癡同　愚者自起瞋
智者誰與諍

爾時帝釋天王說此偈已三十三天幷諸眷屬皆亦稱歎踊躍歡喜諸阿脩羅及其眷屬默然而住爾時帝釋告毗摩質多羅阿脩羅王言仁者更說善言時阿脩羅復向天王說如是偈

寂然忍辱意　帝釋我亦知　愚癡若勝時
言我畏故忍

爾時毗摩質多羅阿脩羅王說此偈已諸阿脩羅及其眷屬皆悉踊躍稱歎歡喜帝釋諸天幷其眷屬默然而住時阿脩羅王亦告帝釋言仁者天主可更辯說如法善言爾時天帝釋向阿脩羅衆復說偈言

愚者自隨意　謂忍爲畏彼　以此求自益
於彼則無利　我謂彼作惡　不應瞋其瞋
於瞋能默然　此鬬則常勝　若爲他所惱
有力能忍之　當知此忍者　忍中最爲上
無問自與他　皆求離畏處　若知他嫌已
於彼不應瞋　二處作利益　所謂若自他
他若瞋罵者　自瞋能消滅　若自若於他
二皆成其利　他意念愚癡　斯由不知法
若有強力人　爲彼無力忍　此忍爲最勝
餘忍更無過　彼無智慧性　惟有愚癡力
愚癡捨法故　自然失正行　愚癡自矜勝

瞋恚出惡言　若能忍其惱　此則常有勝
勝者畏而忍　等者恐生怨　於下能忍之
斯忍智所讚

爾時帝釋天王說此偈已三十三天及諸眷屬稱歎歡喜踊躍無量阿脩羅衆咸各默然時諸天中有智慧者阿脩羅中有智慧者各集一處皆共量議此等諸偈詳審思念觀察推尋同稱讚已作如是言諸仁者等今天帝釋善說言義其所治化一切無有刀杖鞭撻亦無諍鬪毀辱怨讎亦無言訟及求報復於生死中有所猒患求離於欲為寂滅故為寂靜故為得神通故為得沙門果故為成就正覺得涅槃故諸仁者毗摩質多羅阿脩羅王所說之偈無有如是善妙之語彼等一切惟有刀斧鞭打楚毒毀辱諍鬪言訟怨讎求於報復長養生死無有猒患貪著諸欲不念寂靜寂滅之行不希神通及沙門果不求正覺及大涅槃諸仁者帝釋天王所說之偈名為善說毗摩質多羅阿脩羅王所說之偈非是善說諸仁者帝釋天王所說之偈善說善說毗摩質多羅阿脩羅王所說之偈非是善說非是善說諸比丘汝等應知爾時帝釋即我身是諸比丘我於彼時為忉利天王自在治化受於福樂尚說善言以為戰具由善言故鬪戰常勝汝等比丘既能於我善說教中淨心離俗捨家出家修精進行汝等若求善說惡說於教法中欲取義者應如是知諸比丘我念往昔諸天王等與阿脩羅共相戰鬪時釋天王摧破脩羅戰既勝已造立勝殿東西五百由旬南北二百五十由旬諸比丘勝殿

之外有一百𨚫敵一一敵間各有七樓皆七寶成一一樓内各置七房一一房中安施七榻一一榻上有七玉女一一玉女復各别有七女為侍帝釋天王與諸玉女并侍女等更無所為惟受勝樂所須食飲香華服玩一切樂具皆隨往業受其福報諸比丘三千大千世界之内所有天宮更無有此帝釋天王勝殿比類爾時毗摩質多羅阿脩羅王作如是念我有如是威神德力日月宮殿及三十三天雖在我上運轉周行我力能取以為耳璫處處遊行不為妨礙曽於一時羅睺羅阿脩羅王内心瞋忿熾盛煩毒意不歡喜便念毗摩質多羅阿脩羅王爾時毗摩質多羅阿脩羅王即作是念羅睺羅阿脩羅王今念於我便復自念其所統領小阿脩羅王及諸眷屬

小阿脩羅等時彼小王及諸脩羅知毗摩質多羅阿脩羅王念已即各嚴備種種器仗往詣其所到已在前默然而住爾時毗摩質多羅阿脩羅王自服鎧甲持仗嚴駕與其小王并諸軍衆前後圍遶往詣羅睺羅阿脩羅王所時羅睺羅阿脩羅王復念踊躍幻化二阿脩羅王爾時二王知其念已還如毗摩質多羅阿脩羅王所念念其小王并諸所部亦各知已嚴備器仗向其王所到已皆共來詣羅睺羅阿脩羅王處爾時羅睺羅阿脩羅王自服種種嚴身器仗與毗摩質多羅踊躍幻化三阿脩羅王并彼三王小王眷屬前後圍遶從阿脩羅城導從而出欲共忉利諸天與大戰鬬爾時難陀優波難陀二大龍王從其宮出各各以身繞須彌山周迴七帀一時動之

動已復動大動徧動震已復震大震徧震涌
已復涌大涌徧涌以尾打海令一段水上於
虛空在須彌頂上諸比丘即於是時天主帝
釋告諸天衆作如是言汝等諸仁見此大地
如是動不空中霮䨴猶如雲雨又似重霧我
今定知諸阿脩羅欲與天闘於是海内所住
諸龍各從自宫持種種仗嚴備而出當阿脩
羅前與其戰闘勝則逐退直至其宫若其不
如恐怖背走復共往見地居夜叉到已告言
汝等當知諸阿脩羅欲與天闘汝等今可共
我詣彼相助打破夜叉聞已復嚴器仗與龍
相隨共脩羅戰勝則逐之不如便退恐怖而
走復共往見鉢手夜叉到已告言鉢手夜叉
仁等知不諸阿脩羅欲與天闘汝等可來共
我相助逆往打之鉢手聞已亦嚴器仗相隨
而去乃至退走復共往告持鬘夜叉具說如
前退走往告常醉夜叉亦復嚴仗共持鬘等
并力合闘若得勝者逐到其宫若不如者恐
怖退走復共往見四大天王到已諮白四天
王言四王當知諸阿脩羅今者欲來與諸天
闘王等應當與我相助打令破散時四天王
聞常醉言即各嚴持種種器仗駕馭而往乃
至退走不能降伏是時四王便共上昇詣善
法堂諸天集會議論之處啓白帝釋說如是
言天王當知諸阿脩羅今者聚集欲與天闘
宜應往彼與其合戰時天帝釋從四天王聞
是語已開意許之即召一天摩那婆告言汝
天子來汝今可往須夜摩天珊兜率陀天化
自樂天他化自在天至已爲我白諸天王作
如是言仁等諸天自當知之今阿脩羅欲與

天鬭仁等天王宜應相助俱詣其所與其戰鬭時摩那婆聞釋語已即便往詣須夜摩天具白是事爾時須夜摩天王從釋天使摩那婆所聞是語已即起心念須夜摩中一切天衆時彼天衆知其天王心所念已各嚴種種鎧甲器仗乘彼天中種種騎乘並共來詣彼天王所到已在前儼然而立時須夜摩天王亦自身著天中種種寶莊嚴鎧持衆寶仗與其無量百千萬數諸天子俱圍遶來下至須彌山王頂上在山東面竪純青色難降伏幡依峯而立爾時天使摩那婆復更上詣兜率陀天到已還白兜率天王作如是言天王當知帝釋天王有如是啓諸阿脩羅欲共天鬭惟願諸天咸來相助并力鬭戰令其退走兜率陀天聞是語已即自念其諸天大衆彼天知已悉來集會大天王所到已即各嚴持器仗乘諸騎乘相率來下與無量百千萬衆一時雲集須彌山頂在其南面竪純黄色難降伏幡依峯而立爾時天使摩那婆復更往詣化樂天中白彼天言天王當知帝釋使來有如是語諸阿脩羅欲共天鬭具說如前乃至彼天與其無量百千萬數諸天子衆各嚴器仗乘種種乘咸共來下至須彌山頂在其西面竪純赤色難降伏幡依峯而立如是上白他化自在天王亦如前說時彼天衆嚴持器仗倍化樂天與其無量百天子無量千天子無量百千天子圍遶來下至須彌山在其北面竪純白色難降伏幡依峯而立爾時帝釋見上諸天並皆雲集復起心念虛空夜义爾時虛空諸夜义衆咸作是言帝釋天王意念

我等如是知已即相識勑著甲持仗莊嚴身具皆各服之乘種種乘詣帝釋前一面而立時天帝釋又復念其諸小天王并三十三天所有眷屬如是念時並各著鎧嚴持器仗乘種種乘詣天王前於是帝釋自著種種鎧甲器仗乘種種乘與空夜叉及諸小王三十三天前後圍遶從天宮出欲共脩羅與大戰鬬諸比丘是諸天衆與阿脩羅戰鬬之時有如是等諸色器仗所謂刀箭穳棓椎杵金剛鈹箭面箭鑿箭鏃箭犢齒箭迦陵伽葉鏃箭微細鏃箭弩箭如是等器雜色可愛皆是金銀瑠璃玻瓈赤珠硨磲碼碯等七寶所成以此刀仗遥擲阿脩羅身莫不洞徹而不爲害於其身上亦復不見瘡痕之迹惟以觸因緣故受於苦痛諸比丘諸阿脩羅所有器仗與天鬬時色類相似亦是七寶之所成就穿諸天身亦皆徹過而無瘢痕惟以觸因緣故受於痛苦諸比丘欲界諸天與阿脩羅戰鬬之時尚有如是種種器仗況復世間諸人器仗

起世因本經卷第八

音釋

屠膾（屠同都切膾古外切屠膾謂宰殺者）磧（七迹切有石水渚也）罵詈（罵莫駕切詈力置切正斥曰罵旁及曰詈）騃（五駭切癡也）轅（于原切車前橫木）矜（居陵切驕矜也）璫（都郎切充耳珠也）鎧（苦亥切甲也）靉靆（靉於改切靆徒亥切靉靆雲盛貌）諮（即移切訪問也）穳（祖管切鋋也）棓（步項切與棒同）鈹（普皮切劒如刀裝者爲鈹）鏃（作木切矢鏑也）弩（奴古切弓有臂者）瘢（蒲官切瘡痕也）

起世因本經卷第九

隋三藏法師達摩笈多等譯

劫住品第十

諸比丘世間別有三種中劫何等爲三一者刀兵二者飢饉三者疾疫云何名爲刀兵中劫諸比丘刀兵劫者爾時衆人無有正行不如法說邪見顛倒具足同行十不善業是時衆生惟壽十歲諸比丘其人如是壽十歲時女生五月即便行嫁猶如今日年十五六嫁向夫家今時地力所生酥油生酥石蜜沙糖秔米至於彼時一切滅沒不復出現又彼人民壽十歲時純以殺羊毛褐爲衣猶如今日迦尸迦嬌奢耶衣芻摩繒衣度究邏衣向路摩娑衣劫貝衣甘婆羅寶衣最爲勝妙彼毛褐衣亦復如是當於爾時惟食稗子猶如今人食秔米等以爲美食又爲父母之所憐愛願其十歲以爲上壽亦如今人願壽百歲諸比丘彼十歲時所有衆生不孝父母不敬沙門及婆羅門不敬耆舊然亦得他供養承事讚歎尊重猶如今時行法教人名譽無異何以故其業爾故又諸比丘十歲時人無有善名亦不修行十善業道一切多行不善之業衆生相見各生毒害殺戮之心無慈愍意如今獵師在空山澤見諸禽獸惟起毒害屠殺之心又諸比丘當於彼時一切人民嚴身之具皆是刀仗亦如今人華鬘耳璫頸瓔臂釧指環釵鑷以莊嚴身彼用刀仗亦復如是又諸比丘當於彼時中劫將末七日之內一切人民手所捉觸若草若木土塊瓦石悉成刀仗其鋒甚利勝人所造各各競捉共相屠害

七日之間相殺略盡因此命終並墮惡趣受地獄苦何以故以其相向各生殺心濁心惡心無利益心無慈悲心無淨心故諸比丘此等名爲刀仗中劫諸比丘云何名爲飢饉中劫諸比丘飢饉劫時一切人民無有法行邪見顛倒具足皆行十不善業以是因緣天不降雨以無雨故世便飢饉無復種子白骨爲業諸皮活命云何名爲白骨爲業諸比丘飢饉之時彼諸人民若於四衢若於街巷城郭行路處處悉往收拾白骨水煎取汁飲以活命是故名爲白骨爲業云何名爲諸皮活命諸比丘飢饉劫時彼諸人民以飢急故取諸樹皮煑飲其汁以自活命是故名爲諸皮活命諸比丘彼時衆生飢餓死已皆當下生惡趣之中所謂墮在閻魔羅世受餓鬼身以彼衆生慳貪嫉妬畏食物盡爭取藏故諸比丘此等名爲飢饉中劫諸比丘云何名爲疾疫中劫諸比丘彼時人民欲行正法欲說如法亦欲行於無顛倒見亦欲具行十善業道但於是時諸如法人以其過去無十善業勝果報故遂令非人放其災氣流行癘疫致使多人得病命終諸比丘又於如是疾疫劫時更有他方世界無量非人來爲此間一切人民作諸疫病何以故以其放逸行非法故彼諸非人奪其精氣與其惡觸令心悶亂其中多有薄福之人因病命終譬如國王若王大臣守護民故於其界首安置戍邏有時他方盜賊忽來由彼戍邏不謹慎故有放逸故被諸群賊一時誅戮或滅其家或破村落或屠聚邑或毀國城如是如是以放逸故他方非人

來行疾疫命終皆盡亦復如是或復彼時他方非人來行疾病時諸衆生無放逸行但彼鬼大力强相逼惱奪其精氣與其惡觸令心悶亂於中多有遇病命終譬如國王或王大臣爲諸聚落作守護故安置鎭防或於後時他方劫賊來相侵擾而是鎭防無有放逸勤謹遮護但彼賊大力强相逼惱亦能一時誅戮諸人或滅其家村舍聚落略說如上如是如是諸比丘於疾疫劫衆人遇病逼切命終亦復如是其身死已皆得上昇生諸天中所以者何爲彼衆生無相害心無惱亂心有利益心慈心淨心故當命終時又各相問汝病可忍得少損不頗有脫者頗有起者頗有疾病全差者不諸比丘以是因緣得生天上此等名爲疾疫中劫諸比丘是名世間三種中劫

世住品第十一

諸比丘於世界中有四無量不可量不可稱不可思議若天若人世中算數欲取其量經若干年若干百年若干千年若干百千年若干俱致年若干百俱致年若干千俱致年若干百千俱致年終不能得何等爲四諸比丘若世界住此不可得算計而知若干年若干百年若干千年若干百千年若干俱致年若干百俱致年若干千俱致年若干百千俱致年諸比丘若世界住已壞亦不可得算計而知若干年若干百年若干千年若干百千年若干俱致年若干百俱致年若干千俱致年若干百千俱致年諸比丘若世界壞已復起此亦不可算計而知若干年若干百年若干

千年若干百千年若干俱致年若干百俱致年若干千俱致年若干百千俱致年諸比丘若世界成已住此亦不可算計而知若干年若干百年若干千年若干百千年若干俱致年若干百俱致年若干千俱致年若干百千俱致年諸比丘此等名爲四種無量不可量不可稱不可思議若天若人無有算計而能數知若干百千萬年若干百千萬俱致年者諸比丘於此東方所有世界轉住轉壞無有間時或有轉成或有轉壞諸比丘南西北方所有世界轉成轉住轉壞亦復如是諸比丘如五段輪除其軸已旋轉不住無暫閑時略說世界亦復如是又如夏雨其滴麤大相續下注無有休間如是東方南西北方成住壞轉無停住時亦復如是諸比丘於其中間復

有三災何等爲三一者火災二者水災三者風災於火災時光音諸天首免其災水災之時徧淨諸天首免其災風災之時廣果諸天首免其災云何火災諸比丘火災起時諸衆生等皆有善行所說如法正見成就無有顛倒具足修行十善業道無覺觀禪不用功修自然而得時彼衆生以神通力住於虛空住諸仙道住諸天道住梵行道如是住已受第二禪無覺觀樂如是證知成就具足身壞即生光音天中地獄衆生畜生衆生閻魔羅世阿脩羅世四天王世三十三天須夜摩天兜率陀天化自樂天他化自在天及魔身天乃至梵世一切衆生於人間生悉皆成就無覺無觀快樂證知身壞即生光音天處一切六道皆悉斷絶比則名爲世間轉盡諸比丘云

何世間住已轉壞諸比丘當於彼三摩耶時無量時長遠時天下亢旱無復雨澤所有草木一切乾枯無復遺餘譬如葦荻乘青刈之不得雨水乾枯朽壞無復遺餘如是如是諸比丘天久不雨一切草木悉皆乾枯亦復如是諸比丘諸行亦爾一切無常不久住不堅牢不自在破壞之法應當猒離速求解脫復次諸比丘爾時有迦梨迦大風吹八萬四千由旬大海之水皆令四散於下即有日天宮殿便吹一日出在海上置於須彌山王半腹之間去地四萬二千由旬日行道中諸比丘此名世間第二日出世間諸小陂池溝河一切乾竭無復遺餘諸比丘一切諸行悉皆無常略說如上當求免脫復次諸比丘略說如前迦梨迦風吹大海水復出宮殿置日道中是名世間第三日出世間所有大陂大池大溝大河及恒河等一切諸河悉皆乾竭無復遺餘諸行亦爾一切無常如是次第世間復有第四日出爾時一切大水大池所謂善現大池阿那婆達多大池曼陀祇尼大池虵滿大池等悉皆乾竭無復遺餘諸行亦爾一切無常如是次第世間復有第五日出當於是時此大海水漸漸乾竭初少減損如齊脚踝乃至轉減如至脚膝乃至半身乃至一身二三四五六七人身齊此乾竭諸比丘五日出時大海之水漸更損減半多羅樹乃至一多羅樹或二三四五六七多羅樹漸復乃至半俱盧奢一二三四五六七俱盧奢減損乾竭乃至半由旬一由旬二三四五六七由旬以漸而減乃至一百由旬二百由旬三四五六

七百由旬以漸而減諸比丘五日出時大海之水漸復損減一千由旬二千由旬乃至三四五六七千由旬諸比丘當於世間五日出時彼大海水所餘殘者略說乃至七千由旬或至六千五四三二一千由旬如是乃至七百由旬六百由旬五四三二一百由旬餘水殘在如是乃至或七由旬或六由旬五四三二一由旬在或復減至七俱盧奢六俱盧奢五四三二一俱盧奢餘水殘在諸比丘於世間中五日出時彼大海水餘殘在者深七多羅樹或六多羅樹五四三二一多羅樹或復餘水深如七人或如六人五四三二或復一人乃至半人或膝已下或至於踝水殘齊此又五日出時於大海中或時少分有餘殘水如秋雨時牛跡之中少分有水如是如是五日出時大海之中少水亦爾又諸比丘五日出時彼大海中於一切處乃至乾竭無復餘水如塗脂者諸比丘一切諸行亦復如是無常不久須臾暫時略說乃至可猒可離應求免脫復次諸比丘略說如前乃至六日出現世時彼四大洲及八萬四千小洲一切大山乃至須彌山王並皆烟起起已復起猶如瓦師燒器物時器上火焰一時俱起起已復起其火遂盛充塞徧滿如是如是彼四大洲及諸大山烟起猛壯亦復如是略說乃至諸行無常應求免脫復次諸比丘略說如前七日出時彼四大洲及八萬四千小洲一切大山乃至須彌山王並皆洞然地下水際亦悉乾竭水聚既盡風聚亦消如是火焰熾盛之時須彌山王頂際上分七百由旬一時崩落其

火轉熾風吹上燒梵天宮殿惟不能至光音天中爾時彼天所有後生光音天子未知世間劫有轉壞轉壞已成及轉住故皆生恐怖驚愕顫悚咸相謂言將無火焰延來燒此光音宮殿是時彼中舊生光音諸天子輩善知世間劫壞成住慰喻後生諸天子言汝諸仁等莫驚莫畏汝諸仁等莫驚莫畏所以者何諸仁當知昔有光焰亦至於此時諸天衆聞此語已即便憶念往昔火光憶念彼光不離於心故得此名所謂光天彼火如是極大熾然猛焰洪赫焚其灰燼無復遺餘而可記識諸比丘諸行如是略說乃至可求免脫諸比丘云何世間壞已復成諸比丘爾時復經無量久遠不可計數日月時節起大重雲乃至徧覆梵天世界既徧覆已注大洪雨其滴甚麤或如車軸或復如杵經歷多年百千萬年彼雨水聚漸漸增長乃至梵天所住世界其水徧滿然彼水聚有四風輪之所住持何等爲四一名爲住二名安住三名不墮四名牢主時彼水聚雨斷已後還自退下無量百千萬億由旬當於爾時四方一時有大風起其風名爲阿那毗羅吹彼水聚波濤沸涌混亂不停水中自然生大沫聚時阿那毗羅大風吹彼沫聚擲置空中從上造作諸梵宮殿微妙可愛七寶間成所謂金銀瑠璃玻瓈赤珠硨磲碼碯諸比丘以此因緣有斯上妙宮殿牆壁梵身諸天世間出生諸比丘如是作已彼大水聚復更退下無量百千萬億由旬略說如前四方風起名阿那毗羅由此大風吹擲水沫復成宮殿名魔身天牆壁住處如梵

身天無有異也惟有寶色精麤差降少殊異耳如是造作他化自在諸天宮殿化樂諸天宮殿次後造作刪兜率陀諸天宮殿次造夜摩諸天宮殿如是次第具足出生皆如梵身諸天宮殿但其寶色漸少麤異諸比丘時彼水聚轉復減少乃更退下無量百千萬億由旬湛然停住於水聚中周帀四方自然起沫浮在水上厚六十八億由旬周闊無量譬如泉池及陂泊中普徧四方皆有浮沫彌覆水上凝然而住如是如是諸比丘彼水聚中普四方面浮沫在上厚六十八億由旬周闊無量亦復如是諸比丘時阿那毗羅大風吹彼水沫即復造作須彌山王次作城郭雜色可愛四寶所成所謂金銀瑠璃玻瓈等寶諸比丘以此因緣世間便有須彌山王出生顯現

諸比丘又於是時毗羅大風吹彼水沫於須彌山王上分四方造作山峯其峯各高七百由旬雜色殊妙七寶合成所謂金銀乃至硨磲碼碯以是因緣世間出生四大山峯彼風如是次第又吹水上浮沫爲三十三天造作宮殿次復更於須彌山王東西南北半腹之間四萬二千由旬處所爲四大天王造作宮殿城壁垣牆皆是七寶端嚴殊妙雜色可觀如是訖已爾時彼風又吹水沫於須彌山王半腹之間四萬二千由旬爲月天子造作宮殿高大城壁七寶成就雜色莊嚴如是作已復吹水沫爲日天子具足造作七大宮殿城郭樓櫓皆七寶成種種莊嚴雜色可觀以是因緣世間便有七日宮殿安住現在又諸比丘其風次吹彼水聚沫於須彌山上更復造

作三處城郭七寶莊嚴雜色殊妙所謂金銀乃至硨磲碼碯等寶以此因緣如是城郭世間出生復次諸比丘時阿那毗羅大風又吹此沫於海水上高萬由旬爲空居夜叉造玻瓈宫殿城郭樓櫓皆亦玻瓈諸比丘以此因緣世間便有空居夜叉宫殿城壁具足出生復次諸比丘時阿那毗羅大風又吹水沫於須彌山王東西南北各各去山一千由旬大海之下造作四面阿脩羅城七寶莊嚴微妙可愛乃至世間有此四面阿脩羅城如是出生復次阿那毗羅大風吹彼水沫擲置須彌山王之外即於彼處復造大山名曰佉提羅迦其山高廣各四萬二千由旬皆是七寶莊嚴成就殊妙可觀諸比丘以此因緣世間便有佉提羅迦山如是出生復次阿那毗羅大風吹彼水沫又擲置於佉提羅迦山外更於彼處造作一山名曰伊沙陀羅其山高廣各二萬一千由旬雜色可愛七寶所成乃至硨磲碼碯等寶諸比丘以此因緣世間便有伊沙陀羅山如是出生復次阿那毗羅大風吹彼水沫又更擲置伊沙陀羅山外亦於彼處造作一山名曰由乾陀羅其山高廣一萬二千由旬雜色可愛乃至硨磲碼碯七寶所成諸比丘以此因緣世間便有由乾陀羅山王顯現出生如是次第作善現山高廣正等六千由旬次復造作馬片頭山舊云半頭高廣正等三千由旬次復造作尼民陀羅山高廣正等一千二百由旬次復造作毗那耶迦山高廣正等六百由旬次復造作斫迦羅山高廣正等三百由旬雜色可愛皆是金銀瑠璃玻瓈

赤珠硨磲碼碯等七種妙寶之所成就具説如上造佉提羅迦山無有異也諸比丘以此因緣世間便有斫迦羅山等如是出生復次阿那毗羅大風吹彼水沫又散擲置斫迦羅山外於四方面作四大洲及八萬小洲并餘大山如是展轉造作成就諸比丘以此因緣世間便有此四大洲八萬小洲諸大山等次第出現復次阿那毗羅大風吹彼水沫過四大洲八萬小洲須彌山王并餘一切大山之外周帀安置名曰大輪圍山高廣正等六百八十萬億由旬牢固真實金剛所成難可破壞諸比丘以是因緣大輪圍山世間出現復次阿那毗羅大風吹掘大地漸漸深入乃於其中置大水聚湛然停積諸比丘以此因緣於世間中便有大海如是出生復何因緣此大海水如是鹹苦不堪飲食諸比丘當知此事有三因緣何等爲三一者從火災後經無量時長遠時起大重雲彌覆凝住乃至梵天然後降雨其滴甚大廣説如前彼大雨汁洗梵身天一切宮殿次復徧洗魔天宮殿他化自在天宮殿化樂天宮殿兜率陀天宮殿夜摩天宮殿洗已復洗如是大洗洗彼宮時所有鹹辛苦味悉皆流下次復徧洗須彌山王及四大洲八萬小洲諸餘大山輪圍山等如是洗時浸漬流盪其中所有鹹辛苦味一時并下入大海中諸比丘此第一因緣令大海水鹹不堪飲復次此大海水爲諸大神大身衆生之所居住何者力身所謂魚鼈虬獺黿鼉蝦蟇宮毗羅低摩邪低穼彌羅低穼兜羅兜羅祁羅等其中或有百由旬身二百由旬

三四五六七百由旬有如是等大身衆生在其中住彼之所有屎尿流出皆在海中以是因緣其水鹹苦不堪飲食諸比丘此爲第二鹹苦因緣復次此大海水古昔諸仙曾所祝故諸仙祝言願汝成鹽味不堪飲願汝成鹽味不堪飲諸比丘此是第三鹹苦因緣令大海水鹹不堪飲復次有何因緣大熱沃燋世間出也諸比丘當此世界劫初轉時始成就時阿那毗羅大風吹彼日天六大宮殿悉皆置於大海水下所安置處其地分中彼大水聚並即消盡不得流汎諸比丘以此因緣世間有是大熱沃燋示現出生是名世間轉壞已住復次何名世間轉壞成住諸比丘猶如今者世間成已如是住立而有火災云何復有水災出也諸比丘水災劫時一切人民有如法行說如法語正見成就無有顛倒持十善行彼諸人等當得無喜第三禪處不勞功力無有疲倦自然得之時彼衆生得住虛空諸仙諸天梵行道中得住中已歡喜快樂即自稱言諸仁者快樂快樂此第三禪如是快樂爾時彼處一切衆生皆共問此得禪衆生彼便答言善哉仁者此是無喜第三禪道應如是知彼諸衆生既得知已便復成就如是無喜第三禪道成就已證證已思惟思惟已住身壞命終生徧淨天如是下從地獄閻魔羅世阿脩羅世四天王天乃至梵世光音諸天自此已下一切衆生一切處一切有皆悉斷盡諸比丘是名世轉復次云何世間轉已而壞諸比丘經無量久遠三摩耶時大雲徧覆乃至充滿光音諸天自是已下雨沸灰水

無量多年略說乃至百千億年諸比丘彼沸灰水雨下之時消光音天所有宮殿悉皆滅盡無有形相微塵影像可得識知譬如以酥擲置火中消然都盡無有形相可得驗知如是如是彼沸灰水雨下之時消光音天諸宮殿等亦復如是無相可知諸比丘諸行無常破壞離散流轉磨滅須臾不停亦復如是可猒可患應求免脫諸比丘如是梵身諸天魔身化樂他化自在兜率夜摩諸宮殿等爲沸灰雨澆洗消滅略說同前如酥投火融消散失無有形相亦復如是乃至一切諸行無常應求免離諸比丘彼沸灰水雨下之時兩四大洲八萬小洲幷餘大山須彌山王消磨滅盡無有形相可得記識廣說如前應可患猒如是變化惟除見者乃能信之此名世間轉已而壞復次云何轉壞已成諸比丘爾時起雲注大水雨經歷多年起風吹沫上作天宮廣說乃至如火灾事是爲水灾復次云何有於風灾諸比丘欲風灾時一切衆生如法修行成就正念生第四禪中廣果天處地獄衆生捨地獄身來生人間修淸淨行成就四禪亦復如是諸畜生道閻魔羅世阿脩羅世四天王天三十三天夜摩天兜率陀天化樂天他化自在天魔身天梵世光音徧淨諸天等皆修行成就四禪廣說如上諸比丘是名世轉云何轉壞諸比丘經於無量久遠三摩耶時有大風起其風名曰僧伽多（此言和合）諸比丘彼風先吹徧淨諸天一切宮殿令相揩磨遂至壞滅無有餘殘而可記識譬如壯士取二銅器兩手執之相揩不已破壞消滅無有形

相餘殘可識彼和合風吹徧淨天宮殿磨滅亦復如是諸比丘諸行無常破壞離散須臾不久乃至可猒應求免脫如是次第吹光音天所有宮殿梵身諸天所有宮殿魔身天他化自在天化樂天夜摩天一切宮殿相振相觸相揩相磨一一皆令無形無相無影無塵而可記識諸比丘一切諸行亦復如是敗壞不牢無有眞實應當猒離早求免脫諸比丘彼風又吹四大洲八萬小洲幷餘大山須彌山王或令舉高一拘盧奢分散破壞或二或三四五六七拘盧奢已分散破壞或吹令高一由旬二三四五六七由旬或吹令高百由旬二三四五六七百由旬分散破壞或吹令高千由旬二三四五六七千由旬或吹令高百千由旬分散破壞彼風如是吹破散壞一切皆令無形無相無有微塵餘殘可見譬如壯健丈夫手把麥麨末令粉碎向空擲之分散飄颺無形無影如是如是彼風吹破諸洲諸山亦復如是惟除見者乃能信之此名世間轉住已壞復次世間云何壞已轉成諸比丘如是復經無量年歲極大長遠三摩耶時起大黑雲普覆世界乃至徧淨天宮旣徧覆已便降大雨其滴麤大或如車軸或復如杵相續注下經歷多年百千萬年水聚深積至徧淨天悉皆盈滿四種風輪之所住持如前所說乃至吹沫造徧淨宮七寶雜色顯現出生一一皆如火災水災次第而說諸比丘是名世間壞已轉成云何世間轉成已住諸比丘猶如今者天人世間轉成已住諸比丘如是次第皆以風吹此等名爲世間三災

最勝品第十二之一

復次諸比丘世間轉巳如是成時諸衆生等多得生於光音天上是諸衆生生彼天時身心歡豫喜悦爲食自然光明又有神通乘空而行得最勝色年壽長遠安樂而住諸比丘爾時世間轉壞巳成空無有物諸梵宫中未有衆生光音天上福業盡者乃復下生梵宫殿中不從胎生忽然化生此初梵天名娑訶波帝（娑訶者世界名波帝者主也）爲如是故有此名生諸比丘爾時復有諸餘衆生福壽盡者從光音天捨身命巳亦於此生身形端正喜悦住持以爲飲食自然光明有神通力騰空而行身色最勝即於其間長時久住彼諸衆生如是住時無有男女無有良賤惟有此名名曰衆生衆生也復次諸比丘當於如是三摩耶時此大地上出生地肥周徧凝住譬如有人熟煎乳汁其上便有薄膜停住亦如水膜停住水上如是如是諸比丘復於後時此大地上所生地肥凝然停住漸如鑽酪成就生酥有如是等形色相貌其味甘美猶如上蜜爾時衆生其中忽有性貪嗜者作如是念我今亦可以指取此試復嘗之令我得知此是何物時彼衆生作是念巳即以其指深齊一節沾取地味吮而嘗之嘗巳意喜如是一沾一吮乃至再三即生貪著次以手抄漸漸手掬後遂多掬恣意食之時彼衆生如是抄掬恣意食時復有無量其餘諸人見彼衆生如是食噉亦即相學競取而食諸比丘彼諸衆生取此地味食之不巳其身自然漸漸澀惡皮膚麤厚顔色濁闇形貌改異無復光明亦更不

能飛騰虛空以地肥故神通滅沒諸比丘如前所說後亦如是爾時世間便成黑闇諸比丘爲如是故世間始有大闇出生復次云何於如是時世間忽然出生日月及諸星宿便有晝夜一月半月年歲時節等名字生也諸比丘爾時日天勝大宮殿從東方出遶須彌山半腹而行於西方沒西方沒已還從東出爾時衆生復見日天勝大宮殿從東方出各相告言諸仁者還是日天光明宮殿再從東出右遶須彌當於西沒第三見已亦相謂言諸仁者此是彼天光明流行此是彼天光明流行也是故稱日爲修梨耶修梨耶修梨耶此言此是彼也故有如是名字出生

起世因本經卷第九

音釋

飢饉 飢居宜切穀不熟也饉渠吝切菜不熟也　羖 公戶切牡羊也　頸 古郢切頭莖也　釧 天絹切臂鐶也　鑷 尼輒切箝也　振 直庚切觸也　癘 力制切疾疢也　陂 波爲切澤也　溝 古侯切水瀆也　愕 五各切驚也　悚 息拱切懼也　燼 徐進切火餘也　盪 大浪切動盪也　寐 莫庇切　祝 陟救切與呪同駃也　吮 徂兗切含吸也　抄掬 抄楚交切又取也掬居六切兩捧也

起世因本經卷第十

隋三藏法師達摩笈多等譯

最勝品第十二之二

復次諸比丘汝等應知日天宮殿縱廣正等五十一由旬上下亦爾七重牆壁七重欄楯多羅行樹亦有七重周帀圍遶雜色間錯以爲莊嚴彼諸垣牆皆爲金銀瑠璃玻瓈赤珠硨磲碼碯等之所成就於四方面並有諸門一一諸門皆有樓櫓却敵臺觀及諸樹林池沼園苑其中皆生種種雜樹其樹皆有種種葉種種華種種果種種香隨風徧熏復有種種諸鳥和鳴諸比丘然彼日天以二種物成其宮殿正方如宅遥看似圓諸比丘何等爲二所謂金及玻瓈此日宮殿衆多天金及天玻瓈合而成就一面兩分皆是天金清淨無垢離諸穢濁皎潔光明一面一分天玻瓈成淨潔光明善磨善瑩無垢無穢諸比丘又彼日天勝大宮殿有五種風吹轉而行何等爲五一名爲持二名爲住三名隨順轉四名波羅訶迦五名將行復次諸比丘於彼日天宮殿之前別有無量諸天先行無量百天無量千天無量百千天於前而行行時各各常受安樂皆名牢行牢行諸天從此得名又諸比丘日宮殿中閻浮檀金以爲妙輦舉高十六由旬方八由旬莊嚴殊勝日天子身及内眷屬在彼輦中以天五欲功德和合具足受樂歡喜諸比丘日天子身壽五百歲子孫相承皆於彼治宮殿住持滿足一劫復次諸比丘日天子身支節分中光明出照閻浮檀輦閻浮檀輦光明復出照彼宮殿從彼日天大宮

殿中光明相接出已照曜徧四大洲及諸世間諸比丘日天子身輦及宮殿具足皆有一千光明五百光明傍行而照五百光明向下而照復次以何因緣日天子所居勝大宮殿照四大洲及諸世界諸比丘有一種人能行布施彼布施時施於沙門婆羅門及貧窮孤獨遠來求者所謂飲食騎乘衣裳華鬘瓔珞塗香牀敷房舍燈油凡是資須養身命者於布施時速疾而施不諂曲施或復供養諸持戒仙功德具足行善法者種種承事以是因故受無量種身心安樂譬如大澤空閑山林廣遠磧地忽有池水其水涼冷清淨輕甘有諸壯夫遠行疲頓熱惱渴乏不得飲食已經多時至彼池所飲已澡浴除斷一切渴乏熱惱出於池外身意怡悅受無量樂多生歡喜如是如是彼布施時心清淨故身壞命終於日宮殿中生為天子生其中已報得如是速疾稱心飛行宮殿以此因緣日天宮殿照四大洲及餘世界諸比丘復一種人不殺生不偷盜不邪婬不妄語不飲酒不放逸供養持戒功德具足諸仙諸賢親近純直善法行人廣說如前身壞命終隨願往生日天宮殿於彼即受速疾果報是故名為諸善業道以是因緣此日宮殿照四大洲并餘世界復一種人修不殺生乃至正見亦曾供養諸仙持戒功德具者亦曾親近純直善行以值遇彼清淨因緣便得報生日天宮殿受速疾果以是因緣日天宮殿照四大洲及餘世界廣說如上諸比丘六十刹那名一羅婆三十羅婆名牟休多諸比丘若干刹那若干羅婆若干牟

休多日天宮殿常行不息六月北行於一日中漸移北向六俱盧奢未曾暫時離於日道六月南行亦一日中漸移南向六俱盧奢不差日道諸比丘日天宮殿六月行時月天宮殿十五日中亦行爾許復次有何因緣常於夏時生諸熱惱諸比丘日天宮殿六月之間向北行時一日常行六俱盧奢未曾捨離日所行道但於其中有十因緣故生熱惱何等爲十諸比丘須彌山外次復有山名佉提羅迦高廣正等四萬二千由旬雜色可觀七寶成就於其時間日天宮殿所有光明照觸彼山令其生熱故於彼時有是熱惱此爲第一熱惱生緣復次諸比丘佉提羅迦山外次復有山名伊沙陀羅高廣正等二萬一千由旬於其時間日天宮殿所有光明照觸彼山令

生熱觸此爲第二熱惱生緣次有由乾陀山高廣正等一萬二千由旬是第三緣次有善現山高廣正等六千由旬是第四緣次有馬片頭山高廣正等三千由旬是第五緣次有尼民陀羅山高廣正等一千二百由旬是第六緣次有毗那耶迦山高廣正等六百由旬是第七緣次有輪圍山高廣正等三百由旬是第八緣次有從此大地已上高萬由旬彼虛空中有諸夜叉宮殿住處玻瓈所成是第九緣次有四種大洲八萬小洲彼等洲中諸餘大山須彌山王等是第十緣具足應如佉提羅迦中說是爲十種日天宮殿六月之中向北道行熱惱因緣復次於中何因緣故有諸寒冷諸比丘日天宮殿六月已後漸向南行爾時復有十二因緣能生寒冷何者十二

諸比丘於須彌山佉提羅迦山二山之間有須彌留海闊八萬四千由旬周迴無量其中多有優鉢羅華鉢頭摩華拘牟陀華奔茶梨迦華等悉皆徧滿香氣甚盛日天宮殿所有光明經於其間照觸彼海此是第一寒冷因緣如是次第伊沙陀羅山是第二緣由乾陀山是第三緣善現山是第四緣馬片頭山是第五緣尼民陀羅山是第六緣毗那耶迦山是第七緣輪圍大山是第八緣彼諸海中所有諸華具足次第應如佉提羅迦山中廣說復次閻浮洲中所有諸河流行之處日天宮殿光明照觸故有寒冷略說乃至此是第九寒冷因緣復次如閻浮洲諸河流行瞿陀尼洲諸河流行倍多於此日天宮殿光明照觸寒冷更多此是第十寒冷因緣復次如瞿陀尼洲諸河流行弗婆提洲諸河流行倍多於此是第十一寒冷因緣復次如弗婆提洲諸河流行鬱單越洲諸河流行又倍於此日天宮殿光明照觸而生寒冷是第十二寒冷因緣諸比丘日天宮殿六月之間向南行時每於一日行六俱盧奢不違其道有如是等十二因緣所以寒冷復次諸比丘有何因緣於冬分時夜長晝短諸比丘日天宮殿過六月已漸向南行每於一日移六俱盧奢無有差失當於是時日天宮殿在閻浮洲最極南垂地形狹小日過速疾諸比丘以此因緣於冬分時晝短夜長復次比丘有何因緣於春夏時晝長夜短諸比丘日天宮殿過六月已漸向北行每一日中移六俱盧奢無有差失異於常道當於是時在閻浮洲處中而行地寬

行夂所以晝長諸比丘以此因緣春夏晝長夜分短促復次諸比丘若閻浮洲日正中時弗婆提洲日則始沒瞿陀尼洲日則初出鬱單越洲正當半夜若瞿陀尼洲日正中時此閻浮洲日則始沒鬱單越洲日則初出弗婆提洲正當半夜若鬱單越洲日正中時瞿陀尼洲日則始沒弗婆提洲日則初出閻浮洲中正當半夜若弗婆提洲日正中時鬱單越洲日則始沒閻浮洲中日則初出瞿陀尼洲正當半夜諸比丘若閻浮洲人所謂西方瞿陀尼人以爲東方瞿陀尼人所謂西方鬱單越人以爲東方鬱單越人所謂西方弗婆提人以爲東方弗婆提人所謂西方閻浮洲人以爲東方南北二方亦復如是世尊於此說優陀那偈

轉住及轉壞　天出及薄覆　十二重風吹
於前諸天行　樓櫓及風吹　身體光明照
布施持戒業　刹那羅婆過　熱則有十緣
寒有十二種　晝夜及日中　東西說四方

諸比丘月天子宮縱廣正等四十九由旬四面周圍七重垣牆七重欄楯七重鈴網復有七重多羅樹行周帀圍遶雜色可觀彼諸牆壁皆以金銀乃至碼碯七寶所成四面諸門各有樓櫓種種莊校乃至衆鳥各各和鳴廣說如前日天宮殿諸比丘月天宮殿純以天銀天青瑠璃而相間錯二分天銀清淨無垢無諸滓穢其體皎潔光甚明曜餘之一分天青瑠璃亦甚清淨表裏映徹光明遠照諸比丘彼月天子最勝宮殿爲五種風攝持而行何等爲五一持二住三順四攝五行以此五

風所攝持故月天宮殿依空而行諸比丘月宮殿前亦有無量諸天宮殿引前而行無量百千萬數諸天子等亦在前行於前行時恒受無量種種快樂彼諸天子皆有名字諸比丘於此月天大宮殿中有一大輦青瑠璃成其輦舉高十六由旬廣八由旬月天子身與諸天女在此輦中以天種種五欲功德和合受樂歡娛悅豫隨意而行諸比丘彼月天子如天年月壽五百歲子孫相承皆於彼治然其宮殿住於一劫諸比丘月天子身支節分中光明出已周徧照彼青瑠璃輦其輦光明照月宮殿月宮殿光照四大洲諸比丘彼月天子有五百光向下而照有五百光傍行而照是故月天名千光明亦復名爲涼冷光明諸比丘何因緣故月天宮殿照四大洲以於過去布施沙門及婆羅門貧窮孤獨遠來乞者所謂飲食騎乘衣服華鬘諸香牀鋪房舍諸資生等於布施時應時疾與無諂曲心或復供養諸仙持戒具功德者正直純善以此因緣受無量種身心快樂譬如空閑山澤曠野磧中有一池水涼冷輕美無諸濁穢是時有人遠行疲乏飢渴熱逼入此池中澡浴飲水除一切苦受無量樂如是如是以上因緣生在月天宮殿之中受樂果報亦復如是諸比丘或復有人斷於殺生乃至斷酒及放逸行供養承事諸仙有德則得生於月宮殿中照四洲界或復有人斷於殺生乃至正見故得速疾空行宮殿此等名爲諸善業道又何因緣月天宮殿漸漸現耶諸比丘此有三因緣何等爲三一者背相轉出二者青身諸天

形服瓔珞一切悉青常半月中隱覆其宮以隱覆故彼時月形漸漸而現三者從日天宮殿有六十光明一時流出障彼月輪以是因緣漸漸而現復次以何因緣是月宮殿圓淨滿足如是顯現諸比丘亦三因緣故令如是一者爾時月天宮殿面相轉出以是義故圓滿而現復次青色諸天衣服瓔珞一切皆青常半月中隱月宮殿然此月宮於逋沙他十五日時形最圓滿光明熾盛譬如於多油中然大熾炬諸小燈明皆悉隱翳如是如是月天宮殿十五日時能覆諸光亦復如是復次日天宮殿六十光明一時流出障月輪者此月宮殿於逋沙他十五日時圓滿具足於一切處皆離翳障是時日光不能隱覆復次有何因緣月天宮殿於黒月分第十五日一切不現諸比丘此月宮殿於黒月分第十五日最近日宮由彼日光所覆翳故一切不現復次有何因緣月天宮殿名爲月也諸比丘此月宮殿於黒月分一日已去乃至月盡光明威德漸漸減少以此因緣名之爲月復次以何因緣月宮殿中有諸影現諸比丘此大洲中有閻浮樹因此樹故名閻浮洲其樹高大影現月輪以此因緣有諸影現復次以何因緣有諸河水流於世間諸比丘以有日故有熱有熱故有炙有炙故有蒸有蒸故有汗濕以汗濕故一切山中汁流爲水以成諸河諸比丘此因緣故河流世間復次有何因緣五種種子世間出現諸比丘若於東方有諸世界或成已壞或壞已成或成已住南西北方成壞及住亦復如是爾時阿那毗羅大風別

於他方成住世界吹五種子散此界中散已復散乃至大散所謂根子莖子節子接子子子此爲五子諸比丘閻浮樹果大如摩伽陀國一斛之甕摘其果時汁隨流出色白如乳味甘如蜜諸比丘閻浮樹果隨所出生有五分利益謂東南西方上下二方東分生者諸乾闥婆皆共食之南分生者爲七大聚落人民所食何者爲七一名不正叫二名叫喚三不正體四賢五善賢六牢七勝於此七種大聚落中有七黑山一名偏相二名一搏三小棗四何髮五百偏頭六能勝七最勝彼七山中有七梵仙所居之窟一善眼二善賢三小四百偏頭五爛物池六黒入七增長時西分生者金翅鳥等所共食之上分生者虛空夜叉皆共食之下分生者海中諸蟲皆來取食於中有優陀那偈

初說雨多少　宮殿中示現　二事多有風
於前諸天行　輦輿及壽命　身體光明照
布施持戒業　徧及滿足輪　月翳及不現
有影何因緣　諸河諸種子　閻浮樹最後

諸比丘劫初衆生食地味時多所資益久住於世而彼諸人若多食者顏色即劣若少食者光相便勝當於是時形色現故衆各相欺共諍勝劣勝者生慢以我慢故地味便沒續生地皮色味具足譬如成就羯尼迦羅華有如是色又如淳蜜煎除滓蠟有如是味彼諸衆生皆共聚集憂愁苦惱搥胷叫喚迷悶困乏作是唱言嗚呼我地味嗚呼我地味譬如今者有諸勝味既嘗知已唱言嗚呼此是我味執著舊名不知眞義彼諸衆生亦復如是

時彼衆生食於地皮亦久住世多食色麤少食形勝以勝劣故我慢相凌地皮復没便生林蔓形色成就香味具足譬如成就迦藍婆迦華有如是色割之汁流猶如淳蜜乃至如前聚共愁惱如是次第林蔓没已有秔米出不耕不種自然而生無芒無稽米粒清淨香味具足彼時衆生食是米已身分即有脂髓皮肉筋骨膿血衆脈流布及男女根相貌彰顯根相既生染心即起以有染故數相視瞻既數相看遂生愛欲以愛欲故便於屏處行非梵行不淨欲法是時復有諸餘衆生未行此者見已告言咄汝衆生所作甚惡云何如此時彼衆生即生慙愧墮在不善諸惡法中便得如是波帝名字（波帝此言墮即是夫主）時彼衆生以墮如是諸惡法故同行欲者將飯食米共餉遺之語彼女言汝有墮也汝有墮也因此立名爲婆梨耶（此言飯食即是婦也）諸比丘以此因緣先舊下生諸勝人等見於世間夫妻事出心生惡賤左手捉取右手推之令離其處時彼夫妻或復二月或復三月去已還來即以杖木土塊瓦石而打擲之作如是言汝善隱藏汝善隱藏是故今者諸女嫁時或擲諸華或擲金銀衣服羅闍（羅闍梵語即是熬稻穀爲華者）作如是呪願之言願汝新婦安隱快樂諸比丘如是次第往昔衆人用之爲惡今時諸人亦如是作用之爲好以是因緣諸衆生等於世法中行於惡行如是次第乃至起作種種舍宅爲彼惡業作覆藏故偈言

初作占婆城　後作波羅柰　過劫殘末際
規度王舍城

諸比丘以此因緣先舊勝人造作村城聚落國邑王都宮室諸餘住處莊嚴世間次第出生諸比丘如是衆生更漸增長非法行時有餘衆生福命業盡從光音天捨身來下於母腹中受胎生身以此因緣世人漸多非法漸增諸比丘諸舊勝人先生世間彼諸衆生餘福力故不須耕種而有秔米自然出生若有須者日初分取於日後分尋復還生日後分取日初還生成熟無異若未取者依舊常在後時衆生福漸薄故懶惰懈怠貪悋心生作如是念今此秔米非耕種得何用辛苦日初日後時別往取徒自困乏我今寧可一時頓取遂即併取二時秔米有餘衆生喚彼人言食時方至可共相隨收秔米也彼人報言我已頓取日初後分一時將來汝欲去者可自知時彼作是念此人善作快自安樂日初後分一時頓取我今亦可一時併取兩三日食即頓取之爾時更有諸餘衆生喚彼人言我等可共收取秔米彼即報言我前已取三日食分汝自知時彼人聞已復作是念此人甚善我今亦宜一時併取四五日分以爲貯積以此因緣爾時秔米漸生皮稽盛裹其米又被刈者即更不生未刈之處依舊猶在於是稻穀便有分段叢聚而生是時衆生方共聚集愁憂悲哭自相謂言我憶往昔所生之身以喜爲食自然光明騰空自在神色最勝壽命遐長而爲我等忽生地味色香味具食亦久壽若多食者色形則麤能少食者顏色猶勝爭勝劣故起憍慢心則成差別由於此故地味滅沒次生地皮次生林蔓次生秔米乃

至皮穭刈者不生不刈如舊以如是故成此段別叢聚而生我等今者宜應分境緣爲壃畔彼是汝分此是我分并立要契侵者罰之諸比丘以此因緣世間便有界畔謫罰名字出生爾時衆中有一衆生自惜已稻盜取他稻餘人見已即告之言咄汝衆生所作甚惡所作甚惡云何自有更盜他物訶已放去而語之言莫復如此然是衆生更復重作亦且訶放如是再三猶不改悔麤言訶罵手打其頭牽臂將詣衆人之中告衆人言此人偷盜而此盜者對於衆前拒諱諍鬬語衆人言今此衆生以麤惡言見相罵辱手打我頭時彼衆人便共聚集憂愁悲哭自相謂言我等今日相與至此困惡處也我等已生惡不善法起諸煩惱增長未來生老苦果當向惡趣而今現見以手相擊牽排驅遣訶責罵辱我等今應推求正人共立爲主以爲守護應訶責者正作訶責應謫罰者正作謫罰應驅遣者正作驅遣我等田分所有稻穀各自收取若守護主有所須者我等衆人共斂供給大衆如是善平量已於是即共推求正人爲守護主爾時於彼大衆之中獨有一人身最長大圓滿端嚴容儀特勝殊妙可觀形色威光無不具足於是大衆至彼人所作如是言善哉仁者汝爲我等作正守護我等諸人各有田畔汝當經理勿令相侵應訶正訶應責正責應謫罰者正作謫罰應驅遣者正作驅遣我等諸人所收稻穀當分與汝不令乏少彼人聞已即相許可爲作守護訶責謫罰驅遣平正無有侵凌衆斂稻穀而供給之不令短闕

如是依法爲作正主以從衆人稻田之中取地分故因即名爲刹帝利(此言田主)時諸衆生悉生歡喜依教奉行彼刹帝利於衆事中智慧善巧處於衆中光相最勝是故復名爲曷囉闍(此言王也)大衆立爲大平等王是故復名摩訶三摩多(此言大平等也)諸比丘彼摩訶三摩多作王之時一切諸人始復立名爲薩多婆(此言衆生)諸比丘摩訶三摩多王有息名乎盧遮(此言意喜)諸比丘彼乎盧遮作王之時諸人共稱爲訶夷摩迦(此言金者)諸比丘乎盧遮王有息名迦梨耶那(此言正真)諸比丘彼迦梨耶那作王之時諸人共稱爲帝羅闍(此言胡麻生也)諸比丘迦梨耶那王有息名婆羅迦梨耶那(此言最正真者)諸比丘彼婆羅迦梨耶那作王之時諸人共稱爲阿跋羅騫陀(此言雲片)諸比丘彼雲片王有息名烏逋沙他(此言齋戒)諸比丘其齋戒王在位之時諸人共稱爲多羅承伽(此言木脛)諸比丘彼齋戒王頂上自然出一肉皰其皰開張生一童子端正殊特具三十二大人之相生已唱言摩陀多(此言特戒)其頂生王具足神通有大威力統四大洲自在治化諸比丘此等六王壽命無量諸比丘其頂生王右髀出皰生一童子端正殊特身亦具足三十二相名右髀生有大威力統四大洲其右髀王左髀出皰生一童子身亦具足三十二相名左髀生有威德力王三大洲其左髀王右膝肉皰生一童子威相如前王二大洲其右膝王左膝肉皰生一童子威相如前領一大洲諸比丘從是已來有轉輪王皆領一洲汝等當知諸比丘如是次第最初衆立大平等王次意喜王次正真王次最

正眞王次受齋戒王次頂生王次右髀王次左髀王次右膝王次左膝王次已脫王次已脫王次體者王次體味王次果報車王次海王次大海王次奢俱棃王次大奢俱棃王次茅草王次別茅草王次善賢王次大善賢王次相愛王次大相愛王次吽王次大吽王次尼棃迦王次那瞿沙王次狼王次海分王次金剛臂王次牀王次師子月王次那耶坻王次別者王次善福水王次熾熱王次作光王次曠野王次小山王次山者王次焰者王次熾焰王諸比丘其熾焰王子孫相承有一百一並在逋多羅城治化天下其最後王名爲降怨以能降伏諸怨敵故名曰降怨諸比丘其降怨王子孫相承在阿踰闍城治化有五萬四千王其最後王名曰難勝諸比丘彼難勝王子孫相承在波羅柰城治化有六萬三千王其最後王名難可意諸比丘彼難可意王子孫相承在迦毗羅城治化有八萬四千王其最後王名曰梵德諸比丘彼梵德王子孫相承在白象城治化有三萬二千王其最後王名曰象德諸比丘彼象德王子孫相承在拘尸那城治化有三萬二千王其最後王名曰藿香諸比丘彼藿香王子孫相承在優羅奢城治化有三萬二千王其最後王名那伽那嗜諸比丘彼那伽那嗜王子孫相承在難降伏城治化有三萬二千王其最後王名曰降他諸比丘彼降他王子孫相承在葛那鳩遮城治化有一萬二千王其最後王名曰勝軍諸比丘彼勝軍王子孫相承在波波城治化有一萬八千王其最後王名曰天龍

諸比丘彼天龍王子孫相承在多摩梨奢城治化有二萬五千王其最後王名曰海天諸比丘彼海天王子孫相承還在多摩梨奢城治化有一萬王其最後王亦名海天諸比丘後海天王子孫相承在檀多富羅城治化有一萬八千王其最後王名爲善意子孫相承在王舍大城治化有二萬五千王其最後王名善治化諸比丘善治化王子孫相承還在波羅柰城治化有一千一百王其最後王名大帝君諸比丘大帝君王子孫相承在茅主大城治化有八萬四千王其最後王復名海天諸比丘彼海天王子孫相承還在逋多羅城治化有一千五百王其最後王名曰苦行諸比丘彼苦行王子孫相承還在茅主大城治化有八萬四千王其最後王名曰地面諸比丘彼地面王子孫相承還在阿踰闍城治化有一千王其最後王名曰持地諸比丘彼持地王子孫相承還在波羅柰大城治化有八萬王其最後王名曰地主諸比丘彼地主王子孫相承在寐鬢羅城治化有八萬四千王其最後王名曰大天諸比丘彼大天王子孫相承在寐鬢羅大城治化有八萬四千王此八萬四千王皆在寐鬢羅大城菴婆羅林中修行梵行其最後者名尼寐王次没王次堅齋王次訶奴王次優波王次奴摩王次善見王次月見王次聞軍王次法軍王次降伏王次大降伏王次更降王次無憂王次除憂王次肩節王次節王次摩羅王次婁那王次方主王次塵者王次迦羅王次難陀王次鏡面王次生者王次斛領王次食飲王次饒食

王次難降王次難勝王次安住王次善住王次大力王次力德王次堅行王諸比丘彼堅行王子孫相承在迦攝波城治化有七萬五千王其最後王名菴婆梨沙諸比丘彼菴婆梨沙王有子名曰善立諸比丘其善立王子孫相承在波羅大城治化有一千一百王其最後王名雞梨祁諸比丘爾時有迦葉如來阿羅訶三藐三佛陀出現世間菩薩於彼修行梵行生兜率天雞梨祁王有子名曰善生子孫相承還在逋多羅城治化有一百一王其最後王名曰耳者彼耳者王有二子大名瞿曇次名婆羅墮闍彼瞿曇王有一子名甘蔗種諸比丘甘蔗種王子孫相承還在逋多羅城治化有一百一甘蔗種王其最後王名不善長諸比丘不善長王復生四子一名優牟佉二名金色三名似白象四名足瞿彼足瞿王有子名曰天城天城有子名曰牛城彼牛城王子孫相承在迦毗羅婆城治化有七萬七千王其最後者名廣車王次別車王次堅車王次住車王次十車王次百車王次九十車王次雜色車王次智車王次廣弓王次多弓王次兼弓王次住弓王次十弓王次百弓王次九十弓王次雜色弓王次智弓王諸比丘彼智弓王復生二子一名師子頰二名師子足師子頰王紹繼王位復生四子一名淨飯二名白飯三名斛飯四甘露飯又生一女名爲甘露諸比丘淨飯王生二子一名悉達多一名難陀白飯二子一名帝沙一難提迦斛飯二子一阿泥婁馱一跋提梨迦甘露飯二子一阿難陀一提婆達多其甘露女惟

有一子名世婆羅諸比丘菩薩一子名羅睺羅諸比丘如是次第從大平等王已來子孫相承最勝種族至羅睺羅童子身上成阿羅漢斷諸煩惱盡生死際更無後有諸比丘以此因緣於往昔時有勝刹利世間出生依於如法非不如法諸比丘有是法故世間刹利爲最勝生爾時更有餘諸衆生作如是念世間有爲是病是癰是大毒箭熟思惟已棄捨有爲於山澤中造立草菴靜坐修禪若有所須或日前分或日後分暫出草菴入村乞食衆人見已隨須與之幷爲造作乃共稱言此等衆生最修善業棄捨世間有流不善諸惡之法是婆羅門以此因緣婆羅門種世間出生其中或有禪定不成倚著村落多教呪術因此復名爲教化者又以其人入村舍故名向聚落者復爲成就諸欲法故名成就欲者以此因緣於往昔時勝婆羅門高行種姓世間出生依於如法非不如法復有其餘一類衆生造作種種求利技能工巧藝術諸生業事以此因緣名爲毗舍是故往昔毗舍種姓現於世間彼亦如法非不如法諸比丘此三種姓世間生已於後復有第四種姓世間出生諸比丘有一種人各自毀呰其家本法剃除鬚髮著袈裟衣棄捨世間出家修道口自唱言我作沙門作是稱已即成正願婆羅門種毗舍亦爾有一種人如前毀呰亦捨出家口自稱言我作沙門即成正願爲彼故有正願種類諸比丘有諸刹利身口意業行於惡行以惡行故身壞命終一向受苦婆羅門毗舍亦復如是復有刹利身口意業行於善行

以善行故身壞命終一向受樂婆羅門毗舍亦復如是諸比丘復有剎利身口意業行二種行以二行故身壞命終當受苦樂婆羅門毗舍亦復如是諸比丘復有剎利正信出家修習三十七助道之法能盡諸漏心得解脫智得解脫現見證法得諸神通既作證已口自唱言我生已盡梵行已立所作已辦不受後有婆羅門毗舍亦復如是諸比丘此三種姓於後生中能成就明行足得阿羅漢名爲最勝諸比丘梵王娑訶波底昔於我前說如是偈

剎利勝生者　若出諸種姓　明行足成就

彼勝諸天人

諸比丘梵王娑訶波底彼偈善頌非爲不善我已印可諸比丘我多他阿伽度阿羅訶三藐三佛陀亦說此義諸比丘如是次第我所具說世間轉成世間轉壞世間轉住諸比丘其有教師爲諸聲聞所應作處哀愍利益而行慈悲我已作訖汝等當依諸比丘若曠野空處山林樹下閑房靜室窟穴崖龕塚間露地離諸村落以草木等結爲菴舍汝等比丘應作是處修習禪定勿墮放逸致令後悔是我教示汝諸比丘佛說經已諸比丘等歡喜奉行

起世因本經卷第十

音釋

翳於計切蔽也　逋博胡切　炙之石切燔炙也　蔓無販切　咄當沒切呵也　餉遺餉式亮切饋也遺以醉切贈也　壝居良切界也　謫罰謫陟革切責也罰房越切罪罰也　拒諱拒其呂切禦也諱許貴切　騫去乾切　颮匹皃切　髀部禮切　坻直離切　鬒之忍切　佉丘迦切　頰古協切　寐無沸切音未

起世經

隋三藏法師闍那崛多等譯

清刻龍藏佛說法變相圖

起世經卷第一

隋三藏法師闍那崛多等譯

閻浮洲品第一

如是我聞一時婆伽婆在舍囉婆悉帝城迦利囉窟爾時彼處衆多比丘飯食已皆出來集迦利囉堂一時坐已各生是念同共議言諸長老輩未曾有也今此世間天地衆生所居國土云何轉合云何轉散云何轉散已而復還合云何轉合已而安住也是時世尊獨在靜窟天耳徹聽清淨過人聞諸比丘飯食已後皆出聚集迦利囉堂共作如是希有語言世尊聞已其日晡時出於禪定從迦利囉窟中而起行詣堂上到堂上已在諸比丘大衆之前依常敷座儼然端坐世尊坐已知而故問汝等比丘向者議論說何語言聚集而

坐時諸比丘同白佛言大德世尊我等食後諸比丘衆皆共至此迦利囉堂集聚詳議如是語言諸長老輩甚奇希有云何世間如是轉合云何世間如是轉散云何世間轉散已合云何世間轉合已住大德世尊我等向者有是語言是以集議斯事爾時佛告諸比丘言善哉善哉諸比丘輩汝等能爾如法信行諸善男子汝以信故捨家出家若汝等輩能作如是如法語言共集坐者不可思議汝等比丘集聚坐時應修如是二種法行各作事業若論法義若聖默然不生怠慢若能爾者汝等當聽如來所說如是之義世間轉合世間轉散世間轉散已而復還合世間轉合已而安住作是語已時諸比丘同白佛言大德世尊此是時也修伽多此是三摩耶若佛世尊爲諸比丘說如此義諸比丘聞世尊所說當如是持爾時佛告諸比丘言汝等比丘諦聽諦聽善思念之我當爲汝次第而說時諸比丘同白佛言唯然世尊願樂欲聞爾時佛告諸比丘言諸比丘如一日月所行之處照四天下爾所四天下世界有千日月諸比丘此則名爲一千世界諸比丘千世界中千月千日千須彌山王四千小洲四千大洲四千小海四千大海四千龍種性四千大龍種性四千金翅鳥種性四千大金翅鳥種性四千惡道處種性四千大惡道處種性四千小王四千大王七千種種大樹八千種種大山十千種種大泥犂千閻摩羅王千閻浮洲千瞿陁尼千弗婆毗提訶千鬱多囉究留千四天王天千三十三天千夜摩天千兜率陁天千

化樂天千他化自在天千諸摩羅天千梵世天諸比丘彼梵世中有一梵王威力最强無能降者統攝千梵自在王領云我能作能化能幻云我如父於諸事中自作如是憍大語言即生我慢如來不然所以者何一切世間各隨業力現成此世諸比丘如此小千世界猶如周羅（周羅者此言髻也外國人頂上結少許長髮爲髻）名千世界諸比丘爾所周羅一千世界是名第二中千世界諸比丘如一第二中千世界爾所中千一千世界是名三千大千世界諸比丘此三千大千世界一時轉合一時轉合已而還復散一時轉散已而復還合一時轉合已而安住如是世界周帀轉燒名爲敗壞周帀轉合名爲成就周帀轉住名爲安立是爲無畏一佛剎土衆生所居諸比丘此大地厚四十八萬由旬邊廣無量諸比丘此之大地住於水上水住風上風依虛空諸比丘此大地下所有水聚彼水聚厚六十萬由旬邊廣無量彼水聚下所有風聚彼風聚厚三十六萬由旬邊廣無量諸比丘其大海水最甚深處深八萬四千由旬邊廣無量諸比丘其須彌山王入海水中八萬四千由旬出海水上亦八萬四千由旬諸比丘須彌山王其底平正下根連住大金輪上諸比丘其須彌山王於大海中下狹上廣漸漸寬大端直不曲牢固大身微妙最極殊勝可觀四寶合成所謂金銀瑠璃玻瓈生種種樹其樹鬱茂出種種香其香遠熏遍滿諸山多衆聖賢最大威德勝妙天神之所住止諸比丘須彌山王上分之中四方有峯其峯傍挺角出各高七百由旬微

妙可喜七寶所成所謂金銀瑠璃玻瓈赤眞珠硨磲碼碯等之所莊嚴曲臨海上諸比丘其須彌山下有三級諸神住處其最下級縱廣六十由旬七重墻壁七重欄楯七重鈴網復有七重多羅行樹周帀圍遶可喜端正其樹皆以金銀瑠璃玻瓈赤眞珠硨磲碼碯等七寶所成其諸墻壁各有四門彼一一門有諸壘堞具足莊嚴重閣輦軒却敵樓櫓臺殿房廊樹林苑等并諸池沼池出妙華衆雜香氣有種種樹種種莖葉種種華果悉皆具足亦出種種微妙諸香復有諸鳥各出妙音鳴聲間雜和雅清徹其中分級縱廣四十由旬所有莊嚴七重墻壁欄楯鈴網多羅行樹可喜齊平周帀端正亦爲七寶金銀瑠璃玻瓈赤眞珠硨磲碼碯等之所校飾門觀樓閣臺殿園池果樹及以衆鳥皆悉具足其上分級縱廣二十由旬七重墻壁乃至諸鳥各出妙音諸比丘其下級中有夜叉住名曰鉢手其中級中有諸夜叉名曰持鬘其上級中有諸夜叉名曰常醉諸比丘須彌山半四萬二千由旬中有四大天王宮殿諸比丘須彌山上有三十三諸天宮殿帝釋所住三十三天向上一倍有夜摩諸天宮殿住其夜摩天向上一倍有兜率陀諸天宮殿其兜率天向上一倍有化樂諸天宮殿住其化樂天向上一倍有他化自在諸天宮殿住其他化自在天向上一倍有梵身諸天宮殿住其他化上梵身天下於其中間有魔波旬諸宮殿住倍梵身上有光音天倍光音上有遍淨天倍遍淨上有廣果天倍廣果上有不麤天廣果天上不

麤天下其間別有諸天宫住名爲無想衆生所居倍不麤上有不惱天倍不惱上有善見天倍善見上有善現天倍善現上則是阿迦尼吒諸天宫殿諸比丘阿迦尼吒上更有諸天名無邊虚空處天無邊識處天無所有處天非想非非想處天比等盡名諸天住處諸比丘如是之處如是界分衆生所住如是衆生若來若去若生若滅邊際所極是世界中諸衆生輩有生老死墮在如是生道中住至此不過是故説言娑婆世界無畏刹土自餘一切諸世界中亦復如是諸比丘須彌山王北面有洲名鬱多囉究留其地縱廣十千由旬四方正等而彼人面還似地形諸比丘須彌山王東面有洲名弗婆毗提訶其地縱廣九千由旬圓如滿月彼間人面還似地形諸比丘須彌山王西面有洲名瞿陀尼其地縱廣八千由旬形如半月彼諸人面還似地形諸比丘須彌山王南面有洲名閻浮提其地縱廣七千由旬北廣南狹狀如車廂其中人面還似地形諸比丘須彌山王北面以天金所成照彼鬱多囉究留洲東面以天銀所成照彼弗婆毗提訶洲西面以天玻瓈所成照彼瞿陀尼洲南面以天青瑠璃所成照此閻浮提洲諸比丘其鬱多囉究留洲有一大樹名菴婆囉其本縱廣七由旬下入於地二十一由旬出高百由旬枝葉垂覆五十由旬諸比丘其弗婆毗提訶洲有一大樹名迦曇婆其本縱廣七由旬下入於地二十一由旬出高百由旬枝葉垂覆五十由旬諸比丘瞿陀尼洲有一大樹名鎭頭迦其本縱廣七由旬

乃至枝葉覆五十由旬而彼樹下有一石牛高一由旬以此因緣故名瞿陀尼洲諸比丘此閻浮提有一大樹名曰閻浮其本縱廣七由旬乃至枝葉覆五十由旬而彼樹下有閻浮檀金聚高二十由旬以金從於閻浮樹下出生是故名爲閻浮檀閻浮檀金因此得名諸比丘諸龍金翅有一大樹名曰拘吒賒摩利和其本縱廣七由旬乃至枝葉覆五十由旬諸比丘阿脩羅輩有一大樹名修質多羅波吒羅其本縱廣七由旬乃至枝葉覆五十由旬諸比丘三十三天有一大樹名波利夜多羅瞿比陀羅其本縱廣七由旬下入於地二十一由旬出高百由旬枝葉覆五十由旬諸比丘須彌山下其次有山名佉提羅迦高四萬二千由旬上廣亦然可喜端正七寶合成所謂金銀瑠璃玻瓈赤真珠硨磲碼碯等諸比丘其須彌山佉提羅迦二山中間廣八萬四千由旬周帀無量優鉢羅鉢頭摩拘牟頭奔茶利迦搔揵地雞遍覆諸水諸比丘次佉提羅迦外有山名伊沙陀羅高二萬一千由旬上廣亦然微妙可喜乃至碼碯等七寶所成其佉提羅迦伊沙陀羅二山中間廣四萬二千由旬周帀無量優鉢羅鉢頭摩拘牟頭奔茶利迦搔揵地雞遍覆諸水次伊沙陀羅外有山名遊揵陀羅高一萬二千由旬上廣亦然可喜微妙乃至碼碯等七寶所成其伊沙陀羅遊揵陀羅二山中間廣二萬一千由旬周帀無量優鉢羅鉢頭摩拘牟陀奔茶利迦搔揵地雞遍覆諸水次遊揵陀羅外有山名曰善見高六千由旬上廣亦然可喜微

妙乃至碼碯等七寶所成其遊揵陀羅去於善見二山中間廣一萬二千由旬周帀無量優鉢羅鉢頭摩拘牟陀奔荼利迦搔揵地雞遍覆諸水次善見外有山名馬半頭高三千由旬上廣亦然可喜端正乃至碼碯等七寶所成其善見及馬半頭二山中間廣六千由旬周帀無量優鉢羅鉢頭摩拘牟陀奔荼利迦搔揵地雞遍覆諸水次馬半頭外有山名尼民陀羅高一千二百由旬上廣亦然可喜微妙乃至碼碯等七寶所成馬半頭尼民陀羅二山中間廣二千四百由旬周帀無量優鉢羅鉢頭摩拘牟陀奔荼利迦搔揵地雞遍覆諸水次尼民陀羅外有山名毗那耶迦高六百由旬上廣亦然微妙可喜乃至碼碯等七寶所成尼民陀羅毗那耶迦二山中間廣一千二百由旬周帀無量種種雜華乃至搔揵地雞遍覆諸水次毗那耶迦外有山名斫迦羅（此言輪也）高三百由旬上廣亦然微妙可喜乃至碼碯等七寶所成其毗那耶迦及斫迦羅二山中間廣六百由旬周帀無量四種雜華及搔揵地雞遍覆諸水去輪圓山其間不遠邊有空地青草遍布即有大海其大海北有大樹王名曰閻浮樹身周圍有七由旬根下入地二十一由旬高百由旬乃至枝葉四面垂覆五十由旬其邊空地青草遍布次有菴婆羅樹林閻浮樹林多羅樹林那多樹林各皆縱廣五十由旬間有空地生諸青草次有男名樹林女名樹林那陀那林真陀那林各皆縱廣五十由旬其邊空地青草彌覆次有呵梨勒果林鞞醯勒果林阿摩勒果林菴

婆羅多迦果林亦各縱廣五十由旬次有可殊羅樹林毗羅果樹林婆那婆果林石榴果林各各縱廣五十由旬次有烏勃林榛林甘蕉林細竹林大竹林各廣五十由旬次有荻林葦林割羅林大割羅林迦奢文陀林各廣五十由旬次有阿提目多迦華林瞻婆華林波吒羅華林薔薇華林各廣五十由旬其邊空地青草遍覆復有諸池優鉢羅華鉢頭摩華拘牟陀華奔荼利迦華等彌覆復有諸池婁蚰充滿各廣五十由旬其間空地青草遍覆其次有海名烏禪那迦廣十二由旬其水清冷味甚甘甜輕輭澄淨七重塼壘七重間錯七重欄楯七重鈴網外有七重多羅行樹周帀圍遶微妙端正七寶莊飾乃至碼碯等七寶所成周遍四方有諸階道可喜端正亦是七寶金銀瑠璃玻瓈赤真珠硨磲碼碯等所成復有優鉢羅鉢頭摩拘牟陀奔荼利迦華其華火色即現火形有金色者即現金形有青色者即現青形有赤色者即現赤形有白色者即現白形婆無陀色現婆無陀形華如車輪根如車軸華根出汁色白如乳味甘若蜜諸比丘烏禪那迦海中有諸轉輪聖王行道上廣十二由旬諸比丘閻浮提中轉輪聖王出現世時彼諸海道自然涌現共水齊平諸比丘烏禪那迦海其次有山名烏禪伽羅諸比丘其烏禪伽羅山可喜端正微妙可觀所有諸樹諸葉諸華諸果諸香及諸異草種種鳥獸但是世間所出之物於彼烏禪伽羅山中無不悉有諸比丘其烏禪伽羅山如是可喜端正可觀汝等應當如是善持諸比

丘次烏禪伽羅有山名曰金脇諸比丘金脇山中有八萬窟彼諸窟中有八萬龍象在中居住皆悉白色猶如拘牟頭華七支拄地並有紬通乘空而行其頂赤色猶如因陀羅瞿波迦蟲皆悉六牙其牙銛利雜色金塡諸比丘過金脇山有山名曰雪山高五百由旬廣厚亦爾其山微妙四寶所成金銀瑠璃及玻瓈等彼山四角有四金峯挺出各高二十由旬於中復有衆寶雜峯高百由旬彼山頂中有阿耨達池阿耨達多龍王在中居住其池縱廣五十由旬其水涼冷味甘輕美清淨不濁七重塼壘七重板砌七重欄楯七重鈴網周帀圍遶可喜端正乃至碼碯七寶所成復有諸華優鉢羅鉢頭摩拘牟陀奔荼利迦華其華雜色青黃赤白華如車輪復有藕根大如車軸汁白如乳其味如蜜諸比丘其阿耨達多池中有阿耨達多龍王宮其殿五柱微妙可喜阿耨達多龍王與其眷屬在中遊戲受天五欲具足快樂諸比丘阿耨達池東有恒伽河從象口出共五百河流入東海阿耨達池南有辛頭河從牛口出共五百河流入南海阿耨達池西有博叉河從馬口出共五百河流入西海阿耨達池北有斯陀河從師子口出共五百河流入北海諸比丘以何因緣此龍名爲阿耨達多耶諸比丘有三因緣何等爲三諸比丘閻浮洲中有諸龍住唯除阿耨達多龍王其餘諸龍受快樂時即有熱沙墮其身上彼等諸龍皆失天形色現虵形色彼等諸龍時受斯苦阿耨達多龍王無如此事是名第一因緣諸比丘閻浮洲中唯除

阿耨達多龍王其餘諸龍遊戲樂時有熱風來吹彼等身即失天色現虵形色有如是苦阿耨達多龍王無如此事是名第二因縁諸比丘閻浮洲中所有諸龍遊戲樂時金翅鳥王飛入其宫彼等既見金翅鳥王心生恐怖以恐怖故即失天色現虵形色具受彼苦阿耨達多龍王不爾若金翅鳥生如是心我今欲入阿耨達多龍王宫殿時彼金翅以報劣故即自受苦不能得入阿耨達多龍王宫殿諸比丘此是第三因縁是故稱言阿耨達多諸比丘雪山南面不遠有城名毗舍離毗舍離北有七黑山七黑山北又有香山其香山中無量諸緊那羅常有歌舞音樂之聲其山多有種種諸樹其樹各出種種香熏大威德神之所居住諸比丘彼香山中有二寶窟一名雜色二名善雜色微妙可喜乃至碼碯七寶所成各皆縱廣五十由旬柔軟滑澤觸之猶若迦旃連提迦衣諸比丘其雜色善雜色二窟之中有一乾闥婆王名無比喻共五百緊那羅女在中居住具受五欲娛樂遊戲行住坐卧諸比丘雜色善雜色二窟之北有大娑羅樹王名爲善住其彼善住娑羅樹王别有八千娑羅樹林周帀圍遶時彼善住娑羅林下有一龍象居住其中亦名善住其色純白如拘牟陀華七支拄地騰空而行頂骨隆高如因陀羅瞿波迦蟲其頭赤色具足六牙其牙銛利復有金沙㸃於牙上復有八千諸餘龍象以爲眷屬其色悉白如拘牟陀華七支拄地乃至悉以金莊校牙其彼善住娑羅樹王林之正北爲於善住大龍象王出生一

池名曼陀吉尼縱廣正等五十由旬其水涼冷甘美澄清無諸濁穢乃至藕根大如車軸破之汁出色白如乳味甘若蜜諸比丘其曼陀吉尼池周帀更有八千諸池而自圍遶一一皆如曼陀吉尼池彼八千池亦復如是諸比丘其善住龍象王意中若欲入曼陀吉尼池遊戲樂時爾時即念八千眷屬諸龍象輩時彼八千諸龍象等亦起是心我之善住龍象王心念我等我等今者當往善住王邊諸龍象到已即在善住龍象王前低頭而住爾時善住大龍象王即便詣向曼陀吉尼池時彼八千諸龍象等前後圍遶彼善住王安詳而行諸龍象輩有持白蓋覆其上者又有龍象以鼻持白摩尼珠拂拂其上者其前又有諸音樂神歌舞作倡在前導者爾時善住大龍象王到已即入彼曼陀吉尼池中出沒歡娛遊戲洗浴縱心適意受樂而行中有龍象洗其鼻者或有龍象摩其牙者或有龍象揩其耳者或有龍象灌其頭者或有龍象淋其背者或有龍象摩其脇者或有龍象洗其脞者或有龍象洗其足者或有龍象浴其尾者或有龍象鼻拔藕根清淨洗已內於善住龍象口者或有龍象以鼻拔取優鉢羅鉢頭摩拘牟陀奔荼利迦華等繫著善住龍象王頭上者爾時善住大龍象王於彼曼陀吉尼池中恣意隨心洗浴遊戲歡娛自在受快樂已敢諸龍象所與藕根頭上校飾優鉢羅等種種雜華莊嚴訖已從彼池出上岸停住時彼八千諸龍象等即各散入彼八千池隨意洗浴遊戲自在受歡喜已各皆敢食池內藕根

食已頭上即以優鉢羅等種種雜華而自嚴飾既繫華已皆悉聚會集在善住龍象王邊到已周帀四面圍遶爾時善住大龍象王與彼八千諸龍象等前後導從意欲還向善住娑羅樹王之林善住行時諸龍象輩或擎白蓋或有執持白摩尼拂又有諸神作諸音樂引前而行爾時善住大龍象王到於善住娑羅大林樹王下住隨意卧起時彼八千諸龍象等亦各到彼八千娑羅樹林之下行住卧起自在安樂時彼林中有娑羅樹其本或有周圍六尋有娑羅樹其本復有周圍七尋八尋或九或十有娑羅樹其本周圍十二尋者其彼善住娑羅樹王其本周圍有十六尋於彼八千娑羅樹林所有萎黃墮落葉者即有風來吹令外出不穢其林彼等八千諸龍象輩所有便利穢汙之時有諸夜叉掃除擲却諸比丘若閻浮提有轉輪王出現世時而彼八千諸龍象中有最小龍象晨旦日日來至轉輪王前供給承事因爾得名調善象王又其善住龍象大王或十五日旦起詣向天帝釋邊天前住立承奉驅使諸比丘其彼善住龍象大王有是神通有是威德雖復生於畜生之中是龍輩類乃有如是大威神力汝等應當如是念持

鬱多囉究留洲品第二

諸比丘其鬱多囉究留洲有無量山彼等衆山有種種樹其樹鬱茂出種種香其香普熏遍滿彼處生種種草皆青紺色右旋宛轉如孔雀毛香氣猶如婆梨師迦華觸之柔輭如迦旃連提長可四指下足則偃舉脚還起有

種種樹樹出種種莖葉華果種種香熏種種諸鳥各各自鳴和雅微妙彼等諸山種種河流諸道四散平順向下漸漸安流無有波浪又不速疾其岸不深平淺易度其水清淨衆華覆上廣半由旬遍滿而流彼等諸河兩岸皆有種種樹林隨水映覆種種香華青草彌布多諸雜果衆鳥皆鳴又彼諸河兩岸悉有諸妙好船雜色可喜並是金銀瑠璃玻瓈赤眞珠硨磲碼碯等七寶所成諸比丘其鬱多囉究留洲土地平正無諸荆棘坑坎稠林亦無屏廁糞穢不淨及以礓石瓦礫等物純是金銀不寒不熱時節調和又其地中恒常潤澤青草彌覆諸雜林樹葉常敷榮華果成就諸比丘其鬱多囉究留洲中有諸樹林名曰安住其樹皆高六拘盧奢葉密重累雨滴不漏次第相接如草覆舍彼諸人等在樹下住又諸香樹亦高六拘盧奢或復有高五拘盧奢四三二一拘盧奢者其最小者猶高半拘盧奢悉有種種葉華與果彼等諸樹隨心所出種種香氣復有劫波樹亦高六拘盧奢乃至五四三二一拘盧奢者如是最小高半拘盧奢悉有種種葉華與果從彼果邊自然而出種種雜衣懸在樹間又有種種瓔珞之樹其樹亦高六拘盧奢乃至五四三二一拘盧奢者如是最小半拘盧奢悉有種種葉華與果彼等諸果隨心而出種種瓔珞懸垂而住又諸鬘樹其樹亦高六拘盧奢乃至五四三二一拘盧奢者如是最小半拘盧奢亦有種種葉華與果彼等諸果隨心而出種種鬘形懸著於樹又諸器樹其樹亦高六拘盧奢乃

至五四三二一拘盧奢者如是最小半拘盧奢亦有種種葉華與果其彼等果隨心而出種種器形懸樹而住又有種種衆雜果樹其樹亦高六拘盧奢乃至五四三二一拘盧奢者如是最小半拘盧奢皆有種種葉華與果彼等諸果隨心而出種種衆果在於樹上其次又有音樂之樹其樹亦高六拘盧奢乃至五四三二一拘盧奢者如是最小半拘盧奢亦有種種葉華與果彼等諸果隨心而出衆音樂形懸在樹間其地又有不因耕種自然粳米清潔白淨不爲皮𥻆之所結裹若欲成熟是時自有諸敦持果而作鐺釜有諸火珠不假薪然而自出焰所欲作事種種成熟諸飲食已珠焰自息更不熾然諸比丘其鬱多囉究留洲周帀四面而有四池其池名曰阿耨達多各各縱廣五十由旬其水清涼甜美輕輭香潔不濁七重塼壘七重板砌七重欄楯周帀圍繞七重鈴網復有七重多羅行樹周迴圍繞雜色可喜皆以金銀瑠璃玻瓈赤眞珠硨磲碼碯等七寶所成其池四方各有堦道雜色可喜乃至碼碯七寶所成有諸雜華優鉢羅鉢頭摩拘牟陀奔茶利迦等青黃赤白及縹色等其華圓廣大如車輪香氣氛氳微妙最極有諸藕根大如車軸破之汁出其色如乳食之甘美味甜如蜜諸比丘彼阿耨達多池四面復有四大河水隨順而下正直而流無有波浪不疾不遲其岸不高平淺易入水不奔逸雜華彌覆廣一由旬彼等諸河兩岸復有種種樹林交雜映覆復出種種衆妙香熏種種草生青色柔輭右旋宛轉略

說乃至高如四指脚下隨下步舉還平及諸鳥等種種音聲其河兩岸又有諸船雜色可喜乃至硨磲碼碯等寶之所合成觸之柔輭如迦旃隣提迦衣諸比丘其鬱多囉究留洲恒常夜半從彼阿耨達多四池之中起大密雲周帀遍覆鬱多囉究留洲及諸山海悉遍布已然後乃雨八功德水猶如搆牸牛乳頃所下之雨如四指深更不傍流當下之處即沒地中還彼半夜雨止雲除上虛空中悉皆清淨從海起風吹於涼冷柔輭甘澤調適觸之安樂潤彼鬱多囉究留洲普令悅澤肥膩滋濃如巧鬘師鬘師弟子作鬘成已以水細灑灑已彼鬘光澤鮮明如是如是諸比丘彼鬱多羅究留洲其地恒常悅澤肥膩譬如有人以油酥塗彼地潤澤亦復如是諸比丘彼鬱多囉究留洲復有一池名爲善現其池縱廣一百由旬涼冷柔輭清淨無濁七寶塼砌略說乃至味甜如蜜諸比丘其善現池東面有苑還名善現其苑縱廣一百由旬七重欄楯七重鈴網七重多羅行樹周帀圍遶雜色可喜七寶所成乃至硨磲及碼碯等一一方面各有諸門而彼等門悉有却敵雜色可喜七寶所成乃至硨磲及碼碯等諸比丘彼善現苑平正端嚴無諸荊棘丘陵坑坎亦無屏廁砂石瓦礫諸雜穢等多有金銀不寒不熱節氣調和常有泉流四面彌滿樹葉敷榮華果成就種種香熏種種衆鳥常出妙音鳴聲和雅復有諸草青色右旋柔輭細滑猶孔雀毛常有香氣彼婆利師華觸之猶如迦旃隣提衣足蹈之時隨脚上下復有諸樹其樹

多有種種根莖葉華及果各出種種香氣普熏諸比丘彼善現苑復有諸樹名爲安住其樹出高六拘盧奢其樹葉密雨不能漏樹葉接連如草覆舍彼諸人輩多在其下居住止宿有諸香樹諸劫波樹諸瓔珞樹又諸鬘樹諸器物樹諸果樹等又有自然清淨粳米成熟之飯諸比丘彼善現苑無我無主無守護者其鬱多囉究留洲人輩入善現苑入已遊戲受種種樂隨意欲行或於東門南西北門入其中已遊戲澡浴受樂而行隨心欲行去處即去諸比丘其善現池爲鬱多囉究留洲人輩南邊有苑名曰普賢其苑縱廣一百由旬七重欄楯周帀圍遶諸比丘其普賢苑無守護者唯鬱多囉究留洲人輩欲入普賢苑中澡浴遊戲受樂彼等從東門南西北門入已澡浴遊戲受樂已隨欲去處即去諸比丘其善現池爲鬱多羅究留洲人輩西邊有苑名曰善華其苑縱廣一百由旬七重欄楯周帀圍遶略說乃至如善現苑等無有異亦復無有守護之者唯鬱多囉究留人輩欲入善華苑澡浴遊戲受樂即從東門南西北門入已澡浴遊戲受樂已隨欲去處即去諸比丘其善現池北邊有苑名曰喜樂縱廣正等一百由旬乃至無守護者其鬱多囉究留人輩欲入喜樂苑澡浴遊戲受樂即從東門南西北門入澡浴遊戲受樂已隨欲去處即去略說如前善現苑等諸比丘其善現苑接善現池東邊有大河名易入道漸次下流無有波浪又不速疾雜華覆流廣二由旬半諸比丘其易入道河兩岸有種種樹覆種種香熏種

種草生略說乃至觸者柔軟如迦旃隣提迦衣足蹈之時四指下伏舉足之時還四指起有種種樹及種種葉華果具足種種香熏有種種鳥各各自鳴其易入道河兩岸有諸妙船雜色可喜七寶所成金銀瑠璃玻瓈赤真珠硨磲碼碯等莊嚴校飾諸比丘其善現池南為鬱多囉究留人輩有大河流名曰善體漸次下流略說猶如易入道河此處所有種種如彼無異乃至諸船雜色所成柔軟猶如迦旃隣提迦衣諸比丘其善現池西為鬱多囉究留人輩有大河流名曰如車乃至略說漸次而下諸比丘其善現池北為鬱多囉究留人輩有大河流名曰威主漸次而下略說乃至兩岸有船七寶莊飾柔軟猶如迦旃隣提迦衣其間有鬱陀那伽陀

善現普賢等　善華及喜樂　易入并善體
如車威主河

諸比丘其鬱多囉究留人輩欲入易入道善體如車及威主等河中澡浴遊戲受諸樂時即皆至彼河之兩岸各脫衣裳置於岸邊欲入水故坐於船上乘向水中澡浴身體遊戲受樂彼等誰最在前出者即取上衣自恣著已隨意而去亦不專求自許本衣何以故彼鬱多囉究留人輩無我我所無守護者又復彼等詣向香樹到香樹已是時香樹為彼等故樹枝垂下為彼諸人香樹即出種種妙香令手擥及時彼等人於彼樹取種種眾香用塗身已復各詣向劫波樹下到已其樹亦復如前樹枝垂下出種種衣令彼諸人手所擥及彼諸人輩於彼樹取種種妙衣取已而著

著已轉向諸瓔珞樹到彼樹已爲諸人輩彼瓔珞樹枝亦垂下爲彼等故彼瓔珞樹如前樹出種種瓔珞手所擥及彼諸人輩於彼樹取種種瓔珞繫著身已詣向鬘樹到鬘樹已爲彼等故彼鬘樹枝亦自垂下時彼鬘樹出種種鬘令彼等人手所擥及既於彼樹取種種鬘繫著頭已詣向器樹到器樹已器樹爲彼枝亦垂下手所擥及隨所欲器即取持用詣向果樹到果樹已爲彼等故果樹枝垂爲彼等故彼之果樹出種種果手所擥及彼等人輩於彼樹下隨所欲果稱意而取取已或有食其果者或有搦取其汁而飲之者食飲訖已詣向音樂樹林到彼林已爲彼等故彼音樂林枝亦垂下爲彼等出諸音樂器手所擥及彼等人輩於彼樹間各隨所須衆音樂器取已執持其形微妙其音和雅欲彈則彈欲舞則舞欲歌則歌如是受樂種種訖已各隨所之欲去則去

起世經卷第一

音釋

晡博孤切申也　翅式利切　壘堞壘魯水切壁壘也堞徒協切雉堞也　佉丘伽切　搔揵搔蘇刀切揵巨言切　鞞醯鞞駢迷切醯呼鷄切　輭而兖切柔也　銛息廉切利也　挺待鼎切超拔也　博補各切　揩苦皆切摩攃也　礓居良切石也　礫郎擊切小石也　拘盧奢梵語也此云五百弓奢詩遮切　糩苦外切糠也　鐺釜鐺楚耕切釜扶雨切鐺釜並鍑屬　氛氳氛撫文切氳於云切氛氳香氣也　犖捋犖古候切捋郎括切犖捋取牛乳也　犉疾置切牝牛也　蹈徒到切踐也　擥盧敢切手取也　搦尼格切按也

起世經卷第二

隋三藏闍那崛多等譯

鬱多囉究留洲品第二之餘

諸比丘其鬱多囉究留人輩頭髮青色垂長八指其人一色一形一像無有別色可知其異諸比丘鬱多囉究留人輩不全露形不半露形無有適莫齒皆平密不踈不缺善好潔白猶如珂貝明淨可喜諸比丘鬱多囉究留人輩若有飢渴須食飲時彼等即取不曾耕種自然粳米清淨潔白無有糠糩取已擲置敦持果中置已即將火珠置底而彼火珠衆生福力自然出焰飯食熟已焰還即滅彼等人輩欲食飯者即坐座上於彼時中東西南北來欲食者爲彼人等設於飯食飯終不盡乃至彼等施飯食之人坐而不起彼之飯食則常盈滿彼等食彼自然粳米成熟之飯無有糠糩清淨香美不假羹臛衆味具足白如華聚其味猶如天酥陀味彼等人輩食是食時身分充盈無有缺減無老無變湛然無動乃至彼食資益彼等色力安樂辯才具足諸比丘其鬱多囉究留人輩若有欲於諸婦女邊生染著心意相向者彼即觀看彼之婦人而彼婦女即便隨逐彼人而行至於樹下若彼婦女是彼人母或復是姨是姊妹等爲彼等故彼之樹林枝不垂下其葉即時萎黃枯落各不相覆亦不出華亦無牀敷若非是母亦非是姨非是姊妹彼諸樹木即便垂覆枝葉鬱茂樹枝各各共相蔭映衆華鮮榮亦爲彼人出百千種牀敷卧具彼等相將入於彼處歡娛受樂隨意所作諸比丘其鬱多囉究

留人輩住胎七日至第八日而彼婦人即便産生其産旣訖若男若女即將彼子安置坐於四衢道中捨之而去時彼所有東西南北人輩來者彼等諸人爲欲養育彼男女故各將手指内於彼等男女口中彼等指頭出好甘乳與彼男女飲已得活如是七日彼等男女還成就彼一種身量如彼人輩等無殊異若是男子即隨男伴相逐而行若是女人即隨婦女徒伴而去諸比丘其欝多囉究留人輩壽命一定無有中夭若命終時即便上生

復次於中何因緣故其欝多囉究留人輩得定壽命命終已後皆向上者諸比丘世有一人專作殺生盜他財物邪婬妄語兩舌惡口及綺語等貪瞋邪見以是因緣身壞命終當墮惡道在地獄中復有一人不曾殺生不盜他物不行邪婬又不妄語不兩舌不綺語不惡口不貪不瞋又不邪見以是因緣身壞命終趣向善道生人天中復何因緣向下生者以其殺生及邪見等向上生者以不殺生及正見等復有一人作如是念我於今者應行十善是因緣故身壞當生欝多囉究留人中彼中生已住一千年不增不減彼作如是諸善願已行十善業身壞當生欝多囉究留中往於彼處其壽命住滿一千年不增減也諸比丘此因緣故其欝多囉究留人得定壽命諸比丘何因緣向於上生諸比丘閻浮洲人於他邊受十善業已身壞當生欝多囉究留人中其欝多囉究留人輩若其舊有具足十善業如法行已身壞皆當向上善處諸天中生諸比丘此因此緣其欝多囉究留人輩向

上勝處諸比丘其欝多羅究留人輩若其壽命終盡之時彼無有人憂愁啼哭唯莊嚴已棄置四大衢道之中捨已而去諸比丘其欝多羅究留人輩有如是法若彼衆生壽命盡已應時即有一鳥飛來其鳥名曰優禪伽摩（此言高行）爾時彼鳥優禪伽摩從大山谷迅疾飛來即銜其髮將彼死屍擲置餘洲何以故以欝多囉究留人輩業清淨故欲意喜故不令風吹彼臭穢氣諸比丘其欝多羅究留人輩若欲大小便利之時爲彼人故彼地開裂出已還合何以故其欝多囉究留人輩欲清淨故欲意喜故復次於中有何因緣說彼名曰欝多囉究留洲諸比丘其欝多囉究留洲於四天下比餘三洲最上最妙最勝彼故說欝多囉究留洲爲欝多羅究留洲也（欝多羅究留此言上作）

轉輪王品第三

諸比丘閻浮洲內若轉輪王出現世時此閻浮提自然而有七寶具足其轉輪王復有四種神通德力云何七寶一金輪寶二白象寶三紺馬寶四神珠寶五玉女寶六主藏寶七兵將寶是爲七寶諸比丘云何轉輪聖王輪寶具足諸比丘其轉輪王出閻浮提以水灌頂爲刹帝利於彼逋沙他（此言齋日）十五日月圓滿時洗沐頭髮著不擣白氎垂髮下向飾以摩尼及諸瓔珞在樓閣上親屬諸臣前後圍繞是時王前自然而有天金輪寶千輻轂輞諸相滿足自然來應非工匠成輪徑七肘爾時灌頂刹帝利轉輪王作如是念我昔曾聞如是言說若有灌頂刹帝利王於彼逋沙他

十五日滿月正圓時洗沐頭已身著不擣白氎之衣服諸瓔珞在樓閣上親屬諸臣前後圍繞是時王前自然而有天金輪寶千輻轂輞諸相滿足自然來應非工匠成皆是金色輪徑七肘有是瑞時彼則成就轉輪王德我今定應是轉輪王爾時灌頂刹帝利轉輪王欲得試彼天輪寶故即令嚴備四種分力身兵所謂象身馬身車身步身四種分力身嚴備已即時詣向天金輪邊到已偏露右臂在於金輪前右膝著地以右手捫彼天輪寶作如是言謂天輪寶我今若是轉輪王者未降伏地爲我降伏其天輪寶應時便轉爲欲降伏諸未伏故諸比丘是時灌頂刹帝利王既見彼天輪寶轉已其轉輪王即便嚴駕向東方行彼天輪寶及四種分象馬身兵一時皆從諸比丘其輪寶前後復有四大天身而行其天輪寶所到地方住止之處其轉輪王及四分力象馬身兵皆於彼中停住止宿爾時東方所有一切諸國王等各取金器盛滿銀粟或以銀器盛滿金粟如是具已皆前詣向轉輪王所到已啓白轉輪王言大王善來此是天物東方人民豐熟安樂無怖無畏多有人民甚可愛樂唯願大天垂哀受取憐愍我等微細諸王我等今日承奉天王一無有二時轉輪王告諸王言汝等誠心若能爾者汝等各各於自境界如法治化莫令國土有不如法所以者何汝等若令我之國内有諸非法惡行顯現我當治汝今教汝等當斷殺生教人莫殺莫與勿取邪婬妄語乃至邪見皆不應爲若汝等輩斷於殺生教人不殺不與

勿取不行邪婬實語正見者我即當知汝等諸王國土降伏爾時東方諸國王等聞彼轉輪王如是勑已一時同受十善業行受已遵承各各國土如法治化是轉輪王自在力故所向之處輪寶隨行時彼聖王天金輪寶如是降伏東方國已達東海岸周遍而迴次第歷到南方西方乃至北方依於古昔轉輪王道引導而行其轉輪王及四兵身相次行時而彼在先天輪寶前復有四大天身而行時此輪寶所住之處於彼方面其轉輪王及四種兵即便停宿爾時北方所有一切諸國王等亦各齎持天眞金器盛滿銀粟天眞銀器盛滿金粟俱來詣向轉輪王所到已長跪作如是言善哉天來善哉天來我等北方蒙天王故人民熾盛豐樂安隱無諸怖畏甚可愛樂天留治化我等隨順其轉輪王即便勑言若能然者汝等各各治化自境一依教令勿不如法所以者何勿令我境有非法人及惡行者又復汝等莫作殺生教人不殺不與勿取邪婬妄語乃至邪見汝等當斷若離殺生乃至若當行於正見能如是者我即當知汝等國土善已降伏其諸王等同共啓白轉輪王言如天教勑我當奉行爾時北方諸國王等聞轉輪王如是勑已各各遵承受十善業受已奉行皆悉如法依律治化其轉輪王自在力故所行之處其天輪寶隨逐而行此天金輪如是次第降伏北方已度海北岸所有土地周迴其際遍已還來爾時始於閻浮提中選擇最上威德形勝極精妙地其天輪寶當於彼上東西經絡闊七由旬南北規畫十

二由旬如是度已爾時諸天即夜下來自然爲彼轉輪聖王造立宮殿應時成就既成就已妙色端嚴四寶所作謂天金銀玻瓈瑠璃是時彼天眞金輪寶爲於聖王當宮殿門上虛空中凝然停住如著軸輪不搖不動其轉輪王當于爾時生大歡喜踊躍無量作是念言我今已受天輪寶耶諸比丘彼轉輪王有如是形天金輪寶自然具足諸比丘其轉輪王復有何等白色象寶應當具足諸比丘是轉輪王於日初分坐宮觀時即當王前出生象寶其象妙色形體純白如拘物頭七支拄地有大神力飛騰虛空其頭赤色如因陀羅瞿波迦蟲象有六牙並皆銛利其牙微妙雜色莊嚴猶如金粟其象名曰烏逋沙他（此言受齋）轉輪聖王見象寶已作如是念此象既現若調伏時堪受諸事作賢乘不時彼象寶一日之中即便調伏堪任駕馭一切諸事猶如無量百千歲數所調伏來端嚴賢善隨順調適如是如是彼之象寶於一日中受諸調伏堪任衆事亦復如是時轉輪王欲試象寶於其晨朝日初出時乘彼象寶周迴巡歷遍諸海岸盡大地際周帀既已還來至本宮殿之處是轉輪王便進小食以是因緣彼王爾時於其內心歡喜踊躍爲我故生如此象寶諸比丘彼轉輪王有於如是白色象寶自然具足諸比丘何等是彼轉輪聖王馬寶具足諸比丘是轉輪王日初分時坐宮殿上即於王前出紺馬寶身清體潤毛色悅澤頭黒髦鬉有神通力飛騰虛空其馬名曰婆羅呵（此言長毛）是轉輪王見此馬已作如是念此馬既現若調

伏時堪受諸事能得爲我作善乘耶時彼馬寶一日之中應時調伏堪受諸事猶如無量年歲調伏妙勝賢善彼馬如是如是調時一日之內堪受彼等一切諸事時轉輪王欲試馬寶於其晨朝日初出時乘彼馬寶周歷大地還來本宮彼轉輪王乃至進食以是因緣故生歡喜踊躍無量我今已生紺馬之寶諸比丘是轉輪王有如是色馬寶具足諸比丘是轉輪王何等名爲珠寶具足諸比丘彼轉輪王有摩尼寶毗瑠璃色妙好八楞非工匠造自然出生清淨明曜其轉輪王見此珠已作如是念此摩尼寶衆相滿足應當懸之置於宮內令顯光明時轉輪王欲試於彼摩尼寶故嚴備四兵所謂象兵馬兵車兵步兵具四兵已即於半夜重雲黑暗電光出時天降微雨時轉輪王取彼珠寶懸置幢上出園苑中意欲遊觀驗珠德故諸比丘彼摩尼寶在於幢頭光明周遍普照四方及四兵身悉皆明了如日照世爾時彼地所有一切諸婆羅門及居士等在彼住者悉皆覺起作諸事業謂言已明是日出耶以是因緣其轉輪王受大歡喜踊躍無量心念此寶爲我生耶諸比丘彼轉輪王有如是色珠寶具足諸比丘何等名爲轉輪聖王女寶具足諸比丘是轉輪王出生女寶不短不長不麤不細不白不黑端正姝好甚可愛樂最勝最妙色貌備足若天熱時女寶身涼寒時身暖彼身體上出栴檀香口氣恒如青優鉢羅香爲轉輪王晚卧早起勤奉恭敬有所作事無失王心彼女意尚不生惡念況其身口以是因緣轉輪聖王

受大歡喜踴躍無量内心念云此巳爲我生女寶耶諸比丘彼轉輪王有如是形女寶具足諸比丘何等名爲轉輪聖王主藏臣寶威神具足諸比丘彼轉輪王生主藏寶大富饒財多有功果以業報故生有天眼洞見地中或有主藏或無主藏皆爲彼眼之所洞視雖復水陸若遠若近於中所有其主藏臣皆悉爲彼如法作護若無主者即便收取彼中金銀爲轉輪王有所資須財寶用事應時辦具時彼藏臣即便詣向轉輪王所到巳啓白轉輪王言大聖天王若天所須財寶用者願天勿憂我能爲天有所須者皆悉備具時轉輪王欲試於彼主藏寶故行到水邊上船上坐住水中流告主藏臣言汝主藏臣我須財寶可速備具主藏啓云唯願大天待須臾時此船至岸當於彼處爲天取財以供天用王告藏臣我今不欲岸上取財但於此處爲我具備其主藏臣即白王言如天所勑我不敢違時主藏臣聞王勑巳即袒右臂便以右膝著船板上手攪海水指如螃蟹多撮金銀滿諸甕中安船板上奉上轉輪王而白王言此天金銀天以此寶供贍於王爲財事用時轉輪王告藏臣言我不須財但試汝耳時主藏臣聞王此語還收金銀置於水内以是因緣其轉輪王甚大歡喜踴躍無量我今巳生藏臣寶耶諸比丘彼轉輪王有如是等藏寶具足諸比丘何等名爲轉輪聖王主兵臣寶威相具足諸比丘是轉輪王福德力故自然出生兵將之寶所謂巧智多諸策謀洞識軍機神慧具足彼轉輪王若須兵力即能備具所謂

若欲走兵身時即皆齊走欲散即散若欲置立即能置立時兵將寶即便詣向轉輪王所到已啓白轉輪王言若王欲須兵衆教習顧王勿慮我當爲王教習兵衆使令如心調柔隨順時轉輪王欲試於彼兵將寶故即勑備具四種兵身所謂象寶兵身馬寶兵身車兵步兵悉皆如是嚴精備具四兵身已時王勑彼兵將寶言汝兵將主善好爲我備具兵身教令隨順善走善行善集善散如法勿違其兵將主聞轉輪王如是勑已白言大王如天教勑我不敢違其四兵身並備具訖依王所勑教走能走教散能散乃至若欲置立皆能以是因緣彼轉輪王受大歡喜踊躍無量我今已生主兵將寶諸比丘彼轉輪王有如是形主兵將寶威力具足諸比丘若有如是七寶現者然後得名轉輪聖王諸比丘何等是彼轉輪聖王四種自在神通具足諸比丘彼轉輪王年歲壽命長遠久住於迦羅時三摩耶時一切世間無有人類能得如是安隱久處如彼輪王長命久住是則名爲轉輪聖王第一壽命神通具足復次諸比丘彼轉輪王所受身體無病少惱衆相具足又復其腹不大不小寒暖冷熱隨時節調進止輕便食飲消化安隱快樂於迦羅時三摩耶時無有餘人世間生者能爾少病無諸疾惱如彼聖王是則名爲轉輪聖王第二身力神通具足復次諸比丘彼轉輪王報得形容可喜端正爲諸世間常所樂觀最勝最妙色身清淨具足莊嚴於迦羅時三摩耶時無有人中所受生者能得如是端正可喜爲於世間顧樂觀矚

如彼轉輪王形相備者是則名爲轉輪聖王第三色貌神通具足復次諸比丘彼轉輪王業報因緣大有福德所謂種種資產豐饒世間珍奇衆寶具足於迦羅時三摩耶時無有人中所受生者有如是富有如是財服玩衆多寶物充溢得及於彼轉輪王者是則名爲轉輪聖王第四果報神通具足諸比丘若有如是四種神通皆具足者然後得名轉輪聖王諸比丘又彼福德轉輪聖王得諸人民之所愛重心常喜樂譬如諸子愛敬其父又諸人民得轉輪王之所憐愍意恒慈念如父愛子諸比丘其轉輪王坐毗闍耶多（此言最勝好車）欲出遊歷觀看園林及諸善地於彼時中諸人民等得覲於彼轉輪王時皆大歡喜各共同告彼馭者言汝善馭者唯願持轡緩緩徐行勿過速疾所以者何汝若安步寬縱車行願我等輩多時得見轉輪聖王其轉輪王聞此語已亦復如是告馭者言汝善馭者徐徐緩行愼莫速疾何以故汝若安住善持車行則令我今多時如是周遍觀矚彼諸人民諸比丘其諸人民見轉輪王已皆各自持所有珍寶或以珍寶於前奉獻轉輪聖王上已白言我今奉天此物屬天願天受已隨天所用但此之物唯應天用諸比丘其轉輪王出現世時此閻浮洲清淨平整無有荊棘及諸稠林丘墟坑坎并餘廁溷雜穢臭處礓石瓦礫沙鹵等物自然金銀七寶具足不寒不熱時節均調又諸比丘其轉輪王出現世時此閻浮洲自然安置八萬城邑皆悉快樂無諸怖畏甚可愛樂穀米豐饒聚落衆多人民熾盛又

諸比丘其轉輪王出現世時此閻浮提村落城邑王所治處比屋連甍雞飛相及人民快樂不可思議又諸比丘其轉輪王出現世時此閻浮洲常於夜半從阿那婆達多池中起大雲氣遍閻浮洲及諸山海即便注雨乃至如一搆牛乳頃其水具足八功德味水深四指更不傍流當於下處即沒入地皆沒不現到夜後分雲悉開除還從海中起清涼風吹彼潤澤觸諸人民皆受安樂又彼甘澤潤閻浮洲普使肥鮮譬如世人巧作鬘師若鬘師弟子作鬘成已以水灑上令其悅澤華色光鮮亦復如是復次其轉輪王出現世時此閻浮提土地恒常沃壤滋茂譬如有人用酥油塗其地津液肥美膏腴亦復如是諸比丘彼轉輪王出現在世經歷無量久遠年時雖受人間所有覺觸譬如細輭柔弱體人食好美食運動施為少時疲觸須臾消化如是如是彼轉輪王處世久時生死覺觸亦復如是諸比丘彼轉輪王壽終之時捨身命已上生天中與彼三十三天共俱又諸比丘彼轉輪王當命終時上虛空中雨優鉢羅鉢頭摩俱物頭分陀利等種種香華為轉輪王作供養故又復更雨天沉水末多伽羅末栴檀香末及天曼陀羅華等復有天諸微妙音樂不鼓自鳴亦有天妙歌歎之聲為供養彼轉輪王身作福利故諸比丘時彼女寶及主藏寶兵將寶等取轉輪王身即以種種香湯洗之香汁洗已最初先用劫波娑纏然後乃以不擣氎衣持用裹之次復更以微妙細氎足五百端就上次第如是纏已又取金棺滿盛酥油持

輪王身安置棺中安棺中已更取銀槨復以金棺内銀槨中内銀槨已以釘釘之又復集諸一切香木作於大積然後闍毗既闍毗已乃於四交大衢道中爲轉輪王作蘇偷婆(此言寶塔)高一由旬闊半由旬雜色校飾四寶所成所謂金銀瑠璃玻瓈其塔四院周圍縱廣五十由旬七重垣墻七重欄楯略說如上乃至衆鳥各各自鳴時彼女寶并及主藏主兵寶等爲轉輪王作蘇偷婆成就訖已然後施設微妙法具所謂種種諸來求索須食與食須飲與飲須乘與乘須衣與衣須財與財須寶與寶盡給與之悉令滿足諸比丘彼轉輪王命終已後經於七日彼金輪寶象寶馬寶摩尼珠寶一切自然隱没不現女寶主藏及兵將等皆亦命終彼四寶城各各改變爲塼土城彼之人民亦皆次第隨而减少諸比丘一切諸行有爲無常如是遷變無有常住破壞離散不得自在是磨滅法暫時須臾非久停住諸比丘乃至應須捨於諸行應須遠離應須猒惡應當速求解脱之道

地獄品第四之一

諸比丘其四大洲及八萬小洲諸餘大山及須彌山王等外別有一山名爲輪圓(前代舊譯云鐵圍山)高六百八十萬由旬縱廣亦有六百八十萬由旬彌密牢固金剛所成難可破壞諸比丘此輪圓山外更有一重大輪圓山由旬高廣正等如前其兩山間極大黑闇無有光明日月如是有大威神大力大德不能照彼使見光明諸比丘彼兩山間有八大地獄何等爲八所謂活大地獄黑大地獄衆合大地獄

叫喚大地獄大叫喚地獄熱惱大地獄大熱惱地獄阿毗脂大地獄諸比丘彼八大地獄各各復有十六小地獄周帀圍遶而爲眷屬是十六獄悉皆縱廣五百由旬何等十六所謂黑雲沙地獄糞屎泥地獄五叉地獄飢地獄渴地獄膿血地獄一銅釜地獄多銅釜地獄疊磑地獄斛量地獄雞地獄灰河地獄斫板地獄刀葉地獄狐狼地獄寒氷地獄諸比丘何因緣故名活大地獄諸比丘彼活大地獄諸衆生輩生者有者出現者轉住者手指自然自有鐵爪生纖長尖利並皆鋒鋩彼等衆生既相見已心意濁亂心既濁亂各以鐵爪自爴破身或自擘身已復擘或復大擘裂已復裂或復大裂割已復割或復大割諸比丘彼等衆生於彼時中作如是知我已被傷我今已死然於彼時以業報故復生冷風來吹其身須臾更生身體皮肉筋骨血等已復還活既得活已以業力故復起東西各相告言汝衆生輩願欲得活活已勝耶諸比丘於是中間少分分別故名活耳然於彼中更有別業極受辛苦大重諸惱楚毒難忍而於彼中命既未終乃至彼惡不善之業未盡未滅未除未轉未少分現未全分現若於先世起者造者若人非人身中作者復次諸比丘彼活大地獄中諸衆生輩生者有者出現者轉住者手指又復生鐵刀子半鐵刀子極長銛利各各相看心意惱亂乃至爴裂擘割破截等死已冷風來吹須臾還活諸比丘如是少分略而言之名爲活也諸比丘更復別業而於彼中極受苦惱苦未畢故求死不得乃至

彼惡不善之業未盡未滅未除未離或復往昔作者造者若人身作若非人身作如是一切次第具受又復彼等大活地獄諸衆生輩無量時中苦報盡已從於大活地獄得出出已復走更求其餘屋宅之處救護之處歸依之處作是念已以罪業故即便入於黑雲沙小地獄中廣五百由旬入彼中已上虛空中起大黑雲雨下如沙其焰熾然極大猛熱墮於彼等地獄衆生身分之上墮皮燒皮墮肉燒肉至筋燒筋至骨燒骨至髓燋髓出煙出焰洞徹熾然受極苦惱以其受苦未畢盡故求死不得乃至未盡惡不善業不滅不除不轉不變不離不失若於往昔人及非人如是作來次第而受更無量時諸比丘彼等衆生經歷無量久遠長道從黑雲沙地獄中出出已復走求屋求宅求救求覆求歸依處作是念已又復入於糞屎熱泥小地獄中廣五百由旬彼等入已從咽已下生糞屎泥熱沸焰中入已行焰燒手燒脚耳鼻身體一時燋然乃至彼惡不善之業未盡未滅未除未轉不離不失以於往昔若人非人作重業來復次諸比丘其糞屎泥小地獄中有諸鐵蟲名爲針口住彼獄中爲諸衆生處處鑽身悉令穿破先鑽破皮鑽破皮已次鑽破肉鑽破肉已次鑽破筋鑽破筋已然後破骨既鑽破骨住於髓中貪於彼等衆生脂髓令彼衆生受嚴劇苦乃至壽命猶未畢終既未盡彼惡不善業乃至不滅如是次第具足而受諸比丘彼等地獄諸衆生輩有時多時長道久遠從糞屎泥小地獄出出已奔走求室求宅求護求

洲及歸依處即入五叉小地獄中其獄亦廣五百由旬彼等入於五叉獄已時守獄卒取彼地獄受罪衆生撲於熾然熱鐵地上其焰洞起時諸罪人在中仰卧如是卧已於兩脚掌釘兩鐵釘熱焰熾然又兩手掌釘兩鐵釘焰亦熾然又齊輪中釘一鐵釘焰又熾然獄卒於是以五叉磔極受嚴苦乃至彼處壽命未終惡業未盡往昔所造若人非人身中一切惡業於獄中次第而受諸比丘彼諸衆生多時長遠從於五叉小地獄出復走求救求室求洲求依求覆及守護處詣向飢餓五百由旬小地獄中入彼處已時守獄者遥見彼等衆生來已即前問言汝等今者來何所欲彼等皆共答言仁者我等飢餓時守獄者即便取彼地獄衆生撲著熾然熱鐵地上令其仰卧便以鐵鉗開張其口用熱鐵丸擲著口中時彼地獄衆生脣口應時燒然燒脣已燒舌燒舌已燒齶燒齶已燒咽燒咽已燒心燒心已燒胷燒胷已燒腸燒腸已燒胃燒胃已經過小腸向下而出其丸尚赤如是彼等地獄衆生於其中時受嚴極苦命未終故略說乃至若人非人先世所作如是次第彼地獄中種種具受諸比丘彼衆生輩於無量時久長遠道從彼飢餓小地獄出復馳奔走略說如前求守護處詣向燋渴五百由旬小地獄中入彼處已時守獄者遥見彼等地獄衆生來而問言汝等今者何所求須彼等答言仁者我今甚渴時守獄者即取彼等地獄衆生撲著熱鐵熾然地上在猛焰中仰而卧之便取鐵鉗開張其口鎔赤銅汁灌其口中時彼

地獄衆生脣口即便燋爛脣口爛已燒舌燒舌已燒齗燒齶已燒咽喉燒咽喉已燒心燒心已燒胷燒胷已燒腸燒腸已燒胃燒胃已直破小腸向下而出彼等衆生各於其中受嚴重苦受極痛苦受異種苦彼等乃至壽命未終若不盡彼惡不善業略說如前乃至若人非人時造如是次第具足而受

起世經卷第二

音釋

適莫 適都歷切適莫可不可也 臛 呵各切肉羹也 轂輞 轂古祿切輞文兩切 髦鬉 髦莫高切鬉子紅切髦鬉馬鬣也 螃蟹 螃步光切蟹胡買切 轡 兵媚切馬韁也 廁溷 廁初吏切溷胡困切廁溷圊也 鹵 郎古切鹹地也 沃壤 沃烏酷切潤澤也壤汝兩切柔土也 積 資四切聚也 磑 五對切磨也 鋒鋩 鋒音峯鋩武方切 攫 居縛切爪持也 擘 博厄切 劇 奇逆切甚也 齶 五各切

起世經卷第三

隋三藏法師闍那崛多等譯

地獄品第四之二

復次諸比丘彼等地獄諸衆生輩有無量時長遠道中從彼燋渴五百由旬小地獄出出已奔走略說乃至求救護處即便詣向五百由旬膿血地獄入彼處已即爲彼等生於膿血乃至咽喉已下熱沸而彼地獄諸衆生等入已東西交横行走彼等如是馳走之時燒手燒足或燒耳鼻燒耳鼻已及諸肢節皆悉燒然其諸肢節被燒然已諸罪人等於彼受苦嚴酷重切不可思議命旣未終惡不善業又未畢盡乃至人身所造作來復次諸比丘膿血地獄中有諸蟲名最猛勝住而彼諸蟲爲彼地獄諸衆生等作多損害或於身中先割破皮割破皮已次復割肉割肉已割筋割筋已破骨破骨已拔出於髓取而食之彼諸衆生於中乃至受嚴重苦命旣未終乃至未盡惡不善業及以人身所作來者皆悉具受復次諸比丘彼膿血地獄所有衆生或時飢渴彼等即以兩手掬取彼沸膿血置於口中置口中已應時燒彼衆生脣口燒脣口已燒齶燒齶已燒喉燒喉已燒胷燒胷已燒心燒心已燒腸燒腸已燒胃燒胃已直過小腸向下而出彼等衆生於彼地獄乃至受諸嚴切重苦命旣未終乃至未盡惡不善業及以人身所作來者如是次第具足而受復次諸比丘彼等地獄諸衆生輩經無量時長遠道中從於膿血五百由旬小地獄出出已馳走乃至求於救護之處向一銅釜五百由旬小地

獄中入彼處已時守獄者捉彼地獄諸衆生輩擲置釜中其頭向下脚皆在上彼諸衆生於其中間以地獄火相燒煑故若沸向上即煑即熟若沸在下亦煑亦熟若在中間還即煑熟若交若橫還即煑熟若爲沫覆還煑還熟若見不見一切煑熟譬如世間若煑小豆若煑大豆及豌豆等置於釜內滿中著水其下然火如是湧沸湯豆和合若來向上即煑即熟若向下去亦即煑熟若住於中亦煑亦熟若其交橫亦俱煑熟若爲沫覆還亦煑熟若見不見一切時熟諸比丘如是如是彼一銅釜小地獄中有守獄者取彼地獄諸衆生等令脚在上以頭向下遙擲彼等置銅釜中被地獄火之所燒逼熱沸既盛時諸罪人逐沸向上即煑即熟略說乃至若見不見亦即煑熟彼等於中受嚴切苦乃至若人非人身中所作來者如是次第於彼地獄具足而受諸比丘彼地獄中諸衆生等經無量時長遠道中從一銅釜五百由旬小地獄出出已奔走乃至欲求救護之處向多銅釜五百由旬小地獄中入彼處已爲守獄者取於彼等地獄衆生捉脚向上頭向下擲置銅釜之中而彼地獄猛火逼切若沸向上即煑即熟若沸向下亦即煑熟若在中間亦即煑熟若橫若覆見與不見俱悉煑熟譬如釜中煑諸豆等爲火燒逼涌沸向上亦煑亦熟略說乃至若見不見悉皆煑熟諸比丘如是如是其多銅釜五百由旬小地獄中諸衆生輩爲守獄者取其兩脚倒竪向上捉頭向下擲銅釜中彼等於中被地獄火之所逼切若沸向上交橫

煑熟略說乃至見與不見悉煑悉熟復次諸比丘彼多銅釜五百由旬小地獄中諸衆生輩爲守獄者以鐵蟹爪取彼地獄諸衆生身從釜至釜彼等從釜將至釜時膿血皮肉皆悉散盡唯餘骸骨彼等於中乃至受於嚴切極苦未得命終乃至不盡彼不善業若人身中所作業者一切悉受諸比丘彼地獄中諸衆生輩經無量時長遠道中從多銅釜五百由旬小地獄出出已馳走乃至欲求救護之處詣向磑疊五百由旬小地獄中入彼處已時守獄者即捉受罪諸衆生輩仰撲置於鐵磑之上熾然光焰一向洞然仰卧中已更取別石於上壓之壓已色別復更研之研已復研作於細末作細末已復更重末最後細末別於彼處末已更研研已復研末已復末至其最後細末之時而其肢體血一邊流一邊猶有骨末存在彼等於中受最嚴苦乃至於中未得命終未盡於彼不善之業乃至人身所作來者如是次第具足而受諸比丘彼等地獄諸衆生輩經無量時長遠道中從於磑疊五百由旬小地獄出出已馳走欲求室宅欲求歸依覆護之處詣向斛量五百由旬小地獄中入彼處已其守獄者取彼地獄諸衆生輩以熱鐵斛熾然光焰一向猛烈遣其量火彼量火時燒手燒脚燒耳燒鼻燒大肢節燒小肢節然肢節已彼等於中受極嚴苦受最痛苦壽命未終乃至未盡惡不善業不滅不沒不離不失乃至往昔所造作者若人身中所作來者如是次第具足而受諸比丘彼等地獄諸衆生輩經無量時長遠道中從彼

斛量五百由旬小地獄出出已馳走求室求覆求救求洲求歸依處遂詣向雞五百由旬小地獄中入彼處已於中生雞滿彼而住乃至膝輪熾然光焰一向猛熱彼衆生輩行於其中步步蹈熱東西馳走四向顧望無處可依大火熾然燒手燒脚燒耳燒鼻燒耳鼻已燒諸肢節大小一時俱皆洞然彼等於中受極嚴苦乃至受於痛切重苦彼等於中命旣未終又未盡彼不善惡業乃至若人身造作者於彼次第一切具受諸比丘彼地獄中諸衆生等經無量時久遠長道得從彼雞小地獄出出已一向馳奔而走乃至欲求救護之處即向灰河小地獄中其獄亦廣五百由旬諸比丘罪人入已其彼灰河流注急疾波浪高涌鳴聲極震灰水沸溢彌岸盈滿於彼灰河底下分中有諸鐵刺尖利若磨於其兩岸復更別有剃刀稠林其河兩岸刀林之中復有諸狗形紫黑色垢膩可畏又其兩岸復各別有守地獄者又其兩岸各復皆生奢摩羅樹其樹有刺纖長尖利鋒頭若磨爾時地獄諸衆生輩入彼河中欲渡彼岸當於渡時爲大波浪之所漂沒沉淪向下遂於彼中爲諸鐵刺劖刺其身刺已即住彼等於中受極嚴苦受大重苦旣浮出已從沸灰河渡至彼岸到彼岸已即復入彼剃刀稠林其林廣闊遊歷多時冒涉利刀彼等於中處處經過入已復入受大極苦或復割手或時割脚或割手脚割耳割鼻復割耳鼻割肢割節復割肢節彼等於中受嚴重苦乃至極苦未得命終乃至未盡惡不善業及其往昔若人身中所作

來者悉於中受復次彼灰河中兩岸所有諸守獄者見彼受罪諸衆生輩來已問言汝等身今欲得何物彼等衆生即同荅言我等甚飢時守獄者取彼地獄諸衆生輩撲置地上熾然光焰一向猛熱乃至仰卧又以鐵鉗開磔其口持熱鐵丸著於口內應時燒彼地獄衆生脣口燋破略說乃至從咽喉下到於小腸直過無礙彼等於中受嚴切苦受極重苦命既未終乃至未盡彼不善業及以往昔人身作者悉皆具受復次諸比丘又彼熱沸灰河兩岸所有諸狗身黑紫色垢膩可畏噉彼地獄諸衆生身從其肢節所有之肉臠臠齩食狗或作聲嘊喍鳴吠彼等於中受嚴切苦乃至受於最極重苦未得命終乃至未盡彼不善業及以往昔於人身中所作來者一切具受諸比丘彼等地獄諸衆生輩爲彼涌沸極熱灰河所逼切時又迫彼等銛利鐵刺并劍刀林怖守獄者及避黑紫諸垢膩狗種種急故時彼地獄諸衆生輩即走上彼奢摩羅樹上彼樹時其樹枝柯純是鐵刺其刺尖利頭皆向下纖長若磨設欲下時彼等鐵刺頭則向上纖長尖利其彼地獄諸衆生等上彼奢摩羅樹時即有諸鳥名爲鐵觜彼鳥來已啄彼地獄諸衆生頭啄頭破已唼㗭其腦噉而食之彼等於中受極嚴苦受痛切苦不可堪忍即還墮落入沸灰河彼等於中還復爲大波浪所漂沒至河底到彼處已復爲鐵刺之所劖刺彼等身體既被刺已不能復去則便住彼於中受苦極大猛酷既不堪忍復起馳走從灰河渡渡已還來到於此岸彼等復

入剃刀稠林入已復入而彼入時割手割脚或割手脚乃至割截諸肢節等於中具足受極嚴苦命未終盡略說乃至從於往昔人非人身所作來者次第悉受復次諸比丘其沸灰河此岸所有諸守獄者彼等既見地獄受罪諸衆生來來已即便遥問之言諸汝等輩何爲遠來欲得何物彼等衆生各各答言我等渴乏時守獄者取彼衆生撲著熱鐵熾然地上令其仰卧既仰卧已火焰洞起即以鐵鉗開彼等口鎔赤銅汁灌其口中時彼地獄諸衆生輩既飲銅汁即燒脣口乃至小腸直下而出彼等於中極受嚴苦乃至壽命未散未滅未盡於彼不善之業及人身中所作來者悉於中受復次諸比丘彼等地獄諸衆生輩受於罪報經無量時長遠道中乃有風來其此大風名爲和合吹彼地獄諸衆生等向於岸邊如是次第從沸灰河地獄中出出已馳走乃至求於救護之處詣向斫板五百由旬小地獄中入彼處已其守獄者取彼地獄諸衆生輩撲置熱鐵熾然地上乃至令其仰卧地已以鐵斵斫熾然猛焰極大焰赫爲彼地獄諸衆生等斫手斫脚亦斫手脚斫耳斫鼻亦斫耳鼻斫肢斫節亦斫肢節彼等於中乃至極受嚴重之苦命既未終乃至未盡惡不善業及以人身所作來者如是次第一切具受復次諸比丘彼等地獄諸衆生輩有無量時長遠道中從彼斫板小地獄出出已馳走乃至求室求覆求洲求歸依處求救護處向刀葉林五百由旬小地獄中入彼中已以無諸善業果報故忽起風吹從空中墮鐵刀

葉林彼刀葉林爲彼地獄諸衆生輩斫手斫脚亦斫手脚斫耳斫鼻亦斫耳鼻斫肢斫節亦斫肢節彼等於中乃至極受嚴切重苦命旣未終略說如上乃至人身所作來者一切具足於中受之復次諸比丘彼刀葉林小地獄中以無諸善業果報故有鐵觜鳥忽然生出飛來向彼地獄衆生兩髆之上安立脚已即以鐵觜啄彼罪人兩眼而去彼於爾時極受嚴切痛惱重苦命旣未終略說如上乃至人身所作來者如是次第一切悉受復次諸比丘彼地獄中諸衆生輩有無量時長遠道中從刀葉林小地獄出出已馳走欲求室宅求覆求洲求歸依處求救護處詣向狐狼五百由旬小地獄中入彼處已以諸不善業果報故於彼獄中出生狐狼嚴熾麤惡嘊喍可畏齩彼地獄諸衆生身所有之肉脚蹹口掣臠臠而食亦作號聲甚大震吼彼等於中乃至極受嚴重之苦命旣未終略說如前人非人身所作來者如是次第皆於其中一切具受復次諸比丘彼地獄中諸衆生輩有無量時從彼狐狼小地獄出出已馳走乃至求室求洲求覆求救護處求歸依處詣向寒氷五百由旬小地獄中入彼處已以諸不善業果報故忽起冷風吹大麤澀嚴苦之寒觸彼地獄諸衆生身皮皆破裂皮破裂已次破裂肉破裂肉已次破裂筋破裂筋已次破裂骨破裂骨已次破裂髓破裂髓時彼等於中受極嚴苦最重切苦乃至不可堪忍耐故還於彼中壽命終盡此是最初第一極大名活地獄及餘十六諸小地獄

復次諸比丘第二黑繩大地獄者亦有十六五百由旬諸小地獄而以圍遶從黑雲沙乃至最後第十六寒氷地獄爲一眷屬諸比丘於其中間有何因緣此大地獄名黑繩也諸比丘其彼黑繩大地獄中所有衆生生者有者出者住者以諸不善業果報故於上空中忽然出生麤大黑繩熾然猛焰一向焰熱譬如從地乃至向上於其中間有大黑雲充遍出生如是如是而彼黑繩大地獄中所有衆生以諸不善業果報故上虛空中出大黑繩熾然猛焰爲彼地獄諸衆生輩墮於身上墮身上已即燒地獄諸衆生皮燒皮已燒肉燒肉已燒筋燒筋已燒骨燒骨已徹至於髓髓出已然髓既然已復出大焰彼等於中受嚴切苦受極重苦彼以罪業命既未終乃至未盡惡不善業未滅未變未除未畢若於往共若人非人身造作者一切悉受復次諸比丘其彼黑繩大地獄中所有衆生生者有者住者化者以諸不善業果報故時守獄者取彼地獄諸衆生輩撲著熾然熱鐵地上乃至一向燋焰猛盛仰卧著已以熱鐵繩處處拼度既拼度已以鐵斵斵熾然赫焰乃至交横斫彼地獄諸衆生身作於兩分或作三分四分五分乃至十分二十分或五十分或復百分譬如世間工巧木匠若木匠弟子取於諸木安地上已即用黑繩而以拼度拼度訖了以利斵斵或作二分三四五分或復十分二十分或作百分如是如是諸比丘然彼黑繩大地獄中所有衆生亦復如是其守獄者取彼衆生撲置熱鐵熾然地上乃至仰卧以鐵黑

繩拼度作道即用斵釿斫破其身作諸分段亦復如是彼等於中乃至痛切受極嚴苦命旣未終又未盡彼不善諸業及以往昔人身作來一切具受復次諸比丘而彼黑繩大地獄中所有衆生有者化者乃至住者時守獄者取彼衆生撲著熾然熱鐵地上乃至取已仰卧於地以鐵黑繩拼度其身即以鐵鋸熾然猛焰鋸彼地獄衆生身破破已復破乃至大破次復更裂裂已復裂乃至大裂或割或截旣割截已復更割截或大割截譬如世間巧用鋸師若鋸解師所有弟子取於諸木安置地上即以黑繩拼度作道以利鐵鋸而鋸破之破已復破乃至大破次復更裂裂已復裂乃至大裂而復割截旣割截已復更割截乃大割截如是諸比丘其彼黑繩大地獄中所有衆生生者有者乃至住者其守獄者取彼衆生撲置熱鐵熾然地上乃至令其仰卧地已以鐵黑繩拼度作道即以鐵鋸熾然猛焰解破其身破已復破乃至大破裂已復裂乃至大裂割已復割乃至大割截已復截乃至大截彼等於中乃至具受極嚴重苦命旣未終略說如上乃至人身所作來者於中備受復次諸比丘而彼黑繩大地獄中諸衆生輩所有生者乃至住者其守獄者取彼衆生以熱鐵砧熾然猛焰乃至令彼自相搥打彼等打時燒手燒脚或燒手脚燒耳燒鼻或燒耳鼻燒肢燒節燒諸肢節彼等於中乃至受於極嚴重苦命旣未終略說如上及以人身所作來者一切具受復次諸比丘而彼黑繩大地獄中所有衆生乃至住者爲彼等故上

虛空中有大黑繩出生熾然極大猛焰乃至一向墮彼地獄衆生身上黑繩墮時絞彼地獄諸衆生身絞已復絞乃至大絞勒已復勒乃至大勒既絞勒已次復還爲風吹開解風開解時而彼地獄諸衆生輩從身剥皮既剥皮已次復剥肉既剥肉已其次抽筋乃至破骨既破骨已吹髓而去彼等爾時於其中間乃至受於極嚴重苦命既未終略說如上未盡於彼惡不善業如是次第一切具受復次諸比丘彼地獄中諸衆生輩有無量時長遠道中從彼黑繩大地獄出出已馳走乃至求覆求室求洲求歸依處求救護處詣黑雲沙五百由旬小地獄中入已略說乃至如上到第十六寒氷地獄入彼獄已乃至命終受種種苦

復次諸比丘衆合大地獄亦有十六諸小地獄各皆縱廣五百由旬而相圍繞從黑雲沙小地獄中乃至略說其最在後寒氷地獄諸比丘於其中間有何因緣彼大地獄名爲衆合也諸比丘而彼衆合大地獄中所有衆生生者有者出者化者乃至住者爲彼等故生於兩山名爲白羊口食熾然極猛光焰爾時彼等地獄衆生入彼山内彼等入已時彼兩山各各相磨各各相打各各相揩彼山如是合已磨已打揩各訖還住本處譬如毗佉羌共囉毗佉羌（此二是閃電名）相合相磨相揩相打彼既相合相磨打已各還本處如是如是諸比丘彼之二山相合相磨相揩相打著已各散還歸本處亦復如是然於彼中所有地獄諸衆生輩被山合著揩磨打時身體一向膿血

流出唯骸骨在彼等爾時乃至受於極嚴重苦命既未終略說乃至如上次第如是當知復次諸比丘其彼衆合大地獄中所有衆生生者住者其守獄者取彼地獄諸衆生輩以大鐵石熾然猛焰乃至撲彼地獄衆生置熱地上令其仰卧彼鐵石上更取別石以覆其上如世間磑如是用磨磨已復磨大磨作末既作末已復更細磨彼等磨時更復重研研已復研大研作塵既作塵已復作細塵如是種種作塵末時一向唯見膿血流出空有骸骨塵末而在彼等於中乃至受於極重苦惱命既未終略說如上次第應知復次諸比丘而彼衆合大地獄中所有地獄諸衆生輩生者有者乃至住者其守獄卒取彼衆生撲置熱鐵大鐵槽中其槽熾然一向猛焰擲槽中已猶如世間壓諸甘蔗及以胡麻如是醡壓壓已復壓如是大壓彼等壓時其傍唯見膿血流出一邊唯有骸骨滓在於中乃至受大嚴苦略說如上命既未終其中受苦種種痛劇復次諸比丘而彼衆合大地獄中所有地獄諸衆生輩生者有者乃至住者其守獄卒取彼衆生擲鐵臼中熾然猛焰乃至一向極熱鐵杵持用擣築擣已復擣乃至大擣如是又築築已復築乃至大築既擣築已復更碎末又大碎末彼等如是舂擣築碎作塵末時唯見膿血一向傍流一邊唯有骸骨末在彼等於中乃至極受嚴切重苦略說如上乃至其中命未終盡具受衆苦復次諸比丘而彼衆合大地獄中所有地獄諸衆生輩生者有者乃至住者爾時於上虛空之中有大鐵象

自然出生熾然猛壯乃至一向光焰赫盛爲彼地獄諸衆生輩從其頭頂乃至足趺象以兩脚蹹其髑髏蹹已復蹹乃至大蹹彼象蹹時能令彼等地獄衆生身諸膿血一向流出一邊唯有骸骨獨在彼等於中受大嚴苦略說如上命未終盡如是次第於中具受復次諸比丘而彼衆合大地獄中諸衆生輩經無量時長遠道中從於衆合大地獄出出已一向馳奔而走乃至求於救護之處向黑雲沙五百由旬小地獄中入已乃至寒氷地獄具受衆苦

復次諸比丘其彼呌喚大地獄中亦有十六五百由旬諸小地獄從黑雲沙乃至最後寒氷地獄諸比丘於其中間有何因緣稱彼呌喚爲大地獄諸比丘而彼呌喚大地獄中諸衆生輩生者有者乃至住者其守獄卒驅彼地獄諸衆生輩令其入於諸鐵城中其城熾然熱鐵猛焰其光焰赫彼等於中乃至受於嚴重苦故衆惱逼切共相和合恒大呌喚名呌喚獄其彼獄中以鐵爲屋房室輦轝皆以鐵爲樓觀園池悉熱炭火熾然光耀一向洞徹驅逐彼等受罪衆生擲著於中諸苦逼切不可忍耐即便呌喚是故名爲呌喚獄也彼等於中受大嚴苦略說如上命既未終未盡彼等惡不善業如是次第具足而受諸比丘其彼地獄諸衆生輩經無量時長遠道中從彼呌喚大地獄出出已馳走略說如前乃至求於救護之處詣黑雲沙五百由旬小地獄中入已如前乃至略說其次最後寒氷地獄其中命終具受衆苦

復次諸比丘彼大呌喚大地獄中亦有十六諸小地獄以爲眷屬皆悉縱廣五百由旬從黑雲沙乃至最後寒氷地獄諸比丘於彼中間有何因緣名大呌喚大地獄也諸比丘彼大呌喚大地獄中所有衆生生者住者時守獄卒取彼衆生悉皆擲置鐵屋室中熾然大熱乃至一向光焰猛壯彼等於中受極嚴苦逼切難忍衆惱和合遂大呌喚以是緣故稱彼地獄名大呌喚彼地獄中有鐵屋宇鐵房鐵葦鐵閤鐵樓其中炭火沸涌盈溢彼等於中受極重苦略說如前旣未命盡如是次第具足而受諸比丘而彼地獄諸衆生輩經無量時長遠道中從大呌喚大地獄出出已馳走乃至略說求救護處詣黑雲沙小地獄中入已乃至最後十六寒氷地獄於中命終具受衆苦

復次諸比丘其彼熱惱大地獄中亦有十六諸小地獄以爲眷屬其獄各各如前縱廣五百由旬從黑雲沙乃至最後寒氷地獄諸比丘於其中間有何因緣稱彼名爲熱惱大地獄諸比丘其彼熱惱大地獄中諸衆生輩生者有者乃至住者其守獄卒取彼地獄諸衆生輩擲鐵鑊中頭直向下脚皆向上熾然沸涌乃至一向熱焰湯火彼等於中被燒煑故是故名爲熱惱獄也而彼獄中有熾鐵釜鐵甕鐵瓮鐵瓨鐵鑵鐵鏊鐵鼎並皆熾然一向猛焰彼等於中若燒若煑故名熱惱乃至受於極嚴重苦命旣未終未盡彼等惡不善業如是次第一切悉受諸比丘彼地獄中諸衆生輩經無量時長遠道中從彼熱惱大地獄

出出已乃至馳奔而走欲求救護歸依之處向黑雲沙小地獄中略說乃至寒氷地獄於彼命終具受衆苦

復次諸比丘彼大熱惱大地獄中亦有十六諸小地獄各各縱廣五百由旬從黑雲沙小地獄中乃至最後寒氷地獄於其中間有何因緣名大熱惱大地獄也諸比丘彼大熱惱大地獄中諸衆生輩生者有者乃至住者其守獄卒取彼地獄諸衆生輩捉頭擲下以脚向上置鐵釜中熾然猛火乃至一向熱焰衝出彼等於中極受熱惱大熱惱已復大熱惱是故名爲熾然最大熱惱獄也彼等於彼熱鐵甕中瓮中鑊中鼎中鎗中熾然熱惱極大苦切擲著中已彼等於中爲地獄火若燒若煮若炙若煎受諸苦惱惱已復惱以是故名最熾猛熱極惱獄也彼等於中受劇苦惱略說如前乃至命終如是次第於中受苦諸比丘彼地獄中諸衆生輩經無量時長遠道中從彼熾熱極大劇惱地獄出已馳奔而走乃至略說欲求救護歸依之處詣黑雲沙小地獄中乃至最後寒冰地獄命既未終受諸苦惱次第如前

復次諸比丘彼阿毗脂大地獄中亦有十六諸小地獄而爲眷屬以自圍繞其獄各廣五百由旬初黑雲沙乃至最後寒冰地獄諸比丘於彼中間有何因緣名阿毗脂大地獄也諸比丘其阿毗脂大地獄中諸衆生輩生者有者出者住者彼等衆生以惡不善業果報故彼守獄者自然出生各各以手取彼地獄諸衆生身撲著熱鐵熾然地上火焰直上一

向猛壯覆面撲已即持利刀從其脚踝抽拔出筋乃至頭後皆相連挽貫徹心髓痛苦難論如是拔已然後令駕鐵車而行熾然光焰一向猛熱將其經歷無量由旬鐵地而過所行之處純是洞然熱鐵險道去已復去隨彼心意無暫時停欲向何處稱意便去隨所去處隨所到處彼等如是將彼去時欲將去時意欲去時即消彼等身諸肉血無復遺餘以是因緣受嚴切苦極重劇苦意不喜苦命既未終乃至未盡惡不善業未滅未散未變未移若於往昔人非人身所作來者一切悉受

復次諸比丘彼阿毗脂大地獄中諸衆生輩生者有者化者住者以惡不善業果報故從於東方有大火聚忽爾出生熾然赫色極大猛焰一向洞赫如是次第南方西方及北方等諸方各各皆有極大火聚出生熾然光焰悉皆猛赫彼等於中以此四方四大火聚之所圍繞漸漸逼近共相和合令諸衆生受諸痛苦乃至受彼大嚴切苦命既未終略說如上於彼獄中一切具受

起世經卷第三

音釋

骸 雄皆切百骸也 研 五堅切磨也 剗 初銜切斷也 磔 陟革切張也 臠 力兖切塊切肉也 齩 五巧切齧也 唼嗽 唼子合切聚食貌嗽色角切吮也 酷 苦沃切虐也 斵釿 斵竹角切斫也釿擧欣切剤斵也 斫 職略切斬也 髆 伯各切肩甲也 蹹 達合切踐也 拼 補耕切 鋸 居御切 絞 古巧切纏縛也 醡 側駕切壓也 滓 壯士切澱也 舂 書容切擣也 髑髏 髑徒木切髏洛侯切髑髏首骨也 輦轝 輦力展切轝羊諸切 甕 烏貢切甖也 瓫 蒲奔切與盆同 瓨 下江切長頸甖也 鑵 古玩切汲水器也 鏊 五到切 踝 胡瓦切足骨也

起世經卷第四

隋三藏法師闍那崛多等譯

地獄品第四之三

復次諸比丘彼阿毗脂大地獄中諸衆生輩生者有者乃至住者以惡不善業果報故從於東壁光焰出已直射西壁到已而住從於西壁光焰出已直射東壁到已而住從於南壁光焰出已直射北壁從於北壁光焰出已直射南壁從下向上自上射下縱橫交接上下衝射熱光赫焰騰沸相激彼等於中以此六種大猛火聚擲諸衆生以著其中乃至受於極嚴切苦命既未終乃至略說彼不善業未畢未盡於其中間具足而受復次諸比丘彼阿毗脂大地獄中諸衆生輩生者有者乃至住者以惡不善業果報故經無量時長遠道中見獄東門忽然自開是時彼獄諸衆生輩以見聞彼開門聲故走向彼處走已復走大速疾走我等今者至於彼處決應得脫我等今者達到彼處應當大吉彼等衆生如是走時走復走時速疾走時其身轉更熾然光焰譬如世間有力壯夫持大火炬逆風而走而彼火炬更復轉然焰熾猛盛如是如是彼等走時走已復走如是走時身諸支節轉復熾然舉足之時肉血離散下足之時其肉還生又復彼等如是奔走欲近門時爲彼等故門自然閉衆生爾時於彼獄中熱鐵地上熾然光焰一向悶絕覆面而踣彼等於中既覆踣已即燒其皮燒皮已次燒肉燒肉已燒筋燒筋已燒骨燒骨已至髓髓出已即時煙出煙出已復出煙大出煙彼等於中乃至次第

受極嚴苦命既未終略說如前未盡彼惡不善之業乃至往昔人非人身所作來者於中具受復次諸比丘彼阿毗脂大地獄中諸衆生輩生者有着乃至住者以諸不善業果報故經無量時長遠道中是時彼獄南門西門乃至北門還如是開時彼地獄諸衆生輩聞彼開聲向門而走走已復走乃至大走作如是念我等今者當於此處必應得脫我等於今定當訖了彼等如是大馳走時其身轉復熾然猛烈譬如壯夫手中執持大乾草炬逆風而走彼炬既然轉復熾盛如是如是彼等衆生走已復走乃至大走作是走時彼等身分轉更熾然舉擲足時肉血俱散欲下足時肉血還生及到門時彼門還閉彼等於中熱鐵地上熾然焰盛專一向走既不得出其心悶亂覆面倒地彼等於中既倒地已即燒身皮既燒皮已次燒其肉既燒肉已復燒於骨乃至徹髓洞然煙出其煙熢㶿復出赫光煙焰相雜熱惱復倍彼等於中受極嚴苦略說如前乃至壽命未得終盡惡不善業未滅未離未變未散乃至往昔若人非人身造作者一切悉受復次諸比丘彼阿毗脂大地獄中所有衆生乃至住者以諸不善業果報故爲彼地獄火所燒時眼所見色皆是意中所不喜色有意喜者而不現前非意所好非是好者不愛之色不善之色而恒逼惱耳所聞聲鼻所聞香舌所取味身所覺觸意所念法皆是意中所不喜法若非意喜非可愛法而來現前凡有境界皆是不善彼等於中以是因緣恒受極重苦惱麤澀其色惡故其觸亦然

乃至壽命未得終盡惡不善業未没未滅若於往昔人非人身造作一切諸惡業者悉皆具受復次諸比丘更何因緣彼阿毗脂大地獄者稱阿毗脂大地獄也諸比丘其阿毗脂大地獄中於一切時無有須臾得暫受樂乃至如一彈指頃時是故稱彼大地獄者爲阿毗脂如是次第具足受苦諸比丘彼大地獄諸衆生輩經無量時長遠道中乃至從彼阿毗脂中大地獄出出已馳走走已復走乃至大走欲求屋宅求覆求洲求歸依處求救護處詣黑雲沙五百由旬小地獄中入已乃至略說最後到第十六寒冰地獄具受衆苦彼處命終此中世尊說如是偈

若人身口意造業　作已向於惡道中
如是當生活地獄　其中可畏毛豎處
經歷無數千億年　死已須臾還復活
怨讎各各相報對　此由衆生更相殺
若於父母起惡心　或佛菩薩聲聞衆
此等皆當墮黑繩　彼處受苦極嚴劇
教他正行令邪曲　見人友善必破壞
彼等皆墮黑繩獄　兩舌惡口多妄語
樂作三種重惡業　不修三種善根芽
此癡人輩墮合獄　彼等於中久受苦
或害羊馬及諸牛　種種雜獸雞猪等
并殺諸餘蟲蟻類　彼等墮於合獄中
世間怖畏相多種　以此逼切惱人故
彼墮磓山等獄中　磓壓臼杵舂擣苦
貪欲恚癡惡使故　迴轉正理令別異
判是作非乖法律　彼爲刀劒輪所傷
若倚強勢劫奪他　有力無力皆悉取

故作如是諸逼切　彼爲鐵象所蹴蹹
若樂殺害諸衆生　身手血塗心嚴惡
常行如是不淨業　彼等常生叫喚中
諸種觸惱衆生故　於叫喚獄多被煑
彼中復有大叫喚　此由諂曲姦猾心
諸見稠林所覆蔽　愛網彌密所沉淪
常行如是最下業　彼則墮於大叫喚
若至此大叫喚中　熾然鐵城毛竪處
其中鐵堂及鐵屋　所來入者悉燒然
若作世間諸事中　多諸惱亂衆生者
彼等當生熱惱獄　受諸熱惱無量時
世間沙門婆羅門　父母尊長諸耆舊
若恒觸惱令不喜　彼等皆墮熱惱中
生天淨業不樂修　所愛至親常遠離
如是之事喜作者　彼皆當入熱惱獄
惡向沙門婆羅門　并諸善人父母等
或復害於其餘尊　墮熱惱中常被煑
恒多造作諸惡業　不曾發起一善心
如是人向阿毗脂　當受無量衆苦惱
若說正法爲非法　說諸非法爲正法
既無增益於善者　彼等皆當入阿毗
活及黑繩此兩獄　合會叫喚三爲五
熱惱大熱共成七　其阿毗脂爲第八
此等八是大地獄　嚴熾苦切難忍受
惡業之人所作故　其中小獄有十六

爾時世尊說此偈已告諸比丘作如是言汝諸比丘今應當知彼之世界於兩中間別更復有十地獄住何等爲十所謂頞浮陀地獄泥囉浮陀地獄阿呼地獄呼呼婆地獄阿吒吒地獄搔揵提迦地獄優鉢羅地獄波頭摩

地獄奔荼梨地獄究牟陀地獄諸比丘於彼中間有如是等十種地獄諸比丘何因何緣其頞浮陀地獄名爲頞浮陀也諸比丘彼頞浮陀地獄之中諸衆生輩有得如是色身形體譬如泡沫是故名爲頞浮陀也復更於中有何因緣其泥囉浮陀地獄名爲泥囉浮陀也諸比丘彼泥囉浮陀地獄之中諸衆生輩有得如是色身形體譬如肉片是故名爲泥囉浮陀也又復於中何因何緣其阿呼地獄名爲阿呼也諸比丘彼阿呼大地獄中諸衆生輩受於嚴苦逼切之時叫喚唱言阿呼阿呼甚大苦也是故名爲阿呼也又復於中何因何緣其呼呼婆地獄名爲呼呼婆也諸比丘彼呼呼婆地獄之中諸衆生輩爲彼地獄極苦所逼切時叫喚唱言呼呼婆是故名爲呼呼婆也又復於中何因何緣其阿吒吒地獄名爲阿吒吒也諸比丘彼阿吒吒地獄之中諸衆生輩以極苦惱受逼切時稱叫喚言阿吒吒亦不能自口中出舌是故名爲阿吒吒也又復於中何因何緣其搔揵提迦地獄名爲搔揵提迦也諸比丘彼搔揵提迦地獄之中火如是色譬如搔揵提迦華是故名爲搔揵提迦也又復於中何因何緣其優鉢羅地獄名爲優鉢羅也諸比丘彼優鉢羅地獄之中火如是色譬如優鉢羅華是故名爲優鉢羅也又復於中何因何緣其究牟陀地獄名爲究牟陀也諸比丘彼究牟陀地獄之中火有是色譬如究牟陀華是故名爲究牟陀也又復於中何因何緣其奔荼梨迦地獄名爲奔荼梨迦也諸比丘彼奔荼梨迦地獄之

中火有是色譬如奔荼梨迦華是故名爲奔荼梨迦也又復於中何因何緣其波頭摩地獄名爲波頭摩也諸比丘彼波頭摩地獄之中火有是色譬如波頭摩華是故名爲波頭摩也

諸比丘譬如憍薩羅國中二十佉羅迦（佉羅迦者此言二十斛）烏麻篅滿不槩令平而於彼中有一丈夫滿一百年取一烏麻如是次第滿百年已復取一粒烏麻擲出諸比丘擲彼憍薩羅滿二十佉囉迦烏麻盡已如是時節我說其一頞浮陀壽猶未畢盡且以此數略而計之如是二十頞浮陀壽爲一泥囉浮陀二十泥囉浮陀爲一阿呼二十阿呼爲一呼呼婆二十呼呼婆爲一阿吒吒二十阿吒吒爲一搔揵提迦二十搔揵提迦爲一優鉢羅二十優鉢羅爲一究牟陀二十究牟陀爲一奔荼梨迦二十奔荼梨迦爲一波頭摩二十波頭摩爲一中劫諸比丘其波頭摩地獄處所若衆生輩離彼一百踰闍那住（踰闍那者此言數四十里也）爲彼獄火光焰所燒若離五十踰闍那住諸衆生輩皆盲無眼離二十五踰闍那住諸衆生輩身之肉血自然破散諸比丘其瞿迦梨比丘爲於舍利弗及目揵連邊起誹謗心濁惡心已死後即生彼波頭摩地獄之中生彼處已從口生焰出長十肘（肘長二尺）於其舌上自然而有五百具犁恒常耕之諸比丘我於餘處未曾見有如是色類而自損害所謂於諸梵行人邊心生垢濁自損故惡心故不利益心故無慈心故無淨心故諸比丘是故汝等應須於彼諸梵行邊當起於慈身口意業如我

所見晝夜起慈身口意者常受安樂是故汝等諸比丘輩皆當如我所見所説汝應晝夜常起慈心汝等應當如是習學爾時世尊説此伽陀

世間人輩當生時　舌頭自然出斤斧
所謂口中説惡故　還自損害割其身
應讃歎者不稱譽　合毁辱人反談美
如是名爲口中諍　以此諍故無樂受
若人博戲得資財　此是世間少言諍
清淨行邊起濁心　是名口中大鬬諍
如是三十六百千　泥囉浮陀地獄數
及五頞浮陀地獄　墮彼波頭摩獄中
以毁聖人致如是　緣口意業作惡故

諸比丘彼界中間復有諸風名曰熱惱諸比丘彼等諸風若來到此四世界中而此四洲世界所有諸衆生輩生者住者彼皆一切皆散皆滅皆壞皆無譬如葦荻若被刈已不得水時乾壞無有如是如是諸比丘彼界中間所有諸風名熱惱者彼等若來此四界時此四洲界所有衆生一時皆悉乾壞無有彼等以此内輪圓山大輪圓山二山所障是故彼風不來到此諸比丘彼輪圓山大輪圓山能作如是最大利益爲此四洲四世界中諸衆生等作依業故復次諸比丘又於彼處世界中間有諸風吹地獄燒煮衆生身肉脂髓臭穢烽焞之氣種種不淨諸比丘彼風若來到此四洲世界中時爾時四洲世界之中所有衆生乃至住者彼等皆盲無復眼目以其氣惡臭處猛故然彼輪圓及大輪圓二山障礙以障礙故不來於此諸比丘彼内輪圓及大

輪圓二山能為此四洲界諸眾生等造作如是最大利益成諸眾生依止業故復次諸比丘又彼界中更有大風名僧伽多（僧伽多者此言合會）諸比丘彼風若來此世界中則四大洲及諸八萬四千小洲并餘大山及須彌留山王悉能擎舉去地令高一俱盧舍（四肘名一弓千弓名一俱盧舍）舉已能令分散破壞乃至二三四五六七俱盧舍地既擎舉已悉能令其星散破壞乃至高一踰闍那地擎舉星散破壞如前如是二三四五六七踰闍那地擎舉破壞悉令分散乃至一百踰闍那地既擎舉已分散破壞及二三四五六七百踰闍那地擎舉已碎分散破壞亦復如前乃至一千踰闍那地既擎舉已塵散破壞及二三四五六七千踰闍那地悉擎舉已分散破壞諸比丘譬如壯健有力丈夫以手掬取麥麨一把高擎舉已於虛空中粉粖分散悉令碎壞如是如是諸比丘彼世界中最大極吹僧伽多風若來到此四洲界中爾時此界四方大洲并及八萬四千小洲餘諸大山及須彌留山王擎舉高一俱盧舍地分散破壞略說如前乃至七千踰闍那地既舉擎已塵散破壞諸比丘但以得彼內輪圓山大輪圓山二山障礙以障礙故不來於此諸比丘彼內輪圓大輪圓山二山威德有如是力能大利益為此四洲四世界中諸眾生等作依業故復次諸比丘於彼世界中間之外閻浮洲南有閻摩王宮殿住處縱廣六千踰闍那地七重墻壁七重欄楯七重鈴網其外七重多羅行樹周帀圍繞雜色可觀七寶所成所謂金銀鞞瑠璃頗致迦赤真珠

硨磲碼碯等七寶之所成就於彼四方各有諸門彼等諸門皆有却敵樓櫓臺殿園苑華池其諸華池及園苑内有種種樹其樹各有種種衆葉及種種華與種種果彌滿遍布種種香熏種種衆鳥各各自鳴復次諸比丘別有一時及三摩耶其閻摩王以惡不善業果報故於夜三時晝三時間自然而有赤鎔銅汁在前出生當如此時其王宫殿即變爲鐵於先所有五欲功德在目前者皆没不現若在宫内即於宫内如是出生時閻摩王見此事已怖畏不安諸毛皆豎即便出外若在宫外即復於外如是出生時閻摩王心生怖畏戰動不安身有諸毛一時皆豎即走入内時守獄者取閻摩王即便撲著熱鐵地上熾然猛焰一向光焰撲仰卧已即以鐵鉗用開其口以洋銅汁置於口中時閻摩王即燒脣口燒脣口已次燒於舌既燒舌已即燒咽喉燒咽喉已即燒大腸及小腸等次第燋然從下而出即於彼時及三摩耶其閻摩王作如是念所有衆生以其往昔身作惡行口作惡行意惡行者彼等皆受如是種種形色苦惱心不喜處譬如地獄諸衆生輩我今亦然并及餘者若共閻摩王同作業衆生之輩嗚呼願我從此捨身死已墮和合中共於人間相逢受生爾時我於如來教法中當得信解爾時我於彼處當得信解具足已剃除鬚髮著袈裟衣正得信解從家出家我於爾時出家已和合不久若善家子爲何事故正得信解從家出家即彼無上梵行盡處現見法中自得通證作具足已願我當行我今已盡生死已

立梵行應所作者皆作辦訖更不復於後世受生諸比丘其閻摩王或復有時發如是等求習善念於彼時中其閻摩王所住宫殿還成七寶種種出生及天五欲功德現前悉皆具足當於彼時其閻摩王復作是念所有一切諸衆生輩以身善行口意善行願於彼等各各皆受如是安樂譬如空住諸夜叉輩如我今者自餘閻摩王所有同集業衆生者諸比丘世間凡有三種天使何等爲三所謂衰老及病死也諸比丘有一種人以自放逸身行惡行及其口意行於惡行而其彼人身口及意行惡行已彼因縁故身壞命終向於惡趣生地獄中其守獄者驅彼衆生即時將向閻摩王邊白言天王此之丈夫昔在人中縱逸自在不善和合恣身口意行於惡行然此以其身及口意行惡行已今來生此是故天王善好教示善好訶責時閻摩王問彼丈夫汝善丈夫昔在人間第一天使善好教示善好訶責汝豈不見彼之天使出現生耶彼答言天我實不見時閻摩王復更告言丈夫汝豈不見往昔世間有人身時或作婦女或作丈夫衰老相現摩訶羅時齒缺髮白皮膚皺皺黶子遍滿狀如烏麻傴僂背曲跛跛而行步不依身恒常偏側頸皮寬緩如牛咽垂脣口乾枯喉舌燥澀身體屈折氣力綿微喘息作聲猶如挽鋸向前欲倒倚杖而行既離盛年肉血消盡羸瘦趣向未來世路舉動尫弱失壯時形乃至身心恒常顫慄其諸支節一切悉皆疲懈以不彼人答言天我實見之時閻摩王復更告言汝愚丈夫無有智慧汝昔

既見如是相貌云何不作如是思念我今身上亦有是法亦有是事我今亦未離如是法我今具有如是老法既未得離我今應當爲身口意亦可造作微妙善業使我當有長夜利益安樂報也時彼丈夫即答言天我實不作如是思念何以故以心縱蕩行放逸故時閻摩王又更告言愚癡丈夫若如是者汝自懈怠行放逸故不修身口及意善業以是因緣汝當長夜得大苦惱無有安樂是故汝當具足受此放逸行罪當得如是惡業果報如彼放逸丈夫受者又汝丈夫此之苦報惡行業者非汝母作非汝父作非兄弟作非姊妹作非國王作非諸天作亦非往昔先人所作是汝丈夫自於身中作此惡業今自聚集汝還自當受此報也爾時彼世閻摩羅王具以如是第一天使善好教示訶責彼已復更次以第二天使善好教示訶責告言丈夫汝豈不見第二天使世間出也彼答言天我實不見王復告言丈夫汝豈不見往昔世間作人身時四大和合一旦乖違若婦女身若丈夫體患苦困篤或在小牀或大牀上以自屎尿汙穢於身宛轉糞中不得自在卧起行坐皆人扶持或人洗拭或人抱出或有與飲或復與食彼人答言天我實見之王復告言丈夫汝見如是若巧智者云何不作如是思念我今亦有如是之法我今亦有如是之事我亦未離如是患法我亦自有如是患事既未免脫應自覺知我今亦可作諸善業若身若口若意善業爲我當來長夜作於大利益所大安樂處彼人答言天我實不作如是思念以

懈怠心行放逸故王復告言丈夫汝今既是行放逸者懶惰懈怠不作善業若身若口若意善業汝何能得長夜利益及安樂報是故汝當修行善事若行放逸隨放逸故汝此惡業非父母作非兄弟作非姊妹作非王非天亦非往昔先人所作非諸沙門及婆羅門等之所造作此之惡業汝既自作汝還自受此果報也時閻摩王依次以此第二天使善好教示訶責彼已依次更以第三天使教示訶責彼丈夫言汝愚丈夫汝在人間作人身時豈可不見第三天使世間出生彼答言天我實不見時閻摩王復告彼言汝愚丈夫豈可不見彼世間時若復婦女若有丈夫隨時命終安置牀上將向於外以雜色衣而覆其上又作種種斗帳幰蓋而普周帀爲諸眷屬之所圍遶絕諸瓔珞舉手散髮或將灰土以坌頭上最極悲惱號咷哭泣或言嗚呼或言多多或言養育舉聲大叫搥胷哀慟種種語言酸切哽楚汝悉見不彼丈夫言天我實見之時閻摩王復告彼言丈夫汝昔既見如此之事何不自作如是思念我今亦有如是之法我身亦有如是之事我既未脫如是之事我亦有死亦有死法未得免離我今亦可作諸善業若身若口若意善業爲我長夜作大利益作安樂故時彼丈夫即答天言我實不作何以故以放逸故時閻摩王復告彼言丈夫汝今既是放逸行者以放逸故不作善業亦不聚集其餘諸善謂身口意爲汝長夜作於利益當作安樂是故汝今有如是事依放逸行以放逸故汝自招此惡不善業汝此惡業

非父母作非兄弟作非姊妹作非王非天亦非徃昔先人所作又非沙門婆羅門作丈夫汝此惡業是汝自作自聚集故得此果報汝還自受時閻摩王具足以此第三天使教示訶責勑彼丈夫言語訖已即棄捨之時守獄者種種取彼丈夫手臂以頭向下持足向上即擲置於諸地獄中世尊爾時說伽陀言

衆生造作惡業已　死後墮於惡趣中
時閻摩王見彼來　以悲愍心而訶責
汝昔在於人間時　可不見於老病死
此是天使來告示　云何放逸不覺知
縱身口意染諸塵　不行施戒自調伏
如此云何名有識　而不造作利益因
爾時如法閻摩王　作是訶責罪人已
彼即喘息心恐怖　戰懼便作如是言
以我昔共惡朋友　聞善意中不喜作
貪欲瞋恚所纏覆　不作自利故損身
汝既不修衆善因　唯造種種諸惡業
愚癡今日當得果　彼業受來地獄中
如此一切諸惡業　非父非是母所作
亦非沙門婆羅門　非是國王非諸天
此直是汝自造作　諸惡業子不淨故
自既作此諸惡業　今當分受此惡果
彼王以是三天使　次第訶責罪者已
閻摩羅王於彼時　棄捨諸罪衆生去
時閻摩世所住者　即便取彼丈夫輩
牽將向於地獄中　極大可畏毛竪處
四邊相向有四門　四方四維皆整頓
諸院垣墻皆是鐵　用鐵周帀以爲欄
熾然猛熱鐵爲城　光焰嚴盛煙火合

遥見可畏心已驚　嚴熾焰赫難可向
猶如一百由旬内　大火熾然悉彌滿
其中所燒衆生輩　皆由往昔作惡因
被於天使之所訶　而心放逸無覺察
彼等即今長夜悔　皆由往昔下劣心
所有智慧諸人等　若見天使來開導
應當精勤莫放逸　諸聖法王善巧説
旣見聞已須恐怖　諸有生死窮盡處
一切無過於涅槃　種種患盡無有餘
至彼安隱則快樂　如是見法得寂滅
所謂諸怨皆已度　自然清淨得涅槃

起世經卷第四

音釋

踣蒲墨切仆也　熢㶿熢蒲紅切㶿蒲没切熢㶿烟盛貌　姦猾姦古閑切猾胡刮切　頞烏葛切　槩古代切斗斛量槩也　麩與職切麥麩也　膚甫無切皮膚也　赧奴板切面赤也　黶於琰切黑子也　傴僂傴於武切僂力主切背曲也　跛跂跛布火切足偏廢也跂巨支切足多指也　尫烏光切弱也　顫慄顫之膳切慄力質切　幰虛偃切車上張繒円幰　號咷號胡刀切咷徒刀切號咷大哭也

起世經卷第五

隋三藏法師闍那崛多等譯

諸龍金翅鳥品第五

復次諸比丘一切諸龍有四種生何等爲四一者卵生二者胎生三者濕生四者化生如此名爲四種生龍諸比丘其金翅鳥亦四種生所謂卵生胎生濕生及以化生此等名爲彼金翅鳥有四種生諸比丘大海水底有娑伽羅龍王宮殿縱廣正等八萬由旬七重垣牆七重欄楯周帀莊嚴七重寶鈴間錯珠網復有七重多羅行樹扶踈蔭映之所圍遶妙色可觀衆寶莊校所謂金銀瑠璃玻瓈赤眞珠硨磲碼碯等七寶所成於彼四方各有諸門而彼諸門有諸重閣樓觀却敵有諸園苑及以泉池地與池中各各皆有衆雜華草行伍相當復有諸樹種種華葉種種衆果種種香熏種種諸鳥各各自鳴諸比丘彼須彌留山法低羅山二山中間有於難陀優波難陀二大龍王宮殿住處其處縱廣六千由旬七重垣墻七重欄楯略說如前乃至衆鳥各各自鳴諸比丘其大海北爲諸龍王及諸一切金翅鳥王有一大樹其樹名曰居吒奢摩離（此言鹿聚也）彼之大樹其本周圍有七由旬其下入地二十由旬其上出高一百由旬枝葉遍覆五十由旬其院縱廣五百由旬七重墻壍略說如前乃至衆鳥各各自鳴諸比丘彼居吒奢摩離大樹東面有卵生龍及卵生金翅鳥諸宮殿住宮各縱廣六百由旬七重垣墻略說如上乃至衆鳥各各自鳴其居吒奢摩離大樹南面有胎生龍及胎生金翅鳥諸宮

殿住亦各縱廣六百由旬七重垣墻略說如前乃至衆鳥各各自鳴其居吒奢摩離大樹西面有濕生龍及濕生金翅鳥諸宮殿住亦各縱廣六百由旬七重垣墻略說如前乃至衆鳥各各自鳴其居吒奢摩離大樹北面有化生龍及化生金翅鳥諸宮殿住亦各縱廣六百由旬七重垣墻略說如前乃至衆鳥各各自鳴諸比丘其彼卵生金翅鳥王欲得摶取卵生龍時於是即飛向居吒奢摩離大樹東面枝上下觀海已便以兩翅飛扇大海水爲之開二百由旬海水開已即便銜取卵生龍出隨其所用隨其所食諸比丘其諸卵生金翅鳥王唯能取得卵生龍出隨其所用則不能取胎生之龍及濕生龍化生龍等諸比丘其諸胎生金翅鳥王若欲摶取卵生龍者即時飛向彼居吒奢摩離大樹東枝之上下觀大海即以兩翅飛扇大海水爲之開二百由旬因而銜取卵生龍出隨其所食又復胎生金翅鳥王若欲摶取胎生龍者即便飛向彼居吒奢摩離大樹南枝上下觀大海以翅飛扇大海水爲之開四百由旬遂便銜取胎生龍出隨其食用諸比丘其諸胎生金翅鳥王唯能取得卵生諸龍及胎生龍隨其所用則不能得濕生諸龍化生龍等諸比丘其諸濕生金翅鳥王若欲摶取卵生龍時爾時飛上彼居吒奢摩離大樹東枝上以翅飛扇大海水爲之開二百由旬開已銜取卵生龍用隨其所食又復濕生金翅之鳥若欲得取胎生龍時即便飛向彼居吒奢摩離大樹南枝上以翅飛扇大海水爲之開四百由旬開已

銜取胎生龍食隨其所用又復濕生金翅之鳥若欲搏取濕生龍者爾時飛向彼居吒奢摩離大樹西枝上以翅飛扇大海水爲之開八百由旬即便銜取濕生龍用隨其所食諸比丘其諸濕生金翅之鳥唯能得取卵生諸龍胎生之龍濕生龍等隨其所用隨其所食唯不能得化生諸龍諸比丘其諸化生金翅之鳥若其欲搏取卵生龍爾時飛向彼居吒奢摩離大樹東枝上以翅飛扇大海水爲之開二百由旬即便銜取卵生龍食隨其所用又復化生金翅之鳥若欲搏取胎生龍時即便飛向彼居吒奢摩離大樹南枝上以翅飛扇大海水爲之開四百由旬時彼化生金翅之鳥即便銜取胎生龍食隨其所用又復化生金翅之鳥若欲搏取濕生龍時即便飛向彼居吒奢摩離大樹西枝上以翅飛扇大海水爲之開八百由旬即時銜取濕生龍食隨其所用又復化生金翅鳥王若欲搏取化生龍者爾時即飛向彼居吒奢摩離大樹北面枝上下觀於海便以兩翅飛扇大海水爲之開一千六百由旬即便銜取化生龍食隨其所用諸比丘此等諸龍悉皆爲彼金翅鳥之所食噉諸比丘別有諸龍彼金翅鳥不能搏取所謂娑伽羅龍王不曾爲彼金翅鳥王之所驚動又有難陀龍王優波難陀龍王此二龍王等亦不爲彼金翅鳥取又復提頭賴吒龍王阿那婆達多龍王等亦不爲彼金翅鳥王之所攝取諸比丘復有自餘諸龍王等亦不爲彼金翅鳥取所謂摩多車迦等德叉迦等羯勒拏憍多摩迦等熾婆陀弗知梨迦等

商居波陀迦等甘婆羅阿濕婆多羅二龍王等諸比丘更有自餘諸龍住處彼等界中亦復不爲諸金翅鳥之所食噉諸比丘於彼趣中有何因緣而彼等輩生於龍中諸比丘有諸衆生熏修龍因受持龍戒發起龍心分別龍意作是業已爲彼因緣所成熟故當生龍中復有一種熏修金翅鳥因受持金翅鳥戒發起金翅鳥心分別金翅鳥意以是因緣身壞命終即當生彼金翅鳥中復有一種熏修諸獸因受持諸獸戒發起諸獸心習行諸獸業分別諸獸意彼以如是種種熏修諸獸戒因發起行業成就心意衆因緣故身壞命終即便生彼諸雜獸中復有一種熏修牛因牛戒牛業牛心牛意略說如前乃至分別以是緣故生於牛中復有一種熏修鷄因鷄戒鷄業鷄心鷄意略說如前乃至分別鷄心鷄業以是因緣當生鷄中復有一種熏修鵄鵂因受鵄鵂戒發起鵄鵂心行鵄鵂業分別鵄鵂意以彼熏修鵄鵂業受鵄鵂戒起鵄鵂心分別鵄鵂意故以是因緣捨身當生於鵄鵂中諸比丘復有一種熏修月戒或復熏修日戒星宿戒大人戒或復熏修默然戒或復熏修大力天戒或復熏修大丈夫戒或有熏修入水戒或有熏修供養日戒或有熏修事行火戒或修苦行諸穢濁處彼熏修已作如是念願我所修此等諸戒月戒日戒星辰等戒及默然戒大力天戒大丈夫戒水戒火戒苦行穢濁諸如是戒我當作天或得天報發此邪願諸比丘有一種丈夫福伽羅等起邪願者我今說彼當向二處若生地獄若生畜生諸

比丘復有一種沙門婆羅門等作如是見作如是言我及世間常此事實餘虛妄復有一種沙門婆羅門等作如是見作如是言我及世間悉皆無常此事實餘虛妄復有一種沙門婆羅門作如是見作如是言我及世間常無常此是實餘虛妄復有一種沙門婆羅門作如是見作如是言我及世間非常非無常此是實餘虛妄諸比丘復有一種沙門婆羅門等作如是見作如是言我及世間有邊此是實餘虛妄復有一種沙門婆羅門等作如是見作如是言我及世間無有邊此是實餘虛妄復有一種沙門婆羅門等作如是見作如是言我及世間或有邊或無邊此是實餘虛妄復有一種沙門婆羅門等作如是見作如是言我及世間非有邊非無邊此是實餘虛妄諸比丘復有一種沙門婆羅門等作如是見作如是言命即是身此是實餘虛妄復有一種沙門婆羅門等作如是見作如是言命異身異此是實餘虛妄復有一種沙門婆羅門等作如是見作如是言有命有身此是實餘虛妄復有一種沙門婆羅門等作如是見作如是言無命無身此是實餘虛妄復有一種沙門婆羅門等作如是見作如是言如來死後有有此是實餘虛妄復有一種沙門婆羅門等作如是見作如是言如來死後無有有此是實餘虛妄復有一種沙門婆羅門等作如是見作如是言如來死後或有有或無有有此是實餘虛妄復有一種沙門婆羅門等作如是見作如是言如來死後非有有非無有有此是實餘虛妄諸比丘於中所有

沙門婆羅門等作如是見如是說言我及世間是常此是實餘虛妄者彼等於諸行中當作我見當作世見離諸行中當作我見當作世見以是義故彼等作如是見作如是說我及世間是常此是實餘虛妄諸比丘於中所有沙門婆羅門等作如是見如是說言我及世間無常此是實餘虛妄者彼等於諸行中當作無我見無世間見離諸行中當作無我見無世間見以是義故彼等作如是說我及世間無常此是實餘虛妄諸比丘於中所有沙門婆羅門等作如是見如是說言我及世間常非常此是實餘虛妄者彼等於諸行中當有我見及世間見離諸行中當有我見及世間見以是義故彼等作如是說我及世間常非常此是實餘虛妄諸比丘於中所有沙門婆羅門等作如是見如是說言我及世間非常非非常此是實餘虛妄者彼等於諸行中當有我見及世間見離諸行中當有我見及世間見是故彼等作是說言我及世間非常非非常此是實餘虛妄諸比丘於中所有沙門婆羅門等作如是見如是說言我及世間有邊此是實餘虛妄者彼等作如是說命有邊人有邊從初託胎腹中是命死後殯葬埋藏是人上人從初出生受身四種七反墮落七過流轉七走七行當成就命及入命聚是故彼等作如是說我及世間有邊此是實餘虛妄諸比丘於中所有沙門婆羅門等作如是見作如是說我及世間無有邊此是實餘虛妄者彼等作如是說命無有邊人無有邊從初託胎腹中是命死後殯葬埋藏是人

上人從初出生受身四種七反墮落七過流轉七走七行當成就命及入命聚是故彼等作如是說我及世間無有邊此是實餘虛妄諸比丘於中所有沙門婆羅門等作如是見作如是說我及世間非有邊非無邊此是實餘虛妄者彼等作如是說命非有邊非無邊是人從初託胎腹中死後殯葬埋藏上人從初受身四種七反墮落七過流轉七走七行已當成就命及入命聚是故彼等作如是說我及世間非有邊非無邊此是實餘虛妄諸比丘於中所有沙門婆羅門等作如是見作如是說我及世間非非有邊非非無邊此是實餘虛妄者彼等作如是說世間非非有邊非非無邊從初受身四種七反墮落七過流轉七走七行已當成就命及入命聚是故彼等作如是言我及世間非非有邊非非無邊此是實餘虛妄諸比丘於中所有沙門婆羅門等作如是見作如是言彼命即彼身此是實餘虛妄者彼等於身中見有我及見命於餘身中亦見有我亦見有命是故彼等作如是言即彼命即彼身此是實餘虛妄諸比丘於中所有沙門婆羅門等作如是見作如是言命別身別此是實餘虛妄者彼等於身中當見有我及見有命亦別身中當見有我及見有命是故彼等作如是言命別身別此是實餘虛妄諸比丘於中所有沙門婆羅門等作如是見作如是言有命及身此是實餘虛妄者彼等於身中當見有我及有命別身中亦當見有我及當見有命是故彼等作如是言有命及身此是實餘虛妄諸比丘於中所

有沙門婆羅門等作如是見作如是言非命非身此是實餘虛妄者彼等於身中不見有我不見有命別身亦不見有我亦不見有命是故彼等作如是言非命非身此是實餘虛妄諸比丘於中所有沙門婆羅門等作如是見作如是言如來死後有有此是實餘虛妄者彼等於世作如是言壽命亦當至壽命亦當走趣向流轉是故彼等作如是言如來死後當有有此是實餘虛妄諸比丘於中所有沙門婆羅門等作如是見作如是言如來死後無有有此是實餘虛妄者彼等於世作如是言此處有壽命至彼處有壽命斷是故彼等作如是言如來死後無有有此是實餘虛妄諸比丘於中所有沙門婆羅門等作如是見作如是言如來死後或有有或無有有此是實餘虛妄者彼等所見作如是言此處命斷走至彼處趣向流轉是故彼等作如是言如來死後或有有或無有有此是實餘虛妄諸比丘於中所有沙門婆羅門等作如是見作如是言如來死後非有有非無有有此是實餘虛妄者彼等於世作如是言人於此處命斷壞已移生彼處命亦斷壞是故彼等作如是言如來死後非有有非無有有此是實餘虛妄

爾時佛告諸比丘言諸比丘我念往昔有一國王名爲鏡面時鏡面王曾於一時欲共生盲諸丈夫等遊戲喜樂即便宣告多集生盲諸丈夫輩集已語彼羣盲等言謂汝生盲汝等頗知象之形類其狀云何時彼衆盲同共答言天王我等生盲實不曾知象之形類王

復告言汝等先來既未識象今者欲知象形類不時彼羣盲同聲答言天王我實未識若蒙王恩我等欲得知象形類時鏡面王即便勑喚一調象師來告之言卿可速往彼象廐內取一象來置於我前示諸盲人時調象師知王意已即將象來置王殿前告語彼等衆盲人輩此即是象時諸盲人各各以手摩觸其象爾時象師語衆盲人汝摩觸象以實報王時衆盲輩有摸鼻者或牙齒者或摸耳者頭項背脇髀脚尾等如是摸已時王問言汝生盲輩汝等已得知象形類相貌等耶彼等生盲同答王言天王我等今已知象形類爾時彼王即復問言汝等諸盲既已知象若其知者象爲何類時羣盲中或有以手摩觸鼻者即白王言天王象形如繩觸牙齒者答言天王其象如橛觸著耳者答言天王其象如箕觸象頭者答言天王象猶如甕觸象項者答言天王象如屋梁觸象背者答言天王象如舍脊觸象脇者答言天王象形如篅觸象髀者答言天王其象如樹觸象脚者答言天王其象如臼觸象尾者答言天王象如掃箒其衆盲人各如是答天王其象如是天王其象如是復更白言天王我知象如是時王告衆盲言汝亦不知是象非象況能得知象之形類時彼衆盲各各自執共相諍鬪各各以手自遮其面各各相諍各各相毀各言已是時鏡面王見彼衆盲如是諍競大笑歡樂王於彼時即說偈言

此等羣盲生無目　橫於諸事各相爭
曾無有師一語教　云何知是象身分

諸比丘如是如是世間所有諸沙門婆羅門等亦復如是既不能知如實苦聖諦苦集聖諦苦滅聖諦苦滅道聖諦既不如實知當知彼等方應長夜共生諍鬬流轉而行各相形毀各相罵辱既生諍鬬執競不休各各以手自遮其面如彼羣盲共相惱亂於中說此偈言

若不知彼苦聖諦　亦不能知苦集因
所有世間諸苦處　苦滅盡處無有餘
此處是道既不知　況知滅苦所行處
如是彼心未解脱　未得智慧解脱處
彼既不能諦了觀　所趣但向生老死
未得免脱於魔縛　豈能到彼無有處

諸比丘若有沙門婆羅門等能知如實苦聖諦苦集苦滅苦滅道聖諦如實知者彼等應當隨順修學彼等長夜當和合行各各歡喜無有諍競同趣一學猶如水乳共相和合一處同住示現教師所說聖法安樂處住此中偈言

若能知是悉有苦　及有所生諸苦處
既知一切悉皆苦　應令悉滅無有餘
既知得滅由於道　便到苦滅所得處
即能具足心解脱　及得智慧解脱處
則能到於諸有邊　如是不至生老死
長得免脱於魔網　永離世間諸有處

阿脩羅品第六

爾時佛告諸比丘言諸比丘去須彌留山王東面過千踰闍那已其大海下有鞞摩質多羅阿脩羅王宮殿住處其處縱廣八萬踰闍那七重垣墻而為圍繞七重欄楯周帀莊嚴

乃至七重金銀鈴網其外七重多羅行樹普遍圍遶雜色可觀七寶所成金銀鞞瑠璃頗致迦赤真珠硨磲碼碯等七寶彼城垣墻高百踰闍那廣五十踰闍那彼諸垣墻相去各各五百踰闍那間厠置立於門其門高三十踰闍那廣十二踰闍那彼等諸門各有種種却敵樓櫓園苑陂池諸園池中有種種樹樹種種葉葉種種華華種種果果有種種香香氣遠熏復有種種雜類衆鳥各各自鳴其音和雅出種種聲諸比丘彼阿脩羅大垣墻中別爲鞞摩質多羅阿脩羅王置立宮殿其宮名曰設摩婆帝其城縱廣六萬踰闍那七重垣墻乃至硨磲等七寶所成彼城垣墻高百踰闍那廣五十踰闍那彼城垣墻相去五百踰闍那間厠置立於門彼等諸門高三十踰闍那廣十二踰闍那彼等諸門亦有樓櫓却敵樓閣有諸園苑及以陂池諸華沼等有種種樹及種種葉與種種華并種種果種種香熏有種種鳥各各自鳴其音和雅出種種聲諸比丘彼設摩婆帝城其王住處正居中央爲鞞摩質多羅阿脩羅王置聚會處名曰七頭其處縱廣五百踰闍那七重欄楯校飾莊嚴復有七重金銀鈴網其外七重多羅行樹周帀四方而爲圍遶雜色可觀甚可愛樂各各悉是七寶所成乃至硨磲碼碯等寶普四方面各有諸門而彼諸門樓櫓却敵雜色可觀七寶所成乃至硨磲碼碯等寶而彼下分青鞞瑠璃以爲間錯柔軟細滑觸之猶如迦旃隣提迦衣諸比丘彼阿脩羅七頭聚會處所正中自然而有寶所成柱高二十踰闍那

彼寶柱下爲鞞摩質多羅阿脩羅王安立寶座高一踰闍那廣半踰闍那雜色可觀甚可愛樂七寶所成乃至硨磲碼碯等寶柔輭細滑觸之猶如迦旃鄰提迦衣其座二邊各有十六小阿脩羅所住之處雜色可觀亦爲七寶之所成就乃至硨磲碼碯等寶柔輭可喜觸之猶如迦旃隣提迦衣諸比丘其阿脩羅七頭聚會處所東面有鞞摩質多羅阿脩羅王宮殿住處其處縱廣千踰闍那七重垣墻七重欄楯七重鈴網外有七重多羅行樹四面普皆周帀圍遶雜色可觀甚可愛樂亦爲七寶之所成就所謂金銀鞞瑠璃頗致迦乃至硨磲碼碯等寶普四方面各有諸門而彼諸門有諸樓櫓却敵臺閣園苑陂池諸華沼等有種種樹與種種葉及種種華種種果種種香熏有種種鳥各各自鳴其音和雅出種種聲諸比丘其阿脩羅七頭聚會處所南面西北面等各有諸小阿脩羅王輩宫殿住處其處縱廣九百踰闍那或八百或七百六百五百四三二百踰闍那其最小者猶尚縱廣百踰闍那七重垣墻乃至略說種種衆鳥各各自鳴諸比丘又阿脩羅七頭聚會處所東面南西北面復有諸小阿脩羅輩宫殿住處其處縱廣九十踰闍那或有八十七十六十五十四十三十二十踰闍那其最小者猶縱廣十二踰闍那七重垣墻略說乃至有種種鳥各各自鳴諸比丘其阿脩羅七頭聚會處所東面鞞摩質多羅阿脩羅王有苑名娑羅林其林縱廣千踰闍那七重垣墻七重欄楯七重鈴網及碼碯等七寶所成普四方面各

有諸門而彼諸門有諸樓櫓雜色可觀亦爲七寶之所成就乃至硨磲碼碯等寶諸比丘其阿脩羅七頭聚會處所南面鞞摩質多羅阿脩羅王有苑名奢摩梨林其林縱廣千踰闍那七重垣墻七重欄楯七重鈴網及碼碯等七寶所成普四方面各有諸門而彼諸門有諸樓櫓雜色可觀亦爲七寶之所成就乃至硨磲碼碯等寶諸比丘其阿脩羅七頭聚會處所西面鞞摩質多羅阿脩羅王有苑名俱毗陀羅林其林縱廣千踰闍那七重垣墻七重欄楯七重鈴網及碼碯等七寶所成普四方面各有諸門而彼諸門有諸樓櫓雜色可觀亦爲七寶之所成就乃至硨磲碼碯等寶諸比丘其阿脩羅七頭聚會處所北面鞞摩質多羅阿脩羅王有苑名難陀那林其林縱廣千踰闍那七重垣墻七重欄楯七重鈴網及碼碯等七寶所成普四方面各有衆寶諸門安住而彼諸門有諸樓櫓雜色可觀乃至硨磲碼碯等寶之所成就其此諸門唯無臺閣自餘同等諸比丘其娑羅林奢摩梨林二林中間鞞摩質多羅阿脩羅王有一大池名曰難陀其池縱廣五百踰闍那其水涼冷輕美不濁澄潔常清七重寶塼以爲間錯七重版砌七重欄楯七重鈴網其外七重多羅行樹周帀圍遶雜色可觀七寶所成乃至硨磲碼碯等寶普四方面各有堦道雜色可觀亦爲七寶之所成就謂碼碯等復有種種諸華出生所謂優鉢羅鉢陀摩究牟陀奔荼梨迦其如火者火色火形火光金者金色金形金光青者青色青形青光赤者赤色赤形赤

光白者白色白形白光緑者緑色緑形緑光圓如車輪其光明照一踰闍那其香亦熏一踰闍那其池又有諸藕根生大如車軸割之汁出色白如乳其味甘甜如無蠟蜜諸比丘其俱毗陀羅及難陀那二林中間爲鞞摩質多羅阿脩羅王有一大樹名蘇質多羅波吒羅其本周圍七踰闍那根下入地二十一踰闍那其樹上出高百踰闍那枝葉蔭覆五十踰闍那周廻縱廣五百踰闍那其外亦有七重垣墻略説乃至周帀圍遶雜色可觀七寶所成乃至硨磲碼碯等寶普四方面亦有七寶諸門而住又彼諸門亦有樓櫓却敵臺閣略説乃至種種衆鳥各各自鳴

起世經卷第五

音釋

墻壍（墻在良切壍七豔切坑也）衒（户監切口含物也）鵄鵂（鵄赤脂切鵂許尤切鵄鵂並怪鳥也）廐（居祐切象馬舍也）脇（虚業切腋下也）橛（其月切木段也）箕（居之切簸箕也）篅（市緣切圓竹器也）箒（之九切彗也）鞞（駢迷切）陂（波爲切澤障也）

起世經卷第六

隋三藏法師闍那崛多等譯

阿脩羅品第六之餘

諸比丘其阿脩羅七頭聚會處所有二岐道通爲彼王遊戲去來其鞞摩質多羅阿脩羅王宮殿處所有二岐道亦復如前諸小阿脩羅王輩宮殿處所亦二岐道諸小阿脩羅王輩住止處所亦二岐道其娑羅園林亦二岐道奢摩梨園林亦二岐道俱毗陀羅園林亦二岐道難陀那園林亦二岐道其難陀池亦二岐道蘇質多羅波吒羅大樹亦二岐道悉皆如前七頭聚處相通來往諸比丘其鞞摩質多羅阿脩羅王意欲向彼娑羅園林奢摩梨俱毗陀羅難陀那園林等澡浴嬉戲遊行受樂爾時心念彼諸小阿脩羅王輩及念諸小阿脩羅輩是時彼諸小阿脩羅王輩并及諸小阿脩羅等即生是心鞞摩質多羅阿脩羅王意念我等如是知已即以種種衆寶瓔珞莊嚴其身各嚴飾已乘種種乘俱來詣向鞞摩質多羅阿脩羅王宮門之外到已入向鞞摩質多羅阿脩羅王殿前而住爾時鞞摩質多羅阿脩羅王見彼諸小阿脩羅王及諸小阿脩羅衆來即便自以種種瓔珞莊嚴其身莊嚴身已即便騎乘是時諸小阿脩羅王并及諸小阿脩羅輩左右四面周帀圍遶前後導從相將詣向娑羅園林及奢摩梨園林俱毗陀羅園林難陀那園林等到彼處已在於難陀園林前住諸比丘其難陀園林有三風輪自然吹動莊嚴彼園何等爲三所謂開者淨者吹者何者名開有風輪來開彼諸門

何者爲淨有風輪來掃彼園林令地清淨何者爲吹有風輪來吹動彼園林樹衆華飄令四散諸比丘其難陀那園林之中風散種種微妙衆華下到於膝有種種香其香氛馥遍滿園林當於彼時其鞞摩質多羅阿脩羅王及諸小阿脩羅王并諸小阿脩羅等輩圍遶即入彼難陀那園林入已洗浴觀看遊戲隨意而住諸阿脩羅等於彼園林或復一月二月三月澡浴遊戲隨意住止各隨所欲去處而去諸比丘其鞞摩質多羅阿脩羅王恒常別有五阿脩羅停住其側擁護守視諸惡事故云何爲五一名隨喜二者名有三者名醉四名牟眞隣陀五名鞞呵多羅諸比丘其鞞摩質多羅阿脩羅王有如是等五阿脩羅恒常在於鞞摩質多羅阿脩羅王側爲守護故

諸比丘而彼鞞摩質多羅阿脩羅王宮殿之上有萬踰闍那海水而住其彼水聚自然而有四種風持何等爲四所謂一者住二者安住三者不墮四名牢固爲此風持常住不動諸比丘去須彌留山王南面千踰闍那在大海下有踊躍阿脩羅王宮殿住處其處縱廣八萬踰闍那七重垣墻略說猶如鞞摩質多羅阿脩羅王種種所有此中一一亦如彼說汝應當知乃至此王宮殿之上所有水聚亦爲四種風輪住持一住二安住三不墮四牢固主諸比丘去須彌留山王西面千踰闍那大海水下有奢婆羅(此言幻化)阿脩羅王宮殿住處其處縱廣八萬踰闍那七重垣墻略說猶如鞞摩質多羅阿脩羅王種種所有此中一一亦如彼說汝應當知乃至此王宮殿之上

所有水聚亦爲四種風輪住持一住二安住三不墮四牢固主諸比丘須彌留山王比面如上相去大海水下有羅睺羅阿脩羅王宫殿住處其處縱廣如上所說彼諸墻壁及以門樓臺閣却敵園苑諸池有種種樹與種種葉種種華果種種香熏有種種鳥各各自鳴諸比丘彼之處所爲羅睺羅阿脩羅王有城王住其城名曰摩婆帝此言寂主縱廣莊嚴亦如上說墻壁七重七重欄楯七重多羅行樹七重鈴網周帀圍遶雜色可觀七寶所成乃至硨磲碼碯等寶彼等垣墻縱廣高下亦如前說彼諸墻壁亦有諸門彼等諸門高下縱廣一一如前而彼諸門所有層樓却敵臺閣園苑諸池及華沼等亦有諸樹與種種葉種種華果種種香熏亦有種種諸雜類鳥各各自鳴諸比丘其彼摩婆帝城王所住處爲羅睺羅阿脩羅王有聚會處還名七頭其處縱廣如上所說欄楯七重及諸鈴網多羅行樹周帀圍遶雜色可觀亦爲七寶之所莊嚴乃至硨磲碼碯等寶普四方面各有諸門彼等諸門亦有樓櫓雜色可觀七寶所成乃至硨磲碼碯等寶而彼下分以天硨磲分布其地柔輭觸之猶如迦旃隣提衣而彼處中有一寶柱高下縱廣如上所說其彼柱下爲羅睺羅阿脩羅王置一高座其座高下縱廣莊校一一如前雜色可觀七寶所成乃至硨磲碼碯等寶柔輭細滑觸之猶如迦旃隣提衣其座左邊爲十六小阿脩羅王亦各别置諸妙高座雜色可觀七寶所成乃至硨磲碼碯等寶右邊亦然爲十六小阿脩羅王有諸高座亦

如上說柔輭觸之如迦旃隣提衣諸比丘彼七頭聚會阿脩羅王住處東面爲羅睺羅阿脩羅王更置別住宮殿處所其處縱廣一一如前七重垣墻七重欄楯七重鈴網乃至七重多羅行樹四面普皆周帀圍遶雜色可觀七寶所成乃至硨磲碼碯等寶四方諸面各有諸門彼等諸門各有樓臺却敵重閣園苑諸池衆華泉沼有種種樹與種種葉種種華果種種香熏復有種種衆類異鳥各各自鳴其音和雅甚可愛樂諸比丘彼七頭聚會阿脩羅王住處東西南北爲諸小阿脩羅王輩各有宮殿住處其處縱廣九百踰闍那或有八百或有七百及以六百五四三二其最小者百踰闍那皆有七重墻壁欄楯略說乃至種種衆鳥各各自鳴諸比丘彼七頭聚會阿

脩羅王住處東西南北爲彼諸小阿脩羅輩亦各別有宮殿住處其處縱廣九十踰闍那或有八十七十六十五四三二極最小者猶故縱廣十踰闍那七重垣墻略說乃至種種衆鳥各各自鳴諸比丘其阿脩羅王七頭聚會處所東面爲羅睺羅阿脩羅王有園苑住名娑羅林其林縱廣一一如前七重垣墻七重欄楯乃至碼碯七寶所成普四方面各有諸門彼等諸門皆有摟櫓雜色可觀乃至亦爲硨磲碼碯七寶所成甚可愛樂諸比丘其阿脩羅王七頭聚會處所南面爲羅睺羅阿脩羅王有園苑住名奢摩梨林縱廣莊嚴皆如上說七重垣墻七重多羅行樹雜色可觀亦爲七寶之所校成乃至硨磲碼碯等寶普四方面各有諸門彼等諸門有諸樓櫓乃至

碼碯七寶所成諸比丘其阿脩羅王七頭聚會處所西面爲羅睺羅阿脩羅王有園苑住名曰俱毗陀羅林縱廣一一皆如上說七重垣墻乃至碼碯七寶所成普四方面各有諸門而彼諸門有諸樓櫓雜色可觀乃至硨磲碼碯等寶之所成就甚可愛樂諸比丘其阿脩羅王七頭聚會處所北面爲羅睺羅阿脩羅王有園苑住名曰難陀那林其林縱廣如上所說七重垣墻乃至碼碯七寶所成普四方面各有諸門而彼諸門亦有樓櫓種種校飾雜色可觀乃至硨磲碼碯等寶之所莊嚴甚可愛樂諸比丘其奢摩梨及娑羅林二處中間爲羅睺羅阿脩羅王有一池水名曰難陀其池縱廣如上所說其水涼冷柔輭輕甜清淨不濁以七寶塼七重而砌以七寶版間錯莊嚴七重欄楯七重鈴網亦有七重多羅行樹周帀圍遶雜色可觀乃至碼碯七寶所成又其四方有諸階道甚可愛樂亦爲七寶之所校成又生諸華優鉢羅華鉢陀摩究牟頭奔荼梨迦其華火色火形火光略說乃至如上水色水形水光明照四方香氣氛氳普熏一切又有藕根汁白味甜食之甘美如無蠟蜜諸比丘其俱毗陀羅林及難陀那二林中間爲彼羅睺羅阿脩羅王有一大樹其樹名曰蘇質多羅波吒羅其樹縱廣種種莊嚴皆如上說乃至七重墻壁欄楯硨磲碼碯七寶所成甚可愛樂略說乃至種種衆鳥各各自鳴其音和雅聽者歡喜諸比丘其阿脩羅王七頭聚會處所嚴飾如上所說亦有岐道去來徑路爲彼羅睺羅阿脩羅王遊宮殿故

又復爲諸小阿脩羅王及諸小阿脩羅輩亦有岐道通往來故向奢摩梨及俱毗陀羅亦有岐道向難陀那及難陀池蘇質多羅波吒羅樹等皆有岐道通其往來遊戲樂故諸比丘其羅睺羅阿脩羅王若欲向彼娑羅林苑及難陀那林等澡浴遊戲出觀看時爾時心念鞞摩質多羅阿脩羅王爾時鞞摩質多羅阿脩羅王作如是念彼羅睺羅阿脩羅王心念於我欲共遊戲其時鞞摩質多羅阿脩羅王作是念已復自念其諸小阿脩羅王及諸小阿脩羅衆輩爾時彼諸小阿脩羅王并諸小阿脩羅輩即生是心鞞摩質多羅阿脩羅王念我等輩我等當往即以種種衆寶瓔珞莊嚴其身嚴飾身已各乘騎乘詣向鞞摩質多羅阿脩羅王所到已在彼宫門之所齊整

而立爾時鞞摩質多羅阿脩羅王旣見諸小阿脩羅王并及諸小阿脩羅衆皆聚集已即自嚴身服諸瓔珞駁種種乘共諸小王及阿脩羅衆左右圍遶前後導從向羅睺羅阿脩羅王所到已而住爾時羅睺羅阿脩羅王又復念彼踊躍及奢婆羅二阿脩羅王亦如是念其羅睺羅阿脩羅王今念我等如是知已彼等復各念其諸小阿脩羅王及諸衆輩其各知已又並聚集嚴飾而來各向踊躍奢婆羅等二阿脩羅王邊到已各各嚴身瓔珞乘騎將從圍遶來向彼羅睺羅阿脩羅王邊到已各各隨所在住爾時羅睺羅阿脩羅王見鞞摩質多羅阿脩羅王等並雲集已自念諸小阿脩羅王及其衆輩彼等知已亦各嚴飾服乘而來到羅睺羅阿脩羅王前儼然住立

時彼羅睺羅阿脩羅王見已自著種種瓔珞莊嚴其身駕種種乘前後圍遶即共鞞摩質多羅阿脩羅王并及踊躍奢婆羅等阿脩羅王并諸小王阿脩羅衆輩雲集導從向娑羅林奢摩梨林俱毗陀羅林難陀那林等到已在前少時而住諸比丘其難陀那林苑之中自然而有三種風輪何等爲三所謂開者淨者吹者於中開者所有風輪開敞諸門淨者風輪掃除諸地吹者風輪吹諸華樹諸比丘其難陀那林苑之中上妙好華遍散滿地其華香氣普熏園林莊嚴充足種種可觀爾時羅睺羅阿脩羅王及鞞摩質多羅阿脩羅王踊躍阿脩羅王奢婆羅阿脩羅王等并諸小王羣衆眷屬小阿脩羅輩圍遶而入難陀那園入已澡浴遊戲受樂種種觀矚或行或住或卧或坐隨所欲往任意而行諸比丘其羅睺羅阿脩羅王亦常有五阿脩羅擁護惡事名字如前宫上海水縱廣厚薄四種風持令不墮墜亦如上說

四天王品第七

諸比丘其須彌留山王東面半腹去地四萬二千踰闍那由乾陀山頂有提頭賴吒天王城郭住處城名賢上縱廣六百踰闍那七重垣墻七重欄楯七重鈴網復有七重多羅行樹周帀圍遶雜色可觀悉以七寶而爲莊嚴所謂金銀鞞瑠璃頗致迦赤真珠硨磲碼碯等之所成就普四方面各有諸門而彼諸門有諸樓櫓却敵臺觀園苑諸池其諸華林有種種樹與種種葉種種華果種種香熏有種種鳥各各自鳴其音調和甚可愛樂諸比丘

其須彌留山王南面半腹去地亦四萬二千踰闍那由乾陀山頂有毗樓勒迦天王城郭住處城名善現縱廣莊嚴一一如前提頭賴吒天王處所略說乃至種種諸鳥各各自鳴諸比丘其須彌留山王西面半腹去地亦四萬二千踰闍那由乾陀山頂有毗樓博叉天王城郭住處城名善觀縱廣莊嚴一一如前提頭賴吒天王處所略說乃至種種諸鳥各各自鳴其音調和甚可愛樂諸比丘其須彌留山王北面半腹去地亦四萬二千踰闍那由乾陀山頂爲毗沙門天王有三城郭以爲住處其三者何第一所謂毗舍羅婆第二名爲伽婆鉢帝第三名曰阿荼槃多各各縱廣六百踰闍那七重垣墻七重欄楯略說乃至種種衆鳥各各自鳴諸比丘唯除月天子宮殿日天子七大宮殿其間所有自餘眷屬四大天王諸天宮殿或有縱廣四十踰闍那或有三十二十十二其最小者猶故縱廣六踰闍那亦各七重垣墻欄楯略說如前乃至各各衆鳥自鳴諸比丘其毗舍羅婆及伽婆鉢帝二宮殿間爲毗沙門天王有一池水其池名曰那堀尼縱廣四十踰闍那其水調和清涼輕輭其味甜美香潔不濁其池四邊七重塼砌七重寶版間錯分明七重欄楯七重鈴網亦有七重多羅行樹周帀圍遶雜色可觀七寶所成乃至硨磲碼碯等寶普四方面各有堦道亦爲七寶之所莊嚴於其池中有優鉢羅鉢陀摩究牟陀奔茶梨迦等諸華自然出生其華火色火形火光乃至水色水形水光華開縱廣大如車輪其光明照半踰闍那

其香氣熏一踰闍那有諸藕根大如車軸割之汁出色白如乳食之甜美味甘猶蜜諸比丘其伽婆鉢帝及阿荼槃多二宮殿間爲毗沙門天王有園苑住其園名曰迦毗延多縱廣正等四十踰闍那七重垣墻七重欄楯乃至七重多羅行樹周帀圍遶雜色可觀略說如前乃至七寶之所成就其提頭賴吒天王賢上住處城郭往來有二岐道毗樓勒迦天王善現住處城郭去來亦二岐道毗樓博叉天王其善觀處城郭去來有二岐道其毗沙門天王阿荼槃多城郭處所有二岐道毗舍羅婆及伽婆鉢帝等城郭處所亦各俱有二岐之道其四天王所有眷屬諸小天衆宮殿處所亦各往來有二岐道其那揵尼池及迦毗延多苑等亦各往來亦二岐道諸比丘其毗沙門天王若欲至彼迦毗延多苑中遊戲渠浴之時內心即念提頭賴吒天王爾時提頭賴吒天王亦心生念毗沙門天王意中念我如是知已其即自念其天所屬諸小天王及天衆等是時東面所屬身天王及衆輩作如是念提頭賴吒天王心念我等如是知已各各嚴身種種瓔珞乘種種騎詣向提頭賴吒大天王邊到已在前一面而住爾時提頭賴吒天王即自莊嚴服諸瓔珞駁駕乘已與諸小王天衆眷屬前後圍遶相將往詣毗沙門大天王邊到已在彼毗沙門天王面前而住爾時毗沙門天王心念毗樓勒迦毗樓博叉二大天王時彼二王心如是念毗沙門王意念我等如是知已即各自念已所統領諸小天王并諸天衆時彼小王及諸天衆亦復

心念我等大王心念我輩宜時速往如是知已各自嚴飾瓔珞其身俱共往詣毗樓勒迦及毗樓博叉二天王所到已而住時二天王知諸小王及餘天衆聚集來已各自嚴身服衆瓔珞便即騎乘與衆圍遶皆共往詣毗沙門宮大天王所到已在前俱各停住爾時毗沙門天王知諸二王天衆集已復自念其所領諸小天王及諸羣衆爾時北方諸小天王及其天衆作如是念毗沙門天王今念我等如是知已各著種種衆寶瓔珞莊嚴身已詣毗沙門大天王前各皆立住爾時毗沙門天王自著種種衆寶瓔珞莊嚴自身駕種種乘共提頭賴吒毗樓勒迦毗樓愽叉等四大天王各與所屬諸天王衆前後圍遶俱皆詣向迦毗延多園所到已在苑前住諸比丘其迦毗延多苑中自然而有三風輪來一開二淨三吹開者開彼園門淨者淨彼園地吹者吹彼園樹諸華飄颺諸比丘其迦毗延多苑中衆華積至于膝種種香氣周遍普熏爾時毗沙門天王提頭賴吒天王毗樓勒迦王毗樓博叉王等與諸小王通及眷屬圍遶共入迦毗延多苑中澡浴遊戲種種受樂於彼園中或復一月二月三月澡浴訖已遊戲受樂隨欲去處自恣而行諸比丘其毗沙門亦有五夜叉神王恒常隨逐側近左右爲守護故何等爲五一名五丈二名曠野三名金山四名長身五名針毛諸比丘其毗沙門天王遊戲去來常爲此等五夜叉神之所守護

三十三天品第八之一

諸比丘其須彌留山王頂上有三十三天宮

殿住處其處縱廣八萬踰闍那七重垣墻七重欄楯七重鈴網七重多羅行樹周帀圍遶雜色可觀七寶所成所謂金銀琗瑠璃頗致迦赤眞珠硨磲碼碯等其垣墻高四百踰闍那廣五十踰闍那彼等垣墻相去各各五百踰闍那於其中間有諸門住彼等諸門高三十踰闍那廣十踰闍那其門兩邊有諸樓櫓却敵臺閣及輦轝等又有諸池及以華林有種種樹種種葉種種華果種種香熏有種種鳥各各自鳴其音調和甚可愛樂又彼諸門各各常有五百夜叉爲三十三天作守護故諸比丘彼垣墻内爲三十三天王有一城郭名曰善見其城縱廣六萬踰闍那七重垣墻七重欄楯七重鈴網七重多羅行樹周帀圍遶雜色可觀亦爲七寶之所莊嚴乃至硨磲碼碯等寶彼城壁高百踰闍那其上廣五十踰闍那彼城垣墻亦各相去五百踰闍那於其中間有諸門住其門各高三十踰闍那廣十踰闍那彼等諸門亦有樓櫓却敵臺閣諸池華林有種種樹種種葉種種華果種種香熏種種衆鳥各各自鳴彼等諸門門别各有五百夜叉爲三十三天而作守護諸比丘近彼天宫善見城側爲伊羅鉢那大龍象王有宫殿住其宫殿縱廣六百踰闍那亦有七重墻壁欄楯略説乃至種種衆鳥各各自鳴諸比丘彼善見城大垣墻内爲三十三天有聚會處名善法堂其處縱廣五百踰闍那七重欄楯七重鈴網七重多羅行樹周帀圍遶雜色可觀七寶所成乃至硨磲碼碯等寶普四方面各有諸門彼等諸門皆有樓櫓却敵臺

觀種種雜色七寶所成其地純是青瑠璃寶柔輭滑澤觸之猶若迦旃隣提衣當其中間有一寶柱高二十踰闍那於其柱下爲天帝釋置立一座高一踰闍那廣半踰闍那雜色可觀乃至硨磲碼碯七寶成就柔輭細滑觸之如前其座兩邊各有十六小天王座而侍衛之七寶所成雜色可觀細滑觸之如前不異諸比丘其善法堂諸天集處爲天帝釋更立宮殿其宮殿廣千踰闍那七重垣墻乃至衆鳥各各自鳴諸比丘其善法堂諸天集處東西南比爲諸小王有宮殿住縱廣九百踰闍那者或八或七六五四三二其最小者廣百踰闍那七重垣墻乃至衆鳥各各自鳴其善法堂諸天會處東西南比爲三十三天諸小天宮縱廣九十踰闍那八十七十六十五十四十三十二十其最小者廣十二踰闍那七重垣墻乃至衆鳥各各自鳴諸比丘其善法堂諸天聚會處東面爲三十三天王有園苑住名波樓沙縱廣千踰闍那略說乃至七重垣墻爲碼碯等七寶所成曾四方面各有諸門彼等諸門有諸樓櫓雜色可觀乃至碼碯七寶所成諸比丘其波樓沙園苑之中有二大石一名賢二名善賢爲天碼碯之所成就各皆縱廣五十踰闍那柔輭細滑觸之猶如迦旃隣提衣諸比丘其善法堂諸天聚集處所南面爲三十三天王有一園苑名雜色車其園縱廣千踰闍那七重垣墻乃至碼碯之所成就普四方面各有諸門彼等諸門皆有樓櫓雜色可觀乃至碼碯之所成就其彼園中亦有二石一名雜色二名善雜色純以

天青瑠璃所成亦各縱廣五十踰闍那柔輭細滑觸之猶如迦栴隣提衣諸比丘其善法堂諸天聚集處所西面爲三十三天王亦有園苑名爲雜亂其園縱廣千踰闍那七重垣墻乃至七寶之所成就四方有門皆有樓櫓却敵臺閣俱七寶成彼雜亂園亦有二石一名善現二名小善現以天頗致迦所成亦各縱廣五十踰闍那柔輭細滑觸之猶如迦栴隣提衣諸比丘其善法堂諸天聚集處所北面爲三十三天王有園苑住名曰歡喜其園縱廣千踰闍那七重垣墻乃至碼碯七寶所成四方有門各有樓櫓却敵臺閣亦爲七寶之所莊嚴諸比丘歡喜園中亦有二石一名歡喜二名善歡喜以天銀成亦各縱廣五十踰闍那柔輭潤澤觸之如迦栴隣提衣諸比

丘其波樓沙園及雜色車二園中間爲三十三天王有一池水名爲歡喜縱廣五百踰闍那其水涼冷輕輭甘甜清潔不濁以七寶塼四面而壘七重寶版而間錯之七重欄楯乃至七重多羅行樹周帀圍遶雜色可觀又其四方各有階道並爲七寶之所莊嚴中有諸華優鉢羅華鉢陀摩究牟陀奔荼梨迦華等其華火色火形火光乃至水色水形水光縱廣大小皆如車輪其光明照一踰闍那風吹香氣熏一踰闍那有諸藕根大如車軸割之汁流色白如乳其味甘甜如無蠟蜜諸比丘其雜亂園及歡喜園二園中間爲三十三天王有一大樹名波利夜多羅俱毗陀羅其根周帀七踰闍那略說乃至枝葉遍覆及院縱廣五百踰闍那七重垣墻乃至衆鳥各各自

鳴諸比丘其波利夜多羅俱毗陀羅大樹之下有一大石名曰般荼甘婆羅以天金成縱廣五十踰闍那柔軟潤澤如觸迦旃隣提衣諸比丘於彼中間何因何緣其善法堂諸天集會稱爲善法諸比丘其善法堂諸天會處三十三天王聚集坐已於中唯論微妙細密善語深義審諦思惟稱量觀察多是世間諸要法事眞實正理是以天稱爲善法堂集會之處又何因緣名波樓沙迦苑波樓沙迦此言麤澀諸比丘麤澀園中三十三天王入已坐賢善賢二石上已唯論世間麤惡不善語言戲謔是故稱爲波樓沙迦又何因緣名雜色車苑諸比丘雜色車園中三十三天王入已坐於雜色及善雜色二石之上論說世間種種雜類色相語言是故稱爲雜色車苑又何因緣名雜亂苑諸比丘雜亂園中三十三天王常以月八日十四日十五日放其宮內一切婇女向彼園中令共三十三天衆輩合雜嬉戲不生障隔恣其歡娛受天五欲具足功德遊行受樂是故彼處諸天衆等共稱彼園爲雜亂苑

起世經卷第六

音釋

敞昌兩切曠豁也　矚之欲切視也　墀直離切　澀所立切不滑也　戲謔戲香義切弄也謔虛約切調也

起世經卷第七

隋三藏法師闍那崛多等譯

三十三天品第八之二

諸比丘又彼園中有何因緣名爲歡喜諸比丘彼歡喜園三十三天王入其中已坐於歡喜及善歡喜二石之上心受歡喜意念歡喜念已復念心受悅樂受悅樂已復受悅樂是故彼稱爲歡喜園諸比丘又復彼樹有何因緣名波利夜多羅拘毗陀羅樹諸比丘其波利夜多羅拘毗陀羅樹下有天子住名曰末多日夜常以彼天種種五欲功德具足和合遊戲受樂是故彼天稱彼爲波利夜多羅拘毗陀羅樹諸比丘又復三十三天隨急疾時未曾離彼般荼甘婆石唯設供養尊重恭敬隨心所欲去處即去所以者何以此石是如來昔日所住處故彼諸天取爲支提塔一切世間天人魔梵沙門婆羅門等供養故諸比丘有三十三天唯眼得見波樓沙迦園身不得入身不入故不得彼處五欲功德受具足樂何以故彼處業勝以其前世作善根劣故不得入有三十三天得見波樓沙迦園身亦得入既得入已具得以天種種五欲和合功德具足而受同體快樂何以故以其善根增上勝故諸比丘有三十三天眼不得見雜色車園身亦不入亦不得以彼園五欲和合功德具足同體而受快樂何以故以其善根有別異故又有三十三天眼雖得見雜色車園身不得入亦不得以彼園五欲和合功德具足同體而受快樂何以故以其善根有優劣故又有三十三天眼既得見雜色車園身亦

得入既得入已具足得彼種種五欲同體和合快樂而受何以故以其善根增上勝故諸比丘諸是一切三十三天並得見於雜亂園苑亦皆得入既得入已悉共同得彼園苑中種種五欲和合功德同體快樂具足而受何以故彼處無有別異善根修業等故諸比丘有三十三天不得見歡喜園亦不得入亦不得以彼園苑中種種五欲和合功德同體快樂具足而受何以故彼處果報前世造時業別異故又有三十三天得見歡喜園唯不得入亦不得彼歡喜園中種種五欲和合功德同體快樂具足而受何以故彼於彼處業別異故又有三十三天得見歡喜園其身亦入既入彼已具足得彼種種五欲和合功德同體快樂並皆受之何以故彼於彼處造諸善業所熏修時無別異故諸比丘其善法堂三十三天聚會處所有二岐道帝釋天王宮殿處所有二岐道諸小天王并諸官屬三十三天宮殿處所亦二岐道伊羅婆那大龍象王宮殿處所亦二岐道波樓沙迦園亦二岐道雜色車園及雜亂園歡喜園池等一一亦各有二岐道波利夜多羅拘毗陀羅大樹亦二岐道諸比丘其帝釋天王若欲向於波樓沙迦園及雜色車歡喜園等澡浴歡樂遊戲行時爾時心念伊羅婆那大龍象王其伊羅婆那大龍象王亦生是念帝釋天王心念於我如是知已從其宮出即自變化作三十三頭其一一頭化作六牙一一牙上化作七池一一池中各有七華一一華上各七玉女一一玉女各復自有七女爲侍爾時伊羅婆那大

龍象王化作如是諸神變已即便詣向帝釋王所到已在彼帝釋前住爾時帝釋天王心念諸小三十二天王并三十二諸天衆等時彼小王及諸天衆亦生是心帝釋天王今念我等如是知已各以種種衆妙瓔珞莊嚴其身俱乘種種車乘詣向天帝釋邊到已各各在前而住時天帝釋見已即自種種嚴身服衆瓔珞前後左右以諸天衆周帀圍遶即便昇上伊羅婆那龍象王上帝釋天王正當中央眞頭上坐左右兩邊各有十六諸小天王悉同乘彼伊羅婆那龍象王化頭之上各各而坐時天帝釋導從天衆向波樓沙迦及雜色車并雜亂園歡喜園等到已而住其歡喜等四園之中皆有三種風輪而持謂開淨吹略說如前開門淨地及吹華等諸比丘彼等園中既吹華散遍地至膝其華香氣處處普熏於時帝釋共小天王三十三天眷屬圍遶入雜色車歡喜園等嬉戲受樂隨意遊行或卧或坐時帝釋天王欲得瓔珞即念毗守羯磨天子時彼天子即便化作衆寶瓔珞奉上天王若三十三天眷屬等須瓔珞者毗守羯磨皆悉化作而供給之欲聞音聲及妓樂者則有諸鳥出種種音聲甚和雅令天樂聞天於彼時如是受樂一日乃至七日一月乃至三月種種歡娛澡浴嬉戲行住坐卧隨意東西諸比丘帝釋天王有十天子常爲守護何等爲十一名因陀羅迦二名瞿波迦三名頻頭迦四名頻頭婆迦五名阿俱吒迦六名吒都多迦七名時婆迦八名胡盧祇那九名難荼迦十名胡盧婆迦諸比丘其天帝釋常爲

如是十天子護恒隨左右不曾捨離以守衛故諸比丘閻浮提地為諸人輩有水生諸華最上精妙極可愛者所謂優鉢羅華鉢陀摩華究牟陀華奔荼梨迦華其華香氣氤氳輭美其陸生華最極好者所謂阿提目多迦華瞻波迦華波吒羅華蘇摩那華婆利師迦華摩利迦華摩頭揵提迦華搔揵提迦華遊提迦華殊低沙迦利迦華陀奴沙迦膩迦華等諸比丘瞿陀尼人輩有水生華最極好者所謂優鉢羅華鉢陀摩華究牟陀華奔荼梨迦華香氣氛馥處處熏人其陸生華最香好者所謂阿提目多迦華瞻波迦華波吒羅華蘇摩那華婆利師迦華摩利迦華摩頭揵提迦華搔揵提迦華遊提迦華殊低沙迦利迦華陀奴沙迦膩迦華等諸比丘其弗婆提諸人輩有水生之華最極好者所謂優鉢羅華鉢陀摩華究牟陀華奔荼梨迦華極甚光鮮香氣普熏其陸生華最極好者所謂阿提目多迦華瞻波迦華波吒羅華蘇摩那華婆利師迦華摩利迦華摩頭揵提迦華搔揵提迦華遊提迦華殊低沙迦利迦華陀奴沙迦膩迦華等諸比丘其鬱多囉究留人輩有水生華最極好者所謂優鉢羅華鉢陀摩華究牟陀華奔荼梨迦華香氣柔輭其陸生華最極好者所謂阿提目多迦華瞻波迦華波吒羅華蘇摩那華婆利師迦華摩利迦華摩頭揵提迦華搔揵提迦華遊提迦華殊低沙迦利迦華陀奴沙迦膩迦華等諸比丘其諸龍等及金翅鳥亦各皆有水生之華最極好者所謂優鉢羅華鉢陀摩華究牟陀華奔荼梨迦華

香氣氛氳柔輭美妙其陸生華最極好者所謂阿提目多迦華瞻波迦華波吒羅華蘇摩那華婆利師迦華摩利迦華摩頭揵提迦華搔揵提迦華遊提迦華殊低沙迦利迦華羯迦羅利迦華摩訶羯迦羅利迦華等諸比丘其阿脩羅輩亦各皆有諸水生華最極妙者所謂優鉢羅華鉢陀摩華究牟陀華奔荼梨迦華香氣普熏甚可愛樂其陸生華最極好者所謂阿提目多迦華瞻波迦華波吒羅華蘇摩那華婆利師迦華摩利迦華摩頭揵提迦華搔揵提迦華遊提迦華殊低沙迦利迦華陀奴沙迦臟迦華羯迦羅利迦華摩訶羯迦羅利迦華頻隣曇華摩訶頻隣曇華曼陀羅帆華摩訶曼陀羅帆華等諸比丘其四天王及諸天輩有水生華極好端正可愛微妙

所謂優鉢羅華鉢陀摩華究牟陀華奔荼梨迦華其氣極香質甚柔輭其陸生華微妙可愛所謂阿提目多迦華瞻波迦華波吒羅華蘇摩那華婆利師迦華摩利迦華摩頭揵提迦華搔揵提迦華遊提迦華殊低沙迦利迦華陀奴沙迦臟迦華羯迦羅利迦華摩訶羯迦羅利迦華頻隣曇華摩訶頻隣曇華等諸比丘其三十三天有水生華極好端正微妙可喜所謂優鉢羅華鉢陀摩華究牟陀華奔荼梨迦華等其氣極香質甚柔輭其陸生華微妙可愛所謂阿提目多迦華瞻波迦華波吒羅華蘇摩那華婆利師迦華摩利迦華摩頭揵提迦華搔揵提迦華遊提迦華殊低沙迦利迦華陀奴沙迦臟迦華羯迦羅利迦華摩訶羯迦羅利迦華頻隣曇華摩訶頻隣曇

華曼陀羅帆華摩訶曼陀羅帆華等如三十三天所有諸華其夜摩天兜率陀天化樂天他化自在天并魔身天如是次第等無有異一一應知諸比丘其世間人有七種色何等爲七諸比丘有諸人輩火色火形金色金形青色青形赤色赤形白色白形黃色黃形黑色黑形譬如魔梵常色諸比丘世間人有此七種色諸阿脩羅亦復如是有此七色諸天衆等亦復有此七種之色譬如魔梵常色諸比丘諸天别有十種之法何等爲十諸比丘一諸天行來去無邊二諸天行來去無礙三諸天行無有遲疾四諸天行脚無蹤跡五諸天身無患疲乏六諸天身有形無影七諸天身無大小便八諸天身無有洟唾九諸天身清淨微妙無有脂髓皮肉及血筋骨脉等十諸天身欲現長短青黃赤白大小麤細隨意悉能并皆端正可喜殊絶令人愛樂諸天之身有此十種不可思議諸比丘又諸天身充實不虛悉皆平滿齒白方密髮青齊整柔輭光澤身自然明有神通力飛騰虛空眼視不瞬瓔珞自然衣無垢膩諸比丘閻浮提人壽命百年其間有夭瞿陀尼人壽二百年中亦有夭弗婆提人壽五百年中亦有夭鬱多囉究留人定壽千年無有夭殤閻摩羅世諸衆生壽七萬二千歲中亦有夭諸龍及金翅鳥壽命一劫中亦有夭阿脩羅壽同天千年中間亦夭四天王壽五百歲中亦有夭三十三天壽命千歲夜摩諸天壽二千歲兜率陀天壽四千歲化樂諸天壽八千歲他化自在天壽十六千歲魔身天壽三萬二千歲梵身天

壽一劫光憶念天壽命二劫遍淨諸天壽命四劫廣果諸天壽命八劫無想諸天壽十六劫不麤諸天壽命千劫無惱諸天壽二千劫善見諸天壽三千劫善現諸天壽四千劫色究竟天壽五千劫虛空處天壽十千劫識處天壽二萬一千劫無所有處天壽四萬二千劫非想非非想處天壽八萬四千劫於其中間並皆有夭諸比丘閻浮提人身長三肘半衣廣中七肘上下三肘半瞿陁尼人弗婆提人身量及衣與閻浮等其鬱多囉究留人身長七肘衣廣中十四肘上下七肘阿脩羅身長一踰闍那衣廣中二踰闍那上下一踰闍那重半迦利沙四天王身長半踰闍那衣廣中一踰闍那上下半踰闍那重一迦利沙三十三天身長一踰闍那衣廣中二踰闍那上下一踰闍那重半迦利沙夜摩天身長二踰闍那衣廣中四踰闍那上下二踰闍那重一迦利沙四分之一兜率陀天身長四踰闍那衣廣八踰闍那上下四踰闍那重一迦利沙八分之一化樂天身長八踰闍那衣廣十六踰闍那上下八踰闍那重一迦利沙十六分之一他化自在天身長十六踰闍那衣廣三十二踰闍那上下十六踰闍那重一迦利沙三十二分之一魔身諸天身長三十二踰闍那衣廣六十四踰闍那上下三十二踰闍那重一迦利沙六十四分之一自此已上諸天身量長短與衣正等無差諸比丘閻浮提人所有市買或以錢財或以穀帛或以衆生瞿陁尼人所欲市買或以牛羊或摩尼寶弗婆提人若作市易或以財帛或以五穀或摩尼

寶鬱多囉究留人輩無諸市買所欲自然諸比丘閻浮提人瞿陀尼人弗婆提人悉有男婚女嫁之法其鬱多囉究留人輩無我我所樹枝若垂男女便合無有婚嫁諸比丘龍金翅鳥及阿脩羅輩略說嫁娶悉如人間四天王天三十三天夜摩諸天兜率陀天化樂諸天他化自在諸天魔身天等皆有嫁娶略說如前從此已上其諸天等無復婚嫁男女之別諸比丘閻浮提人若行欲時二根相到流出不淨瞿陀尼人弗婆提人并鬱多囉究留人輩悉如閻浮提一切諸龍金翅鳥等若行欲時亦二根相到但出風氣即便暢情無有不淨諸阿脩羅四天王天三十三天行欲根到暢情出氣如諸龍王及金翅鳥一種無異夜摩諸天執手成欲兜率陀天憶念成欲化樂諸天熟視成欲他化自在天共語成欲魔身諸天相看成欲並皆暢心成其欲事諸比丘論其人間螢火之明則不如彼燈火之明燈火之明又不如彼炬火之明其炬火明又不如彼火聚之明其火聚明不及諸天星宿光明其星宿明又不及彼月宮殿明月宮殿明又不及日宮殿光明其日宮殿照曜光明又不及彼四天王天墻壁宮殿身瓔珞明四天王天諸有光明則又不及三十三天所有光明其三十三天諸有光明則又不及夜摩諸天墻壁宮殿瓔珞光明其夜摩天所有諸光則不及彼兜率陀天所有光明兜率陀天所有諸明則又不及化樂天明其化樂天所有光明則不及彼他化自在諸天光明他化自在所有光明則又不及魔身天明其魔身

天墻壁宮殿瓔珞身光比於在下最勝最妙殊特無過諸比丘其魔身天比梵身天則又不及其梵身天比光憶念天則又不及其光憶念天比遍淨天則又不及其遍淨天比廣果天光明不及彼廣果天如是略說無惱熱天善見善現阿迦膩吒天等唯除瓔珞餘如上說應如是知諸比丘若天世界及諸魔梵沙門婆羅門人等世間所有光明欲比如來阿羅訶三藐三佛陀光明百千萬億恒河沙數不可爲比此如來光最勝最妙殊特第一所以者何諸比丘其如來身戒行無量三摩提般若解脫解脫知見神通及神通行敎化及敎化輪說處及說處輪等並各無量無邊諸比丘如來如是無量功德一切諸法皆悉具足以是義故如來光明最勝無上當如是

持諸比丘一切衆生有四種食以資諸大得住持故成諸有故相攝受故何等爲四一者麤段及微細食二者觸食三意思食四者識食何等衆生應食麤段及微細食諸比丘閻浮提人飯食麨豆及魚肉等此等名爲麤段之食覆蓋按摩澡浴揩拭脂膏塗等此悉名爲微細之食瞿陀尼人弗婆提人麤段微細略說與前閻浮提等其鬱多羅究留人輩身不耕種自然而有成熟粳米以爲麤段覆蓋澡浴及按摩等爲微細食諸比丘一切諸龍及金翅鳥等以諸魚鱉黿鼉蝦蟇虬螭蛇獺金毗羅等是彼麤段諸覆蓋等是彼微細諸阿脩羅以天須陀妙好之味以爲麤段諸覆蓋等以爲微細四天王天及諸天輩皆用彼天須陀之味以爲麤段諸覆蓋等以爲微細

三十三天以須陀味爲天麤段諸覆蓋等以爲微細略說猶如三十三天其夜摩天兜率陀天化樂諸天他化自在天等並皆用天須陀之味以爲麤段諸覆蓋等以爲微細自此巳上諸天衆輩並以禪悅法喜爲食三摩提爲食三摩跋提爲食無復麤段及微細食諸比丘何等衆生以觸爲食諸比丘有諸衆生從卵生者所謂鵝鴈鵁鶴雞鴨孔雀鸚鵡鸜鵒鳩鴿鷰雀雉鵲等自餘種種雜類衆生從卵生者以其從卵有此身故是等並皆以觸爲食何等衆生以思爲食若有衆生以意思惟資潤諸根增長身命所謂魚鼈龜蛇蝦蟇及以伽羅瞿陀等自餘所有諸衆生類以意思惟潤益諸根增長命者此等並皆用思爲食何等衆生以識爲食所謂地獄諸衆生輩及識無邊諸天輩等此等衆生並皆用識持以爲食諸比丘此四種食爲衆生輩住持諸大攝受生故於中有優陀那偈

華色及諸法　壽命衣第五　市買并嫁娶
二根食爲十

諸比丘世間衆生皆悉有此三種惡行何等爲三所謂身惡口惡意惡諸比丘有一種類以身惡行口意惡行如是作巳彼因緣故身壞命終當墮惡趣生地獄中彼於此中最後識滅地獄中識初相續生彼識共生即有名色緣名色故即生六入諸比丘復有一種以身惡行口意惡行如是作巳彼因緣故身壞命終墮於惡趣生畜生中彼於此中最後識滅畜生中識初相續生當於彼識共生之時即有名色緣名色故便生六入諸比丘復有

一種以身惡行口意惡行如是作已彼因緣故身壞命終墮於惡趣生閻摩世彼於此中最後識滅閻摩世識初相續生當於彼識初生之時即共名色一時俱生緣名色故六入即生諸比丘此等名爲三種惡行應當遠離諸比丘世間復有三種善行何等爲三所謂身善行口意善行諸比丘有一種類身作善行口意善行如是習已彼因緣故身壞命終生於人道彼於此處最後識滅人道中識初相續生當於彼識初生之時即共名色一時同生緣名色故六入便生諸比丘復有一種以身善行口意善行如是作已彼因緣故身壞命終生於天上此處識滅彼天上識初相續生彼識生時即共名色一時俱生有名色故即生六入諸比丘彼於天中或在天子或在天女跏趺處生或兩膝內脞股間生初出之時狀如人間十二歲兒若是天男即於天子坐膝邊生若是天女即天王女脞股內生如是生已彼天即稱是我兒女如是應知諸比丘修善生天有如是法若初生時是諸天子及天女等以自業因所熏習故生三種念一者自知從何處死二者自知今此處生三者知此生是何業果是何福報以我彼處身命壞已來生此間又如是念緣我有是三種業果三種業熟得來生此何者爲三所謂身善行口意善行此等三業果報熟故身壞命終來於此處復作是念願我今於此處死已當生人間我於彼處如是生已還修身口及意善行以身口意行善行故身壞敗已還來此生作是念已即便思食彼念食時即於彼

前有衆寶器自然盛滿天須陀味種種出生若天子中有勝上者彼須陀味其色最白若其天子果報中者彼須陀味其色即赤若有天子福德下者彼須陀味其色現黑時彼天子即以手取天須陀味内於口中彼須陀味即入天口即自漸漸融消變化譬如酥及生酥擲置火中即自融消無有形影如是如是天須陀味置於口中自然消化亦復如是食須陀已若其渴時即於彼前有天寶器盛滿天酒福上中下白赤黑色略說如前入口消化融消亦爾時彼天子食飲訖已而其身體上下大小如彼舊生諸天子天女等諸比丘若諸天子及諸天女身體既充各隨意向或詣池邊到池邊已入彼池内澡浴清淨歡喜受樂既出池上詣香樹邊時彼香樹枝自然低從枝中出種種妙香流入手中即以塗身復詣衣樹到已如前亦爲之低而彼樹中又出種種微妙好衣至手邊已即取而著既著衣已詣瓔珞樹如是自低垂流入手或繫或著以莊嚴身如是復詣華鬘樹所如前低垂流出種種妙好華鬘挍飾頭已便向器樹樹出種種衆寶雜器隨意入手將詣果樹盛種種果或即噉食或取汁飲如是復詣音樂樹邊樹亦低垂自然而出種種樂器隨意而取或彈或打或歌或舞音聲微妙即便詣向林苑之中入苑中已於彼即見無量無邊百數千數無量百千萬億之數諸天玉女若未見女所有前世知見業報我從何處而來生此如我此身今受斯報果業熟故彼於此時了了分明憶宿世事猶如指掌以見天女迷諸

色故正念覺察智心即滅旣失前生著現在欲口唯唱言天玉女耶天玉女耶如是名爲欲愛之縛諸比丘此則名爲三種善行諸比丘一月之中有六烏晡沙他白月半助有十五日黑月半助亦十五日如此白黑二月各有三受齋日何等白月三受齋日所謂月八日十四日十五日黑月亦有三受齋日如白月數云何名爲白黑二月各有三日受於齋戒諸比丘白黑二月各有八日當於是日四天大王集其眷屬而告之言汝等可往普觀四方頗有人輩於世間中多行孝順供養父母恭敬沙門婆羅門不於諸尊長崇重以不修行布施受禁戒不守攝八關持六齋不時四天王如是敕勑其使者已而彼使者如天王命承奉而行即下遍觀一切人世是誰家中孝養父母有何族姓恭敬沙門婆羅門等誰家男女敬事尊長誰行布施誰受六齋誰持八禁誰守戒德爾時使者如是遍歷世間觀察見於人中孝順供養父母者少承事尊重沙門者少祇敬宿舊婆羅門於諸長者崇敬亦少布施微薄受齋稀踈護戒不全禁守多缺是時天使如是見已卽便往到四大王所而啓白言大王當知其諸世間一切人輩無多孝養事父母者亦無有多恭敬沙門婆羅門者亦無有多敬重尊長者舊德者亦無有多修行布施持六齋者亦無有多奉持禁戒守八關者爾時四大天王聞諸使者如是語已意中慘然不甚歡悅報使者言彼等世間若實然者其諸人輩甚爲不善所以者何人輩壽命極成短促止少時活應修諸善至

彼後世可得安樂云何今者彼人世間無有多行孝養父母乃至不能修持六齋及以八禁守攝身口此大損減我諸天衆展轉增加阿修羅種諸比丘若其世間多人恭敬孝順父母尊重沙門婆羅門等及諸宿舊修行布施樂受六齋勤建福業恒守八禁如是相續時天使者巡察見已上白四王大王當知彼世間人多有孝順於其父母多有恭敬沙門婆羅門及諸尊長樂行布施勤修齋福爾時四大天王從其使邊聞此語已心大歡喜踊躍無量作如是言甚善甚善諸世間人能如是修極大賢善何以故彼諸人輩壽命短少不久便當移至他世今者乃能於彼人間孝養父母敬事沙門及婆羅門諸耆舊等多樂布施持戒守齋如此則當增長諸天無量眷屬損減諸阿脩羅種類諸比丘云何黑白二月十四日是烏晡沙他日諸比丘其黑白二月十四日四大天王亦如是召四天太子使其來下觀察善惡多少歡喜愁慘略說悉如天使所說唯以太子自下爲異諸比丘其黑白二月十五日烏晡沙他四大天王自下世間躬察善惡知多少已即自往詣彼善法堂到諸天集議論會處至法堂前面向帝釋陳說人間善惡多少違順等事爾時帝釋聞於人間修福者少即便慘然悵快不樂云何如是天衆減少阿脩羅轉多若聞人間如法多者則大歡喜踊躍無量作如是言我今天衆漸當增長緣此黑白二月六日諸天下觀人間善惡故名此日烏晡沙他

起世經卷第七

音釋

洟唾 洟他計切唾湯卧切 夭殤 夭於兆切早喪也殤式羊切未成人而死也 麨 尺沼切乾糧也 揩拭 揩苦皆切拭賞職切 黿鼉 黿愚袁切鼉徒河切 蝦蟇 蝦胡加切蟇莫加切 虯螭 虯渠幽切無角龍也螭抽知切似蛟無角者 獺 他達切獸名 鸜鵒 鸜其俱切鵒余蜀切鳥名

起世經卷第八

隋三藏法師闍那崛多等譯

三十三天品第八之三

諸比丘若當有時諸外道輩或復波利婆羅闍迦來向汝處問汝等言諸長老輩何因何緣有一種人爲彼非人之所恐怖有一種人復不爲彼非人恐怖其諸外道作是問者汝等應當如是報言諸長老輩此有因緣何以故世間之中有一種人習行非法彼有邪見有顛倒見彼等既行十不善法說不善法念不善法邪見顛倒以作此十不善法故護生之神漸漸捨離如是等輩若百若千唯留一神總而守護譬如牛羣或復羊羣若百若千其傍唯有一人守視如是如是護神少故恒爲非人之所恐怖有一種人言語如法不行邪見不顛倒見彼等既行如是十善正見正語修習善業是一一人則有無量若百千神來共守護以是因緣此人不爲非人之所恐怖譬如國王若王大臣其一一人則有若百若千人輩之所守護諸比丘世間人輩有如是等姓名字者其非人中亦有如是等諸名字諸比丘人間所有山林川澤國邑城隍村塢聚落居停住處其非人中亦有如是舍宅之名諸王坐處諸比丘一切街巷四衢道中屈曲陌等或屠膾坊或復空窟並悉不虛皆有衆神及諸非人之所依止又復尸陀林壑之中及諸惡獸所行道路悉有非人凡一切樹高一尋圍一尺即有神祇在上依住以爲支提諸比丘一切世間若男子及女人從生已來有諸天神常隨逐行不相遠離唯習行

惡及命終時方始捨去略説如上諸比丘閻浮提人有五種事勝瞿陀尼何等爲五一者勇健二者正念三者閻浮佛出世處四者閻浮是修業地五者閻浮行梵行處其瞿陀尼有三事勝閻浮提人何等爲三一者饒牛二者饒羊三者瞿陀尼饒摩尼寶其閻浮提有五種勝弗婆提人略説如前其弗婆提有三事勝閻浮提人何等爲三一者彼洲最極大故二者彼洲廣含諸渚三者彼洲甚微妙故其閻浮提有五種事勝鬱多囉究留五種如上其鬱多囉究留有三種事勝閻浮提何等爲三一者彼人無我我所二者壽命最極長故三者彼人有勝行故其閻浮提有五種事勝閻摩世諸衆生輩亦如上説其閻摩世有三種勝閻浮提人何等爲三一壽命長二身

形大三有自然衣食活命閻浮提人有五種勝龍金翅鳥五種如前龍及金翅有三種勝閻浮提人何等爲三一壽命長二身形大三宫殿廣閻浮提人有五種事勝阿脩羅如前所説其阿脩羅有三種事勝閻浮提何等爲三一者長壽二者色勝三者受樂多如是三事最爲殊勝諸比丘四天王天有三事勝一宫殿高二宫殿妙三者宫殿最勝光明三十三天亦三事勝何等爲三一者長壽二者色勝三者多樂如三十三天其夜摩天兜率陀天化樂天他化自在天魔身天等當知悉有三種勝事如忉利天勝閻浮提人其閻浮提有五種勝諸天龍輩如上所説汝應當知諸比丘此三界中有三十八諸衆生類何者是其三十八種諸比丘欲界之中有十二種色

界中有二十二種無色界中復有四種諸比丘於中何者是其欲界十二種類所謂地獄畜生餓鬼人阿脩羅四天王天三十三天夜摩天兜率陀天化樂天他化自在天魔身天等此名十二何等色界二十二種謂梵身天梵輔天梵衆天大梵天光天少光天無量光天光音天淨天少淨天無量淨天遍淨天廣天少廣天無量廣天廣果天無想天無煩天無惱天善見天善現天阿迦膩吒天等此二十二屬於色界其無色界四種者謂空無邊天識無邊天無所有天非想非非想天此四屬無色界諸比丘其世間中有四種雲白雲黑雲赤雲黃雲諸比丘其四種中白色雲者多有地界黑色雲者多有水界赤色雲者多有火界黃色雲者多有風界汝等應當作如是知諸比丘世間復有四種大天何等爲四所謂地多大天水多大天火多大天風多大天諸比丘曾於一時地多大神發是惡見心自念言於地界中無有水火及以風界諸比丘我爾時詣彼地天邊告彼地多大天神言汝天實有如是惡見云地界中無水火風二大界也彼答我言實爾世尊我復告言汝天莫作如是惡見何以故彼地界中實有水火及以風界但於其中地界最多是故地界偏得名字諸比丘我能知彼地多大天發如是念斷其惡見令彼歡喜於諸垢中得法眼淨證果覺道無有結惑度疑彼岸無復煩惱不隨他敎隨順法行而白我言大德世尊我今歸依佛法聖僧大德世尊從今已後我當奉持優婆夷戒乃至命盡更不殺盜及非法等

歸佛法僧清淨護持諸比丘復有一時水大天神亦如是念生於惡見言水界中無有地界及火風界我知其意往詣彼邊問水天言汝實爾不答言實爾我復告言汝天莫作如是惡見其水界中盡有地火及以風界乃至火天風天亦爾俱有此見佛既知已悉往詣問並答佛言實爾世尊佛開其意皆得悟解歸依三寶悉隨順行略說如前地大天神除疑一種來向我邊諸比丘此等名爲四大天神諸比丘世間有雲從地上昇在虛空中或有至一俱盧奢住或二或三俱盧奢住乃至六七俱盧奢住諸比丘或復有雲上虛空中一踰闍那或二三四至五六七踰闍那住諸比丘或復有雲上虛空中百踰闍那乃至二三四五六七八百踰闍那停而住者或復有雲從地上空千踰闍那二三四五六七千踰闍那住乃至劫盡諸比丘或時外道波利婆羅闍迦來向汝邊作如是問諸長老輩有何因緣虛空雲中有是音聲諸比丘應如是答有三因緣共相觸故空雲隊中有聲鳴出何等爲三諸長老輩或有一時雲中風界共於地界相觸著故自然聲出所以者何譬如樹枝相揩火出如是如是諸長老輩此是第一因緣出聲復次長老或復有時雲中風界共彼水界相揩觸故自然出聲亦如上說此是第二因緣出聲復次長老或復有時雲中風界共彼火界相揩觸故自然出聲略說乃至譬如兩樹相揩火出此是第三出聲因緣應如是答諸比丘亦應如是廣分別知諸比丘或時外道波利婆羅闍迦來向汝邊作如是

問諸長老輩有何因緣虛空雲中忽然光明出生閃電諸比丘汝等應作如是報答諸長老輩有二因緣從虛空中雲裏出生閃電光明何等爲二一者東方閃電名曰無享南方有電名曰順流西方有電名墮光明北方有電名百生樹諸長老輩或復有時若彼東方無享閃電共於西方墮光明電相觸相著相揩相打以如是故從於虛空雲隊之中出生光明名曰閃電此是第一閃電因緣復次諸長老輩若彼南方順流閃電共於北方百生閃電相觸相著相揩相打以如是故出生電光譬如兩木風吹相著自然火出還歸本處此是第二閃電因緣從雲隊中有光明出諸比丘於虛空中有五因緣能障礙雨令占候師不測不知增長迷惑記必應雨而天不雨何等爲五諸比丘或復有時上虛空中起雲動雷作伽荼伽荼瞿廚瞿廚聲或出閃電或復有吹涼冷氣來如是種種皆是雨相其占察人及天文師等悉尅此時必當降雨爾時羅睺羅阿脩羅王從其宮出即以兩手撮彼雨雲擲置海中諸比丘此是第一雨障因緣而天文師及占候者不見不知心生疑惑記天尅雨而遂不雨諸比丘或復有時虛空起雲雲中亦作伽荼伽荼聲亦出閃電亦復有吹涼冷氣來時天文人及占候者見是相已記天此時尅當作雨爾時火界增上力生於彼中間雨雲燒滅此名第二雨障因緣彼天文人不見不知心生迷惑記天必雨而遂不雨諸比丘或復有時虛空起雲雲中亦作伽荼伽荼聲亦出閃電亦復有吹涼冷氣來時

天文人及占候者見是相已記天此時尅當作雨但以風界增上力生則吹彼雲擲置於彼迦陵伽磧中或復擲著檀茶迦磧中或復擲置摩登伽磧中或復擲著空曠野中或復擲著摩連那磧地此名第三雨障因緣彼天文人不見不知心生迷惑記天必雨而遂不雨諸比丘又復有時虛空起雲而其雲中亦作伽茶伽茶之聲出生閃電吹涼冷氣來其占候者記天必雨然彼行雨諸天子輩有時放逸以放逸故彼雲不得依時降雨既不依時雲自消散此是第四雨障因緣以是義故諸天文人心生迷惑記天必雨而遂不雨諸比丘又復有時空中起雲而天亦作伽茶伽茶之聲亦出閃電吹涼冷風彼天文人等記尅當雨然此閻浮提世間人輩其中多有不如法行躭樂諸欲慳貪嫉妬邪見所纏彼等人輩以惡行故習非法故樂著欲故貪嫉競故天則不雨諸比丘此名第五雨障因緣其天文人及占候等不見不知心生迷惑記天必雨而遂不雨諸比丘是名五種雨障因緣於其中有優陀那偈

華法色壽命　衣服并賣買　嫁娶三摩提
四種飲食等　二行晡沙他　上下名三界
雲色諸天等　俱盧舍鳴電

鬬戰品第九

諸比丘我念往昔有諸天等共阿脩羅起鬬戰時帝釋天王告其三十三天言諸仁者輩汝等諸天若共阿脩羅戰鬬之時宜好莊嚴善持器仗若諸天勝阿脩羅不如汝可生捉毗摩質多羅阿脩羅王當以五繫縛已將向

善法堂前諸天集會處所置之三十三天聞帝釋命依而奉行爾時毗摩質多羅阿脩羅王亦如是告諸阿脩羅言若諸天等共阿脩羅鬬天若不如即當生捉帝釋天王以五繫縛將向七頭諸阿脩羅集會之處置立我前時諸阿脩羅亦受教行諸比丘當於彼時帝釋天王戰鬬勝故生捉阿脩羅以五繫縛至善法堂天集會處帝釋前立當於彼時其毗摩質多羅王作如是念願諸阿脩羅各自安善我今不用諸阿脩羅輩我今在此共諸三十三天一處同受娛樂甚爲適意當其毗摩質多羅王與此念時即見自身五縛悉解諸天種種五欲功德皆現其前又復有時作如是念我今不用三十三天願諸天等各自安善我當還歸阿脩羅宮殿起此念時其身五繫即還自縛五欲功德忽然散滅諸比丘彼毗摩質多羅阿脩羅王有於如是微細結縛其諸魔縛復細於此所以者何諸比丘邪思惟時即被結縛正憶念即便解脫何以故諸比丘思惟有我是邪思惟思惟無我亦是邪思乃至思惟我當有常我當無常有色無色有想無想及非有想非無想等並是邪思諸比丘此邪思惟是癰是瘡猶如毒箭於其中有多聞聖者智慧之人知是邪思如病如瘡如癰如箭如是念已繫心正憶不隨心行令心不動多所利益諸比丘若念有我則是邪念則是有爲則是戲論若念無我亦是戲論乃至有色無色有想無想非有想非無想悉是戲論諸比丘所有戲論皆悉是病如癰如瘡猶如毒箭於其中有多聞聖者智慧之人

知此戲論諸過患已樂無戲論守心寂靜多所修行諸比丘我念往昔有諸天王共阿脩羅欲戰鬭時帝釋天王告其四面三十二天作如是言諸仁者輩宜善嚴備身諸器仗令諸阿脩羅欲來戰鬭若諸天勝可生捉取毗摩質多羅阿脩羅王以五繫縛將向諸天集會之處善法堂前持見於我三十二天受帝釋命依而奉行其阿脩羅亦如是敎諸比丘當爾戰時諸天得勝即以五繫縛阿脩羅將來詣向善法堂前爾時毗摩質多羅阿脩羅王旣被五繫在天衆前見帝釋王來入善法堂中而坐即便惡言諸種罵詈毀辱天主其天帝釋有調御者名摩多離見阿脩羅毗摩質多羅對衆惡言毀罵天主即便以偈白帝釋言

帝釋天王爲羞畏　爲當無勢故懷忍
聞於如是麤惡罵　舍受容耐都不言

爾時帝釋還以偈答摩多離言

我非羞畏故懷忍　亦非無力於脩羅
誰能如我神策謀　豈得同於彼無智

時摩多離復更以偈白天主言

若不嚴加重訶責　愚癡熾盛轉更增
若當折伏無智人　猶如畏杖牛奔走
令以縱之令彼樂　至其本處更憍高
是故明智示以威　顯現勇猛斷愚騃

爾時帝釋復以偈答摩多離言

如斯之事我久知　爲彼諸人愚癡故
彼以瞋嫌而罵詈　我聞堪能自制心

時摩多離更復以偈白帝釋言

帝釋天王願善思　如是之忍有一患

彼愚癡者如是罵　謂言怯畏恥不言
爾時帝釋重復偈答摩多離言
愚癡種類隨心意　謂言畏彼我默然
若欲益身求利安　於彼等邊須有忍
如我意見彼惡罵　不應於瞋復起瞋
於瞋者邊報以瞋　如是戰鬬難得勝
若當爲他所嬈惱　有力能忍者爲難
應知此忍最爲强　如此忍時須讚美
若自若他所興心　皆求救拔大畏處
既被他人瞋罵已　不應於彼起怨憎
若於自已及他邊　如是二處應作益
既知他瞋嫌罵已　能使自瞋轉得消
如是二處利益心　若自若他皆悉爲
若他意念是癡者　斯由不知法所因
若有大力諸丈夫　能爲無力故舍忍
如是忍人他讚歎　無力人邊忍不瞋
爲彼無有智慧力　唯以愚癡力爲力
以愚癡故棄捨法　如此人輩無正行
愚癡心生念我勝　瞋恚罵詈出麤言
能忍彼惡有常勝　是忍增上難具說
勝者語言畏不論　於等忍生怨故忍
聞下論說能忍者　此忍爲諸智稱揚

諸比丘汝等當知彼時帝釋則我身是我於爾時身作三十三天王自在治化受勝福報縱任快樂恒常懷忍亦讚歎忍樂行調順無有瞋恚恒常讚歎無瞋恚者諸比丘然今汝等自說行中有信解心捨俗出家精勤不懈汝等若於餘衆生邊能行忍辱讚歎忍者調順慈悲常行安樂滅除瞋恚讚無瞋者諸比丘汝等亦應作如是學諸比丘我念往昔諸

天衆等共阿脩羅各嚴器仗欲鬭戰時爾時帝釋告天衆言諸仁者輩若阿脩羅共諸天鬭天得勝時汝等可以五繫縛之如前所說諸天奉教阿脩羅王亦勑軍衆諸比丘爾時鬭戰阿脩羅勝帝釋天王恐怖不如背走而還是時馭者迴於千輻賢調御車欲向天宮爾時有一居吒奢摩梨樹其上有金翅鳥王巢内有諸卵帝釋見巳告摩多離調馭者言

摩多離知樹上卵　爲我迴此車轅軸
爲阿脩羅寧捨命　勿令毀破諸鳥巢

時摩多離善調馭者聞釋天王如是勑巳即便右迴彼天千輻輪賢調御車路還指向阿脩羅宮諸比丘時諸阿脩羅見帝釋車忽然迴還謂言帝釋別有戰策更來欲鬭阿脩羅退各趣本宮諸比丘爾時帝釋以慈因緣諸天還勝阿脩羅不如諸比丘欲知爾時天帝釋者今我身是諸比丘我於爾時作天主領三十三天自在治化受勝福報猶能憐愍一切衆生爲其壽命而作利益起慈悲心汝等比丘以信捨家應當利益一切衆生諸比丘我憶往昔天阿脩羅欲戰鬭時爾時帝釋告毗摩質多羅阿脩羅王言仁者我等且停種種器仗天及阿脩羅其中並各有智慧者彼等悉能知於我等若善若惡說諸法義但以善言長者取勝天共阿脩羅相推前說爾時毗摩質多羅阿脩羅王即便在先向天帝釋而說偈言

愚癡猛盛者　必須重訶責　折伏於無智
猶牛畏鞭走　愚癡無有樂　在處難調制
是故用嚴杖　速疾斷其癡

爾時毗摩質多羅阿脩羅王向天帝釋說此偈已其阿脩羅諸眷屬等皆大歡喜稱歎踊躍帝釋諸天及眷屬等皆黙然住爾時毗摩質多羅王告帝釋言汝大天王便可說偈爾時天主向阿脩羅而說偈言

我明見此事　不欲共癡同　愚者自起瞋
智者誰與諍

爾時帝釋天王說此偈已三十三天及眷屬等皆大稱歎踊躍歡喜諸阿脩羅及其眷屬黙然而住爾時帝釋告毗摩質多羅阿脩羅王言仁者可更辯說善言時阿脩羅即向天王說偈報言

寂然忍辱意　帝釋我亦知　愚癡者勝時
言我畏故忍

爾時毗摩質多羅阿脩羅王說此偈已諸阿脩羅及眷屬等皆悉踊躍稱歎歡喜帝釋諸天并其眷屬黙然而住時阿脩羅告帝釋言仁者天主可更辯說如法善言爾時天主帝釋大王向阿脩羅衆說偈報言

愚癡者自隨　稱忍爲畏彼　以此求自益
彼邊則無利　我意彼作惡　不應瞋彼瞋
於瞋能黙然　彼鬬則常勝　若爲他所惱
有力能忍者　當知如此忍　忍中最爲上
無問自及他　皆求離畏處　若知他瞋已
不於彼起憎　二處作利益　若自若於他
他瞋嫌罵者　自瞋能消滅　二處作利益
若自若於他　他意念愚癡　斯由不知法
若有强力人　爲彼無力忍　此忍爲最勝
餘忍更無過　彼無智慧觔　唯有愚癡力
愚癡捨法故　自然失正行　愚癡自矜勝

瞋恚出惡言　若忍此罵時　彼則常有勝
聞高勝言忍以畏　於齊等忍恐生怨
爲下惡罵能忍者　斯忍智人所稱讚

爾時帝釋天王說此偈已三十三天并及眷屬稱歎歡喜踊躍無量其阿修羅衆皆各默然時諸天中有智慧天阿脩羅中有智慧者各集一處皆共量議此等諸偈詳審思念觀察諦忍同稱讚已作如是言諸仁者輩今天帝釋善說言辭彼等治化一切無有刀杖鞭撻亦無諍闘毀辱怨讎亦無言訟及求報復於生死中有可患猒求遠離欲爲寂滅故爲寂靜故得神通故得沙門故成就正覺得涅槃故諸仁者輩若彼毗摩質多羅阿脩羅王所說之偈無有如是善妙語言彼等一切唯有刀杖鞭打楚撻諍闘毀辱言訟怨讎有求報復長養生死無可患猒貪著諸欲無求寂靜寂滅之行不希神通及沙門果無望正覺及以涅槃諸仁者輩帝釋天王所說之偈名爲善說毗摩質多羅阿脩羅王所說之偈非是善說諸仁者輩帝釋天王所說之偈善說善說毗摩質多羅阿脩羅王所說之偈非是善說非是善說諸比丘汝等應知彼時帝釋即我身是諸比丘我時作彼忉利天王自在治化受於福樂猶說善言以爲戰闘由善言故闘戰常勝而今汝等諸比丘輩於我善說法教之中淨心離俗捨家出家有精進行汝等若求善說惡說教法之中欲取義者應如是知諸比丘我念往昔諸天王等共阿脩羅合戰闘時帝釋天王摧阿脩羅闘戰勝已造立勝殿東西縱廣五百由旬南北縱廣二百

五十由旬諸比丘彼勝殿外别有一百尼梨由河而彼由河一一間内復各有七鳩吒伽羅皆七寶成而其一一鳩吒伽羅内各置七房一一房中安施七榻一一榻上有七玉女一一玉女復各别有七女而侍其釋天王并及彼等諸玉女侍更無餘爲食飲資須香華服玩一切樂具皆隨往業果報而受諸比丘三千大千世界之内所有天宫更無如是帝釋天王勝殿比類爾時鞞摩質多羅阿脩羅王作如是念我有如是神德威力日之與月及三十三天彼等雖於我上轉行我力能取作耳環璫處處遊行曾於一時其羅睺羅阿脩羅王内心瞋恚熾盛煩毒意不歡喜則念鞞摩質多羅阿脩羅王爾時鞞摩質多羅阿脩羅王作如是念其羅睺羅阿脩羅王今念於我彼復自念其所統領小阿脩羅王及諸眷屬小阿脩羅輩時彼小王及諸阿脩羅知其鞞摩質多羅阿脩羅王念已即各嚴備種種器仗詣向彼邊到已在前各各而住爾時鞞摩質多羅阿脩羅王自服鎧甲持仗嚴駕與其小王并諸軍衆圍繞往詣羅睺羅阿脩羅邊到已而住爾時羅睺羅阿脩羅王復念踊躍并及幻化二阿脩羅王爾時二王知彼念已還如鞞摩質多羅王所念小王并其所部知已各各嚴備器仗向其王邊到已皆來詣於羅睺羅阿脩羅王邊爾時羅睺羅阿脩羅王自服種種嚴身器仗共鞞摩質多羅踊躍幻化三阿脩羅王并諸三王小王眷屬前後圍繞從彼阿脩羅城導從而出欲共忉利諸天戰鬬爾時難陀優波難陀二大龍王從

其宮出各以身繞須彌留山七帀動之動已復動大動遍動震已復震大震遍震涌已復涌大涌遍涌以尾打海其一滴水上至須彌留山頂上諸比丘於彼時天主帝釋作念已告天衆言汝等仁輩見此大地如是動不空中靉靆猶如雲雨又似輕霧決知阿脩羅欲共天鬭是時海內所住諸龍各從自宮種種嚴備持仗而出向阿脩羅前共其戰鬭勝者逐退徑至其宮其不如者恐怖背走往到地居夜叉等邊到已告言汝等當知諸阿脩羅欲共天鬭汝等今可共我向彼相助打破夜叉聞已嚴持甲仗共龍往戰其勝者逐不如者退恐怖而走詣向鉢足夜叉之所到已告言覆鉢夜叉仁輩知不諸阿脩羅欲共天鬭汝等可來共我相助往彼打之鉢足聞已嚴身持仗相隨而去乃至退走往告持鬘諸夜叉等如前不如退走往告常醉夜叉常醉聞已又復嚴仗共持鬘等并力合鬭其有勝者逐入到宮其不如者恐怖退走詣向四大天王等邊到已諮白四天王言四天大王仁輩當知諸阿脩羅今者欲來共諸天鬭汝等應可共我相助打彼令破其四天王聞常醉言即各持種種器仗駕馭而往乃至退走不能降伏是時四王即便上詣彼善法堂諸天集會議論處所啓白帝釋說如是言天王當知諸阿脩羅今者聚集欲共天鬭宜應向彼與其共戰時天帝釋從四天王聞是語已意中印可即喚一天摩那婆告言汝天子來汝今可往須夜摩天珊兜率陀并化自樂及他化自在諸天王等至彼處已爲我白言仁輩諸

天若其知者諸阿脩羅欲共天鬬汝等仁輩應可助我來共向彼與其戰鬬時摩那婆聞釋語已即便向彼須夜摩天具白其事爾時須夜摩天王從釋天使摩那婆邊聞是語已心中即念彼須夜摩諸天衆輩時彼天衆知其天王心念彼已即著種種鎧甲器仗乘天種種所有諸騎各來詣向其天王邊到已在前各各而立時須夜摩天王自身即著種種天諸鎧甲持寶器仗與其無量百千萬數諸天子俱圍繞來下向須彌留山王頂上在於東面豎純青色難降旗旛依峯而立爾時彼使天摩那婆復上詣向珊兜率陀天王之邊到已還白珊兜率陀天王如是之言仁者當知帝釋天王有是啓白阿脩羅輩欲共天鬬仁者願來助我往彼并力鬬戰彼兜率陀天王聞是語已即自念彼諸天子衆知已悉來集兜率陀大天王邊到已即各嚴持器仗乘種種騎相率圍繞下來到於須彌留山於南面住無量百千萬衆雲集豎於黃色難降旗旛依峯而立爾時彼天摩那婆使又復更上向化樂天白言仁者化樂天王當知帝釋有如是語其阿脩羅欲共天鬬如前啓請乃至彼天與其無量百千萬數諸天子來各嚴鎧甲種種騎乘下來到於須彌留山西面豎於赤色難降旗旛依峯而立如是上白他化自在諸天子等一一如前時彼天衆嚴持器仗復倍化樂與其無量百天子無量千天子無量百千天子圍繞來下向須彌留山王北面豎於白色難降旗旛依峯而立爾時帝釋見上諸天並皆雲集心念空中諸夜叉輩時虛

空中諸夜叉衆各作是言帝釋天主意念我等如是知已即相誡勑著甲持仗嚴備身具皆各服之乘種種乘詣天帝釋前一面而住時天帝釋又復念其諸小天王并及三十三天眷屬如是念時並各著鎧嚴持器仗乘種種乘詣天主前是時帝釋自著重鎧甲器仗乘種種乘共空夜叉及諸小王三十三天前後圍繞從天宮出共阿脩羅欲戰鬪故諸比丘諸天爾時共阿脩羅戰鬪之時有如是等諸色器仗所謂刀箭鑹棒槌杵金剛鈹箭面箭鑿箭鏃箭犢齒箭迦陵伽葉鏃箭微細鏃箭弩箭如是等器雜色可愛七寶所成金銀瑠璃玻瓈赤真珠硨磲碼碯等以彼諸仗遙擲向彼阿脩羅身不著不害而懸徹過於彼等身亦復不見瘡瘢痕處唯觸緣故受於害痛諸比丘其阿脩羅所有器仗共天鬪時色類相似一種七寶之所成就著時徹過亦無瘢痕唯觸因緣受於害痛諸比丘欲界諸天共阿脩羅戰鬪之時有如是色種種器仗況復世間諸人輩也

起世經卷第八

音釋

屠膾屠同都切膾古外切屠膾宰殺者 磧七迹切 癰於容切癤也 楚撻楚創舉切荊也撻他達切打擊也 榻吐盍切狹而長者 鑹七亂切短矛也 鈹房脂切兵器也 鏃作木切矢鏑也 瘢薄官切瘡痕也

起世經卷第九

隋三藏法師闍那崛多等譯

劫住品第十

諸比丘世間凡有三種中劫何等爲三一者所謂刀仗中劫二者所謂飢饉中劫三者所謂疾疫中劫云何名爲刀仗中劫諸比丘万仗中劫者彼時人輩無有正行不如法說邪見顛倒具足皆行十不善業彼時衆生唯壽十歲諸比丘其人如是壽十歲時女生五月即便行嫁猶如今日年十五六嫁與夫主今者地力所有酥油生酥石蜜沙糖秔米至於彼時一切滅没並皆不現當彼十歲人壽命時純以羖羊毛毾爲衣猶如今日迦尸迦嬌奢耶衣芻摩繒衣度究邏衣句路摩娑衣劫貝衣甘婆羅寶衣最爲勝妙其毛毾衣亦復如是當於彼時唯食稗子如今秔米又爲父母之所憐愛唯願十歲是其上壽如今人願乞壽百歲諸比丘彼十歲時所有衆生不孝父母不敬沙門及婆羅門不敬耆舊彼等亦當得他供養讃歎尊重猶如今日行法教人名譽一種何以故其業爾故又諸比丘十歲人時無有善名人亦不行十善業道一切多行不善之業衆生相見各生殺害誅戮之心無慈愍意如今獵師在空山澤見諸禽獸唯起屠害殺戮之心又諸比丘當彼之時其諸人輩緣身之具瓔珞莊嚴皆是刀仗譬如今者華鬘耳璫頸瓔臂釧指環釵鑷交珞嚴身一種無異又諸比丘當彼之時中劫將末七日之内於其手中所當觸者若草若木土塊瓦石彼等一切皆爲刀仗其鋒甚利勝人所

造七日之中各各競捉共相屠害一切相殺命終並墮諸惡趣中受地獄苦何以故以其相向各生殺心濁心惡心無利益心無慈悲心無淨心故諸比丘如是名爲刀仗中劫諸比丘云何名爲飢饉中劫諸比丘飢饉劫時其諸人輩無有法行邪見顛倒具足行十不善業道以是義故天不降雨以無雨故世則飢饉無有種子白骨爲業諸皮活命云何名爲白骨爲業諸比丘飢饉之時彼諸人輩若四衢道街巷城郭道路處處悉收白骨以水煎煮取汁而飲以資活命是故名爲白骨爲業云何名爲諸皮活命諸比丘飢饉劫時彼諸人輩以飢急故取諸樹皮以水煎煮而飲其汁以資活命是故名爲諸皮活命諸比丘彼時衆生飢餓死已皆當生於諸惡趣道或復墮於閻羅世中所謂餓鬼爲彼等輩慳貪嫉妬畏諸物盡爭取藏積諸比丘是故名爲飢饉中劫諸比丘云何名爲疾疫中劫諸比丘彼時諸人亦欲行法欲說如法亦欲行於無顛倒見具足欲行十善業道但彼時中如法人輩以其過去無十善業勝果報故致令非人放於災氣行諸癘疫於中多有人輩命終又諸比丘於彼疾病三摩耶中復有他方世界非人來爲此等作疫病故何以故以放逸故行放逸行亦復與其惡相觸故惱亂其心奪彼威力於中多有薄福之人得病命終譬如若王或王大臣守護民故於其界首安置戍邏爾時他方有盜賊來爲彼戍邏不謹慎故有放逸故以諸劫賊一時誅戮或滅諸家或殄村舍或破聚落或毀國城如是如是

彼人放逸他方非人來行疾疫命終悉盡亦復如是又復彼時他方非人來行疾病時諸衆生無放逸行彼鬼大力强相逼迫與其惡觸令心惱亂奪其威力於中多有遇病命終譬如國王或王大臣爲諸聚落作守護故安置鎭防於彼時中他方劫賊來侵擾擾而是鎭防無有放逸勤謹遮護彼賊大力强相逼迫於此人等一時誅戮或滅諸家村舍聚落略說如前如是如是諸比丘其疾疫劫人輩遇病逼切命終亦復如是彼身死已皆得向上諸天中生所以者何爲彼等輩無相害心無有亂心有利益心慈心淨心當命終時又各相問汝病可忍得少損不頗有脫者頗有起者從諸疾病有差者不諸比丘以是義故得生天上以是名爲疾疫中劫諸比丘是名世間三種中劫

住世品第十一

諸比丘世間之中有四無量不可得量不可得稱不可思議若天若人世中筭數欲取其量有若干年若干百年若干千年若干百千年若干俱致年若干百俱致年若干千俱致年若干百千俱致年終不可得何等爲四諸比丘若世界住此不可得筭計而知若干年若干百年若干千年若干百千年若干俱致年若干百俱致年若干千俱致年若干百千俱致年諸比丘若世界住已壞亦不可得筭計而知若干年若干百年若干千年若干百千年若干俱致年若干百俱致年若干千俱致年若干百千俱致年諸比丘若世界破壞已復住此亦不可筭計而知若干年若干百

年若干千年若干百千年若干俱致年若干百俱致年若干千俱致年若干百千俱致年諸比丘若世界成已住此亦不可筭計而知若干年若干百年若干千年若干百千年若干俱致年若干百俱致年若干千俱致年若干百千俱致年諸比丘此等名爲四種無量不可得量不可得稱不可思議不可計得若天若人無有筭計而能得知若干百千萬年若干百千萬俱致年諸比丘於此東方有諸世界轉住轉壞無有間時或有轉成轉住轉壞諸比丘南西北方轉成轉住轉壞亦復如是諸比丘譬如五段輪除其軸却轉無暫住無暫間時略說如是如是又如夏雨其滴麤大相續下注無有休間如是東方南西北方成住壞轉無有停住時亦復如是諸比丘於

其中間復有三災何等爲三一者火災二者水災三者風災其火災時光音諸天首免其災水災之時遍淨諸天首免其災風災之時廣果諸天首免其災云何火災諸比丘火災之時諸衆生輩有於善行所說如法正見成就無有顛倒具足而行十善業道得無覺觀二禪不用功修自然而得爾時彼等諸衆生輩以神通力住於虛空住諸仙道住諸天道住梵行道如是住已受第二禪無覺觀樂如是證知成就具足身壞即生光音天處地獄衆生畜生衆生閻摩羅世阿脩羅世四天王世三十三天夜摩兜率化自樂天他化自在及魔身天乃至梵世諸衆生輩於人間生悉皆成就無覺無觀快樂證知身壞即生光音天處一切六道悉皆斷絕此則名爲世間轉

盡諸比丘云何世間住已轉壞諸比丘若有於彼三摩耶時及無量時長遠道時天下亢旱無復雨澤所有草木一切乾枯悉無復有譬如葦荻青刈之時不得雨水乾枯朽壞皆無復有如是如是諸比丘天久不雨一切草木悉皆乾枯亦復如是諸比丘一切諸行亦爾無常不久住不堅牢不自在破壞法可猒離可求解脫復次諸比丘於彼時有迦梨迦大風吹散八萬四千由旬大海水已於下即出日之宮殿擲置海上須彌留山王半腹四萬二千由旬安日道中諸比丘此名世間第二日出所有諸小陂池江河一切乾竭悉無復有諸比丘一切諸行悉皆無常略說如前可求免脫復次諸比丘略說如前大風吹海出日宮殿置日道中是名世間第三日出所有一切大陂大池大河及恒河等一切大河悉皆乾竭無復遺餘諸行亦爾如是世間第四日出所有大水大池所謂善現大池阿那婆達多大池曼陁祇尼大池蛇滿大池等悉皆乾竭無復有餘諸行亦爾如是世間第五日出其大海水漸漸乾竭初如脚踝已下減少乃至猶如膝已下減乃至半身或復一身二三四五六七人身已下乾竭諸比丘其五日出大海水減半多羅樹乃至一多羅樹或二三四五六七多羅樹減乃至半俱盧奢或一二三四五六七俱盧奢減乃至半由旬減或一二三四五六七由旬而減乃至百由旬減或二三四五六七百由旬減諸比丘其五日出大海之水千由旬減乃至二三四五六七千由旬減諸比丘其世間中五日出時彼

大海水略說乃至七千由旬餘殘住時或至六五四三二一千由旬在如是乃至七百由旬其水殘在或至六五四三二一百由旬在或七由旬其水殘在或復六五四三二一由旬水在或復減至七俱盧奢其水殘在乃至六五四三二一俱盧奢水餘殘住在諸比丘其世間中五日出時彼大海水深七多羅餘殘而在或復六五四三二一多羅樹水餘殘而在或如七人其水殘在或復六五四三二一或復半人或膝已下或至踝骨其水殘在又五日時於大海中少分有水餘殘而住如秋雨時於牛跡中少分有水如是如是五日之時彼大海中亦復如是又諸比丘五日之時彼大海中於一切處乃至塗脂水無復遺餘諸比丘一切諸行亦復如是無常不久須臾暫時略說乃至可猒可離應求免脫復次諸比丘略說如前乃至六日出現世時其四大洲并及八萬四千小洲諸大山等須彌留山等悉皆起煙起已復起猶如瓦師欲燒器時器上火焰一時俱起其火大盛充塞遍滿如是如是其四大洲及諸山等煙起猛壯亦復如是略說乃至諸行無常應求免脫復次諸比丘略說如前七日出時其四大洲并及八萬四千小洲諸餘大山及須彌留山王等皆悉洞然地下水際並盡乾竭其地聚既盡風聚亦盡如是火大焰熾之時其須彌留山王上分七百由旬山峯崩落其火焰熾風吹上燒梵天宮殿乃至光音其中所有後生光音宮殿下者諸天子輩不知世間劫轉壞成及轉成住皆生恐怖驚懼戰悚各相謂言莫

復火焰來燒光音諸宮殿也是時彼處光音天中諸天子輩善知世間劫壞成住慰喻其下諸天子言汝等仁輩莫驚莫畏（上之兩句梵本並再稱）所以者何仁輩昔有光焰亦至於彼時諸天子聞此語已即便憶念往昔時光憶念彼光不離於心故有此名名曰光天彼等如是極大熾盛猛焰洪赫無有餘殘灰墨燋燼可得知別諸比丘諸行如是略說乃至可求免脫（梵本從此已下還覆述論從一日乃至七日出名住已壞今悉略之）諸比丘云何世間壞已復成諸比丘彼三摩耶無量久遠不可計時起大重雲乃至遍覆梵天世界如是覆已注大洪雨其雨滴麤如車軸或有如杵經歷多年百千萬年而彼水聚漸漸增長乃至梵天世界為畔其水遍滿然彼水聚有四風輪之所住持何等為四所謂一者住二者安住三者不墮四者牢王時彼水聚雨斷已後還自退下無量百千萬踰闍那當於爾時四方一時有大風起其風名為阿那毗羅吹彼水聚波濤沸涌攪亂不住於中自然出生泡沫然其泡沫為彼阿那毗羅大風之所吹擲從上安置作諸宮殿微妙可愛七寶間成所謂金銀瑠璃玻瓈赤真珠硨磲碼碯等寶諸比丘此因緣故梵身諸天有斯宮殿諸墻壁等世間出生諸比丘如是作已時彼水聚即便退下無量百千萬踰闍那略說如前四方風起名曰阿那毗羅大風吹擲沸沫即成宮殿名魔身天垣墻住處如梵身天無有異也唯有寶色精妙差降上下少殊如是造作他化自在諸天宮殿化樂諸天宮殿墻壁其次造作删兜率陀諸天宮殿其次夜

摩諸天宮殿如是出生具足悉如梵身諸天次第而說諸比丘時彼水聚復漸退下無量百千萬踰闍那縮而減少如是停住彼水聚中周帀四方自然起沫浮水而住厚六十八百千由旬廣闊無量譬若泉池及以濼中普遍四方有於漂沫覆水之上彌羅而住如是如是諸比丘彼水聚中普四方面泡沫上住厚六十八百千由旬廣闊無量亦復如是諸比丘時彼阿那毗羅大風吹彼水沫即便造作彼須彌留大山王身次作城郭雜色可愛四寶所成所謂金銀瑠璃玻瓈等諸妙寶諸比丘此因緣故世間便有彼須彌留山王出生如是諸比丘又於彼時毗羅大風吹彼水沫於須彌留山王上分四方化作一切山峯其峯各高七百由旬雜色微妙七寶合成乃至硨磲碼碯等寶以是因緣世間出生諸山峯岫彼風如是次第又吹其水上沫爲三十三諸天衆等造作宮殿其次復於須彌留山東南西北半腹中間四萬二千踰闍那處爲彼四大天王造作諸宮殿住城壁垣墻雜色七寶可愛端嚴如是訖已爾時彼風又吹水沫於須彌留山王半腹四萬二千踰闍那中爲月天子造作大城宮殿處所雜色七寶成就莊嚴如是作已風復聚沫爲日天子造作七日諸天宮殿城郭樓櫓七寶雜色種種莊嚴以是因緣世間有斯七日宮殿安置住持又諸比丘彼風次吹其水聚沫於須彌留大山王所造作三處城郭莊嚴雜色七寶乃至硨磲碼碯等寶如是城聚世間出生諸比丘時彼阿那毗羅大風次吹水沫於海水上高

萬由旬爲於虛空諸夜叉輩造作玻瓈宮殿城郭諸比丘此因緣故世間便有虛空夜叉宮殿城壁如是出生諸比丘時彼阿那毗羅大風次吹水沫於須彌留大山王邊東西南北各各去山一千由旬在大海下造作四面阿脩羅城雜色七寶微妙可愛乃至世間有此四面阿脩羅城如是出生復次阿那毗羅大風吹彼水沫於須彌留大山王外擲置彼處造作一山名曰佉提羅迦其山高廣各有四萬二千由旬雜色七寶莊嚴成就微妙可觀諸比丘此因緣故世間便有佉提羅迦山如是出生復次阿那毗羅大風吹彼水沫於佉提羅迦山外擲置彼處造作一山名曰伊沙陀羅其山高廣各有二萬一千由旬雜色可愛七寶所成乃至硨磲碼碯等寶諸比丘此因緣故世間便有伊沙陀羅山如是出生復次阿那毗羅大風吹彼水沫擲置伊沙陀羅山外於彼造作一山而住名曰由乾陀羅其山高廣一萬二千由旬雜色可愛乃至爲彼硨磲碼碯七寶所成諸比丘此因緣故世間便有由乾陀羅山王出生如是次第作善現山高廣正等六千由旬次復造作馬片頭山（舊云半頭）高廣正等三千由旬次復造作尼民陀羅山高廣一千二百由旬次復造作毗那耶迦山高廣正等六百由旬次復造作彼輪圓山高廣正等三百由旬雜色可愛所謂金銀瑠璃玻瓈及赤真珠硨磲碼碯等諸七寶之所成就廣說如上佉提羅迦造作無異諸比丘此因緣故世間有斯輪圓山出復次阿那毗羅大風吹彼水沫散擲置於輪圓山外

各四面住作四大洲及八萬小洲并諸餘大山如是展轉造作成就諸比丘此因緣故世間便有斯四大洲并及八萬小洲諸大山等次第出現復次阿那毗羅大風吹彼水沫擲四大洲及八萬小洲須彌留山王并餘諸大山之外安置住立名曰大輪圓山高廣正等六百八十萬由旬牢固眞實金剛所成難可破壞諸比丘是因緣故大輪圓山世間出現復次阿那毗羅大風吹掘大地漸漸深入即於其處置大水聚湛然而住諸比丘此因緣故世間之中便有大海如是出生復何因緣其大海水如是醎苦不中飲食諸比丘此有三緣何等爲三一者從火災後無量時節長遠道中起大重雲住持彌覆乃至梵天然後下雨其雨滴大廣說如前彼大雨汁洗梵身天諸宫殿已次洗魔身諸天宫殿他化自在諸天宫殿化樂宫殿删兜率陀諸天宫殿夜摩宫殿洗已復洗如是大洗彼等洗時所有醎鹵辛苦等味悉皆流下次洗須彌留大山王身及四大洲八萬小洲自餘大山并輪圓等如是澆漬流注洗盪其中所有醎苦辛味一時併下墮大海中諸比丘此一因緣其大海水醎不中飲復次其大海水爲諸大神大身衆生之所居住何等大身所謂魚鼈蝦蟇獺虬宫毗羅低摩耶低寐彌羅低寐兜羅兜羅祁羅等其中或有身百由旬或有二百三四五六七百由旬如是大身在其中住彼等所有屎尿流出皆在海中以是因緣其海醎苦而不中飲諸比丘此名第二醎苦因緣復次其大海水又被往昔諸仙所呪仙呪願言

顛汝成鹽味不中飲（此兩句梵本再稱）諸比丘此是第三鹹苦因緣其大海水鹹不中飲復次於中有何因緣大熱燋竭世間出生諸比丘若此世間劫初轉時於彼三摩耶其阿那毗羅大風聚彼六日宮殿城郭擲置於彼大海水下其安置處即於彼住其大水聚皆悉消盡不曾盈汎諸比丘是因緣故世間有是大熱燋竭示現出生此名世間轉壞已成復次云何名世間轉壞已成住諸比丘譬如現今世間成已如是住立有其火災於中云何復有水災諸比丘其水災劫三摩耶時彼諸人輩有如法行說如法語正見成就無有顛倒持十善行彼諸人輩當得無喜第三禪處不勞功力無有疲倦自然而得時彼衆生得住處空諸仙諸天梵行道中得住中已歡喜快樂即自稱言快樂仁輩此第三禪如是快樂爾時彼處諸衆生輩即共問彼得禪衆生彼便答言善哉仁輩此是無喜第三禪道應如是知彼等衆生知已成就如是無喜第三禪道禪成已證證已思惟思惟已住身壞命終生遍淨天如是下從地獄衆生閻羅世中阿脩羅中四天王中乃至梵世光音天下諸衆生輩一切處一切有皆斷盡諸比丘是名世轉復次於中云何世間轉已而壞諸比丘有三摩耶無量久遠長道時節大雲遍覆乃至光音諸天已來雨沸灰水無量多年略說乃至百千億年諸比丘彼沸灰水雨下之時消光音天所有宮殿悉皆滅盡無有形相微塵影像可得識知譬如以酥及生酥等擲置火中消滅然盡無有形相可得驗知如是如是彼

沸灰水雨下之時消光音天諸宮殿等亦復如是無相可知諸比丘諸行無常破壞離散流轉磨滅不久須臾亦復如是可猒可患應求免脫諸比丘如是梵身諸天魔身化樂他化自在兜率夜摩諸宮殿等爲沸灰雨澆洗消滅略說如前似酥入火融消失本無有形相亦復如是乃至一切諸行無常應求免離諸比丘彼沸灰水雨下之時雨四大洲八萬小洲自餘諸山須彌留山消磨滅盡無有形相可得記識廣說如前應可患猒如是變化唯除見者乃能信之此名世轉住已轉壞復次云何轉壞已成諸比丘於時起雲注大水雨經歷多年起風吹沫上作天宮廣說乃至如火災事是爲水災復次云何有於風災諸比丘其風災時諸衆生輩如法修行成就正念生第四禪廣果天處其地獄中衆生捨身還來人間修清淨行成就四禪亦復如是畜生道中閻羅世中阿脩羅中四天王天三十三天夜摩兜率化樂他化及魔身天梵世光音遍淨少光等成就四禪廣說如上諸比丘是名世間轉成云何轉壞諸比丘於彼無量久遠道中有大風起彼之大風名僧伽多此言和合諸比丘彼和合風吹於遍淨諸天宮殿令其相著揩磨壞滅無有形相餘殘可知譬如壯人取二銅器於兩手中相揩破壞磨滅消盡無有形相可得識知彼和合風吹遍淨天宮殿磨滅亦復如是諸比丘一切諸行無常破壞不久須臾乃至可猒應求免離如是次吹光音諸天宮殿吹梵身天宮殿魔身諸天他化自在化樂夜摩諸天宮殿相打相揩相

摩相滅無形無相無影無塵可知其相諸比丘一切諸行亦復如是敗壞不牢無有眞實應當猒離早求免脫諸比丘彼僧伽多大風吹四大洲八萬小洲并餘大山須彌留山王舉高一拘盧奢分散破壞或二或三四五六七拘盧奢已分裂散壞或次舉高一踰闍那二三四五六七或吹舉高百踰闍那二三四五六七百踰闍那分散破壞或吹舉高千踰闍那二三四五六七千踰闍那或復舉高百千由旬分散破壞彼風如是吹破散壞無形無相無如微塵餘殘可知譬如有力壯健丈夫手撮一把麥麨令碎擲向虛空分散飄颺無形無影如是如是彼風吹破諸洲諸山亦復如是唯除見者乃能信之此名世間轉住已壞復次世間云何壞已轉成諸比丘彼三摩耶無量年歲長遠道中起大黑雲普覆世間乃至遍淨諸天居處如是覆已即降大雨其雨滴麤猶如車軸或有如杵相續注下如是多年百千萬歲而彼水聚深廣遠大乃至遍淨滿其中水四種風輪持如前說乃至吹沫造遍淨宮七寶雜色顯現出生一一悉如火災水災次第而說諸比丘是名世間壞已轉成云何世間轉成已住諸比丘譬如今者天人世間轉成已住諸比丘如是次第有於風吹此等名為世間三災

最勝品第十二

復次諸比丘彼三摩耶世間轉已如是成時其衆生輩多得生於光音天上彼等於彼天上生時身心悅豫歡喜為食自然光明又有神通乘空而行得最勝色年壽長遠安樂而

住諸比丘彼三摩耶世間轉壞其轉壞時虛空無物於梵宮中有一衆生福業命盡從光音天下來生彼梵宮殿中不從胎生忽然化有是梵天名娑婆娑婆帝（上兩句梵本再稱之）爲如是故有此名生諸比丘彼時復有自餘衆生福業壽盡從光音天捨身命已於此處生身形端正亦以歡喜持爲飲食自然光明有神通力騰空而行身色最勝即於此間長遠久住彼等於此如是住時無有男女無有良賤唯有衆生衆生名也如是得名復次諸比丘當於如是三摩耶時此大地上出生地肥凝然而住譬如有人熟煎乳訖其上便有薄膜而住或復水上有薄膜住如是如是諸比丘或復於三摩耶時此大地上生於地肥凝然而住譬如鑽酪成就生酥有於如是形色相貌其味有如無蠟之蜜爾時彼處諸衆生輩其中有生貪性衆生作如是念我於今者亦可以指取味而嘗乃至我知此是何物時彼衆生作是念已即以其指齊一節間取彼地味向口而嘗喫已意喜如是一過再過三過即生貪著次以手抄漸漸手掬後遂摶掬而恣食之時彼衆生如是以手摶掬食時於彼復有自餘人輩見彼衆生如是噉已即便相學競取而食諸比丘彼等衆生以手如是摶掬地味食噉之時彼等身形自然澀惡皮膚麤厚軀體濁暗色貌改變無復光明亦更不能飛騰虛空以地肥故神通滅沒諸比丘如前所說後亦如是彼三摩耶世間之中便成黑暗諸比丘爲如是故世間始有大暗出生復次云何於彼時節世間自然出生日月彼三摩

耶現星宿形便有晝夜一月半月年歲時節名字而生諸比丘爾時日天大勝宫殿從於東出繞須彌留山王半腹於西而没西向没已還從東出爾時衆生見彼日天大宫殿已各相告言諸仁者輩還是日天光明宫殿再從東方出已右繞須彌留山半腹西没再三見已各相謂言諸仁者輩此是彼天光明流行是天光明流行世也是故稱言修梨耶修梨耶（修梨耶者此言彼是也）故有如是名字出生

起世經卷第九

音釋

饉（渠搉切莱不熟也）秔（居行切不黏稻也）羖（公户切牡羊也）㹀（比朗切斜文罽也）稗（蒲拜切草似穀者）釵鑷（釵楚佳切笄也鑷尼輒切鑷子也）癘疫（癘力制切疫營隻切）刈（牛猘切割也）踝（胡瓦切腿兩旁也）澆漬（澆古堯切灌也漬疾一切浸也）洗盪（洗先禮切盪徒朗切）寐（彌二

切）汎（孚梵切浮也）摶掬（摶徒官切捉聚也掬居六切兩手捧物也）

起世經卷第十

隋 三藏法師闍那崛多 等譯

最勝品第十二之餘

復次諸比丘其彼光明日大宮殿縱廣五十一踰闍那上下四方周帀正等七重墻壁七重欄楯七重多羅樹普皆圍遶雜色間錯以為莊嚴彼諸垣墻皆為金銀瑠璃玻瓈及赤真珠硨磲碼碯等諸七寶之所成就普四方面悉有諸門彼等諸門皆有樓櫓却敵臺觀及諸樹林池沼園苑其中悉生種種樹種種葉種種華及種種果種種香熏復有種種諸鳥鳴聲諸比丘其彼日天大宮殿中有二種法立其宮殿四方如宅遙看似圓諸比丘其日大宮殿多有天金及天玻瓈間錯成就兩分天金清淨無垢離諸穢濁皎潔光明其一面以天玻瓈成淨潔光明善磨善瑩無垢無穢諸比丘其彼日天大宮殿中有五種風吹轉而行何等為五所謂一持二住三隨順轉四波羅呵迦五將行復次諸比丘其彼日天大宮殿前別有無量諸天先行無量百天無量千天無量百千諸天而行行時各各常受安樂牢行牢行有是名字又諸比丘其彼日天大宮殿中有閻浮檀妙輦出生其輦上高十六由旬廣八由旬而彼輦中其日天子及內眷屬入彼輦中以天五欲功德和合具足受樂歡喜而行諸比丘其日天子壽命歲數滿五百年子孫相承皆於彼治其宮殿住滿足一劫復次諸比丘其日天子諸身分中光明出照閻浮檀輦其閻浮檀輦中光明出已照彼日大宮殿從彼日大宮殿光相相接出

已照四大洲及於世間諸比丘其日天子具足而有一千光明五百光明傍照而行五百光明向下而照復次於中何因緣故其日天子大勝宫殿照四大洲及衆世界諸比丘有一種人能行布施彼布施時施於沙門婆羅門及貧窮孤獨遠來乞求所謂食飲乘騎衣裳華鬘瓔珞塗香牀敷房舍燈油凡是資身養活命者彼布施時速疾即施不諂曲施或復供養諸持戒仙功德具足行善法者種種承事彼因是故受無量種種身心安樂譬如曠澤空閑山林或復廣磧而有池水其水凉冷清淨輕甜時有壯夫遠行疲極熱惱渴乏不飲食來已經多日至彼池所飲已澡浴除斷一切渴乏熱惱出於池外身意怡悦受於無量快樂歡喜如是如是彼布施時心清淨故身壞命終於日天子宫殿中生彼中生已報得如是速疾稱心飛行宫殿此因緣故日大宫殿照四大洲及餘世界諸比丘復有一種斷於殺生不盜他物不行邪婬口不妄語不飲諸酒身不放逸供養持戒功德具足諸仙諸賢親近純直善法行人廣説如前身壞命終隨願往生日天宫殿住彼當受速疾果報是故名爲諸善業道此因緣故其日宫殿照四大洲并餘世界復有一種修不殺生乃至正見彼曾供養諸仙持戒功德具者純直善行曾值遇彼清淨因緣亦當報生日宫殿中受速疾果以是緣故其日宫殿照四大洲及餘世界廣説如前諸比丘六十刹那名一羅婆三十羅婆名牟休多諸比丘若干刹那若干羅婆及牟休多其日宫殿六月北行日

於一日行六俱盧奢不曾暫時離於日道六月南行亦一日行六俱盧奢不差日道諸比丘其日宮殿六月行時其月宮殿十五日中還爾許行復次於中有何因緣生諸熱惱諸比丘其日宮殿六月之中向北道行一日中行六俱盧奢亦不曾離日道而行但於其中有十種緣故生熱惱何等爲十諸比丘須彌留山王外其次有山名佉提羅迦高廣正等四萬二千由旬雜色可觀七寶成就於其中間日大宮殿所有光明照於彼山觸而生熱彼三摩耶致有熱惱此第一緣故生熱惱復次諸比丘佉提羅迦山外其次有山名伊沙陀羅高廣正等二萬一千由旬於其中間日大宮殿所有光明照觸彼山此是第二熱惱其次由乾陀山高廣一萬二千由旬是第三緣其次善現山高廣六千由旬是第四緣其次馬片頭山高廣三千由旬是第五緣其次尼民陀羅山高廣一千二百由旬是第六緣其次毗那耶迦山高廣六百由旬是第七緣其次輪圓山高廣三百由旬是第八緣其次從此大地已上虛空高萬由旬彼有夜叉諸宮殿輩玻瓈所成是第九緣其次四大洲中并及八萬小洲之中自餘大山須彌留山王等是第十緣具足應如佉提羅迦中說此是十種日大宮殿六月之中向北道行熱惱因緣復次於中何因何緣有諸寒冷諸比丘日大宮殿六月已後向南而行於中復有十二因緣故生寒冷何等十二諸比丘其須彌留山佉提羅迦等二山中間須彌留海廣八萬四千由旬周迴無量優鉢羅鉢陀摩究牟陀

奔荼梨迦等華悉皆遍滿甚有香氣於彼中間日大宮殿所有光明而相照觸此是第一寒冷因緣如是次第伊沙陀羅山是第二緣由乾陀山是第三緣善現山是第四緣馬片頭山是第五緣尼民陀羅山是第六緣毗那耶迦山是第七緣輪圓之山是第八緣其中諸華具足次第應如佉提羅迦山中廣說復次所有閻浮提洲中諸河流行日大宮殿所有光明而相照觸故有寒冷略說乃至此是第九寒冷因緣復次所有閻浮提洲中諸河流行其瞿陀尼洲中諸河流行倍多於彼日大宮殿所有光明而相照觸此是第十寒冷因緣復次所有瞿陀尼洲中諸河流行其弗婆提洲中諸河流行倍多於彼是第十一緣復次所有弗婆提洲中諸河流行其鬱多羅究留洲中諸河流行倍多於彼日月宮殿光明而相照觸此是第一寒冷此是第十二緣諸比丘日大宮殿六月向南行日於一日行六俱盧奢不違其道於中有此十二因緣所以寒冷復次於中有何因緣其冬天時夜長晝短諸比丘其日宮殿過六月已次向南行日於一日日行六俱盧奢亦不差移但於彼時其日在於閻浮提洲最南邊際地形狹小日過速疾諸比丘此因緣故其冬分中晝短夜長復次於中有何因緣春夏晝長其夜短促諸比丘日天宮殿過六月已向北而行一日中行六俱盧奢亦不差移乖異常道但於彼時正在閻浮處內而行地寬行久所以晝長諸比丘此因緣故春夏晝長其夜即短復次諸比丘若閻浮提洲日中於弗婆提洲則

日沒其瞿陁尼洲日出鬱多羅究留洲正夜半若瞿陁尼洲日中其閻浮提洲日沒鬱多囉究留洲日出弗婆提洲夜半若鬱多囉究留洲日中其瞿陁尼洲日沒弗婆提洲日出閻浮提洲夜半若弗婆提洲日中則鬱多羅究留洲日沒閻浮提洲日出瞿陁尼洲夜半諸比丘其閻浮提洲人所有西方瞿陁尼洲人以爲東方其瞿陁尼洲人所有西方鬱多囉究留洲人以爲東方其鬱多囉究留洲人所有西方弗婆提洲人以爲東方其弗婆提洲人所有西方閻浮提洲人以爲東方南北二方亦復如是佛於此中說優陀那偈

轉住及轉壞　天出及薄覆　十二重風吹
於前諸天行　樓櫓及風吹　身體光明照
布施持戒業　剎那羅婆過　說熱有十緣
論寒十二種　晝夜及日中　東西說四方

諸比丘其月天子最大宮殿縱廣正等四十九由旬周帀上下七重垣墻七重欄楯七重鈴網復有七重多羅行樹而爲圍遶雜色可觀彼諸墻壁皆以金銀乃至碼碯七寶所成四面諸門各有樓櫓種種莊校廣說如前日天宮殿乃至衆鳥各各自鳴諸比丘其月宮殿純用天金銀天青瑠璃以爲間錯其二分銀清淨無垢無諸滓穢其體皎潔甚爲明曜彼之一分天青瑠璃亦復清淨表裏映徹光明遠照諸比丘其月天子最勝宮殿有五種風所持而行何等爲五一持二住三順四攝五行以是五種因緣持故其月宮殿依空而行諸比丘其月宮殿復有無量諸天宮殿在前而行無量百千萬數諸天在前而行其行

之時受於無量種種快樂彼諸天等皆有名字諸比丘其月天子大宫殿中更復别有青瑠璃輦其輦出高十六由旬廣八由旬其月天子及諸天女入於輦中以天種種五欲功德和合受樂歡娛悦豫隨意而行諸比丘其月天子依天數量壽五百歲子孫相承皆於彼治然其宫殿住於一劫諸比丘其月天子諸身分中光明出已即便照彼青瑠璃輦其輦光照月大宫殿月宫殿光照四大洲諸比丘其月天子有五百光向下照行有五百光傍照而行故名月天子光明也亦復名爲涼冷光明諸比丘何因緣故月大宫殿照四大洲過去世時布施沙門及婆羅門貧窮孤獨遠來乞求所謂食飲乘騎衣服華鬘諸香牀鋪房舍諸資生等而彼施時應時疾與不諂曲心或復供養諸仙持戒具功德者正直純善彼因緣故受無量種種身心快樂譬如空閑山林荒澤曠野磧中有一池水涼冷輕美無有濁穢是時有人遠行疲乏飢渴熱逼入彼池中澡浴飲水除一切苦受無量樂如是如是彼因緣故生月天子宫殿之中受樂果報諸比丘復有一種斷於殺生乃至斷酒及放逸行供養承事諸仙人等亦生於彼月宫殿中照四洲界復有斷殺乃至正見故得速疾空行宫殿此則名爲諸善業道又何因緣其月宫殿漸漸而現有三因緣何等爲三一者背方面出二者有青身諸天形服瓔珞一切悉青常半月中隱覆其宫以隱覆故彼時月形漸漸而現三者從彼日天大宫殿中别有六十光明出已障彼月輪以是義故漸漸

而現復次於中何因緣故其月宮殿圓淨滿足如是顯現諸比丘此亦三緣故使如是一者彼時月大宮殿正方面出以是義故圓滿而現復次彼青色天衣服瓔珞一切皆青常半月中隱月宮殿而見宮殿於逋沙他十五日時圓滿光明照曜熾盛譬如多有諸種油脂中然大炬彼等一切諸餘燈明悉皆翳覆如是如是月大宮殿十五日時每恒如是復次日大宮殿六十光明出已障彼清淨月輪而月宮殿於逋沙他十五日中圓滿具足於一切處皆稱翳障彼時日光不能覆蔽復次於中何因緣故月大宮殿於彼黑助第十五日一切不現諸比丘其月宮殿於彼黑月第十五日近日宮殿行彼由日光作覆翳故一切不現復次何緣月大宮殿得名月也諸比丘其月宮殿於彼黑月一日已去以其光明顏色威德缺而減少以此因緣得名月也復次於中何因緣故月大宮殿其中有影諸比丘有閻浮樹因此故言閻浮洲也於彼清淨月輪光明為其作影此因緣故有於影現復何因緣有諸河水流於世間諸比丘有日故有熱有熱故有惱有惱故有炙有炙故有汗濕有汗濕故諸山之中汁流水出諸比丘此因緣故河流世間復何因緣有五種子世間出現諸比丘若於東方或有世界轉成已壞或壞已成或成已住南西北方成壞及住亦復如是爾時阿那毗羅大風別於他界轉成住處吹五種子散此界中散已復散乃至大散所謂根子莖子節子合子子子此為五子諸比丘閻浮大樹有是色果譬如摩伽陀國

中量斛摩尼彼等摘已其汁流出色譬如乳
味甜如蜜諸比丘閻浮樹果有五種分出生
利益謂東南西上下彼東分者諸揵闥婆輩
食其南分有七種大聚落人輩食所謂一不
正吽二吽喚三不正體四賢五善賢六牢七
勝於彼七種大聚落中有七黑山所謂一偏
廂二一搏三小棗四何髮五百偏頭六能勝
七聚勝彼七山中有七梵仙所居之窟一善
眼二善賢三小四百偏頭五爛物池六黑入
七增長時其西分中金翅鳥輩食上分虛空
夜叉輩食下分海中諸蟲輩食於中有優陀
那偈

初說雨多少　宮殿中示現　二事多有風
於前諸天行　輦及於壽命　身體光明照
布施持戒業　偏及滿足輪　月影及不現
有影何因緣　諸河諸種子　閻浮樹最後

諸比丘劫初衆生食地味時既資益已久長
住世而彼等輩若多食者顏色即劣若少食
者光相殊勝當於彼時形色現故衆各相欺
言爭勝劣勝者生慢以我慢故地味便沒即
生地皮色味具足譬如成就羯尼迦羅華有
如是色又如淳蜜無蠟有如是味彼等衆生
共聚集已憂愁苦惱椎胷吽喚迷悶困乏唱
言嗚呼我地味嗚呼我地味譬如今者所有
勝味既嘗知已唱言嗚呼此是我味執著舊
名不知真義彼等衆生亦復如是時彼衆生
食於地皮久長住世多食色麤少食形勝以
勝劣故我慢相凌地皮復沒便生林蔓形色
成就香味具足譬如成就迦藍婆柯華有如
是色割之汁流猶無蠟之蜜乃至如前聚共

愁惱如是次第林蔓沒已秔米出生不曾耕種自然顯現無芒無穭清淨米粒香味具足彼時衆生如是食已其諸身分即有脂髓皮肉筋骨膿血衆脉及有男女根相而彰根相既生染心即起以有染故數相視瞻既數相看便生愛欲以欲愛故便於屏處行非梵行不淨欲法時彼復有自餘衆生未如此者見已告言謂汝衆生所作甚惡云何如此其彼衆生遂生慙愧墮在不善諸惡法中即得如是波帝波帝之名字也（梵語波帝此言夫主）時彼衆生以墮如是諸惡法故共行欲者將飯食來言有墮也言有墮也如是立名爲婆梨耶婆梨耶也（梵語婆梨耶此言婦）諸比丘此因緣故舊時下來諸勝人輩見於世間夫婦出故彼等衆輩以左手捉用右手推令離彼處而彼衆生或復三月三月去已還復歸來時彼衆輩見彼還來即以杖木土塊瓦石而用打擲作如是言汝善隱藏汝善隱藏譬如今者諸女嫁時或復擲華金銀衣服及擲羅闍（梵稱羅闍此言熱稻穀花）復作如是呪願言語願汝新婦安隱快樂諸比丘如是次第往昔衆人如是惡作見今諸人亦如是作以是因緣諸衆生輩於世法中行於惡行如是次第起作舍屋爲被惡業作覆藏故偈言

初時作占婆　於後波羅奈　過劫殘末際
規度王舍城

諸比丘此因緣故前最勝者造作村城聚落處所國邑王宮莊嚴世間出生住處如是衆輩更復增長非法行時有餘衆生福命業盡從光音天捨身來下母腹受胎諸比丘此因

緣故舊時勝者先生世間彼等衆生餘福力故不須耕種而有自然秔米出生若有欲須日初分取於日後分即復還生日後分取日初還生成熟一種若不取者依舊常在時彼衆生福漸薄故懶惰懈怠貪悋心生作如是念今此秔米不曾耕種何用辛苦日初日後時別各取徒自困乏我今寧可一時頓取遂即併取時餘衆生喚彼人言食時節至可共相逐收取秔米彼人報言我以一時爲日初後頓取將來汝欲去者可自知時彼作是念此衆生等善作快樂於日初後一時頓取我今應當爲兩三日亦可併收即便悉取爾時更有別衆生喚彼衆生言我等可共收取秔米彼即報言我前總已取三日分汝自知時彼衆生聞復作是念此人甚善我今亦宜一時併取四五日分爲貯積故時彼秔米即生皮糩裹米而住被刈之者即更不生未刈之處依舊而住其此稻穀即便段別叢聚而生是時衆生相共聚集愁憂悲哭各相謂言我憶往昔意所生身以喜爲食自然光明騰空自在神色最勝壽命長遠而爲我等忽生地味色香味具食已久住其多食者色形則麤少食之者顏色猶勝爭勝劣故起憍慢心則成差別緣於此故地味滅沒次生地皮次生林蔓次生秔米乃至皮糩刈者不生不刈如舊以如是故成此一叢段別住也我等今者宜應分壃結作界畔并立謫罰彼是汝許此是我分侵者罰之諸比丘此因緣故世間便有界畔謫罰名字出生爾時別有餘一衆生自惜已稻盜他稻穀餘人見已即告彼言謂

汝衆生汝惡作也汝惡作也云何自有盜取他稻呵已而放更莫如此而彼衆生已復再作亦且呵放如是再三猶不改悔麤言呵責以手打頭牽臂將詣衆人之中告衆輩言此人盜他而彼衆生對於衆前拒諱爭鬭語衆輩言此之衆生麤惡言語罵詈於我以手打我時彼衆輩聚集憂愁悲哭叫喚我等今者相共至此因惡處也我等已生惡不善法爲諸煩惱增長未來生老苦果當向惡趣現見以手共相牽排驅遣呵責我等今應求正守護爲我作主合呵責者正作呵責合讁罰者即正讁罰合驅遣者即正驅遣我等所有田分稻穀各自收來彼守護主有所須者我等供給大衆如是共平量已時彼衆輩即共推求正守護者爾時彼處大衆之中別有一人長大最勝可愛端正形容奇特微妙可觀身色光儀種種具足時諸衆輩向彼人邊作如是言善哉仁者汝爲我等作正守護我等此處各有田畔勿使侵欺合呵正呵合責正責乃至讁罰合遣正遣我等所收不耕稻穀當分與汝不令乏少彼人聞已即許可之爲作正主呵責讁罰驅遣平正無有侵凌衆斂稻穀而供濟之不令短闕如是依法爲作田主以從彼等衆生田裏取地分故因即立名爲刹帝利刹帝利者此言田主時彼衆生悉皆歡喜依誠奉行彼刹帝利於衆事中智慧巧妙處彼衆内光相最勝是故稱名爲曷囉闍曷囉闍者此言王也大衆立爲大平等王是故名爲摩訶三摩多摩訶三摩多者此言大衆平等王也諸比丘其摩訶三摩多作王之時彼諸人輩因始立名爲薩多婆薩多婆者

(此言眾生)諸比丘其摩訶三摩多王有息名乎盧遮(此言意喜)諸比丘彼乎盧遮作王之時彼諸人輩稱為何夷摩柯(此言金者)諸比丘其乎盧遮王有息名柯梨耶哪(此言正真)諸比丘其柯梨耶哪作王之時彼諸人輩稱為帝羅闍(此言烏麻生也)諸比丘其柯梨耶哪王有息名婆囉柯梨耶哪(此言最正真者)諸比丘其婆囉柯梨耶哪作王之時彼諸人輩稱為阿婆囉騫陀(此言雲片)諸比丘其雲片王有息名烏遖沙他(此言齋戒)諸比丘其齋戒王在位之時彼諸人輩稱為多羅承伽(此言木脛)諸比丘其齋戒王頂上自然出一肉胞生於童子端正具足三十二相生已唱言摩陀多(摩陀多者此言持戒)其頂生王具大神通甚有威力統四大洲自在治化諸比丘此等六王壽命無量諸比丘其頂生王右脞出胞生一童子端正具足三十二相名右脞生亦有威力統四大洲其右脞王左脞出胞生一童子亦三十二相名左脞生具威德力王三大洲其左脞王右膝肉胞生一童子威相如前王二大洲其右膝王左膝生一童子威相如前領一大洲諸比丘從此已來有轉輪王皆領一洲汝等當知諸比丘如是次第最初眾立大平等王次意喜王次正真王次最正真王次受齋戒王次頂生王次右脞王次左脞王次右膝王次左膝王次已脫王次已已脫王次體者王次體味王次果報車王次海王次大海王次奢俱梨王次大奢俱梨王次茅草王次別茅草王次善賢王次大善賢王次相愛王次大相愛王次㕧王次大㕧王次尼梨迦王次那瞿沙王次狼王次海分王次金剛臂王

次牀王次師子月王次那耶舐王次别者王次善福水王次熱惱王次作光王次曠野王次小山王次山者王次焰者王次熾焰王諸比丘其熾焰王子孫相承有一百一並悉在彼逋多羅城治化天下其最後王名爲降怨以能降伏諸怨敵故名曰降怨諸比丘其降怨王子孫相承於阿踰闍城中治化有五萬四千王其最後王名爲難勝諸比丘其難勝王子孫相承於波羅柰城中治化有六萬三千王彼最後王名難可意諸比丘其難可意子孫相承於柯箄囉城中治化有八萬四千王彼最後王名爲梵德諸比丘其梵德王子孫相承於彼白象城中治化有三萬二千王彼最後王名爲象德諸比丘其象德王子孫相承於拘尸那城中治化有三萬二千王彼

最後王名曰藿香諸比丘其藿香王子孫相承於優羅奢城中治化有三萬二千王其最後王名那伽那嗜諸比丘其那嗜王子孫相承於難降伏城中治化有三萬二千王彼最後王名曰降者諸比丘其降者王子孫相承於葛那鳩遮城中治化有一萬二千王彼最後王名勝軍諸比丘其勝軍王子孫相承於波波城治化天下有一萬八千王彼最後王名曰天龍諸比丘其天龍王子孫相承於多摩梨奢城中治化有二萬五千王彼最後王名曰海天諸比丘其海天王子孫相承還於多摩梨奢城中治化有一萬王彼最後王還名海天諸比丘後海天王子孫相承於檀多富羅城中治化有一萬八千王彼最後王名爲善意諸比丘其善意王子孫相承於王舍

大城治化有二萬五千王彼最後王名善治化諸比丘善治化王子孫相承還於波羅柰城中治化有一千一百王彼最後王名大帝君諸比丘大帝君王子孫相承於茅主大城中治化有八萬四千王彼最後王復名海天諸比丘其海天王子孫相承還於逋多羅城中治化有一千五百王彼最後王名爲苦行諸比丘其苦行王子孫相承還於茅主大城中治化有八萬四千王彼最後王名爲地面諸比丘其地面王子孫相承還於阿踰闍城中治化有一千王彼最後王名爲持地諸比丘其持地王子孫相承還於波羅柰大城中治化有八萬王彼最後王名曰地主諸比丘其地主王子孫相承於寀洟羅城中治化有八萬四千王彼最後王名曰大天諸比丘其

大天王子孫相承於彼寀洟羅大城中治化有八萬四千刹帝利王彼一切王於彼寀洟羅城菴婆羅林中修行梵行其最後王名曰尼寀王次沒王次堅齊王次軻呶王次優波王次呶摩王次善見王次月見王次聞軍王次法軍王次降伏王次大降王次更降王次無憂王次除憂王次肩節王次王節王次摩羅王次婁那王次方主王次塵者王次迦羅王次難陀王次鏡面王次生者王次斛領王次食飲王次饒食王次難降王次難勝王次安住王次善住王次大力王次力德王次堅行王諸比丘其堅行王子孫相承於迦奢婆波城中治化有七萬五千王彼最後王名菴婆梨沙諸比丘其梨沙王子名善立諸比丘其善立王子孫相承於波羅大城中治化有

一千一百王彼最後王名枳梨祁諸比丘彼時有迦葉如來阿羅訶三藐三佛陀出現世間菩薩於彼修行梵行生兜率天枳梨祁王息名爲善生子孫相承還於逋多羅城中治化有一百一王彼最後王名耳其耳王有二息一名瞿曇二名婆羅墮闍彼生一息名甘蔗種諸比丘其甘蔗種子孫相承還於逋多羅城中治化有一百一甘蔗種王彼最後王名不善長甘蔗種王諸比丘不善長王而生四子一名優牟佉二名金色三名似白象四名足瑔其足瑔息名曰天城天城有子名曰牛城其子牛城子孫相承於迦毗羅婆蘇都城中治化有七萬七千王彼最後王名廣車王次別車王次堅車王次住車王次十車王次百車王次九十車王次雜色車王次智車王次廣弓王次多弓王次兼弓王次住弓王次十弓王次百弓王次九十弓王次雜色弓王次智弓王諸比丘其智弓王生於二息一名師子頰二名師子足其師子頰紹繼王位生於四子一名淨飯二名白飯三名斛飯四名甘露飯又生一女名爲不死諸比丘其淨飯王生於二子一悉達多二名難陀白飯二子一名帝沙童二難提迦斛飯二子一阿泥樓馱二跋提梨迦甘露飯王亦生二子一阿難陀二提婆達多其不死女唯有一子名世婆羅菩薩一子名羅睺羅諸比丘如是次第從於大衆平等王來子孫相承最勝種族至羅睺羅童子身上成阿羅漢斷於煩惱盡生死際更無復有諸比丘此因緣故舊往昔時有勝刹利世間出生依於如法非不如法諸

比丘有如是法世間刹利最爲勝生爾時自餘諸衆生輩如是念言世間有爲是病是癰是其毒箭熟思惟已棄捨有爲於空山澤造作草庵寂靜禪定有所求須或日初分或後分中出於草庵入村乞食衆人見已須者與之復爲造作或有種言此等衆生最好作善棄捨世間有流不善諸惡法故名婆羅門此因緣故婆羅門種世間出生或有衆生禪定不成倚著村落多教呪術因此得名爲教者也以其下來入村舍故名向聚落復爲成就諸欲法故名成就欲此因緣故舊往昔時勝婆羅門高行種姓世間出生依於如法非不如法復有自餘諸衆生輩造作種種求利技能工巧藝術諸業之處以此得名爲毗舍也此因緣故舊往昔時毗舍種姓現於世間彼亦如法非不如法諸比丘此等三種世間生已於後復有第四種姓世間出生諸比丘復有一種各自毀呰自家法已剃除鬚髮身著袈裟棄捨世間出家修道口自唱言我作沙門彼作是稱即成正願婆羅門也毗舍亦然復有一種如前毀呰亦捨出家口自稱我當作沙門爲彼故有如是正願諸比丘復有一種刹利以身口意行於惡行以惡行故身壞命終一向受苦其婆羅門及毗舍等亦如是復有一種刹利以身口意行善行故身壞命終一向受樂婆羅門毗舍亦然諸比丘復有一種刹利以身口意行二種行身壞命終當受苦樂婆羅門毗舍亦爾諸比丘復有一種刹利正信出家修習證於三十七助道能盡諸漏心解脫智解脫現見證法得諸神通既

作證已口自唱言我已盡生梵行已立所作已辦更不受有其婆羅門毗舍亦爾諸比丘此三種姓於彼邊生能成就明行足得阿羅漢名爲最勝諸比丘其梵王娑訶波底昔於我前說如是偈

剎利勝生者　若出諸種姓　明行足成就
彼最勝天人

諸比丘其梵王娑訶波底彼偈善頌非爲不善我已印可諸比丘我多他阿伽度阿羅訶三藐三佛陀亦說此義諸比丘如是次第我所具說世間轉成轉壞轉住諸比丘若有教師爲諸聲聞所應作處哀愍利益而行慈悲我已作訖汝等須依諸比丘此等空閑山林樹下虛房靜室土窟崖龕或冢墓間以稻芊等爲草庵住離於村舍聚落居停如是之處汝等比丘應修習禪勿墮放逸致令後悔此我教示汝諸比丘佛說經已諸比丘等歡喜奉行

起世經卷第十

音釋

滓 側氏切澱也　蔓 無販切　芒 武方切穀芒也　筋 舉欣切骨絡也　屏 必郢切蕃蔽也　坻 直離切　箄 音卑　藿 虛郭切　𥨊 莫庇切正作寐　偝 蒲昧切音佩棄也

佛說樓炭經

西晉三藏法師法立共法炬譯

清刻龍藏佛說法變相圖

佛說樓炭經卷第一

西晉三藏法師法立共法炬譯

閻浮利品第一

聞如是一時佛遊於舍衛祇樹給孤獨園與大比丘衆千二百五十人俱爾時衆比丘飯已後會於講堂共說天地之事佛遥聞之出就堂坐問諸比丘屬何所議諸比丘言心有所疑今此天地云何而成至其然後云何破壞唯議此事願佛解說佛告諸比丘汝欲聞者諦聽受之諸比丘言唯然受教佛言如一日月旋照四天下時爾所四千天下世界有千日月千須彌山王有四千天下四千大海水四千大龍宮四千大金翅鳥四千惡道四千大惡道七千種種大樹八千種種大山萬種種大泥犁是名爲一小千世界如一小千

世界爾所小千千世界是名爲中千世界爾所中千千世界是名爲三千大千世界悉燒成敗是爲一佛刹佛告比丘是地深六百八十萬俞旬其邊無限其地立水上其水深四百六十萬俞旬其邊際無有限其風持水其風深二百三十萬俞旬其邊際無限其海深八百四十萬俞旬其邊際無崖底須彌山王入大海水八萬四千俞旬高亦八萬四千俞旬下狹上稍稍廣上正平種種含生類在上止悉滿無空缺處諸神亦在上止諸尊復尊天神悉在上居止忉利天宫在須彌山上過忉利天上有焰摩天過焰摩天有兜術天過兜術天上有尼摩天過尼摩天上有波羅尼蜜和耶越致天過是上天有梵迦夷天過是天上有魔天其宫廣長二十四萬里宫壁七

重七重欄楯七重交露七重行樹七重周帀皆以七寶綵畫妙好金銀水精瑠璃瑪瑙赤眞珠硨磲金壁銀門銀壁金門瑠璃壁水精門水精壁瑠璃門赤眞珠壁瑪瑙門瑪瑙壁赤眞珠門硨磲壁一切衆寶門綵畫妙好皆以七寶作之金欄楯金柱桄銀桄銀欄楯銀柱桄金桄瑠璃欄楯瑠璃柱桄水精桄水精欄楯水精柱桄瑠璃桄赤眞珠欄楯赤眞珠柱桄瑪瑙桄瑪瑙欄楯瑪瑙柱桄赤眞珠桄硨磲欄楯硨磲柱桄一切妙寶桄金交露者銀垂銀交露者金垂瑠璃交露者水精垂水精交露者瑠璃垂赤眞珠交露者瑪瑙垂瑪瑙交露者赤眞珠垂硨磲交露者一切寶垂金樹金根金莖銀枝葉華實銀樹銀根銀莖金枝葉華實瑠璃樹瑠璃根瑠璃莖水精枝

葉華實水精樹水精根水精莖瑠璃枝葉華實赤眞珠樹赤眞珠根巠瑪瑙枝葉華實瑪瑙樹者瑪瑙根莖赤眞珠枝葉華實硨磲樹者硨磲根莖一切寶枝葉華實綵畫姝好皆以七寶金銀瑠璃水精赤眞珠硨磲瑪瑙其門上有曲廂蓋欄楯上有交露樓觀下有園廬舍宅浴池生種種華樹種種葉種種華種種實出種種香種種飛鳥各各悲鳴過魔天上有梵迦夷天過梵迦夷天上有阿衛貨羅天過是上有首皮斤天過是上有比呼破天過是上有無人想天過是上有阿卑和天過是上有阿答和天過是上有須嗹旃天過是上有須陀尸天過是上有阿迦尼吒天過是上有天名阿竭禪天過是上有天名識知過是上有天名阿因過是上有天名無有思想

亦不無想乃至其上有人生老病死往還不復過其上數佛言比丘須彌山王以四寶瑠璃水精金銀作成之須彌山北有天下名鬱單越廣長各四十萬里正四方須彌山王東有天下名弗于逮廣長各三十六萬里周帀正圓須彌山王西有天下名俱耶尼廣長各三十二萬里如半月形須彌山王南有天下名閻浮利廣長各二十八萬里南廣北狹須彌山王北脅天金照北方天下須彌山王東脅天銀照東方天下須彌山王西脅天水精照西方天下須彌山王南脅天瑠璃照南方天下北方天下有樹名銀莖園二百八十里高四千里枝葉分布二千里東方天下有大樹名條莖園二百八十里高四千里枝葉分布二千里俱耶尼天下有樹名斤莖園二百

八十里高四千里枝葉分布二千里其樹上有石牛高四十里閻浮利天下有大樹名閻浮高四千里莖圍二百八十里枝葉分布二千里金翅鳥王及龍有樹名駒利睒高四千里莖圍二百八十里枝葉分布二千里阿須倫有大樹名善晝過度高四千里莖圍二百八十里枝葉分布二千里忉利天有樹名晝度高四千里莖圍二百八十里枝葉分布二千里大海北有大樹名閻高四千里莖圍二百八十里枝葉分布二千里北方地空中有叢樹名菴廣長各二千里復有叢樹名閻破又有叢樹名多又有叢樹名那多又有叢樹名男又有叢樹名女又有叢樹名小兒又有叢樹名栢又有叢樹名旃檀又有叢樹名佉鉢又有叢樹名般柰又有叢樹名比羅又有叢樹名大利又有叢樹名柰又有叢樹名安石榴又有叢樹名抄羅又有叢樹名陂陂又有叢樹名陂隆又有叢樹名阿摩勒又有叢樹名呵梨勒又有叢樹名毗醯勒又有叢樹名箄又有叢樹名竹又有叢樹名施羅又有叢樹名舍羅間又有叢樹名瓜又有叢樹名大瓜又有叢樹名脁華又有叢樹名比羅又有叢樹名須女華又有叢樹名皮羅又有叢樹名和師又有叢樹名茄夷又有叢樹名掾鮮又有叢樹名蒲萄凡此諸樹廣長各二千里過是空地其空地中亦有優鉢華池二千里紅蓮華池二千里白蓮華池二千里黃蓮華池二千里青蓮華池二千里過是以地空其空地有海名鬱禪從東西流入大海其鬱禪海中見轉輪王跡知天下有轉輪王現遊

行時跡鬱禪北有山名鬱禪茄佛語諸比丘其山甚樂姝好巍巍樹木生葉華實甚香畜獸飛鳥無所不有無與等者也佛言比丘其鬱禪茄山甚樂姝好巍巍過鬱禪茄山有山名須桓那鉢其山有八萬窟中有八萬象皆在中止其象七日一食有六牙上廣下狹牙齒間悉金填過須桓那鉢山次有山名冬王甚高過億山上高四千里上有水名阿耨達廣長二千里其底沙皆金其水涼冷輭美且清以七寶金銀瑠璃水精赤眞珠硨磲瑪瑙作墼壘其四面起牆亦布底有七重欄楯七重行樹周帀圍遶七寶交露綵畫姝好阿耨達龍王水池四面有陛金陛銀桄銀陛金桄瑠璃陛水精桄水精陛瑠璃桄赤眞珠陛瑪瑙桄瑪瑙陛赤眞珠桄硨磲陛七寶桄陛上有曲厢蓋皆有欄楯有交露樓觀其水中有青蓮華紅蓮華白蓮華黄蓮華華亦有火色者金色者青色者紅色者赤色者白色者周帀大如車輪其莖大如車轂若刺其汁出如乳色其味如蜜阿耨達龍王宫在其水中宫名般闍兜阿耨達龍王在中止其龍有何等寶何謂爲阿耨達龍過阿耨達龍天下餘諸龍王以三熱見燒阿耨達龍王不以三熱見燒復次天下諸餘龍王過阿耨達龍王餘龍王熱沙雨身上燒炙燋皮燋皮已燒膚燒膚已燒筋燒筋已燒骨燒骨已燒髓燒炙甚毒痛過阿耨達龍王餘龍王皆見熱阿耨達龍王獨不熱是故名爲阿耨達是爲第一事復次天下過阿耨達龍王餘龍王起婬欲事相向時熱風來吹其身燋龍身即失天顏色得

虵身便恐不喜天下諸所龍王過阿耨達龍王諸龍王得熱阿耨達龍王獨無熱是故名爲阿耨達是爲二事復次天下諸龍王過阿耨達龍王餘龍王諸金翅鳥王悉入其宮悉恐怖取食之若金翅鳥自念欲入阿耨達龍王宮適念是便自得無央數災變及其身過阿耨達龍王天下餘龍王皆見是毒熱阿耨達龍王獨不見熱是故名阿耨達是爲三事以三事故名爲阿耨達阿耨達龍王東有大流江下行一江有五百部河繞阿耨達龍王東流入大海阿耨達龍王南有大江名和叉有五百部河遶阿耨達龍王流入南大海阿耨達龍王西有大江名信陀有五百部河流遶阿耨達龍王流入西大海阿耨達龍王北有大江名斯頭有五百部河流遶阿耨達龍王入北海冬王山南有國名維虵離維虵離北有七黑山七黑山北有七仙人婆羅門在中止一者名機機揄二者名施泥梨三者名鬱單四者名禪五者名加虵六者名優多羅七者名波被頭有山名和曇摩過七仙人婆羅門北有山名乾陀摩訶衍中有兩窟一者名晝二者名善晝以七寶作之金銀瑠璃水精赤眞珠硨磲瑪瑙細輭如繻衣晝善晝窟北有樹王名善住有八千樹王圍遶之善住王樹下有象王名善住在下止有八千象周帀圍遶之善住王樹北有浴池名摩那摩以七寶金銀水精瑠璃赤眞珠硨磲瑪瑙作墼壘之邊有八千浴池周帀圍遶其水皆凉美輭且清其水底沙皆金以七寶金銀水精瑠璃赤眞珠硨磲瑪瑙作七重欄楯七重交露

七重行樹周帀圍遶其池甚妙好金欄楯者金柱栿銀桄銀欄楯者銀柱栿金桄瑠璃欄楯者瑠璃柱栿水精桄水精欄楯者水精柱栿瑠璃桄赤眞珠欄楯者赤眞珠柱栿瑪瑙桄瑪瑙欄楯者瑪瑙柱栿赤眞珠桄硨磲欄楯者硨磲柱栿一切寶桄金交露者銀垂絡銀交露者金垂絡瑠璃交露者水精垂絡水精交露者瑠璃垂絡赤眞珠交露者瑪瑙垂絡瑪瑙交露者赤眞珠垂絡硨磲交露者一切寶垂絡皆七寶作甚姝好金樹者金根莖銀枝葉華實銀樹者銀根莖金枝葉華實瑠璃樹者瑠璃根莖水精枝葉華實水精樹者水精根莖瑠璃枝葉華實赤眞珠樹者赤眞珠根莖瑪瑙枝葉華實瑪瑙樹者瑪瑙根莖赤眞珠枝葉華實硨磲樹者硨磲根莖一切寶枝葉華實以七寶作皆姝好摩那摩池周帀四面以七寶金銀水精瑠璃赤眞珠硨磲瑪瑙雜作陛金桄銀陛銀桄金陛水精陛瑠璃桄瑠璃陛水精桄赤眞珠陛瑪瑙桄瑪瑙陛赤眞珠桄硨磲陛一切寶桄以七寶作甚姝好陛上有曲廂蓋欄楯上有交露樓觀下有園觀舍宅有浴池樹生種種華種種實出種種香中有種種飛鳥相和悲鳴摩那摩池中有青蓮華黄蓮華白蓮華赤蓮華中有紅色者金色者青色者黄色者赤色者白色者種種雜色者其華大周帀如車輪其莖周帀如車轂其華斷者出其汁如乳其味如蜜善住象王念欲入池中洗浴相娛樂時即念八千象王爾時八千象王言善住象王以念我等即共往至善住象王所在前住時善住象

王與八千象王俱往至摩那摩池諸象中有爲王持蓋者中有扇者周帀圍遶中有含血名機那在前歌舞作妓樂時善住象王至摩那摩池中洗浴作妓樂相娛樂中有象爲王洗鼻口者中有洗牙齒者中有洗頭者中有洗背者中有洗腹者中有洗髀者中有洗膝者中有洗足者中有洗尾者中有拔華根洗之以與王食者中有以青蓮華黃蓮華赤蓮華白蓮華以鼻歷持散象王頭上者爾時善住象王洗浴相娛樂飲食已便還至善住樹下其八千象王各入其池洗浴作妓樂相娛樂飲食已便還至善住象王所爾時善住象王與八千象王俱前後圍遶還至善住樹下中有爲象王持蓋者中有扇者在前作妓樂歌舞至善住樹間象王從意卧起行步其餘八千象各各亦隨意在樹間卧起行步從意所欲諸八千象樹中有圍四丈九尺中有樹圍五丈六尺中有樹圍六丈三尺中有樹圍七丈七尺中有樹圍八丈四尺中有樹圍九丈一尺中有樹圍九丈八尺中有樹圍十丈五尺中有樹圍十一丈二尺善住象王樹莖圍十丈九尺是八千樹枝葉墮落時風便吹著外其八千象王大小便時諸鬼神便除著外佛言比丘善住象王威神尊巍巍乃如是畜生含血之類迺有此也

鬱單越品第二

佛語比丘鬱單越天下周帀廣長各四十萬里北方天下有種種山無央數其河兩邊有種種樹河水徐行有種種華水中聚流河兩邊有船綵畫姝好以四寶金銀瑠璃水精作

之北方天下中央有浴池名鬱難陀廣長四千里其水涼輭且清有七重壁水底沙皆金難陀浴池周帀四面有陛以四寶金銀瑠璃水精作之金陛銀桄銀陛金桄瑠璃陛水精桄水精陛瑠璃桄難陀池中有青蓮華黃蓮華白蓮華赤蓮華中有紅色者金色者青色者黃色者赤色者白色者周帀叅行其華若斷者出其汁如乳其味如蜜光照四十里其香亦聞四十里難陀浴池東有河名巳味難陀浴池南有河名修竭難陀浴池西有流河名大士難陀浴池北有流河名善種是諸河水皆徐行中有聚流行華河兩邊有種種樹以金銀瑠璃水精作河兩邊際難陀浴池東有園名賢上有七重欄楯七重交露七重行樹周帀圍遶以四寶作之姝好金銀水精瑠璃賢上園中有香樹生香華實實擘裂者出種種香有擣香樹生華實實擘者出種種香有衣被樹有瓔珞樹有不息樹有生華實若擘者出種種衣被種種瓔珞出種種不息有果樹器樹音樂樹生華實實擘者出種種器種種果種種音樂樹高七里有高六里五里者四里三里二里最卑者高一里難陀浴池南有園觀名與賢有七重欄楯七重交露七重行樹周帀圍遶以四寶作之中有香樹擣香樹衣被樹瓔珞樹不息樹器樹樹皆有華實實擘者各各出種種香擣香衣被瓔珞不息器果種種音樂樹最小者高十里二十里四十里上至七十里難陀浴池西有園觀名羅越以四寶作七重欄楯七重交露七重行樹周帀圍遶諸樹所出生高卑亦如東方園難

陁浴池北有園觀名常有華亦以四寶金銀水精瑠璃作七重欄楯七重交露七重行樹周帀圍遶諸樹所出生高卑亦如東面園北方天下有樹曲合如交露北方天下人在下卧起男女各異處有淨潔粳米不耕種自然生出一切味欲飯者取淨粳米炊之有珠名餤味著釜下光出熟飯四方人來悉共食之食竟亦不盡無盜賊惡人無言我妻子不田作者飯已面色潤澤有威神男子女人若欲婬泆意起相視無所語男子便在前行女人隨後行至園觀入中共相娛樂二三日若至七日各自隨意罷去不相屬也女人懷妊七日八日便生若男若女便持著四徼道中若有人從東西南北來者與指吮出乳飲是七日已自以福德即長大譬如閻浮利人年二十若二十五時北方天下周帀四方有水名阿耨達後夜起雲天雨八味水如人飲食頃洗浴北方天下淹塵塵不復起譬如酥油塗地塵不起北方天下亦如是地塵不起譬如不息工師若不息工師弟子以種種華結作不息左手持之右手以水洗不息無塵北方天下如是地不起塵常有流水生草樹常有葉華實中有草青譬如孔雀翅色其香如栴檀香足蹈上即陷四寸舉足還復如故北方天下人欲至賢上園觀中遊戲相娛樂即去乘船至岸邊脫衣沐浴相娛樂已便棄船度河往至香樹間取香塗身至衣被樹間取衣著至不息樹間瓔珞樹間器樹果樹間音樂樹間取瓔珞不息著之取器音樂便往至賢上園觀熱時亂風吹掃賢上園觀地伊蘭風

至吹落華墮地至人膝時北方天下人悉入賢上園觀中遊戲相娛樂二三日至七日以後各自罷去隨意無所繫屬亦復至與賢上園觀羅越常有華園觀亦如是北方天下人欲飯時取淨潔粳米炊之以炎味珠光炊其下熟飯東方西方南方北方若有人來至其所者皆飯食之其飯亦不盡至人食之巳北方天下人有樹名象兜交曲上合如交露人民在上止宿男女各異處北方天下人通齒髮紺青色長八丈人民面色同等長短亦等女人亦如是是人民悉行十善事不復相教作惡行也皆壽千歲無缺減者死後有生忉利天上者有生燄摩天上者有生兜術天上者有生尼摩羅天上者有生波羅尼蜜天上者天上壽盡下生閻浮利天下人間即生大豪貴家若婆羅門大長者家北方天下人大小便時劈没地中其地清潔無有聚糞臭處北方天下人男子女人死時好爲衣被莊嚴不啼哭取著四徼道中有鳥名鬱遮舉取死人著北方天下外何以故名爲鬱單越鬱單越天下勝是三天下復最上是故名爲鬱單越復次鬱單越天下人食淨潔粳米無有盜賊無有惡者無言我妻子無言我子顔色甚好有威神無短命者死以後生善處是故名鬱單越也

轉輪王品第三

佛語諸比丘世間有轉輪王時自然生七寶有四德何等爲七一者金輪寶二者白象寶三者紺色馬寶四者明月珠寶五者玉女寶六者主藏聖臣寶七者導道聖臣寶轉輪王

其金輪何等類王以十五日月滿時沐浴於高觀上與婇女共坐見東方有自然天金輪來有千輻皆完具悉以天金所成高一丈四尺王見以自念言我從先聖聞若王十五日月滿沐浴上高觀與婇女俱坐見東方有自然金輪者即得作轉輪王王自念欲試天金輪爾時轉輪王便試天金輪即便會四部兵往至天金輪所整衣服長跪叉手持右手指金輪使東飛金輪即東飛轉輪王即與四部兵及家室親屬悉隨之飛四天王天上諸天皆亦在金輪前飛行金輪所至止處轉輪王便與四部兵家室親屬皆止宿其中爾時東方弗于逮諸王以金鉢盛滿銀粟銀鉢盛滿金粟共往至轉輪王所白言大王來大善東方諸城國界富樂熾盛安隱五穀豐熟人民衆多珍寶衆多工巧者饒明月珠玉瑠璃白象馬牛羊奴婢米穀豐饒倉庫儲滿願大王止此我等承受其教令轉輪王便告諸王言諸賢等各自治國以正法莫行非法諸賢等但莫敎殺生莫盜竊莫犯人婦女莫妄語罵詈惡口兩舌莫念惡當念慈心爲正見奉行如是如是者則爲受我教爾時諸小王持國界奉上轉輪王轉輪王即往案行東方諸國於其中止頓無央數歲相娛樂快樂飲食得東海內悉屬已便還南方閻浮利天下王降服亦如是復與家室親屬及四部兵金輪在前飛行復至西方俱耶尼亦如是復至北方欝單越天下亦如是四天王上諸天皆在金輪前飛金輪所至到止處轉輪王便與家室親屬四部兵止頓其中爾時北方諸小王以

金鉢盛滿銀粟以銀鉢盛滿金粟共往至轉輪王所白言大王來大善址方諸城國界富樂熾盛安隱五穀豐熟人民珍寶衆多工巧者饒明月珠玉瑠璃象馬牛羊奴婢米穀豐饒倉庫儲滿願大王止此我等承受其教轉輪王便告諸小王言賢等各自治國以正法莫行非法賢等莫殺生莫盜竊莫犯人婦女莫妄語罵詈惡口兩舌莫念人惡當念慈心爲正見奉行如是者則爲受我教爾時諸小王持國界奉上轉輪王轉輪王案行北方諸國於其中止頃無央數歲相娛樂快樂飲食得址海內悉屬已便與家室親屬及四部兵還閻浮利天下威神更巍巍其金輪王爾時便量度東西長四百八十里南北廣二百八十里諸天爲轉輪王造起城壁七重七重欄楯七重交露七重行樹周帀圍遶綵畫姝好皆以七寶金銀水精瑠璃赤眞珠硨磲瑪瑙更互相成金壁者銀門銀壁者金門瑠璃壁者水精門水精壁者瑠璃門赤眞珠壁者瑪瑙門瑪瑙壁者赤眞珠門硨磲壁者一切寶門城周帀四方有門金欄楯者金柱栿銀梲銀欄楯者銀柱栿金梲瑠璃欄楯者瑠璃柱栿水精梲水精欄楯者水精柱栿瑠璃梲赤眞珠欄楯者赤眞珠柱栿瑪瑙梲瑪瑙欄楯者瑪瑙柱栿赤眞珠梲硨磲欄楯者硨磲柱栿一切寶梲金交露者銀垂絡銀交露者金垂絡瑠璃交露者水精垂絡水精交露者瑠璃垂絡赤眞珠交露者瑪瑙垂絡瑪瑙交露者赤眞珠垂絡硨磲交露者一切寶垂絡復以七寶作樹甚姝好金樹者金根金莖銀枝

葉華實銀樹者銀根莖金枝葉華實瑠璃樹者瑠璃根莖水精枝葉華實水精樹者水精根莖瑠璃枝葉華實赤眞珠樹者赤眞珠根莖瑪瑙枝葉華實瑪瑙樹者瑪瑙根莖赤眞珠枝葉華實硨磲樹者硨磲根莖一切寶枝葉華實門上有曲觚蓋交露有樓觀邊有園觀舍宅浴池中有種種樹種種葉種種華種種實出種種香種種飛鳥相和而鳴其城姝好威神巍巍金輪便止城中度量東西八十里南北四十里爾時諸天爲轉輪王以七寶作宮殿壁七重七寶欄楯七重七寶交露七重七寶行樹七重周帀圍遶七重門上有曲觚蓋交露有樓觀下有園觀浴池種種樹種種葉種種華實種種飛鳥相和而鳴造起轉輪王宮殿巳金輪便立宮門前虛空中爾時

轉輪王甚歡喜踊躍言以爲我自然金輪寶今我以爲作轉輪王乎佛言轉輪王有自然金輪寶如是轉輪王有白象寶何類轉輪王明旦與諸臣共會忩議時即自然有白象在前現皆白身體完具能飛行端正頭赤有六牙上麤下細牙如畫間金色轉輪王見巳念言此象若可調者便當爲賢善則與調象師使調適一反調便調善最如調善畜爾時轉輪王欲試白象寶便使會四部兵被白象莊嚴巳騎白象日出便出宮門飛行遶四海内即時還宮坐相娛樂爾時轉輪王甚大歡喜踊躍言以爲我自然白象寶今我以作轉輪王轉輪王自然有白象寶如是轉輪王有紺色馬寶何等類轉輪王明旦與左右共忩議時見自然紺色馬在前其馬身青毛衣滑澤

頭黑轉輪王自念言若調此馬者便當妙好則與馬師使調即時調好最如賢善馬爾時轉輪王欲自試紺色馬寶即使會四部兵被已騎日未出便出宮門則與四部兵飛行遶四海內即日還宮坐相娛樂甚歡喜踊躍言以為我自然紺色馬寶今我以為作轉輪王轉輪王有紺色馬寶如是轉輪王有明月珠寶者何等類轉輪王明旦與諸臣共坐恭議時見有自然明月珠寶在前其珠青瑠璃色八方滑澤好清潔有光明照曜轉輪王見已自念言如此珠照我後宮中懸者為姝好爾時轉輪王欲自試明月珠寶便使會四部兵持珠著幢頭夜從宮門出與四部兵爾時明月珠寶光照諸長者婆羅門家令起作使奴婢販賣市井謂為日出其珠照四部兵明出宮四十里飛行遶四海內即夜還宮坐甚歡喜踊躍言以為我自然明月珠寶今我以作轉輪王轉輪王有明月珠寶如是轉輪王有玉女寶者何等類轉輪王明旦與諸大臣恭議時有自然玉女寶在前見端正姝好面色無比亦不長不短不肥不瘦不白不黑冬時身則溫夏時身則涼身體諸毛孔皆栴檀香口出蓮華香轉輪王甚愛重之意不起婬欲向他人何況當復身行爾時轉輪王甚歡喜踊躍言以為我自然玉女寶今以作轉輪王轉輪王有玉女寶如是轉輪王有主藏聖臣寶何等類轉輪王明旦坐恭議時見主藏聖臣寶在前解慧曉事至誠往至轉輪王所白言轉輪王所欲求索者我當為王辦之王但自安隱坐轉輪王欲試主藏聖臣寶便會四

部兵乘船入水告主藏聖臣我欲得金銀珍寶汝當與我主藏聖臣白轉輪王言度水已隨王所欲即當得之王言今當於此用之疾與我金銀珍寶度水已我不用主藏聖臣聞受其教正衣服船上長跪右手撓水以器抄金銀珍寶譬如蟲著樹諸金銀珍寶器著手如是爾時主藏聖臣持衆珍寶著船上白轉輪王言欲得幾許金銀珍寶今當與王轉輪王告主藏聖臣言我所有金銀珍寶甚衆多但欲試卿耳主藏聖臣聞已便還持金銀珍寶著水中爾時轉輪王甚歡喜踊躍言以爲我自然主藏聖臣寶今我以作轉輪王轉輪王有主藏聖臣寶如是轉輪王有兵臣寶何等類轉輪王明旦坐衆議時見有兵臣在前解慧勇猛曉事往至轉輪王所白轉輪王言王所欲爲作我當爲辦王但安坐莫憂爾時轉輪王欲試兵臣便會四部兵告兵臣寶言不曉兵法者教令曉之已曉者教令重知不曉住者教令知住不曉騎乘弓馬者教令知兵臣寶即受教皆教諸兵轉輪王甚歡喜踊躍言以爲我自然兵臣寶我今以爲轉輪王轉輪王有兵臣寶如是佛言轉輪王有七寶如是佛言轉輪王有四德云何爲四德一者大富珍寶田宅奴婢珠玉象馬工巧者衆多天下人富無有如轉輪王者是轉輪王第一德二者轉輪王最端正姝好顏色無比天下人端正姝好無有如轉輪王者是轉輪王第二德三者轉輪王常安隱無疾病身常等亦不寒亦不熱適其意諸所飲食皆安隱天下人無有如轉輪王無疾病者是爲轉輪王第

三德四者轉輪王常安隱長壽天下人無有常安隱長壽如轉輪王者是爲轉輪王第四德轉輪王有七寶及四德如是轉輪王以正法行爲正見不轉善見行十善事教諸小國王傍臣左右人民奉行十善事轉輪王愛念諸郡國人民如父愛子諸郡國人民愛敬轉輪王如子愛父轉輪王治天下閻浮利地平正無有高下無有棘刺無有毒獸蟲蟻無有山陵谿谷無有礫石地但有棄捐金銀明月珠王瑠璃琥珀水精硨磲瑪瑙珊瑚轉輪王天下治國時富樂安隱熾盛五穀豐熟人民衆多佛語比丘轉輪王治國時天下有八萬郡國聚落居鷄鳴展轉相聞轉輪王治國時天下常遍有水草木常有青樹木常有葉華實其地草葉周帀分布色如孔雀毛其香如華香足蹈上減四寸入地舉足還復如故地草又無四寸空缺處有香樹常生華實破其實出種種香有衣被樹出華實及種種衣被有珠寶瓔珞樹出華實破中有無央數種種珠寶瓔珞有不息華樹出華實破中有種種不息有果樹常生華實破中有種種果有器樹生華實破中有種種器妓樂樹生華實破中有種種音樂轉輪王治國時是天下閻浮利不耕種米穀稻粮皆自然生淨潔無穢出其味有種種甘轉輪王臨壽終時身不甚痛譬如習樂人大食腹不甚痛轉輪王臨壽終時身體痛如是轉輪王命過以後金輪白象寶便滅去紺色馬明月珠寶亦沒去玉女寶主藏聖臣寶導道聖臣寶便沐浴轉輪王身以綿纏身復以五百張白氎纏身著鐵棺中

以酥灌其上滿以蓋覆之以釘釘之出轉輪
王棺衆人共作妓樂歌舞出著城外積一切
香薪持轉輪王棺著上便放火耶維燒已玉
女寶主藏聖臣導道聖臣寶共收骨以七寶
於四徼道中起塔高四十里廣長四十里周
帀起牆廣長二百里以七寶金銀水精瑠璃
赤眞珠硨磲瑪瑙作七重欄楯七重交露七
重行樹周帀圍遶甚姝好其從四方來禮轉
輪王行法起塔皆得無數福爾時玉女寶主
藏聖臣寶導道聖臣寶爲轉輪王起塔已便
布施饑者與食渴者與漿欲得衣者與衣欲
得香熏華者與香熏華欲得財物牛羊者與
之其後玉女寶主藏聖臣寶導道聖臣寶皆
命過

佛說樓炭經卷第一

音釋

栿房六切 桄古黄切 嚏都計切 脅虛業切 睒失冉切 捘蘇禾切 輭而兖切柔也 墼古歷切燒墼也 壘力軌切猶疊也 陛部禮切 筋舉欣切 繻汝朱切繻也 轂古祿切所轃也 髀部禮切股也 擣都晧切舂也 擘博陌切剖分也 徼古弔切境也 吮徂兖切歃也 劈普擊切裂也 輻方六切輪轑也 儲直魚切畜積也 竊千結切私也 罵莫駕切 詈力置切 穬古猛切穀芒也

佛説樓炭經卷第二

西晉三藏法師法立共法炬譯

泥犂品第四

佛告比丘有大鐵圍山更復有第二大鐵圍山中間窈窈冥冥其日月大尊神光明不能及照其中有八大泥犂一泥犂者有十六部第一大泥犂名想第二大泥犂名黑耳第三大泥犂名僧乾第四大泥犂名樓獵第五大泥犂名嗷嚾第六大泥犂名燒炙第七大泥犂名釜煮第八大泥犂名阿鼻摩呵佛言何以名爲想其大想泥犂若有人墮中者其八指生爪如利刀以相把剌其肉應手墮去想念欲相殺以是麤想事故名爲想泥犂更復有餘種種因緣復次其大想泥犂若有人墮中者手中自然刀劒以相斫剌想欲殺他人以是麤想事故名爲想復次更復有餘因緣其有人墮中者手中自然小刀以剌剥他人想念欲殺之以是麤想事故名爲想復有餘因緣其有人墮大想泥犂中者以手搔從足剥餘者至頂想念欲殺他人涼風起吹之身瘡平復展轉相語當復長生中復有相語言我曹今適生以是故名爲想泥犂復有餘因緣用是故泥犂中人壽長久乃從想泥犂中出便走求解脱復有泥犂名爲黑界縱廣二萬里悉入中裹火從身出遶身三匝還入身毒痛不可忍過惡未解故不死復次黑界泥犂東壁火遶三匝燒人燄至西壁西壁火燄至東壁南壁火燄至北壁北壁火燄至南壁上火燄下至地地下火燄上至上人在中燒炙毒痛不可忍過惡未解故不死在其中甚

久久乃從黑界泥犁出便走求解脫有泥犁名沸屎縱廣二萬里悉入沸屎中自然至頸熱沸踊躍人以手把蹶欲出不能得身體手足耳鼻面目皆爛熟毒痛不可忍過惡未盡故不死有蟲名鍼口啄人髑髏啄人肉穿之破骨噉人髓泥犁中人手拳扶食之脣舌皆焦咽喉腹中腸胃皆爛便下過去毒痛不可忍過惡未盡故不死在其中甚久以後乃從沸屎泥犁中出便走欲求解脫有泥犁名五百釘縱廣二萬里悉入中泥犁旁各取人手足臥撲著釘地以燒鐵釘釘其右掌以鐵釘釘左掌以鐵釘釘其右足復以鐵釘釘其左足復以鐵釘釘其心復以鐵釘遍釘其身下徹地悉以五百釘釘其身續動欲起毒痛不可忍泥犁旁問言欲求何等報言我但苦饑渴泥犁旁取鉗拗開口燒熱鐵注其咽中脣舌咽皆焦腹中腸胃皆焦爛與腸胃下過去毒痛不可忍過惡未盡故不死用是故人在泥犁中甚長久以後乃從五百釘泥犁得出便走欲求解脫有泥犁名車怙縱廣二萬里悉入其中泥犁旁便問言欲求何等報言但苦饑渴泥犁旁便各各取其身撲著地取鉗拗開其口取消銅灌人口中脣舌皆焦腹中五臟腸胃皆焦爛燒炙毒痛不可忍過惡未盡故不死在泥犁中甚長久以後乃得出便走欲求解脫有泥犁名爲飲悉入中泥犁旁便問言欲求何等報言我但苦饑渴泥犁旁即各各取其人身撲著燒熱地以鉗拗開其口以燒鐵丸著人口中脣舌咽皆焦五臟腸胃盡焦便下過去毒痛不可忍過惡未盡故

不死在其中甚長久乃從飲悉泥犁中出便走求解脫有泥犁名一銅釜縱廣二萬里盡入中泥犁旁便共舉人身體手足著釜中煑在底亦熟在上亦熟湯沸踊躍起沫有在上露手足者覆亦熟譬如煑豆在底亦熟在上亦熟覆亦熟露亦熟泥犁中人亦如是在二萬里銅釜泥犁中上下皆熟頭面耳鼻手足皆見泥犁旁以矛刺肉其中毒痛不可忍過惡未盡故不死用是故在其中甚久長已後乃從一銅釜泥犁中出便走欲求解脫有泥犁名多銅釜縱廣二萬里悉入中泥犁旁便各各舉其身手足著釜中湯沸踊躍展轉在底在上頭面手足皆見熟爛泥犁旁便以蹂擣罪人持著餘釜中見煑亦如是毒痛不可忍過惡未盡故不死在其中甚長久已後乃從多銅釜泥犁中出便走欲求解脫有泥犁名鐵磨縱廣二萬里悉入其中泥犁旁便各各取人著鐵磨上卧以蓋覆上便旋磨使碎血肉流下骨留在磨中火出燒炙毒痛不可忍過惡未盡故不死用是故在其中甚長久已後乃從鐵磨泥犁中出便走欲求解脫有泥犁名膿血縱廣二萬里人悉入其中即自然有膿血火燄出人以手足把磨欲出頭面耳鼻身體手足皆焦便自以手取膿血食之脣舌咽皆焦腹中腸胃五臟皆焦便下過去毒痛不可忍過惡未盡故不死在其中甚長久已後乃從膿血泥犁中出便走欲求解脫有泥犁名高峻縱廣二萬里人悉入其中泥犁火燄出泥犁旁即趁人上下出頭面耳鼻身體手足皆焦爛毒痛不可忍過惡未盡故

不死在其中甚長久已後乃從高峻泥犂中出便走欲求解脱有泥犂名斫板縱廣二萬里人悉入其中泥犂旁便各各取人撲著熾鐵地以鐵繩量度身以兩手持斧斫削人身及頭面手足鼻耳毒痛不可忍過惡未解故不死在其中甚長久已後乃從斫板泥犂中出便走欲求解脱有泥犂名斛量縱廣二萬里人悉入其中泥犂旁即取炭火中人使著斛中量以手摩上頭面身體手足鼻耳皆焦爛泥犂旁走人火上往還燒炙毒痛不可忍過惡未解故不死在其中甚長久已後乃從斛泥犂中出便走欲求解脱有泥犂名劒樹葉縱廣二萬里人悉入其中風至吹鐵劒樹葉墮落截人手足頭面耳鼻身體毒痛不可忍過惡未盡故不死在其中甚長久已後乃從鐵劒樹泥犂中出便走欲求解脱有泥犂名撓撈河縱廣二萬里河兩邊生剃頭刀草人悉入其中刀刃逆刺人斷人手足頭面鼻耳身體毒痛不可忍爾時人皆墮撓撈河湯沸踊躍下底有八寸蒺蔾刺刺人身血流灑但有其骨便沸踊躍轉上下毒痛不可忍風吹至岸邊草刀逆向内截人頭面耳鼻身體手足毒痛不可忍過惡未解故不死泥犂旁即問人言欲求何等報言我但苦饑渴泥犂旁便各各取人撲著燒熱地以消銅灌人口中脣舌咽喉皆焦身體五臟腸胃皆焦便下過去毒痛不可忍過惡未解故不死河兩邊有鐵樹泥犂旁便取人舉著鐵樹上樹生刺刺下垂刺人身體血肉出流墮餘但有骨風起吹人身體平復如故有鳥名鐵烏觜啄其

頭戢其腦在頭上住啄取人瞳子人欲下鐵
刺仰向刺人欲上復下向刺人爾時人走行
欲求解脱還墮撓撈河中湯沸踊躍墮底爲
蒺蔾所刺如故上浮風吹至岸邊草刀逆截
傷人頭面耳鼻身體手足毒痛不可忍過惡
未解故不死泥犂旁問言欲求何等報言我
但苦饑渴便持消銅灌口中脣舌咽喉腸胃
皆焦爛便下過去上岸邊泥犂旁復著岸邊
樹上欲下上刀逆刺人有鳥名那尼鵲啄人
頭戢其腦在人頭上啄人瞳子欲上下刺逆
向刺人毒痛不可忍過惡未盡故不死復還
墮撓撈河在中毒痛如故風復吹至岸邊草
刀逆刺刺人如故泥犂旁復問人言欲求何
等報言但苦饑渴以其消銅灌其口中如故
燒炙毒痛不可忍在其中甚長久已後乃從
撓撈河得出便走欲求解脱有泥犂名狼野
干縱廣二萬里人悉入其中狼野干自然在
前住身中出火燄所齧人身肉應其口而食
之毒痛不可忍飛鳥共來啄啖人肉脱人眼
者毒痛不可忍過惡未盡故不死在其中甚
長久已後乃從狼野干泥犂得出便走欲求
解脱有泥犂名寒冰縱廣二萬里人悉入其
中風周市四面起寒冰風吹人身肌膚皮肉
筋骨入髓中用是故便於中死佛言何以故
名爲黒耳泥犂若有人墮黒耳泥犂中者黒
風熱沙雨其身上即墮地焦皮肌膚骨肉及
髓毒痛不可忍過惡未盡故不死用是故名
爲黒耳復有餘因縁復次黒耳大泥犂其有
人墮中者以燒黒鐵索縛其身風便勒結之
斷其身皮肌膚破骨出髓毒痛不可忍過惡

未盡故不死用是故名黑耳復次有因緣墮其黑耳大泥犁中者泥犁旁以黑鐵燒熱繩纏裹人身焦皮肉肌膚骨髓毒痛不可忍過惡未盡故不死用是故名爲黑耳復次其有人入大黑耳泥犁旁以鐵繩左右絞其人身以鋸截之以斧斵之毒痛不可忍過惡未盡故不死用是故名爲黑耳復次人在其中甚長久燒炙毒痛乃從黑耳泥犁中出便走欲求解脱有泥犁名黑火縱廣二萬里人悉入中黑火從身出遶身三帀還入身毒痛不可忍過惡未盡故不死在泥犁中甚長久乃從黑火泥犁中出隨次入如前十六泥犁至寒冰泥犁乃命過佛言何以故名爲僧乾泥犁其有人墮僧乾大泥犁中者自然兩鐵山出火火山合拍泥犁中人破碎其身毒痛不可忍過惡未盡故不死是故名爲僧乾復有餘因緣復次若有人墮僧乾大泥犁中者人悉入其中有兩山相拍罪人身皆破碎解墮毒痛不可忍過惡未盡故不死是故名爲僧乾復有因緣人在其中甚長久乃從大僧乾泥犁中出便走欲求解脱復次入十六泥犁如前復至寒冰泥犁乃命過佛言何以故名樓獵泥犁其有人墮樓獵中者泥犁旁各各取人著鐵銚中人大嚾呼大毒大痛是故名爲樓獵復次有罪人墮樓獵泥犁中者泥犁旁取人著鐵鼎中大毒大痛嗷嚾是故名爲樓獵復次其有罪人墮樓獵泥犁中者泥犁旁各各取人著鐵釜中大毒大痛嗷嚾是故名爲樓獵復有餘因緣罪人在其中甚長久乃從樓獵泥犁中出便走欲求解脱復隨次入

十六泥犁如前至寒冰泥犁乃命過佛言何以故名爲噭嚾其有人墮大噭嚾泥犁中者泥犁旁各各取其人身著大銚中煑極毒痛大噭嚾是故名爲大噭嚾復有餘因緣其有罪人墮大噭嚾泥犁中者泥犁旁各各取其人身著大釜中甚毒痛大噭嚾復有餘因緣其罪人墮大噭嚾泥犁中者泥犁旁各各取人著鼎鑊中煑甚毒痛大噭嚾是故在其中甚長久乃從大噭嚾泥犁中出便走欲求解脱隨次入十六泥犁如前至寒冰乃死佛言何以故名爲燒炙其有罪人墮大燒炙泥犁中者泥犁旁各各取人著鐵舍中自然出火燒炙毒痛是故名爲燒炙復次其有罪人墮大泥犁燒炙中者泥犁旁牽人入鐵交露中自然有火燒炙毒痛是故名爲燒炙過惡未盡故不死復次其有罪人墮大燒炙泥犁中者泥犁旁牽人入鐵堂上自然有火燒炙毒痛是故名爲燒炙罪人在其中甚長久乃從燒炙泥犁中出便走欲求解脱隨次入十六泥犁如前至寒冰泥犁乃命過佛言何以故釜煑泥犁缺文佛言何以故名爲阿鼻摩呵其有罪人墮阿鼻摩呵泥犁中者眼但見惡色不見善色耳但聞惡聲不聞善聲口所食但得惡味不得甘美鼻所聞臭不聞香身所更但得惡意所念法但有惡無善是故名爲阿鼻摩呵復有餘因緣有罪人墮阿鼻摩呵泥犁中者東壁火燄至西壁西壁火燄至東壁南壁火燄至北壁北壁火燄至南壁上火燄下至地地火燄上至上六面火來燒炙人毒痛是故名爲阿鼻摩呵復次其罪人墮阿鼻

摩呵泥犂中者彈指頃無有樂是故名爲阿鼻摩呵罪人在其中甚長久乃從阿鼻摩呵泥犂中出便走欲求解脱隨次入十六泥犂如前至寒冰泥犂乃死佛言大鐵圍山外閻浮利天下南有閻羅王城縱廣二十四萬里以七寶作七重壁七重欄楯七重交露七重行樹園觀浴池周帀圍遶金壁銀門銀壁金門瑠璃壁水精門水精壁瑠璃門赤眞珠壁瑪瑙門瑪瑙壁赤眞珠門硨磲壁一切寶門上有曲蔺蓋交露下有園觀浴池有種種樹葉華實出種種香種種飛鳥相和而鳴佛言人身行惡口言惡心念惡死後墮此閻羅王泥犂中者泥犂旁便反縛罪人以見閻羅王白王言此諸人悉不孝父母不承事沙門道人不畏後世禁忌願王隨所知而罰之王即

呼人前安諦審實問其人汝昔在世間時不見人年老百二十頭白齒落面皺皮緩氣力衰微持杖而行身體顫慄其人言已見何以不自念我亦當如是老極無有能脱不老者何不自改身口意爲善其人對言我實婬亂王言今我當便問汝婬亂之意是過非父母過亦非兄弟過亦非天帝王過亦非親屬知識過亦非先祖去人過亦非沙門婆羅門過汝作惡身自當受第一閻羅王問閻羅王第二安諦審實問汝昔在世間時爲不見人男女病困劣著牀惡露自出身卧其上不能坐起居人坐起飯食之其人對言已見王言汝何以不念我亦當如是病痩自改身口意爲善我實婬亂王言今我當便問汝婬亂之意是過亦非父母過亦非兄弟過亦非天帝王

過亦非親屬知識過亦非先祖去人之過亦非沙門非婆羅門過汝自作惡身自當受第二閻羅王問閻羅王第三問汝昔在世間時爲不見男女死時身體壞敗破碎如朽木棄捐爲烏鳥蟲蟻狐狼所食若有燒者葬埋者其人對言已見汝何以不自念我亦當如是死當自改身口意爲善我實婬亂王言我當問汝婬亂之意是過非父母過亦非兄弟過亦非天帝王過亦非先祖去人過亦非親屬知識過亦非沙門婆羅門過汝自作惡身自當受第三閻羅王問閻羅王第四問汝昔在世間時爲不見小兒無所知屎尿自惡其人言我已見何以不自念我本亦如是當自改身口意爲善我實婬亂王言今我當問汝婬亂之意是過非父母過亦非兄弟過亦非天帝王過亦非先祖去人過亦非親屬知識過亦非沙門婆羅門過汝自作惡身自當受第四閻羅王問閻羅王第五安諦審實問汝昔在世間時爲不見郡國縣邑中得盜賊犯事殺人者以見白王王勑使四支梟挓之若著釜中煑若生燒之若閉著牢獄掠笞毒痛若斷手足鼻耳若生貫之若斷頭種種酷毒之其人對言已見汝何以不自念我若有過亦當取我如是當改身口意爲善我實婬亂當問汝婬亂之意是過非父母過亦非兄弟過亦非天帝王過亦非先祖去人過亦非親屬知識過亦非沙門婆羅門過汝自作惡身自當受第五閻羅王問便持付泥犂旁即各各取人倒著泥犂中泥犂城廣長各四萬里窈窈冥冥佛爾時說偈言

四方有四門　諸角治甚堅　垣壁以鐵作
上亦有鐵覆　其地悉布鐵　火悉自然出
其界有十大泥犁第一名阿浮第二名尼羅浮第三名阿呵不第四名阿波浮第五名阿羅留第六名優鉢第七名修揵第八名蓮華第九名拘文第十名分陀利佛言何故名爲阿浮阿浮泥犁中罪人自然生身譬如雲氣是故名爲阿浮何以故名爲尼羅浮尼羅浮泥犁中罪人身譬如碌礴肉是故名爲尼羅浮何以故名爲阿呵不阿呵不泥犁中罪人甚大苦甚大痛嚾呼是故名爲阿呵不何以故名爲阿波浮阿波浮泥犁中罪人甚酷甚痛大呼嗁嚾是故名爲阿波浮何以故名爲阿羅留阿羅留泥犁中罪人甚苦甚痛欲嚾呼不能但動舌是故名爲阿羅留何以故名爲優鉢優鉢泥犁中罪人身青譬如優鉢是故名爲優鉢何以故名爲修揵修揵泥犁中罪人身黃譬如修揵是故名爲修揵何以故名爲拘文拘文泥犁中罪人身色黃白譬如拘文是故名爲拘文何以故名爲分陀利分陀利泥犁中罪人身色赤如分陀利是故名爲分陀利何以故名爲蓮華蓮華泥犁中罪人身紅色是故名爲蓮華佛言譬如有百二十斛四斗篅滿中芥子百歲者人取一芥子去比丘是百二十斛四斗芥子悉盡人在阿浮泥犁中尚未竟若人在尼羅浮泥犁中者百歲取一芥子盡二千四百八十斛芥子乃得出耳在阿呵不泥犁中百歲取一芥子盡四萬八千一百六十斛乃得出在阿波浮泥犁中百歲取一芥子盡九十六萬三千三百

斛乃得出在阿羅留泥犁中百歲取一芥子盡千九百二十六萬四千斛乃得出在修揵泥犁中百歲取一芥子盡三億八千萬五百二十八斛乃得出在青蓮華泥犁中百歲取一芥子盡八十六億五百六十萬斛乃得出在黃白蓮華泥犁中百歲取一芥子盡千七百二十億萬一千二百斛乃得出在拘文蓮華泥犁中百歲取一芥子盡三萬四千四百億二十二萬四千斛乃得出在紅蓮華泥犁中百歲取一芥子盡六十萬八千八百億四百四十八萬斛乃得出二十小劫爲半大劫有人名拘波利墮紅蓮華泥犁中坐誹謗舍利弗摩訶目揵連佛於是說偈言

若有人發起者　從口語出刀刃
坐語說惡之事　便還而自截傷
若可誹反歎譽　可歎者反誹謗
口說惡猶重過　口過重不安隱
譬如人摶掩者　是諸過薄少耳
有惡意向賢者　是過爲最大重
泥犁浮有百千　阿浮有三十五

閻羅王晝夜各三迴燒熱銅自然火在前宮中王即恐畏衣毛起竪即出宮舍外外亦自然有火王大怖懅還入宮泥犁旁便各各取閻羅王撲燒鐵地持鐵鉤鉤其口開以消銅灌王口中焦喉咽已皆焦腹中腸胃五臟銅便下過去燒炙毒痛不可忍過惡未盡故不死世間其有身行惡口言惡心念惡死後墮惡道燒炙毒痛如泥犁中罪人世間人其有身行善口言善心念善死後皆生天上佛於是說偈言

王使神呼問之　人民所作過惡
其人常而憂毒　人用是身勤苦
知當問不作惡　即奉行賢善法
若有恐見因緣　生但有病及死
無因緣便解脫　生病死便滅盡
得安隱甚快樂　即見在得滅度
一切恐怖畏懅　度無爲獨有常

阿須倫品第五

佛言須彌山下深四十萬里中有阿須倫名抄多尸利其城郭廣長各三百三十六萬里以七寶作之甚姝好金銀水精瑠璃赤真珠硨磲瑪瑙周帀圍遶有七重壁欄楯七重交露七重行樹高八萬里長六萬里皆以七寶作也四方有四門門高百里廣六十里一一門邊各各有十阿須倫居止以七寶作殿舍七重壁七重欄楯七重交露七重行樹周帀圍遶樹有青色者紅色者黃色者白色者有葉樹華樹實樹樹上有飛鳥止名爲鶴孔雀鸜鵒白鵠悉在樹上甚好相和而鳴抄多尸利阿須倫東出四萬里中有阿須倫城郭廣長各三十六萬里以七寶彩畫姝好金銀瑠璃水精赤真珠硨磲瑪瑙作七重壁七重欄楯七重交露七重行樹周帀圍遶四方有門門高十萬里廣六萬里各各有三百阿須倫止周帀圍遶有七重流水甚深滿中有青蓮華黃蓮華紅蓮華白蓮華其底沙皆金邊有樹青色者紅色者黃色者白色者有果樹華樹實樹樹上有種種飛鳥止甚姝好相和而鳴抄多尸利阿須倫南出四萬里中有阿須倫名波陀呵阿須倫城郭廣長各三十六萬

里以七寶彩畫姝好七重壁七重欄楯七重交露七重行樹四方有門門高十萬里廣六萬里一一門各有三百阿須倫止周帀有七重流水甚深滿其水底沙皆金中有青紅黄白蓮華有七重壁七重欄楯交露樹木周帀圍遶有青紅黄白樹生葉華實樹樹各有種種飛鳥甚好相和而鳴抄多尸利阿須倫西出四萬里有阿須倫名波利其城廣長各三十六萬里皆以七寶彩畫姝好作七重壁欄楯交露樹木垣牆高十萬里廣六萬里四方有四門門高十萬里廣六萬里皆以七寶作門一一門邊各有三百阿須倫止其宮殿亦以七寶作七重壁欄楯交露樹木七重流水甚深滿其水底沙皆金亦有青紅黄白蓮華亦有青紅黄白樹生葉華實上有種種飛鳥甚好相和而鳴抄多尸利阿須倫宮北出四萬里中有羅呼阿須倫其城郭廣長各三十六萬里亦有七寶彩畫姝好作七寶壁欄楯交露樹木周帀圍遶垣牆高十萬里廣六萬里四方有四門門高十萬里廣六萬里一一門邊各有三百阿須倫止其宮殿亦以七寶作七重壁七重欄楯交露樹木周帀七重流水深滿中有青紅黄白蓮華其水底沙皆金復以七重欄楯交露樹木周帀圍遶有青紅黄白樹生葉華實上有種種飛鳥甚好相和而鳴抄多尸利阿須倫城中有大樹名爲晝過度高十二萬里周帀亦有十二萬里根深二萬里莖圍四萬里常有華實抄多尸利阿須倫身高二萬八千里有高二萬四千里者有高二萬里者有高萬六千里者有高萬二

千里者有高八千里者有高七聲者長六聲者五聲者四聲者三聲者二聲者最小者長一聲抄多尸利阿須倫宮有四品常持風持之何等爲四一者不可壞風二者堅住風三者持風四者上風是爲四品風主持水在上如浮雲矣

龍鳥品第六

佛告比丘言有四種龍何等爲四一者卵生種龍二者水生種龍三者胎生種龍四者化生種龍是爲四種龍佛語比丘金翅鳥有四種一者卵生種鳥二者水生種鳥三者胎生種鳥四者化生種鳥是爲四種鳥大海底須彌山北有娑竭龍王宮廣長八萬俞旬以七寶金銀水精瑠璃赤眞珠硨磲瑪瑙作七重壁七重欄楯七重交露七重樹周帀姝好金壁銀門銀壁金門瑠璃壁水精門水精壁瑠璃門赤眞珠壁瑪瑙門瑪瑙壁赤眞珠門硨磲壁一切寶門彩畫姝好其壁二萬里有一門門高二千四百里廣千二百里其門常有五百鬼神守門門壁上有欄楯交露曲廂蓋門邊有園觀浴池有種種樹出種種香有種種華種種葉種種飛鳥相和而鳴大海北邊有難頭和難龍王宮廣長各二萬八千里以七寶作七重壁欄楯七重交露樹木周帀圍遶門高千四十里廣四百八十里壁上有欄楯交露曲廂蓋周有園觀浴池樹木飛鳥相和而鳴如娑竭龍王園觀難頭和難龍王比有大樹名爲拘梨睒莝圍遶二百八十里高四千里枝葉分布二千里拘梨睒樹東有卵種金翅鳥宮廣長二十四萬里周有七寶七

重壁欄楯交露樹木園觀浴池華香飛鳥相和而鳴拘梨睒樹南有水種金翅鳥宮廣長二十四萬里周有七寶七重壁欄楯交露樹木園觀浴池華香飛鳥相和而鳴拘梨睒大樹西有胎生種金翅鳥宮廣長二十四萬里周有七寶七重壁欄楯交露樹木園觀浴池華香飛鳥相和而鳴拘梨睒大樹北有化生種金翅鳥宮廣長二十四萬里周有七寶七重壁欄楯交露樹木園觀浴池華香飛鳥相和而鳴卵生種金翅鳥欲求取卵種龍時從拘梨睒樹東枝下入大海以翅搏海水波八千里取卵種龍食之不能得食胎種水種化種龍水種金翅鳥欲求取卵種龍時便從拘梨睒大樹東枝下至大海以翅搏海水波八千里取卵種龍食之水種金翅鳥欲取水種

龍時便從拘梨睒大樹南枝下入海以翅搏海水波萬六千里取水種龍食之不能得食胎種化種龍胎種金翅鳥欲取卵種龍時便從拘梨睒大樹東枝下入海以翅搏海水波八千里取卵種龍食之胎種金翅鳥欲取水種龍時便從拘梨睒大樹南枝下至大海以翅搏海水波萬六千里取水種龍食之胎種金翅鳥欲取胎種龍時便從拘梨睒大樹西枝下入海以翅搏海水波三萬二千里取胎種龍食之不能取化種龍食之化種金翅鳥欲取卵種龍時便從拘梨睒大樹東枝下至大海以翅搏海水波八千里取卵種龍食之化種金翅鳥欲取水種龍時便從拘梨睒大樹南枝下入大海以翅搏海水波萬六千里取水種龍食之化種金翅鳥欲取胎種龍時

便從拘梨睒大樹西枝下入大海以翅搏海水波三萬二千里取胎種龍食之化種金翅鳥欲取化種龍時便從拘梨睒大樹北枝下入大海以翅搏海水波六萬四千里取化種龍食之有餘龍王金翅鳥不能得食者何等龍王金翅鳥不能得食者一者娑竭龍王二者阿耨達龍王三者難頭和難龍王四者善見龍王五者提頭賴龍王六者伊羅慕龍王七者善住龍王八者迦拘龍王九者阿于樓龍王十者鬱旃鉢龍王十一者揵阿具曇龍王十二者監波龍王金翅鳥皆不能得取是諸龍王食之此諸龍王皆在山中居止若有婆羅門道人行求龍意奉龍戒行具足即生龍中若有婆羅門道人行求金翅鳥意奉金翅鳥戒行求金翅鳥死已即生金翅鳥中若有婆羅門道人行求憂留鳥意奉戒行具足從死後生憂留鳥中若有婆羅門道人行求牛意奉牛戒具足死後便生牛中若有婆羅門道人行求狗道奉狗意戒行具足死後生狗中若有婆羅門道人行求鹿道奉鹿意戒具足死後生鹿中若有婆羅門道人行求雞道奉雞意戒具足死後生雞中若有婆羅門道人行求摩尼越天求女人者求大神者求日月者有日三過浴水中求生天上者有事天者事日月者求生天者佛言是癡見者墮兩惡道一者泥犂二者畜生若有婆羅門道人說見如是我與世有常言我至誠其餘者爲癡有言我與世非常我至誠其餘者爲癡有言我與世有常無常我至誠其餘者爲癡有言我與世亦不有常亦不無常我至誠其

餘者爲癡有言我與世有限我至誠其餘者爲癡有言我與世無限我至誠其餘者爲癡有言我與世有限無限我至誠其餘者爲癡有言我與世亦不有限亦不無限我至誠其餘者爲癡有言我有是身命我至誠其餘者爲癡有言我有身死異我至誠其餘者爲癡有言無有身命我至誠其餘者爲癡有言亦不有身命亦不無身命我至誠其餘者爲癡有言人生時所從來死後亦趣彼我至誠其餘者爲癡有言無所從來生死後亦趣彼我至誠其餘者爲癡有言有所從來生無所從來生死後亦趣彼我至誠其餘者爲癡有言亦不有所從生亦不無所從生我至誠其餘者爲癡佛言其有婆羅門道人言我於世有常我至誠其餘者爲癡其人所行見有我有

命有身見世間是故言我與世有常有言我與世無常有言我與世有常無常有言我與世亦不有常亦不無常各言我至誠其餘者爲癡其人所見有我有命有身見世間是故言我與世有常其有婆羅門道人言我與世有限我至誠其餘者爲癡其人所見有我有命是故言命有限人有限在腹中時死後冢間葬埋同等人從初生受身四分七反生死以後得道是故言我與世有限有言我與世無限我至誠其餘者爲癡其人所見有我有命有身見世間言有命有人無限在人腹中時死後冢間葬埋同等從初生受身四分七反生死即得道若有婆羅門道人說見言我與世有限無限其人所見有我有命有身見世間言命無限人有限在人腹中時死後葬

埋同等從初生受身四分七反生死後得道人所見亦不有限亦不無限我及世者其人言命有限人在腹中時死後葬埋同等從初生受身四分七反生死後得道是故言亦不有限亦不無限若有婆羅門道人所言見有是命有是身其人言今世命常在後世命常在是故言我至誠其餘者爲癡有道人所見命異人異其人言今有壽後世無有壽是故言我至誠其餘者爲癡若婆羅門道人言今見命盡死後世轉行生故言我至誠其餘者爲癡有婆羅門道人言亦不有命亦不有身今世命盡滅後世亦盡滅若有婆羅門道人所見言生所從來死亦趣彼者我至誠其餘者爲癡其人見今世有身命見後世有身命故言我至誠其餘者爲癡若有婆羅門道人

所見言無所從來生死亦至彼亦不見今世有命亦不見後世無命若有婆羅門道人所見言有從無所從來生死亦趣彼我至誠其餘者爲癡亦不見今世有身命亦不見後世有身命若有婆羅門道人所見言亦不有亦不無所從來生我至誠其餘者爲癡其人亦非不見今世有身命亦非不見後世有身命佛告比丘乃往去世時有王名不現面爾時多聚會盲子便問盲子汝曹寧知象所類不盲子白言不知天王王言汝欲知象所類不白言欲知爾時勑使將象來令衆盲子捫之中有盲子捫象得鼻中有盲子捫象得牙中有盲子捫象得耳中有盲子捫象得頭中有盲子捫象得背中有盲子捫象得腹中有盲子捫象得後脚中有盲子捫象得膝中有盲

子捫象得前脚中有盲子捫象得尾時王不現面問衆盲子言象何等類得象鼻者言象如曲車轅得象牙者言象如杵得象耳者言象如箕得象頭者言如鼎得象背者言象如積得象腹者言象如壁得象後脚者言象如樹得象膝者言象如柱得象前脚者言象如臼得象尾者言象如蛇各各共爭象而不相信自呼爲是言象如是一人言不如是王歡喜笑佛言如是其有異道人不知苦諦所從起亦不知苦集諦苦盡諦苦滅道諦各各諍不相信罵詈自呼爲是若有沙門道人知苦集盡滅道諦所從起便共和合同譬如乳一合無諍但説佛教行安隱佛言比丘當諦行是苦諦集盡道諦

佛説樓炭經卷第二

音釋

窈（於皎切深遠也）噭（音叫）嚾（音喚）剥（北角切裂也）搔（蘇遭切爬也）

蹶（居月切跳也）鉗（巨鹽切鐵夾也）拗（於絞切手拉也）蹂（如又切踐也）

撓撈（撓女巧切撈路高切）觜（即委切）齧（五結切噬也）銚（徒弔切燒器也）

皺（側救切皮細起也）顫慄（顫之膳切四支寒掉也慄良質切竦縮也）

梟挓（梟古堯切梟首也挓陟格切與攃同裂也謂裂其肢體也）掠笞（掠離灼切笞丑知切掠笞捶擊也）

碌碡（碌盧谷切碡徒谷切）啼（杜奚切號哭也）

篅（市緣切竹器也）

佛説樓炭經卷第三

西晋三藏法師法立共法炬譯

高善士品第七

佛言凡夫有三事覺知高士知其所念何等爲三事一者人心念善口言善至誠身行善假令惡人心不念善口不言善身行不善高人知爲不善也所以言高士者何人心念善口言善至誠身行善高人於世間有三事得其福何等爲三事一者與耆老會坐若於堂上里巷閭行闡道中行及耆老共坐共稱譽高士行善高士念言今衆人共稱譽人善哉即有是高人心即安隱又聞此語心亦歡喜身亦安隱高人有時見處盜賊爲縣官所捕取酷毒法治之反縛鐵鎖斬其手足解解斷之截耳截鼻竹箄鞭之復寸寸斬之持餧虎狼中有令象蹈殺者中有持囊裹燒之者中有蒸殺之者中有生挓者有出城外殺者高士見之念言我不爲惡也王但取惡人耳我當何等憂乎我至老不憂縣官是高士用是故心歡喜高人心念善口言善身行善若有病瘦著牀困劣時強健時所作善悉在目前自見之人不殺生不取他人財物不犯人婦女不欺人不兩舌不惡口不妄言不嫉妬不貪餘信作善得善作惡得惡即自見第二忉利天上人往來見佛見阿羅漢諸強健時所作善皆在前見其人病者自念豈不我強健時所作善故至使衆善來見我前就使我死自當上天在善人之中用是三事高士其心歡喜身安佛言假令高善士自知作善當得善不得復畏死生也略無所在高善士常自

欲遠去惡軀軀中有骨血不淨潔臭處意欲早死更就善軀所以者何以能念所樂可愛處歡喜獨上天爲樂可愛也最可喜諸沙門問佛願爲我説天上樂意云何佛言聽我説之諸沙門言受教佛言譬如遮迦越羅王有七寶持有四事餘人所無有又有五種所思所欲得皆在前王有七寶何等爲七寶一者自然生一金輪二者白象三者純紺色馬四者摩尼珠五者聖玉女六者聖輔臣七者聖主兵臣佛言汝欲知一金輪所主不王以月十五日晦日沐浴沐浴已於正殿與諸婦女共坐遙見金輪飛來輪有千輻輻轂皆正好無比常去地三四丈王見金輪便生意言諸高士云爲遮迦越羅王事有金輪飛來來者常從東方來有千輻輻轂正好有是金輪寶者當爲遮迦越羅王今我將得無當爲遮迦越羅王乎王自思念欲試此金輪王起坐整衣服長跪向金輪言如今爲我來者當案行諸國故事法王言適竟金輪便東飛王傍諸大臣及官屬皆隨之飛金輪所止處王諸官屬亦隨其止金輪到國郡國諸王皆來長跪叩頭言此國界皆大王所有又持銀鉢盛滿金粟復以金鉢盛滿銀粟以上獻郡國諸王皆言此國中豐熟穀米平賤風雨時節人民熾樂大王可受國留於是王因報諸王言汝曹便自治國但以正法勿失政事慎無殺生無妄取他人財物無妄犯人婦女無得欺人無得兩舌無得惡口無得妄言無得嫉妬無得貪餘無得瞋恚惡心也皆奉行此十事其有犯十事中一事者勿令在國中也大王隨

金輪至東方教誡諸郡國諸王訖竟復隨金輪飛到南方金輪所止處大王與千乘萬騎共屯止南方郡國諸王皆復來叩頭長跪言願上郡國界及金銀鉢盛滿金銀粟所上獻物如東方諸國王之禮金輪復飛至西方傍臣及官屬悉復隨金輪所止西方郡國諸王皆來叩頭長跪言願上國界及金銀鉢盛滿金銀粟獻物復如南方諸王之禮金輪復飛到北方金輪所止大王及諸官屬亦隨金輪所止諸郡國諸王皆來叩頭長跪亦願上國界人民熾樂米穀平賤風雨時節大王宜可案治於此又復以金銀鉢盛滿金銀粟上大王大王不受因報諸王曰汝曹皆自以正心治國勿失政事無得殺生無得取他財物無得犯人婦女無得欺人無得兩舌無得惡口無得妄言無得嫉妬無得貪餘無得瞋恚無得惡心皆奉行此十事其有犯十事中一事者勿令在國中也大王重令四海四方訖竟因隨金輪還故國上殿金輪常在王前見其王有是金輪寶如是王復有象寶象寶者何等類其象正白無比軀長以牙齒蹄足皆白牖好皆以金爲鞍勒當胷褸脓皆以黄金當髗幅額皆以白珠行即飛行自在欲所到王傍臣白王言賀大王國中白象寶其白絶麗無比軀長牙齒蹄足皆白牖好皆以黄金爲鞍勒當胷褸脓皆以黄金當髗幅額皆以白珠行即飛行自在所至到王見象大歡喜言象有相殊好當教習令行步進止王因付左右曉事者令教之數日之間皆習知行步王意欲騎乘試象日出一竿王騎試之象因周

旋四方四海旋還故宮飲食遮迦越羅王有馬寶馬寶者何等類馬即紺色被髮澤好持頭如象金具馬鞍勒褸腋帶皆黃金當髗帞額皆以白珠行即飛行自在所欲至到傍臣白王賀王國中有是馬寶即紺色被髮澤好持頭如象鞍勒褸腋及帶皆黃金當髗帞額皆以白珠王見大歡喜即復令左右教習之數日間馬復習知行步王意欲試馬日出一竿王騎馬馬即飛行周帀四方四海旋還故宮飯食遮迦越羅王馬寶如是王有明月珠寶明月珠寶者何等類珠色極青盯釘八觚在宮中宮中皆明火燄所照周帀四十里如日之明王意欲試珠明人定已後陰冥如漆以珠繫著金竿頭夜出城將妻子千乘萬騎離宮詣諸署别觀珠明如日出令車騎殺明明復遠千乘萬騎周帀四十里城傍居民見珠明皆相謂起起日出乃高如是各各自當趣市賣買何反欲卧遮迦越羅王有摩尼珠寶如是王有聖玉女玉女者何等類耶不長不短不大不小不肥不瘦不白不黑適得其中絶端正無比口氣出如香熏舉身小毛孔皆香如鬱金香事王晚卧早起承事不失王意冬時身則温夏則身涼事王常令王不瞋恚何況其身遮迦越羅王有玉女寶如是王有聖輔臣大高遠見人便知情性以眼視天下豫知天下有珍寶藏物知有主名無有主名有主名者爲其主護視之無主名者以給官用聖輔臣前白王快自娛樂不須憂錢財寶物我自給王王意疑聖輔臣所言所求者可得不王便與聖輔臣共載一船到海中央

王便語聖輔臣言我欲得寶物今於此間與我聖輔臣言須我出在陸地可得王曰我在陸地不用也欲於此得之耳聖輔臣便以手抄水中得金寶大如車輪以著船上不可勝數王言止止船滿且重遮迦越羅王聖輔臣如是王有持兵導道聖臣持兵導道聖臣者何等類高才勇健無所不知當欲起兵無央數不欲起兵則止持兵導道臣白王言今王快自娛樂勿憂國事王當用兵者我自戰鬬王意欲試導道聖臣便取國中人馬象皆被鎧乃得自副步兵被鎧刀兵自副王心自念言令是兵出行快耶王心甫念兵便前行王念言欲令兵止兵即復止王意念言使兵罷去兵即罷去遮迦越羅王導道主兵臣如是遮迦越羅王有七寶如是王有四事與凡人有異何等爲四一者年壽無央數人中無有壽如遮迦越羅王者二者常安隱未嘗有病時飲食皆消身體寒温適時人中安隱無過遮迦越羅王者三者端正無比過於世間人但不如天人四者萬姓皆愛王視王皆如父毋王愛萬姓如父毋愛其子偶出到諸署别觀萬姓謂王御者言令車徐行我欲視王無猒極也呪願王令壽無極王復語御車者徐行我欲見我國人民使子壽無極遮迦越羅王有是四事凡人所無王有五願願所思常在前心所喜舌所喜目所喜所好所愛皆在前耳所聞聲歌樂善聲鼻所聞香腹中所喜鼻聞芬芳皆在前口所嗜醎醋甘甜諸美物皆在前名清淨細靡所喜皆在前是遮迦越羅王五所思也王目未曾見惡色耳未曾聞

惡音鼻未曾聞臭處口未曾食不甘之物身未曾衣麤惡之衣佛告諸沙門如是遮迦越羅王有七寶琦物有四特異之相有五種之思汝以王爲心喜樂之不諸沙門對曰王但有一寶心喜樂之何況有七寶乎佛持一小石著手中問諸沙門我手中石爲大山爲大乎諸沙門言佛手中石小小奈何比山乎百倍千倍萬倍億倍尚不如山大也佛言如我手中小石大不如山也百倍千倍萬倍億倍千萬倍億萬倍尚不如山大也遮迦越羅王有七寶四異相有五種所思不如天上樂百倍千倍萬倍億倍億千萬倍譬如佛手中小石與大山佛言高善士於世間心念善口言善至誠身行善於世間壽命盡死後皆上第二忉利天上生作天人於世間百歲爲忉利天上一日一夜世間二千歲爲忉利天上一月世間三萬六千歲爲忉利天上一歲如天上計第二忉利天上人壽千歲忉利天外門廣七百里外城壁七重有七重渠水水中皆各有四色蓮華水底皆有金沙城上各有欄楯皆金銀瑠璃水精城門皆有金銀水精爲欄也七重地各有七寶樹金樹銀樹瑠璃樹水精樹珊瑚樹琥珀樹硨磲樹金樹者金根金莖銀葉銀華銀實銀樹者銀根銀莖金葉金華金實瑠璃樹者瑠璃根瑠璃莖水精葉水精華水精實水精樹者水精根水精莖瑠璃葉瑠璃華瑠璃實珊瑚樹者珊瑚根珊瑚莖琥珀葉琥珀華琥珀實琥珀樹者琥珀根琥珀莖硨磲葉硨磲華硨磲實硨磲樹者硨磲根硨磲莖瑪瑙葉瑪瑙華瑪瑙實城門深

二百八十里門楣額皆銀也
金作門兩扇闑皆金也有五百鬼守外門宫
中間天所止處縱廣二千里有壁皆七寶也
金銀水精瑠璃珊瑚琥珀硨磲七重水遶壁
七重寶樹如外門高六百四十里深二百八
十里以銀爲楣額金門扇金門闑五百鬼共
守門天所止處縱廣二千里有七種寶壁七
重七重渠水諸欄楯寶樹如外門高廣深如
外門守門鬼數如外門忉利天東出有遊戲
處名曰離檀桓廬周帀七億里七重壁金壁
銀壁珊瑚壁瑠璃壁琥珀壁硨磲壁水精壁
有七渠水底沙皆金也有四蓮華城上有七
寶欄楯七重壁各各有七寶樹金樹者金根
金莖銀葉銀華銀實銀樹者銀根銀莖金葉
金華金實水精樹者水精根水精莖瑠璃葉
瑠璃華瑠璃實瑠璃樹者瑠璃根瑠璃莖水
精葉水精華水精實廬大道廣六百四十里
道兩邊七重壁皆金銀水精瑠璃琥珀珊瑚
硨磲一壁間皆有渠水水中有四色蓮華其
水底皆有金沙壁上有欄楯皆七寶如中面
有七寶樹金樹銀樹水精樹瑠璃樹琥珀樹
珊瑚樹硨磲樹其廬中有兩石一石名難一
石名難遠縱廣各四千里其石輭且細如綩
綖廬中有兩浴池一浴池名難陀一名難陀
尼縱廣各四千里池中生四色蓮華其一者
青色二者紅色三者紫色四者白色其水底
沙皆金也忉利天欲遊戲時便相將詣東廬
相娛樂極意是故字爲離檀桓廬也出忉利
南城門名爲質羅瀬周帀七億里其廬壁水
精壁金壁銀壁瑠璃壁琥珀壁珊瑚壁硨磲

壁一壁間者各有一渠水水中四色蓮華其水底沙皆金也有七寶樹金樹銀樹瑠璃樹水精樹琥珀樹珊瑚樹硨磲樹其壁上皆金銀瑠璃水精珊瑚琥珀硨磲欄楯質羅瀨盧道廣六百四十里皆七重壁金銀水精瑠璃珊瑚琥珀硨磲壁一壁間者有一渠水水中有四色蓮華青紅紫白其水底沙皆金也有七寶欄金欄銀欄水精欄瑠璃欄珊瑚欄琥珀欄硨磲欄有七寶樹金樹銀樹水精樹瑠璃樹珊瑚樹琥珀樹硨磲樹其盧中有兩石縱廣各四千里細且輭如綩綖一名質羅二者名質多誃羅其盧中兩浴池一名質多二者名質兩池中有四色蓮華青紅紫白其水底皆金沙其盧中有四種寶樹金銀樹水精瑠璃樹忉利天出到質羅瀨盧上戲自相娛樂娛樂無極諸四寶照諸天人令正徧爛色是故名爲質羅瀨（質羅瀨者徧爛盧也）忉利天北出城門有盧名爲頗類縱廣七億里七重寶壁七重水水底皆金沙欄楯如南方其盧道廣六百四十里盧中有兩石縱廣各四千里一者名迦羅二者名迦羅尸羅細輭如綩綖有兩浴池縱廣四千里一池名乾陀二名乾陀起有四色蓮華青紅紫白忉利天欲戲頗類盧時形體便僵如人沐浴已後身體皆滑忉利天人北入盧身體皆滑是故名爲頗類盧也忉利天西出盧名爲彌尸耶遠縱廣七億里有七重壁七渠水七寶樹七寶欄楯四色蓮華水底皆金沙如北方其道廣六百四十里七重寶壁七渠水七寶樹七寶欄楯四色蓮華水底皆金沙如北方盧中有兩好石各縱

廣四千里細輭如綩綖一者名北羅二者名北羅越有兩浴池縱廣各四千里其池中有四色蓮華青紅紫白水底皆金沙一池名波尸二名爲雲忉利天欲行到彌尸耶遠盧戲時忉利天上無有尊卑貧富豪弱皆得入彌尸耶遠盧是故名爲彌尸耶遠盧忉利天上宮中中庭殿前有百種色寶物在王前自布地宮中有七百樓陛金陛銀陛瑠璃陛水精陛一陛下者各有十六瑠璃柱照之宮中有四坐牀金牀銀牀水精牀瑠璃牀以天坐其上念萬姓善亦念諸天善天王所止處殿名爲提延其殿上有百巷巷有百室室有七玉女玉女各有七御者其殿紺瑠璃色及諸天皆遶殿南方有樹名爲波質拘耆羅樹根入地二百里上枝四出樹高四千里東西二千里南北二千里樹當華時風從上吹華香下行四千里逆風行二千里樹當華時諸天共坐樹下自相娯樂百二十日天上百二十日爲世間萬二千歲諸天欲以白寶象戲象名曰伊羅遠象自化作三十二頭頭有六牙牙化作七浴池浴池中各作七蓮華蓮華枝有千葉一華上者有一玉女舞五所思皆在前極意人於世間雖作善不能多者心念作善少口言善少身行善少雖生忉利天上不能得入東離檀桓盧也不能得入南質羅瀨盧也不能得入北頞類盧也不能得入西彌尸耶遠盧也不能得入香華波質拘耆羅樹下但得遙觀不得前入譬若遮迦越羅王所止飯食諸外宮不得妄入天上諸天不得觀者如是人於世間作善心念善口言善至誠身

行善壽終已後便當得上忉利天高善士上忉利天極壽死後復下生在世間便爲王侯家作太子富貴多寶物爲人端正譬若喜掩人初得大金錢金銀珠寶奴婢車馬妻子田宅廬舍舉有名字其人自思惟言我不賈作販賣亦不耕田自致有財我但戲耳至使得金銀珍寶舍宅田地至使有名字爲富貴也佛言如戲兒得利如此爲少薄耳不如此爲少薄耳不如心念善口言善身行善得利勝於掩者也所以者何行是三事死後上忉利天是高士也佛語諸沙門今我爲汝曹説二道愚癡之道高善士之道今汝曹自在從何道今我作佛爲汝曹説難易佛言汝曹當於山中若於樹下空室中若於冢間水所搪揬處自念五内早索泥洹之道佛言是我教也諸沙門皆叉手受教言諾各前爲佛作禮

四天王品第八

佛語比丘須彌山王東去須彌山四萬里有提頭賴吒天王城郭名賢上王處廣長二十四萬里以七寶作七重壁七重欄楯七重交露七重行樹殊好周帀圍遶金壁銀門銀壁金門瑠璃壁水精門水精壁瑠璃門赤眞珠壁瑪瑙門瑪瑙壁赤眞珠門硨磲壁一切寶門金欄楯者金柱栿銀桄銀欄楯者銀柱栿金桄瑠璃欄楯者瑠璃柱栿水精桄水精欄楯者水精柱栿瑠璃桄赤眞珠欄楯者赤眞珠柱栿瑪瑙桄瑪瑙欄楯者瑪瑙柱栿赤眞珠桄硨磲欄楯者硨磲柱栿一切寶桄金交露銀垂絡銀交露金垂絡瑠璃交露水精垂絡水精交露瑠璃垂絡赤眞珠交露瑪瑙垂

絡瑪瑙交露赤眞珠垂絡硨磲交露一切寶垂絡金樹者金莖根銀枝葉華實銀樹者銀莖根金枝葉華實瑠璃樹者瑠璃莖根水精枝葉華實水精樹者水精莖根瑠璃枝葉華實赤眞珠樹者赤眞珠莖根瑪瑙枝葉華實瑪瑙樹者瑪瑙莖根赤眞珠枝葉華實硨磲樹者硨磲莖根一切寶枝葉華實門上有曲廂蓋交露下有園觀浴池有種種樹種種葉種種華種種實種種香出種種飛鳥相和而鳴須彌山王南去四萬里有毗留勒叉天王城郭名善見廣長二十四萬里王處亦有七寶七重壁七重欄楯七重交露七重行樹周帀圍遶姝好門上有曲廂蓋交露下有園觀浴池樹木飛鳥相和而鳴須彌山王西去四萬里有天名毗留博叉有城郭廣長二十四萬里王處亦有七寶七重壁七重欄楯七重交露七重樹木周帀圍遶姝好門上有曲廂蓋交露下有園觀浴池樹木飛鳥相和而鳴須彌山王北去四萬里有天王名毗沙門有三城郭廣長各二十四萬里王處一者名沙摩二者名披迦羅曰三者名阿尼槃亦有七寶作七重壁七重欄楯七重交露七重行樹周帀圍遶姝好門上有曲廂蓋交露下有園觀浴池樹木飛鳥相和而鳴阿尼槃王處東毗沙門天王有山名迦比延高廣長四千里以四寶金銀水精瑠璃作之山周帀有垣牆廣長二萬里以七寶作七重壁七重欄楯七重交露七重行樹周帀圍遶姝好四面有門以四寶作上有曲廂蓋交露下有園觀浴池樹木飛鳥相和而鳴迦比延山阿尼槃王處

北有毗沙門天王浴池名那利廣長二千里周帀有垣牆水底皆金沙水涼且清浴池周帀以四寶作四重壁欄楯交露樹木姝好中生青蓮華黄蓮華白蓮華赤蓮華光照二十四里香亦聞二十四里浴池周帀有階毗沙門天王欲至迦比延山遊戲相娛樂即時念提頭賴吒天王提頭賴吒天王即言毗沙門天王已念我故即時莊嚴衣被冠幘嚴駕與無央數揵沓和百千周帀圍遶從賢上城出往至毗沙門天王所在前住爾時毗沙門天王念毗留勒叉天王毗留勒叉天王即時念言毗沙門天王已念我便著衣冠幘嚴駕與無央數百千鬼神從須畢旃城出往至毗沙門天王所在前住爾時毗沙門天王念毗留愽叉天王毗留愽叉天王即自念毗沙門天王已念我便著衣被冠幘嚴駕與無央數百千龍俱從末利旃城出周帀圍遶往至毗沙門天王所在前住爾時毗沙門天王著衣被冠幘嚴駕與諸天王無央數百千諸鬼神俱往至迦比延山時風吹掃迦比延山地風吹山中樹華散地四天王便共入迦比延山相娛樂快共飯食一日二日至七日以後各自罷去

佛說樓炭經卷第三

音釋

鑕之日切椹也　箄邊迷切竹器也　餧於僞切飼也　臃丑恭切直也　褸落侯切衣衽也　髗落胡切首骨也　帞莫格切頭巾也　鬉子公切馬鬣也　町他頂切　觚古胡切稜也　署常恕切部署也　殺明切殺所介切衰少也　嗜常利切好也　謣羽俱切

佛説樓炭經卷第四

西晉三藏法師法立共法炬譯

忉利天品第九

佛語比丘須彌山頂上有忉利天廣長各三百二十萬里上有釋提桓因城郭名須陀延廣長各二百四十萬里七重壁七重欄楯七重交露七重行樹周帀圍遶姝好皆以七寶作之金銀瑠璃水精赤眞珠硨磲瑪瑙金壁者銀門銀壁者金門瑠璃壁者水精門水精壁者瑠璃門赤眞珠壁者瑪瑙門瑪瑙壁者赤眞珠門硨磲壁者一切寶門金欄楯者金柱栿銀桄銀欄楯者銀柱栿金桄瑠璃欄楯者瑠璃柱栿水精桄水精欄楯者水精柱栿瑠璃桄赤眞珠欄楯者赤眞珠柱栿瑪瑙桄瑪瑙欄楯者瑪瑙柱栿赤眞珠桄硨磲欄楯者硨磲柱栿一切寶桄金交露者銀垂絡銀交露者金垂絡瑠璃交露水精垂絡水精交露瑠璃垂絡赤眞珠交露瑪瑙垂絡瑪瑙交露赤眞珠垂絡硨磲交露一切寶垂絡金樹者金根莖銀枝葉華實銀樹者銀根莖金枝葉華實瑠璃樹者瑠璃根莖水精枝葉華實水精樹者水精根莖瑠璃枝葉華實赤眞珠樹者赤眞珠根莖瑪瑙枝葉華實瑪瑙樹者瑪瑙根莖赤眞珠枝葉華實硨磲樹者硨磲根莖一切寶枝葉華實其壁高二千四百里廣千二百里其門高二千四百里廣千二百里壁相去二萬里有一門門各各常有五百鬼神守忉利天門門上有曲廂蓋樓觀交露下有園觀浴池有種種樹樹有種種葉華實出種種香種種飛鳥相和而鳴須陀延城中

有伊羅滿龍王宫廣長各二十四萬里皆以七寶金銀水精琉璃赤真珠硨磲瑪瑙作七重欄楯七重交露七重行樹須陀延城中有忉利天帝叅議殿舍廣長各二萬里高四千里以七寶作七重欄楯七重交露七重行樹周帀圍遶二萬里殿舍上有曲廂蓋交露樓觀以水精琉璃爲蓋黄金爲地殿舍中柱周四百八十里門高四千里以七寶作之中有天帝釋座廣長各四十里皆以七寶作座甚柔軟兩邊各十六座殿舍北有天帝釋後宫廣長四萬里皆以七寶作七重壁七重欄楯七重交露七重行樹周帀圍遶甚姝好殿舍東有帝釋園觀名麤堅廣長各四萬里亦以七寶作七重壁欄楯交露樹木周帀圍遶甚姝好門高千二百里廣長八百里門上有曲廂蓋交露樓觀下有園觀浴池中有種種樹木葉華實種種飛鳥相和而鳴麤堅園觀中有香樹高七十里皆生華實擘者出種種香有樹高二十里三十里至六十里者最畢者高十三里百二十步次有瓔珞樹高七十里者有高二十里三十里至六十里最畢者高十三里百二十步皆生華實擘之出種種瓔珞次有衣被樹次有不息樹器樹音樂樹高七十里者有高二十里三十里至六十里最畢者高十三里百二十步皆生華實擘者出種種衣被瓔珞不息器音樂樹麤堅園觀中有兩石一者名賢二者名賢善以天金作石甚姝好殿舍南有天帝釋園觀名樂畫廣長各四萬里皆以七寶作七重壁欄楯交露樹木有門高千二百里門上有曲廂蓋交露樓

觀下有園觀浴池有種種樹葉華實浴池中有飛鳥相和而鳴樂畫園觀中有兩石一者名畫二者名善畫廣長各二千里石甚柔軟樂畫園觀中有香樹次有瓔珞樹不息樹音樂樹樹高七十里者有高二十里三十里至六十里最卑者高十三里百二十步皆生華實譬出種種香衣被瓔珞不息器音樂忉利殿東有天帝釋園觀名憒亂廣長各四萬里皆以七寶作七重壁欄楯交露樹木周帀圍遶門高千二百里廣八百里上有曲廂蓋交露樓觀下有園觀浴池有種種樹葉華實出種種香種種飛鳥相和而鳴諸樹所出生亦如南方樂畫園中有兩石忉利天殿舍西有園觀名歌舞廣長各四萬里亦以七寶作七重壁欄楯交露樹木周帀圍遶門高千二百里廣八百里上有曲廂蓋交露樓觀下有園觀浴池有種種樹木葉華實種種飛鳥相和而鳴歌舞園中有兩石一者名難陀二者名和難廣長各二千里皆以天瑠璃作之甚柔軟憒亂樂畫園觀中有浴池名難陀廣長各一萬里周帀圍遶七重垣其池中水軟美且清有種種樹周帀圍遶水底沙皆金以七寶作七重欄楯交露樹木周帀圍遶有曲廂蓋交露樓觀下有園觀浴池中有種種樹葉華實出種種香種種飛鳥相和而鳴難陀浴池中有青蓮華紅蓮華黃蓮華白蓮華大如車輪其莖如車轂刺出其汁如乳其光照四十里香亦聞四十里歌舞憒亂園觀中有大樹名晝過度莖圍二百八十里高四千里枝葉分布二十里忉利諸天有宫廣長四十萬里

皆以七寶作七重欄楯交露樹木周帀圍遶園觀浴池種種飛鳥相和而鳴種種樹葉華實出種種香忉利天宮有廣長各三萬六千里者有天宮廣長三萬二千里者有天宮廣長二萬八千里者有天宮廣長二萬四千里者有天宮廣長二萬里者有天宮廣長萬六千里者有天宮廣長萬二千里者有天宮廣長八千里者最小者廣長四十里中復有天宮廣長三千六百里者三千二百里者下至四百八十里皆以七寶金銀水精瑠璃赤真珠硨磲瑪瑙作七重欄楯交露樹木園觀浴池種種飛鳥相和而鳴忉利天殿舍前有兩道至天帝釋後宮復有兩道至麤堅園觀復有兩道至樂畫園觀復有兩道至憒亂園觀復有兩道至歌舞園觀復有兩道至難陀浴池復有兩道至晝過度大樹復有兩道至諸天宮復有兩道至伊羅滿龍王宮天帝釋欲至麤堅園觀遊戲相娛樂時念諸天王爾時諸天王言天帝釋以念我等便整衣服著冠幘莊嚴乘騎即共往至天帝釋所在前住爾時天帝釋復念忉利天爾時忉利天人言天帝釋以念我等便著衣服莊嚴種種乘騎往至天帝釋所在前住爾時天帝釋復念伊羅滿龍王時伊羅滿龍王言天帝釋以念我等便化作三十二頭象一一頭化作六牙一一牙上化作七浴池一一浴池中化作七蓮華一一蓮華上化作七玉女作妓樂伊羅滿龍王以是種種作神化往至天帝釋所在前住爾時天帝釋整衣服著冠幘蹈龍王肩上坐其頂上兩邊各有十六小王侍坐天帝釋便

往至麤堅園觀中爾時開門風開麤堅園觀門掃除風便起吹園觀地伊羅風生吹園觀中樹華散地至于人膝時天帝釋與諸天俱入園觀中便坐賢善石上賢善石上兩邊各有十六小王坐爾時天帝釋欲得瓔珞便告遺舍鉢天子時天子言天帝釋以念我便化作瓔珞持往奉上天帝釋忉利天人欲得瓔珞時遺舍鉢天子化作瓔珞持上忉利諸天有天人不得見麤堅園觀亦不得入中亦不得以天樂相娯樂所以者何前世所作功德少有忉利天人但得遙見麤堅園觀亦不得入亦不得以天樂相娯樂所以者何前世所作功德復少中有得入以天樂相娯樂所以者何前世所作功德具足故爾時天帝釋與忉利天人在麤堅園觀中相娯樂飲食一日二日至七日便出去至樂畫園觀中相娯樂亦如是復至憒亂歌舞園觀中飲食相娯樂亦如是何以故言善等天人入忉利天宮時念善哉安樂是故言善等何以故言麤堅忉利天人入麤堅園觀中時身便麤堅是故言麤堅何以故言樂畫忉利天人入樂畫園觀中時身便自然種種畫色故言樂畫何以故言憒亂忉利諸天人入憒亂園觀中時天帝釋月八日十四日十五日便捨婇女獨將阿須夫人遊行爾時諸天子與婇女相雜錯憒亂行是故言憒亂何以故言歌舞忉利諸天人入歌舞園觀中時便歌舞相娯樂是故言歌舞何以故言晝過度大樹有天名聞陀在上居止晝大五樂甚相娯樂以是故言晝過度復次晝過度大樹常有華實譬如加尼樹

是故言晝過度天帝釋邊常有十天子擁護之一者名根二者名具戒三者名比流四者名比流藏五者名阿流六者名波流七者名利桓八者名樓漢九者名拘和羅十者名難是十天子常擁護天帝釋天下人水中生好青蓮華紅蓮華黃蓮華白蓮華甚香好陸地華亦甚軟好名阿蹄勿占陀波羅須和師陀奴末俱耶尼天下人欝單越東方弗于逮天下人地亦如是龍及金翅鳥水中生青蓮華紅蓮華黃蓮華白蓮華甚柔軟香好及陸地有諸蓮華阿須倫水中亦有青紅黃白蓮華柔軟甚香好陸地亦有好華名摸大摸加加大加加漫陀大漫陀四王天上天水中生蓮華青紅黃白蓮華甚柔軟香好陸地生華亦好忉利天餤摩天兜率天無貢高天他化自轉天水中亦有青紅黃白蓮華甚柔軟香好陸地華亦好此間人有七種色有赤色者有金色者有青色者有黃色者有白色者有黑色者有紫色者是爲七種色人阿須倫亦如是有七色諸天亦爾皆有七色諸天有十事將何等爲十一者飛行無極二者往還無極三者諸天無盜賊四者不自說身善亦不說他人惡五者無有相侵六者諸天齒等而通七者髮紺青色滑澤長八尺八者天人青色髮者身亦青色九者欲得白者身即白色十者欲得黑色者身即黑色是爲諸天十法事此人間螢火之明不如燈火之明燈火之明不如炬火之明炬火之明不如大火之明大火之明不如星之明星之明不如月之明月之明不如日之明日之明不如四天王宮之

明四天王宫之明不如忉利天宫之明忉利天宫之明不如天帝釋宫之明如是展轉不相如上至阿迦尼吒天宫之明阿迦尼吒天宫之明不如摩伊破天子之明摩伊破天子之明不如苦諦集盡道諦之明苦諦集盡道諦之明不如佛之明閻浮利天下人身長七尺或有至八尺者衣廣一丈長六尺俱耶尼天下人弗于逮天下人身長七尺或至八尺者衣廣一丈長六尺鬱單越天下人身長一丈四尺衣廣二丈八尺長一丈四尺衣重三兩半龍及金翅鳥身高四十里衣廣八十里長四十里衣重二兩半諸阿須倫本身高四十里衣廣八十里長四十里衣重二兩半四天王天上天人本身長二十里衣廣四十里長二十里衣重二兩半忉利天人本身長四十里衣廣八十里衣四十里衣重七銖半燄摩天上人本身長八十里衣廣百六十里長八十里衣重半兩兜術天人本身長百六十里衣廣三百二十里長百六十里衣重兩銖樂無貢高天人本身長三百二十里衣廣六百四十里長三百二十里衣重一銖他化自轉天人本身長六百四十里衣廣千二百八十里長六百四十里衣重半銖過其上諸天人所著衣應其身閻浮利天下人壽百歲或長或短俱耶尼天下人壽二百歲或長或短弗于逮天下人壽三百歲或長或短鬱單越天下人皆壽千歲無有中死者龍及金翅鳥壽一劫亦有中死者阿須倫天下人壽千歲亦有中死者四王天上諸天上壽天上五百歲亦有中死者忉利諸天人壽天上千歲亦

復有中夭者睒摩天上諸天人壽天上二千歲亦有中夭者兜率天上諸天人壽天上四千歲亦有中夭者樂無貢高諸天人壽天上八千歲亦有中夭者他化自轉天上諸天人壽天上萬六千歲亦有中夭者梵迦夷天上諸天人壽一劫亦有中夭者阿陂波天上諸天人壽二劫亦有中夭者首陀行天上諸天人壽四劫亦有中夭者惟呼鉢天上諸天人壽天上八劫亦有中夭者無想天人及餓鬼壽天上七萬劫亦有中夭者阿比陂天上諸天人壽十劫亦有中夭者阿答和天上諸天人壽二十劫亦有中夭者修陀旃天上人壽四十劫亦有中夭者須陀旃尼天上諸天人壽八十劫亦有中夭者阿迦尼吒天上諸天人壽百六十劫亦有中夭者虛空知天上諸

天人壽萬劫亦有中夭者識知天上諸天人壽二萬劫亦有中夭者阿竭若然天上諸天人壽四萬劫亦有中夭者無思想亦有思想天上諸天人壽八萬劫無有中夭者佛言爲人民四種食生以豎立身何等爲四一者見取食二者温食三者意食四者識食是爲四種食何等爲見取食閻浮利天下人食米飯麨麩肉魚衣被澡浴以是安隱食西方耶尼東方弗于逮天下人亦如是欝單越天下人食淨潔自然粳米是爲見取食及澡浴龍及金翅鳥食魚鼈及食提米提歷大魚是爲取食及澡浴阿須倫食自然食及衣被澡浴四天王諸天食自然食衣被及澡浴忉利諸天亦食自然食衣被及澡浴睒摩天兜率天無貢高天他化自轉天人皆食自然之食及衣

被沐浴從他化自轉天以上用禪好喜作食以定意作食何等人食溫食卵種之類食溫食是爲溫食也何等爲意念作食者其有意念肉食想是爲以意念作食何等爲識食者泥犂中人及無想天人以識作食是爲識食是爲四種食爲人民故生以竪立身命閻浮利天下人以金銀珍寶米穀錢財生口市買賈販俱耶尼天下人以牛馬米穀珠玉作市販賣弗于逮天下人以金銀珍寶米穀錢財生口市買賈販鬱單越天下人無市賈賈販諸天亦爾閻浮利天下有男女婚姻之事俱耶尼弗于逮天下人亦有男女婚姻之事鬱單越天下人無婚姻之事若男子起婬泆意向女人時相視便度道去男子在前女人在後有樹曲合如交露北方天下人在其中止

男女各異處便共往至其樹下若樹低蔭覆其人上便共交通樹不覆人上者不行交通之事各自別去龍及金翅鳥有男子女人婚姻之事阿須倫亦有男女婚姻之事從是以上無有婚姻之事閻浮利天下人男女共居止交通俱耶尼弗于逮鬱單越天下人男女行陰陽之事龍及金翅鳥男女亦有陰陽之事諸阿須倫男女亦行陰陽之事四天王天上人男女亦行陰陽之事忉利天上人男女以風爲陰陽之事焰摩天人男女以相近成陰陽之事兜率天人男女相牽手便成陰陽無貢高天人男女相視便成陰陽他化自轉天人念婬欲便成陰陽從是以上離於欲其有人身行惡口言惡心念惡從是人間命盡墮泥犂中受命及得名色從名色得六入有

人身行惡口言惡心念惡從是人間命盡墮畜生受命及得名色從名色得六入其有人身行惡口言惡心念惡從是人間命終墮餓鬼中受命得名色從名色得六入其有人身行善口言善心念善命盡便生爲人受命得名色從名色得六入其有人身行善口言善心念善從是人間命盡從生四王天上受命得名色從名色得六入譬如閻浮利天下人小兒年一歲若一歲半人如生天上作天子如是諸天憶如是我男女適生天上便自知宿命我用何等因緣得來生此即自說我用三事實得生此何等爲三一者布施二者持戒三者棄惡是爲三我天上壽盡當復還生世間在人間亦復身行善口言善心念善終亡已後當復還天上生天子說是已便念欲

得食即自然滿寶器食在前福德少者自然青飯食在前福德中者自然赤飯食在前福德上者自然白飯食在前天人便取食之時於口中自消盡譬酥若麻油著火上即消滅天人食時如是於口中便自消滅渴時即自然滿寶器甘露漿在前福德少者自然青色漿在前福德中者自然赤色漿在前福德上者自然白色漿在前便取飲之於口中自消滅譬如酥麻油著火上即消滅如是天人飲漿時便於其口中自消滅飲食竟已即長大如四天王天上餘天人便往至浴池中浴自娛樂從浴池出往至香樹下取種種香塗身往至瓔珞樹下樹自低便取冠幘瓔珞著之復至衣服不息樹下樹自低便取衣服不息著之復至器果音樂樹下樹自低便取器取

果食之清其汁飲之復取音樂鼓之自隨其歌舞往入園觀舍宅見無央數百千玉女作音樂歌舞相娛樂觀東面玉女便忘西面玉女觀西面玉女便忘東面玉女天子便自念言我前世用何等因緣故得來生此間今時皆忘前世事坐見玉女故婬亂失意玉女名不念所以名不念者用男子見失意故其有人身行善口言善心念善於是人間命盡生忉利天上時譬如閻浮利天下人二歲若三歲身長大如是諸天憶知是我男是我女天子便自念宿命何以故得生此用布施持戒棄惡故欲得飲食時便自然滿金器在前隨福德上中下生白赤青在前便取飲食之於口中自消盡譬如持酥麻油著火上即自消滅天人飲食時如是食已身即長大譬如忉

利天人便往至浴池中洗浴自娛樂出往至香樹瓔珞衣被不息器果音樂樹下樹枝自低即取香塗身取瓔珞不息衣被著之取器食果取音樂鼓之歌舞入園觀舍宅見無央數百千玉女便忘前世因緣不能復念其有人身行善口言善心念善從是人間命盡便上生焰摩天上受命適生時其身如閻浮利天下人三歲四歲天子身自然長大如是亦復自念前世布施持戒棄惡故得生天上欲得飲食時亦自然寶鉢滿在前便飲食即口中消盡譬如持酥麻油著火上即消滅食已入浴池洗浴出至諸樹樹枝自低取其所有飲食作音樂歌舞入園觀舍宅見無央數百千玉女其意擾亂不復念宿命之事其有人身行善口言善心念善從是人間命盡便上

生兜率天上適生身體長大如閻浮利天下人四歲五歲亦自知前世所作布施持戒棄惡亦食自然之飲食身即長大如餘天人往至浴池洗浴出到諸樹下各取所有作妓樂歌舞入園觀舍宅見無央數百千玉女煩亂其意不能復念宿命其有人身行善口言善心念善命盡生無貢高天上適生身長大如閻浮利天下人五六歲若生他化自轉天上適言生身如閻浮利天下人六七歲身即長大自知宿命布施持戒棄惡亦食自然飲食入浴池洗浴出至諸樹間樹枝自低各取所有衣被瓔珞不息著之取器食果作音樂歌舞入園觀舍宅見無央數百千玉女煩亂其意不能復念宿命佛言十五日有三齋何等爲三齋月八日十四日十五日是爲三云何爲月八日齋月八日齋時四王告使者言往案行四天下觀視萬民知世間有孝順父母者不有承事沙門婆羅門道人者不有敬長老者不有齋戒守道者不有布施者不有信今世後世者不使者受教四布案行天下還具白言多有不孝父母不敬事沙門婆羅門道人長老不齋戒布施四天王聞之即不歡喜說言今我聞惡語是爲減損諸天增益阿須倫種若多有孝順父母沙門婆羅門道人長老者多有齋戒布施信今世後世者具白之四天王聞之即大歡喜說言我今聞善言用人多有作善者增益諸天減損阿須倫種是爲月八日齋十四日齋云何十四日齋時四天王自告太子四布案行天下觀視萬民還具白意言多有作惡者四天王聞則不歡

喜說言人多有惡者減損諸天增益阿須倫種得善多者四天王則喜言增益諸天減損阿須倫種是爲十四日齋法云何爲十五日齋十五日齋時四天王躬身自下四布案行天下觀視百姓寧有孝順父母沙門道人敬長老齋戒布施信今世後世者不多有不能者即時四天王入善等正天中白天帝釋言世間多有不孝父母沙門道人多不敬長老齋戒布施不信今世後世者天帝釋聞已言我爲聞惡坐其不作善故減損諸天增益阿須倫種作善多者四天王入善等正天中具白天帝釋及諸忉利天人忉利天帝釋則大歡喜言我今以聞善語用世間人作善多故增益諸天減損阿須倫是爲月十五日齋時是爲十五日三齋佛告比丘言若有異道人問言一切男子女人初生時有隨後護之不若異道人問是者汝曹當報言街巷市里一切屠殺處冢間皆有非人無空缺處其人非人名隨報郡國縣邑丘聚名如江河山川所有名非人亦作是名如人所作名護非人亦作是名其有樹高七尺圍一尺者上悉有神其有人於是人間身行惡口言惡心念惡作十惡者十人百人一神護之譬如百群牛羊若千牛羊群一人牧護之佛言如是其有人身行惡口言惡心意念惡者百人千人有一神護耳其有人於此人間身行善口言善心念善奉十善事者是法人正見不轉人等一人常有百若千非人護之譬如王若大臣一人常有百若千在傍護之佛言如是其有人身口意行善奉十善事者是尊是法正見之

人等一人常有百若千非人在後護之是謂爲男子女人常有非人護之有三事閻浮利天下人勝俱耶尼天下人何等爲三一者意勇猛在因緣地二者此間人意勇猛修梵行三者此間人意勇猛趣佛是爲三有三事俱耶尼天下人勝閻浮利天下人何等爲三牛羊珠玉多是爲三勝閻浮利天下人閻浮利天下人有三事勝弗于逮天下人何等爲三一者此間人意勇猛在因緣地二者此間人勇猛意修梵行三者此間人有勇猛意趣佛是爲三弗于逮天下有三事勝閻浮利天下何等爲三一者其地極廣二者其地極大三者其處極富是爲三勝閻浮利天下人閻浮利天下人有三事勝鬱單越天下人何等爲三一者意勇猛在住二者意勇猛修梵行三者有勇猛意趣佛是爲三鬱單越天下人有三事勝閻浮利天下人何等爲三一者無所繫屬二者不畜奴婢婦子三者壽千歲無所缺減是爲三閻浮利天下人有三事勝阿須倫何等爲三一者意勇猛在住二者意精進修梵行三者有勇猛意趣佛是爲三諸阿須倫有三事勝閻浮利人何等爲三一者壽命長二者得久在三者多安隱是爲三閻浮利人有三事勝四天王天上人何等爲三一者意勇猛在住二者意勇猛修梵行三者有勇猛意趣佛是爲三四天王天上人有三事勝閻浮利天下人何等爲三一者長壽二者得久在三者多安隱是爲三閻浮利人有三事勝忉利天人燄摩天兜率天無貢高天他化自轉天何等爲三一者意勇猛在住二者意

勇猛修梵行三者有勇猛意趣佛是爲三忉利天燄摩天兜率天尼摩羅天婆羅尼蜜和耶起致天有三事勝閻浮利人何等爲三一者壽命長二者得久在三者多安隱是爲三欲界人有十二種何等爲十二一者泥犂二者禽獸三者薜荔四者世間人五者阿須倫六者四天王天七者忉利天八者燄摩天九者兜率天十者無貢高天十一者他化自轉天十二者魔天是爲十二種人爲欲界色行天有十八何等爲十八一者梵迦夷天梵不數樓天梵波利沙天大梵天阿維比天波利答天阿波羅那天波利多首天阿波羅天摩首天阿披波羅天維阿天波利多維天阿波摩維阿天維呵天維阿鉢天阿答和天善見天善見尼天阿迦尼吒天是爲十八色行天

無色行天有四何等爲四一者虛空智天二者識智天三者阿竭然天四者無思想亦有思想天是爲四無色天佛告諸比丘言昔者持地大天神發起是惡見言但有地無有水亦無有火無有風佛言我爾時往至持地大神所告持地大神言汝爲實發起是惡見言地無有水火風不神言唯然世尊佛言大神莫說地無水火風所以者何地有水火風地里數最深佛言我能知持地大神發起惡見我便以法勸助令意開解歡喜即立遠塵離垢諸法眼生譬如白繒淨好持著染中則受染色好佛言如是持地大神立遠塵離垢諸法法眼生爾時持地大神現在得法行斷狐疑白佛言我從今已往盡形壽歸命佛歸命法歸命比丘僧受持優婆夷戒常有慈心於

人及蛸蜚蠕動之類也佛告比丘昔者持水大神發是惡見言但有水無有地亦無火風我爾時往至持水大神所問持水大神言汝實爲發起惡見言但有水無有地火風耶神言唯然世尊佛言大神莫得説是語所以者何有水亦有火地風但水里數大深水神即棄捐惡見我但以法勸助令意開解歡喜即立遠塵離垢諸法法眼生譬如白繒淨好持著染中便受好色持水大神亦如是現在得法行無有狐疑即白佛言我從今已往盡形壽歸命佛歸命法歸命比丘僧受戒常慈心於人及蛸蜚蠕動之類佛告比丘昔者持火大神發是惡見言從火無有地水風我爾時往至持火大神所問言汝實爲發是惡見言從火無地水風不火神言唯然世尊佛言火神莫得説是語所以者何有火亦有地水風爾時持火大神即棄捐惡見我便以法勸助令意開解歡喜即立遠塵離垢諸法法眼生譬如白繒淨好持著染中即受好色持火大神亦如是現在得法行無有狐疑白佛言我從今以後盡形壽歸命佛歸命法歸命比丘僧受持戒作優婆夷常有慈心於人及蛸蜚蠕動之類佛告比丘昔者持風大神發是惡見言從風無地水火我爾時往至持風大神所問之言汝實發是惡見言從風無地水火耶風神言世尊唯然佛言莫得説是語所以者何有風亦有地水火者風里數大深爾時持風大神便棄捐惡見佛言我以法勸助令意開解歡喜即立遠塵離垢諸法法眼生譬如白繒淨好著染中即受好色持風大神亦

如是現在得法行無狐疑便白佛言我從今已往盡形壽歸命佛歸命法歸命比丘僧受戒作優婆塞常有慈心於人及蜎蜚蠕動之類佛告比丘言云何有四色何等爲四一者有青色二者有赤色三者有黄白色四者有黒色其有青色雲者中有水界大多其有赤色雲者中有火界大多其有黄白色雲者中有地界大多其有黒色雲者中有風界大多雷電有四品何等爲四一者東方電名百主二者南方電名身味三者西方電名阿竭羅四者北方電名阿祝藍何以故於虚空有電出聲有時身味電與阿祝藍合諍鬭用是故虚空中出聲或身味電與百主電共鬭諍是故雲中出聲有時祝藍電與身味電共諍鬭時是故虚空中出聲何以故虚空雲中出聲有時地種與水種共諍鬭地種與火種共諍鬭地種與風種共諍鬭譬如山山相搏却住佛言如是地種與水火風種共諍鬭是故虚空中出聲此事却雨復有五事天雨何等爲五一者於是天雲起雷出電現應人謂當天雨有時風種大起吹至遠山閒壄澤處雨是爲一事失雨復次天雲起雷出電現應人謂當天雨有時火種起焦燒雨水是爲二事失雨復次天雲起雷出電現應人謂當雨有時阿須倫王便兩手取雨水著大海中是爲三事失雨復次天雲起雷出電現應人謂當雨時雨師及婬亂是故天雨不數時節是爲四事失雨復次國君行非法奉癡法多瞋恚惡天雨不時節是爲五事失雨

佛説樓炭經卷四

音釋

憒古對切心亂也幘側革切覆髻巾也銖慵朱切重十黍曰銖麨麩麨尺少切乾粮也麩去吕切麥粥也澡子皓切泆夷質切薜荔薜蒲計切荔郎計切蠕而兖切蟲動也墾康很切鬮也

佛說樓炭經卷第五

西晉三藏法師法立共法炬譯

戰鬬品第十

佛告比丘昔者諸天欲與阿須倫共戰鬬諸天便在一面住舍營時天帝釋告忉利諸天言若使我諸天得勝阿須倫壞者當以五繫縛維摩質阿須倫天帝釋敕諸樂天等忉利天人即受天帝釋教爾時維摩質阿須倫亦復告諸阿須倫言若使諸阿須倫得勝諸天壞者便當取帝釋以五繫縛之諸阿須倫受教爾時諸天與阿須倫共戰鬬諸天便得勝忉利諸天便取維摩質阿須倫以五繫縛將至善等天等以現天帝釋若維摩質阿須倫念言我樂在此天上者便自見五繫縛已解自然天五樂在前若維摩質阿須倫自念欲還便自還五繫縛失天五樂佛語比丘阿須倫所被繫縛如是魔所繫縛復劇是若念爲魔所縛不念爲魔所解有我念有吾有我爲著無有我是亦爲著有色是亦爲著無有色是亦爲著亦不有色亦不無色是亦爲著有想者是亦爲著無想是亦爲著亦不有想亦不無想是亦爲著是爲著疾病是爲著瘡是爲著痛賢者弟子聞是著病著瘡著痛樂無所著行是我者是爲著是爲不專壹爲亂是爲展轉有我是爲著無有我是亦爲著有色是爲著無色是爲著亦不有色亦不無色是亦爲著有想是爲著無想是亦爲著亦不有想亦不無想是亦爲著著病瘡痛賢者弟子聞是著病瘡痛便樂無所著行佛告比丘昔者阿須倫與天戰鬬釋提桓因告忉利諸天

若諸天得勝便當五繫縛維摩質阿須倫諸天即受教爾時維摩質便復告諸阿須倫若我曹得勝者便當共取天帝釋五繫縛之便共戰鬬諸天便得勝則取維摩質阿須倫五繫縛之將至善等天等以現天帝釋維摩質阿須倫行來善等天等所見者便罵詈惡口

爾時侍者於天帝釋前便說偈言

天帝釋爲恐耶　無有力而寂寞
目前聞維摩質　口所出麤惡語

爾時天帝釋報侍者說偈言

我不用恐故寂　力不少於維摩
云何人智慧者　寧當與愚癡諍

爾時侍者於天帝釋前說偈言

若愚癡來鬬時　不當復忍此事
於彼當以撾杖　便捶繫是愚癡

爾時天帝釋報侍者說偈言

我已爲了知是　不當與愚癡語
若愚者有瞋恚　智慧者不欲諍

爾時侍者於天帝釋前說偈言

當知是如是寂　天帝釋當見因
用愚癡謂智爲　以恐畏故寂寞
其愚癡自謂爲　用恐畏故默聲
用是故復來鬬　王恐捨如牛走

爾時釋提桓因報侍者說偈言

念來嬈輕易我　謂爲恐故默然
身之利第一義　無有與忍辱等
其是者弊惡人　若有起瞋恚意
不當發瞋恚向　瞋恚者便共諍

爾時釋提桓因復報侍者說偈言

所作有二因緣　爲身故及他人

若有起諍鬭者　智慧者不與鬭
若有作是二事　爲己身及他人
人謂是爲愚癡　用不解於法故
無力者謂有力　其有力癡强者
行法者其筋力　無有能降伏者
其有是筋力者　於劣人其寂寞
我知忍爲最上　㳬忍辱於劣人

佛告比丘欲知爾時天帝釋是我身我忍辱如是我今亦復忍辱佛語比丘昔者阿須倫與諸天共鬭得勝諸天即壞天帝釋便坐千疋馬車恐走還見睒陂大樹上有鳥語巢中有二卵便自説偈言

語御者鳥睒陂　迴車馬當避去
寧阿須破壞我　莫令壞是兩卵

御者即受天帝釋教迴千疋馬車避去諸阿須倫見天帝釋千疋馬車迴還便言欲來與我戰鬭以阿須倫即恐怖忙走天即得勝佛告比丘欲知爾時天帝釋不則我身是我爾時以慈念一切人民及蜎飛蠕動之類亦如是佛告比丘昔者諸天與阿須倫共戰鬭諸天得勝阿須倫壞爾時天帝釋甚歡喜還造起大講堂名爲勝何以故名爲勝勝諸阿須倫故作百重欄楯一一欄楯間各作七百交露一一交露中有七百玉女一一玉女有七百侍者爾時天帝釋不復憂諸玉女衣被飲食各如前世所行自然爲生起講堂千世界中講堂無有與天帝釋講堂等者時阿須倫王念言我威神力尊乃如是諸日月及忉利天於我上虚空中往還我欲取日月之光明著耳中行至十方念是已便瞋恚無所復避

爾時阿須倫王念維摩質阿須倫維摩質阿須倫即知之便著種種具莊嚴種種兵仗騎乘無央數阿須倫百千俱往至阿須倫王所在前住爾時阿須倫王復念舍摩利阿須倫舍摩利阿須倫即復知之便著種種具莊取兵仗騎乘與無央數百千阿須倫往至阿須倫王所在前住爾時阿須倫王復念滿由阿須倫祇羅阿須倫即知之便著種種具莊取兵仗與無央數百千阿須倫俱往至阿須倫王所在前住爾時阿須倫王自著種種具莊取兵仗騎乘與無央數百千阿須倫俱圍遶從城出往欲與忉利天共戰鬬爾時難頭和難龍王以身遶須彌山七帀而震動須彌山以尾搏扇大海其水跳上至須彌山邊三百三十六萬里忉利天即知阿須倫欲來與天共戰鬬爾時海中諸龍著種種具莊取兵仗騎乘皆往逆諸阿須倫共鬬若鬬得勝者逐諸阿須倫入其城郭若諸龍壞不能勝者便往至拘蹄鬼神所語諸拘蹄鬼神言諸阿須倫欲與諸天共戰鬬共去逆鬬來拘蹄諸鬼神聞諸龍語便著種種衣被具莊取兵仗騎乘共往逆阿須倫便戰鬬若能勝者逐阿須倫入其城郭不能勝者即往至持華鬼神所語諸持華鬼神言阿須倫欲與天共戰鬬當俱往逆逐之持華鬼神從龍及拘蹄鬼神聞是語便著種種具莊取兵仗騎乘共往逆與阿須倫共戰若得勝者便逐入其城郭若不能勝者便往至蔡陀末鬼神所語蔡陀末鬼神言諸阿須倫欲與諸天共戰鬬當共往逆逐之蔡陀末鬼神聞之便著具莊取兵仗騎

乘共往逆阿須倫共戰鬬若得勝者即逐阿須倫至其城郭不能勝者便往至四天王天上語四天王言諸阿須倫欲與天戰鬬當共往逆戰鬬逐之諸天聞之爾時毗沙門大天王念提頭賴吒天王提頭賴吒天王即知之便著種種具莊取兵仗騎乘與無央數提陁羅百千俱前後圍遶往至毗沙門大天王所在前住爾時毗沙門天王復念毗留勒叉毗留勒叉天王即知之便著種種具莊取兵仗騎乘毗留勒叉天王與無央數諸天人與無央數百千兵俱毗留博叉天王與無央數諸龍百千俱前後圍遶往至毗沙門大天王所在前住爾時毗沙門天王著種種具莊取兵仗騎乘與無央數百千諸鬼神俱圍遶及諸天王往與諸阿須倫共戰鬬若能得勝者便逐諸阿須倫至其城郭不得勝者即往至善等天等白天帝釋及諸忉利諸天言諸阿須倫欲與諸天戰鬬當共往逆鬬逐之爾時天帝釋告諸天言往至須燄摩天子所兜術天子所尼摩羅天子所波羅尼蜜天子所言阿須倫欲與諸天共戰當共逆鬬逐之波羅摩天子所言諸阿須倫欲與諸天共戰當共往鬬即受天帝釋教往語上四天如是便各各著種種具莊取兵仗騎乘來下天與無央數天人燄摩天往住須彌山東脅護忉利天故兜術天人往與無央數天人在須彌山南脅住護忉利天故尼摩羅天子與無央數諸天住須彌山西脅護忉利天故波羅尼蜜天子與無央數諸天王住須彌山北脅護忉利天故爾時天帝釋念惟緩諸鬼神鬼神即知之

便著種種具莊取兵仗騎乘往至天帝釋所在前住爾時天帝釋念善住象王善住象王即知之便著種種具莊取兵仗騎乘往至天帝釋所在前住爾時天帝釋復念諸天王諸天王即知之便著種種具莊取兵仗騎乘往至帝釋所在前住爾時天帝釋復念忉利諸天忉利諸天即時知之便著種種具莊取兵仗騎乘往至天帝釋所在前住爾時天帝釋自著種種具莊取兵仗騎乘坐善住象王頂上與無央數百千諸天前後圍遶出天宮往至諸阿須倫所共戰鬬刀刃矛箭弓弩以刺傷諸阿須倫身毒痛不可言以因緣故亦不死諸阿須倫亦如是用七寶刀刃矛箭弓弩以刺傷諸天身毒痛不可言以因緣故亦不死欲行天亦如是與諸阿須倫戰鬬用欲故欲藏故欲因緣故乃如是

三小劫品第十一

佛告比丘有三小劫何等爲三一者刀劒劫二者穀貴劫三者病疫劫是爲三小劫刀劒劫者云何刀劒劫時人多非法愚癡邪見行十惡事用人行是惡事故諸所有美味酥麻油蜜石蜜諸所有皆滅諸有好衣錦氎皆滅盡是天下地山林谿谷崖岸自然生諸珠瑠璃水精諸寶皆沒地中但有棘崖刀劒劫時人民不孝順父母不承事沙門道人不敬尊長其惡名遍流行佛言譬如今世人孝順父母敬事沙門道人承用長老言其善名聞流布如是刀劒劫時人民不孝順父母不承事道人沙門不敬長老惡名聞流布刀劒劫時都無有善何況有行善者耶刀劒劫時是

天下人無有相貫貸者諸大樹木皆墮墜地但有溝坑高卑不平有水蕩波處崩岸河水深在底人民少但懷恐怖衣毛爲豎刀劒劫時人民相見但欲相賊害譬如野澤之中獵者見麞鹿欲害殺之如是刀劒劫時人民相見但欲相賊害手所捉取草木瓦石皆化爲刀劒展轉相殺爾時人壽十歲時中有黠者智慧走入山林谿谷深河岸中藏匿言無有能殺我者我亦不殺人便在彼食果蓏樹根刀劒劫時相殺七日乃休爾時人民死者墮泥犂中所以者何彼刀劒劫時人各各懷毒意相念惡無善意而死刀劒劫時人如是也佛語比丘穀貴劫時云何穀貴劫中時人民多非法愚癡邪見妬嫉慳貪守財不肯布施用是故天雨不爲時節用天雨不時節故人民所耕種枯死不生但有枯莖用是故穀貴人收掃畦中落穀栽自活命穀貴劫時如是也復次穀貴劫時人行掃街市里均穀以自給活復次穀貴劫時樹葉落入地人已鑿地取樹葉煮食之穀貴劫時人民困厄如是也穀貴劫時饑餓死者多歲骸骨解散在地人皆饑餓收取市里街道骸骨煮用食之人民饑餓乃如是也穀貴劫時人死者墮餓鬼中所以者何穀貴劫時人民相嫉妬慳貪是爲穀貴劫也佛語比丘疾病劫時云何疾病劫時人民奉行經戒正見離邪見行十善事用是故爾時他方世界諸鬼神來嬈是諸人撾捶諸人撓亂其意此間鬼神婬亂是故他方鬼神得便來嬈諸人撾捶撓亂其意譬如王者若大臣勑兵使守護城門此諸兵婬亂若他

國有强賊來抄掠此郡國縣邑如是疾病劫時人民奉行經戒正見離邪見奉十善事他方鬼神來觸嬈人撾捶撓亂其意疾病劫時人死者皆生天上所以者何疾病劫時人展轉相勞問言云何爲安隱不爲差未是爲疾病劫時是爲三小劫也

災變品第十二

佛語比丘天地有三災變何等爲三一者火災變二者水災變三者風災變是爲三災變災變時人會三處何等爲三遭火災變時人悉上第十五阿衛貨羅天上聚會衆多遭水災變時人悉上第十九首皮斤天上聚會衆多遭風災變時人悉上第二十三維呵鉢天上聚會衆多遭火災變時天下人皆行非法邪見不正見犯十惡事用人民皆行非法奉邪見不見正行行十惡故天雨不時節天不雨以後是天下所有樹木草藥萬物皆枯死不復生佛告比丘言是爲非常無堅固不得久是爲老極故當創猒至令一切廢自求解脱矣後久久不可計大亂風起入大海三百三十六萬里取日大城郭上須彌山邊百六十八萬里著本日道中用是故世間有兩日出兩日出之後諸渠小河水皆枯竭無有水佛言是爲非常無堅固不得久是爲老極故當創猒至得解脱自然之道後時久久不可復計大亂風起吹彼大海水波三百三十六萬里入取日大城郭上須彌山王邊百六十八萬里著日城郭道中用是故世間有三日出諸有大河江流邪遠阿夷越摩醯和又信他流江水皆枯盡無有餘也佛語比丘非常

無堅固乃如是是爲老極故當剏猒遠之至得解脱自然之道矣後復久久不可計有大亂風起吹海水波三百三十六萬里入取日大城郭出上須彌山王邊百六十八萬里著日道中用是故世間有四日出諸流衆大泉及阿耨達池紅蓮華池青蓮華池白蓮華池黄蓮華池摩那衍大池那利大池皆枯盡無餘也佛語比丘非常無堅固乃如是不可得久是爲老極故當剏猒遠之至得解脱自然之道矣後復久久不可計大亂風起吹大海水波三百三十六萬里入取日大城郭上須彌山王邊百六十八萬里著日道中用是故世間有五日出大海水稍減四千里八千里萬二千里至減二萬八千里佛語比丘非常無堅固乃如是不可得久是爲老極故當剏猒遠之至得解脱自然之道矣五日出時焦大海水至餘有二萬八千里萬八千里萬四千里八千里四千里有時海水稍減餘有七樹六樹五樹四樹三樹二樹一樹後稍減餘有七人六人五人四人三人二人至一人海水餘有没一人後稍減至人腰稍至人膝後餘有少許水譬如天雨牛蹄中水後稍久久大海水皆枯盡不能濕人指譬如脂膏之汁著大火中即無烟矣佛語比丘非常無堅固乃如是故當剏猒遠之至得解脱自然之道矣後復甚久久不可計大亂風吹大海水波三百三十六萬里入取日大城郭上須彌山王邊百六十八萬里著日道中用是故世間有六日出四大天下及八萬城大山及須彌山王皆燒炙出烟譬如大陶家初然火出烟

狀佛語比丘如是世間有六日出時燒炙四大天下及八萬城諸大山須彌山王皆烟出譬如脂膏濕著大火中即焦無烟矣佛語比丘非常無堅固故當創猒求索解脫得自然之道矣後復甚久久有大亂風起吹大海水波三百三十六萬里八取日大城郭出上須彌山王邊著日道中用是故世間有七日出四天下及八萬城諸大山須彌山王皆皺峩動搖譬如大鼎鑊熾其火鑊沸涌躍七日出時如是也四天王忉利天燄摩天兜術天尼摩羅天波羅尼蜜天梵迦夷天宮皆皺峩動搖也風高諸天宮上著阿衛貨羅天彼諸初生天子見火皆恐怖先生諸天子語初生天子汝莫怖恐我昔更見燒時火齊此不過爾時四大天下及八萬城諸大山及須彌山皆皺峩動搖須彌山王四千里一崩墮八千里萬二千里萬六千里二萬里二萬四千里二萬八千里而崩墮譬如脂膏濕著大火中即無烟亦無餘矣佛語比丘所有非常無堅固乃如是是爲老極故當創猒遠之至得解脫自然之道誰當信世間有七日出時獨有見者信之耳誰當信四大天下及八萬城諸大山及須彌山王燒出烟獨有見者信之耳誰當信四大天下及八萬城諸大山及須彌山王皺峩動搖及四天王忉利天燄摩天兜術天無貢高天他化自轉天梵迦夷天皆皺峩動搖風舉諸天宮上十五阿衛貨羅天上者獨有見者信之耳誰當信須彌山王盡破壞無復有焦山土處諸泥犂一切皆破壞滅盡已後畜生禽獸皆復滅盡已然後餓鬼皆復

滅盡已後阿須倫皆復滅盡已後人皆死盡及四天王忉利天焰摩天兜術天無貢高天他化自轉天梵迦夷天人皆滅盡是謂天地燒之人皆會一處然後甚大久久有大雲起放大雨其滴大如車軸滿諸江海稍稍積聚水上至梵迦夷天復至第十五光明聲天上其水四面有風制持之第一風名住風二者助風三者不轉風四者堅風是爲四後久久大復久數千萬歲水稍稍耗減無央數百千逾旬有風名僧竭周而四面起吹水稍稍減其上波起生厚沫化作七寶交露如是持上至第七天上造作宮殿後久久數千萬歲水稍稍耗減數百逾旬數百千逾旬亂風從四面起吹撓水上生厚沫化爲七寶金銀瑠璃水精硨磲瑪瑙赤真珠成爲交露金風持造作第六波羅尼和耶越天人所居處後久久甚遠數千萬歲水稍稍耗減亂風名蔡竭從四面來吹水上波起生厚沫化爲七寶金銀瑠璃水精赤真珠硨磲瑪瑙成爲交露念亂風持上第五天上造作天人宮殿竟後久久數千萬歲水下遂耗減亂風從四面來吹水上波起生厚沫化爲七寶持上造作第四兜術天上第三焰摩天作宮殿後復久久數千萬歲水下稍稍耗減數千萬逾旬亂風從四面來吹水上波起生厚沫化爲四寶一者黄金二者白銀三者瑠璃四者水精亂風持以於世間天中央造作須彌山王高三百三十六萬里縱廣三百三十六萬里其東脅天白銀南脅天青瑠璃西脅天水精北脅天黄金後復久久數千萬歲水下遂稍稍耗減數千

萬踰旬亂風從四面來吹撓其水上生厚沫化爲七寶金銀瑠璃水精赤眞珠硨磲瑪瑙成交露亂風持上須彌山王上造作第二忉利天宮殿竟後復久久數千萬歲水下稍稍耗減數千萬踰旬亂風從四面來吹撓其水上波起生厚沫化爲七寶成交露亂風持上須彌山王百六十八萬里中半造作第一天上人宮殿竟後復久久數千萬歲水下稍稍耗減亂風從四面來吹撓其水上波起生厚沫化爲金剛亂風於四大天下及八萬城外造作山高六百八十萬踰旬凡合外四币名大鐵圍山復後久久數千萬歲水下稍稍耗減亂風從四面來吹撓其水上波起生厚沫化爲金剛亂風復取於四大天下及八萬城外周币四合復造作第二大山其山高六百八十萬踰旬其後水下稍稍耗減數千萬里亂風從四面來吹撓其水上波起生厚沫化爲七寶金銀瑠璃水精赤眞珠硨磲瑪瑙圍遶造作八重山高百六十八萬里名阿多利甚姝好其水下遂稍稍減數千萬里亂風從四面來吹撓其水上波起生厚沫化爲七寶持著阿多利山周币造作第二山名伊沙多高百三十四萬里甚姝好第三山名踰安多高四十八萬里廣亦四十八萬里第四山名善見高二十四萬里廣亦二十四萬里第五寶山名阿波尼高十二萬里廣亦十二萬里第六寶山名尼彌多羅高四萬四千里廣亦四萬四千里第七寶山名維那兜高二萬二千里廣亦二萬二千里第八寶山名遮加和高萬二千里廣亦萬二千里後水稍稍減亂

風四面來吹其水上生厚沫化爲厚土因成地深六百八十萬踰旬其邊不可限亂風大起吹掘損其地大深三百三十六萬里長亦三百三十六萬里天下諸水皆流歸之正滿因成大海海水何故鹹鹹一味有三事一者海中有大魚身長四千里者八千里者萬二千里者萬六千里者一萬里者二萬四千里者二萬八千里者三萬二千里者皆潰溺海中故海水鹹二者雲起覆諸海放大雨其雲上至阿迦尼吒天放雨大如車軸洗盪須彌陀旃諸天宮阿答和天阿比波天首皮斤天惟呵鉢天阿陂波天梵迦夷天下至四天王其鹹水悉流入大海故海水鹹一味復次昔者得仙道人能呪呪使海水鹹一味故海水鹹一味是爲三事佛言天地共遭水災變時

天下人施行皆爲衆善好喜爲道德死後精神魂魄皆上第十六天爲天人泥犂中人諸有含血喘息蠕動之類皆死歸人形復爲衆善之行喜爲道德死皆上第十六天上爲天人阿須倫天人及第一天上人以上至第十五天上人皆終亡其精神魂魄來下歸人形施行積爲衆善好喜爲道德死皆復上第十六天上爲天人然後天下人乃盡久久大雲復起上行至故第十五天上其雲下大沸灰雨其滴大如車軸天雨沸灰如是久久數百千萬歲諸四天下八萬城諸大山及須彌山從第十五天上以下至四天下皆糜爛消滅盡無餘譬如脂膏之汁置大火中即無烟炎矣誰當信此言者獨有得自然之道者乃信之耳此所謂天地遭水災變時破壞終亡之

要天地終亡破壞後得更始生之法如遭水災變時更生同法始從第十五天上起成下至第一天上及阿須倫天及造作四大天下及八萬城諸大山及須彌山日月星宿乃見下及天下諸有萬物至造竟鐵圍大山此所謂天地遭水災變時破壞終亡後更始根本要也佛言天地共遭大風災變時天下人施行又住平善慈仁常孝順皆喜好爲道德死精神皆上第十七天上爲天人泥犂中人及諸有含血喘息蠕動之類皆死歸人形皆復爲衆善之行皆喜好爲道德死精神魂魄皆上第十七天上爲天人阿須倫天人及第一天上以上至第十六天上人皆終亡精神魂魄來下歸人形施行積爲善喜好爲道德皆復上第十七天上爲天人然後天下人乃盡索後久久大風起名曰來柯沙上行至故第十六天上悉壞敗破散消滅上悉盡之無餘聲無響久久如是大風吹盡第十六天上人本所居處了盡下至阿須倫天無餘譬如大風吹微麵隨漂消散微盡誰當信此言者獨有得自然之道信者乃知耳大風復吹破壞消滅悉盡天下日月所照中萬物四天下及八萬城諸大山及須彌山盡竟鐵圍大山皆靡消滅亡悉盡索無復餘譬如大風吹微麵隨漂消散微盡無餘矣天地共遭大風災變時竟一劫後復更始生之法復如遭火災變後復更始生一劫乃成竟此所謂天地共遭大風破壞終亡以三品後更始生亦以三品誰當信此言者獨有以得自然之道者信之耳天地共更始生如始遭火災變時後復更

始生亂風復起造作之悉竟後第十五天上人其薄禄者來下悉填滿十一重天人所居上下悉充滿及阿須倫天在須彌山四面本故所居處悉皆充滿

佛說樓炭經卷第五

音釋

撾陟瓜切箠擊也 嬈而沼切亂也 縵毋官切 黠胡八切聰慧也 匿女力切隱也 蓏郎果切蔓生曰蓏 鑿昨各切 簸㦻蔽補過簸㦻頗側貌 喘昌充切疾息也

佛說樓炭經卷第六

西晉三藏法師法立共法炬譯

天地成壞品第十三

佛告比丘天地破壞更始成之後人皆在第十五阿衛貨羅天上其天上人以好喜作食各自有光明神足其壽甚久長佛告比丘時其水滿天下地爾時無有日月亦無星宿無有晝夜亦無一月半月亦無年歲窈窈冥冥無所見天地成之後彼天人福德薄祿命欲盡者從阿衛貨羅天上來下遊此間地亦以好喜爲食各自有光明神足飛行在其人間壽甚久長時天下人甚端正姝好不別男女亦不可別君長庶人民但共衆俱往還佛告比丘時地上自然生地味譬如白酥上肥其地味色如是也其味譬如蜜時有一異嗜味人心念言我欲試以指取地味嘗之知何等類其人便以指取地味嘗之甚喜嗜之如是嘗至三返遂喜即復撮滿手食之餘人見巳便効以手撮取地味而食之人食是地味之後身即麤堅面色變惡亡失光明神足不能復飛行上天天下復如故天下窈窈冥冥天下窈窈冥冥之後法當有大黑風起吹入大海水波三百三十六萬里取日月大城郭上須彌山邊百六十八萬里著日月城郭道中用是因緣天下有日月也爾時日大城郭從須彌山東出遶須彌山王西入圍遶復從山東出遶須彌山西入時人有言是昨日日也或有人言非是昨日日者日城郭復從須彌山東出如是三返遶須彌山西入爾時人言是昨日日也或有言非是昨日日也日城郭

復從須彌山東出如是三返遶須彌山西入爾時人言是昨日出者也是故謂言日也日有二事一者出照現城郭二者没不現其宮殿正四方圓其光明照周帀是故圓以天金水精淨潔作城郭彼二分一分者清淨金光無瑕穢無垢濁光明照曜一分者水精潔淨無瑕穢無垢濁放光明日大城郭廣長各二千四十里高下亦等城中有金樓觀宮殿名閻浮清淨高六百四十里廣亦六百四十里閻浮樓觀宮殿中有日天子座廣長各二十里以天七寶金銀瑠璃水精赤眞珠硨磲瑪瑙作之日天子一身皆出光明照閻浮宮殿閻浮宮殿之光明照大城郭大城郭之光明下照四方日天子不念言我爲行不行也常以五樂自娛樂快樂日天子有無央數天在

前導快樂無極前後導從御行是故謂爲御日天子其城郭以七寶作七重壁七重欄楯七重交露樹木園觀浴池有青黃赤白蓮華中有種種飛鳥相和而鳴日天子壽天上五百歲子子孫孫相襲代極竟畢一劫日天子城郭下出五百光明周帀復有五百光明是爲千光明善因緣所致復何從得千光明善因縁以何致之用照天下令人民見其光明已能成爲諸事何以故人民見其光明已能成其諸事耶若有布施與沙門道人及貧窮乞匃者衣被飲食車馬六畜香熏華鬘牀卧房室舍宅燈火所求索即疾與不逆人意常不斷截無猒極施一心施後不悔也令道人清淨奉眞法歡喜用是使安隱意定得無央數善行譬如轉輪王初立爲尊其意歡喜無

央數佛言如是也若有人布施沙門道人及貧窮乞匃者衣被飲食車馬六畜香熏華鬘牀卧房室舍宅燈火所索不逆人意不斷一心施後不悔令清淨道人奉尊法用是歡喜使安隱意得無央數善行其人命盡死往至安隱處即生日天子所使疾得持日城郭其光明照下四方矣是謂爲千光明以善因緣所致復何從得千光明善有十因緣一者不殺生二者不盜三者不犯他人婦女四者不妄言五者不飲酒六者不惡口駡詈七者不兩舌綺語八者不嫉妬九者意不瞋恚十者正見以無央數心念善慈仁身死即生日天子所自然得持日城郭是爲千光明善因緣所致復何從得千光明善因緣一者不殺生二者不盜三者不犯他人婦女四者不妄言五者不飲酒意行無央數善慈仁譬如好地四徼道中有浴池清涼水軟且美周帀種種樹若有人從暑熱中來饑渴極入浴池中洗浴飲其水彼人意念無央數歡喜佛言如是也其有不殺盜婬妄言飲酒意念無央數善身死得生日天子所則疾得持日城郭是謂以善因緣所致千光明之曜也何以故日大城郭令天下爲秋冬寒用十三因緣故何等爲十三一者須彌山中間長三百三十六萬里生青蓮華紅蓮華黄蓮華白蓮華甚衆多大香好日大城郭光明照中爲奪其光用是因緣故令日大城郭寒爲秋冬是爲一事二者阿羅陀山中間長百六十八萬里其中生青紅黄白蓮華甚衆多大香好揥日大城郭之光明用是故令日城郭寒是爲二事復次

俞安山中間長八十四萬里其中生青紅黄白蓮華甚衆多大香好復㨻日大城郭之光明是故天下寒是爲三事復次善見山中間長四十八萬里中生青紅黄白蓮華甚衆多大香好㨻日之光明是故令天下寒是爲四事善見山外次有阿抄波山中間長二十四萬里五阿抄波山後有尼彌陀山中間長十二萬里六尼彌陀後次有比那頭山中間長四萬八千里七比那山後次有鐵圍山長二萬四千里㨻其日大城郭之光明用是故令天下寒爲秋冬是爲八事復次天下流河㨻其日大城郭之光明是故日大城郭寒爲秋冬是爲九事復次其河水東流向閻浮利者少流行向倶耶尼天下者多便㨻日大城郭之光明用是故天下日寒是爲十事復次河

流向倶耶尼者少流向弗于逮者復多彼復㨻日大城郭之光明故天下寒是爲十一事復次河流向弗于逮者少流向鬱單越者復多彼復㨻日大城郭之光明用是故大海水寒是爲十二事復次㨻日大城郭之光明是故天下日寒有秋冬是爲十三事何因縁日大城郭熱爲春夏有十事何等爲十一者須彌山王其邊有山名阿多高百六十八萬里廣亦百六十八萬里其邊無限甚姝好七寶金銀瑠璃水精赤眞珠硨磲瑪瑙作之彼㨻其日大城郭之光明用是故天下熱是爲一事復次阿多山外有山名伊沙多高八十四萬里廣亦八十四萬里其邊無限甚姝好皆以七寶金銀瑠璃水精赤眞珠硨磲瑪瑙作之㨻其日大城郭之光明用是故天下熱是

爲二事復次伊沙多山外有山名俞安陀高四十八萬里廣亦四十八萬里其邊無限甚姝好皆七寶作之彼復掬日大城郭之光明故天下熱是爲三事復次俞安陀山外有山名善見高二十四萬里廣亦二十四萬里其邊無限是爲四事復次有山名阿抄尼高十二萬里廣亦十二萬里其邊無限是爲五事復次有山名尼彌陀高四萬八千里廣亦四萬八千里其邊無限是爲六事尼彌陀山後次有山名比那頭高二萬四千里廣亦二萬四千里其邊無限是爲七事次外復有大山名鐵圍高二萬二千里廣亦二萬二千里其邊無限皆以七寶作之日大城郭之光明皆照其上也用是故天下熱有春夏是爲八事復次從此高四十萬里有天神舍以水精作之在虛空中大風制持行之譬如浮雲矣天下人皆共名之爲星宿其大者圍七百二十里中者圍四百八十里小者圍二百四十里日大城郭之光明多彼用是因緣故天下熱是爲九事復次天下地掬日大城郭之光明用是故天下熱爲春夏是爲十事日大城郭有常持風五品一者持風二者住風三者助風四者轉風五者行風是爲五共轉行日大城郭未曾休息時也佛言爾時月大城郭出遶須彌山東行西入光明威神稍減是故名爲月月有三事光明周帀照四方其大城郭四方正圓光明周帀正圓月城郭以天銀天瑠璃造作之也月大城郭廣長各千九百六十里高下亦等城中有月天子瑠璃宮殿高六百里廣亦六百里中有月天子座廣長各

二十里以七寶金銀瑠璃水精赤眞珠硨磲瑪瑙作之月天子身一切皆出光明照宮殿宮殿光明出照大城郭城郭之光明下徧照四方月天子不自念言我行不行常以天五樂娛樂快樂月天子前後導從諸天無央數御行常快樂歡喜故名爲御也月天子壽以天上五百歲子子孫孫相襲代其城郭壁以七寶作七重欄楯七重交露七重行樹樹木周帀圍遶皆以七寶造之有園觀浴池中生青黃紅白蓮華種種飛鳥相和而鳴月天子下有五百光明周帀復有五百光明用爲千光明善因緣所致千光明善因緣何從得若有布施沙門道人及貧窮乞匃者衣被飲食車馬六畜香熏華鬘牀卧房室舍宅燈火所索不逆人意一心布施施後不悔令清淨道人奉眞法使安隱得無央數善行譬如轉輪王初立爲王時意歡喜無央數佛言如是若有布施沙門道人及貧窮乞匃者衣被飲食及衆用者令得無央數安隱歡喜其人命盡死即生月天子所則疾得持月大城郭是故謂其千光明以善因緣所致復何從得千光明善因緣若有於是不殺盜婬不妄言綺語惡口駡詈兩舌不嫉妬意不瞋恚愚癡行十善事意常歡喜無央數譬如好地四徼道中有浴池水清淨輭且美周帀有樹若有人饑渴從暑熱中來入中洗浴飲其水意歡喜無央數佛言如是若有行十善事者身死即生月天子所則疾得持月大城郭也是謂爲其千光明以善因緣所致矣復何從得千光明善因緣若有不殺生不盜竊不犯他人婦女

不妄言不飲酒其人歡喜身死便生月天子所則疾得持月城郭是謂以善因緣所致千光明六十彈指頃爲切七尺縷切二十一尺爲一時百彈指爲切十尺日大城郭日稍稍南著行六十里盡百八十日乃復北還竟百八十日也日行百八十日者月行十五日即復到矣閻浮利日中時東方弗于逮便冥西方俱耶尼則初出北方欝單越則夜半也俱耶尼日中時閻浮利即冥欝單越日初出弗于逮夜半也欝單越日中時俱耶尼則冥弗于逮日初出閻浮利即夜半也弗于逮日中時欝單越則冥閻浮利日初出俱耶尼則夜半也佛言月何因緣稍稍現缺減有三事故缺何等爲三一者角行故稍稍現缺減是爲一事二者月大城郭邊有天人其色青衣被瓔珞亦青所可侍面止頓其面則現缺減是爲二事三者日大城郭以六十光明照月大城郭之明所照面其面則現缺減是爲三事日奪月光明故月何因復現滿具足有三事何等爲三一者月稍行三方用是故月稍現滿是爲一事二者月十五日則諸青色青衣天人入月城中共相娛樂彼時月皆以光明照諸天人譬如衆燈中央然大火其火皆曜衆燈佛言如是月大城郭邊諸天其色青及衣青者月十五日時入與月天子俱相娛樂其光明照諸天人用是故十五日月現滿是爲二事三者月十五日持日以六十光明照月大城郭月不受用是故月現滿是爲三事月大城郭有常持風五品何等爲五一者持風二者住風三者助風四者轉風五者行風

是為五風常共行月城郭未曾有休息也月中何因復現乳色有樹名閻浮利是故名此天下為閻浮利其樹下有山皆以七寶作之高八百里周帀亦八百里其樹高四千里周帀二千里圍五百六十里根深八百四十里其影照現月中故使月大城郭現乳色不明佛告比丘言族姓子作行當如月照天下棄捐貢高之心遠離種姓常懷慚愧之意閻浮利大樹上其實譬如大瓶其味甜如蜜其色白如酥肥閻浮利大樹北有七重山七重樹有七婆羅門仙人精舍佛言爾時諸人民食其地上味以自生活如是食是地味甚久長壽命無極其有食地味多者面色變惡食少者面色善好其好顏色者便自貢高形笑惡色者以色自貢高相形笑故其地味便滅不復生更自然生薄餅其味甚香美不如前地味人共會議愁憂自搏呼嗟啼哭思念前地味甚美而忘失之佛言譬如此間人有甘美味與人嘗之便言其味一何美耶念其味無已爾時人如是失會議愁憂自搏呼嗟啼哭思念前地味時人則復取薄餅食之以自生活如是甚久長其有食地薄餅復多者顏色遂變惡色其食少者顏色善好其好顏色者形笑惡色以色自大貢高相形笑故其地薄餅則復沒不復生更生波羅其味亦香美不如前薄餅味譬如枯加藍華其味如蜜爾時人共會議愁憂自搏呼嗟啼哭念前地薄餅味人便取波羅味食之以自生活其壽命甚久長其食波羅味多者顏色遂變惡食之少者顏色善好其好色者以色自大貢高相形

笑所致地波羅味便沒不生更自然生粳米其味亦香美姝好無穢種種清淨出一切味不如波羅味人共會議憂愁呼嗟啼哭念前波羅味自搏譬如此間人更毒痛法呼嗟啼哭彼時人如是也爾時人取食自然粳米食自然粳米之後天下變爲男子女人各各相觀便起婬欲之意行屏處共作不淨行爲穢濁之法矣餘者見之便言汝何作非法事乎人人寧當相向作是事耶遠其人去不與談語至三二月然後乃呼來相見言昔者人無所著今者人稍有所著後便持童女嫁與夫歌舞戲笑稱願夫婦當使安隱也爾時人非法著婬欲行非法婬欲之後便造舍宅用是非法故初起舍宅佛於是説偈言

初時造瞻波國　次起波羅㮈城
用是日出光明　然後乃作羅閱

爾時人民遂非法著婬欲彼從第十五阿衞貨羅天上人其福德薄祿命盡身死來下人間入母腹中成胞胎用是故女人始懷妊生男女時人民共食是清淨秔米以晡時往取秔米更生至明旦續生如故明旦往取之至暮其秔米生亦如故佛言如是人朝暮穫取秔米隨生隨如故不覺不穫取處爾時有一人心念言我朝暮往取清淨秔米疲勞不如頓取二日粮便往取之餘者見之呼共往取秔米報言我已持二日秔米來卿自隨取之爾時其人便善之言彼人甚快乃往取二日秔米我當復往取二三日秔米也餘人復見言共去取清淨秔米其人報言我已取二三日秔米卿自隨意取彼人聞之則善之自念

當往取四五日秔米即往取四五日清淨秔米來用人相效往取清淨秔米多故然後更生莖穢秔米所取即有處不復生爾時人民皆聚會共議愁憂不樂自椎搏啼哭呼嗟言我昔者以好喜爲食身有光明飛行神足立安隱時地自然生地味甚香美其色譬如白酥肥其味如蜜其愚者取而食之即相效取地味食之皆亡失光明神足其食多者顏色變惡其食少者顏色善好顏色好者便自貢高形笑惡色者以相形笑故地味即沒不復生更生薄餅薄餅沒後復生波羅波羅沒盡更生秔米以貢高相形笑故至使令清淨秔米所取即有處不生當共分地作畔界用是故天下人便行未曾有法便共分地作畔界各各耕種爾時愚人自有秔米便行盜他家秔米其主見之便言卿所爲非法自有秔米不取反行盜他人秔米乎卿後莫復作是事也其人如是三返自置秔米盜他家秔米其主復見之即復言卿所取大非自置秔米反盜他家如是至再三便以手椎擊牽將去至聚落坐衆人平議言此人自置秔米反行盜他人其盜者對衆人言此人以手椎擊我衆人便共會議愁憂不樂自椎搏啼哭呼嗟言今世間遂生惡不善之法怨結日成惡苦一人燒已燒已命以有老病死惡道之事人便現受取之事遂相撾捶見已即自訟事衆人便共議當於何所得賢者共立爲君長典主所爲我等所作從其取決若有作非法者當誅罰之我等所種秔米各各當共輸衣食爾時彼衆會中有一人最大尊端正姝好威神

巍巍衆人便白其人當爲我等典主作君長所爲從其受言教若爲非法者即當誅罰之也我曹種所收秔米各各供給君衣食是人即言諾便共立爲君長典主一切所爲從其受教若爲非者即誅罰之人所種秔米各各共輸入典主一切教令人民號曰大王以法取租故名爲剎利用是故天下始起剎利種天下所有國皆屬大王時是閻浮利地平正無山陵谿谷無有荆棘亦無蚊虻蚤虱亦無礫石地棄捐明月珠玉瑠璃金銀大王治閻浮利天下時天下富樂熾盛安隱五穀豐熟人民衆多地佳好水亦饒多譬如酥麻油塗地不起揚塵生青草衆多周帀正圓其色譬如孔雀尾其香如華香也柔軟如綩綖足跡上蹈入地四寸擧足即還復如故地無四寸空缺處有香樹瓔珞樹衣被樹不息樹寶樹罽樹音樂樹樹生華實譬之各各出種種所有中有高七聲下至六五四三二一聲者最埤者高半聲大王治天下時閻浮利有八萬郡國人民聚落居鷄鳴者展轉相聞天下無病亦不大熱亦不大寒復無饑渴人大王以法治行奉十善事徧教天下人民使行十善事大王哀念天下人民如父愛子天下人民敬王如子敬父大王有子名眞眞王有子名曰穧穧王有子名頂生頂生王有子名曰蔗留蔗留王有子名和行和行王有子名留至留至王有子名日日王有子名波那波那王有子名大波那大波那王有子名沙竭沙竭王有子名大善見大善見王有子名提餤提餤王有子名滦滦王有子名迷留迷留王有

子名摩留摩留王有子名精進力精進力王
有子名堅弓堅弓王有子名十車十車王有
子名舍羅舍羅王有子名十丈十丈王有子
名百丈百丈王有子名那和檀那和檀王有
子名眞闍眞闍王有子名波延後諸王甚衆
多諸轉輪王有十種姓一者姓迦奴車二者
姓多盧提三者阿波四者揵陀利五者迦陵
六者遮波七者拘獵八者般闍九者彌尸利
十者一摩彌是爲十種姓迦奴車有五多盧
提亦有五阿波有七揵陀利亦有七迦陵有
九遮波有十四拘獵有三十一般闍有三十
二彌尸利有八萬四千一摩彌有百一然後
有王名大善王人呼爲伊摩伊摩王有子字
烏獵烏獵王有子字不尼不尼王有子名師
子師子王有子名悦頭檀悦頭檀王有子名
悉達菩薩悉達菩薩有子名羅云佛言以是
因緣從昔至今起刹利種爾時人民念言我
爲著疾病著腫著瘡我欲棄一切著往入空
閑處廬中坐即棄捨著疾病腫瘡往入空閑
處坐思念道今日早起明旦日早起行入丘
聚落分衛人民見之皆歡喜與之人民便言
善哉乃棄捨疾病腫瘡捨一切著往入空閑
處坐思念道佛言此輩但行惡不善之法是
故謂言婆羅門也爾時彼人不能坐禪念道
亦不能得禪用不能坐禪得禪故從座起入
聚落中分衛呪願説言不能坐禪亦不能得
禪共邪行入丘聚分衛故名爲聚落也行邪
法故名爲和沙羅是故世間初造起婆羅門
種也時人民各各奉行種種法用是故世間
有工師種彼時人各各犯殺生用是故謂言

殺生種也以是因緣世間初造有殺生也用世間已造起是四種故然後世間乃起第五沙門種也若刹利種身行惡口言惡心念惡行是惡已後身死墮勤苦中婆羅門種工師種殺生種亦如是若身行惡口言惡心念惡身死墮勤苦中刹利種若身行善口言善心念善身死復墮樂處婆羅門種工師種殺生種其有身行善口言善心念善身死復墮善處刹利種婆羅門種工師種殺生種若身行二事口意行二事身死墮苦樂中刹利種若有除鬚髮被袈裟信道棄家行作沙門奉行三十七品經行是已善男子善女人用信道故棄家行作沙門行無上清淨事其現在不久自以功德作證念道行盡生死具足梵行所作已辦不復更餘事婆羅門種工師種殺生種若有除鬚髮被袈裟行作沙門奉行三十七品經用善男子信故捨家作沙門修無上清淨事現在不久自以功德作證念道行盡生死具足梵行所作已辦不復更餘事也是四種人有起成慧之行者得尊無所著阿羅漢也梵摩三鉢天爾時說偈言

刹利種爲人尊　諸人民行種姓
從起信成慧行　彼天上人中尊

彼梵摩三鉢天受是偈不受惡說善事不說惡言勸助是佛言我如來無所著等正覺亦說是義偈

刹利種爲人尊　諸人民行種姓
從起信成慧行　彼天上人中尊

佛說是經時八萬四千天人遠塵離垢法諸法眼生無央數比丘起無餘不受生死苦意

得解脱佛說如是比丘歡喜前爲佛作禮而去

佛說樓炭經卷第六

音釋

撮（七活切手取也）
襲（席入切嗣也）
矱（胡郭切刈矱也）
蚤虱（蚤子皓切虱所櫛切）
穧（子計切）
揵（渠言切）

佛般泥洹經

西晉河内沙門白法祖譯

清刻龍藏佛說法變相圖

佛般泥洹經卷上

西晉河内沙門白法祖譯

聞如是一時佛在王舍國鷂山中與千二百五十比丘俱時摩竭國王號名阿闍世與越祇國不相得欲往伐之自與群臣共議越祇國富人民熾盛多出珍寶不首伏於我寧可起兵伐其國國有賢公名曰雨舍雨舍公者逝心種也公言惟命王告雨舍公言佛去是不遠若持王聲往至佛所頭面著足問佛消息身體平安不餐食如常不問佛禮竟自持若意白佛言越祇國大輕易王王欲往伐之寧能得勝不公受王教即嚴車五百乘騎二千步人二千往到王舍國得步徑止車下到佛所見佛前頭面著佛足佛與机使坐問國丞相從何所來公言王使臣來稽首佛足問

佛消息身體平安不餐食如常不佛即問王及國人民寧安和不穀糴平賤不公言得佛恩皆自安和風雨時節國中豐熟佛言公行道人馬皆平安不公言得佛恩行道皆平安無他公白佛言王與越祇國有嫌欲往伐壞之於佛意何如可得勝不佛言是越祇國人民持七法者王不能得勝不持七法者可勝佛言我昔嘗往到越祇國國有急疾神舍我止頓其中越祇國中諸長老皆來語我言阿闍世王欲來伐我國我曹謹敕自守國佛言我即告諸長老莫愁莫恐若曹於七法阿闍世王來者不能勝汝雨舍問佛七法者何等時佛坐阿難從後扇佛佛告阿難汝寧聞越祇國人數相聚會講議政事修備自守不對曰聞其數相聚會講議政事修備自守佛言如是彼爲不衰汝聞越祇君臣常和所任忠良轉相承用不對曰聞其君臣常和所任忠良轉相承用汝聞越祇國奉法相率無取無願不敢有過不曰聞其奉法相率無取無願不敢有過汝聞越祇禮化謹敬男女有別長幼相事不曰聞其禮化謹敬男女有別長幼相事汝聞越祇孝於父母遜悌師長受誡教誨不曰聞其孝於父母遜悌師長受誡教誨汝聞越祇承天則地敬畏社稷奉事四時不曰聞其承天則地敬畏社稷奉順四時汝聞越祇尊奉道德國有沙門應眞及方遠來者供養衣被牀卧醫藥不曰聞其尊奉道德國有沙門應眞及方遠來者供養衣被牀卧醫藥佛言夫有國者行此七法難可得危雨舍公對言使越祇持一法者尚不可攻何況七

法公曰國事多故當還請辭佛言可宜知時即從座起禮佛而去去未久佛呼阿難勑之往至鷄山中請諸比丘僧皆聚會著講堂中阿難即受教詔至鷄山中勑諸比丘僧佛請諸比丘比丘悉來皆爲佛作禮佛即在前至講堂中設座已皆坐佛告諸比丘若曹當持七戒法何等爲七比丘當數相聚會誦經法可久上下相承用坐起法可久坐起不得念家室妻子法可久在山阻閒若在深林樹下冢閒當自思惟五戒法可久少年奉道當先問長老比丘敬畏承用受教莫猒法可久心當奉法敬畏經戒法可久持二百五十戒具以得阿羅漢道欲來學者莫却入者相承用來者所有衣被飲食當共用病瘦當相瞻視比丘持是七法法可久復有七法皆聽比丘諾受教比丘不得貪卧卧者不得思他事法可久樂守清淨不樂有爲法可久樂賢共坐守忍辱行慎無諍訟法可久不得責望人禮敬爲人說經不用作恩得法可久小得道頭角莫自憍恣法可久不思諸情欲心不投餘行如此者法可久不貪利養常樂隱處草蓐爲牀比丘持是法可久復有七法皆聽諸比丘言受教人有惠彼物餘人不得有恨意法可久當知羞慚法可久不懈於經戒法可久坐起心不忘經法法可久坐起不相猒苦法可久坐起當明經法法可久學讀經當諷誦惟其深義比丘持是七法可久復有七法佛在世閒爲比丘作師比丘敬佛所說戒勑持受戒法不慢念師恩持師戒法法可久不得下道當隨佛法約束法可久敬比丘僧受其

教戒得當承用無猒法可久當重持戒能忍辱者法可久隨經戒心無所貪愛常念人命非常法可久晝日不得貪飯食夜卧不得貪好牀法可久自整頓思惟世間擾擾所念莫懈莫隨惡心莫隨邪心邪心來至自戒莫隨當端心世間人爲心所欺比丘莫隨天下愚人心持是七法法可久復有七法比丘僧言受教比丘當重經如愚人重珍寶持經當父毋當用經生活父毋活人世世耳經度人無數世令人得泥洹道用是故法可久不得貪食嗜味食不得多多者病人少者復饑趣可而已不得味飯法可久當持身比丘日當憂死不樂在生死中生者多憂憂父毋兄弟妻子親屬奴婢知識畜生田宅是曹憂者皆愚癡憂耳如人有罪爲吏所取雖有宗親不得

前附用是穢故身當以比丘獨來獨去當與身競法可久勤修精進端身口意行無過失取道不難法可久懼降心意不聽六情抑婬怒癡無有邪行法可久坐衆人中不羞衆人爲人所敬心淨端正不恐不畏取道不邪如人爲人所讒爲吏所捕吏雖執之其人不恐用無所犯故清淨持戒畏佛戒語坐衆人中不恐心淨故法可久敬愼不自憍慢從慧者受經戒見癡者當教經戒比丘持是七法法可久復有七法比丘言受教比丘常當念經棄貪婬之態常當念度世之道自思惟身體法可久常持佛所說經用著心中既著心中當端其心棄惡心受好心如人衣多垢以淳灰浣之再三徧垢便去念佛語當持戒去惡就善法可久當與心諍不當隨心心欲婬怒

癡不得聽常自戒於心不得隨心如人從軍健者衆人共將踧在軍前鋒難得復還意欲悔却羞其後人以受淨戒但當端心正意在衆人前莫得在後可先得道法可久當知所入法行多少深淺孰與初頭志當日勝樂經不猒苦不擇食不擇牀卧以道自勸樂法可久當敬同學當持同學作兄弟當端外內外者身口過內者心過當思惟是二事法可久坐自思惟九孔惡露無所不有一孔主內九孔皆出不淨饑飽寒熱皆爲苦極身體難得宜適皆不淨潔內懷不淨風寒熱見外有不淨及自覆鼻見吐寒熱心皆不喜有臭者亦不惡不喜比丘當端心內外法可久視天下人帝王亦死貧富貴賤無有離死者同死生之道如人夢見好舍好園豪貴快樂寤則不

見世間所有貧富貴賤如人夢耳自思惟世間譬如人夢比丘持是七法思惟莫失法可久復有七法比丘僧當有慈心於天下有慈心於佛人罵不得應不得恨持慈心向天下如獄中有繫囚常慈心相向人處世間亦當慈轉相愍念比丘執心人罵無怒擗踧無喜生有是心可以無憂所以不與世人諍者譬如牸牛食蒭草出湩湩出酪酪出酥酥成醍醐持心當如醍醐奉佛戒法可久端舌莫妄語語莫傷人意舌常端舌不端使人不得道舌致刀杖或致滅門爲道常當端舌法可久端心莫念惡莫思婬有婬心者不成阿羅漢道夜卧婬欲態欲來者當念女人惡露婬意即懈恨怒心來當念生在地上不久法可久若有將請比丘飲食餘人不得念言是以比

丘獨得我不得有是曹念比丘病人儻有議持醫藥來與之餘人不得念言獨視彼不視我不得念是人持衣物遺比丘餘人不得念言我獨不得何以所行乞匃得者以在鉢中不得言多少心如是者法可久持誡法慎戒法不知者當問知戒比丘念佛念法念比丘僧莫得休息展轉相承用於衣中得虱當有慈心向之法可久見死人言此人既死不知經道舉家啼哭及知識親屬不知此人獨如去比丘以得道能知死人魂神所趣向佛經不可不讀道不可不學天下徑道衆多王道最大佛道亦爾最上道也如數十人各持弓箭射垛中有前中者中有後中者射不休息必復中準行佛經道如此莫懈莫念前以得道今我不得道不得有是恨如人射射不休息會中准爲比丘不止會得道法可久坐起當相承用佛經當讀諷誦思惟其義除饉清信士清信女如此七法法可久奉是七七四十九法如天下水小溪水流入大溪大溪水流入江江流入海比丘當如水流入海爲道不止會當得阿羅漢道佛從王舍國起呼阿難去至巴鄰聚阿難言諾即從摩竭國行未至巴鄰聚中間有爲羅致聚佛至呼比丘僧皆聽比丘諾受教佛言天下有四痛佛所知人皆不知用人不知故生死不止無休息時何等爲四生痛老痛病痛死痛人不思惟是四痛强力忍之故生死不絕無休止時佛故數是四痛以告人雖有父母妻子皆當別離轉相憂思啼哭不止諸所惡見日在目前用是故佛出經當離是四痛奉八戒身亦可猒

佛言一者受佛語二者當遠離愛欲就道無所貪諍三者不妄言綺語兩舌惡口四者不得殺盜犯人婦女五者不得嫉妒瞋恚愚癡六者坐自思惟四痛著意中七者思念身體皆不淨八者視生死身體皆當作土佛亦念是四痛來佛亦念是四痛去佛亦出是八戒來佛亦出是八戒去當念佛經深義諸比丘有念於父母妻子念世間生活者不得度世道樂世間心不樂道道從心起心正者可得道心小端可得上明天經者可得作人當斷地獄畜生餓鬼道佛爲天下正生死道諸比丘當思惟之佛從羅致聚呼阿難去至巴鄰聚阿難言諾即隨佛去時比丘僧有千二百五十人佛至巴鄰聚樹下坐巴鄰聚鬼神即往告若逝心理家皆出有持席者持氍氀者持燈者皆往至佛所前爲佛作禮却在一面坐佛告逝心理家人在世間其有貪欲自放恣者即有五惡何等爲五一者財産日耗減二者不知道意三者衆人所不敬死時有悔四者醜名惡聲遠聞天下五者死入地獄三惡道中人能伏心不自放恣者即有五善何等爲五一者財産日增二者有道行三者衆人所敬至死無悔四者好名善譽遠聞天下五者死生上福德之處不自放恣有是五善汝等自思惟之佛爲逝心理家說經竟皆歡喜爲佛作禮而去佛起到阿衞聚坐一樹下持道眼見上諸天使賢善神營護此地佛從宴座起出阿衞聚吏坐一處賢者阿難正服從座起稽首畢一面住佛問阿難誰圖此巴鄰聚起城郭者對曰摩竭大臣雨舍公圖起此

城欲以遏絶越祇佛言善哉阿難雨舍公之賢乃知圖此吾見忉利天上諸神妙天共護此地其有土地爲天上諸天所護持者其地必安且貴又此地者天之中也主此四分野之天名曰仁意仁意所護者其國久而益勝必多聖賢智謀之人餘國不及亦無有能壞者是巴鄰城欲壞時當以三事一者大火二者大水三者中人與外人謀乃壞比城大臣雨舍聞佛與比丘衆從摩竭國轉遊到此即乘王威嚴車五百乘出巴鄰聚往到佛所前爲佛作禮却坐一面前白佛明日寧可與諸比丘俱於舍小食佛黙然不應雨舍公言如是者三佛法黙然者如言可雨舍公即去嚴舍中爲佛及諸比丘僧施設牀座然燈火飯食具明日雨舍公往請佛佛時與比丘僧千二百五十人俱往飯食訖竟佛即呪願言使若得道莫樂國公位雖今世不得離於縣官者若今飯佛及比丘僧使若後世脱於縣官世有明者當飯食賢善道人道人呪願不棄仕官求官不可有貪心酷心進心樂心勸心去是五心事縣官者可得無他死後可得除地獄之罪雨舍公若自思惟公言諾受教佛及比丘僧皆起去佛出城門公即隨佛後視佛從何城門出欲名佛所出門爲佛城門所度小溪水名爲佛溪佛至江水邊時人民大衆多欲度中有乘舫船者小船者竹桴度者佛坐思念我未作佛時度此遭水乘桴船度今我身不復乘桴船度水佛自念言我是度人師使人得度世道不復從人受度念適已諸比丘皆已度佛呼阿難俱至拘鄰聚阿難

言諸佛即與千二百五十比丘悉俱至拘鄰聚佛言諸比丘皆聽持善心與天下無諍自思惟當知無常以慧憂身持善心與天下無諍自思惟以即明明者即去貪婬瞋恚愚癡之態三態去即得度世道不復生死心不復走一心無所著如國王樂獨思若干人衆中我獨主得道者度世者亦自思心有若干千萬端今皆主是心如國王典主人民佛復從拘鄰聚呼阿難俱至喜豫國阿難言諾佛與諸比丘俱至喜豫國揵提樹下坐佛遣諸比丘僧於喜豫國分衛已還白佛言喜豫國多病者人民多死者中有優婆塞名玄鳥時仙初動式賢淑賢快賢伯宗兼尊德舉上淨等十人皆優婆塞持五戒今皆死諸比丘俱問佛是諸優婆塞死者皆趣何道佛言玄鳥等十人死皆在不還道中佛告諸比丘僧若曹但見十人死佛持天眼見見優婆塞死者五百人皆生不還道中復有三百優婆塞如難提等生時無婬態無怒態無癡態死皆生忉利天上得溝港道當復七死七生便得阿羅漢道玄鳥等五百人皆得不還道自於天上得應眞道佛告諸比丘若行分衛來還何爲道是十優婆塞若曹故欲擾佛謂佛不欲聞是惡佛亦當何所畏難其有生者皆當死過去當來現在諸佛皆般泥洹今我作佛亦當般泥洹用是身故作佛若干劫求佛止生死之道作佛絕生死之本知是人本從癡故從癡爲行從行爲識從識爲字色從字色爲六入從六入爲栽從栽爲痛從痛爲愛從愛爲求從求爲有從有爲生從生爲老死憂悲苦

不如意惱如是合大苦陰墮習佛故思惟生死本如車有輪車行無休息時人從癡故得生死以去癡便癡滅以癡滅便行滅以行滅便識滅以識滅便字色滅以字色滅便六入滅以六入滅便栽滅以栽滅便痛滅以痛滅便愛滅以愛滅便求滅以求滅便有滅以有滅便生滅以生滅便老死滅以老死滅便憂悲苦不如意惱滅如是合大陰墮習爲盡佛故先爲若曹説癡故有生死慧者持道不復生死佛言若曹當念奉佛法聖衆淨戒相承用教佛經當思惟端心不復更生死無憂哭之患佛從喜豫聚呼阿難至維耶梨國阿難言諾佛從喜豫聚至維耶梨國未至七里佛止柰園中有婬女人字柰女有五百婬女弟子於城中聞佛以來在柰園中皆勑五百婬女弟子令好莊衣嚴車從城中出至佛所欲見佛爲佛跪拜時佛在柰園中與數千比丘俱爲諸比丘説經佛見柰女與五百婬弟子俱皆好莊衣佛勑諸比丘汝曹見柰女與五百婬弟子俱皆低頭端若心雖好莊衣來譬如畫瓶外有好畫中但有不淨封結不可發解解者不淨臭即至柰女皆是瓶輩其有比丘當見力何等爲見力去惡就善不聽婬態寧自破骨破心燔燒身體終不隨心作惡不但力士爲多力能自端心勝於力士佛與心諍以來其劫無數不聽隨心勤力精進自致作佛比丘可自齊端其心心久在不淨中今亦可自拔擢自思惟身體五臟亦可齊止生死之法視外亦苦視中亦苦端若心柰女到下車至佛所爲佛作禮却坐一面諸比丘皆

低頭佛言若何緣來柰女言我數聞佛尊於諸天故來跪拜佛言柰女若樂作女人耶柰女言天使我作女人耳我不樂也佛言汝不樂作女人者誰使汝畜五百婬弟子者柰女言是皆貧民我養護之佛言不然若不猒女人之病月期不淨拘絆捶杖不得自在不猒汝身反更從五百人柰女言我癡所致慧者不爲是佛言審如是者善柰女即長跪白佛明日請佛及比丘僧佛默然不應柰女大喜即起爲佛作禮而去去未久維耶梨豪姓諸理家聞佛比丘僧俱來去城七里在柰園中即乘王威皆嚴駕乘而出欲覲見供養佛中有乘青馬青車青衣青蓋青幢青旛官屬皆青中有乘黄馬黄車黄衣黄蓋黄幢黄旛官屬皆黄中有乘赤馬赤車赤衣赤蓋赤幢赤旛官屬皆赤中有乘白馬白車白衣白蓋白幢白旛官屬皆白中有乘黑馬黑車黑衣黑蓋黑幢黑旛官屬皆黑佛遥見車騎數十萬人來即告諸比丘汝欲見忉利天上帝釋苑中侍從出入者如此諸理家無有異也諸理家行到道口皆下車至佛所前者爲佛跪中央者皆低頭最後者但叉手皆坐佛問若曹所從來諸理家言聞佛在是故出城跪拜中有一人字賔自起至佛前熟視佛佛問若何等視賔自言舉天上天下皆爲佛傾動我視佛無能極佛言賔自莊當熟視佛久遠乃復有佛耳曼有佛時當受佛教令中有四五百理家言賔自有大德與佛共談賔自言我遥聞佛經我念作是經久我適今日乃得見耳我有慈孝心於佛佛言天下人少有如賔自

輩慈孝於師佛告賔自佛出於天下知天下生死之道說經開化天上天下及鬼龍無不傾側者是佛第一威神其有讀佛經自端心得道者是佛第二威神佛於天下說經賢者無不喜聞者無不喜學者轉相教轉相授導轉相端心是佛第三威神其學佛經者皆喜如愚人得金上智者得應眞道第二者可得不還第三者可得頻來第四者可得溝港第五持優婆塞五戒者可得天上持三戒者可得作人佛出在天下因現此道是佛第四威神佛告賔自若來熟視佛若說數聞佛名希見佛時座中有數十萬人皆不問佛若獨問是佛第五威神佛告賔自天下智慧者少無反復者多受佛經道受師好語持師戒法諸鬼神龍無不護視者吏不敢妄召呼當慈孝於師師不從弟子有所求索在師前當敬師背後當稱譽師師死當當憶念於今賔自者人中雄善樂法清戒維耶梨逝心理家請佛明日寧可與諸比丘入城飯食佛言柰女朝旦來請佛及比丘僧諸逝心理家皆俱去柰女明日旦來至佛所白佛言以設座飯食具皆以辦願天尊屈威神佛言若徑去我今隨後佛起著衣持鉢與比丘俱入城城中觀者數十萬人中有賢善優婆塞皆言佛如明月弟子如明星與月相隨時佛好如是佛至柰女家就坐行澡水佛及諸比丘僧飯食竟澡手以畢柰女持小机於佛前坐佛告柰女聖人及天下尊豪富貴惟尚戒淨明佛諸經坐中語言無不好聽其所行處無不敬愛者今在天下作人不貪財色奉佛神化死無不生

天上者佛告柰女善自愛重持五戒佛與比丘俱去佛從維耶梨國出告阿難寧可俱至竹笏聚阿難言諾又聞竹笏聚米穀大貴諸比丘求分衛難得佛坐思惟維耶梨國饑饉穀糴騰貴其聚狹小不能供諸比丘分衛佛思念欲遣諸比丘分布餘國賤米穀處行分衛佛告諸比丘僧是竹笏聚米穀騰貴求分衛難得彼閒有沙羅提國豐熟是維耶梨四界米穀皆貴我自與阿難俱留在竹笏聚諸比丘受佛教皆去至沙羅提國佛與阿難俱至竹笏聚身皆大痛欲般泥洹佛自念諸比丘皆去我獨般泥洹不事無教戒阿難從一樹下起至佛所問佛聖體不和寧差不佛言未差大劇欲般泥洹阿難言且莫般泥洹須比丘僧聚會佛告阿難我以有經戒若曹但當案經戒奉行之我亦在比丘僧中比丘僧皆以知佛所教勑事師法皆以付諸弟子弟子但當持行熟學今我身皆痛我持佛威神治病不復持心思病如小差狀佛語阿難今佛年已尊且八十如故車無堅強我身體如此無堅強我本不爲若曹說無有墮地不死者最上有天名不想人壽八十億四千萬劫會當復死用是故起經於天下斷生死之根本我般泥洹以後無得棄是經戒轉相承用自思中外端心正行當持戒法中外令如常其有四輩弟子持戒法者皆佛弟子其有學佛經道者皆是佛弟子佛棄轉輪王憂天上天下人亦可自憂疾去婬態怒態癡態佛從竹笏聚呼阿難且復還至維耶梨國阿難言受教佛還維耶梨國入城持鉢行分衛還止

急疾神樹下露坐思惟生死之事阿難遠在一樹下思惟陰房之事起至佛所爲佛作禮已往白佛言何以不般泥洹佛告阿難維耶梨國大樂越耶國大樂急疾神地大樂沙達諍城門大樂城中街曲大樂社名浮沸大樂閻浮利天下大樂越祇大樂遮波國大樂薩城門大樂摩竭國大樂滿沸大樂鬱提大樂醘連溪出金山大樂閻浮利内地所生五色如畫人在其中生者大樂佛告阿難其有比丘比丘尼持四法熟思正心不隨心外亦思善中亦思善心亦無所復貪樂心不驚恐不復走比丘比丘尼其有持志意如是四法名四神足欲不死一劫可得魔時入阿難腹中佛復告阿難如是尚可阿難復言佛何以不般泥洹時足可般泥洹佛復言閻浮利大樂其有知是四神足者當可在天地間一劫有餘佛告阿難如是者再三阿難不應四神足事佛告阿難若却於樹下自思惟佛起至醘連溪水邊樹下坐魔來至佛所言何以不般泥洹佛言咄弊魔未可般泥洹須我四輩弟子黠慧得道須我天上諸天世間人民逮及鬼神智慧得道須我經法徧布天下未可般泥洹魔知佛當般泥洹歡喜而去佛坐自思惟亦可放棄壽命意欲放棄壽命時天地大動諸鬼神皆驚阿難於樹下驚起至佛所前以頭面著佛足却在一面住白佛我於樹下坐天地大動我驚衣毛爲起我生不更是曹地動佛爲阿難說天地動有八事何等爲八地在水上水在風上風持水如從地上望天或時風動水水動地地因動是爲一動有阿

羅漢尊貴自欲試威神意欲令地動因以手兩指案地天地爲大動是爲二動中有天威神大意欲動地地即爲大動是爲三動佛爲菩薩時從第四兜術天來下入母腹中時天地爲大動菩薩從右脅生時天地爲大動菩薩得道爲佛時天地爲大動佛起本經時天地爲大動佛放棄壽命天地爲大動佛告阿難今佛却後三月當般泥洹天地爲復大動是爲八動阿難聞佛自期三月即啼而問得無以棄壽命佛告阿難是以棄壽命阿難白佛言我從佛聞口受若比丘有是四法名四神足欲不死一劫可得佛德過四神足何以不止過一劫佛告阿難是若過是若所作我再三告言閻浮利内大樂若徑黙然不應我見若頭角若何以聽魔使得入若腹中我今不得復止却後三月當般泥洹阿難即起語諸比丘僧佛却後三月當般泥洹佛告阿難皆聚會諸比丘著大會堂中阿難白言比丘僧皆在大會堂中佛即起到大會堂中諸比丘皆起爲佛作禮佛告諸比丘天下無常堅固人愛樂生死不求度世道者皆爲癡父母皆當别離有憂哭之念人轉相恩愛貪慕悲哀天下無生不死者我本經説生者皆當死死者復生轉相憂哭無休息時須彌山尚崩壞天上諸天亦死作王者亦死貧富貴賤下至畜生無生不死者莫恠佛却後三月當般泥洹佛去亦當持經戒在者亦當持經戒趣至度世不復生死無復憂哭佛經當使長久佛去後天下賢者當共持經戒天下人自正心者天上諸天皆喜助人得福佛經可讀可

諷可學可持可思可正心可端意可轉相教有四事端身端心端志端口復有四事欲怒者忍惡念者棄貪欲者棄常當憂死復有四事心欲邪者莫聽心欲婬者莫聽思欲惡者莫聽思欲豪貴莫聽復有四事心常當憂死心所欲啚惡者莫聽當撿心心當隨人人莫隨心心者誤人心殺身心取羅漢心取天心取人心取畜生蟲蟻鳥獸心取地獄心取餓鬼作形貌者皆心所爲壽命三者相隨心最是師命隨心壽隨命三者相隨今我作佛爲天上天下所敬皆心所爲當念生死之痛與室家別離當念八事思惟佛經一者當棄妻子求度世道不與世間諍無貪心二者不得兩舌惡口妄言綺語吟嘯歌戲三者不得殺生盜人財物思念婬泆四者不得懷怒癡貪五者不得嫉彼慢人六者不得思念作惡加痛於人七者無作恣態不得懈怠著卧存味飯食八者當憂身生老病死持是八事自端心可與天下無諍當超度世道諸比丘當思惟是八事本四痛佛經可長久佛從維耶梨國呼阿難去至拘鄰聚阿難言諸佛從維耶梨國出迴身視城阿難即前問佛佛不妄轉身視城佛告阿難我不妄轉身夫作佛不得妄還向視阿難言佛還向視者何意佛言我今日壽竟不復入是城故還顧耳隨佛有一比丘前問佛於今不復還入是城中佛言我當般泥洹不復還見維耶梨國當至華氏鄉土佛至拘鄰聚聚中有國名尸舍洹佛皆呼諸比丘今作心淨潔坐自思惟知生中慧者使心端心端者婬怒癡態三態皆解其比丘

自說以斷生死之根得羅漢道一心無所復憂不復憂生死雖更苦得不生死之道佛從拘鄰聚呼阿難去至揵梨聚阿難言諾佛與比丘僧俱至揵梨聚從揵梨聚佛呼阿難俱至金聚與比丘僧俱佛告諸比丘其有比丘淨心思心智心自思惟其有智知經者是慧心本婬心怒心癡心皆滅去三心清淨欲得度世道不難以得羅漢道諸婬怒癡皆消滅去當自說以棄是三事不復作生死之法佛從金聚呼阿難且復至授手聚阿難言諾即與諸比丘俱至授手聚佛告比丘淨心思心智心有淨心意者心即正智心即生智心即生開解不念婬不念怒不復癡心乃開解比丘自說言我所求皆得因見羅漢道佛從授手聚呼阿難去至掩滿聚阿難言諾即與諸比丘俱至掩滿聚佛告諸比丘僧淨心之法思心智心至無婬怒之態得淨心之道思心智心即生思心之道淨心智心即開解智心之道淨心思心即明人有氍與淶者作色氍布淨潔作色皆好是氍淨故比丘有是三心淨心思心智心淨心爲尸大思心爲三摩提智心爲崩慢若尸大心者不婬不怒不貪三摩提者攝心令不走崩慢若者心無愛欲持佛經戒如人有氍布氍布有垢人欲淶作色以著淶中色不明比丘不定在淨心思心智心欲得道者難坐心不解故比丘心自解坐思即見天上具知人心所念亦見地獄餓鬼畜生善惡所趣如清水下有沙石青黄白黒水中所有皆現但水清故求度世道如是心清淨譬如溪水濁下沙石不見亦不知水深

淺比丘心不淨不能得度世道坐心濁故佛從掩滿聚呼阿難俱至喜豫聚阿難言諾即與諸比丘俱至喜豫聚佛告比丘若有淨心思心智心師所教授弟子當學思師同不能入弟子心中端弟子心比丘當自淨心端是心心端則得度世道當自說以得度世道斷生死之根本佛呼阿難至華氏聚阿難言諾即與諸比丘俱至華氏聚佛告諸比丘心有三垢婬垢怒垢癡垢持淨心却婬垢持思心却怒垢持慧心却癡垢比丘自說以得度世道斷是生死啼哭憂思之本佛復從華氏聚呼阿難俱至夫延城阿難言諾即與諸比丘俱至夫延城北樹下坐阿難坐邊樹下精思內觀地大動阿難起至佛所白佛言地何以大動佛言地動有四因緣一動者地在水上水在風上下風動搖水水動搖地地因動是爲一動其有阿羅漢欲自試道以手兩指案地地爲動是爲二動中有天威神力意欲動地地即爲動是爲三動佛不久當般泥洹地當復大動是爲四動阿難言佛威神乃如是佛般泥洹地爲大動佛告阿難佛威神巍巍甚尊明化無量若欲知佛威神不阿難言願欲聞知佛言我行徧諸天下所至郡國中人民知者來至佛所佛身自變化作其國邑衣服語言我視其人民行何等法知有何經戒佛即益其經戒其人民皆不知我爲誰亦不知我從天上來地中出人民大恭敬我我化徧至諸國王所國王問我言卿爲何等人我言是國中道人國王問我作何經我言欲問何等經所問者我皆應答國王所可喜者我

皆爲廣說已我即化沒去不見國王從後皆不知我爲誰我至諸逝心國我亦化作逝心衣服語言我問若作何等經戒我知子曹心知子曹語言我引經與教戒便化沒去子曹皆從後思我自相與語是何等人天鬼神乎子曹皆不知我誰我亦不道是佛我行一天下授經道徧已我上第一天上四天王所我作天上衣服言語我問天若作何等經天言我不知經我即爲說經竟便化沒去天亦不知我爲誰我復上第二忉利天上化作忉利天上衣服語言我問忉利天若作何等經忉利天言不知經我爲說經竟便化沒去天亦不知我爲誰我復上第三鹽天上化作鹽天上衣服語言我問鹽天若作何等經天言我不知經我爲說經我復上第四兜率天上化作其天上衣服語言我問天若作何等經其天言彌勒爲我說經我重復爲說經我復上至第五不憍樂天上作其天上衣服語言我問天若知經不其天言不知經我爲說經化沒去天皆不知我爲誰我復上第六化應聲天上作其天上衣服語言我問天若作何等經天言不知經我爲說經即復化沒去第六天從後皆不知我爲誰我亦不語言是佛我復上梵天梵衆天梵輔天大梵天水行天水微天無量水天水音天約淨天徧淨天淨明天守妙天近際天快見天無結愛天諸天皆來視我我悉問若寧知經不中有知經者有不知經者我皆爲說生死之道說斷生死根本之道子曹所樂經者我皆爲說之我效作天上衣服語言餘四天其天皆不能語我欲

上者其天不能應答我第二十五名空慧天第二十六天名識慧入第二十七天名無所念慧入慧第二十八天名不想入佛言吾無所不見惟泥洹最爲樂佛告阿難佛威神不但能動地二十八天皆爲大動佛但以正心所致佛告阿難我般泥洹後阿難從佛口受聞經戒師法阿難當道言我從佛口聞是法當爲後比丘僧説之阿難若不得藏匿佛經極可列露經中無所疑我般泥洹以後諸比丘當共持法其有他比丘妄欲作師法其經中無禁戒者棄勿持壞佛法其有他比丘妄增減佛經戒者阿難若當言我不從佛聞是經法若何以妄增減佛經戒比丘有不解佛經者當問尊老比丘阿難所見佛經戒所從佛口聞者爲比丘僧説之勿增減其有欲增減經戒者阿難若當正處非法者棄勿用阿難若當言佛不出是語當謂之言若何以欲壞佛經戒中有癡比丘不解經戒者當問尊老比丘比丘不得怒其有比丘不了是經中有比丘知經戒知佛所説當往參問其有比丘疑於經戒者來問比丘僧當説言從其師聞各自説其師名字比丘説經戒者不得疑言非是佛所戒勑比丘僧皆在結經中在中者用在結經外棄勿用疑不解經戒者當問何處有長老比丘明經戒者當往問其經問經者不得言非是其有疑者阿難口解言我從佛聞不入結經中長老比丘所不説棄勿用諸比丘當處經戒諸比丘處經戒之後當共持其有比丘疑言是非眞佛經不樂經者諸比丘當逐出之天下禾中生草草敗禾實

人當誅拔草去之禾乃成好實比丘惡者不樂經不持戒壞敗善比丘諸比丘當共逐出中有賢善比丘好經戒往詣比丘所佛語諸比丘所持所知所學當授與比丘經戒當言佛在時於某國某縣某聚某處時與某比丘相隨說某經戒持是經戒不得呵言非佛所語當轉相教轉相承用長幼當相撿押無得以佛般泥洹去故不相承用相承用諸天人民助喜皆得福可使佛經長久我般泥洹後阿難當道某處有明經持戒比丘某新作比丘當往到長老明經比丘所當從受經戒新來比丘聞經戒不得言非持佛經戒當相承用比丘和持戒者外有清信士清信女聞比丘僧和持佛經戒皆樂供養比丘僧飯食衣被病瘦與醫藥佛經可長久比丘當和相承事上下相撿押天下人趣地獄禽獸餓鬼道者但坐相與不和故趣是三道諸比丘持經戒當相和不得相形笑言我智多若智少智多智少各自行比丘和持佛經可長久使天下人得福天上諸天皆喜不在經戒中者棄在佛語中佛所說比丘所受當奉行佛告阿難且復前至波旬國阿難言諾佛與比丘僧從夫延國至波旬國止禪頭園中波旬國人民名諸華諸華人民聞佛來止禪頭園中皆來出前爲佛作禮皆却坐佛皆爲說經時有一人名淳父字華氏華氏子時在座中諸人民皆去淳獨留須臾起持繞佛三匝却叉手住白佛明日寧可與諸比丘僧俱於舍飯食佛默然不應淳即前爲佛作禮繞佛三匝而去歸家爲佛諸比丘施座然燈火明日淳來

白佛言以辦佛起持鉢與諸比丘俱至淳家飯比丘中有一惡比丘取所飲水器壞之佛即知之淳亦見之佛飯竟淳取小机於佛前坐白佛言我欲問一事天上天下智無過於佛天下爲有幾輩比丘佛言有四輩一者爲道殊勝二者解道能言三者依道生活四者爲道作穢何謂爲道殊勝所說道義不可稱量能行大道最勝無比降心態度憂畏爲法御導世間是輩沙門爲道殊勝何謂解道能言佛所貴第一說又奉行無疑難亦能爲彼演說法句是輩沙門解道能言何謂依道生活念在自守勤綜學業一向不迴孜孜不倦人法自覆是輩沙門爲依道生活何謂爲道作穢但作所樂依恃種姓專造濁行致彼論議不念佛言亦不畏罪是輩沙門爲道作穢凡人聞者以爲弟子在清白智有善者有惡者不可皆同以爲一也彼不善者爲善致謗毁譬如禾中有草草敗禾實天下人家有惡子一子敗家一比丘惡并敗餘比丘人用比丘皆爲惡佛言人不用顏貌衣服爲好清淨意端者是乃爲好人不可妄相佛告淳若飯佛及比丘僧死當生天上知經者去婬心去怒心去癡心不可用一人故非責衆人也

佛般泥洹經卷上

音釋

鷂 弋照切鳥名　机 居矣切机案也　蓐 如欲切薦也　讒 士銜切譖也　寤 五故切覺也　奬 即兩切譽也　湩 都貢切乳汁也　儻 他朗切或然之辭　垜 丁果切射墉也　毾毲 毾土盍切毲都滕切毾毲細毛席也　遏 烏葛切止也　酷 苦沃切虐也　桴 芳無切筏也　絆 北慢切縶也　䇢 府良切

切竹器也

佛般泥洹經卷下

西晉河内沙門白法祖譯

佛去淳家呼阿難去至鳩夷那竭國阿難言諾即與比丘僧從華氏國至鳩夷那竭國佛道得病下道止坐呼阿難阿難言諾佛言近是間有溪水名鳩對持鉢往取水滿鉢來我欲飲澡面阿難即往到溪水邊時有五百乘車上流厲渡水大濁阿難即取濁水持來白佛溪上流有五百乘車過水大濁但可澡面澡足不可飲是間更有一溪名醢連水大清去是不遠可往取飲佛即取濁水澡面足病即小差時有華氏國人中大臣名胞罽隨道而來遥見佛威神形貌端正安靜而坐大臣胞罽前趣佛所爲佛作禮却坐佛爲說經胞罽淚出佛言何等比丘爲若說經若聞經何以故哭啼胞罽言有一人名羅迦鹽爲我誦經時我淚出佛言爲若誦何經等胞罽言羅迦鹽坐樹下自思惟身體有五百乘車過未久有一人問言適有五百乘車過寧聞車聲不答言我不聞其人言近在是間啕啕如是何以不聞答言忽然不聞其人言時比丘瞑耶答言不瞑人言何以不聞車聲答言我念道自思惟身體五滅人言車過如是不聞車聲胞罽言我於道中逢一人爲我說經比丘羅迦鹽持道深不聞五百乘車聲我用是故啼佛告胞罽五百乘車聲何如雷聲胞罽言正使千乘車聲不如雷聲佛告胞罽我昔在優曇聚坐思天下生死之根本時天暴雨雷電霹靂煞四牛耕者兄弟二人時有衆人往觀有一人來到我所前爲我作禮我問是間

何以聚人其人言屬者霹靂煞四牛兄弟二人佛何以不聞佛時瞑耶佛言我不瞑坐思道耳其人言佛道深乃如是不瞑而不聞霹靂聲佛思道甚深其人亦即淚出大臣胞罽言佛道深乃如是從今已往當持佛經戒胞罽即呼從者來使歸取黃金織成氎布一張來我以上佛從者即歸取來胞罽持上佛白佛言固知佛不用當哀我爲受之佛即受之胞罽爲佛作禮而去去未久佛呼阿難持金織成氎布來色大好正黃阿難言我侍佛二十餘年未曾見氎好乃如是佛言有是甚好阿難言佛今日面色如是氎色佛告阿難佛有是曹色者有兩時佛初得道爲佛時面色好如是我今日夜半當般泥洹面色好當復如是佛復呼阿難去至醯連溪水邊我欲洗浴身體阿難言諾佛獨與阿難俱至醯連溪水邊佛解衣自取水灌浴佛告阿難朝華氏子淳陀家飯我今日夜半當般泥洹若告淳言佛從若飯已夜半當般泥洹若當歡喜語淳莫啼哭若一飯佛得五福若飯佛佛持若飲食氣力用般泥洹淳得長壽得端正得富貴尊豪得生天上佛可敬一飯佛得五福阿難白佛有一比丘名梅梅比丘急性喜罵數鬪諸比丘佛般泥洹已後我曹諸比丘當云何共事佛經戒佛語阿難我般泥洹已若曹莫復與語諸比丘不與語梅比丘當思惟懷重慙愧悔數鬪諸比丘佛告阿難施牀使北首我背大痛欲卧阿難即施牀著枕佛偃右脇卧屈膝壘脚卧思無爲之道佛卧呼阿難爾知七意之事不何等爲七一者有志二者

明經三者不懈於經四者不貪卧當喜經五者正心六者淨心七者視身中惡露比丘有是七法以自知得度世道阿難意念佛懈卧佛告阿難若意念佛懈卧耶佛告阿難人不懈於經不懈於戒以起欲作佛者可得佛語已即起坐時有一比丘名劫賔來語阿難言我欲問一事阿難言佛聖體不和且莫佛即從裏知比丘欲問事佛告阿難呼比丘來入入與佛相見佛言所欲問者當問比丘言佛有疾且置經不須復說佛說七事者我曹以聞當持佛且止莫說經佛告比丘我向卧阿難念佛有懈憊之意何以卧我以是故起說七事比丘言佛是天上天下之尊云何不從天請藥可使病愈佛言如人舍宅久故皆當壞地續安如故佛心安如地身如故舍心無病但身有病耳佛言憂七事憂身持戒比丘言今佛當般泥洹有身病何況凡人比丘言是七法以自知得度世道阿難意念佛懈卧

病但身有病耳佛言憂七事憂身持戒比丘言今佛當般泥洹有身病何況凡人比丘言今佛捨我曹般泥洹我曹當依誰世尊又曰吾經不說無生鷀生子怙父母得食以生活今佛捨我曹般不死者比丘當念持佛重戒比丘旋出佛告阿難疾去爲佛於鹽呵沙施牀使北首今日夜半佛當般泥洹阿難奉命之彼林牀頭北首畢還白言施牀已竟佛起至鹽呵沙得牀倚右脇卧有一比丘名優和洹當佛前立佛言無當吾前阿難白言自吾親侍二十五年未曾見比丘直自來進不問阿難佛言是比丘於彼諸天最有威神聞佛滅度故直自前貪欲見佛阿難問言獨是天知佛當滅度復有餘天佛告阿難從鳩夷那竭國境界四百八十里中頭頭相附間不容鍼皆是諸天聞

佛當滅度悲哭且來中有挽頭髮者自裂衣者塞心絶尸視者哀云奈何佛捨我曹滅度永逝何其疾乎佛爲大明三界中眼今般泥洹三界眼滅佛告阿難吾本經不說無生不死者天地無不壞敗者愚人以天地爲常佛以爲虛空天地有成敗無不棄身者善惡隨身父有過惡子不獲殃子有過惡父不獲殃各自生死善惡殃咎各隨其身阿難白佛言佛滅度後吾等葬佛身體法當云何佛告阿難汝默無憂當有逝心理家共憂吾身阿難言彼以何法憂佛尊體佛告阿難葬法如飛行皇帝殯葬之法佛復踰彼阿難言葬聖帝法云何佛告阿難葬法用綿氎以纏身劫波育千張交纏其上著銀棺中以澤香膏灌劫波育上其有好香皆以著上以梓薪樟薪栴薪以蓋覆棺以薪著上下闍維訖畢斂舍利於四交道起塔立剎以槃著上懸繒鼓樂華香然燈飛行皇帝葬法若斯佛復勝之佛說此時阿難在後悄愴啼以頭拄牀角從後白言滅度太疾亡天下眼四面郡國諸比丘僧聞佛欲滅度啼哭且來自相謂恐不見佛比丘僧到佛問比丘阿難所在乎對曰阿難近在牀後角低頭哽噎諸比丘流淚而言世尊滅度何期太疾佛言吾本行諸墟聚預告若曹却九十日當般泥洹四輩弟子在數千里外者悉至佛告阿難若莫悲哀所以然者若盡心侍佛二十餘年慈仁於佛敬身慎口大孝於佛過去佛侍者亦如阿難當來佛侍者亦如阿難若知佛意若云其時可見比丘比丘尼優婆塞優婆夷其時不可見所供飲食

若言可食可飲可卧可起常合佛意未嘗失儀其比丘其逝心樂經不樂經若所言皆誠於佛最孝啼哭何爲佛告諸比丘聽飛行皇帝有四難及之德何謂四德諸小國王及諸逝心理家并諸黎民詣帝闕下飛行皇帝皆皃之和心軟教爲諸王説治國法知足無求逝心之行清淨爲首理家及民出詣佛廟聽採沙門正眞之化歸當修孝隨其所定慈心賜之諸王逝心理家庶民靡不欣豫稱嘆聖帝感動諸天飛行皇帝有斯四德阿難比丘亦有四德其有除饉男除饉女清信士清信女之阿難所從問經戒阿難爲具廣陳演之四輩弟子靡不欣懌退坐出去尋途稱歎斯謂阿難第一四德復有四輩弟子不解經典至阿難所啓質所疑阿難釋結無不開解闓者不猒出無不歎斯謂阿難第二四德四輩高德覩阿難侍佛左側無不吟詠斯謂阿難第三四德佛所説經言無多少阿難所聞皆識諷誦宣授四輩一無增減是爲阿難第四四德阿難白佛言去是不遠有郡國舍衛國沙枝國栴波國王舍國波羅柰國維耶梨國斯諸大國明義備悉佛當滅度何不於彼旣於小縣復處城外薄聚鄙縣而般泥洹佛告阿難無云小聚所以然者惟昔往古鳩夷那竭名鳩夷越王國大樂時無疾病米穀豐沃黎民熾盛家有孝子城東西長四百八十里南北廣二百八十里其城七重皆以焦墼壘集作城黃金白銀瑠璃水精以著城壁亦以四寶爲瓦覆城城高六丈四尺上廣二丈四尺城中寶樹華光五色行有三道兩邊皆以

四寶瓦覆其上兩邊居家舍宅彫文刻鏤服如天上琴瑟衆樂男女不雜歌音以德道樂益明民無憂怖心常歡喜頭上不飾明香遠達其聖王名曰大快見號飛行皇帝勒兵光世都無齊雙相率以道無違王法民欲飛行念即身往王有七寶自然生黄金飛輪神力白象紺色神馬明月珠天玉女妻主寶聖臣典兵聖臣王有四德爲小兒時爲太子時即帝位時捐國絶欲爲沙門時各八萬四千歲斯即大快見王一難及之德飲食時化體無長疾寒温調適身意常安斯謂二德容觀堂堂顔華絶世微下帝釋以爲不如斯謂三德普天率土民無巨細慈愛於王猶至孝之子願令親安王亦赤心慈愛衆生等之於子貧給財寶飢者飯之渴者飲之窮老幼孤令之合居爲親爲子室舍車乘疾濟以藥斯謂四德其國常聞十二種聲象聲馬聲牛聲車聲螺聲鼓聲舞聲歌聲諸絃樂聲誦仁義聲歎佛尊行聲黎民服飾衆寶織成明月雜珠瓔珞光道飲食妓樂猶忉利天居民欣欣無日不喜王欲出遊呼御車臣臣名須達勑之曰令車徐行吾久不見逝心理家舍欲見之逝心理家聞王當出有持明月珠者白珠碧珠青珠珊瑚梢檀名香輙貢聖王王不欲受皆稽首求哀至乃受之勑掌寶臣倍賈其直黎民巨細亦以衆寶華香散地稱壽無極諸小國王有八萬四千聞飛行皇帝欲布施皆來翼從至大殿所帝欲與諸王俱昇正殿諸王辭曰臣等諸國皆有寶殿帝曰爾等小殿未足以云且觀明殿遂無敢昇者王各有寶車車

高十尺皆有四輪自下以上悉是七寶上施幢旛色明相照車駕六馬馬皆飛行特有一車駕两駱象車名俱羅竭聖帝所乗矣八萬四千車皆在前導至明殿所殿名波羅沙檀縱廣四十里以黃金白銀瑠璃水精墼爲壁亦以四寶爲柱黃金瓦白銀瓦瑠璃瓦水精瓦階五十重皆以黃金白銀瑠璃水精爲階黃金梁白銀梁瑠璃梁水精梁黃金橑白銀橑瑠璃橑水精橑殿中有八萬四千牀黃金牀白銀牀瑠璃牀水精牀黃金帳白銀帳瑠璃帳水精帳黃金織成白銀織成瑠璃織成水精織成赤罽織成皆以布牀上以天上降織成爲枕阿難宫牆四重黃金牆白銀牆瑠璃牆水精牆作四寶浴池周匝四十里黃金池白銀陛白銀池黃金陛瑠璃池水精陛水精池瑠璃陛池中自然生四色蓮華青紅紫白華冬夏常生池中外有香華樹殿下有四道亦以四寶爲步欄欄各長二十里殿階之前有四寶樹樹高四十里蔭地亦爾黃金樹白銀葉白銀樹黃金葉瑠璃樹水精葉水精樹瑠璃葉帝於殿下自思惟不宜上殿辭讓諸王諸王皆不敢昇大快見勑令近臣請諸沙門逝心明經持戒者先上殿具設美食重賜明寶沙門逝心去帝即深惟壽命非常與一侍人俱昇明殿曰吾欲遣諸夫人妓女傍臣諸王各遣令去帝坐黃金牀足蹈白銀机深自思念婬泆之行何益於已愚人多貪不知其禍吾今雖壽三十三萬六千歲夫盛有衰合會有離身爲朽種會成灰土斯四寶殿孰能久保乎曰吾一身耳小屋足安何用四

十里殿八萬四千牀爲從黃金牀至白銀牀足蹈金机唯人作意必當清潔貪嫉恚癡邪婬之心以四非常滅令無餘覩世無常吾焉得久從白銀牀至瑠璃牀足蹈水精机曰吾後宮玉女有八萬四千人各遣令去用之爲拘女聚惡盛當棄穢意從瑠璃牀至水精牀足蹈瑠璃机重思天下衆事皆惡唯無爲快除吾濁志當求無爲今雖爲飛行皇帝豪貴如斯何潤於身侍者前白諸玉女寶問王處殿何其稽久皆欲進前帝告侍者曰勑掌寶臣遣諸夫人各歸其家著身衆珍名寶皆各自隨諸王群臣天馬寶象皆遣令去大快見王即昇高觀遙聞衆聲哭叫呼天帝曰何聲侍者白言天王女聲諸王群臣頓搶于地舉哀呼天寶象天馬呼號淚出戀慕天王靡不頓躃帝曰持小机來安置殿下請玉女寶諸王群僚進諸象馬寶車從者第一嫡后就座帝側帝更以女妹之愛待諸夫人嫡后舉手指諸女寶曰天女之容煒煒光世身被天服世所希覩願留微心以副其意寶象天馬馬名桓青白珠夜光衆寶瓔珞弈弈光國四方諸王皆有聖人之明虔奉稱臣孝順慈忠愛慕天王快見王曰吾世世有慈心於世女人更相嫉妬殃惡流被延及王身惟斯重禍吾欲遠之自今已往若曹女等皆我女妹諸夫人皆舉哀云當奈何生離棄我去皆脫身衆飾投之于地嫡后自滅椎心悲哭呼云天王吾當依誰帝曰人命致短爾憂反長身爲朽器死在無期自今執心尚沙門德遠女親賢唯道是尊修身自憂不能憂餘告諸王曰命

短憂長當自憂身無生不死當正心行慈愛孝順榮難久保諸王稽首至誠辭曰四天諸國皆恃天王常聞諸聖咨嗟斯土以爲無喻帝及群僚無不神聖國土珍寶譬如天上天王加哀宜還聖思帝告諸王人壽致短憂俗反長當自憂身命在呼吸無生不死當去貪婬穢濁之行帝起上殿坐黃金牀持弘慈之心向諸夫人群僚諸王庶民象馬十方勤苦者悲心傷之欲使知佛從金牀至銀牀思無爲道從銀牀至瑠璃牀思慈哀之行以濟衆生從瑠璃牀至水精牀思大孝行欲度無數劫之親自惟五藏九孔惡露帝曰吾昔嘗得一病如有竹索絞頸木鑿鑿身身爲苦器安足可恃乎佛告阿難飛行皇帝大快見者吾身是也王後壽終昇生梵天誰知佛身作飛行皇帝修行正法又有四德七寶自然從鳩夷那竭境界長四百八十里廣二百八十里皆在城中吾前以七持身置此地中令得斷求求念空無相之定絕生死之源自今之後不復作身也阿難汝往入城告諸民云今日夜半佛當般泥洹若等所疑急諮決之愼無後悔長懷瞢瞢恨佛在小聚違於稟戒阿難如教民僉然白佛以何緣處于小聚滅度云乎民皆頓地叩頭者搏頰者椎心刮面滅髮裂衣躃地啼哭呼當柰何其王聞之愕然曰斯者何哀王遣近臣問外何哀民哽咽曰阿難勑言佛當滅度心所疑結令諮質之以斯哀矣臣還啓云阿難勑民佛當般泥洹令質所疑以故哭耳王即召太子阿晨命之曰爾諮佛所稽首佛足敬問消息伏願世尊於正

殿上昇泥洹道無於小聚般泥洹也太子白言若世尊遂不爾翔者當云何王曰受教疾還太子到佛所阿難白言鳩夷國王遣太子來未敢通之佛言呼進太子五體投地稽首佛足却長跪諾王遣阿晨稽首佛足敬問消息衆生没淵唯佛拯濟今當滅度何其太疾當於宫中勿於小聚佛告阿晨謝爾父王吾往已説昔爲飛行皇帝最後聖帝名大快見吾已七反以身喪此弁今爲八吾今道成不復以身著斯地中謝爾父王枉苦太子太子還宫晻冥適至太子見王本末自陳王愕然流涕勑國黎民率土皆往受佛明法王以人定時到佛所與民十四萬衆俱住在外王白阿難曰吾與民十四萬人欲受佛戒阿難向佛具陳王意世尊即曰若王及民阿難白言寧可遣王佛言不可當與相見王及國中高德賢者俱進皆以頭面稽首佛足却叉手立時佛前無燈火佛放頂中光光照二千里佛謝王及其臣民勞枉爾來王稽首曰佛有何戒所當奉行佛言吾告使者云得佛説經四十九歲王國諸賢皆自執行王且還宫吾今夜半當般泥洹王及臣民莫不舉哀佛告王曰吾聞有生無不衰喪啼哭何爲怒伏猛心上法天闉遠惡自愛勤心修德親賢事來重思無加卒暴人命難得當哀萬姓明者可貴愚者原赦世多諸邪自愛自愛王及賢者皆自退出王去佛五里所止也住國有耆年字曰須跋年百二十時在城中夜卧覺寤見佛光明照一城中家無一人即出城疾到佛所向阿難曰以吾啓聞吾有疑心於世尊阿難

曰夜以且半佛當善逝且莫煩擾須跋對曰不可以聞乎吾聞無數世乃有一佛耳今詣質疑而不以聞吾之所疑唯佛而釋餘莫能也阿難曰且止不須問矣佛知須跋在外欲質所疑呼阿難問何以不啓須跋疑事阿難對曰見夜且半佛當滅度懼其來入語言煩擾佛今當棄三有欲界就無爲道佛言將須跋入有疑當問阿難即將須跋入須跋聞當入其心喜踊身皆爲動前以頭面稽首佛足佛見須跋年老息微賜机使坐佛問須跋爾有何疑對曰佛爲三界天中之天神聖無量至尊難雙開化導引四十九年仙聖梵釋靡不稽首吾有同志八人故謳氏有無先氏有志行氏有白鷺子氏有延壽氏有計金樊氏有多積願氏有尼揵子彼八人智無螢燭之明善無濟生絲髮之潤內懷三毒外爲欲走坐作虛論妄書非眞不詣稟化將有緣乎佛告須跋子曹經意與佛經違爲生死之路求富貴之耶吾道之志斷求念空不願世榮淡泊無爲以斯爲樂須跋曰何謂無爲之道乎佛言滅有歸本不復生死謂之無爲也若曹思趣皆有八惡何謂爲八祠祀鬼神卜問虐煞是爲一處家貪餮不奉孝道貪受蕙邪欲無舍止是爲二兩舌惡罵妄言綺語未嘗陳善令愚去惡是爲三煞盜婬泆是爲四常懷怒心不孝二親輕慢兄弟妻子九族心邪行穢無善勸導常自憍大欲人畏敬是爲五晝夜懷邪不畏法律輕慢賢者尊貴穢濁遠避眞正交隨惡人是爲六聞有賢智明經沙門梵志預懷憎嫉虛僞作謗是爲七不敬先祖

盡孝于親不宗賢明而友賊毀仁正不覺流俗穢濁可恥斯謂八惡若自陳云世尊說經四十九載有八人不詣稟化于曹皆懷斯八罪惡豈樂清化乎正使來者佛亦不受須跋若心有斯八惡愼無問佛執斯八戒可得溝港頻來不還應眞行斯八戒當正爾心乃爲佛弟子其有凡人擅作師導教化之首違斯八戒皆是妖蠱當遠棄避愼無聽受世尊曰吾今於三界中獨言獨步莫有等雙爾之所疑便問無嫌須跋稽首長跪而曰誠如佛言幾亡吾身又墮狂愚世尊又曰若解八戒未乎對曰已解重稽首曰吾欲捐下賤之操執沙門清淨之行世尊又曰爾誠不對曰願佛加哀受我爲沙門須跋髮自然墮地袈裟著體精心思教霍然無想一心清淨踰明月珠即得應眞道重自思念吾不能使吾師於前泥洹也即時先佛取泥洹道佛呼比丘入言吾滅度後其有世人棄家去穢欲作沙門入比丘僧中先試三月知行高下世有四輩人一輩貧窮不能自活欲爲比丘一輩負債無以償之欲作比丘一輩在役當時無用欲作比丘一輩高士行淨無穢聞無數世乃有一佛覩佛經典欣然心寤捐家棄欲不貪世榮來作比丘吾泥洹後凡諸來者觀于志趣視于坐起採于語言察于踏步知于施行善惡所趣求道用心精進樂不三月審察志高行淨可衆乃用作比丘身既作比丘當選耆舊明於法律爲之作師授其十戒奉戒三年兢兢不虧衆賢咸可受授與二百五十戒十戒爲本二百四十戒爲禮儀若曹後世施行是

法天神地祇靡不敬喜佛所戒法諸比丘熟思之無得以佛般泥洹去懈怠違法佛之所行弟子所思長幼相奉無爲不孝有不樂得道慕尊榮者當讀是經求壽欲生天上者讀是經佛之大要趣無爲道吾泥洹後無得以佛去故言無所復怙當怙我經戒吾泥洹後轉相承用翫經奉戒執二百五十戒轉相敬奉猶孝事親耆年比丘當教後嗣猶吾在時後進比丘若得疾病耆舊比丘當有耐心消息占視明教讀經喻誨以和順持佛戒吾道可久吾泥洹後賢者子賢者婦女尋後思念吾世有佛有妙經典佛於世始般泥洹日子曹皆有至孝於佛慈心于經至其壽終皆當昇天爾等無得以吾去故不奉經戒慎無懈慢諸比丘爾等熟視佛顔色佛不可復得起

却後十五億七千六十萬歲乃復有佛耳佛世難值經法難聞衆僧難值唯佛難見也閻浮提内有尊樹王名優曇鉢有實無華優曇鉢樹有金華者世乃有佛吾正於今當般泥洹爾曹於經有疑結者及佛在時當決所疑今不釋結後莫轉爭慢我在時急質所疑阿難時在佛後稽首白佛自佛教化諸比丘僧無疑經者弟子自說吾等無疑天中天佛告比丘夜已且半勿復有聲佛起正坐深思道源棄是善惡都及三界年亦自至七十有九惟斷生死迴流之淵思惟深觀從四天王上至不想入從不想轉還身中自惟身中四大惡露無一可珍北首枕手倚右脇卧屈膝壘脚便般泥洹天地大動諸天散華香悲哭呼寃法王滅度吾等依誰國王十四萬衆躃身

呼佛衆生長衰當柰痛何或有絶而復穌者第二帝釋告諸天曰佛常云生無不死者爾等當念非常苦空非身之諦莫復啼哭第七天王亦奔下曰佛光已冥佛尚棄身爾曹何望啼哭躃身者寧可復得乎諸比丘有宛轉于地啼哭且云三界明滅何其疾乎自今之後世爲長衰有住哭者息絶屍視者中有深思佛在常云無生不死啼哭爲身何益明法哉有一比丘字阿那律語阿難曰止諸比丘無使重哀止王及臣民止上諸天莫復哀慟阿難問曰視上諸天能有幾人曰周帀四百八十里中比首相附皆是尊天以一小鍼於上投之鍼不墮地阿那律上止諸天諸天哀慟倍悲阿那律語阿難曰佛不使吾等棺殮爾赴往告逝心理家吾等自能殯殮世尊有命令逝心理家棺殮殯葬無令有恨阿難即往至逝心理家所如其事說逝心理家舉哀云世尊滅度吾等孤露智士噭噭唯心恃世尊其等五百人詣王訟曰乞獨殯葬王曰佛去衆生孤露和心無諍必盡孝心佛愍諸子令得景福王說斯事無不哽咽理家及民舉佛金牀還入王城諸天以名寶蓋覆佛牀上幢旛導從華香雜寶其下如雪十二種樂皆從後作天人龍鬼莫不舉哀理家問世尊在時勑令殯葬棺殮其法云何阿難曰佛在時云如飛行皇帝法佛復踰之理家問曰聖帝殯法其則云何曰用新氎綿牢纏身體新劫波育復以纏上著銀棺中以澤香膏灌令徹身以蓋覆上栴檀香薪櫁香薪梓薪橦薪著棺上下四面高廣各三十丈持火闍維十二

部樂同時俱作以好香華皆以散上殮取舍利擇去灰炭以好香汁熟淨洗之著金甖中以甖著金牀上當著宮中齋戒殿上九十日訖當於四交道起塔立刹懸繒施旛華香作樂飛行皇帝葬法如是佛當勝之諸逝心理家揮淚曰諾必如明教願假七日理家俱啓王吾等欲棺殮天尊聖體願王臨之王曰敬諾理家俱舉佛黃金牀却還從城西門入於城中央至七日得三十萬衆皆共棺殮民衆皆持十二部樂晝夜然燈燈炎去城面十二里步步有之第二帝釋將十萬衆天人來下持十二部天名樂來華香衆寶懸在空中去地三里帝釋獨下問阿那律佛有何令阿那律具以佛教告帝釋曰以具衆寶妓樂華香葬具吾欲殯葬其宜可乎答曰吾當質之阿那律具以釋意向阿難說阿難答曰佛在時不有令乎諸天及王無令棺殮勑令逝心理家殯塟謝諸梵釋願明佛意即還具以阿難意告諸天諸天曰吾上帝葬具不如民間乎答曰斯何言與世尊蹠逝有重責令慎無相非逝心理家即曰舉佛舍利牀欲從城西門入牀爲不舉理家俱曰牀不動搖從得出城乎阿難問阿那律牀何以不搖答曰諸天欲得棺殮故令牀不舉阿那律曰吾方上曉梵釋諸天即上告梵釋曰阿難謝諸天葬儀之趣自是佛意梵釋諸天曰吾等以持葬具來至此寧可令吾等於牀右面國王黎民于牀左也妓樂華香送世尊乎答曰吾當還報阿那律還以天意具報阿難阿難曰欲棺殮者上違佛教爲孝送者可即報梵釋其事見聽

諸天咸喜皆下在佛金牀右面王及民衆在牀左面理家問曰可舉佛牀出西城門去阿難曰可帝釋前以手持牀右面前足梵王持牀右面後足阿難持牀左面前足國王持牀左面後足逝心理家以繒縛牀前兩足天人哀慟共挽金牀諸天龍鬼神散華雜寶名香妓樂幢旛華蓋各皆導從王及黎民供具亦爾天人挽歌歎德於上黎民紹之哀歌於下天神鬼龍帝王黎民同時哀慟椎心呼佛滅度如之衆生何怙出西城門趣周黎波檀殿有大講堂以佛著堂上逝心理家如佛遺教以氎綿纏身劫波育千張交纏其上著銀棺中以澤香膏灌令徹身天蓋覆上理家俱舉棺下殿於其中庭以栴檀香薪櫁香薪梓薪樟薪柟薪髙廣三十丈天神鬼龍諸王人民皆以華香散薪上理家然薪火爲不然問阿那律曰火何緣然之不然答曰佛有耆舊弟子名大迦葉周行教化今者來還將弟子二千人諸天無央數欲完見佛令火不然理家曰諾教待迦葉與四輩弟子各五百人俱來於道止息有異學者名優爲從佛所來持天華華名曼陀勒見大迦葉與弟子二千人相隨優爲進爲大迦葉稽首揖讓畢迦葉問子從何來曰吾從那竭國來迦葉曰識吾大師佛不諾若識之滅度已來今爲七日吾從彼得斯天神華也時諸弟子有未見諦者聞佛滅度靡不驚愕躃踊椎心宛轉自滅呼曰柰何衆生何怙有見諦者深存佛誡世皆無常恩愛猶幻誰獲長有者衆比丘中有一比丘年耆暗昧不達聖意見衆比丘哀慟痛至往

止之曰願莫哀也世尊在時法戒重沓此非法也彼非義矣持此行是無違無犯今世尊逝吾等自由不亦快乎衆比丘皆共非之因共告天天取老比丘揹著衆外大迦葉勑諸比丘使急就道四輩弟子天人無數悲哭且行俱到佛所繞殿三帀頭面著地搶面掩土血而絶者迦葉熟視佛黄金棺意自念曰吾來晚矣不及吾師不知世尊頭足所在佛便應聲雙出兩足迦葉即以頭面著佛足陳佛功德即説偈言

彼爲不生老　亦爲不老死　彼爲不復會
無有相逢時　彼爲不復會　愛欲相别離
當爲求方便　令致得是處　彼爲是五陰
以畢不復受　亦不復爲爲　有受是五陰
苦爲已盡畢　有本亦已除　當爲求方便
令致得是處　佛爲斷世間　愛欲爲已畢
佛名爲忍亦　捨所世間惱　佛爲自安亦
致世間安隱　但當爲叉手　當爲謙禮佛
佛爲所説法　爲世間最明　佛爲最見道
安隱無所礙　亦爲活天下　令不復老死
當何爲世間　人不受佛恩　皓月爲以出
但爲夜去冥　皎日爲以出　但爲晝作明
閃電爲以出　但能照明雲　佛明爲以出
令爲明三界　一切所有河　無過崐崘河
一切所大水　爲無過於海　一切星宿明
明月最爲明　佛爲世間眼　天上天下尊
佛爲已度世　爲施福至今　佛爲教誡行
爲至今分明　亦爲至今爲　佛弟子受行
一切天亦人　恭敬叉手禮

迦葉讚畢天神鬼龍帝王黎民皆禮佛足衆

禮訖畢足還入棺天人鬼龍見足還沒愈爲哽噎同時悲哭哭畢迦葉與諸比丘更相吊言逝心理家放火闍維天散華香皆云當柰衆生爲窮乎佛光徹照第七梵天十方幽隱陰冥之處生不相見得佛光量一時炳然欣面談曰斯何明也諸理家商佛肌肉盡即以香汁澆火令滅熟洗舍利盛以金甖佛內外衣續在如故所纏身劫波育爲焦盡取舍利甖著金牀上以還入宮頓止正殿天人散華妓樂繞城步步然燈燈滿十二里地阿難語阿那律謝諸天龍且各還居天龍鬼神各流淚云亡三界之日月世爲長衰臨喪之絕當能幾間急遂吾等令去何爲答曰民衆擾擾欲上華香且宜暫還以展民心帝釋問阿那律何日當與世尊宗廟乎阿那律問阿難阿難曰却後九十日當於四交道中立刹與廟諸天咸曰待九十日將有緣乎阿那律曰四輩弟子其在遠者必當奔赴以副其望也諸天同時頭面著地帝釋處前諸天翼從繞殿三帀悲哭而去比丘一萬留衛舍利又謝國王且自還宮及群臣稽首于地悲哭繞殿三帀還宮勑諸夫人婇女皆令齋戒畢九十日逝心理家齋肅亦爾四遠皆聞佛已滅度鳩夷國四輩弟子皆賷華香悲哭塞路繞殿三帀稽首于地頓搶哀慟呼當柰何千里內王皆從太子千里外者遣其太子率從臣民皆詣佛所繞殿哀慟華香供養先至先退後至後退諸比丘俱問阿難葬法云何答曰當東出去城三十里彼土有鄉鄉名衛致有四衢道當於四衢跱刹立廟以玉作墼墼之縱廣

其方三尺塔縱廣丈五尺矣舍利金甖正著中央興塔樹刹高懸繒旛燒香然燈淨掃散華十二部樂朝夕供養逝心理家當共成塔釋梵鬼龍王及臣民送佛舍利理家敬諾如阿難教大迦葉及諸羅漢與阿那律共議斯三十萬衆并王人民終當生兜術天上彌勒所彌勒成佛第一說經九十六億比丘得羅漢彌勒當爲衆生說經云斯諸神通皆是釋迦文佛時作塔者懸繒燒香然燈執行佛戒皆清信士清信女也大迦葉與阿難及諸應眞共議鳩夷國王壽終當趣何道大迦葉言斯王壽終當生十二水徹天上後彌勒下作佛時當字須達爲彌勒興造宮殿講受道堂踰聞物精舍孤獨聚園衣食疾藥供比丘僧阿難問大迦葉鳩夷國王何以不於彌勒佛所取應眞道大迦葉曰斯王欲心未猒生老病死憂悲之苦故不取應眞道矣迦葉語阿難其有不猒生死患者終不得道阿難答曰吾久能之何以不得道乎大迦葉曰爾但執戒不惟內外身身之惡轉流生死但以食故邊境八國聞佛滅度舍利在鳩夷國中皆發兵來索舍利分鳩夷國王曰佛在吾國今者滅度吾當供養遠苦枉顧舍利不可得八王答曰吾等叉手索舍利分子不與我必當以命抵取之耳天帝見八王共諍欲得舍利還國供養化爲梵志字名屯屈叉手前曉八國王曰聽吾一言惟佛在時諸王奉尊教常慈惠夫爲民主無宜有諍當行四等分佛舍利令諸國土皆有宗廟開民盲冥令知有佛以爲宗緒使得景福天神鬼龍諸王黎民僉曰

善哉屯屈普施衆生福田也共請屯屈作平八分屯屈自以天上金甖中以石蜜塗裹盛量舍利各與一甖諸王得之悲喜交集皆以香華懸繒雜綵燒香然燈朝夕作樂屯屈長跪乞甖中餘著蜜舍利吾欲立廟諸王惠之遂入甖時有道士名曰桓違從王索舍利王曰已分不可復得唯有焦炭便自往取道士取炭香華供養復有遮迦竭人來索舍利曰已分唯有餘灰可自往取即復取灰奉九十日大迦葉阿那律迦旃延共議阿難隨佛最久於佛獨親佛所教化施爲弘模阿難貫心無微不照可受阿難法律委曲載之竹帛比丘僧議阿難白衣恐有貪心隱藏妙語不肯盡宣比丘僧曰當詭取之設一高座處諸聖上會以比丘僧以兹詰問三上三下因問經要可得誠實鳩夷國王立佛宗廟精房禪室凡有三千諸比丘處其中誦經坐禪王遣大臣臣名摩南將兵三千宿衛佛廟大迦葉與阿那律共報比丘僧佛經結律名四阿含阿難從佛獨爲親密佛以衆生婬泆無度作一阿含兇怒悖逆作一阿含愚冥遠正作一阿含不孝二親遠賢不宗受佛深恩不惟上報作一阿含沙門衆曰唯阿難知夫四阿含當由阿難出大迦葉曰阿難白衣恐有貪意不盡出經衆比丘曰可以前事詰責阿難當上阿難著于高牀諸賢者衆自下問經僉曰善哉誠合大宜直事沙門即會聖衆逐阿難出聖衆皆坐復命阿難令疾進進爲聖衆稽首作禮得應眞者皆坐如舊未得者皆起直事沙門令之昇坐中央高座阿難辭曰非吾座

也聖衆僉曰以佛經故尊爾于彼從爾受佛之上法阿難乃坐賢衆問之爾有七過寧知之乎世尊在時云閻浮提之大樂爾默然爲直事沙門呼阿難阿難即對曰佛爲無上正眞聖尊將不得自在耶當須吾言乎設佛在世一劫之間彌勒至尊從得作佛聖衆默然阿難無懼衆聖僉曰且還復座知子宣法與衆所聞正法同不如斯三上阿難復三下之阿難復上言伊焰摩須檀伊焰摩須檀者吾從佛聞諸比丘僧聞阿難法言伊焰摩須檀吾從佛聞咸哽咽云當柰此何佛適處世而今更云吾從佛聞說如是天神鬼龍帝王臣民四輩弟子莫不舉哀大迦葉賢聖衆選羅漢得四十人從阿難得四阿含一阿含者六十疋素寫經未竟佛宗廟中自然生四名樹

一字迦旃一樹字迦比延一樹字阿貨一樹字尼拘類比丘僧言吾等慈心寫四阿含自然生四神妙之樹四阿含佛之道樹也因相約束受比丘僧二百五十清淨明戒比丘尼戒五百事優婆塞戒有五優婆夷戒有十寫經竟諸比丘僧各行經戒轉相教化千歲千歲之中有持戒者應在第四彌勒佛所彌勒世尊當爲天說經法言今之會衆皆是釋迦文佛持戒者來會斯土彌勒佛言爾曹勤心加於精進行難備悉多少持之佛泥洹後作八宗廟第九瓶塔第十炭塔第十一灰塔經曰佛以四月八日生八日棄國八日得道八日滅度以沸星時去家學道以沸星時得道以沸星時般泥洹草木復更華葉舉國樹木皆更茂盛佛般泥洹去三界天中天光明以

滅一切十方皆自歸於佛

佛般泥洹經卷下

從佛般泥洹到永興七年二月十一日凡巳八百八十七年餘七月十有一日至今丙戌歲合爲九百一十五年是比丘康日所記也又至慶曆六年丙戌歲共計一千九百九十四年

音釋

胞剻胞匹交切剻居州切　呴詡拱切呴呴喧擾也　偃於𢡆切卧也　脇虛業切腋下也　鍼職深切　柟那合切梗柟也　忼愾忼苦浪切愾口代切忼慨感傷之意　懌羊益切悅也　鏤盧候切彫刻也　橑魯皓切椽也　躃芳辟切　嫡都歷切　瞢母亘切悶也　搏頰搏補各切頰古協切　愕逆各切　晻衣儉切　飻音鐵　躇直魚切　嗷五勞切　櫁彌畢切香木也　樟諸良切木名　唁宜箭切弔生也　悖蒲昧切亂也

佛說人本欲生經

後漢安息國沙門安世高譯

清刻龍藏佛說法變相圖

人本欲生經序

沙門釋道安述

人本欲生經者照于十二因緣而成四諦也本癡也欲愛也生生死也略舉十二之三以爲目也人在生死莫不浪滯於三世飄縈於九止綢繆八縛者也十二因緣於九止則第一人亦天也四諦所鑒鑒乎九止八解所正正于八邪邪正則無往而不恬止鑒則無往而不愉無往而不愉故能洞照傍通無往而不恬故能神變應會神變應會則不疾而速洞照傍通則不言而化不言而化故無棄人不疾而速故無遺物物之不遺人之不棄斯禪智之由也故經曰道從禪智得近泥洹豈虛也哉誠近歸之要斯經似安世高譯爲晉言也言古文悉義妙理婉然覩其幽堂之美

關庭之富者或寡矣安每攬其文欲疲不能所樂而玩者三觀之妙也所思而存者想滅之辭也敢以餘暇爲之撮注其義同而文別者無所加訓焉

佛說人本欲生經

後漢安息國沙門安世高譯

聞如是一時佛在拘類國行拘類國法治處是時賢者阿難獨閑處傾猗念如是意生未曾有是意是微妙本生死亦微妙中微妙但爲分明易現便賢者阿難夜已竟起到佛已到爲佛足下禮已訖一處止已止一處賢者阿難白佛如是我爲獨閑處傾猗念如是意生未曾有是意是微妙本生死亦微妙中微妙分明易現佛告阿難勿說是分明易知易見深微妙阿難從有本生死是阿難從本因緣如有不知不見不解不受令是世間如織機躡梭往來從是世後世從後世是世更苦世間居令不得離世間如是因緣阿難可知爲深微妙從有本生死明亦微妙若有問有老死因緣問是便報有因緣何因緣阿難老死便報生故若有問有生因緣問是便報有因緣何因緣生有故爲生若有問有因緣有便報有因緣有何因緣有報受因緣有若有問何因緣受報有因緣受何因緣受報爲愛求因緣如是阿難從愛求因緣受從受因緣有從有因緣生從生因緣老死憂悲苦不可意惱生如是爲具足最苦陰從是有習生因緣阿難爲老死是故說是爲從是致有是當從是阿難分明爲生因緣老死若阿難無有生爲無有魚魚種無有飛鳥飛鳥種爲無有蚑蜚蚑蜚種爲無有龍龍種爲無有神神種爲無有鬼鬼種爲無有人人種各各種若如有如有生無有亦無應有令有生一切阿難無有生爲有老死不阿難白佛言不佛便告

阿難從是因緣當知爲從是本從是習從是因緣老死爲生故生因緣阿難爲老死生因緣阿難爲老死若有問有因緣生報有因緣何因緣生爲有因緣故從是阿難因緣當知命從是有有因緣生若阿難有因緣無有寧有魚魚種飛鳥飛鳥種蚑蜫蚑蜫種龍龍種神神種鬼鬼種人人種各各種如應應有無有亦無有者爲有無有一切阿難無有爲有生不阿難言不是故阿難從是發從是本從是習從是因緣生爲有有故從有因緣阿難爲生若有問因緣有便言有何因緣阿難有可報受因緣有如是分明爲受因緣有發阿難受因緣無有亦無有受有一切阿難無有受爲有現不阿難報不如是阿難爲從是起從是本從是習從因緣令有受受因緣阿難

爲有有因緣阿難受有因緣阿難受如是問對爲有何因緣有受可報愛因緣從是因緣阿難當知爲愛因緣受若阿難無有愛亦無有受亦無有當受一切阿難無有愛爲有受不亦有受名不阿難言不如是阿難爲從是發從是本從是習從是因緣爲愛因緣受愛因緣阿難爲受如是阿難爲愛因緣求求因緣利利因緣計計因緣樂欲樂欲因緣發求以往愛因緣便不欲捨慳以不捨慳因緣便有家以有家因緣便守從守行本阿難便有刀仗從有刀仗便有鬬諍言語上下欺侵若干兩舌多非一致弊惡法若阿難本無有亦無所守亦無有守一切阿難無有守爲有刀仗鬬諍語言上下欺侵若干兩舌多非一致弊惡法不阿難言不如是阿難是從是發是

爲本是爲習是爲因緣刀仗鬪諍語言上下欺侵若干兩舌多非一致弊惡法從守故阿難便有刀仗鬪諍語言上下欺侵若干兩舌多非一致弊惡法如是但爲多苦爲從五陰習致家因緣令有守是故爲説是當從是知阿難爲家因緣守若家因緣無有已無有受當何因緣有家一切家因緣無有寧有家不寧有刀仗不鬪諍語言上下欺侵若干兩舌多非一致弊惡法不阿難言不如是阿難從是有從是本從是習從是因緣令有守爲家故從家阿難令有守難捨慳因緣令有家從是因緣有是當從是因緣知阿難爲難捨慳因緣令有家若難捨慳阿難無有亦無有受已無有受寧當有慳難捨不一切阿難慳難捨已無有寧當有家不阿難白佛言無有如是阿難從是起從是本從是習從是因緣受家慳難捨故阿難令有家從往受阿難因緣令有慳難捨是故有是言亦從是因緣有是如是當從是因緣阿難可解爲從發受從是受慳難捨若阿難發受無有寧有受亦何因緣往受一切阿難無有發受寧當有慳難捨不阿難白佛言不如是阿難從是起從是本從是習從是因緣令慳難捨爲發往受故亦爲發有因緣故阿難令有慳難捨欲貪因緣阿難令有發是故説是當從是因緣阿難知爲從欲貪因緣令發若欲貪阿難無有已無有因緣亦何因緣當有欲貪一切阿難欲貪無有寧當有發往不阿難言不如是阿難令是發從是本從是習從是因緣令發爲有欲貪故爲從欲貪阿難令發從發往令有欲貪

是故為說當從是因緣知為從發往令有欲
貪若無有發往亦無有令往一切阿難離發
往若有貪欲不阿難言不如是阿難為從是
有從是本從是習從是因緣貪欲為有發往
因緣令有貪欲從利故阿難令發往為從是
說當是從是因緣知為從利因緣令發往若
阿難以無有利亦無求亦何因緣有求一切
阿難無有利寧當有發往不阿難言不如是
阿難從是有從是本從是習從因緣發往利
故利故亦發求從求因緣故令有利故說是
從是因緣當知令從求因緣有利若求因緣
阿難無有亦何因緣有求亦從何因緣求一
切阿難以無有求若有見利不阿難言不如
是阿難從是有從是本從是習從是因緣為
有利為求故求故阿難令有利從愛故令有

求是故說當從是知令從愛求若阿難無有
愛亦無有求亦無有因緣求亦無有愛一切
阿難愛無有寧當有求不阿難言不如是阿
難從是有從是本從是習從是因緣有愛故
令有求求故令有愛彼阿難欲愛亦有愛是
二皆痛相貪有痛因緣阿難若有問是便言
有何因緣有便言更因緣有從是因緣阿難
亦當知令更因緣痛若阿難眼不更亦無有
應當更眼亦不得更一切阿難眼已不更寧
有眼更不亦有眼當因緣生不為樂為苦為
亦不樂亦不苦阿難應不如是阿難從是有
從是本從是習從是因緣令眼更痛眼更因
緣阿難令眼知痛耳亦如是鼻亦如是舌亦
如是身亦如是心不更阿難亦無當更亦有
更因緣令心更一切阿難心無有更寧當有

心更入因緣令有痛不令有樂不令有苦不令有不苦不樂不阿難應不如是阿難是爲有是爲本是爲習是爲因緣痛令有更心更因緣阿難令有痛若有問有因緣更不對爲有何等更爲因緣對爲名字因緣當從是阿難可知令從名字因緣更若從所處有亦從所應受令名身聚有若阿難從所處有亦從所處應受無有爲有更有名字不阿難言不若阿難從所處應受無有令名身有無有寧當有對更不阿難言不一切阿難名字亦色身無有爲有更不爲從有更不阿難言不如是阿難爲從是是發爲從是是本爲從是是習爲從是是因緣從是是更令從是名字名字因緣阿難令有更佛復告阿難有名字因緣設有問便對爲有何因緣名字謂識因緣

爲有從是因緣阿難解知爲識因緣名字若識阿難不下母腹中當爲是名色隨精得駐不阿難言不若識阿難毋腹已下不得駐去爲有名字得致不阿難言不識阿難爲本若男兒若女兒已壞已亡令無有爲得名字令長增令所應足不阿難言不如是阿難從是起有從是本從是習從是因緣爲名字從識識因緣阿難為有名字有因緣阿難識若聞是便對有從何因緣有識名字因緣有識當從是因緣阿難分別解爲名字因緣識若識不得名字駐已識不得駐得增上爲有生老死苦習能致有不阿難言不如是阿難從是致從是本從是習從是因緣識令有名字名字因緣有識是如是爲識因緣因緣名字名字因緣識止是説名止是處對止是諍本現

當從有慧莫受幾因緣阿難爲計痛是爲身阿難言是法本從佛是法政本佛自歸本佛願令佛說令從佛說是說愛解利佛言聽阿難善哉善哉諦受念佛便說賢者阿難應唯然從佛聞佛便說是或阿難有見是痛爲身或有見是痛計非身但爲身更痛法見是爲身或一身爲是痛見不爲身亦不爲痛法見痛法計是不爲身但爲見是身爲身彼阿難或爲在是痛計爲身當爲對說是痛賢者爲三輩有樂痛有苦痛有不樂不苦痛是賢者三痛見何痛應作身樂痛時阿難是時二痛已爲滅爲苦亦不樂亦不苦是時但爲樂更痛樂痛爲非常苦要滅樂阿難痛已滅離身不在身計是如是是時阿難苦痛更時是時爲兩痛已滅樂亦苦是時但爲更苦痛苦阿難痛非常苦盡法苦阿難痛已盡身不復更知是時阿難亦不苦亦不樂不更是痛是時兩痛滅痛亦苦但爲是時不苦不樂更痛不苦不樂阿難痛法非常苦盡不苦不樂阿難痛已盡應無有身自是計或阿難爲行道爲是非常法痛爲計見身或阿難爲行道放散樂苦痛爲自見計身如是阿難因緣不應可爲痛作身見身彼阿難或不痛計見是身但爲身法更痛便可報若賢者無有痛更亦不見所更寧當應有是不是時阿難比丘一不痛爲見計非是身寧應是法更痛亦見是身不阿難言不如是阿難是因緣亦不應亦不可令或一無有痛計是身但爲身更痛彼阿難所不計痛爲身亦不見是痛非身亦不身更痛亦痛法不見不計是身但爲計我爲不覺

是身是身便可報一切賢者自計身不更痛寧應有身不是時比丘不痛爲身身亦不更痛痛法而不爲身有身但不爲覺身耳如是觀身寧應身不阿難言不如是因緣阿難不應令無有痛爲身亦不身爲更亦不應法爲身亦不應不覺身爲身如是阿難一切痛爲作身已痛見見是身身幾因緣阿難或爲行道不爲痛作身爲見不見身阿難報是法本從佛教令亦從佛願佛爲說佛說已弟子當受令是說當爲解利佛告阿難聽是受是諦受重受念是當爲說如是賢者阿難從佛聞佛便說是有阿難比丘不爲痛作身亦不見痛爲身亦不爲身更亦不痛法計爲身亦不見身見爲身亦不從或有是身亦不從是見見是身已如是見不復致世間令不復受世間已不復受致世間便不復憂已不復憂便無爲度世便自知爲已盡生老病死憂已畢行已足所應作已作不復還在世間齊是阿難或爲行道不計痛爲身自方便作亦不見見爲身幾因緣阿難或爲行道爲色作身阿難報法本從佛教令亦從佛願佛爲說佛說已弟子當受令是說當爲解利佛告阿難聽是受是諦受重受念是當爲說如是賢者從佛聞佛便說是有阿難或爲行道爲少色行爲身有阿難或爲行道爲不少色行爲身亦色無有量行爲身但爲少不色行爲身或阿難爲行道亦不爲少色亦不爲無有有量色亦不色少行爲身或有阿難爲行道亦不少色亦不無有量色亦不無有少色行爲身但爲不色無有量行爲身彼阿難或爲行道少

色行爲身現在阿難或爲行道少色行爲身已身壞死令復見身相像不爲是對行對如是致亦如是齊是阿難或爲行道色少行爲身自方便計作齊是阿難或爲行道色行爲身令結使彼阿難或爲行道不少色爲作行身但爲色無有量計作爲是身現是阿難或爲行道色無有量爲計作身已壞死令復見相像如是不爲是對行對如是致亦如是齊是阿難或爲行道爲計身色無有量齊是阿難或爲行道令色無有量爲身使結彼阿難或爲行道不少色亦無有量色計但爲念少色爲身現在阿難或爲行道不色少爲計身身壞死令復見身相像如是不爲是對行對如是致亦如是齊是阿難或爲行道不色少自計爲致身齊是阿難或爲行道不色少令身使結彼是阿難或爲行道亦不色少亦不色無有量亦不無有色少亦不無有色無有量爲墮行身現在阿難或爲行道亦不色少亦不色無有量亦不無有色少亦不無有色無有量爲計墮身已身壞死令復見身相像如是不爲是對行對如是致亦如是齊是阿難或爲行道不色無有量自計爲致身齊是阿難或行道令不色爲使結齊是阿難或爲行道自計爲致身幾因緣阿難爲行道色不行作身阿難報是法本從佛教令亦從佛願佛爲説佛説已弟子當受令是説當爲解利佛告阿難聽是受是諦受重受念是當爲説如是賢者阿難從佛聞佛便説是或阿難爲行道或不色作爲身亦不爲色計爲身亦不爲色無有有量亦不爲色少亦不爲色無有

量計爲身彼阿難爲行道不色少爲作身亦不爲計是身現是阿難爲行道不爲少色作身亦不爲墮是身已身壞死令不復見是身相像不爲是對行對如是無有是齊是阿難爲行道爲不少色爲身亦不計爲身齊是阿難爲行道爲不少色爲身不使結彼阿難或爲行道不爲色無有量爲身亦不作色爲身現在是阿難爲行道不色無有量爲身亦不計是是身已身壞死令不復見身相像不爲是對如是如是是爲無有是齊是阿難爲行道不色無有量爲身亦不墮身計如是阿難齊是或爲行道不色無有量爲身不使結彼阿難或爲行道不爲不色少爲身亦不墮計現是阿難爲行道不色少爲身亦不墮身計已身已壞死令不復見身相像不爲是對如

是如是爲無有是齊是阿難爲行道不爲不色少爲身亦不墮身計如是阿難齊是爲行道不爲不色少令不使結彼阿難或爲行道不行不色無有量爲身亦不墮計是身現今是阿難爲行道不爲不色阿難爲身亦不墮計爲成身已身壞死如是身令不復見是計不爲是對如是如是是爲無有是齊是阿難爲行道不行不色無有量爲身亦不墮計是身齊是阿難爲行道不行不色無有量亦令身使結齊是阿難或爲近道不行不色無有量爲身亦不成身亦不墮計是身亦有是七處阿難令識得駐亦有二受行從得解有色爲令從是若干身若干思想辟或人或天是爲第一識止處有色爲令從是一身若干思想辟天名爲梵天長壽本在處是爲第二識

止處有色爲令從是一身若干思想辟天名爲明聲是爲第三識止處有色爲令從是一身一像思亦一辟天名爲遍淨是爲第四識止處有不色爲令從是一切從色想度多想滅爲無有量空空慧意止辟天名爲空慧行是名第五識止處有不色爲令從是一切從空行竟過無有量識從慧受意止辟天名爲識慧是名爲第六識止處有不在色爲令從是一切從識慧過度無有量不用從是慧意受止辟天名爲不用從是慧是爲第七識止處何等爲阿難亦有二受行從得解有從色因緣行道令不更思想辟天名爲不思想是爲一受行從得有從色因緣行道一切從不用得度爲受不思想亦有思想受行止辟天名爲不思想亦有思想是爲二受行從得解

彼阿難所第一識止處爲從色行因緣行道若干身若干思想辟天名爲人亦一處天天若阿難行道是識止處已知亦知是識從是習亦知從是沒亦知是所樂亦知是更苦亦知是從得出要如有知是時阿難爲行道所識止處可應求可應望可應住處阿難言不彼阿難第二識止處爲從色行因緣行道若干身一想辟天名爲梵身長壽本第一在處彼阿難第三識止處從色行因緣行道一身若干想辟天名爲明若阿難爲行道是識止處已知亦是識止處從是習亦知從是沒亦知是所樂亦知是更苦亦知是從要得出如有知是時阿難爲行道所識止處可應求可應望住處阿難對言不彼阿難第四識止處爲從色行因緣行道一像身一思想辟天名

爲遍淨若阿難爲行道是識止處已知亦是
識止處從是習亦知從是沒亦知是所樂亦
知是更苦亦知從是要得出如有知是時阿
難爲行道識止處可應求可應望可應住處
阿難對言不彼阿難第五識止處爲從不色
行因緣行道一切從色得度地想已後無有
量空空慧行受止辟天名爲空慧若阿難爲
行道是識止處已知亦是識止處從是習亦
知從是沒亦知是所樂亦知是更苦亦知從
是要得出如有知是時阿難爲行道所識止
處可應求可應望可應住處阿難對言不彼
阿難第六識止處爲從不色行因緣行道一
切從空慧度識無有量受慧行止辟天名識
慧若阿難爲行道是識止處已知亦是識止
處從是習亦知從是沒亦知是所樂亦知是
更苦亦知從是要得出如有知是時阿難爲
行道所識止處可應求可應望可應住處阿
難對言不彼阿難第七識止處從識慧度無
有量不用已捨受慧行辟天名爲不用受慧
行若阿難爲行道是識止處已知亦是識止
處從是習亦知從是沒亦知是所樂亦知是
更苦亦知從是要得出如有知是時阿難爲
行道所識止處可應求可應望可應住處阿
難對言不第一受行從得解有從色因緣行
道無有想亦不受辟天名不思若阿難爲行
道已知見從愛亦習知從愛習知從是沒亦
知是所樂亦知是更苦亦知從是要得出如
有知是時阿難爲行道是愛行從得解可應
求可應望可應住處阿難對言不彼阿難第
二受行從得解有從不色因緣行道一切不

用從慧得度過無有思想亦未離思想受行止行止辟天名爲無有思想解若阿難爲行道是愛行從得解已知爲是解從是習亦知從是没亦知是所樂亦知是更苦亦知從是要得出如有知是時阿難爲行道是愛行從得解可應求可應望可應住處阿難對言不若阿難爲行道如是知如是見説爲不知不見若有是結使是時應説爲常是時應説非常是時應説世間有本是時應説世間無有本本是時應説得道以死復生是時應説得道不復死爲有無有爲無有度世死從是使結是時阿難爲行道是七識止處二受行從得解如是如有從諦慧見從是意已解已得解脱是名爲阿難爲行道無所著從慧得解脱亦有阿難八解脱處何等爲八色觀色爲第一解脱處内觀色不想外觀色是爲第二解脱處觀三十六物不淨身受觀行止是爲第三解脱處一切從色想已度滅地想不念無量空慧已受竟辟天名爲空慧是名爲第四解脱處一切從空慧已度無有量識慧受竟辟天名爲識慧是名爲第五解脱處一切從識慧行得度無所有不用受慧竟行辟天名爲不用無所用慧行是爲第六解脱處一切從不用慧得度無有思想亦不無有思想竟受止辟天名爲思想是名爲第七解脱處一切從無有思想竟得度滅思想亦覺盡身已更竟受止是第八解脱處若已阿難行道七識止處二受行從得解脱亦是八解脱處是如有是慧已更見從是意戢却不用已得解脱如是本福已身更竟止是名阿難行道

無所著從兩行得解脱佛説如是阿難受行

佛説人本欲生經

音釋

序

縈於營切繫也　綢繆綢直由切繆莫彪切綢繆猶纏綿也　愉羊朱切

婉於阮切順也　攬魯敢切與覽同

經

猗隱綺切與倚同依也　躡梭躡女輒切蹈也梭蘇禾切織具也　慳苦閑切悋也　駐朱遇切止也

佛說梵網六十二見經

吳月支優婆塞支謙譯

佛說尸迦羅越六方禮經

後漢沙門安世高譯

清刻龍藏佛說法變相圖

二經同卷

佛說梵網六十二見經

佛說尸迦羅越六方禮經

佛說梵網六十二見經

吳月支優婆塞支謙譯

聞如是一時佛遊於俱留國與大比丘衆千二百五十人俱爾時異道人須卑及弟子梵達摩納隨佛及比丘僧異道人須卑謗佛無央數及謗法比丘僧弟子梵達摩納嗟歎佛及法比丘僧無央數是師弟子便共諍言各自非其所說常隨佛比丘僧受請是時佛從俱留國往至舍衛國止在祇樹給孤獨園時諸比丘會於迦梨羅講堂上坐共議言是事

當云何異道人須早及弟子梵達摩納常隨佛及比丘僧受請異道人須早謗佛及法比丘僧無央數弟子梵達摩納嗟嘆佛及法比丘僧無央數佛徹聽遥聞諸比丘共議説是事佛便起往至講堂佛則坐佛問諸比丘言屬者會迦梨羅講堂所議何等諸比丘白佛言向者會共議言異道人須早及弟子梵達摩納常隨佛及比丘僧受請異道人須早謗佛及法比丘僧無央數弟子梵達摩納嗟歎佛及法比丘僧無央數佛言善哉諸比丘會常當行二事何等爲二一者説法二者思惟佛告諸比丘若有謗我及法比丘僧汝曹不瞋恚念惡愁憂者爲善若有謗我及法比丘僧卿曹便瞋恚愁憂者爲有衰比丘若有嗟歎我及法比丘僧者汝便當不喜亦不愁憂亦不喜喜者汝便有衰若復有謗我及法比丘者汝意便當念言彼人所説非至誠言佛無有是事比丘若有嗟歎我及法比丘僧者汝當念言實有是事所以者何其少知者但有誠不能多聞者便嗟歎佛諸比丘問佛言何所是少知但有誠不多聞嗟歎佛者佛言其人説言佛不殺生無恚結不持刀杖教人爲善慈哀一切及蜎蜚蠕動之類亦不取他人財物但欲布施心亦念布施見人劫掠人者哀念之身自行清淨不入人罪法修清淨梵行樂清淨行不樂惡愛欲之法亦不妄語所言至誠樂實無虚世間人皆信其言無有異意亦不忘念不兩舌傳語鬬人若有諍者和解各令安隱不駡詈亦不惡口所説令衆人歡喜但説善不欺言知時至誠有義行法

所言柔輭不坐高綺好牀亦不著香華不聽歌舞不飲酒亦不著金銀珍寶常以法食食不失其時不受男女奴婢不絕生穀亦不受雞羊猪無有舍宅亦不市買不行斗升寸尺欺侵人皆離於刀杖撾捶恐怖人譬如異道人貪著食以是比著行多居穀食酒畜生衣被醫藥沙門瞿曇皆無是事譬如異道人受人信施食已是故常作癡業徐行出入誹謗嫉妬但欲得自恭敬佛常離是癡業譬如異道人受人信施食畜聚落舍宅穀食樹木果蓏菜園自取食之佛皆離是事有異道人受人信施食在高廣綺牀上卧起以金銀好畫之上布綩綖及諸象馬畜生諸飛鳥之毛以布座上佛皆離是事譬有異道人受人信施食便共相問言王者云何賊云何兵云何鬪云何大臣云何郡國縣邑云何女人云何婬泆者云何說世間事說閑事海事佛皆離是事有異道人受人信施食行虛現實應表裏不相副示光法明以求財利常貪鉢佛皆離是癡見有異道人受人信施食便共諍訟言我知法律卿不知法律卿爲邪見豈能知法耶我爲正見語言前後顛倒我爲正見卿則邪見卿爲負我得勝卿惡卿邊至無復受其言卿當學行爲有保任不佛離是畜生果有異道人受人信施食常行摴蒱博掩便言我以得搡橛兜牡滿君犢塞盧佛皆離是事有異道人受人信施食便沐浴以雜香塗身自莊嚴以鏡自照持高繖蓋著履結髻以珠珞毦佛皆離是事有異道人受人信施食常行現惡事便持手鬪足以頭面相觸鬪象馬牛

羊鬭男子女人及小兒鬭鷄猪鴨佛皆離是邪惡見有異道人受人信施食作畜生業以自給活别知刀釾弓箭别相男女大小别知相象馬牛羊佛皆離是事有異道人受人信施食作畜生業以自給活作男女小兒醫作象馬牛羊之醫佛皆離是事有異道人受人信施食作畜生業以自給活作鬼神事作衣被作目醫作女人坐醫作呪嬈女人往來之時持草化作美食與人食之便詐隨索好物化廬服與人能令飛行佛皆離是事有異道人受人信施食以作畜生業自給活持藥與人使吐佛皆離是事有異道人受人信施食以畜生業自給活呼人言使東西行呪令共鬭諍訟相撾捶人墮人著地呪女人使傷胎以葦呪著人臂佛皆離是事有異道人受人信施食以畜生業自給活持薪然火呪栗皮毒蒲萄子作烟呪鼠傷殺人學呪知人生死時佛皆離是事有異道人受人信施食以畜生業自給活一人言當大雨一人言當小雨一人言米穀當豐熟一人言不熟一人言米穀當貴一人言當賤一人言當大病疫一人言不一人言當有賊來破壞此國一人言當有大死亡一人言當有崩王當有立王一人言地當大動一人言不一人言月當蝕一人言月不蝕一人言日當蝕一人言日不蝕一人言日從東西行一人言從西東行一人言月星宿從東西行一人言從西東行用是故有吉凶一人言用是故日月星宿從東西行一人言用是故日月星出一人言用是故日月星入一人言雲當覆日一人言當出於雲

一人言天當清無雲佛皆離是事有異道人受人信施食以畜生業自給活一人言此國王當往破彼國彼國王當來破此國一人言此國王車馬畜少爲人解夢呪人使不能語令人口噤爲人書取其價爲人持衣計取其價分别好惡色取其價佛皆離是事佛言沙門一飯暮不食以時食離不時食行知止足於衣鉢食取足而已所行至處皆賫衣鉢自隨身譬如飛鳥所行至處兩翅隨其身比丘亦如是於衣被飯食鉢取足而已所行至處衣鉢皆隨身比丘亦如是受賢者誡奉行自觀身不諍訟思惟道所作安諦見色不作想亦不互相見鬪人變者續寂寞不癡亂諸不可意惡不善之法不能亂其志皆護眼根是爲比丘奉賢者誡品賢者如是寂定根門於內不念鬪亂飯食取足而已食亦不多亦不少適得其中常爾一食不增減趣支命不用作筋力但欲令身安不苦痛有氣力得定行若有當來比丘當以是賢善奉行誡當以是賢善飯食取足而已思惟道初夜後夜行道應妙不傾動行道念晝日若坐若經行不念惡法初夜若經行若坐中夜倚右脇累兩足而卧意即念起常欲見明後夜復坐念道若經行不念惡法若入郡國縣邑分衞明旦起著衣持鉢入郡國縣邑分衞皆護身諸根常念著意分衞訖出飯食以澡手洗足去鉢便入在獨夜坐若空閑樹下若露處山間巖石間若草屋水所盪處正坐不左右顧視離世間癡意念行不作惡意以慈心哀傷一切人民及蜎飛蠕動之類意亦不念惡去愛欲去

離睡眠常念疾得定行意而不念睡眠去離猶豫衆想不説惡亦不作想内意寂定去離外疑去離衆想行不行惡法意亦不念衆想皆棄五蓋及塵勞意譬如人舉息錢行賈作如意還本償息常有餘末饒足自活其人自念心亦歡喜譬如人久行作奴婢得脱奴身出入自在自念言我本作奴今得脱爲民其人自念心亦歡喜譬如人拘閉牢獄遇赦得脱其人自念心亦歡喜譬如人得重病連年累歲遭遇良醫攻治得愈有氣力行步出入飯食其人念言昔時病累歲今得除愈有氣力飯食出入其人自念亦歡喜譬如人持重財經過惡道財物畜甚安隱得至善道其人自念亦歡喜比丘亦如是去離五蓋譬如負債已償拘閉得脱久病除愈奴免爲民經過

惡道已脱是心歡喜佛言其少知或不多聞者便謗如來佛言我所解法深妙我所知所了者賢者弟子聞者便嗟歎如來佛言何所是深妙之法我所可了知賢者弟子聞之便嗟歎如來佛言若有異道人於過去劫中見過去事於無央數道各各學其事知其中事皆在十八見中若有異道人於當來劫中見當來事學當來事於無央數道各各了其事皆在是四十四見中彼異道人於過去劫中見過去事於無央數道各各了其事悉在十八見中者有異道人行常見常自爲世間説有常在是四見中佛言其異道人何以在四見中各見常説自爲世間人説有常若有異道人斷愛欲行禪即如其像三昧正受能念過去二十劫事其人言我與世有常所以者

何我知過去劫成敗時不知當來劫成敗時其人便念知過去事捨當來事是爲第一見第二若有異道人斷愛欲即如像三昧正受能念當來四十劫事其人言我與世有常所以者何我不知過去劫成敗時但知當來劫成敗時其人便捨過去事不知之念當來事是爲第二見第三若異道人斷愛欲精進行寂即如其像三昧定意念過去當來八十劫事其人便言我與世有常所以者何我知過去當來劫成敗時其人便念過去當來之智是爲第三見第四若有異道人精進寂一心行斷惡行即如其像三昧定意念寂根住癡念其人自爲世間説有常所以者何我不知過去劫成敗時亦不知當來劫成敗時是爲第四見所可謂異道人説常見常自爲世間人説有常者皆在是四見中不能復過上如來皆知是復過是上微妙知是以不誠之離於誠得無爲如來知痛痒所更樂盡滅知所從起佛見以無所受意善解佛言我所解法深奥深照若有賢者弟子聞之便嗟歎佛其有異道人於過去劫中見過去事念過去事於無央數道各樂説知其中事皆在十八見中其異道人何謂於過去劫中見過去事念過去事於無央數道各樂説知其中事者若有異道人各説常見常各自爲世間人説有常皆在四見中其異道人何謂説常見常爲世間人説常其劫壞敗時下人民便上生第十二阿衛貨羅天上劫壞敗時其天福德薄命盡展轉來下有梵天在上虚空中生便於彼爲大尊梵自謂我皆作諸事於其上尊爲

一切作父解義千人之上其梵天自念言當於何所得人來生此過發意頃餘下人即解生其上爾時其梵天因發見言我皆化作是諸人其人民亦自生見言梵天皆化作我曹所以者何梵天先生我曹後生是故化我曹其先生梵天最端正好潔威神巍巍其餘諸天隨法福德薄命盡皆稍稍下生人間行精進離愛欲行一心即如其像三昧定意定念昔所生處其人言上先所生梵天常在終不轉移亦不死常在尊上梵天化作我曹非常轉移死是謂爲説常非是是爲第一見第二若有異道人彼有梵天發見如是言其有色法痛痒思想行識是法爲常亦不轉移不死其有地種水種火種風種空種此非常不堅固其梵天人禄相福德薄者終亡來下生人間其人精進離愛欲一心即如其像三昧定意念昔梵天是其人言彼色法痛痒思想行識其法常堅固此人間地種水種火種風種空種是法非常無堅固有終亡是爲第二見第三若有異道人所説何謂有天名幾陀波屠在其上相娛樂快樂以後常不復念身病著牀其人法禄相福德薄終亡下生人間其人行精進離愛欲一心即如其像三昧定意念昔所生處其人便言彼天人相娛樂快樂者得常在不動轉終亡此人間相娛樂非常無堅固有終亡彼天有常此人間無常是爲第三見第四若有異道人所説有天名散提彼居上共止頓卒相向生瞋恚離本座其天人禄相福薄者終亡下生人間其人行精進離愛欲一心即如其像三昧定意念昔所生

天上其人言彼諸天共止相娛樂者得常在堅固不終亡我生人間者非常無堅固有終亡彼天有常我人間無常是爲第四見佛言諸異道人各各所説有常各各爲世間人説有常者皆在是四見中不能過是四見佛皆知是復過是上絶妙知是以不譏亦不毀得無爲佛知痛痒更樂知方便所從起起以見佛無所受意善解佛所知法深奥深照我悉了若有賢者弟子聞知之便嗟歎如來若有異道人於過去劫中見過去事念昔時行於不可計道各樂説解知其事皆在十八見中其道人所知何謂有異道人言我於此自然生不從他方來生念無所從生見謂本無世間今有世間皆在二見中其異道人所知何謂言我於此自然生不從他方來生念無世間今有世間者有天名無想人無有思想無有痛痒其天人若念思想祿相福德便薄盡終亡來下生世間其人行精進離愛欲一心定意意即如像像其三昧不能復念昔時所從來生其人便言本無有世間今適有世間我昔時無今自然生是第一見第二若有異道人意念癡其癡人念言本無世間今適有世間我本無今自生有所以者何我本無今自生有是謂爲本無有世間是爲第二見其異道人所可謂我本無所從來生念無所從生見謂本無世間今適有世間者皆在是二見中是二見不能復過上佛皆知是復過其上絶妙知是以不譏亦不毀得無爲佛知痛痒所更樂知方便所從起以見佛無所受意善解佛言我所知法深奥深照我悉曉了之

若有賢者弟子聞知者便嗟歎佛若有異道人於過去劫中見過去事念昔時行於可計道各樂説解知其事者在十八見中有異道人一人言我所見有崖底一人言我所見無崖底一人言我所見有崖底無崖底一人言我所見不有崖底亦不無崖底皆在是四見中其異道人所知何謂若有異道人行如是自爲世間人説有限我所言至誠其餘者爲癡虛妄言自爲世間人説無限作是説有言我與世間有限無限我與世亦不有限亦不無限者後亦爲虛妄語作是説者爲狂語所以者何我所見世間有限是爲第一見第二若有異道人所知何謂言我所行所見無限謂知我與世無限其異道人見如是行如是謂我與世無限其人説言我與世無限我至誠其餘者爲癡反言我與世有限無限我與世亦無有限亦不無限作是説者爲狂語所以者何我與世無限是爲二見第三若有異道人所知何謂其異道人見如是行謂知我與世有限無限我所言至誠其餘爲癡虛妄語反言我與世有限言無限我與亦不有限亦不無限作是説者爲狂語所以者何我與世有限無限是爲第三見第四若有異道人所知何謂其人言我念如是行如是見謂知我與世亦不有限亦不無限我所言者至誠其餘者爲癡虛妄語反言我與世有限我與世無限我與世有限無限作是語者爲狂語所以者何我與世亦不有限亦不無限是爲第四見佛言諸異道人有言有限有言無限有言有限無限有言亦不有限亦不無限我

及世間者皆在是四見中不能復過是四見上佛皆知是復過是上絶妙知是以不譏不毀得無爲佛知痛痒所更樂知方便所從起不受著佛善解佛言我所知法深奥深照若有賢者弟子聞知之便嗟歎佛若有異道人於過去劫中見過去事念昔所生處於不可計道各樂説解其事者皆在是十八見中各異道人共諍説所言各異若有問事者便共諍所言各異言教我其當如是教彼人當如是教餘人當如是教人當如是不如是皆在是四見中其異道人共諍説所言各異者何謂各有異道人見如是行如是言我不知亦不見爲有後世爲無後世我不知一切無有後世我亦不見我所可不見不知不念是事知我所説不如餘者所説其人獨語自用我所見至誠其餘爲癡佛言受取癡邪見人身死至泥犂惡道若有沙門婆羅門所行多知黠慧解説其義諦觀所語無異名聞遠方棄捐他見來到其所安諦不能發遣其異道人死墮惡道是爲第一見第二若有異道人所知何謂其異道人見如是所説如是我不知爲有善惡之殃福亦不知爲無善惡之殃福我亦不知亦不見若作是語有善惡之殃福我爲著無善惡之殃福我爲離著若我不著爲轉還受若沙門婆羅門所行多知黠慧解説其義諦觀所語無異名聞遠方棄捐他見來到其所安諦問之不能發遣其異道人疑恐畏來問若有問者便共諍説教某人當如是教餘人當如是當如是不如是亦當如是不如是是爲第二見第三若有異道人所知

何謂其異道人所見如是所説如是不我知何所善何所惡當行何等不行何等所惡道何所善道何所是現世寶何所是後世寶常當作何等行爲苦當作何等行爲樂若有沙門婆羅門所行多知解其義諦觀所語無異名聞遠方棄捐他見來到其所安諦問之何所善惡當行不行何等何所善惡之道何所是見後世寶常當作何等行爲苦樂來問之不能發遣恐畏惡道若有問事者便共諍所言各異教其人當如是教餘人當如是教人當如是亦當如是不如是爲第三見第四若有異道人所知何謂其異道人意念癡若有問事者便共諍所言各異教其人當如是教餘人當如是當如是不如是亦當如是亦不如是不如是亦當如是亦不如是是爲第四見所謂異道人共爭亦説各異若有問事者便共諍語教其人當如是教餘人當如是當如是不如是亦當如是亦不如是者皆在四見中不能過是四見上佛皆知是所知復過上絶妙知是以不識亦不毀得無爲佛知痛痒更樂方便知所從起佛現所受意善解佛言我所知法深奥深照我悉了若有賢者弟子聞知者便嗟歎佛若有異道人於過去劫中知過去事念昔時行於不可計道各樂説解其事者皆在是十八見中是十八見不能復過上佛如是所知復過上絶妙知是以不識亦不毀佛現無所受意善解佛言我所知法深奥深照我悉了若有賢者弟子聞知之便嗟歎佛若有異道人於當來劫中見當來事念當來事行不可計道各樂解説其事者

皆在四十四見中其異道人所知何謂於當來劫中知當來事行不可計道各樂説解其事若有異道人行想見想自爲世間人説想在十六見中其異道人所知何謂行想見想爲世間説想在十六見中其異道人所見如是行如是有我色爲有後世想言我至誠其餘爲癡是爲第一見若有異道人言無色爲有我無後世言我至誠其餘者爲癡是爲第二見若有異道人行想見想自爲世間人説想者言有色無色有我我所語至誠其餘者爲癡是爲第三見若有異道人言亦不有色亦不無色爲有我我至誠其餘者爲癡是爲第四見第五若有異道人言有限爲我我至誠其餘者爲癡是爲第五見第六若有異道人言無限爲有我我至誠其餘者爲癡是爲第六見第七若有異道人言有限無限爲有我我至誠其餘者爲癡是爲第七見第八若有異道人言亦不有限亦不無限爲有我我至誠其餘者爲癡是爲第八見第九若有異道人言一想爲有我我至誠其餘者爲癡是爲第九見第十若有異道人言少思想爲有我我至誠其餘者爲癡是爲第十見第十一若有異道人言種種思想爲有我我至誠其餘者爲癡是爲第十一見第十二若有異道人言無央數思想爲有我我至誠其餘者爲癡是爲第十二見第十三若有異道人言一樂爲有我我至誠其餘者爲癡是爲第十三見第十四若有異道人言苦爲有我我至誠其餘者爲癡是爲第十四見第十五若有異道人言苦樂爲有我我至誠其餘者爲癡是

爲第十五見第十六若有異道人言亦不苦亦不樂爲有我我至誠其餘者爲癡是爲第十六見佛言其異道人行想見想自爲世間說想者皆在是十六見中不能復過上佛皆知是所知復過上絶妙佛知是以不識亦不毀得無爲佛知痛痒更樂知方便所從起佛現無所著受意善解佛言我所知法深奥深照我悉了若有賢者弟子聞知之便嗟歎佛若有異道人於當來劫中見當來事念昔時行於不可計道各樂解說其事悉在四十四見中其異道人何謂若有異道人行無常見無常自爲世間人說無常悉在八見中其異道人所行何謂行無想見無想自爲世間人說無想其異道人見如是行如是有色爲有我無想死無後世言我至誠其餘者爲癡是

爲第一見第二若有異道人所知何謂行無想見無想自爲世間人說無想謂無色爲有我無想死無後世我至誠其餘者爲癡是爲第二見第三見若有異道人言有色無色爲有我無想死無後世我至誠其餘者爲癡是爲第三見第四見若有異道人亦非有色亦不無色爲有我及世死無後世我至誠其餘者爲癡是爲第四見第五見若有異道人言我爲與世有限我至誠其餘者爲癡是爲第五見第六見若有異道人言我與世無限我至誠其餘者爲癡是爲第六見第七見若有異道人言有限無限我至誠其餘者爲癡是爲第七見第八見若有異道人言亦不有限亦非無限我至誠其餘者爲癡是爲第八見佛言若有異道人於當來劫見當來事所知

言各異皆在四十四見中其異道人所知何謂見無想行無想亦不無想見謂知我與世無有想皆在是八見中第一見若有異道人見如是行如是有色爲有我亦不有想亦不無想死有後世我至誠其餘者爲癡是爲第一見若有異道人言有色無色爲有我亦不有想亦不無想死有後世我至誠其餘者爲癡是爲第二見第三見若有異道人言有色無色爲有我亦不有想亦不無想於後世我至誠其餘者爲癡是爲第三見第四見若有異道人亦不有色亦不無色爲有我亦不有想亦不無想於後世我至誠其餘者爲癡是爲第四見第五見若有異道人言有限爲有我亦不有想亦不無想於後世我至誠其餘者爲癡是爲第五見第六見若有異道人言無限爲有我亦不有想亦不無想於後世我至誠其餘者爲癡是爲第六見第七見若有異道人言有限無限爲有我亦不有想亦不無想於後世我至誠其餘者爲癡是爲第七見第八見若有異道人言亦不有限亦不無限爲有我亦不有想亦不無想於後世我至誠其餘者爲癡是爲第八見佛言若有異道人亦不有想亦不無想行亦不有想亦不無想見亦不有想行亦不有想見皆在是八見中不能復過是八見上佛皆知是所知復過上絶妙知是以不譏亦不毀得無爲佛知痛痒所更樂方便知所從起佛現無所著意解脫佛言我所知法深奥深照我悉了若有賢者弟子聞知便說佛功德佛言若有異道人當來劫見當來事於無央數道所知言各異

皆在四十四見中其異道人所知何謂若有異道人言無行無有見無有人念空知皆在七見中其異道人言無行無有見無有人念空者所知何謂若有異道人見如是如是諸我色四大父母所生以飲食而長在非常沐浴衣身死在地骨節解墮别離異處風吹其身破碎壞敗以後世不復生死如是便滅盡是爲第一見第二見復有異道人言死非如此破敗更有我復過其上何所是我踰上者其我者色天及欲行天彼我者若死壞敗後世不復生死是爲第二見第三見若有異道人言我者死非如此壞敗更有異我復過其上其我者色無意故彼我若死壞敗後世不復生死是爲第三見第四見復有異道人言我者非如此死壞敗更有我復過其上其我者何謂其我皆過諸色想天悉踰瞋恚想天念種種無央數虚空知行其我若死壞敗後世不復生死是爲第四見第五見復有異道人言我者不如死壞敗更有我復過其上其我者何謂其我皆踰一切虚空知天無央數名識知天所念行其天若不壞敗時後世便不復生死是爲第五見第六見復有異道人言我者不如此死壞敗更有我復過其上其我者何謂皆踰一切識知天不復著名無識知念行其天我者死壞敗後世不復生死是爲第六見第七見復有異道人言我者非如此死壞敗更有我復過其上其我者何謂皆踰一切無識知天其天人無想有想念行其天我者死壞敗時後世便不復生死是爲第七見佛言所可謂異道人行滅壞見無行無

有想無人念空皆在是七見中於七見中不復能過上佛皆如是所知復過其上絶妙知是以不識亦不毁之得無爲佛知痛痒所更樂故便知所從起起以現佛無所著意善解我所知法深奥深照悉了知若有賢者弟子聞知便説佛功德佛言若有異道人於當來劫中見當來於無央數道所説各異皆在四十四見中復有異道人自説今現念行無爲現在見無爲若人至其所便爲説現在無爲皆在五見中有異道人見如是説行亦爾其在殿舍自快以五欲自娛樂其人言我現在得無爲是爲第一見第二見復有異道人言不如餘者言有我現在無爲也更有現在得無爲何謂現在無爲若比丘離欲脱惡不善之法意念行善安樂便第一禪其人滅盡我者後世不復生死是我現在得無爲是爲第二見第三見復有沙門道人復言不如餘者所説不用此我現在得無爲更有現無爲復過其上何謂現在無爲其比丘滅意内寂定其志一不念亦不行三昧喜樂便行第二禪其人滅盡現在得無爲是爲第三見第四見復有沙門道人言不如餘者言不用此我現在得無爲更有現無爲復過其上何謂現在無爲其有比丘喜離婬泆悦觀行常寂悦身行如賢者所觀行常安便便行第三禪是爲第四見第五見復有沙門道人言不如餘者言不用此現在得無爲更有現在無爲復過其上何謂現在無爲其有比丘斷樂斷苦無有昔時可意不可意亦不苦亦不樂常奉清淨便行第四禪其人現在得無爲滅盡以後

世不復生死是爲第五見佛言所可謂有沙門道人說現在無爲見現在無爲者爲現在無爲者皆在是五見中不能復過是五見上佛皆知是所知復踰上絶妙知是以不譏亦不毁得無爲佛知痛痒所更樂方便知所從起以現佛無所著意善解我所知法深與深照我悉了知若有賢者弟子聞知之便說佛功德佛言彼異道人念常見常爲人說我世有常在是四見中者用不知示現故不得道行精進乃知是習因緣不習因緣用是成因緣用是不成因緣不得是處佛言彼異道人說上中行各現所各自爲大說世常在二見中者用不知不見不得道行精進乃如是習因緣不習因緣用是成因緣不得其處佛言若有異道人各念常見常各爲人說我與世有常在四見中者用不知不見故不得道習因緣不習因緣是用因緣成用是因緣不成不得其處佛言彼諸異道人有言有限人言無限有言有限無限又言亦不有限亦不無限我及世在四見中者用不知不見不得道行精進乃如是習因緣不習因緣用是因緣成用是因緣不成不得其處佛言彼諸異道人共諍言所說各異在四見中者用不知不見故不得道行精進乃如是習因緣不習因緣用是因緣成用是因緣不成不得其處佛言彼諸異道人說想行想爲人說我與世有想在十六見中者用不知不見故不得道行精進乃如是習因緣不習因緣用是因緣成用是因緣不成不得其處佛言彼諸異道人念無想見無想爲人解說我與世無想在八

見中者用不知不見故不得道行精進乃如是習因緣不習因緣用是因緣成用是因緣不成不得其處佛言彼諸異道人亦不念想亦不無想爲人說我與世無想在八見中者用不知不見故不得道行精進乃如是習因緣不習因緣用是因緣成用是因緣不成不得其處佛言彼諸異道人說滅壞常爲人說我與世滅壞在七見中者用不知不見故不得道行精進乃如是習因緣不習因緣用是因緣成用是因緣不成不得其處佛言彼諸異道人說現在無爲見現在無常爲人說現在無爲在五見中者用不知不見故不得道行精進乃如是習因緣不習因緣用是因緣成用是因緣不成不得其處佛言若有異道人於過去劫中見過去事於無央數道各各異在十八見中彼諸異道人當於來劫中見當來事於無央數道所說各異在四十四見者今皆在是六十二見往還其中於彼住在厥中生俱會行於網中生死不得出佛言譬如工捕魚師若捕魚弟子持麼目網下著小泉中下以便前住若坐其人念言水少諸魚浮游皆上網上往往在其中不得出佛言如是諸異道人於過去劫中見過去事識昔時行於無央數道所說言各異在十八見者若有異道人於當來劫中見當來事念說當來事於無央數道所說各異在四十四見中者皆在是六十二見往還於其中住在其中生死俱合會行在羅網中不得出佛言比丘佛身皆斷諸著常在厥住諸天及人民悉見佛般泥洹後不能見也佛說是經時三千大千

世界六反震動爾時那耶和留比丘在佛前住以扇扇佛於是賢者那耶和留長跪叉手白佛未曾有天中天是緣深乃如是深照天中天是經名爲何等云何持名佛告那耶和留拘樓秦佛如來無所著等正覺説是經時名爲法網迦葉佛如來無所著等正覺説是經時名爲見網今我亦説是經名爲梵網佛説如是諸比丘皆歡喜前爲佛作禮而去

佛説梵網六十二見經

佛說尸迦羅越六方禮經 長阿含善生經別譯

後漢沙門安世高譯

佛在王舍國鷄山中時有長者子名尸迦羅越早起嚴頭洗浴著文衣東向四拜南向四拜西向四拜北向四拜仰向四拜向地四拜佛入國分衛遥見之往到其家問之何爲六向拜此應何法尸迦羅越言父在時教我六向拜不知何應今父喪亡不敢於後違之佛言父教汝使六向拜不以身拜尸迦羅越便長跪言願佛爲我解此六向拜意佛言聽之内著心中其有長者黠人能持四戒不犯者今世爲人所敬後世生天上一者不殺諸群生二者不盜三者不愛他人婦女四者不妄言兩舌心欲貪婬恚怒愚癡自制勿聽不能制此四意者惡名日聞如月盡時光明稍冥能自制惡意者如月初生其光稍明至十五日盛滿時也佛言復有六事錢財日耗減一者喜飲酒二者喜博掩三者喜早卧晚起四者喜請客亦欲令人請之五者喜與惡知識相隨六者憍慢輕人犯上頭四惡復行是六事妨其善行亦不得憂治生錢財日耗減六向拜當何益乎佛言惡知識有四輩一者内有怨心外強爲知識二者於人前好言語背後說言惡三者有急時於人前愁苦背後歡喜四者外如親厚内興怨謀善知識亦有四輩一者外如怨家内有厚意二者於人前直諫於外說人善三者病瘦縣官爲甚怔忪憂解之四者見人貧賤不棄捐常念求方便欲富之惡知識復有四輩一者難諫曉教之作善故與惡者相隨二者教之莫與喜酒人爲

伴故與嗜酒人相隨三者教之自守益更多事四者教之與賢者爲友故與博掩子爲厚善知識亦有四輩一者見人貧窮悴乏令治生二者不與人諍計校三者日往消息之四者坐起常相念善知識復有四輩一者爲吏所捕將歸藏匿之於後解決之二者有病瘦將歸養視之三者知識死亡棺斂視之四者知識已死復念其家善知識復有四輩一者欲鬬止之二者欲隨惡知識諫止之三者不欲治生勸令治生四者不喜經道教令信喜之惡知識復有四輩一者小侵之便大怒二者有急倩使之不肯行三者見人有急時避人走四者見人死亡棄不視佛言擇其善者從之惡者遠離之我與善知識相隨自致成佛佛言東向拜者謂子事父母當有五事一者當念治生二者早起勑令奴婢時作飯食三者不益父母憂四者當念父母恩五者父母疾病當恐懼求醫師治之父母視子亦有五事一者當念令去惡就善二者當教計書疏三者當教持經戒四者當早與娶婦五者家中所有當給與之南向拜者諸弟子事師當有五事一者當敬歎之二者當念其恩三者所教隨之四者思念不猒五者當從後稱譽之師教弟子亦有五事一者當令疾知二者當令勝他人弟子三者欲令知不忘四者諸疑難悉爲解說之五者欲令弟子智慧勝師西向拜者謂婦事夫有五事一者夫從外來當起迎之二者夫出不在當炊蒸掃除待之三者不得有婬心於外夫罵言不得還罵作色四者當用夫教誡所有什物不得藏匿

五者夫休息善藏乃得卧夫視婦亦有五事一者出入當敬於婦二者飯食之以時節與衣被三者當給與金銀珠璣四者家中所有多少悉用付之五者不得於外邪畜傅御北向拜者謂人親屬朋友當有五事一者見之作罪惡私往於屏處諫曉呵止之二者小有急當奔趣救護之三者有私語不得爲他人説四者當相敬歎五者所有好物當多少分與之向地拜者謂大夫視奴客婢使亦有五事一者當以時飯食與衣被二者病瘦當爲呼醫治之三者不得妄撾捶之四者有私財物不得奪之五者分付之物當使平等奴客婢使事大夫亦有五事一者當早起勿令大夫呼二者所當作自用心爲之三者當愛惜大夫物不得棄捐乞匃人四者大夫出入當送迎之五者當稱譽大夫善不得説其惡向天拜者謂人事沙門道士當用五事一者以善心向之二者擇好言與語三者以身敬之四者當戀慕之五者沙門道士人中之雄當恭敬承事問度世之事沙門道士當以六憶視凡民一者教之布施不得自慳貪二者教之持戒不得自犯三者教之忍辱不得自恚怒四者教之精進不得自懈慢五者教人一心不得自放意六者教人黠慧不得自愚癡沙門道士教人去惡爲善開示正道恩大於父母如是行之爲如汝父在時六向拜之教也何憂不富乎尸迦羅越即受五戒作禮而去佛説唄偈

鷄鳴當早起　被衣來下牀　澡漱令心淨
兩手奉華香　佛尊過諸天　鬼神不能當

低頭遶塔寺　叉手禮十方　賢者不精進
譬如樹無根　根斷枝葉落　何時當復連
採華者日中　能有幾時鮮　放心自縱意
命過復何言　人當慮非常　對來無有期
犯過不有覺　命過爲自欺　今當入泥犂
何時有出期　賢者受佛語　持戒慎勿疑
佛如好華樹　無不愛樂者　處處人民聞
一切皆歡喜　令我得佛時　願使如法王
過度諸生死　無不解脫者　戒德可恃怙
福報常隨已　現法爲人長　終遠三惡道
戒慎除恐畏　福德三界尊　鬼神邪毒害
不犯有戒人　墮俗生世苦　今速如電光
老病死時至　對來無豪強　無親可恃怙
無處可隱藏　天福尚有盡　人命豈久長
父母家室居　譬如寄客人　宿命壽以盡
捨故當受新　各追所作行　無際如車輪
起滅從罪福　生死十二因　現身遊免亂
濟育一切人　慈傷墜衆邪　流沒于深淵
勉進以六度　修行致自然　是故稽首禮
歸命天中天　人身既難得　得人復嗜欲
貪婬於意識　痛想無猒足　豫種後世栽
歡喜詣地獄　六情幸完具　何爲自困辱
一切能正心　三世神吉祥　不與八難貪
隨行生十方　所生輙精進　六度爲橋梁
廣勸無極慧　一切蒙神光

佛說尸迦羅越六方禮經

音釋

摴蒱摴丑居切蒱薄胡切摴蒱博戲也㨶槩㨶堅堯切槩其月切兜牡兜當侯切牡莫后切繖先旰切繖絲綾爲蓋也毦而志切羽毛飾也鉾莫浮切與矛同鉤兵也噤巨禁切閉也盪徒朗切與蕩同怔忪怔之成切忪職容切怔忪心懼貌

中本起經

後漢三藏法師西域曇果共康孟詳譯

清刻龍藏佛說法變相圖

中本起經卷上 次名四部僧始起出長阿含

後漢三藏法師西域曇果共康孟詳譯

轉法輪品第一

阿難曰吾昔從佛聞如是一時佛在摩竭提界善勝道場元吉樹下德力降魔覺慧神靜三達無礙度二賈客提謂波利授三自歸然許五戒爲清信士已惟昔先佛名曰定光拜吾佛名汝於來世九十一劫當得作佛字釋迦文號如來至眞等正覺明行成爲善逝世間解無上士道法御天人師衆祐度人如我今也吾從是來修治本心六度無極積功累行四等不倦高行殊異忍苦無量功報無遺大願果成世尊念曰吾本發心誓爲羣生梵釋請法甘露當開誰應先聞吾昔出家路由梵志阿蘭迦蘭待吾有禮二人應先念以欲

行天承聖旨空中白言彼二人者亡來七日佛言苦哉阿蘭迦蘭甘露當開汝何不聞佛復惟曰甘露當開誰次應聞鬱頭藍弗次應得聞方起欲行天復白言此人者昨暮命終佛言彼人長衰甘露當開不得受聞生死往來何緣得息五道輪轉痛矣柰何佛復惟曰甘露法鼓聞于三千大千世界誰應得聞父王昔遣五人一名拘隣二名頞俾三名拔提四名十力迦葉五名摩南拘利供給麻米執侍勞苦功報應敘時五人者皆在波羅柰國於時如來始起樹下相好嚴儀明暉於世威神振動見者喜悅徑詣波羅柰國未至中間道逢梵志名曰優呼瞻覩尊妙驚喜交集下在道側舉聲嘆曰威靈感人儀雅挺特本事何師乃得斯容佛爲優呼而作頌曰

八正覺自得　無離無所染　愛盡破欲網
自然無師受　我行無師保　志獨無等侶
積一得作佛　從是通聖道

優呼問佛瞿曇如行佛告梵志吾欲詣波羅柰擊甘露法鼓轉無上輪三界衆聖未曾有轉法輪還人入泥洹如我今也優呼大喜善哉善哉如瞿曇言者願開甘露如應說法於時如來便詣波羅柰國古仙人處鹿園樹下趣彼五人五人遥見佛來便共議曰我等勤苦家室別離登山越嶺困極伶行正坐此人供給麻米謂其叵堪因魔來戰是以委藏今故復來一麻一米我等不堪今起求食柰何能辦但爲施座各共莫起言語問訊得此不樂必自去矣是時世尊爲其五人現道神化五人身踊不覺作禮執侍如來佛告五人共

要勿起令作禮何五人恚曰吾坐悉達更歷勤苦閲頭檀王暴逆違道皆由於卿佛告五人汝莫輕無上正眞如來平等覺也無上正覺不可以生死意待何得對吾面稱父字又告五人汝觀我身何如樹下五人荅佛爾時憔悴今更光澤爾時處樹閑目端坐日食麻米猶謂非道況入人間身口自恣何謂爲道佛告五人世有二事以自侵欺何謂爲二殺生婬泆恃豪貪欲極身勞苦内無道迹無是二事是眞道人不於九十六術亦不捨遠是爲趣中無有兩際何謂趣中得覺慧行達於衆智六通悉覺具八正行是名趣中止宿泥洹佛説是法五人未解三人分衛二人供養爲説色苦一切衆禍皆由色欲衆好無常人亦無主譬如幻師出意爲化愚人愛戀貪而無猒幻主觀化無染無著所以者何僞而非眞佛爲二人而作頌曰

志蕩在婬行　嗜欲增根栽　貪欲怨禍長
離愛則無患

三人供養二人分衛爲説貪苦好利求榮迷愚所專害行毀德一由於貪喜怒得失欲者無猒斯利危脆若雲過庭老病死來靡不分散譬如人夢寤則無見黠能捨貪乃得大安佛爲三人而作頌曰

貪欲意爲田　無猒心爲種　斷貪捨利求
無復往來憂

於是世尊因廣説法不斷分部五人便解顔爲弟子佛言善來比丘皆成沙門佛告比丘行有二事爲墮邊際一者念在色欲無能淨志二者猗愛著貪不能淨志行是二事還墮

邊行生不值佛違遠眞道若能斷貪精進修明可得泥洹何謂泥洹先知四諦何謂爲四一曰爲苦二曰爲集三曰爲盡四曰入道如是比丘次持覺慧一心思禪受道報應法眼巳朗解彼四諦稍入道迹何謂爲苦生苦老苦病苦死苦憂悲惱苦恩愛別苦怨憎會苦所求失苦要因五陰受盛爲苦何謂爲集所愛著集不愛亦集何謂爲盡其所有愛覺知有滅不受不染而覺皆盡何謂入道八正爲道一曰正見二曰正利三曰正言四曰正行五曰正命六曰正治七曰正志八曰正定是爲苦集以盡入道眞諦是爲無生無生者無老無老者無病無病者無死無死者無痛無痛者無上吉祥向於泥洹於時如來而作頌曰

至道無往返　玄微清妙眞　不没不復生
是處爲泥洹　此要寂無上　畢竟不受新
雖天有善處　皆莫如泥洹

說是法巳拘隣等五人逮得法眼佛告拘隣解未拘隣退座對曰未寤世尊又告拘隣過去久遠時有國王名曰惡生將諸妓女入山遊戲王令官屬住頓山下唯從妓女步陟山頂王疲極卧諸妓女輩捨王取華見一道人端坐樹下諸女心悅皆前作禮道人呪願諸妹那來命令就坐爲說經法王覺求諸妓女而見坐彼道人之前王素妬害惡心內發便問道人何故誘他人婦女在此坐爲卿是何人道人豫知王意必興暴害答曰是忍辱人王拔佩劒割其兩臂而問何人答曰實忍辱人又截其耳鼻心堅不動猶言忍辱王見道

人顔色不移便前悔過道人告王汝今以女色故刀截我形吾忍如地必得平等正覺當以一切智斷汝生死王唯罪深必獲重殃叩頭于地願見矜恕道人告王吾眞忍辱者血當爲乳所截平復尋如所言乳出形復王見忍證冀必全濟重宣情言若眞道成願先度我道人荅曰可王解迷止辭退還宫佛告拘隣爾時忍辱道人者我身是也惡生王者拘隣是也解未拘隣拘隣退席白佛甚解世尊説是法時拘隣等五人漏盡意解皆得羅漢及上諸天八萬逮得法眼三千世界爲大震動是爲如來始於波羅柰以無上法輪轉未轉者大度一切莫不樂受

現變品第二

於是波羅柰城中有長者名阿具利有一子曰蚍（蚍此言寶稱）時年二十四稱生奇妙有瑠璃屐著足而生父母貴異字曰寶稱别作屋宅寒暑易處妓女娛樂不去左右寶稱中夜欻覺見諸妓女皆如死狀膿血流溢肢節斷壞屋宅衆具皆似塚墓驚走趣戶戶輒自開天地大冥唯覩小光趣東城門門復自開明照鹿園尋光詣佛瞻覩相好巍巍煌煌怖止迷解舉聲歎曰久在恩愛獄縛著名色械今馳趣神尊寧得解脱不佛言童子善來覺矣斯處無憂衆行畢竟前禮佛足却住一面佛爲説法逮無垢法眼退席白佛願爲弟子佛言善來比丘便成沙門明旦衆女不見丈夫周慞徧求歔欷並泣大家驚怖即問狀變答言不知寶稱今爲所在長者怖悸即遣馬騎四出推索父乘子車東出而求道過一水水名

波羅柰度水見子寶稱脫置岸邊即尋足跡徑趣鹿園佛以方便令其父子兩不相見長者見佛尊儀相好喜懼交至忘失修敬而問佛言我子寶稱足跡趣此瞿曇寧見佛言長者若子在斯何憂不見佛爲說生死由癡恩愛有離破二十億惡入須陀洹寶稱心解便得羅漢父子相見恩愛微薄長者歡喜退坐白佛今日心悅情有二喜一者遇佛解喜二者離愛快喜於時寶稱親友四人一名富耨二名維摩羅三名憍炎鉢四名須陀闍寶稱已作沙門驚喜毛竪曰其人德高明遠振國吾等咸歸今爲沙門其道必眞乃使斯人忽棄榮利共出詣佛并省寶稱即便俱行見佛景則乘本願行心喜即解頭面作禮前白佛言饑渴道化虛心日久不以鄙陋願爲弟子

佛言善來比丘皆成沙門爲說本心意解清淨聞義心了便得羅漢是時波羅柰傍縣名曰荼有五十人因事詣國聞寶稱富耨等皆作沙門又各生念諸長者子輩憍樂自恣才藝高世皆感道化瞿曇必神乃令貴族不復顧榮各各發念欲往詣佛即便俱出徑詣鹿園本願應度見佛便解願爲弟子佛言善來比丘悉成沙門因順本旨速成法要垢除縛解皆得羅漢於時鹿園中間有大衆會飲食歌儛時有一女端正非凡於會中儛衆咸喜悅意甚無量女儛未竟忽然不現衆失所歡惆悵怔營乃復於彼百步現形大衆馳趣女引詣佛奄然隱焉衆人問佛向者一女並儛至此瞿曇豈見之耶佛告衆人且自觀身觀他何爲色欲無常合會有離如泡如沫愚者

戀著殃禍由生身爲苦器衆生皆然大衆心解願爲沙門佛皆授戒導見正諦皆得應眞佛勑諸比丘汝曹各行廣度衆生隨所現法示導橋梁普施法眼宣暢三尊拔受除有還入泥洹吾今獨行詣優爲羅縣諸比丘受教頭面禮足遶佛三帀於是别去

化迦葉品第三

於時如來還詣摩竭提界至優爲羅縣暮止梵志斯柰園明旦持鉢詣斯柰門佛現金光照其堂上梵志二女長名難陀次名難陀波羅見光歡喜尋詣佛所禮拜請佛如來昇堂教授二女二女心解歸命三尊受五戒已爲清信女世尊告曰身非已有萬物皆空二女心解首戴奉行世尊唯曰吾本初學欲度衆生欲界魔王歸伏道化近尼連禪河邊有梵志姓迦葉氏字鬱卑羅年百二十聲聞高遠世人奉仰修治火祠晝夜不懈好學弟子有五百人迦葉二弟宗師其兄謂爲得道各有弟子皆居下流迦葉自念吾名日高國内注仰術淺易窮窮則名穨當作良策全國大望便行求龍以術致之爲作靖室而鞠龍曰若有輕突入靖室者吐火出毒以滅來者龍至節會無不放火遠近僉言大師道神迦葉由此功名日隆世尊念曰吾昔出家道逢萍沙共誓道成要先度我用一切故即便然可今察民心普注迦葉卒未可迴譬如果美而樹高無因得食唯有伐樹根躃枝從食果必矣一切所忌咸在於龍吾先降之迦葉來從爾乃大道廣化無涯如來言曰日照天下其德有三一曰光曜除冥無不分明二曰五色雜

類宜敘其形三曰開發萌芽萬物精榮如來出世亦有三焉一曰一切大智照除愚冥二曰分布五道言行所由三曰權慧拯濟利而安之衆祐念已便行起於斯奈園投暮往造迦葉未至所止便現金光樹木土石其色若金迦葉弟子持瓶取水覩變心動怪而顧望遙見世尊明曜天下不識何妙馳走白師師徒皆出世尊威神明儀煌煌迦葉情悖懞懞不寤即自惟曰若是日耶吾目得逮謂是天人其眼復眴後思乃解曰得無是白淨王子悉達者乎吾曆數曰白淨王子福應聖王不樂榮位當得作佛昔聞出家其道成乎如來忽到迦葉大喜善來瞿曇起居常安佛爲迦葉而作頌曰

持戒終老安　信正所止善　智慧最安身
衆惡不犯安

迦葉白佛唯願屈德臨眄蔬食佛答迦葉古佛道法過中不飯其明至心欲託一事卿不有悋迦葉答曰恨無預備敬德虛心佛告迦葉欲寄一宿寧見容不迦葉白佛我梵志法寢不同室幸恕不受拒命如何佛指靖室此復何屋迦葉答曰中有神龍性急妬惡有入室者每便吐火燒害於人佛告迦葉以此借我迦葉答曰實不有愛恐龍爲害耳五百弟子恇營悚息恐師許佛重借滿三迦葉唯疑意甚無違懼必禍矣佛告迦葉三界欲火吾已滅之龍不害我幸卒往意迦葉答曰瞿曇德尊能居隨意即驗威神便入其室五百弟子信龍爲害莫不涕淚可惜尊人爲龍所害佛坐斯須龍從窟出吐毒遶佛如來化毒皆

使爲華龍見其毒作華遶佛怒盛吐火謂能爲害熱氣歸龍鬱悶欲死舉頭視佛見相知尊涼風趣龍尋涼詣佛火滅毒除歸命入鉢於是如來便現火光炯然照天迦葉弟子直起瞻候見佛光明謂是龍火舉聲悲呼可惜眞人竟被龍殃迦葉師徒驚共奔出五百弟子同聲責師天地開闢未見人類妙如瞿曇可尊可貴恨不諦觀何緣復見垂淚技眼而作頌曰

容顏紫金曜　面滿髮紺青　大人百福德
神妙應相經　方身立丈六　姿好八十章
項光照幽冥　何便忽無常

後來弟子謂火害佛悲哽哀慟世尊無常我生何爲踊身赴火清涼和調還顧白師瞿曇無恙本爲龍火定是佛光師徒騷繞側息達明清旦如來持鉢出室迦葉大喜曰大道人猶存耶器中何等佛告迦葉所謂毒龍巳降受法五百弟子僉言佛神迦葉内伏恪惜名稱聊復貢高大道人實神雖爾不如我巳得羅漢也迦葉白佛願大道人留止欲相供養明日作飯自行請佛佛言便去今隨後到迦葉適還佛如人屈伸臂頃東適弗于逮數千億里取樹果名閻逼滿鉢而還迦葉未到佛巳坐其牀迦葉問佛大道人從何徑來佛言卿去後吾東到弗于逮取此果名閻逼香美可食佛飯去巳迦葉念曰大道人雖神故不如我道眞明日食時復行請佛佛言可去今隨後到迦葉旋還佛南行極閻浮提界取果㖔螺勒滿鉢而還迦葉未至巳坐其牀迦葉問佛何緣先到佛言南行取此美果可用愈

病佛飯去後迦葉而念此大沙門實神實妙明旦迦葉復行請佛佛言今隨後到佛西適瞿耶尼取阿摩勒果滿鉢而還迦葉未至已坐其牀迦葉問佛復從何而來答曰西詣瞿耶尼取阿摩勒果汝可食之佛飯去已迦葉復念是大沙門所作實神明旦迦葉復行請佛佛言今隨後至迦葉反顧忽然不見佛佛已到北方鬱單越取自然粳米迦葉未至已坐其牀迦葉問佛復從何來佛答曰至北方鬱單越取此粳米卿可食之佛飯去後迦葉念此大道人神妙乃爾明旦食時佛持鉢自到其家取飯而還食已欲澡漱無水天帝釋即下以手指地自然成池迦葉晡時彷徉見池怪而問佛何緣有此佛告迦葉朝得汝飯欲澡漱無水天帝指地作池給吾用之當名此池爲指地池迦葉念曰大道人神妙功德無量後日世尊移近迦葉坐一樹下夜第一四天王俱下聽佛說法四天光影明如盛火迦葉夜起見佛前有四火清旦問佛大道人亦事火乎佛言不事也昨夜四天王來聽說法是其光耳迦葉復念是大沙門極神乃致此天明日第二天帝釋夜來聽法帝釋光明倍於四天迦葉夜起見佛前光意而獨念佛故事火也平旦問佛得無事火明倍於昨夜佛言昨暮帝釋來下聽法是其光耳迦葉復念大沙門雖神未若我道眞後夜第七梵天又下聽法梵摩光影倍於帝釋迦葉見光疑佛事火晨朝問佛大道人必事火也佛告迦葉第七梵天昨夜聽法是其光耳迦葉自念是大沙門威神感動梵天下降迦葉五百弟

子人事三火凡千五百火明旦然之火了不然怪而白師師曰是必佛所爲耳馳詣白佛我五百弟子今朝然火了不肯然是佛所爲乎佛告迦葉欲使然不問之至三對曰欲使然佛言可去火當然應聲皆然迦葉復念是大道人至神乃爾迦葉自事三火明日然已又不可滅五百弟子及諸事者助而滅之了不可滅疑佛所作便行白佛自事三火不可得滅佛言欲使滅乎曰實欲使滅佛言可去火當滅應聲即滅迦葉念曰大道人極神至妙所作皆諧後日迦葉五百弟子適俱破薪各各舉斧皆不得下懅行白師師曰是大沙門所爲即行白佛我諸弟子向共破薪斧舉不可得下佛言去斧當下即下得用迦葉念曰是大沙門所爲神矣後日佛還樹下見葉弊帛念欲浣之天帝釋承佛聖旨到頞般那山上取四方石一枚六方石一枚給用浣曬迦葉遊觀見池邊兩石怪而問佛今此池邊兩石妙好此從何來佛告迦葉吾欲浣濯及當曬衣天帝送石以給吾用迦葉復念瞿曇神德莫不感動佛後入指地池澡浴畢當出無所攀持池上有樹名曰迦和絕大脩好其樹曲下就佛佛牽出池迦葉見樹曲下怪而又問佛佛告迦葉吾朝入池將欲出水樹神垂曲令吾牽出迦葉復念是大道人至德多感大樹垂枝佛欲令迦葉必伏便入尼連禪河其水深駛佛以神力斷水令住高出人頭使底揚塵佛行其中迦葉見佛入水恐其沒溺即將弟子乘船救佛見水裹起其下塵出見佛大喜大道人尚活耶又問欲上船不佛

言當上佛念當貫船入令無漏迹迦葉復念是大沙門妙化難名時摩竭提國王使民以歲會禮往詣迦葉相樂七日迦葉心念佛德聖明衆人見者必俱棄我令其七日不現快乎佛知其意即隱七日至八日旦迦葉又念令有餘祚供佛快耶應念忽至迦葉大喜適念欲相供養來何快也間者那行令所從來佛告迦葉汝心念言佛德聖明衆人見之必俱棄我令其七日不現快耶是故隱耳汝今念我是故復來迦葉心念佛真至神誠知人念佛知迦葉内心已伏便告迦葉汝非羅漢不知真道何爲虚妄自稱貴乎於是迦葉心驚毛竪自知無道即稽首言大道人實神聖乃知人念寧可得從大道人化禀受經戒作沙門耶佛言大善報汝弟子卿是國師今入

法服豈可獨知乎迦葉受教顧謂弟子汝聞與我共覩神化吾始信解當作沙門汝等何趣五百弟子同聲對曰我等所知皆大師恩師所尊信願皆隨從即時師徒俱共詣佛稽首白言我等皆有信意願爲弟子佛言善來比丘皆成沙門迦葉裘褐水瓶杖屣諸事火具悉棄水中是時迦葉二弟次曰那提迦葉幼曰伽耶迦葉各有二百五十弟子廬舍止處行居水邊見諸梵志衣被什物及事火具隨流漂下二弟驚愕恐兄及諸弟子爲人所害即從門徒順河而上見兄師徒皆作沙門怪而問曰大兄年高智慧明達國王臣民所共宗事我意謂兄爲得羅漢反捨梵志道學沙門法此非小事佛道豈尊德獨高乎迦葉答曰佛道最勝其法無量雖我世學未曾有

得道神智如佛者也二弟聞此各謂弟子吾欲從兄汝等何趣五百弟子俱發聲言願如大師皆即稽首求作沙門佛言善來比丘皆成沙門於時如來與千比丘僧詣迦耶悉大叢樹下坐而入三昧忽然不現從東方來沒於樹下四方亦爾踊住虛空而不墮墜身出水火昇降自由諸比丘仰頭喜悅不覺如來還處本座無有覺者比丘歡喜前禮佛足退席白佛此示現者名曰何等佛告比丘是者名曰神足示現又有教授示現比丘諦聽心意識行因緣染著決正分部名曰教授示現又有說法示現比丘諦思目受色爲衰六情所受爲衰衰不止便苦生何謂苦生婬怒癡火起便有痛癢老病死畏是爲說法示現佛說法三轉時千比丘漏盡望斷皆得羅漢佛爲比丘而作頌曰

令者千比丘　長老有尊德　改邪修正見
無想入禪慧

說是法時天龍鬼神莫不樂聞

度萍沙王品第四

於時世尊欲詣羅閱祇度於君民即日羅閱祇王萍沙遣使者奉命詣佛修敬盡恭禮畢陳言國主萍沙稽首座前近承釋尊道成號佛天人雜類慶賴遇時伏惟世尊興利康寧願垂覆育照臨鄙國饑渴聖道虛心踊逸哀矜羣庶令得解脫佛勑比丘汝等速嚴當就王請比丘受教嚴畢翼從使者馳白世尊將千比丘僧令頓須波羅致樹下去城四十里王案先王遺令若佛入國當自出迎迎之者得福無量即便勑嚴車千乘馬萬匹從人七

千嚴畢昇車出宫趣城門門輒自閉車馬俱躓王甚驚怖懼有大災吾罪重也而有斯禍空中聲曰王本願人令繫在獄誓要相連是使門閉即便大赦囚人解出門霍自開得往詣佛所遥見如來相好光光即便下車却從解劒佛知萍沙王性素憍豪剛强貢高欲令速解化王從者儀飾若王萍沙顧視從官似已無異懼佛不識頭面禮足右遶三帀禮畢自陳我是摩竭提王萍沙身也如是至三佛告王曰吾照汝心何但於形萍沙大喜即退就座羣臣庶民各盡其敬中有作禮者自名字者直揖拜者禮畢却住佛命令坐受教就席佛告萍沙宿福為王今復增益使王國界人民忠孝富樂無憂福護有德吉無不利衆會有疑鬱卑迦葉名聲先達今與佛俱誰應作師佛察衆念便告迦葉其有殺生祠祀欲望其福寧得不入於山中求道無師能得道不迦葉白佛殺生祠祀不得其福天神不食殺者得罪學道無師道終不成迦葉白佛我前事火晝夜不懈勤苦積年好術弟子凡有五百人精銳然火不避寒暑年耆根熟永無髣髴先人傳惑以授後生自稱是道唐苦無報今得佛教洗浣心垢已得羅漢佛告迦葉現汝羅漢神足迦葉受勑即入靖定身昇虚空去地數丈從腰已上火腰已下水更從腰已下火從腰已上水以水兩火衣燥不濕住空現變出没七反從身放光五色赫弈飛從東來没佛坐前四方上下化現亦爾變畢叉手長跪白佛弟子迦葉蒙佛慈恩解脱罪縛如來特尊三界頂受佛為迦葉而作頌曰

若人壽百歲　奉火修異術　不如遵正諦
其明照一切　若人壽百歲　學邪志不善
不如生一日　精進受正法

王及羣臣乃知迦葉是佛弟子佛告蓱沙天下人眼不但視色苦樂無常身不得久天下人意多惡少善思想萬端趣欲快意能棄此志亦可得道功齊迦葉無以豪貴自恣其情無以自在貪婬無猒無以國强侵凌弱者無以瞋怒横枉無過莫聽佞言狠與暴虐佛爲蓱沙而作頌曰

夫爲世間將　順正不阿枉　矜導示禮儀
如是爲法王　多愍善恕己　仁愛利養人
旣利以平均　如是衆附親

佛告蓱沙王莫隨婬心莫隨貪心莫隨怒心息惡全善信守眞言當念死劇老病苦劇思惟所行亦復可得迦葉神足若眼見色心當抑御好醜不動耳聽衆聲心當制持無所喜怒鼻齅香臭心當制伏情無所著口食衆味心當秉持想無所起身更所著心當制止識無可倚五陰外來制者由心六情無主陰衰無名迦葉功德修之便得人生受形多憂苦惱饑渴寒暑愚計爲樂智士見苦妻子榮利世人迷惑凡此衆事無不分散千歲萬年皆歸磨滅王聞是法歡喜無量佛告蓱沙王作宫舍從來幾歲王顧問傍臣諸臣對曰造起宫室七八百年佛問諸臣凡更幾王臣即對曰更二十餘王佛問蓱沙皆識諸王不蓱沙答曰惟識我父不識先人佛告蓱沙但地有常人無常也自愛身者不當殺害於命不當誹謗有道生死往來皆由恩愛父母自言是

我所生是我之子子非父母所致皆是前世持戒完具乃得作人爲惡行者死墮地獄畜生餓鬼中自從行致不由他生罪福明正王甚思之佛告王曰兒在胎中若其盲聾毋豫知不耶王答佛言實不豫知佛言此兒宿命罪行使然非父母過兒在胎中若其明聖毋不豫知皆由履行清純非父母力此理明驗王善惟之世人得罪其行有三口言傷人身行暴害心專嫉妬能捨此三雖未便得泥洹天上人中豪貴自然原於人本從癡有形從形生情從情生識從識生欲從欲生有從有生父子從父子生恩愛從恩愛生憂苦展轉五道無有休止人亦不知生所從來死所趣向不識其根各相字名言是父是子唯得道者乃知其源生死因緣本從癡起一切無常

大王受持佛告蓱沙若國善人謹愼忠孝廉貞敬讓才博智遠不犯王法本非貴族王何異待王答佛言聘招顯達擇能授職佛告大王道法無親唯善是輔成持五戒名清信士精進修眞見諦不迴便得須陀洹斯陀含阿那含阿羅漢各因本心道位次叙佛說是時王及國人萬二千諸天八萬皆見道迹佛謂蓱沙王來已久宫遠早還牛馬人從停住勞疲比於後日吾當詣城王起禮佛受戒而退羣臣從宫喜前受戒當王羣臣受五戒時內外人馬寂然無聲諸婆羅門感化心伏皆前受戒歡喜而退王昇車已羣臣跪賀大王功德值佛出世并令臣等沐浴清化蓱沙歸宫勑教宫中奉齋持戒國內一切信解歡喜忉利天帝華散佛上於時座中有豪長者名迦

蘭陀心中念言可惜我園施與尼揵佛當見至奉佛及僧悔恨前施永爲棄捐長者至心卧不安席先福追逮福德應全大鬼將軍名曰半師承佛神旨知其心念即召閱叉推逐尼揵裸形無恥不應止此鬼帥奉勑撾打尼揵拖拽器物尼揵驚怖馳走而言此何惡人暴害乃爾鬼帥答曰長者迦蘭陀當持竹園作佛精舍大鬼將軍半帥見勑逐汝輩耳明日尼揵共詣長者深責所以何故改施令吾等類被手委頓不謂長者見困如此迦蘭陀心中喜悦吾願遂矣佛聖廣覆照我至心即答尼揵曰此諸鬼帥强暴含瞋懼必作害不如委去更求其安尼揵懟恨即曰恚去長者歡喜修立精舍僧房坐具衆嚴都畢行詣樹王樹下請佛及僧衆祐受施止頓一時大化普濟靡不忻樂

舍利弗大目連來學品第五

佛在羅閱祇竹園精舍與大比丘僧千人俱皆得應眞鬱卑羅等彼有一鄉名曰那羅陀故有梵志字曰沙然精修仙行延納來學好仙弟子凡有二百五十人門徒之中有二人高足難齊一名優波替次名拘律陀才明深達研精通微沙然得病自知將終告於二賢此諸新學志存道行累鄉二人必令全志二人敬諾奉教受行是時世尊勑比丘頞陴汝行宣化往必有度所可見者其智明達自捨如來無能與論若與相見直說法本勿與酬酢以致其嗤頞陴受勑整服持鉢禮佛而行時優波替從諸弟子相隨遊觀遥見頞陴威儀庠雅未曾聞覩何所法像被服改俗須至

當問二人俱前相逢中路便問頞俾章服反常何所從出豈有師宗可得聞乎於時頞俾以頌答曰

我年既幼稚　學日又初淺　豈能宣至眞
如來廣大義　一切諸法本　因縁空無主
息心達本源　故號爲沙門

優波替方聞法義尋思至理而自惟曰吾小好學八歲從師至年十六古仙道術靡書不綜十六大國謂吾廣博未曾聞斯眞要之義今偶出遊遇此寶藏此言之妙美於甘露心悟意解便逮法眼旋還精舍忻悅無量拘律陀見彼容悅疑得甘露即問優波替得甘露耶勿違本要惠及少少優波替具向拘律陀說所聞偈一聞不解再說乃了尋思反覆亦得法眼二人議曰本願甘露今得服嘗寧可共行詣大沙門所就彼淵海沐浴清化議合心同嚴辦當發拘律陀念曰吾師臨終囑授弟子令吾成濟今便委棄義所不安便告弟子彼大沙門有甘露仙化壞裂俗綱息心寂行吾欲啓請窮微反眞汝將何趣門徒對曰今得視聽是二師恩大人宗仰承命踊逸貪羨甘露願從下風師徒志合即出所止往詣竹園於時世尊告諸比丘今者二賢從諸弟子乘本願行欲作沙門勸成其功者頞俾力也比丘承教延望來衆優波替拘律陀等遥見如來相好暉光神動情振自惟歎曰幸哉余生得奉清誨其榮難云延趣坐前頭面禮佛禮畢加歡重喜心悅無量斯須乃進具陳情言替等罪弊隨流入淵始於今日反流極源願蒙接納得充僧次即便許可頭髮自落

皆成沙門佛告諸比丘此二人者願於古佛侍吾道成侍衛左右佛謂優波替髙世之號華而不實復汝本字爲舍利弗拘律陀還字大目揵連因本說法逮得羅漢佛勑侍者告諸比丘暮當結戒不得他行即夜行籌數得一千二百五十人佛結戒竟比丘歡喜莫不肅然禮佛而退

還本國品第六

於是如來將歸舍夷與大比丘僧皆得應眞神靜通微明統三世衆生行原賢者舍利弗大目揵連鬱俾迦葉那提迦葉伽耶迦葉等一千二百五十上人是時迦維羅衛王閱頭檀遣梵志優陀耶來詣竹園請佛還國爾時優陀耶見佛相好明曜天地五情實喜頭腦禮足却住一面心意齊整長跪白佛父王遠謝悉達聞汝道成復度一切我獨不蒙本要當還今故遣使佛問優陀父王起居安不優陀白佛大王無恙唯思世尊佛告優陀樂此道不優陀對曰甚樂世尊佛受優陀使作沙門授其法戒優陀自念今爲弟子無緣復還王須消息因誰報命佛知優陀心念欲還行矣優陀莫親世業戀著故家優陀白佛佛當還舍夷國不佛言當還優陀受勑退跪白佛不審何日當至佛告優陀却後七日必至舍夷優陀歡喜禮佛而去於是優陀耶還至舍夷詣宮求通門監即白優陀使還在門外求見王命推問吾望優陀如渴欲飲何故稽停方白求通者坐徃返推應至三然後乃前王見優陀以受法服而問優陀卿作沙門耶優陀答曰已服佛法王問優陀悉達在宮與卿

獨親入出周旋無所關白今使來還何故自外詣門求通耶優陀答王佛教比丘莫親白衣戀於家居所以者何道俗異故王問優陀吾子在宮衣服極好今者爲道所著何衣優陀指衣所服如此王即墮淚曰悉達在家吾爲作宮七寶刻鏤極世珍妙於今屋室何如我許優陀答王常處樹下諸佛世尊道法皆爾王問優陀吾子在宮茵褥綩綖錦繡細軟今所坐具皆有何等優陀答王所坐用草清素除貪王問優陀悉達在家吾爲作廚甘肥衆美今所飲食有何等具優陀答王至時持鉢往福衆生食無麤細呪願施家王聞是語即復流淚王問優陀悉達眠時吾欲覺之彈琴絃歌然後乃覺今在深山何用覺乎優陀答王如來三昧無有晝夜王問優陀吾子在宮若其澡浴八種香汁於今澡浴皆有何物優陀答王八解正水以洗心垢王問優陀悉達在國栴檀蘇合以塗子身今者爲道爲有何物優陀答王戒定慧品香熏八種王問優陀悉達在家吾爲作牀精寶四種於今坐牀何物用作優陀答王四禪爲牀息心無欲王問優陀吾子在宮士衆衛侍今者侍從皆有何人優陀答王學道弟子名比丘僧翼從世尊凡有一千二百五十人俱王問優陀悉達在家若其出遊車有四品牛羊象馬以充騎乘於今出處何所駕乘優陀答王四諦神足叅駕飛行王問優陀吾子行觀幢麾羽葆以爲光飾今者幖幟復有何物優陀答王四恩慈悲廣飾衆生王問優陀悉達每出椎鐘鳴鼓觀者塡路今若遊止有何音響優陀答王

佛始得道住詣波羅柰國擊甘露法鼓拘隣等五人逮得羅漢八萬諸天皆入道迹九十六種靡不欣伏無量法音聞于三千大千世界王問優陀悉達今者欲領何國優陀答王世尊所領不可勝道教授衆生無不蒙度等心普濟無所適處王問優陀吾子在國思陳正治助吾安民動順禮節莫不承風今者獨處思憶何等優陀答王世尊唯空苦樂非真有者歸盡神靜無爲王聞是言災矣悉達一切皆有如何言無反矣悉達與人爲讎優陀白王正使智人滿於天下人有百頭頭有百舌舌解百義合此人數盡劫稱讚如來不宣其德況我所說億不及一唯佛譽佛其德乃彰王言善哉善哉佛當來不何日能至優陀白王七日當至王大歡喜即勑羣臣吾當迎佛導從鹵簿一准聖王出入法則平治道路香汁灑地城中街巷盡竪幢旛其所修治光飾盡宜車馬人從限四十里其日世尊起於竹園與大比丘僧千二百五十人俱威神感動諸天下從始入舍夷路由一水水名阿樓那度水上岸神通照察探知調達惡心内興必難開化當現神足令其信伏即昇虛空去地七仞足若蹈地其實在虛佛告比丘見彼車馬五色嚴麗正似天帝出遊觀時爾時衆人見佛及僧足步其地仰觀足跡處在空中於上稍下正至迎次與人頭齊剛强靡伏歸命和南唯有調達獨與惡念子行學道但作幻術惑人如是吾亦當復作術廣化衆人於是父王遥見佛來愛敬交至一者敬道二者愛子即下象車解劍却蓋涕零趣佛頭面禮

足而頌讚曰
生時緣福德　瑞應三十二　樹傾敬稽首
道成今三禮
於是父王以偈問佛
子本在吾家　駕象名寶車　今者足蹈地
是苦安可堪
爾時世尊以頌答曰
車馬生死乘　危險安可久　叅駕五通馳
所至無限礙
於是父王以偈問佛
本著七寶衣　珍妙甚雅好　剃頭被衲服
如何不羞耻
爾時世尊以頌答曰
慚愧爲衣服　世衣增塵垢　法衣眞人服
息心名如來
於是父王以偈問曰
本用金銀器　衆味甚香美　今者行乞食
麤惡安可咽
爾時世尊以頌答曰
法味爲道食　饑渴今已除　哀世故行乞
持鉢福衆生
於是父王以偈問曰
本處别宫中　衆宫妓侍御　獨在山樹間
如何不恐懼
爾時世尊以頌答曰
生死恐畏除　今已入本無　無憂無喜想
所止名道場
於是父王以偈問曰
本在我家時　澡浴名香汁　處於山樹間
何物洗身垢

爾時世尊以頌答曰

道藏爲浴池　定水滿其淵　浴以三毒盡

三達快無雙

於是父王請佛及僧令詣王園永爲精舍佛受王意便入精舍坐尼拘類樹下廣説法教七日不懈聽者歡喜中有發大乘者有樂辟支佛行者有發羅漢意者有作沙門者各隨發心如行所得城中毋人各生善念悲泣自責世尊還國男子福德獨得見佛我等罪弊不服法味何咎如是佛知毋人一切心念讚言善哉乃生好心願樂聞法眞得度苦佛便語王法興難值道教難得可勑國内諸毋人類樂聞法者使出聽受王即宣令欲見佛者聽城中毋人咸喜俱出詣佛禮拜訖而却住於是世尊如應説法莫不解了逮得法眼王及臣民歡喜禮佛而還是時諸比丘白佛言舍夷國内男女長幼聞佛説法如心所念各得其決父王俱聽不記所得佛告比丘父王恩愛未息父子相加敬心未全是故不得明旦如來唯將目連往詣王宫上殿而坐佛勑目連現汝道力目連受教飛昇虚空出没七返身出水火從上來下前禮佛足却侍於左父王見變心意解悦恩愛斷滅敬心内發起前禮佛甚善世尊弟子功德猶尚乃爾如來威德難可度量便發無上正眞道意是時父王每詣佛所見迦葉千人形體至陋每心不平此等比丘雖復心精無表容貌當勸宗室樂無爲者令作沙門擇取端正即令宗族明日會殿受命即到王告宗室曰阿夷相言佛不出家當作聖君王四天下左右侍從率當

端正令諸弟子類無姿觀令欲禮聘有道儀容足者充備僧數光暉世尊咸言大善聽令歡喜乞退嚴辦七日乃行調達便告行者吾等王者子弟今棄世榮出家居道整頓服飾極世之妙象馬車乘價直萬金其日嚴出觀者填路調達冠幘自然墮地衝和離所可乘象四脚布地而作鳥鳴相工瞻曰餘皆得道二人不吉俱詣佛所悉作沙門剛强降伏莫不樂受

中本起經卷上

音釋

頞 阿葛切　伶仃 伶盧經切仃當經切伶仃獨行也　叵 普火切不可也　閦 欲雪切　憔悴 憔慈消切悴秦醉切憔悴憂瘁也　婬泆 婬夷鍼切泆弋質切　泥洹 梵語也此云滅度洹胡官切　脆 此芮切物易斷也　寤 五故切覺也　黠 胡八切慧也　猗 隱綺切與倚同依也　陟 竹力切升也

矜 居陵切憫也　屐 渴戟切履也　欻覺 欻許勿切忽也覺居效切寤也　械 下戒切桎梏也　歔欷 歔休居切欷香衣切歔欷泣咽而抽息也　悸 其季切心動也　芩 渠金切　惆悵 惆救周切悵丑亮切惆悵悲愁也　怔 音征怔營惶恐不安貌　聞 文運切聲聞高遠謂名聲遠達也　僉 千廉切皆也　躃 必益切　拯 之肯切救也　懞懞 正作懵莫紅切懵懵無知貌　眴 音舜目動也　盼 匹莧切顧也　寢 七稔切卧也　洰 曰許切違也　悚息 悚荀勇切懼也息悉即切喘息也　鬱悶 鬱紆勿切抑也悶莫困切煩悶也　烔 古迴切明也　槩 居代切憂摩也　闢 毗亦切啓也　抆 武粉切拭也　紺 古暗切青赤色也　恙 餘亮切病也　騷 蘇曹切擾也　嗬螺勒 梵語也此云天王指來嗬音呵螺然戈切勒歷德切　粳 居行切稻之不黏也　澡漱 澡子皓切洗手也漱蘇奏切蕩口也　晡 奔謨切申時也　彷徉 彷蒲光切徉余章切彷徉徙倚也　懅 其據切懼也　浣 合管切濯垢也　枚 謨杯切箇也　曬 所賣切曝也　駛 爽士切疾也　祚 存故切福也　褐 何葛切毛布衣也　屣 所綺切革履也　愕 逆各切驚也　癢 以兩切膚欲播也　翼從 從才用切翼從也謂翼衛隨從也　躓 陟利切礙不行也　霍 忽郭切忽

霍也鋭俞芮切利也髣髴髣撫兩切髴敷勿切髣髴猶依俙也見不審貌
燥先到切乾也赫奕奕音亦赫奕光明盛大貌佞乃定切巧諂也猥
鄔賄切雜也劇竭戟切艱也齅許救切以鼻攬氣也誹謗誹妃尾切
非議也謗補曠切訕也盲聾盲莫庚切聾盧東切聘匹正切訪問也尼
揵梵語也此云離繫揵巨言切閱叉梵語也亦云夜叉此云勇健又云恭
癹閱音悅裸郎果切赤體也撾張瓜切擊也拖拽拖湯何切拽羊列切
懟徒對切怨也忻許斤切喜也替他計切研倪堅切窮究也酬
酢酬時流切酢疾各切酬酢猶問答也嗤丑之切笑也稚直利切幼小也
刻鏤刻苦得切鍥也鏤郎豆切雕刻也茵褥茵音因褥如次切綩
綖綩於阮切綖音延麾吁爲切旌旗也羽葆葆補抱切聚采羽爲幢曰
羽葆幖幟幖早遥切立木繫帛於上曰幖幟昌志切旗也適處適丁歷切
專也處敞呂切定也鹵簿鹵郎古切簿裴古切車駕法從次第爲鹵簿探
他含切窺索也仞而震切八尺曰仞蹈徒到切踐也咽伊甸切呑也
幘側革切巾幘也

中本起經卷下

後漢三藏法師西域曇果共康孟詳譯

須達品第七

佛從本國與大比丘僧千二百五十人俱遊於王舍國竹園中長者迦蘭陁承佛降尊馳詣竹園五心禮足逡巡恭住整心白佛唯願世尊顧下薄食佛法默然已爲許可長者欣悅接足而退還家具膳莊嚴幢旛親自執事極世之味舍衛長者名曰須達（此言善溫）與主人迦蘭陁雖未相見每信相聞行同德齊遙揖爲友須達因事來至此國推親往造時迦蘭陁親自供膳不容得出踟躕殊久呼使而曰吾故遠至以展不面虛心在昔遲散所懷不謂今日見薄不偶事訖乃出相揖而坐不面在昔屈辱臨顧傾企之情有兼來趣明請大賓執事自逼不暇得出是使乃心滯而不叙善溫問曰何謂大賓爲是婚姻國節會耶答曰同志卿不聞乎白淨王子入山六年道成號佛威相明遠神通矚幽方身丈六華色紫金明曜於世吐法陳戒精義入神所從弟子名比丘僧居靜身正修德履道忽榮棄利義曰眞人凡有一千二百五十人俱善溫聞稱佛聲舉身毛竪心喜交會逸豫待明五情內騷轉側不寐至誠感通中夜靈明即便嚴出方向城門顧見城左有神祠舍名曰濕波過往跪拜禮畢旋顧奄便更冥善溫惶怖不知所趣雖有此變心猶存佛恐畏消除空中聲曰善哉須達心至乃爾即問空聲爲是何神便告之曰吾是子親摩因提也問曰卿生何許奚爲此間即而答曰吾昔從佛神足弟子

大目揵連聞說經法因此福報得生天上功德薄少別使典此見鄉至心來相佐助佛者至尊舉足中間福祐難量恨吾生存不獲覩佛如今所見明驗眞諦天放身光照於竹園善溫尋光遥見如來踰於所聞前拜却住微心視相而問於佛神尊寧安佛爲須達而作頌曰

無憂無喜相　心虛清淨安　巳昇無所生
見諦入泥洹　覺正念清明　巳度五道淵
恩愛網斷壞　永寂悅彼安

長者須達聞說是時因本功德便發淨意逮得法眼歸命三尊次受五戒爲清信士前白佛言唯願如來臨眄舍衛教授一時濟渡羣民世尊又曰卿姓字何長跪對曰鄙字須達侍養孤老供給衣食國人稱我給孤獨氏佛告之曰彼有精舍容吾衆不對曰未有長者須達承佛聖旨進前長跪而白世尊余能堪任興立精舍唯須比丘監臨處當顧勑舍利弗汝行營佐即受教命作禮而退還彼舍衛周行求地唯祇園好衆果流泉奇鳥翔集地夷木茂去城又近因往守請祇了無貴意求之不止恚而言曰若能以金錢集布滿園爾乃出耳重問審實爾不祇謂價高子必不及戲言決矣復何疑哉須達辭還載輦送錢園監不聽走白大夫須達送錢不審內不報勑園監吾自戲言遣錢勿受二人共諍舉國耆老馳往諫止耆老斷當地價巳決不應得悔國正清平祇不違法即聽布錢門裏不周祇意喜曰吾得園矣遣人催駕運致塡路須達自往共詣園觀所思未周意憒不樂祇曰國

賢若悔便止答曰不悔思得伏藏畢地直耳
祇心唯佛必是至尊能使斯人竭財不恨可
戴可仰神妙如茲便謂須達勿復足錢餘地
貿樹共作精舍須達即言善哉許諾便興功
夫僧房坐具床榻茵蓐極世之妙迦施幢旛
香汁灑地備辦供具兼餚重饌燒衆名香遥
跪請佛唯願如來枉屈尊神於是衆祐與大
比丘僧千二百五十人俱遊於舍衛國應須
達請威神震動國內咸喜男女大小塡路而
出給孤獨氏及王弟祇陀前禮佛足共上精
舍佛受呪願故曰祇樹給孤獨園王國有事
急召須達赴行應會事訖馳還奉齋盡恭却
從步涉中路有人奉酪一瓶顧無所使自提
而行前逢梵志請令提之共詣精舍手自斟
酌顧命梵志汝便斟酌飯訖行澡儼然聽法

一切歡喜稱善無量梵志暮還奉齋不飡婦
怪而問不審何恨答曰不恚吾齋故耳婦重
質之何從齋來梵志答曰給孤獨氏於園飯
佛請吾往齋齋名八關其婦流淚忿然言曰
君毁遺則禍此與矣瞿曇亂法奚足採納迫
蹴不已便共俱飯梵志壽筭終於夜半生於
鬱多羅衛國作大澤樹神時有婆羅門等五
百人欲詣恒水三祠神池沐浴垢穢希望神
仙中道乏粮遥望彼樹想有流泉馳趣樹下
了無所見窮困斯澤饑渴委厄樹神人現問
梵志曰道士那來今若欲行同聲答曰欲詣
神池澡浴望仙今日饑渴幸哀矜濟樹神即
舉手衆味流溢衆飯飽足詣神請曰何等功
德致此巍巍神答梵志吾因舍衛給孤獨氏
持八關齋爲婦所敗不卒其業來生斯澤作

此樹神若法齋法福應生天爾時樹神而作頌曰

祠祀種禍根　日夜長枝條　唐苦敗身本

法齋度世仙

梵志聞偈迷解信受旋還舍衛路由一國名拘藍尼國有長者字瞿師羅（此言美音）人民敬愛言輒順承梵志過宿美音問曰道士何來今欲所之具陳彼澤樹神功德欲詣舍衛造給孤氏飡採法齋與遂本志美音喜踊宿行所追亘解欲行宜令宗室及所親愛誰能共行受齋皆式合五百人僉然應命本願相引咸義嚴出行詣舍衛未至祇洹道逢須達遇而不識顧問從者此何大夫對曰給孤獨氏也梵志衆等喜而追曰吾願成矣求人得人馳趣相見同聲歎曰久承令德注仰虛心聞有道訓入關齋法故遠投託幸蒙示導止車答曰吾有大師號曰如來衆祐度人近在祇洹可共俱進造覲世尊聞命敬諾恭肅盡虔遙瞻如來情喜內發五體投地退坐一面緣察本心旨說法要五百梵志得阿那含便作沙門美音宗等逮得法眼諸比丘白佛五百梵志及諸長者得道何速世尊告曰過去久遠時世有佛號名迦葉爲衆講法說吾當來令諸梵志於彼佛前願樂欲見當來釋迦文佛是諸長者亦同斯願從是因緣見吾便解比丘歡喜盡受奉行美音心惟欲請世尊佛知其意而告之曰彼無精舍汝願不遂美音悅解喜前白佛我有別宅願爲精舍惟哀垂救濟度羣生乞退還國修備所供頭面接足禮畢乃去

本起該容齋品第八

爾時如來與大比丘僧千二百五十人俱從舍衛祇洹遊於拘藍尼國美音精舍足蹈門閫天地震動珠璣樂器不鼓自鳴蠱毒隱伏吉瑞和清當爾日也境界人民靡不驚肅渴仰世尊是時國王名曰優填强虣侵尅開納佞言躭荒女樂疑網自沉又置大夫人二人左右畨上二后容姿一國少雙左夫人少字照堂爲人憍慠唯惡是從讒嫉賢良譖人無猒右夫人字該容執行仁愛虔敬肅恭清素約已文不加身王珍其操每事私焉照堂懷嫉譖之至深察言觀行不納其言該容有長老青衣名曰度勝恒行市香因歸問訊路由精舍每過修敬減省香直合集寄聚便行飯佛及比丘僧佛爲說法盡心不忘施訖還宮過肆取香因此功德本行所追香氣熏聞斤兩倍常詰問理窮任實首情每減香錢飯佛及僧法深義妙非世所聞該容聞說佛聲悚然心歡即自念曰吾心喜踊何因得聞無量法乎即報度勝爲我說之度勝白曰身賤口穢不敢便宣如來尊言乞行詣佛受勑而還便遣出宮重告之曰具受儀式度勝未還夫人侍女側息中庭佛告度勝汝還說法多有度者說法之儀先施高座度勝受勑具宣聖旨該容欣悅開笥出衣積爲高座承佛威神如應說法夫人該容及諸侍女疑解破惡得道溝港度勝應時逮得總持照堂恊恨妬憤內發數譖非一王反辱曰汝輩嫒蠱言及不遜彼人操行執節可貴照堂心忌猶欲害之密白王曰恒遣青衣往來佛所情蕩外交志

溢邪趣妄實循良中直見忽數譖不已王頗惑之照堂心謀伺于齋日中之必矣伺其齋時因歡白王今日之樂宜請右夫人王便普召被命皆會詃容持齋獨不應命返覆三召執節不移王怒隆盛遣人拽出縛置殿前將欲射殺詃容不怖一心歸佛王自射之箭還向已後箭輒還王時大懅惶怖解焉而問之曰汝有何術乃致是耶夫人對曰唯事如來歸命三尊朝奉佛齋過中不飡加行八事飾不近身必是世尊哀愍若茲王曰善哉豈可言也當詣精舍覲現表虔會有敵國興兵入界彼衆强盛王自出征顧命梵志名曰吉星權領國政照堂喜曰吾父領政教子必矣王去之後女與父謀燒殺詃容及諸侍女詐言失火謂可掩塞事會發露王大恚之斥徙吉星擯於界外以其道士故全其命照堂等輩幽之地窟推逐邪道廣闡佛法諸比丘退席白佛言王后詃容及其侍女精進乃爾見諦得道不審何罪遇此火害唯願世尊彰告未聞佛告比丘過去有城名波羅柰有婬女五百人延致輕薄以自供濟世有辟支佛名曰迦羅教化人民令持五戒舉國士女歸心師焉諸女恚曰此人奚來斷吾賓客咸共興恚謀圖毀害後日迦羅入城分衛至巷乞食次到女家衆女羣出火撲迦羅於是迦羅舉身燋爛心無所恨便現神足飛昇虛空衆女驚怖泣淚悔過長跪舉頭自陳情曰女子惷戇不識至眞羣愚荒慠毀辱神靈自惟過釁其罪若山願降神德以消重殃尋聲即下而般泥洹諸女起塔供養舍利世尊又曰時彼婬

女誸容等是也罪福追人久無不彰説是法時國内大小信伏歡喜咸歸三尊受戒而退佛與比丘還到舍衛止頓祇洹

瞿曇彌來作比丘尼品第九

爾時佛遊於迦維羅衛國釋氏精舍與大比丘僧千二百五十人俱是時大愛道瞿曇彌行到佛所稽首作禮却住一面叉手白佛言我聞女人精進可得沙門四道願得受佛法律我以居家有信欲出家爲道佛言且止瞿曇彌無樂以女人入我法律服法衣者當盡壽清淨究暢梵行瞿曇彌則復求哀如是至三佛不肯聽便前作禮遶佛而去其後不久佛時與諸大比丘俱從釋氏精舍入迦維羅衛國大愛道聞佛從諸弟子來入國中心大歡喜即行到佛所稽首佛足下大愛道復白佛言我聞女人精進可得沙門四道願得受佛法律我已居家有信欲出家爲道佛言且止瞿曇彌無樂以女人入我法律服法衣者當盡壽清淨究暢梵行大愛道則復求哀如是至三佛不肯聽便前作禮遶佛而去佛時與諸比丘留止是國避雨三月補成衣已著衣持鉢出國而去大愛道即與諸老母等俱行追佛佛行轉到那私縣頓止河上大愛道便前稽首作禮却住白佛言我聞女人精進可得沙門四道願得受佛法律我以居家有信欲出家爲道佛言止止瞿曇彌無樂以女人入我法律服法衣者當盡壽清淨究暢梵行大愛道則復求哀如是至三佛不肯聽便前作禮遶佛而退住於門外被弊敗之衣徒跣而立顔面垢穢衣服汙塵身體疲勞歔欷

悲啼賢者阿難見伯母大愛道如是即問言瞿曇彌何因弊衣徒跣面垢衣塵疲勞悲啼大愛道答言賢者阿難令我用女人故不得受佛法律是以自悲傷耳阿難言止止瞿曇彌且自寬意待我令入向佛說是事賢者阿難即入稽首佛足下長跪白佛言我從佛聞女人精進可得沙門四道令大愛道以至心欲受法律其以居家有信欲出家爲道願佛許之佛言止止阿難無樂使女人入我法律爲沙門也所以者何阿難譬如族姓之家生子多女少男當知是家以爲衰弱不得大強盛也令使女人入我法律者必令佛清淨梵行不得久住譬如稻田禾稼粗熟而有惡露災氣則令善穀傷敗令使女人入我法律者必令佛清淨大道不得久興盛阿難復言令大愛道多有善意佛初生時乃自育養至于長大佛言有是阿難大愛道信多善意於我有恩我生七日而母終亡大愛道自育養我至于長大令我於天下爲佛亦多有恩德於大愛道大愛道但由我故得來自歸佛自歸法自歸比丘僧又信佛信法信比丘僧不復疑苦不復疑集不復疑盡不復疑道乃成其信成其禁戒成其多聞成其布施成其智慧亦能自禁制不殺生不盜竊不婬泆不妄語不飲酒如是阿難正使人終身相給施衣被飲食臥具病困醫藥不及我此恩德也佛告阿難假使女人欲作沙門者有八敬之法不得踰越當以盡壽學而行之譬如防水善治堤塘勿漏而已其能如是可入我律戒何謂八敬之法一者比丘持大戒女人比丘尼當

從受正法二者比丘僧持大戒半日已上比丘尼當禮事之三者比丘僧比丘尼不得相與並居同止四者三月止一處自相檢押所聞所見當自省察之五者比丘尼不得訟問比丘僧事以所聞見若比丘僧有所聞見訟問比丘尼比丘尼即當自省察六者比丘尼有庶幾於道法得問比丘僧經律之事七者比丘尼自未得道若犯戒律當半月詣衆中首過自悔以棄憍慢之態八者比丘尼雖百歲持大戒當處新受大戒幼小比丘僧下坐以謙敬爲作禮是爲八敬之法我教女人不得踰越當以盡壽學而行之假令大愛道審能持此八敬法者聽爲沙門賢者阿難受佛語已熟諦便作禮而出報大愛道言瞿曇彌可勿復愁以得捨家之信去家就戒佛說女人作沙門者有八敬之法不得踰越但當終身勤意學行之耳持心當如防水善治堤塘勿漏而已阿難便一一爲伯母說佛所教勑八敬之事言能如是者可入佛法律大愛道即歡喜而言唯諾阿難聽我一言譬如四姓家女沐浴塗香衣莊嚴事而人復欲利益之安隱不怖以好華香珍寶結爲步搖持與其女豈不愛樂頭首受耶今佛所教勑八敬法者我亦歡心願以首頂受之爾時大愛道便受大戒爲比丘尼奉行法律遂得應眞然後異時大愛道比丘尼與諸長老比丘尼俱行詣賢者阿難而問言阿難是諸長老比丘尼皆久修梵行且已見諦云何當使爲新受大戒幼小比丘僧作禮阿難言小且待我今入問之阿難即入稽首佛足下白佛言大愛道

比丘尼言是諸長老比丘尼皆久修梵行且已見諦云何當使爲新受大戒幼小比丘僧作禮佛言止止阿難當慎此言勿得說也但汝所知不如我知若使女人不於我道作沙門者外道諸異學梵志及諸居士皆當以衣被布地求哀於諸沙門言賢者有淨戒高行願行此衣上令我長得其福佛言阿難若使女人不於我道作沙門者天下人民皆當解髮布地求哀於諸沙門言賢者有戒聞慧行願行此髮上令我長得其福若使女人不於我道作沙門者天下人民皆當豫具衣被飯食卧牀病瘦醫藥願諸沙門當自來取之若使女人不於我道作沙門者天下人民奉事沙門當如事日月如事天神過踰於諸外道異學者上若使女人不於我道作沙門者佛之正法當千歲興盛佛復語阿難以女人作沙門故使我法五百歲衰微所以者何阿難女人有五處不能得作何謂爲五女人不得作如來至真等正覺女人不得作轉輪聖王女人不得作第二忉利天帝釋女人不得作第六魔天王女人不得作第七梵天王夫此五處者皆丈夫得爲之丈夫得於天下作佛得作轉輪聖王得作天帝釋得作魔天王得作梵天王佛說是已皆歡喜奉行

無常品第十

是時如來還舍衛國在祇樹給孤獨園與大比丘僧千二百五十人俱王波斯匿心自念言佛是釋種出家處山以成無上正真等正覺威影神妙天龍鬼神無不宗仰爲人說法上中下言悉善其聞所說莫不歡喜開福塞

禍言入泥洹即便嚴出導從如常至門下車羣臣俱前直揖却坐而白佛言頃承釋子端坐六年道成號佛爲實爾不是世所美乎佛語王曰吾眞是佛世不虛傳王復言曰瞿曇自稱爲佛故非佛也佛復答王過去久遠時世有佛名曰定光授拜吾決汝於來世九十一劫當得作佛字釋迦文有三十二相八十種好十八特妙之法十種神力四無所畏一事不足不名爲佛吾今具有是故爲如來無所著正眞覺也王迷情疑重質言曰瞿曇年少學日甚淺所以者何世有婆羅門修治水火精勤苦體不去晝夜九十六術靡不經涉年高德遠不蘭迦葉六人子等名稱蓋世猶未得佛佛者實尊以是推之暹疑不信佛告王曰吾今爲王說法眞諦善聽勿疑王曰善哉佛答王曰小有四事皆不可輕何謂爲四一者太子雖小當爲正君此不可輕二者小火燒草草盡乃止此不可輕三者龍子雖小能爲風雨雷電霹靂此不可輕四者年少比丘已入道要深妙之慧能飛行教化度脫人民此不可輕於是世尊爲王而作頌曰

太子福成　當爲正君　愚人輕慢　禍豐是生
正由心出　能重能輕　宿行所得　福自隨形
能觀本德　然後觀人　道要已備　大王思惟
小火得草　所燒無限　須彌寶山　亦從小起
智者觀物　無小無大　遇龍不避　小毒害人
比丘破惡　精進入禪　道成神通　變化度人
見諦淨無垢　已度五道淵　佛出照世間
爲衆除憂患

王聞正言垢重情弊惟疑未悟前禮佛足辭

退還宮是時國內有婆羅門居富多寶老無兒子禱祠盡力末後生男其年七歲得病便亡其父憂毒卧不安席不復飲食聞佛能除憂患即詣祇洹佛問梵志有何愁憒顏色憔悴婆羅門言我年老耄止有一子捨我終亡悲憐痛毒佛告梵志人有恩愛便生憂悲梵志情迷便白佛言恩愛之樂有何憂悲佛言不然如是至三婆羅門不解走出祇洹見二人樗蒲心自念言此必智者能解我疑便問二人恩愛爲樂爲憂悲乎即答梵志天下之樂無過恩愛梵志復言吾見瞿曇向我說此二人答曰沙門瞿曇反世惑人愼無信焉國內愚者共嗤佛語乃上聞於王令王意惑便謂夫人夫人字末利便告之曰瞿曇可笑及論失理何有恩愛而生憂悲夫人對曰佛不虛言其實如此王復謂言汝尊瞿曇加是宗覩其信而已夫人白王何不自往若遣智者請啓所聞驗世狂惑王聞其言即召智臣那利繩汝持吾聲問訊瞿曇世人愚惑妄傳尊旨橫言恩愛而生憂悲怪其理乖是故遣信下承風化若佛有教汝諦受之臣受王命即詣祇洹禮佛却住斯須進前長跪白佛言國王波斯匿稽首座前問所不解願佛示導敢告眞言於時如來命臣就座而告之曰恩愛之本深流難盡憂悲之惱一由恩愛又告大臣吾今問卿意解便對譬如有人父母終亡妻子死盡財沒縣官此人憂惱可堪勝不大臣對曰審如尊教又告大臣古昔有人居貧窮困而其娶婦得富家女嬾墮無計日更貧乏家困餉饋欲奪更嫁妻聞家議便以語夫

我家勢强必當奪卿當作何計夫聞婦言將共入房今欲與汝共死一處即便刺婦還復自刺佛告那利繩恩愛相殺何但憂悲臣受佛教禮退還宮具宣尊旨王意不悟猶嗤此言復謂末利瞿曇何故正作此語夫人白王欲啓一事願見採省王曰便說夫人問曰彼方二郡一名迦夷二名拘達盧若有白王云彼二國他王劫取王當云何王謂夫人吾之豐樂因此二國若有此問情用憂憒夫人復言太子瑠璃皇女金剛若疾若亡王當云何王答夫人此情難堪夫人問王此爲恩愛生憂悲不夫人白王賤妾鄙陋得侍幃幄一旦病亡王當云何王答末利吾情迷荒命將不全夫人復言此爲恩愛生憂苦不王意乃解即便下床遙禮祇洹歸命三尊懺悔謝過盡形竟壽首戴尊教

自愛品第十一

佛在舍衛國祇樹給孤獨園衆僧具足而爲說法國王波斯匿以日昳時道過佛所下車却蓋拱袖直前稽首于地却就王位佛問王言從何所來衣弊形瘦乎王即離席流淚對曰國太夫人背棄天下侍送靈柩安厝始還近承世尊顧臨鄙國雖以哀悴貪得表見性頑嬰疊情惑邪聲今始乃解明教至真憂悲苦惱皆由恩愛每惟道訓世所希聞於時世尊而告王曰復坐善聽王言唯諾佛言衆生受形無老無壯無豪無賤命終之日無不分散譬如春華色無久鮮結實華落果熟離本須彌寶山劫盡爛壞大海深廣猶有枯竭人命危脆智者不怙唯有修德精進履道佛作

頌曰

命如果待熟　常恐命零落　以生皆有苦
誰能致不死　如河駛流疾　往而投大海
人命亦如是　逝者不復還

世尊又告遮迦越羅典領四域飛行案行七寶導從雖壽千年亦死過去諸天食福餚饍自然至其祿盡亦復磨滅比丘破惡一心思禪榮利不移志重若山神通眞人猶復滅度如來出世權慧現身金剛德體明暉大千周帀三界濟度羣生十力世雄猶現泥洹人生世間命不久停忽若電流如風過庭尊榮寶位其若夢矣推古驗今無始不終轉輪五道見諦反眞佛爲國王而作頌曰

如河駛流　往而不反　人命如是　逝者不還
雖壽千年　亦死過去　合會有離　無親可恃
世皆有死　三界無安　諸天雖樂　福盡亦喪
志堅若地　德重若山　眞人無垢　寂然歸滅
快哉福報　所願皆成　上寂大人　自現泥洹

於是波斯匿復白佛言何謂自愛何謂自護佛言善哉問也大王諦受人生於世四大合成性愚習癡殺盜婬欺不信道行此不自愛習善行仁覺世非常信死更生情存三尊奉戒攝心信以篤道守禮以謙孝順以誠此人處世自愛者也積善履德身無枉橫志行修明上天衛護無男無女衆行歸身若入軍旅兵刃不傷虎兕無害自護之方唯持戒行佛爲波斯匿而作頌曰

凡人爲惡　不能自覺　愚癡快意　後受熱毒
生無善行　死墮惡道　往疾無間　到無資用
自愛身者　愼護所守　調心正體　福應上天

士有信行 爲聖所譽 自愛如是 快解無憂
惡行危身 愚謂爲易 善最安身 愚人謂難
信法奉戒 慧意能行 上天衛之 智者樂慈
仁愛不邪 安止無憂 能除恚怒 從是脫淵
王聞法言 愚解妄斷 前受五戒 羣臣從宫
皆發道心 天龍鬼神 歡喜樂聞

大迦葉始來學品第十二

爾時世尊在舍衛國祇樹給孤獨園爲衆說法天龍鬼神四輩弟子嚴整具足於時摩訶迦葉垂髮弊衣而來詣佛世尊遥見歎言善來迦葉豫分半牀命令就坐迦葉進前頭面作禮退跪自陳曰余是如來末行弟子顧命分座不敢承旨大衆僉念此老道士有何異德乃令世尊分座命之此人俊又唯佛明焉於是如來察衆所念欲決所疑廣論迦葉大行齊聖世尊又曰吾以四禪禪定息心從始至終無有損耗迦葉比丘亦有四禪因得定意吾以大慈仁愛一切迦葉體性亦慈如此吾以大悲濟度衆生迦葉比丘大悲如此吾以四神三昧而自娛樂無有晝夜何等爲四一者無形三昧二者無量意三昧三者清淨積三昧四者不退轉三昧迦葉比丘亦有是三昧吾本樂六通今已得六通迦葉比丘亦得六通何等爲六一者四神足念二者悉知一切人意三者耳徹聽四者見衆生本五者知衆生所趣行六者諸漏皆盡今已無畏三界獨尊吾以四定表彰法御何等爲四一者解定二者智定三者慧定四者戒定名色皆滅梵迹獨存無憂喜想生死根斷迦葉比丘亦復如是世尊又曰過去久遠時有聖王名

文陀竭高行暉世功勳感動忉利天帝欽其異德即遣車馬詣闕迎王時乘天車忽然昇虛天帝出迎與王共坐娛樂盡歡送王還宮佛告比丘爾時天帝者大迦葉是文陀竭王則是吾身往昔天帝以生死畏座令吾並坐吾今以無上正眞法御之座報昔功德佛說本昔加以聖德顯比丘迦葉一切解脫皆發無上正眞道意法教名遠莫不樂受

度柰女品第十三

佛從迦維羅衛國與千二百五十比丘俱過跋耆國界度人民去至維耶離詣柰氏樹園城中有女名阿凡和利聞佛來化歡喜無量即便嚴出與五百女人俱佛勑諸比丘端意低目勿妄顧視色欲亂人唯道能制御情檢心智者必能令有女人名阿凡和利與五百女人俱欲聽說經法汝曹各護淨行持之勿放諸比丘唯諾受教阿凡和利詣門下車叉手當心低頭直前頭面禮佛却就女位世尊告曰形不久住色不久鮮命如風過少壯必衰勿恃容姿自處汙行世間迷惑禍起色欲三塗勤苦智者能閑女聞佛言心解欲止便發道意自歸三尊於時阿凡和利退坐白佛不以女賤得服法言願樂如來明日枉尊及比丘僧顧下薄食佛時默然以爲許可起以頭面作禮歡喜而去是時城中有長者子五百同輩聞佛垂訓止住柰園即皆俱行詣佛聽法車馬服飾五色煇煌出城詣園人從車馬寂然如法詣門下車叉手直進禮拜陳情却坐男位佛告族姓子榮位尊豪快樂如意皆是前世福德所致今復見佛功德增益諸

長者子歡喜退坐長跪請佛明日屈尊哀臨蔬食佛便告曰已先受請佛不二諾諸長者子復白佛言不審請主姓字是誰佛言向受阿凡和利請明日當往長者子白佛此是國民豈得在先佛告族姓子如來慈普不問尊卑諸長者子前禮佛足辭退還家過與阿凡和利語曰佛者至尊用一切故來化吾國飯佛及僧吾等應先男尊女卑卿當在後慎勿供辦故來相語女曰長者子無以豪强威力加弱令乞四事若見惠者不敢在先何謂爲四事一者乞令我心保善莫移二者乞令我命保在莫亡三者乞令財物保在無減四者乞令世尊常住教授莫詣餘國即謂女曰善心叵保命亦如是非吾能辦便相謂言此女福人先得飯佛乃覺非常甚可喜樂中有年少恥其出後當共固之便勑市監罷不作市阿凡和利遣婢市買了無所得還視庫藏衆膳備有唯乏薪炭行求不得出庫氎布香油灌之以供飯具明日至時遣使白佛城門復閉使還白言城門不開知是諸長者子所作女自念言法應遣使表白供辦云何得通便告鸚鵡汝行白佛鸚鵡受勑飛出其家諸長者子舉弓射之奉使請佛威神所接箭化作華便詣佛所飛鳴白言衆嚴畢辦唯願枉尊於時衆祐法導威儀足蹈門閫天地震動龍雨淹塵天樂下從諸音樂器自然而鳴佛坐飯竟行澡盥畢爲說經法五百長者子阿凡和利及五百女人逮得法眼皆受五戒已佛與比丘僧還詣柰氏樹園一切歡喜無不樂聞

尼揵問疑品第十四

佛從維耶離與千二百五十比丘僧及千優婆塞俱詣那難陀國波和離園是時國內奉事六師迷於邪行城中有豪長者字阿夷跋提弗奉事尼揵精勤第一聞佛來顧往尼揵所禮拜如常尼揵問曰卿聞瞿曇來至此不對曰已聞尼揵語曰汝往難沙門瞿曇一事當令如噎跋提弗言何謂一事乃令不對乎答曰汝難瞿曇吾聞沙門呪願一切普得飽滿猥將羣衆來適饑國費損人食此大無益跋提弗受命而退即詣佛所瞻覩神德威相赫然弟子法儀恂恂庠庠敬心踊躍拱袖進前直揖却坐而白佛言欲請一事願蒙授解佛言恣所欲問跋提弗言伏聞瞿曇饒益一切令得安隱而將大衆顧臨饑國減損民食費而無益佛告阿夷跋提弗言吾從九十一劫已來不聞勸人爲福損而無益也吾聞尊貴富樂本起布施未有唐捐費而不報者也人行仁義現世稱傳後得生天勸善代喜福祐隨身又告長者財有八危損而無益何謂爲八一者爲官所沒二者盜賊劫奪三者火起不覺四者水所沒溺五者怨家債主橫見奪取六者田農不修七者賈作不知便利八者惡子博揜用度無道如是八事至危難保八禍當至非力能制是故如來以此因緣勸人布施安置福田深堅難動水火盜賊不復得害壽終生天衣食自然佛告長者眞言至要化世愚惑若不信者自毀人本墜墮三塗若能覺識改聞易行遷神無爲所向分明阿夷跋提弗聞佛說法情喜內定退坐自陳愚

癡積惑未識眞言所質非法實非鄙意尼揵所遣奉使不遜願佛垂恩原恕罪咎佛言汝能自覺此福無量長者歡喜復白佛言情闇難悟欲問所疑佛言隨意所問今當爲汝事事分別長者問曰伏聞如來慈等普救不審法教偏駁不等有得道者不得道者抱疑曰久願尊開矇佛言善哉問也諦聽諦受譬如農夫宿有二業一田業高燥肥沃二田業下濕墝薄於春和時等力興功下種應時耘除草穢至秋獲實升斛懸殊佛告長者人功不偏所收不等者地厚薄故也人聞吾法信受奉行如意所得喻於沃田所收無數今比丘比丘尼優婆塞優婆夷者是也隨意深淺神通無礙人聞道言背而不信喻如下田没溺不生今六師尼揵等是也世尊又曰譬如有人持器取水一器完堅二者穿壞若用受水完者恒滿穿者漏盡人聞道教精進修勤奉戒不違嚴勑身口喻如完器所受無限人聞道法不受不信加行謗毀忘失人本還入惡道喻於穿器無所盛受佛言長者宿命善行乃得見佛雖復尊豪然不信道者譬如狂華落不成實跋提弗心喜稱善眞言感神所說至誠便發無上正眞道意受戒而退國內一切皆發道心六師邪術一切皆毀廢天人龍鬼宣明法聲

佛食馬麥品第十五

於時佛從波和離園與千二百五十比丘俱還祇樹給孤獨園是日舍衛國界有郡名隨蘭然有婆羅門名阿耆達多智明慧居富無比往詣阿難邠坻家論議事訖問須達曰今

此都下頗有神人可師宗者不須達答曰子不聞乎釋迦王子出家為道道成號佛身色相好非世所見法式稚正照除心垢神通明達知衆生原諸天龍神莫不奉受每說法言精義入神非吾螢燭所能宣陳時阿耆達聞佛聖德五情内慘即便問曰今為所在可得見不答曰近在祇樹廣開眞言明日阿耆達往詣祇洹入門見佛威神光明敬心内存前禮佛足却坐一面佛為說法歡喜踊躍即便退席請佛及僧埀化照臨一時三月佛以神旨知往古因緣默然受請阿耆達得佛許可辭退還國於是阿耆達還家嚴供極世珍美是日世尊與五百比丘僧往詣隨蘭然時阿耆達天魔迷惑躭荒五欲一者寶飾二者女樂三者衣食四者榮利五者色欲退入後堂告勑門士不得通客一時三月不問尊卑須吾有教如來到門閉而不通便止舍邊大叢樹下佛告比丘僧此郡旣饑人不好道各且自便隨利分衛舍利弗受勑上昇忉利天日食自然衆僧分衛三日空還時有馬師問於阿難朝行分衛何以空還阿難答曰此國饑荒又不信福馬師而曰今有馬麥願用施佛及衆弟子減麥飯佛及比丘僧阿難得其麥分以鉢受之心用悲痛諸天名味國王供饍每謂其味不可尊口今得此麥甚為麤惡何忍持此供養佛手持所得麥告一老母佛者至尊法御上聖今欲飯佛倩母熟之功德無量母答阿難吾今忽務不能得為比居一母聞歎佛尊馳出求索阿難授之即時令熟佛食呪願阿難心結佛欲解阿難意餘飯施與

阿難百味香美非世所有阿難意解曰如來妙德不可思議是時世尊欲詣跋耆國先使阿難往告阿耆達阿難受勑即便往告阿耆達見阿難意猶未悟即問阿難如來今為所在阿難報曰世尊在此爾來三月前受卿請尊無二言一時已竟告别當去阿耆達聞佛垂化不及供養悲怖交至即馳詣佛頭面作禮而自陳言愚癡罪覆違失言信願佛慈恕原其重殃佛告梵志明汝至心阿耆達歡喜前白佛言願留七日得叙供養佛以歲至即便可之時日舍利弗從天來下歲節已過當詣跋耆國阿耆達取供養餘具遍散道中欲令佛蹈上而過佛告梵志飯具米粮是應食噉不宜足蹈佛受其施便為呪願而作頌曰

外道所修事　精勤火為最　學問日見明
衆義通為最　人中所歸仰　遮迦越為最
江河泉源流　大海深為最　衆星列空中
日月明為最　佛出於世間　受施為上最

阿耆達心悦結解逮得法眼國人大小皆發道心前禮佛足歡喜而去於時阿難承佛威神知諸比丘心中大疑因宜白佛如來神妙三達廣照知衆生念因緣所起不審何故食麥一時願佛開化散解衆疑佛告諸比丘過去久遠時有大國名曰槃頭越時王字曰頻頭王有太子名曰維衛出家學道道成為佛猶名維衛相好威德諸佛法一所從比丘六萬二千人俱時父王飯佛及比丘僧嚴飾幢旛極世之珍城内整頓煒煒煌煌時有梵志清潔德高從諸弟子因事入城顧問衆人有何異節光飾乃爾行人答曰頻頭王子得道

號佛王今供養道士答曰世人甚迷捐棄甘饍食此人爲如卿所說人者應食馬麥五百弟子同聲讚善中有一人而諫師曰若如彼言此人德尊應食天厨佛告諸比丘爾時高行梵志則吾身是五百弟子今汝曹是時諫師者舍利弗是吾種此栽於今始畢告諸比丘各護心口愼無放逸善惡隨人久而不捨宜修明行可從得道吾所償對於此了矣諸比丘聞經歡喜受戴奉行

中本起經卷下

音釋

逡巡 逡七倫切巡松倫切逡巡却退貌
踟躕 踟音池躕音厨踟躕行不進貌又猶豫也
矚 朱欲切視也
處當 處敞呂切制也當丁浪切中也
内
不 内與納同不俯九切與否同
斷當 並去聲
憒 古對切心亂也
貿 莫侯切易也
榻 他合切牀屬
餚 户交切葅醢也
饌 雛戀切具食也
斟酌 斟諸深切酌職略切斟酌猶供奉也
迫踧 迫音百逼迫也踧子六切正作蹙促也
詃 姑犬切詐也
閫 苦本切門限也
蠱 公戶切蠱毒也
虣 蒲報切猛也虐也
讒 仕咸切譖也
詰 丘吉切責問也
首 舒救切自陳過也
笥 相吏切篋笥也
溝港 港古項切溝港即聲聞初果也
妬憤 妬都故切嫉妬也憤房吻切懣也
惷戇 惷丑用切戇陟降切惷戇愚蠢也
憨 呼甘切怒也
舋 許刃切隙也
跣 蘇典切足親地也
霹靂 霹匹歷切靂郎狄切雷之急激者曰霹靂
樗蒱 樗抽居切蒱蓬晡切樗蒱局戲也
餉饋 餉式亮切饋求位切餉饋贈遺也
幃幄 幃于非切幄乙角切幃幄帳幕也
昳 徒結切日側也
柩 巨救切尸在棺曰柩
厝 倉故切安著也
駃 古公切駃騠良馬也
兕 序姊切似牛一角獸也
乂 魚肺切俊乂也千人曰俊白人曰乂
氎 徒協切細毛布也
鸚鵡 鸚幺莖切鵡罔甫切鸚鵡鳥名
盥 古玩切滌手也
噎 一結切氣窒不通也
駮 北角切雜也
塉 祥亦切薄土也
邠坻 梵語也即給孤獨長者之名邠音賓坻直尼切
倩 倉甸切倩倩也
比居 比音鼻比居謂相聯比而居也
償 辰羊切酬也

六經同卷

清刻龍藏佛說法變相圖

六經同卷

佛說七知經

吳月支三藏法師支謙譯

聞如是佛遊於舍衛祇樹給孤獨園佛告諸比丘比丘受教從佛而聽佛告諸比丘有七法道弟子現世安隱和悅多行精進法觀令

皆得盡何謂七法一知法二知義三知時四知節五自知六知衆七知人諸比丘何謂知法謂能解十二部經一曰文二曰歌三曰説四曰頌五曰譬喻六曰本起七曰事解八曰生傳九曰廣博十曰自然十一曰行十二曰章句是爲知法不解十二部經爲不知法何謂知義彼彼所説經法悉曉其義是爲知義彼彼所説不曉不解爲不知義何謂知時知是時可惟寂滅想是時不惟受行想是時可惟慎護想是爲知時不曉時宜所行爲不知時何謂知節能少飲食大小便便得消化能節出入坐起行步卧覺語黙事從約省是爲知節不自約省爲不知節何謂自知自知已身意老多少所信所戒所聞所施所慧所解所至所入深淺厚薄事事自知是爲自知不知已意所入多少爲不自知何謂知衆能知彼衆若君子衆若理家衆若梵志衆若沙門衆若或有時至彼衆宜坐宜立宜語宜黙知隨時宜是爲知衆不知相彼衆隨時宜者爲不知衆何謂知人如有兩人一人信道一人不信道信道者可稱譽不信者無稱譽信道有兩輩一人數詣道場樂沙門一人不數詣道場智略沙門數詣者可稱譽不數詣者無稱譽數詣道場有兩輩一人愛敬沙門一人不愛敬沙門愛敬者可稱譽不愛敬者無稱譽愛敬有兩輩一人親習沙門一人不親習沙門親習者可稱譽不親習者無稱譽親習有兩輩一人好問經法一人不好問經法好問者可稱譽不好問者無稱譽好問有兩輩一人側耳聽一人不側耳聽側耳聽者可

稱譽不側耳聽者無稱譽側耳有兩輩一人
聞法受持一人聞法不受持聞法受持者可
稱譽不受持者無稱譽受持有兩輩一人聞
而思義一人聞不思義聞而思義者可稱譽
聞而不思義者無稱譽聞法思義有兩輩一
人如經義解受法如法立一人不如經義解
不受法不如法立如經義解者可稱譽不如
經義解者無稱譽如經義解有兩輩一人但
自安己不安他人不多安人不哀世間不利
天下一人自能安己亦安他人多安天下愍
傷世間利寧天人諸比丘當別知其自安己
能安他人多安天下愍傷世間利寧天下者
是人爲最上最長最尊極尊譬如牛乳成酪
酪爲酥酥爲醍醐醍醐最上如是人者爲人
中之人乃爲上行尊行極尊之行爲最勝爲
上願無上也諸比丘能見兩人爲智爲高能
分別此人善此人勝是爲知人佛説是已皆
歡喜受

佛説七知經

佛説鹹水喻經

失譯人名今附西晉録

聞如是一時婆伽婆在舍衛城祇樹給孤獨園爾時世尊告諸比丘我與汝等説水喻七事諦聽諦思念之我當説對曰如是世尊爾時諸比丘從佛聞教世尊告曰云何比丘水喻七事若人没於水從水出頭復還没水或出頭徧觀四方或出頭不復没水或有人欲行出水或有人欲至彼岸或有人已至彼岸淨志得立彼岸彼云何人没溺於水或有一人以不善法盡纏裹身純罪熟至地獄一劫受罪不可療治是謂此人常没溺於水是謂初入水没溺彼云何人出頭還没入水或有一人作是没溺有信於善法懷慙愧求其方便於諸善法皆懷慙愧彼出於水還没溺水是謂二人没溺於水彼云何人出水徧觀四方或有一人出水彼有信於善法有慙愧心有勇猛意於諸不善法皆有慙愧彼出水上不復没溺於水此諸賢是謂三人喻彼水彼云何人出水住或有一人作是出水有信於善法有慙愧有精進於諸善法皆懷慙愧彼於三結使盡成須陀洹而不退轉必當還所獲是謂四人喻彼出水住彼云何人出水欲至彼岸或有一人作如是出水彼有信於善法有慙愧有勇猛意於諸善法悉懷慙愧彼盡三結使貪欲瞋恚愚癡薄成斯陀含來至此間而盡苦本是謂彼人喻彼水欲至彼岸云何彼人已至彼岸或有一人便出水有信於善法有慙愧有勇猛意於諸善法皆懷慙愧彼便盡五下分結成阿那含於彼般涅槃

不復來至此間是謂六人喻彼水已至彼岸彼云何人已至彼岸淨志得立彼岸或有一人而出水上有信於善法有慙愧有勇猛意於諸善法皆懷慙愧或有一人盡有漏成無漏念解脫智慧解脫於現法中疾得證通而自娛樂盡生死源梵行已立所作已辦更不復受母胎是謂彼人喻彼水已立彼岸如是比丘此七人我今與汝等說七人喻水諸世尊與諸聲聞所應當說有大慈欲使獲安隱皆使得度所謂閑居處樹下空處露坐汝等坐禪勿有懈怠令不精勤後備有悔是謂我所教勑爾時諸比丘聞佛所說歡喜奉行

佛說鹹水喻經

佛說一切流攝守因經

後漢沙門安世高譯

聞如是一時佛在拘留國留國聚會法議思惟是時佛告比丘比丘應唯然比丘從佛受教佛便說是智者見者比丘爲得流盡不智者不見者流不得盡何等比丘智者見者令流得盡不智不見者流不得盡但爲本觀非本觀非本觀者未有欲便有欲生已生欲欲便增生不致未生有流亦癡流便生已生有流亦癡流便增多不致癡者比丘不聞者世間人不見慧者亦不從慧人聞法亦不從慧人受教誡亦不從慧人分別解便得非本念令未生流便生已生流令增饒不致未生有流亦癡流便生已生有流亦癡流便增饒不致以不知不解如有令不可念法便念可應念法者便不念以應念法不念不應念法者便念便未生愛流便生已生愛流便增多不致未生愛流亦癡流便生已生愛流亦癡流便增多不致聞者比丘道德弟子以見慧者以從慧者受教誡亦從慧者分別解便是如有知非本念者未生愛流便生已生愛流便增多不致未生愛流亦癡流便生已生愛流亦癡流便增多不致本念者未生愛流不生已生愛流能捨未生愛流亦癡流不生已生愛流亦癡流能捨若是如有知所不應念法便不念所應念法便念以不應念法不念應念法者便念令未生愛流不生已生愛流便捨解未生愛流亦癡流不生已生愛流亦癡流便捨解亦有比丘爲七流從是生惱從是熱從是憂何等爲七有比丘有流從見斷有

流從守斷有流從避斷有流從用斷有流從忍斷有流從喨斷有流從行增斷何等比丘流從見斷是聞比丘癡不聞者世間人不見賢者亦不從賢者解亦不從賢者解教誡令如是非本念前世我爲有不前世我爲無有不前世我爲何等前世我爲云何未來世我當有不未來世我當無有不未來世我當云何未來世我當云何爲自身爭疑有何等有是人從何來當復徃至何許是要當云何以如是非本念者爲六處疑生異異結生莊有是身莊無有是身是爲疑生生自計身身見如是疑生生自計是身是我身爲是疑生身生身相見爲是疑生生非身見是身爲是疑生生計是爲是我身所覺所說所作所更所舉所起彼彼處處所作所行善惡受罪止不生亦生亦爾是比丘結令結疑令疑惡疑不正見掉疑結疑相著比丘不聞者世間人從是苦集有從是生致聞者比丘道弟子是苦如有知是集如有知是盡滅如有知是苦滅行令滅如有知如是知已如是見便三縛結畢盡一者身結二者疑結三者行願結以是三結盡便隨道得一不復墮惡處當得度世在人間天上不過七世已更七世便畢苦若比丘不知者不見者所生流從惱熱憂令從見者斷爲是流惱熱憂不復有是名爲比丘流從見斷何等爲比丘流從守斷是聞比丘行者眼見色攝眼根自守行惡露觀念本從所生比丘眼根不守攝行令從惡露觀從念本所生流惱熱憂以眼根守攝止便從惡露見本觀便所流惱熱憂便不有是爲比丘

流從守斷耳鼻口身意亦爾何等爲比丘流從避斷是聞比丘行者所應從自守避弊象避弊馬避弊牛避弊狗避弊虵避深坑避蒺蔾避溪避危避陂池避山避不安避河避深澗避惡知識避惡伴避惡求避惡受避惡處避惡卧具所卧具從賢者疑生如是比丘應當避如是上說不離所生流熱惱憂已得避令是流惱熱憂不復有是名爲比丘流從避斷何等爲比丘流從用斷是聞比丘行者從所用被服不綺故不樂故不貪故不嚴事故但爲令是身却蚊蚋風日曝含毒相更從亂意生亦自守所食不樂故不貪故不健故不端正故但令是身得住行道故供養令斷故痛癢新痛癢不復起令從是從差不隨罪得力安隱行令從所更卧具牀席不綺故不樂故不貪故不嚴事故但令從是是身以有劇苦疲倦令得止亦令從所樂用樂所用不綺故不樂故不貪故不嚴事故但爲令從是是身以生有痛惱大劇甚痛不可意從斷令救令解止若比丘從不用故生流惱熱憂以從用得止爲所流惱熱憂不復有是名爲諸比丘流從用得斷何等爲比丘流從忍斷是聞比丘行者發精進行令斷惡法受清淨法行增發膽力堅精進方便不捨清淨法方便聽令是身肌肉骨銷幹壞并髓肪皮但令所應發精進所得令得膽者堅者精進方便者所求未得精進不可中止便行者比丘能忍寒熱饑渴蚊蚋風日曝令止含毒從聞不可語言憍慢意以來能忍能暇以生有含毒痛惱不可意劇痛能過止若比丘從不忍耐所生

流熱惱憂令從過令從是行不復流惱熱憂令得止是名爲比丘流從忍耐斷何等爲比丘流從曉斷是聞諸比丘比丘已生欲令不聽不過捨曉相却離已生瞋恚不聽不過捨曉相却離已生殺欺盜不聽不過捨曉相却離若諸比丘不從曉生流惱熱憂已從曉不生便所流惱熱憂令無復有是名爲諸比丘流從曉斷何等爲比丘流從行增斷是聞諸比丘意畢竟覺有增念行獨坐止却猗離惡轉法分別覺亦如是精進覺亦如是喜覺亦如是猗覺亦如是定覺亦如是觀却覺行亦如是不聽不過捨曉相却若諸比丘不行不增所生流惱熱憂已行增爲所流惱熱憂不復有是名爲諸比丘流從行增斷若諸比丘所流應從見斷已從見斷若所流應從守攝斷已從守攝斷若流因從避斷已從避斷若流因從用斷已從用斷若流因從忍過斷已從忍過斷若流因從曉斷已從曉斷若流因從行增斷已從行增斷是名爲諸比丘一切流攝守因已壞惡愛從世間逮得度世捨縛結得要離苦佛說是從是聞比丘意受喜行得度世竟得道

佛說一切流攝守因經

佛説閻羅王五天使者經

宋三藏法師慧簡譯

聞如是一時佛在舍衛國祇樹給孤獨園佛告諸比丘善聽以置心中我以天眼徹見衆人生死所趣善惡之道或有醜惡或有勇強或有怯弱或生善道或生惡道凡人所作爲皆分別知之人身行惡口言惡心念惡謗訕賢聖見邪行邪其人壽終便墮惡道入泥犁中也人身行善口言善心念善稱譽賢聖見正行正其人壽終便生天上人間如是比丘我以天眼見人終便生天上人間如是比丘我以天眼觀天雨墮水中見一泡與一泡滅我見人死識神出生有好色者有惡色者有勇強者有怯弱者或生善處或生苦處自生自死如水泡無異復譬如人以五綵縷貫瑠璃珠因珠淨故縷色青黄赤白黒悉現分明我見人死魂神出生亦如是又如冥夜以明月珠懸著宮門有人住一面觀門中出入者皆一一見之又如居高樓上望見下人往者來者走者步者坐者立者我見人死時魂神出生端正醜惡勇強怯弱如所施行分別知之佛告諸比丘人生在世間時不孝父母不敬沙門道人不行仁義無可用心不學經戒不畏後世者其人身死魂神當墮閻王地獄主者輒持行白王言其過惡此人非法不孝父母不敬沙門道人不隨仁義無可用心無有福德不恐畏死當有所見惟大王處其罰如是閻王常先安徐以忠正語爲現五天使者而問言汝本不見世間人始爲嬰兒時僵卧屎尿不能自護口不知言語亦不知好惡

者耶人言已見皆有是王言汝自謂獨不如是耶人神從行終即有生雖尚未見常當爲善自端其身端其口端其意奈何放心快志人言實愚暗不知故耳王曰汝自以愚癡作惡非是父母師長君天沙門道人過也罪自由汝豈得以不樂故止乎今當受之是爲閻王現第一天使閻王復問子爲人時天使者次第到寧能覺不人言實不覺知王曰汝不見世間丈夫母人年老時髮白齒墮羸瘦僂步起居拄杖耶人言有是王曰汝謂獨可得不老凡人已生法皆當老曼其强壯常當爲善端身口心奉行經戒奈何自放恣人言愚暗故耳王曰汝自以愚癡作惡非是父母君天沙門道人過也罪自由汝豈得以不樂故止乎今當受之是爲閻王正教現第二天使閻王復問曰子爲人時豈不見世間男女婦人疾病者軀體苦痛坐起不安命近憂促衆醫不能復治耶人言有是王曰汝謂可得不病耶人生既老法皆當病曼身强健當勉爲善奉行經戒端身口意奈何自放恣人言愚暗故耳王曰汝自以愚癡作惡非父母君天沙門道人過也罪自由汝豈得以不樂故止乎今當受之是爲閻王正教現第三天使閻王復問曰子爲人時豈不見世間諸死亡者或藏其屍或棄捐之一日至七日肌肉壞敗狐狸百鳥皆就食之凡人以死身惡腐爛耶人言有是王曰汝謂獨可得不死耶凡人已生法皆當死曼在世間常當爲善勑身口意奉行經戒奈何自放恣人言愚暗故耳王曰汝自作惡非是父母君天沙門道人過也罪

自由汝不得以不樂故止令當受之是爲閻王正教現第四天使閻王復問曰子爲人時獨不見世間弊人惡子爲吏所捕取案罪所應刑法加之或斷手足或削鼻耳鋸掠治刓刻肌膚熱沙沸膏燒灌其形裹蘊火燎懸頭日炙屠割支解毒痛慘弁耶人言有是王曰汝謂爲惡獨可得解唯眼見世間罪福分明何不守善勑身口意奉行經道云何自快心人言愚暗故耳王曰汝自用心作不忠正非是父母君天沙門道人過也今是殃罪要當自受豈得以不樂故止耶是爲閻王忠正之教現第五天使者佛說已諸弟子皆受教戒各前作禮

佛說閻羅王五天使者經

佛説鐵城泥犂經

東晉沙門竺曇無蘭譯

佛在舍衛國祇洹阿難邠坻阿藍時佛誡諸沙門言我以天眼視天下人死生好醜尊者卑者人死得好道者得惡道者人於世間身作惡口言惡心念惡常好烹煞祠祀鬼神者身死當入泥犂中身常行善口常言善心常念善死即上天佛言人如天雨泡雨從上滴之一泡壞者一泡成人生世間生者死者如泡起頃佛持天眼視天下人死有上天者入泥犂者貧者富者貴者賤者人所爲善惡佛言我皆知之譬如瞑夜於城門兩邊各然炬火人有出者入者數千萬人從瞑中視皆見火中出入者佛言我持天眼視天下人死有上天者入泥犂者如人從瞑中視火中出入者如上高樓上望下有數千家中從上視皆見諸家佛言我見天下人死有上天者入泥犂者如人從高樓上視諸家佛言如人乘船行清水中皆見水中魚石所有佛持天眼視天下人死有上天者入泥犂者如人視清水中見下魚石有明月珠持五綵縷貫之人視珠皆見五綵別知與珠相貫穿佛言我見天下人所從來善惡變化如人視珠佛言我見天下人不孝父母不事沙門道人不敬長老不畏縣官禁戒不畏今世後世者不驚不恐如是曹人死即入泥犂與閻羅王相見即去善歸惡泥犂卒名曰旁旁即將人前至閻羅所泥犂旁言此人於世間爲人時不孝父母不事沙門道人不敬長老不布施不畏今世後世不畏縣官顧閻羅處此人過罪閻羅即

呼人前對閻羅言汝爲人時於世間不念父母養育推燥居濕乳哺長大汝何以不孝父母其人即對閻羅言我實愚癡憍慢閻羅言處汝罪者非父母非天非帝王非沙門道人汝身所作當自得之是第一問第二問汝不見病困劇時羸劣甚極手足不任其人言我實見之閻羅言汝何以不自改爲善耶其人言實愚癡憍慢閻羅言是過非天非父母非帝王非沙門道人過汝身所作當自得之閻羅第三問汝不見世間男子女人老時目無所見耳無所聞持杖而行黑髮更白不如年少時其人言我實見老人持杖而行閻羅言當此之時何以不自改爲善耶其人言實愚癡憍慢閻羅言是過非父母非天非帝王非沙門非道人過汝身所作當自得之閻羅第四問汝於世間時不見男子女人死一日二日至七日身體腐爛形貌壞敗爲蟲蟻所食爲衆人所惡汝見是何以不自改爲善耶其人言我已見之實愚癡憍慢閻羅言汝施行何以不端汝心端汝口端汝行是過亦非父母非天非帝王非沙門道人過汝身所作當自得之閻羅第五問汝爲人時於世間寧見長吏捕得劫人煞人賊不反縛送獄掠治栲問或將出城於道中格煞之或有生辜挓者寧見是不其人言我實見之閻羅言汝何以不布施作善汝爲人時何以不正汝行正汝口正汝心耶其人言實愚癡憍慢閻羅言是過亦非父母非天非帝王非沙門非道人過汝身所作自當得之對已畢泥犂旁即牽持去將詣一鐵城是第一泥犂阿鼻摩泥犂城

有四門周帀四千里中有大釜長四十里泥犂旁鈫剌人内之如是無央數中皆有火人遥見之皆恐怖戰慄如是入者數千萬人泥犂旁走而内其中晝夜不得出門皆閉不開不得出人在其中數千萬歲火亦不滅人亦不死久久時遥見東門自開人皆走欲出適到門門復閉諸欲出人復於門中共鬭諍欲得出久久復遥見西門開人皆走往門復閉人復於門中共鬭久久復見南門開人皆走往門復閉人復於門中共鬭久久四門復開人得出自以爲得脱復入第二鳩延泥犂中人足著地者即燋舉足肉復生有東走者西走者南走者北走者周帀地火熱數千萬歲乃竟自以爲得脱復入第三彌離摩得泥犂中其中有蟲蟲名崛喙嶲如鐵黒頭足蟲遥

見人皆帀來啄人肌骨皆盡如是數千萬歲乃竟自以爲得脱復入第四芻羅多泥犂中其中有山石利如刀人皆走上其巓復有走下者皆欲求脱不知當如向足皆截刹地石皆如利刀如是復數千萬歲乃竟人自以爲得脱復入第五阿夷波多桓泥犂中其中有熱風相逢避之不能得脱其人欲求死不能得死求生不能得生如是久久數千萬歲乃得出人自以爲得脱復入第六阿喻操波犂桓泥犂中多樹木皆有刺樹間有鬼人入其中者鬼頭上出火口中出火身爲十六刺遥見人來大怒火皆見十六刺皆貫人身體裂如食之皆走欲得脱走常觸是鬼如是數千萬歲乃竟得出人自以爲得脱復入第七槃蓰務泥犂中其中有蟲蟲名鷂人入其中者

是蟲飛來入人口中食人身體人皆走極蟲食不置人皆四面走欲求脫不能得脫如是數千萬歲乃竟得出人自以爲得脫復入第八墮檀羅泥渝泥犂中其中有流水人皆墮水中水邊有刺棘水熱過於世間湯鑊熱沸踊躍人皆熟爛走欲上岸邊有鬼持矛逆刺人復內其中不能得出入皆隨水下流復有鬼激如鉤取問之言若從何所來若爲是間其人言我不知何所從來亦不知當若去我但饑渴欲逐飲食鬼言我與若食即取鉤鉤其上下領口皆挓開因取消銅注人口中皆燋爛如是求死不能得死求生不能得生其人平生於世間爲人時作惡甚故求解不得解諸泥犂中人皆復得出自以爲得脫反入第七泥犂鬼逆問汝去何以復還入第五復還入第四從第四復還入第三復還入第二復還入第一阿鼻摩泥犂來至人遥見鐵城皆歡喜大呼稱萬歲閻羅聞之即問泥犂旁是何等聲旁即言是呼聲者是前過泥犂中者閻羅言是皆不孝父母不畏天不畏帝王不承事沙門道人不畏禁戒者閻羅即復呼人前對言若非怨閻羅言令汝解脫去當復爲人作子者當孝順當事長年當畏帝王禁戒當承事沙門道人端心端口端身人生在世間時罪過小且輕死在地下泥犂大且重得沙門道人當承事其道當得阿羅漢者諸泥犂道皆爲閉塞一對皆畢諸泥犂中人皆得出在城外地皆復死諸死者先世宿命爲人時作惡猶有小善從泥犂還出皆生善道人從泥犂中出各自正心正口正行不復還

入泥犂中泥犂中亦不呼人人更泥犂醜毒苦痛各自思惟亦可爲善佛言人死入泥犂者倶王沙門道人乃得與閻羅相見耳凡餘人者但隨𦘕入閻羅地獄王名也

佛説鐵城泥犂經

佛說古來世時經

失譯人名附東晋録

聞如是一時佛遊波羅柰仙人鹿處爾時諸比丘飯食已後會於講堂而共講議設有長者所行平等有淨戒比丘奉行眞戒來入其舍從受分衞若復曰獲致百斤金何所勝乎或有比丘報之曰百斤千斤有益耶孰思計之奉戒比丘遵修正眞受其分衞念彼長者其福最上於時賢者阿那律在彼會上聞說法言答報之曰何但百千正使過此無極之寶猶不及長者供養飯食眞戒比丘所以者何憶念吾昔在波羅柰國穀米湧貴人民饑饉我負擔草賣以自活彼有緣覺名曰和里來遊其國我早出城欲擔負草爾時緣覺著衣持鉢入城分衞中道吾負草還於城門中復與相遇空鉢而出和里緣覺遥見吾來即自念言吾早入城此人出城今負草還想朝未食吾當隨後往詣其家乞可以過饑我時擔草自還其舍下草著地顧見緣覺追吾之後如影隨形我時心念朝出城時見此緣覺入城分衞而空鉢還想未獲食吾當斷食以奉施之即持食出長跪授之身安隱具頭上道人愍傷受之時緣覺曰穀米饑貴人民虚饑分爲二分一分著鉢一分自食爾爲應法耳身報之曰唯然聖人白衣居家炊作器物食具有耳餘炊食之早晚無在道人願受加哀一門時彼緣覺悉受飯食吾因是德七返生天爲諸天王七返在世人中之尊因此一施爲諸國王長者人民羣臣百官所見奉事四輩弟子比丘比丘尼清信士女所見供養

衣被飯食牀褥卧具病瘦醫藥自來求吾吾無所望初生在家爲釋種子諸藏湧出金銀珍寶不可勝計及餘財物無能限者棄家捐業行作沙門假使爾時知其道人緣覺道成廣大其心福不可量於是頌曰

吾曾擔負草　貧窮傭以活　供養於沙門
和里緣覺稱　因斯生釋種　號曰阿那律
吾便於歌舞　鼓琴瑟笛成　吾時見導師
正覺勝甘露　即發欣歡心　出家爲沙門
便知本宿命　前世所更歷　在彼忉利天
受安則七返　於此七彼七　計終始十四
在天上世間　未曾至惡道　得知人去來
生死之所趣　雖在於彼樂　不如聖道甘
以吾品定意　寂然爲一心　洗除結衆垢
道眼覩清淨　所用故出家　在家捐其業
其業以合成　以具足佛教　亦不樂於生
亦不慕求死　初不擇其時　寂然定其志
維耶竹樹間　吾命盡於彼　在於竹樹下
滅度而無漏

爾時世尊道耳徹聞阿那律比丘爲衆比丘自說宿命本所更歷所得之報從定室出詣講堂坐比丘前告諸比丘汝等共會何所講論諸比丘曰吾等普會各論罪福善惡所歸賢者阿那律自說宿命所興德本佛告諸比丘汝等以說過去世事復欲聞如來講說當來之本諸比丘曰唯然世尊今正是時應爲比丘說當來法聞則奉持佛言諦聽善思念之唯然世尊願樂欲聞佛言當來之世人當長命壽八萬歲此閻浮利人民熾盛五穀豐賤人聚落居雞鳴相聞聲女人五百歲乃行

嫁耳鄰有三病老疾大小便有所思求爾時有王號曰爲珂主四天下爲轉輪聖王治以正法自然七寶金輪白象紺馬明珠玉女之婦藏臣兵臣王有千子勇猛多力姿容殊勝降伏他兵治四天下不加鞭杖刀刃不施行以正法人民安隱王有大車皆七寶成其輪千輻高三十二丈其車甚高威光巍巍在上舉旛令一切布施衆生飯食衣被牀卧車乘香華燈火供養沙門道人及貧窮者惠施訖竟以家之信棄國捐王捨家學道行作沙門時族姓子所以慕道下其鬚髮身被法衣獲于無上淨修梵行究竟佛教現在自然成六神通生死爲斷所作已辦了名色本爾時賢者比丘在會中即從座起偏袒右肩長跪叉手白世尊曰我當來世當爲珂王乎主四天

下自然七寶而有千子治以正法廣施一切出家學道成無著慧耶於是世尊訶詰比丘咄愚癡子當以一生究成道德而反更求周旋生死言我來世爲轉輪聖王貪於七寶千子勇猛然後入道佛告比丘汝當來世得爲珂王主四天下廣施一切出家成道佛告比丘後來世人其命增長八萬歲當有世尊號曰彌勒如來至眞等正覺明行成爲善逝世間解無上士道法御天人師號佛世尊如我今也天上天下諸天梵釋沙門梵志莫不歸伏從受道教普説法化上中下善分別其義淨修梵行普與道化猶如我今也其清淨教流布天上天下莫不承受其比丘衆無央數千爾時賢者彌勒處其會中即從座起偏袒右肩長跪叉手前白佛言唯然世尊我當來

世人壽八萬歲時當爲彌勒如來至眞等正覺教化天上天下如今佛耶於是世尊讃彌勒曰善哉善哉乃施柔順廣大之慈欲救無數無極之衆乃興斯意欲爲當來一切唱導亦如我今也汝當來世即當成佛號曰彌勒如來至眞等正覺明行成爲善逝世間解無上士道法御天人師號佛世尊於時賢者阿難持扇侍佛佛告阿難取金縷織成衣來當賜彌勒比丘阿難受教即往取奉授世尊世尊取已便與彌勒謂彌勒言取是法衣以施衆僧所以者何諸如來至眞等正覺於世間人多所饒益救以至德彌勒即以奉衆僧時魔波旬心自念言沙門瞿曇爲諸比丘講當來世今我欲往亂其法教魔即時往於世尊前以偈頌曰

我想爾時人　體柔髮姝好　衆寶瓔珞身
頭戴珠華飾

於是世尊言今魔波旬故來到此欲亂道教佛即報魔以偈頌曰

爾時世人民　無著狐疑斷　蠲除生死網
事辦無穿漏　於彌勒佛教　淨修於梵行

於是天魔復以頌偈報世尊言

我想爾時人　體衣大鮮明　栴檀以塗身
莊嚴其身首　於城雞頭末　珂王之治處

於是世尊以偈報魔曰

爾時人至誠　無我無所受　不用珍異物
心無所貪著　在於彌勒世　淨修於梵行

魔又以偈復報佛言

我想爾時人　貪寶好飲食　便工於歌舞
但樂鼓琴瑟　在於雞頭末　珂王之所處

時佛以偈復報魔言

彼人度無極　壞網無所拘
欣然無所著　禪定行平等
魔波旬當知　汝以沒於地

爾時魔波旬心自念言如來神聖以知我所住興誠憂愁不樂慚愧而去佛說是時莫不歡喜

佛說古來世時經

音釋

酪盧各切乳漿也　酥素姑切　醍醐醍杜奚切醐戶吳切醍醐酥之精液也　療力嶠切治病也　嘵許么切　虺詡鬼切毒蛇也　蒺藜蒺秦悉切藜力兮切　蚊蚋蚊無分切蚋而銳切　曝蒲木切日曬也　膽覩感切連肝之府也　幹古旱切　髓肪髓息委切骨中脂也肪甫良切脂也　耐奴代切

怯苦劫切畏懦也　訕所晏切謗也　泥犁梵語也此云無有謂無有喜樂也泥奴低切犁力兮切　泡匹交切水漚也　縷力主切綫也　僵居良切仆也　羸力追切尩羸也　僂力主切俯也　曼莫半切且也　狐狸狐戶吳切狸力支切　剜五丸切削也　沸方味切湧也　燎力弔切焚也　炙之石切猶爊也　哺薄故切口飼也　辜挓辜古胡切挓陟格切與磔同辜挓謂以罪裂其支體也　釜奉甫切鍑屬　釵楚佳切　刺七自切　戰慄戰之膳切恐也慄呂質切懼也　崛魚勿切　喙許穢切口也　嘴即委切　啄竹角切食也　蓰踈士切　鶉常倫切　頷胡感切口下也　遏於葛切止也　傭余封切賃作也

六經同卷

清刻龍藏佛說法變相圖

六經同卷

佛說阿那律八念經

後漢三藏法師支曜譯

聞如是一時佛在誓枝山求師樹下賢者阿那律在彼禪空澤中坐思惟言道法少欲多欲非道道法知足無猒非道道法隱處樂衆

非道道法精進懈怠非道道法制心放蕩非道道法定意多念非道道法智慧愚闇非道道法捨家佛以聖意逆知其意譬如壯人屈伸臂頃飛到其前讚言善哉善哉阿那律汝所念者爲大士念聽吾語汝大士八念善思行之當學四禪撿意觀法而無中止必獲大利不失所願何謂四禪惟棄欲惡不善之法意以歡喜爲一禪行以捨惡念專心守一不用歡喜爲二禪行歡喜已正惟如法觀覺見苦樂爲三禪行又棄苦樂憂喜悉斷而住清淨爲四禪行已學如是而後惟行八大人念四禪爲撿意法快見於行得利願疾不復中止又少欲者其義譬如王有邊臣主諸函簏滿中綵衣而汝自樂著麤弊者少欲知足隱處精進制心定意智慧捨家不以戲慢無有

差跌必安隱人至泥洹門是八大人念惟四禪撿意觀法其義譬如王有邊臣監主厨宰和調五味而汝自樂乞食趣得救身不以快心其義譬如王有遊觀樓閣而汝自樂山澤樹間宴處精進無欲於世其義譬如王有邊臣主諸良藥及酪酥醍醐石蜜而汝自樂有疾以服小便取得除惱以行八念思惟四禪精進不虧心無差跌必自安隱至泥洹門佛説是已即還耆枝告諸弟子道當少欲無得多欲道當知足無蓄遺餘道當隱處無樂衆會道當精進無得懈怠道當制心無得放逸道當定意無得亂念道當智慧無得愚闇比丘當少欲者快謂身自少欲不使衆人知我少欲義當從是比丘知足謂應器衣服牀卧疾藥得食足止不蓄遺餘義當從是比丘隱

處謂避人間不入衆會遠居山澤巖石樹間如有四輩若王大臣來從問道爲説清淨欲令疾去譬如貧人負豪姓債爲主所牽拽欲離不樂潛隱遠衆義當從是比丘精進謂斷非法勤行經道未常懈惓上中後夜經行坐卧常覺寤意念淨以除五蓋義當從是比丘制心棄欲惡法坐意惟觀以斷苦樂得四禪行義當從是比丘定意謂常一心觀身觀意觀法不爲猗行攝念就道捨癡惱想義當從是比丘智慧謂知四諦苦集盡道何謂苦諦生苦老苦病苦死苦憂悲惱苦恩愛別苦怨憎會苦所欲不得苦合五盛陰苦生苦者謂人隨行所墮受胞成生已出形現根入受長老者謂人根熟形變髮白齒落筋緩皮皺僂步拄杖病者謂人罪行所致疽癰瘡膿癎癩長病亦百餘種死者謂人命逝形壞温消氣絶魂神離逝是比爲苦何謂集諦婬心樂喜而生恩愛至在貪欲令復有漏衆行滋盛以著自縛所謂愛者眼愛色耳愛聲鼻愛香舌愛味身愛細滑心愛所欲但觀其常樂在望安以爲利呼言是我有以著自縛從是故色痛想行識五陰受盛見常貪樂謂是我有以著自縛所謂色者精神所受地氣水氣火氣風氣變化爲形以所愛著令眼識色耳識聲鼻識香舌識味身識細滑意識法著作爲集諦何謂盡諦不受不入愛盡無餘縛著已解如慧見者不復有一切故世間人無所見五陰所著計數已盡愛縛都解已從慧見非常苦空非身故斷是爲盡諦何謂道諦謂八直道正見正思正言正行正治正命正志正定

何謂正見正見有二有俗有道知有仁義知有父母知有沙門梵志知有得道眞人知有今世後世知有善惡罪福從此到彼以行爲證是爲世間正見以解四諦苦集盡道已得慧見空淨非身是爲道正見正思亦有二思學問思和敬思誡愼思無害是爲世間正思思出處思忍黙思滅愛盡著數是爲道正思正言亦有二不漫兩舌不惡駡不妄言不綺語是爲世間正言離口四惡講誦道語心不造爲盡無復餘是爲道正言正行亦有二身行善口言善心念善是爲世間正行身口精進心念空淨消蕩滅著是爲道正行正治亦有二身不殺盜婬不自貢高修德自守是爲世間正治離身三惡除斷苦集滅受求度是爲道正治正命亦有二求財以道不貪苟得不詐怠心於人是爲世間正命已離邪業捨世占候不犯道禁是爲道正命正志亦有二不妬嫉不恚怒不事邪是爲世間正志離心三惡行四意端清淨無爲是爲道正志正定亦有二性體淳調守善安固心不邪曲是爲世間正定得四意志惟空無想不願見泥洹原是爲道正定是爲道諦比丘捨家棄捐恩愛安靜思道無所戀慕意不隨欲淨無罣礙是爲道法義當從是賢者阿那律聞佛説經開導其意受行三月漏盡意解得三治以爲證已自覺得羅漢便説偈曰

夫欲而無猒　樂衆以故意　是行後致苦
修惡多所著　少欲知道行　知慙不自見
是法墮清淨　遠惡致度世　道意不貪生
亦無樂死想　吾以如空定　諸苦得待時

從佛受教令　守行棄欲惡　所身患以捨
得利就無爲　自致至三治　已拔恩愛根
當於維沙隟　竹園般泥洹

佛說阿那律八念經

佛説離睡經

西晉三藏竺法護譯

聞如是一時婆伽婆在婆祇尸牧摩鼻量鹿野苑中彼時尊者大目揵連在摩竭善知識村彼尊者大目揵連獨在靜處經行而睡世尊知尊者大目揵連獨在靜處經行而睡彼時世尊知尊者大目揵連獨在靜處經行睡已即如其像三昧正受以三昧意猶若力士屈伸臂頃世尊亦如是在婆祇尸牧摩鼻量鹿野苑中忽然不現至摩竭善知識村在尊者大目揵連前彼時世尊從三昧起告尊者大目揵連曰汝目揵連汝欲睡唯然世尊爲何以念而欲睡耶莫行想莫分别想莫多分别如是睡當離汝若睡不離者汝目揵連如所聞法如所誦法廣當誦習如是睡當離若不離者汝目揵連如所聞法如所誦法當廣爲他説如是睡當離若不離者汝目揵連如所誦法如所聞法意當念當行如是睡當離若不離者汝目揵連當以冷水洗眼及洗身支節如是睡當離若不離者汝目揵連當以兩手相挑兩耳如是睡當離若不離者汝目揵連當起出講堂四方視及觀星宿如是睡當離若不離者汝目揵連當在空處彷徉行當護諸根意念諸施後當具想如是睡當離若不離者汝目揵連當還離彷徉舉尼師壇敷著牀上結跏趺坐如是睡當離若不離者汝目揵連當還入講堂四疊欝多羅僧著牀上舉僧伽梨著頭前右脇著牀上足足相累當作明想當無亂意常作起想思惟住汝目揵連莫樂牀莫樂右脇眠莫樂睡莫樂世

間恭敬以爲味何以故目揵連我不説近一切法我亦不説不近一切法云何目揵連我説不近一切法汝目揵連我説不親近白衣目揵連若親近白衣住者但有論俱不與誦俱因彼論便有諛諂憍慢因有憍慢便有嫉妬因嫉妬不知息汝目揵連若有不息已三昧便遠離是爲目揵連我説此不親近法云何目揵連我説親近法目揵連當至靜處草蓐爲牀嘿然不言遠離諸惡離人衆常當坐思惟是爲目揵連我説親近法目揵連若入村乞食當莫求利報當莫求恭敬汝目揵連息利報恭敬意已當入村乞食汝目揵連入村乞食當莫以想入他家何以故目揵連居士家多有俗緣若比丘入居士家不共言彼比丘便作是念誰有向此居士論説我而今居士不共我言便有恚心有恚已便有貢高因有貢高便有不息目揵連有不息意已便遠離三昧汝目揵連若説法時當莫見勝負當作不勝意若作勝意便有多論因多論便有貢高因貢高便有嫉妬因嫉妬便有不息目揵連不息已我説遠離三昧汝目揵連若説法時當作有益當決定説當莫非他説當如師子吼論如是目揵連當如是學於是尊者大目揵連從坐起一面著衣叉手向世尊白世尊曰唯世尊云何比丘至竟盡至竟無垢至竟行梵行此目揵連若比丘所有病痛若苦若樂若不苦不樂當觀彼痛是無常住當觀是敗壞當觀是無染當觀是盡當觀是止當觀是止住處當如是觀彼痛當觀彼痛無常住當觀是敗壞當觀是無染當觀是盡

當觀是止當觀是止住便不著此世間不著已便不恐怖不恐怖已捨有餘般涅槃生便盡梵行已成所作已辦名色已有知如眞是爲目揵連比丘至竟盡至竟無垢至竟梵行至竟行梵行佛如是說尊者目揵連聞世尊所說歡喜而樂

佛說離睡經

佛說是法非法經

後漢安息國沙門安世高譯

聞如是一時佛在舍衛國祇樹給孤獨園是時佛告諸比丘比丘應曰唯然比丘從佛聽佛說有賢者法比丘聽說亦有非賢者法當聽熟聽熟知熟念說比丘唯然從佛受教佛便說是何等比丘非賢者法若比丘大姓喜道欲學道若有餘同學比丘非大姓比丘大姓故爲自憍身欺餘是非賢者法何等爲賢者法賢者學計是我不必從大姓能斷貪婬能斷瞋恚能斷愚癡或時有比丘非大姓家但有方便受法如說法如要行隨法行爲從是名聞故知法行隨法諦不自譽亦不欺餘是賢者法或時一者比丘色像多端正餘比丘不如便從端正故自譽欺餘是非賢者法賢者復不爾賢者自計色端正我不必從是能斷貪婬能斷瞋恚能斷愚癡或時有比丘不端正但隨法多少受行便從是得譽得名聞受法諦隨法行不自譽亦不欺餘是賢者法或時一者比丘善語言善說餘比丘不如便從善語言善說自譽欺餘是非賢者法賢者復不爾賢者學計是我不必從善美語亦不從知善美說能斷欲貪能斷瞋恚能斷愚癡或時比丘言語不善美亦不善說故但如法受教多少隨行便行是得恭敬是得名聞是法從受法行諦不自譽亦不欺餘是賢者法或時是鬪一者比丘年大多知識相知富饒餘比丘不如便從年大從多知識從是自譽自憍欺餘是非賢者法賢者復不爾賢者但念學計是我不必從年大故亦不從多知

識故亦不從多得福故能斷貪欲能斷瞋恚能斷愚癡或時比丘年亦不大亦不多知識福亦不饒但受法欲隨法欲隨法行多少便從是得譽得名聞是從法隨法諦不自譽不自憍亦不欺餘是賢者法或時是聞一者比丘知聞經能說經知律知入通經餘比丘不如便從入故從通經故自譽自憍欺餘是非賢者法賢者復不爾賢者但計學是我不必從入故亦不從通經故能斷貪欲能斷瞋恚能斷愚癡或時有比丘無有入亦不通經但受法隨法正求隨法行便從是得恭敬得名聞是從持法隨法行諦不自譽不自憍亦不欺餘是賢者法或時一者比丘自求不從相知求不過七家一處坐一時食從後不取餘比丘不如便從一食後不取自譽自憍欺餘是非賢者法賢者復不爾賢者但學我不必從一食後不取不從是故能斷貪欲能斷瞋恚能斷愚癡或時比丘不一食不從後不取但受法隨法正受隨法從是得恭敬從是得名聞是法隨法諦不自譽不自憍亦不欺餘是賢者法或時一者比丘土中塚間止但三領名故餘比丘不如便從名故自譽自憍欺餘是非賢者法賢者復不爾賢者但計學我不必從三領名故能斷貪欲能斷瞋恚能斷愚癡或時比丘無有三領名但受法隨法正受隨法便從是得恭敬得名聞是法隨法諦不自譽不自憍亦不欺餘是賢者法或時一者比丘露中止或時樹下或時空澤塚間在所卧具餘比丘不如便從是故自譽自憍欺餘是非賢者法賢者復不爾賢者但計學我

不必從是露中樹下空澤塚間故能斷貪欲能斷瞋恚能斷愚癡或時比丘無有是上說但受法隨法正受隨法便從是得恭敬得名聞是法隨法諦不自譽不自憍不欺餘是賢者法或時比丘已得第一禪餘比丘不如便從第一禪故自譽自憍欺餘是非賢者法賢者復不爾賢者但學第一禪者佛說自知是受是法諦不自譽不自憍不欺餘是賢者法或時比丘有二禪得或有三禪得或有四禪得如第一禪說是賢者法或時比丘解空行意或時解識行意或時解非常行意或時解無有思想行意有思想行意餘比丘不如便從是得思想無有思想行便自譽自憍亦欺餘是非賢者法賢者復不爾賢者但計學無有思想行亦有思想行佛說從計我有是是

受法隨法諦不自譽不自憍不欺餘是賢者法佛語比丘我已說賢者法亦說非賢者法比丘當自思惟賢者法亦當思惟非賢者法已思惟當行賢者法捨非賢者法受賢者法隨法比丘應當學是佛說是比丘受著心行

佛說是法非法經

佛說樂想經

西晉沙門竺法護譯

聞如是一時婆伽婆在舍衛城祇樹給孤獨園彼時世尊告諸比丘諸有沙門婆羅門於地有地想樂於地計於地爲我彼言地是我我說彼未知水火風天神梵天阿婆天阿鞞婆天淨有淨想樂於淨計淨爲惑彼言淨是我我說未知虛空處識處無所有處無想處或一或若干或別見聞知識得觀覺行令世至後世後世至令世彼有此想樂樂是計是我彼盡計是我我說彼未知諸有沙門婆羅門計地爲神通不樂於地不樂於地不計地爲我彼不言地是我我說彼巳知水火風天神梵天阿婆天阿鞞婆天以淨爲神通不樂淨不樂淨不以淨是我我說彼巳知虛空處識處無所有處無想處或一或若干或別聞見識知得觀覺行從令世至後世從後世至令世彼盡以神通示不樂亦不樂亦不計我亦不言是我我說彼以知復次我以地爲神通不樂地不樂地不以地爲我我不計地我以知水火風神天梵天阿婆天阿鞞婆天彼神通不以爲淨不以爲淨不計淨爲我我以知此虛空處識處無所有處無想或一或若干或別見聞識知得觀覺行從令世至後世從後世至令世盡巳神通不樂不樂不計爲我我巳知此佛如是說彼諸比丘聞世尊所說歡喜而樂所因跋渠盡

佛說樂想經

佛說漏分布經

後漢世三藏法師安世高譯

聞如是一時佛在拘留國行治處名爲法時拘留國人會在時佛告諸比丘比丘應唯然比丘從佛聞佛便告如是比丘聽當爲說法上起亦利中起亦利遍竟亦利有利有方便具足現意行當爲聽眞諦受爲念聽說比丘應唯如是比丘便從佛聞便說是比丘當知漏亦當知漏從本有亦當知從漏受殃亦當知漏分布亦當知漏盡亦當知受何行令漏畢比丘當知痛亦當知痛從本有亦當知從痛受殃亦當知痛分布亦當知痛盡亦當知受何行令痛畢比丘當知思想亦當知思想從本有亦當知從思想受殃亦當知思想分布亦當知思想盡亦當知受何行令思想畢比丘當知愛欲亦當知愛欲從本有亦當知從愛欲受殃亦當知愛欲分布亦當知愛欲盡亦當知受何行令愛欲畢比丘當知行亦當知行從本有亦當知從行受殃亦當知行分布亦當知行盡亦當知受何行令行畢比丘當知苦亦當知苦從本有亦當知從苦受殃亦當知苦分布亦當知苦盡亦當知受何行令苦畢比丘當知漏亦當知漏從本有亦當知從漏受殃亦當知漏分布亦當知漏盡亦當知受何行令漏畢何等爲當知漏謂有三漏一爲欲漏二爲有漏三爲癡漏如是爲知漏何等爲當知漏從本有謂癡爲漏本從是本有如是爲知漏從本有何等爲當知從漏受殃謂從癡行漏所行如從殃亦如行受或墮好處或墮惡處如是爲知從漏受殃何

等爲當知漏分布謂墮地獄是爲行異或墮畜生是爲行異或墮餓鬼是爲行異或墮天上是爲行異或墮人中是爲行異如是爲知漏分布何等爲當知漏盡謂癡已盡漏便盡如便盡如是爲知漏盡何等爲當知受行令漏畢謂是八種道行一爲直見二爲直更三爲直語四爲直行五爲直業六爲直方便七爲直念八爲直定如是爲知受行令漏畢若諸比丘比丘已知漏如是知漏從本有如是知從漏受殃如是知漏分布如是知漏盡如是知受行令漏畢如是是名爲比丘悔猒世間行清淨得道令漏盡畢比丘當知痛亦當知痛從本有亦當知從痛受殃亦當知痛分布亦當知痛盡亦當知受何行令痛畢何等爲當知痛謂有三痛一爲樂痛二爲苦痛三爲亦不樂亦不苦痛如是爲知痛何等爲當知痛從本有謂本思望如是爲知痛從本有何等爲當知從痛受殃謂有所思更是爲苦如是爲知從痛受殃何等爲當知痛分布在比丘比丘樂痛更樂痛更知苦痛更苦痛更知不樂不苦痛更不樂不苦痛更知樂痛身更樂痛身更知苦痛身更苦痛身更知不樂不苦痛身更不樂不苦痛身更知樂痛念更樂痛念更知苦痛念更苦痛念更知不樂不苦痛念更不樂不苦痛念更知樂痛望得樂痛望得知苦痛望得苦痛望得知不樂不苦痛望得不樂不苦痛望得知樂痛不望得樂痛不望得知苦痛不望得苦痛不望得知不樂不苦痛不望得不樂不苦痛不望得知樂痛家中居樂痛家中居知苦痛家中居苦痛

家中居知不樂不苦痛家中居不樂不苦痛家中居知樂痛離家中居樂痛離家中居知苦痛離家中居苦痛離家中居知不樂不苦痛離家中居不樂不苦痛離家中居知如是爲知痛分布何等爲當知痛盡謂念思却痛便盡如是爲知痛盡何等爲當知受行令痛畢謂是八種道行一爲直見二爲直更三爲直語四爲直行五爲直業六爲直方便七爲直念八爲直定如是爲知受行令痛畢若比丘比丘已知痛如是知痛從本有如是知從痛受殃如是知痛分布如是知痛盡如是知受行令痛畢如是名爲比丘悔猒世間行清淨得道令痛盡畢比丘當知思想亦當知思想從本有亦當知從思想受殃亦當知思想分布亦當知思想盡亦當知受何行令思想畢何等爲當知思想謂有四思想一爲少思想二爲多思想三爲無有量思想四爲無所有不用思想如是爲知思想何等爲當知思想從本有謂本爲思想如是爲知思想從本有何等爲當知從思想受殃謂如思想爲如思想行是名爲行如是爲知從思想受殃何等爲當知思想分布謂色思想爲異聲思想亦異香思想亦異味思想亦異身更麤細思想亦異如是爲知思想分布何等爲當知思想盡謂思想已盡思想便盡如是爲知思想盡何等爲當知受行令思想畢謂是八種道行一爲直見二爲直更三爲直語四爲直行五爲直業六爲直方便七爲直念八爲直定如是爲知受行令思想畢若諸比丘比丘已知思想如是知思想從本有如是知從思想

受殃如是知思想分布如是知思想盡如是知受行令思想畢如是是名爲比丘悔猒世間行清淨得道令思想盡畢比丘當知愛欲亦當知愛欲從本有亦當知從愛欲受殃亦當知愛欲分布亦當知愛欲盡亦當知受何行令愛欲畢何等爲當知愛欲謂愛欲爲五種欲得欲最在心欲愛色隨意可貪相近何等爲五一爲眼可色欲得欲最在心欲愛色隨意可貪相近二爲耳可聲欲得欲最在心欲愛色隨意可貪相近三爲鼻可香欲得欲最在心欲愛色隨意可貪相近四爲口得味欲得欲最在心欲愛色隨意可貪相近五爲身得麤細更知欲得欲最在心欲愛色隨意可貪相近如是爲知愛欲何等爲當知愛欲從本有謂本爲思如是爲知愛欲從本有何等爲當知從愛欲受殃若爲所愛欲已生欲望諍待向待便如殃思待便從是致殃隨或好處或惡處如是爲知從愛欲受殃何等爲當知愛欲分布謂色愛欲爲異聲愛欲亦異香愛欲亦異味愛欲亦異身更麤細愛欲亦異如是爲知愛欲分布何等爲當知愛欲盡謂思已盡愛便盡如是爲知愛欲盡何等爲當知受行令愛欲畢謂是八種道行一爲直見二爲直更三爲直語四爲直行五爲直業六爲直方便七爲直念八爲直定如是爲知受行令愛欲畢若諸比丘已知愛欲如是知愛欲從本有如是知從愛欲受殃如是知愛欲分布如是知愛欲盡如是知受行令愛欲畢如是是名爲比丘悔猒世間行清淨得道令愛欲盡畢比丘當知行亦當知行從本有

亦當知從行受殃福亦當知行分布亦當知行盡亦當知受何行令行畢何等爲當知行謂所思念向不離是爲行如是爲知行何等爲當知行從本有謂從愛欲有爲從愛行有本如是爲知行從本有何等爲當知從行受殃福謂有黑行爲黑殃令致墮下有清白行令清白福行得上上是爲知從行受殃福何等爲當知行分布謂有黑行從黑受殃有清白行從清白受清白福有黑白行令致黑白殃福有亦非黑亦非清白行令從是受福行行盡畢如是爲知行分布何等爲當知行盡謂愛已盡行便盡如是爲知行盡何等爲當知受行令行畢謂是八種道行一爲直見二爲直更三爲直語四爲直行五爲直業六爲直方便七爲直念八爲直定如是爲知受行

令行畢若諸比丘比丘已知行如是知行從本有如是知從行受殃如是知行分布如是知行盡如是知受行令行畢如是是名爲比丘悔猒世間行清淨得道令行盡畢比丘當知苦亦當知苦從本有亦當知從苦受殃亦當知苦分布亦當知苦盡亦當知受何行令苦畢何等爲當知苦謂當知生爲苦當知老爲苦當知病爲苦當知死爲苦當知近不相於爲苦當知愛別離爲苦當知所求不得爲苦當知本五陰爲苦如是爲知苦何等爲當知苦從本有謂本爲癡癡爲苦本如是爲知苦從本有何等爲當知從苦受殃謂癡未聞經世間人已身中更更苦痛劇劇苦最痛所不可意應當從是念斷爲從外求念外有爲依外從求爲有沙門婆羅門一言二言三言

四言五言百言持呪祠令從是能得解身苦如是求苦殃或苦殃如是爲知從苦受殃何等爲當知苦分布謂有苦少受殃久或有苦少受殃疾解或有苦多受殃久或有苦多受殃疾解如是爲知苦分布何等爲當知苦盡謂癡已盡苦便盡如是爲知苦盡何等爲當知受行令苦畢謂是八種道行一爲直見二爲直更三爲直語四爲直行五爲直業六爲直方便七爲直念八爲直定如是爲知受行令苦畢若諸比丘比丘已知苦如是知苦從本有如是知從苦受殃如是知苦分布如是知苦盡如是知受行令苦畢如是是名爲比丘悔猒世間行清淨得道令苦盡畢佛說如是比丘受著意佛所說樂行從行致清淨無爲

佛說漏分布經

佛説阿耨颰經

東晉三藏法師竺曇無蘭譯

聞如是一時婆伽婆在跋耆城名阿耨颰彼時世尊從下晡起告尊者阿難曰汝阿難來當共至阿夷陀婆池水上當共澡浴唯然世尊彼尊者阿難受世尊教彼時世尊與尊者阿難及隨從比丘俱至阿夷陀婆池水上到已在阿夷陀婆池水岸上脱衣着水岸上在阿夷陀婆池水澡浴已出在水上在水岸上拭拭去水彼時世尊告尊者阿難阿難有放逸者提婆達兜失其處當墮惡趣泥犂中住一劫難可救汝阿難豈不從一比丘聞此言耶我記提婆達兜當墮惡趣泥犂中住一劫難可救何以故唯世尊豈不聞此耶唯世尊我從一比丘聞此言云何賢者阿難世尊知提婆達兜意之所念所行耶爲以餘方便知耶而令世尊一向記此提婆達兜當墮惡趣泥犂中住一劫難可救此阿難所從比丘或上尊或年少或下比丘少智慧而如來有所説彼而疑何以故阿難我亦不見天及世間魔梵沙門婆羅門衆天及人我如是所記墮惡趣泥犂中住一劫難可救如提婆達兜何以故阿難我一向記提婆達兜墮惡趣泥犂中住一劫難可救此阿難我不見提婆達兜有白法如毛髮若見者亦不一向記提婆達兜墮惡趣泥犂中住一劫難可救是故阿難我不見提婆達兜有白法如毛髮是故我一向記提婆達兜墮惡趣泥犂中住一劫難可救猶若阿難離城村不遠有大廁滿中糞或有一人墮中没身不現或有人作是念憐愍

之欲有饒益欲拔濟彼欲令安隱在彼大廁上周旋視之此人頗有不汙處如毛髮者我持彼便拔出之彼在大廁上周旋視彼人無有一處不汙如毛髮者而令彼人可拔濟之如是阿難我不見提婆達兜有一白法如毛髮者若有者我不一向記提婆達兜墮惡趣泥犂中住一劫難可救是故阿難我不見提婆達兜有白法如一毛者是故我一向記提婆達兜墮惡趣泥犂中住一劫難可救於是尊者阿難眼墮淚叉手向世尊白世尊曰甚奇唯世尊而今世尊一向記此提婆達兜墮惡趣泥犂中住一劫難可救如是阿難如是阿難我一向記此提婆達兜墮惡趣泥犂中住一劫難可救汝阿難當從如來聽分別大人根相當增上於如來有信樂意歡喜生於是尊者阿難叉手向世尊白世尊曰今是世尊時善斷時唯願世尊爲諸比丘說分別大人根相從世尊聞已此諸比丘當從阿難聽當善思念之我當爲說唯然世尊尊者阿難受世尊教世尊告曰此阿難如來知一人意之所念此人與善法俱不善法俱此如來於後時知意之所念行此人善法滅不善法生此人善法滅得不善法已有善根不斷絕於此善更當得善如是此人爲至意清淨法猶若阿難日欲出時所有闇冥皆悉滅盡便得大明於阿難意云何彼日出已欲至食時所有闇冥皆悉滅便有不明不唯然世尊如是阿難如來知一人意之所念行此人與善法俱不善法俱彼如來於後時知意之所念行此人善法滅不善法生此人善法滅得不善

法已有善根不斷絶當更得善法如是此人至意清淨法猶若阿難有種子不壞不破不腐不剖不爲風所中傷安隱在器中彼田居士極平治田耕犂田已下子著中天隨時雨潤於阿難意云何寧多得種子不唯然世尊如是阿難如來知一人意之所念所行此人與善法俱不善法俱彼如來於後時知其意之所念所行此人善法滅不善法生此人善法滅得不善法已有善根不斷絶於彼善更得善如是此人至意清淨法如是阿難如來說大人根相如是如來法法所趣等悉了知復次阿難如來知一人意之所念行此人與善法俱不善法俱此如來於後時知意之所念所行此人善法滅不善法生此人善法滅得不善法已有善根不斷絶一切當斷絶如是此人有法斷絶猶若阿難下晡時日欲没所有明皆悉滅而成闇冥於阿難意云何彼日没時非是食時所明悉滅而成闇冥不唯然世尊如是阿難如來知一人意所念所行此人與善法俱不善法俱彼如來於後時知意之所念所行此人善法滅不善法生此人善法滅得不善法已有善根不斷絶彼一切皆當斷絶如是此人有法斷絶猶若阿難有種子不壞不破不腐不剖不爲風所中傷安隱著器中彼田居士極平治田極耕犂田已下種子著中若天不隨時雨潤於阿難意云何寧多得種子不不也唯世尊如是阿難如來知一人意之所念所行此人與善法俱此如來於後時知意之所念所行此人善法滅不善法生此人善法滅得不善法有善根不

斷絶者皆當斷絶如是此人有法斷絶如是阿難如來說大人根相如是如來法法相生等已知定復次阿難如來知一人意之所念所行我不見彼人有白法如毛髮者此人一向滿惡不善法著結還有苦熱之報受生老病死如是此人身壞死生泥犂中猶若阿難有種子壞破剖風所中傷不安隱著器中彼田居士不極耕地不極平治地下種子者天不隨時雨於阿難意云何寧得多種不不也唯世尊如是阿難如來知一人意之所念所行我不見此人有善法如毛髮者此人一向滿惡不善法著結還有苦熱之報受生老病死如是此人身壞已生泥犂中如是阿難如來說大人根相如是如來法法相生等悉了知於是尊者阿難叉手向世尊白世尊曰唯世尊已得此諸三種人更可得有三種人不可得說可於設不可得阿難世尊告曰此阿難如來或知一人意之所念所行此人與不善法俱善法俱此如來於後時知彼意之所念所行此人不善法滅善法生此人不善法滅得善法已有不善根不斷絶者於此善法更當得善法如是此人法當有滅猶阿難有火然而然自然而然或有人復著乾草木著中者於阿難意云何寧多火不唯然世尊如是阿難如來知一人意之所念所行此人與不善法俱善法俱此如來於後時知彼意之所念所行此人不善法滅善法生此人不善法滅得善法有不善根不斷絶於此不善法更當得不善如是此人法當滅如是阿難如來說大人根相如是如來知法法相生定悉

了知復次阿難如來知一人意之所念所行此人與不善法俱善法俱如來於後時知彼意之所念所行此人不善法滅善法生此人不善法滅得善法已有不善根不斷絶一切皆當斷絶如是此人至竟清淨法猶若阿難有火然而然自然而然或有人取火著乾地或著石上於阿難意云何火寧多然不不也唯世尊如是阿難如來知一人意之所念所行此人與不善法俱善法俱此如來於後時知意之所念所行此人不善法滅善法生此人不善法滅得善法以有不善根不斷絶一切皆當斷絶如是此人至竟清淨法如是阿難如來説大人根相如是如來法法相生等悉了知復次阿難如來知一人意之所念所行我不見此人有異行如毛髪者此人一向滿善法善行善報身生善處相應如是此人見法應當般涅槃猶若阿難有火滅涼冷無熱或有人以乾草木著中者於阿難意云何寧得火不不也唯世尊如是阿難如來知一人意之所念所行我不見此人有黒行如毛髪者此人一向滿善法行善報如是此人現法應般涅槃如是阿難如來説大人根相如是如來法法相生等悉了知此阿難謂初三種人彼一人有清淨法二種人有滅法三種人身壞墮惡趣泥犂中謂後三種人彼一人有滅法二種人有清淨法三種人見法應般涅槃此阿難我已説大人根相如世尊應爲弟子慈愍有饒益我已爲汝説今當在靜處樹下坐處當禪思莫放逸莫於後時變悔是我所説是我教授佛如是説彼諸比丘聞世

尊所說歡喜奉行

佛說阿耨颰經

音釋

函簏函胡讒切匱也簏盧谷切竹篋也 跌徒結切過越也 債側界切逋財也 皺側救切散也 疽癰疽七余切癰於容切 癎癩癎戶間切病也癩都年切狂也 挑他凋切撓也 諛諂諛羊朱切面從也諂丑琰切佞言也 嘿莫北切與默同 塚知隴切墓也 颰蒲撥切 剖普后切析也

佛說求欲經

西晉沙門法炬譯

佛說受歲經

西晉三藏法師竺法護譯

佛說梵志計水淨經

失譯人名今附東晉錄

清刻龍藏佛說法變相圖

三經同卷
佛說求欲經
佛說受歲經
佛說梵志計水淨經

佛說求欲經

西晉沙門法炬譯

聞如是一時婆伽婆在婆祇尸牧摩林鼻量鹿野苑中彼時尊者舍利弗告諸比丘諸賢世間有四種人現可知云何爲四此諸賢或有人內有求欲彼內有求欲知如眞此諸賢或有人內無求欲彼內無求欲不知如眞此諸賢或有人內無求欲彼內無求欲知如眞此諸賢或彼一人內有求欲彼內有求欲不知如眞者說此人之人最弊惡此諸賢或有

人內有求欲彼內有求欲知如眞者我說此人之人最勝此諸賢或有人內無求欲彼內無求欲不知如眞者我說此人之人最弊惡此諸賢或有人內無求欲彼內無求欲知如眞者我說此人之人最勝彼時有異比丘從座起一向著衣叉手向尊者舍利弗白尊者舍利弗曰云何尊者舍利弗何因何緣此前二種人俱有求欲俱有著意說一人弊惡說一人最勝耶復何因何緣此彼二種人俱有無求欲俱有無著說一人弊惡說一人最勝耶此諸賢或一人內有求欲彼內有求欲不知如眞者當知彼亦無樂行亦無進行亦無精進彼住求欲彼求欲意著命終彼求欲意著命終已亦不善終亦不生善處何以故彼求欲著意終故猶若諸賢有人若在販肆若在客作家若持銅鉢來垢穢不淨彼持來已亦不隨時洗亦不隨時拭亦不隨時摩但著塵土中如是此銅鉢但增上受垢穢如是諸賢或有一人內有求欲彼內有求欲不知如眞當知彼亦不樂行亦不進行亦不精進彼但住求欲彼內求著意命終內求著意命終已終亦不善亦不生善處何以故彼內求著求欲命終故此諸賢或有人內求欲彼內求欲知如眞當知彼樂行精進彼求欲止彼無求欲意不著命終彼無求欲意不著命終已終亦善所生處亦善何以故彼無求欲無著意故猶若諸賢有人若販肆客作家持銅鉢來垢穢不淨彼持來已隨時洗隨時拭隨時摩不著塵土中此銅鉢於後時清淨白如是諸賢或有人內有求欲彼內求欲知如眞當

知彼樂行進行精進彼求欲斷無有求欲意不著命終彼無有求欲意不著命終已終亦善亦生善處何以故彼無求欲無著意命終故此諸賢或有人内無求欲彼内無求欲不知如眞者當知彼不能護眼耳意法住彼不能護眼耳意法已意有婬欲彼雜求著意命終彼雜欲雜求著意命終已終亦不善生亦不善何以故雜欲雜求意著命終故猶若諸賢有人若販肆客作家持清淨銅鉢來求已亦不隨時洗亦不隨時拭亦不隨時摩著塵土中如是此銅鉢於後時垢穢不淨如是諸賢或有人内無求欲彼内無求欲不知如眞當知彼不能護眼耳意法彼不能護眼耳意法已有婬欲意雜欲意雜欲雜求著意命終善彼雜欲雜求著意命終已終亦不善生亦不善何以故彼雜欲雜求著意命終故此諸賢或有人内無求欲彼内無求欲知如眞當知彼能護眼耳意法彼護眼耳意法已亦無欲意無欲無求意無著命終彼無欲無求無著意命終已終亦善生亦善何以故無求無欲意無著命終猶若諸賢有人若販肆客作家持清淨銅鉢持來已隨時洗隨時拭隨時摩不著塵土中如是此鉢增上清淨白如是諸賢彼人亦如是内無求欲彼内無求欲知如眞當知彼能護眼耳意法彼護眼耳意法已無有婬欲彼無雜求無著意命終彼無雜欲雜求無著意命終已終亦善生亦善何以故彼無雜欲無雜求無意著命終故是爲諸賢所因所縁令此初二種人求欲著意説一人弊惡説一人最勝是爲所因所縁此後二

種人内無求欲意無著說一人弊惡說一人最勝彼時有異比丘從座起一向著衣叉手向尊者舍利弗白尊者舍利弗曰云何尊者舍利弗名求欲求欲者何以故名爲求欲諸賢以求欲無量諸惡法故名爲求欲此諸賢或有人有求欲生少有所犯不令他知而有所犯諸賢可知是處彼人所犯他知此意恚此諸賢若彼恚已欲有所行但有不善此諸賢或有人少有求欲生而有所犯但私語他不在衆中是彼所犯諸賢可知是處彼人所犯衆中說不在獨處在衆中說彼意恚此諸賢彼意恚已欲有所行但有不善此諸賢或有人有所犯欲語等已人不語不等已人有所犯諸賢可知是處謂彼人所犯語不等人有所犯語不等人是彼所犯是意恚此諸賢彼意恚已若欲有所行但有不善此諸賢或有人有求欲生我當坐世尊前我當問世尊爲諸比丘說法不令餘比丘在世尊前問世尊已爲諸比丘說法諸賢可知是處有餘比丘坐世尊前問世尊已能爲諸比丘說法是彼意恚此諸賢意恚已欲有所行但有不善此諸賢或有人有求欲生若比丘所入處令我在前行不令餘比丘比丘所入處在前行諸賢可知是處比丘所入處異比丘在前行是比丘所入處異比丘在前行已有異比丘在比丘前行是意恚此諸賢彼意恚已欲有所行但有不善此諸賢或有人求欲生此諸比丘入内已最在前坐在前受水在前受摶食不欲令餘比丘諸比丘入内已前坐前受水前受摶食諸賢可知是處有異比丘諸

比丘入已最在前坐前受水受摶食彼異比丘諸比丘入已在前坐前受水前受摶食是彼意恚彼意恚已欲有所行但有不善此諸賢或有求欲生諸比丘食已收攝鉢器令爲居士説法勸進教授等教授等令歡喜不令餘比丘諸比丘食已收攝鉢器爲居士説法勸進教授等教授等令歡喜諸賢可知是處有餘比丘諸比丘食已收攝鉢器至令歡喜是彼餘比丘諸比丘食已收攝鉢器至令歡喜彼意恚已此諸賢欲有所行但有不善此諸賢或有人有求欲生若居士入園令我此居士談論論語不令餘比丘居士入園共居士談論論語諸賢可知是處有異比丘居士入園已共談論論語是彼餘比丘居士入園已而共談論論語是彼意恚此諸賢彼意恚已彼欲有所行但有不善此諸賢或有人有求欲生令王大臣婆羅門居士非是一人悉令識我不欲令餘比丘王大臣婆羅門居士非是一人諸賢可知是處彼餘比丘爲王大臣所識及婆羅門居士非是一人是彼餘比丘爲王大臣所識及婆羅門居士非是一人彼意恚此諸賢彼意恚已欲有所行但有不善此諸賢或有人有求欲生令我於四部衆比丘比丘尼優婆塞優婆夷得供養莫令餘比丘於四部衆比丘比丘尼優婆塞優婆夷得供養諸賢可知是處有餘比丘於四部衆比丘比丘尼優婆塞優婆夷得供養是彼餘比丘於四部衆比丘比丘尼優婆塞優婆夷得供養彼意恚此諸賢彼意恚已欲有所行但有不善此諸賢或有人有求欲生令我得

衣被牀卧病瘦醫藥莫令餘比丘得衣被牀卧病瘦醫藥諸賢可知是處餘比丘得衣被牀卧病瘦醫藥是彼餘比丘得衣被牀卧病瘦醫藥彼意恚此諸賢彼意恚已欲有所行但有不善此諸賢或有人亦如是有智慧梵行者當捨此無量諸惡不善求欲行當莫行此若與非沙門俱爲沙門行若與非智慧沙門俱爲智慧沙門不應求上座而求上座無有定而言有定與不淨俱而言有淨諸賢如是彼於智慧梵行者有如此無量諸惡不善行知有此行知與非沙門俱爲非沙門與非智慧沙門俱知非智慧沙門俱不應求上座如是求上座無有定知無定與不淨俱知不淨猶若諸賢有人若販肆客作家持銅鉢來滿中不淨復以一鉢覆其上若持至人聚中彼多人見已欲食欲得不知有不淨若彼聚人持至一處發其器若有欲食者便不欲食豈復彼持者欲食之如是諸賢有人智慧梵行者作如此無量諸惡不善與非沙門俱爲沙門行與非智慧沙門俱爲智慧沙門不應求上座而求上座無有定言有定與不淨俱而言有淨諸賢彼人如是於智慧梵行者如是無量諸惡不善法知有與非沙門俱是非沙門與非智慧沙門俱是非智慧沙門不應求上座求上座與不定俱是非定與不淨俱是非淨諸賢如是彼人當莫親近當莫恭敬當莫承事比丘不親近恭敬者若恭敬者禮事者若禮事者彼於長夜但有失無饒益苦與惡趣相應是故諸賢如是人當莫親近當莫恭敬禮事此諸賢或有人無求欲生有所

犯不欲令他知而有所犯諸賢可知是處彼人所犯若他知有犯他人知已此意無恚此諸賢意無恚已欲有所行但有善此諸賢或有人無求欲生而有所犯向他說不向衆有所犯諸賢可知是處謂彼人所犯有向衆中說不獨向他說有所犯向衆中說此意不恚此諸賢意不恚已欲有所行但有善此諸賢有無求欲生有所犯語等已人不語非等已人有所犯諸賢可知此處謂彼人所犯語非等已人不語等已人有所犯語非等已人此意無恚此諸賢意不恚已欲有所行但有善此諸賢或有人無求欲生我坐世尊前已問世尊世尊當爲諸比丘說法不欲令他比丘坐世尊前問世尊世尊爲諸比丘說法諸賢可知是處有異比丘在世尊前世尊爲諸比丘說法有餘比丘在世尊前問世尊世尊爲諸比丘說法此意不恚此諸賢若意不恚欲有所行但有善此諸賢或有人無求欲生比丘有所至在前行彼令餘比丘在前在前行彼餘比丘有所至莫令餘比丘在前行諸賢可知是處有餘比丘諸比丘有所至在前行是餘比丘比丘有所至在前行彼意無恚此諸賢意不恚已欲有所行但有善此諸賢或有人無求欲生比丘入內已我在前受水受摶食莫令餘比丘比丘入內已最在前坐受水受摶食諸賢可知是處有餘比丘比丘入內已最在前坐受水受摶食此意無恚此諸賢意不恚已欲有所行但有善此諸賢或有人無求欲生諸比丘食已收攝鉢器命我爲居士說法教授勸進等教授等令歡喜莫令

餘比丘諸比丘食已收攝鉢器爲居士說法教授勸進等教授等令歡喜諸賢可知是處有餘比丘諸比丘食已收攝鉢器爲居士說法勸進教授等教授等令歡喜此意無恚諸賢彼無恚意已欲有所行但有善此諸賢或有人無求欲生居士入園已我共談論莫令餘比丘居士入園已共談論諸賢可知是處有餘比丘居士入園已共談論餘比丘居士入園已共談論此意不恚此諸賢彼意無恚已欲有所行但有善此諸賢或有人無求欲生令王大臣婆羅門居士非一人所識莫令餘比丘王大臣婆羅門居士非一人所識諸賢可知是處有餘比丘王大臣婆羅門居士非一人所識有餘比丘爲王大臣婆羅門居士非一人所識此意無恚此諸賢彼意無恚已欲有所行但有善此諸賢或有人無求欲生令我於四部衆比丘比丘尼優婆塞優婆夷得供養莫令餘比丘於四部衆比丘比丘尼優婆塞優婆夷得供養諸賢可知是處有餘比丘於四部衆比丘比丘尼優婆塞優婆夷得供養此意無恚此諸賢意無恚已欲有所行但有善此諸賢或有人無求欲生令我得衣被牀臥病瘦醫藥不欲令餘比丘得衣被牀臥病瘦醫藥諸賢可知是處有餘比丘得衣被牀臥病瘦醫藥餘比丘得衣被牀臥病瘦醫藥此意不恚此諸賢意不恚已欲有所行但有善諸賢如是彼人於智慧梵行者樂無量諸善法行若不知共沙門俱而言非沙門共智慧沙門俱而言非智慧沙門共上座俱而言不共上座俱與定俱而言無定與

淨俱而言不淨如是諸賢或有人於智慧梵行者如此無量諸善行悉當知與沙門俱當知與沙門俱與智慧沙門俱當知與智慧沙門俱與定俱當知與定俱與淨俱當知與淨俱猶若諸賢有人販肆客作家持銅鉢來滿中飲食種種異味以一鉢覆持至人聚中彼多人見已不用食不欲得知其非彼作是言故是前器故是前器彼持至多人聚中已而發其器彼不欲食者便欲食之豈前見者不欲食如是諸賢或有人於智慧梵行者如此無量諸善行而不能知與沙門俱言非沙門與智慧沙門俱言不智慧沙門與上座俱而言非上座與定俱而言非定與淨俱而言非淨如是諸賢或有人於智慧梵行者有無量諸善行然後知與沙門俱是沙門俱與智慧沙門俱是智慧沙門與上座俱知是上座與定俱知是定與淨俱知是淨如是諸賢此人當恭敬承事禮事比丘當親近當恭敬若恭敬者當承事若承事者常當應行常應行者彼於長夜但有饒益安樂是故諸賢如此人者當親近恭敬承事彼時尊者大目揵連亦在衆中會座於是大目揵連語尊者舍利弗曰尊者舍利弗我欲説喻當説不耶當説汝賢者目揵連尊者舍利弗昔時在羅閱祇耆闍崛山尊者舍利弗我晨起著衣服與衣鉢俱詣羅閱祇乞食遊羅閱祇乞食時至他巧師家我見無念滿子在他巧師家見在斫治車軸彼無念滿子在巧師家作是念生此巧師取此軸斫治是處者如是此軸爲妨者爲得除彼無念滿子在巧師家作是念生彼巧

師者如彼所念便以斧斫治車軸彼時無念滿子即作是言此巧師爲知我意而取此軸如其處斫治如是此軸爲增益無妨如是尊者舍利弗謂彼人諛諂幻士無信不有信懈怠無精進意念亂無有定惡智意亂諸根不定於戒行緩不分別沙門行而尊者舍利弗知其所念而爲解説尊者舍利弗謂彼人無諛諂非幻士有信信樂行精進意常定智慧學於戒恭敬多分別沙門行彼從尊者舍利弗聞説法已如快飲如快食口及意悉受持猶若尊者舍利弗若刹利女婆羅門女居士女工師女沐浴塗香著白淨衣若有人意念生慈愍欲有饒益欲令安隱若持優鉢華鬘占波華婆師華鬘阿提摩多華鬘授與彼已兩手受之自冠其首如是尊者舍利弗或有人無諛諂亦無幻亦不不信有信能行精進意常定智慧恭敬學戒學多分別沙門行彼從尊者舍利弗聞法已如快飲如快食口及意亦爾此尊者舍利弗甚奇而尊者舍利弗爲諸梵行者除其不善立於善中善哉賢者是爲眞人此各各所説相樂已從座起各還本處

佛説求欲經

佛説受歲經

西晉三藏法師竺法護譯

聞如是一時婆伽婆在羅閱祇迦蘭陀竹園與大比丘衆俱受歲彼時尊者大目揵連告諸比丘諸賢比丘受歲者君當説君當教授君當教戒君當愛念謂第一故何以故諸賢或有人反戾難教與惡法俱謂梵行者亦不説亦不教授亦不教戒亦不愛念彼人謂第一故云何諸賢反戾難教謂梵行與俱者亦不説亦不教授亦不教戒亦不愛念彼人謂第一故此諸賢或一人惡求與惡求俱諸賢謂彼人惡求與惡求俱者此法反戾難教如是染欲瞋恨慳嫉不捨諛諂幻無羞無恥恚結口言恚結比丘語已還報其言比丘語已向多人説比丘語已而誹説各各有所説而外説之瞋恨結而廣與惡知識俱與惡伴俱不知恩潤不知返復諸賢謂彼人不知恩潤無返復者此反戾難教是爲諸賢反戾難教法謂梵行與俱者亦不説亦不教授亦不教戒亦不愛念彼人謂第一故此諸賢比丘當自思量諸賢謂彼人者惡求與惡求俱是我所不念我若惡求與惡求俱他亦不念我比丘作等觀當莫惡求當作是學如是染欲瞋恨結慳嫉不捨諛諂幻無恥恚結口言恚結比丘語已還報其言比丘語已向多人説比丘語已而誹説各各有所説而外説之瞋恨而廣與惡知識俱與惡伴俱不知恩潤不知返復諸賢謂彼人不恩潤無返復者我所不愛我若不恩潤無返復者他亦不念我比丘當等觀當莫爲無返復當學諸賢若比丘未

受歲君說君當教授君當教戒君當愛念謂第一故何以故諸賢或有人無反戾與教法俱謂梵行與俱者當爲說當爲教授當爲教戒愛念彼人謂第一故云何諸賢無反戾與教法俱謂梵行與俱者當爲說當爲授當爲教戒愛念彼人謂第一故此諸賢或一人無惡求不與惡求俱謂諸賢彼人無惡求不與惡求俱者此法無反戾如是不染欲不瞋恨不慳嫉不諛諂幻不無羞不無恥無恚結口不言恚結比丘語已不還報言比丘語已不向多人說比丘語已不誹說各各有所說不外之不瞋恨而廣之不與惡知識俱不與惡伴俱不無恩潤不返復諸賢謂彼人此與教法俱是爲諸賢不反戾與教法俱梵行與俱者當爲說當爲教授當爲教戒愛念彼人爲第一故此諸賢比丘當自思量諸賢謂彼人無惡求不與惡求俱者是我所念我若無惡求不與惡求俱者他亦念我比丘作等觀當莫惡求當作是學如是不染欲不瞋恨不慳嫉不捨不諛諂幻不無羞無恥無恚結口不言恚結比丘語已不還報言比丘語已不向多人說比丘語已不誹說各各有所說不外之不瞋不恨而廣之不與惡知識俱不與惡伴俱不無恩潤不無返復諸賢彼人不無恩潤不無返復者我所愛念我若不無恩潤不無返復者他亦無愛念我比丘作等觀不無恩潤不無返復當作是學此諸賢比丘觀已多有所益我爲住惡求與惡求俱當不惡求與惡求俱此諸賢比丘觀而知我住惡求與惡求俱彼當不喜悅彼便進欲止此諸賢比

丘觀而知我當不住惡求與惡求俱彼便喜悅清淨白作世尊境界行見已樂行猶若諸賢有眼之士持極淨鏡自用觀面此諸賢有眼之士自見面塵垢便不喜悅彼便進欲除此垢諸賢有眼之士不自見面有塵垢彼便悅喜清淨自見已樂行如是諸賢比丘觀而知我爲住惡求與惡求俱彼便欲進止此諸賢比丘觀而知我當不住惡求不與惡求俱彼便喜悅清淨白作世尊境界住見已樂行如是住染欲不住不染欲如是住瞋恨不住不瞋恨如是住慳嫉不捨不住不慳嫉不捨如是住諛諂幻不住不諛諂幻如是住無羞無恥不住不無羞不無恥如是住恚結口言恚結不住恚結口言恚結比丘語已還報其言不住比丘語已不還報比丘語已向多人說不住比丘語已不向多人說比丘語已而誹說不住比丘語已不誹說各各有所說而外說之不住各各所說不外說之瞋恨不住不瞋恨而廣與惡知識俱與惡伴俱不住不與惡知識俱不與惡伴俱不知恩潤不知返復不住不無恩潤不無返復此諸賢比丘觀而知我住不知恩潤不知返復彼便不喜悅彼便欲進止此諸賢比丘觀而知我住不無恩潤住不無返復彼便喜悅清淨白作世尊境界行見此已樂行猶若諸賢有眼之士持清淨鏡自照面此諸賢有眼之士自見面有塵垢彼便不喜悅便進欲止此諸賢此有眼之士不自見面有塵垢彼即喜悅清淨自見以樂行如見諸賢比丘觀而知住不恩潤返復彼便不喜悅即進欲止此諸比丘觀而知

當不住不無恩潤不無返復彼便喜悅清淨白作世尊境界行見此已樂行樂行已悅喜悅喜已身信行身信行已知安樂安樂已意定意定已知如眞見如眞知見如眞已無猒無猒已無染無染已解脫解脫已得解脫如生已盡梵行已成所作已辦名色已有知如眞賢者目揵連如是說彼諸比丘聞尊者目揵連所說歡喜而樂

佛說受歲經

佛說梵志計水淨經

失譯人名今附東晉錄

聞如是一時婆伽婆在鬱鞞羅摩竭附邊水岸上獨在樹下初成等覺彼時有計水淨婆羅門過中食後彷徉行至世尊所世尊遙見計水淨婆羅門從遠而來世尊見計水淨婆羅門已爲彼故便告諸比丘若有二十一結著意者當墮惡趣生泥犂中云何爲二十一邪見意著結非法欲欺世間邪法貪瞋恚懈怠睡眠調戲無恥疑瞋恨恚慳嫉不捨諛諂幻無羞無恥妬嫉增上嫉妬放逸意結若有此二十一結著意者墮惡趣生泥犂中猶若穢垢小兒衣彼主與染師若染師弟子持衣鹵土若牛糞若土以漬之浣濯洗令極淨雖彼染師及染弟子持彼垢穢小兒衣以鹵土以灰以牛糞以土以漬之浣濯洗令極淨彼小兒衣故有黑膩如是若有二十一結著意者便墮惡趣生泥犂中云何二十一邪見意著結至放逸意着結者若有此二十一結著意者墮惡趣生泥犂中若有無二十一結著意者便生善處天上云何二十一邪見意著結至放逸意著結若無此二十一結著意者便生善處天上猶若波羅柰以成衣彼主授與染師若染弟子彼染師染弟子持鹵土灰牛糞以漬之浣濯洗極令淨雖彼波羅柰以成衣彼染師染弟子以鹵土以灰牛糞土以漬之浣濯洗極令淨波羅柰以成衣極清淨白如是若有無二十一結著意者便生善處天上云何爲二十一邪見意著結至放逸意著者便生善處天上邪見意結見已當棄至放逸

意著結見已當棄彼意與慈俱滿一方正受住如是二三四上下一切諸方意與慈俱無二無恚極廣極大無量極分別滿諸方已正受住如是意與悲喜護俱滿一切諸方已正受住是爲婆羅門內外洗淨非外淨也沙門瞿曇往詣水浴汝婆羅門瞿曇水洗者一切世間應戒故應福故應度故此瞿曇一切世間水洗者除一切惡故在水淨洗濡凡愚常樂此不得除黑黑行用彼水淨爲在水何所見人作諸惡行此水何所能淨者有堅牢淨者當持戒行行清淨行清淨行清淨常得應戒若不殺盜不妄言爲得等度梵志常住此作一切善爲得安隱汝婆羅門何須還家何須外及家汝婆羅門寧求淨善法何須弊惡水但除塵垢穢瞿曇或作是念寧求淨善法不須弊惡水用除塵垢穢已竟瞿曇已竟瞿曇我今歸世尊法及比丘僧世尊我於優婆塞從今日始盡命離殺而歸佛佛如是說彼諸比丘聞世尊所說歡喜而樂

佛說梵志計水淨經

音釋

販 方願切買賤賣貴也 摶 徒官切手搏聚也 耆闍崛 梵語也此云鷲峯耆渠伊切闍時遮切崛渠勿切 斫 之若切斷也 鹵 郎古切鹹鹵也 漬 疾二切漫也 濯 直角切洗垢也

佛說伏婬經　西晉沙門法炬譯

佛說魔嬈亂經　失譯人名今附後漢録

佛說弊魔試目連經　吳月支優婆塞支謙譯

清刻龍藏佛說法變相圖

三經同卷

佛說伏婬經　佛說魔嬈亂經

佛說弊魔試目連經

佛說伏婬經

西晉沙門法炬譯

聞如是一時婆伽婆在舍衛城祇樹給孤獨園彼時居士阿那邠祁至世尊所到已禮世尊足却住一面阿那邠祁居士却住一面已白世尊曰唯世尊世間有幾伏婬而可知者汝居士世間有十伏婬云何爲十此居士或一伏婬非法行婬干彼非法求婬干無所方便爲苦已亦不自安身亦不安父母及妻子客使奴婢沙門婆羅門不有益事爲善得善得生天上如是居士是一伏婬復次居士或一伏婬非法求婬干非法求婬干已自安身父母妻子客使奴婢而不施沙門婆羅門爲善得善

身生善處如是居士是一伏婬復次居士或一伏婬非法求干非法求干已自安隱身父母妻子客使奴婢能施沙門婆羅門爲善得善身生善處如是居士是一伏婬復次居士或一伏婬如法求財彼如法求財已不自安樂身不爲父母不爲妻子不爲奴婢亦不施沙門婆羅門爲善得善身生善處如是居士是一伏婬復次居士或一伏婬如法求財彼如法求財已而自安樂身及父母妻子奴婢不施與沙門婆羅門爲善得善身生善處如是居士是一伏婬復次居士或一伏婬如法求財彼如法求財已而自安樂身及父母妻子奴婢施與沙門婆羅門爲善得善身生善處如是居士是一伏婬復次居士或一伏婬如法求財不干彼如法求財已不干亦不自安樂身亦不施父母妻子奴婢亦不施與沙門婆羅門爲善得善身生善處如是居士是一伏婬復次居士或一伏婬如法求財不干彼如法求財不干已自得安樂身及父母妻子奴婢亦不施與沙門婆羅門爲善得善身生善處如是居士是一伏婬復次居士或一伏婬如法求財不干彼如法求財不干已自得安樂身及父母妻子奴婢不施沙門婆羅門爲善得善身生善處如是居士是一伏婬復次居士或一伏婬如法求財不干彼如法求財不干已自得安樂身及父母妻子奴婢施與沙門婆羅門爲善得善身生善處彼得錢財於中染著極染著不見禍變亦不知棄而貪食之如是居士是一伏婬復次居士或一伏婬如法求錢財不干彼如法求錢財不

干已自得安隱身及父母妻子奴婢施與沙門婆羅門爲善得善身生善處彼得錢財亦不染亦不著亦不於中樂亦不於中 住亦知是禍變亦能棄捨而食之如是居士是一伏婬此居士彼或一伏婬非法求錢財干彼非法求錢財干已亦不自安隱身亦不安隱父母妻子奴婢亦不施與沙門婆羅門爲善得善身生善處是爲居士如是伏婬伏婬我說此弊惡此居士或一伏婬非法求錢財干彼非法求錢財干已自安隱身及父母妻子奴婢不施與沙門婆羅門爲善得善身生善處此居士此伏婬此伏婬此小勝小勝此居士彼或一伏婬如法求錢財不干彼如法求錢財不干已自得安樂身及父母妻子奴婢施與沙門婆羅門爲善得善身生善處彼得錢財不染不著不持不樂如是禍變棄捨離而食之如是居士食婬最勝最妙最上最好無上勝猶若居士有牛乳因乳有酪因酪有醍醐因醍醐有酥因酥有酪此是最勝最上妙無上說如是居士此諸伏婬如是伏婬最勝最妙極妙最上無上無上無上說頌偈曰

非法聚錢財　如法如法施　不施不食之
亦不施爲福　二俱爲慳濁　惡行食此婬
如法求錢財　欲以施爲福　亦施及食之
亦能作福德　二俱不慳濁　皆有此伏婬
有能行智慧　伏婬隨所行　知變有知足
知足而食之　有能行智慧　最妙能伏婬
而樂

佛如是說居士阿那邠祁聞世尊所說歡喜

佛說伏婬經

佛說魔嬈亂經

失譯人名今附後漢録

聞如是一時婆伽婆在跋祇尸牧摩鼻量鹿野園中彼時尊者大目揵連爲世尊作窟時露地彷徉教授令作彼時魔波旬自化其身令微小入尊者目揵連腹中彼時目揵連便作是念何以故我腹便重猶若食豆我寧可如其像三昧正受以三昧意自觀已腹於是尊者大目揵連離彷徉處至經行埵敷尼師壇結跏趺坐於是尊者大目揵連即如其像三昧正受以三昧意自觀已腹彼尊者大目揵連即便知之此魔波旬入我腹中於是尊者大目揵連還從三昧起告魔波旬曰魔波旬還出汝波旬還出莫觸嬈如來及如來弟子莫於長夜遭無量苦無義饒益於是魔波旬便作是念此沙門亦不知亦不見而作此言汝波旬出汝波旬出莫觸嬈如來及如來弟子莫於長夜遭無量苦無義饒益謂彼世尊有如是力如是有所能彼世尊猶不能知我見我況復弟子能知能見是事不然汝波旬汝所念我亦知之汝所作念沙門不知不見而作此言波旬出波旬出莫觸嬈如來及如來弟子莫於長夜遭無量苦無義饒益謂彼世尊有如是力如是有所能彼猶不能知我見我況復弟子能知見我是事不然於是魔波旬復作是念此沙門爲知見我而作此言汝波旬出汝波旬出莫觸嬈如來及如來弟子莫於長夜遭無量苦無義饒益於是魔波旬即從尊者大目揵連口中出便在前立彼魔波旬却住一面已尊者大目揵連告波

旬曰波旬昔過去世有如來名拘樓孫無所著等正覺我在彼時亦爲觸嬈魔我有妹名迦羅汝是彼子汝波旬當以此知汝是我妹子彼拘樓孫如來無所著等正覺魔波旬有弟子名毗樓(音聲)薩若最上最賢勝諸弟子何以故波旬而令尊者毗樓字爲毗樓薩若波旬此尊者毗樓者住梵天上能以音聲滿千世界無有弟子與聲等者與聲等者無相似者謂能說法此波旬以是故而令尊者毗樓名曰毗樓薩若此波旬以何方便令彼名薩若字曰薩若此波旬名薩若者彼依村城住早起著衣服持衣鉢詣村城乞食自護其身諸根具足意念常定彼詣村城乞食已中後而還舉衣鉢澡浴其足舉尼師壇著右肩上若至靜處若至樹下若至空處依敷尼師壇

結跏趺坐輕舉速疾入想知滅正受彼中牧羊人若見牧牛人或擔薪人或行路人若見彼速疾入想知滅正受見已作是念此沙門坐此靜處今命終我等寧可以乾草木牛糞若敷碎草木積覆其身然火當還彼牧羊人牧牛人擔薪人行路人以乾草木若敷碎草木積覆其身然火已離而還於是尊者薩若過夜已從三昧起輕舉速疾校飾其衣依城村住彼晨起著衣服與衣鉢俱詣城村乞食自能護身具足諸根意念常定若彼所見牧羊人牧牛人擔薪人行路人見已作是念此沙門在他靜處而命終我等已乾草木牛糞若敷碎草木積覆其身然火已離而還而今此尊者還復命存此波旬以是方便故名爲薩若字曰薩若(還生)於是度數(弊也)歎提旬(惡也常波)

作是念此剃頭沙門以黑纏形彼與禪俱與禪相應常行於禪猶若驢常荷擔繫在櫪上或不得麥禪而禪與禪相應常行於禪如是剃頭沙門以黑纏形或與禪俱與禪相應行禪猶若猫子在於鼠穴前而欲捕鼠在中禪而禪與禪相應行於禪如是此剃頭沙門以黑纏形常與禪俱與禪相應常行禪猶若鵂狐在空墻上在中捕鼠禪而禪與禪相應常行禪如是此剃頭沙門以黑纏形常與禪俱與禪相應常行禪猶若鵄在水岸上伺魚於中禪而禪如是此剃頭沙門以黑纏形與禪相應禪而禪此云何名爲禪爲何所禪爲是何禪或亂或忘或不定我亦不見來亦不見去亦不見住亦不見終亦不見生我寧可爲婆羅門居士說如是此沙門精進當罵之當打當說非當恚之若少多罵打瞋恚說其非若意有異者此惡魔求其便索其便或得其便或得其因緣此魔波旬爲弊魔而向婆羅門居士彼沙門精進當罵之說其非當瞋恚之彼精進沙門當以木打之當以石擲或以杖撾或破彼精進沙門頭或裂衣壞鉢謂彼時婆羅門居士命終彼因彼緣身壞死生惡趣泥犁中生彼已作是念令已受此苦更或能復劇是處而我於精進沙門發於邪於是波旬取拘樓孫如來無所著等正覺弟子破其頭壞其鉢裂其衣便往至拘樓孫如來無所著等正覺所彼時拘樓孫如來無所著等正覺在無量百衆前圍遶而爲說法拘樓孫如來無所著等正覺遙見弟子頭被打破衣鉢被壞裂從遠而來見已告諸比丘汝諸比

丘當見此比丘爲弊魔向婆羅門居士說汝當取精進沙門罵之撾打當瞋恚少多撾打瞋恚意或能有若干而此弊魔求其便索其因緣求其因緣得其因緣汝諸比丘當與慈俱滿一方已正受住如是二三四上下一切諸方意與慈俱無怨無二無恚極廣極大無量極分別滿一切諸方已正受住如是意與悲喜護俱滿一切諸方已正受住當令弊魔求其便索其因緣不得其便不得其因緣於是波旬向拘樓孫如來無所著等正覺弟子說如此言彼與慈俱滿一方已正受住如是二三四上下一切諸方意與慈俱無怨無二無恚極廣極大無量極分別滿諸方已正受住如是意與悲喜護俱滿一切諸方已正受住謂彼惡魔求其便索其因緣不能得其便不能得其因緣於是波旬弊魔作是念我以此方便不能得此沙門便不能得此沙門其因緣我寧可向婆羅門居士說汝當取此精進沙門當恭敬承事禮事供養少多供養承事禮事已若意有異而彼弊魔求其便索其便索其因緣得其便得其因緣此弊魔波旬向居士婆羅門說彼精進沙門當供養當承事禮事令婆羅門居士脫衣敷地而作是言令此精進沙門當蹈上行精進沙門當遊上行此精進沙門爲極苦行當令我等於長夜得義饒益令婆羅門居士自洗其髮以敷著地而作是言精進沙門當蹈上行精進沙門當遊上行此精進沙門爲極苦行當令我等於長夜得義饒益當令婆羅門居士手執囊種種滿中而作是言唯願諸賢當取此隨所

用之當令我等長夜得義饒益令婆羅門居士信樂爲彼精進沙門自以手牽將入已家隨所欲施唯願諸賢當取此施隨所用之當令我等長夜得義饒益彼時婆羅門居士命終彼因彼緣身壞死生善處天上生於彼已便作是念我等此樂無過於是我等因向精進沙門有等見故於是波旬爲拘樓孫如來無所著等正覺弟子供養恭敬承事禮事便至拘樓孫如來無所著等正覺弟子所彼時拘樓孫如來無所著等正覺於無量百千衆在前圍遶而爲說法拘樓孫如來無所著等正覺遥見弟子他所供養恭敬承事禮事從遠而來見已告諸比丘汝諸比丘見不此弊魔波旬向婆羅門居士説當供養恭敬承事禮事恭敬彼精進沙門少多恭敬承事禮事供養意若有異彼弊魔波旬求其便索其因緣得其便得其因緣汝諸比丘當於一切行見無常住當見盡當見離當見滅當見止當見止住處而令弊魔波旬求其便索其因緣不得其便不得其因緣彼波旬爲拘樓孫如來無所著等正覺弟子說如此言此一切行見無常住見盡見離見滅見止住處彼弊魔波旬求其便索其因緣不能得便不得其因緣於是弊魔波旬便作是念我以此方便不能得精進沙門便不能得其因緣我寧可化作年少小兒童男形像住他道邊手執大木當用擊尊者毗樓首破令血流彼時拘樓孫如來無所著等正覺依城村住晨起著衣服持衣鉢欲詣城村乞食及尊者毗樓隨從比丘於是弊魔在他處化作年少小兒童男子

形像已在他道邊手執大木用擊尊者毗樓首令流血於是尊者毗樓被擊首破流血隨從拘樓孫如來無所著等正覺後於是拘樓孫如來無所著等正覺至村已以一切身力右旋顧視而視不恐不怖不驚不懅而觀諸方拘樓孫如來無所著等正覺見尊者毗樓被擊首破血流從後而來見已說言此弊魔爲非爲無猒足復次波旬拘樓孫如來無所著等正覺說言未竟彼時弊魔即以其身墮大泥犂中彼波旬在大泥犂中具有四事無樂六更身現受痛鉤鎖鎖之謂彼地獄獄卒便至弊魔所到已作是言汝若此鎖解者汝當知我在地獄中以滿百歲在地獄中彼時魔波旬便恐怖身毛皆竪尊者大目揵連即時說偈曰

云何止地獄　而令惡在中　犯佛婆羅門
及犯此比丘　名阿鼻泥犂　而令惡止中
犯佛婆羅門　及犯此比丘　鎖解則爲百
在中受苦痛　在阿鼻泥犂　令惡止其中
若有不知者　比丘佛弟子　如是受此苦
當受黒之報　在於園觀中　及此地衆生
不種食稻米　當生北拘牢　極大須彌山
親近於解脫　自能分別者　身則行念持
彼山止泉中　常住於此劫　其形如金色
光明靡不照　作衆諸妓樂　是釋樂所遊
彼亦有二俱　在前而恭敬　若釋在前行
昇此高堂上　見釋所從來　各各自娛樂
若見比丘來　還顧有羞恥　若有昇堂上
則能問比丘　當知有此魔　愛盡得解脫
當爲比丘記　聞說當如是　拘翼我知汝

愛盡得解脫　聞說智慧記　釋得歡喜樂
比丘多作行　當爲更說此　若有昇此堂
釋者能致問　云何名爲堂　汝釋在其上
汝釋我當記　此名受報處　如是千世界
有此千世界　無有勝此堂　如此受報處
釋得自在遊　在中最清明　化一能爲百
在此報堂上　釋得自在遊　昇在此堂上
足指能動之　令天眼而觀　釋得自在遊
昇在此堂上　神足能動轉　甚深極覆藏
難動難可轉　彼有瑠璃地　聖之所居處
滑澤極柔輭　所敷極輭褥　言語亦柔輭
最勝今天王　善能作妓樂　種種若干異
諸天來會聚　趣向須陀洹　無量諸千種
及百諸那術　至三十三天　說法爲作眼
彼聞此法已　信樂則然可　我知有此法
則名曰仙人　謂至梵天上　能令諸梵問
彼梵有此見　所見亦如前　常見有常住
我當爲梵記　仙人我此見　不見不如前
我常有常住　我見報相應　梵天身在前
我今當何說　我常計有常　謂能知此世
等覺之所說　若有有所習　所生受其報
火無有是念　我當燒愚人　火燒愚人已
隨行則被燒　如是汝波旬　近於此如來
久作斯惡行　受報亦當久　汝魔莫猒佛
及莫嬈比丘　以此比丘說　魔在鼻量園
鬼有憂慼念　目連所感動　恐怖極恐懼
忽然則不現

佛說魔嬈亂經

佛說弊魔試目連經

吳 月 支 優 婆 塞 支 謙 譯

聞如是一時佛遊於焚祇國妙華山恐懼聚鹿苑中爾時賢者大目揵連夜於冥中經行由於平路經行往返於時弊魔往詣其所自化微景入目連腹中賢者大目揵連吾腹何故而作雷鳴猶如饑人而負重擔吾將入室正受三昧觀察其源於是目連即入其室三昧觀身即時覩見弊魔作化微景入其腹中即謂之曰弊魔且出且出莫嬈如來及其弟子將無長夜獲苦不安墜于惡趣魔心念言今此沙門未會見我亦不知我橫造妄語弊魔且出且出勿嬈如來及其弟子將無長夜獲苦不安正使其師大聖世尊尚不知吾況其弟子目連報曰吾復知卿今心所念其師大聖尚不能知況其弟子知吾所在耶魔即恐懼今此沙門已覺我矣即化微身出住其前目連告魔乃往過去久遠之世拘樓秦佛時我曾為魔號曰瞋恨吾有一姊名曰黤黑爾時汝為作子以是知之是吾姊子爾時有佛出于世間號拘樓秦如來至真等正覺有二弟子一曰洪音二曰知想最尊第一仁賢難及何故賢者名曰洪音住於梵天聲揚大聲聞于三千大千世界何故賢者名知想若處閑居坐於樹下曠野山中如其色像三昧正受牧羊牧牛擔薪負草田居行人見之如此各相謂言於此命過吾等各各輦薪負草共闍維之如其所言即共闍維知想比丘從三昧起奮迅衣服去其埃灰更整法服持鉢入城國邑聚落而行分衛牧牛羊者負薪草

人心懷驚愕各各相謂吾在曠野閑居見此比丘坐於樹下而不喘息謂之命過共積薪草而闍維之今者知想以是之故曰想識於是瞋恚魔心自念言此輩沙門自謂持戒寂然默聲思惟而行譬如狗猫思欲捕鼠靜然不動鼠出即搏沙門禪思亦復如是譬如老鶴而欲捕魚默靜聲潛思魚出則吞諸沙門等亦復如是潛思惟念專有所求譬如大驢晝負重馱至夜疲極饑渴潛思欲得食飲諸沙門等亦復如是時魔心念我寧可化於此國土長者梵志取諸持戒沙門道人撾捶罵詈裂衣破鉢破頭令起瞋恚吾因是緣得其方便尋如所念即化國中長者梵志取諸沙門持戒奉法撾捶罵詈壞鉢破頭裂其被服此諸沙門如猫捕鼠如鶴吞魚譬如鵄梟於樹間捕鼠諸沙門坐禪亦復如是如驢饑疲時諸比丘皆被毀辱低頭直行至拘樓秦佛所佛爲四輩天龍鬼神廣說經道見諸比丘被毀辱來告諸比丘今瞋恨魔化諸國中長者梵志取諸持戒奉法沙門撾捶罵詈破頭壞鉢裂其衣服令心變恨起瞋恚意吾以是緣得其方便使道不成爾等於此當行四等慈悲喜護不懷怨結無瞋恨心廣大難限普安無邊等于十方難求汝便終不能得比丘受教所在閑居曠野一心禪思行四等心意無增減時瞋恚魔雖求持戒奉法沙門之便永不能得爾時長者梵志從受魔教毀辱持戒奉法沙門壽終之後皆歸惡趣勤苦瘦惱拷掠之處在地獄中受其化身譬如大樹其廣大如大曠野在燒鐵地裸形自投各自謂

言吾等薄祐殃暴弊惡乃取持戒奉法沙門毀辱罵詈吾等於此歸命呼嗟不能得見持戒奉法沙門欲求其便因緣相見巳自造此自獲其殃坐隨魔教不能護身爾時瞋恚魔心自念言因是方便求諸沙門持戒人便永不能得必當變行化諸長者梵志供養奉侍持戒沙門衣被飯食牀卧醫藥使貪供養因是之緣吾得其便尋如其計即化其國長者梵志所在行路四徼道中若在街曲見諸持戒沙門道人布髮著地令行其上皆口稱曰持戒沙門修身勤行難值難遇唯蹈吾髮使我長夜得福無量持擎衣服往造其所稽首長跪願見愍傷受此衣服筩斂盛食詣就精舍若街巷里頭供奉上供養持戒沙門難值難遇願受此供使我長夜得福無量抱之擎之若負擔之轝之歸於其舍坐著好牀出諸飯食衣服袈裟金銀七寶而著其前長跪白曰持戒沙門難值難見願受此供唯見愍傷恣意所欲使我長夜得福無量時拘樓秦佛爲諸四輩諸天龍神見諸持戒沙門道士爲諸長者梵志所見供養敬事無量告諸比丘今瞋恚魔化諸長者梵志使供養持戒沙門道士衣被飯食牀卧醫藥恣意所欲使著供養吾因是緣得其方便壞其善心使道不成汝等所由閑居巖處曠野念諸萬物所在無常雖著衣食莫以貪樂苦空非身魔雖求便終不能得諸比丘即受拘樓秦如來至真等正覺教行之如法魔雖求便永不能得魔所教化長者梵志使令供養持戒沙門由此之德皆生天上生天上巳各心念言吾等供養

奉法沙門持戒清淨自獲是福不由他人非天所與爾時拘樓秦佛如來至眞等正覺飯食之後以日昳時與大弟子洪音俱得遊於郡縣於時弊魔化作大人爲勇猛士手執大棒住于道側竊舉大棒擊洪音頭破頭灑血其血流離爾時辟霸在世尊後如影隨形默聲無言時拘樓秦如來無極大聖還顧歎息口演此言今瞋恚魔不知節限所造大過時瞋恚魔即以此身墮没地獄宛轉地獄如魚蝌蚪出水在於陸地譬如生剥牛皮宛轉在地痛不可言時魔波旬在於地獄宛轉毒痛又過於此億千萬倍譬若如人身得狂病走不安處時魔波旬墮大地獄苦痛無量時泥犂傍往語之言子欲知之若有一籌一鳥飛現知過十千萬歲如是之比亦復難限弊魔吾在地獄壽數如是然後乃從大地獄出更復遭厄二萬餘歲爾時弊魔甚大愁毒佛爲目連說此偈言

瞋魔所受罪　其地獄何類　拘樓秦佛時
化衆及弟子　所可受患惱　一切見拷治
火然自燒身　其燄而遶形　其地獄如斯
瞋恚魔所在　拘樓秦佛時　洪音大弟子
假使在佛前　及觀比丘衆　因由緣受罪
斯須得動擾　設有喜評相　比丘佛弟子
必當獲此殃　趣於極苦患　如人投深淵
捨於大宫殿　不在玉女間　棄於天上樂
其有曉了此　比丘佛弟子　自興從已出
危害墮苦患　魔當知吾身　倚於解脱門
不天處天人　忉利名聞天　假使分別此
比丘佛弟子　自身犯非法　因此歸惡趣

其以一足指　動搖最勝宮　所處神足力
目連大感動　其有曉了此　比丘佛弟子
身自爲興立　安能墮惡趣　設端正有百
微妙好玉女　見比丘禪思　彼不住園觀
假使分別此　比丘佛弟子　比丘自造行
或能歸惡趣　假使等和同　詣帝釋問事
天帝爲解不　何因獲解脫　釋應時發遣
隨其所問答　若自無所著　然後得解脫
假使曉了此　比丘佛弟子　隨已所作行
自到歸惡趣　或有至梵天　難問梵天王
何因致是處　得立于梵天　梵天即答曰
隨問而發遣　今吾所立處　未曾懷邪見
從梵天普見　光明有退轉　吾今當何說
我身長存乎　假使曉了此　比丘佛弟子
身自犯非法　自然歸勤苦　其火無想念
我當燒愚癡　愚騃自興火　還自危燒身
波旬當解此　用意向如來　還自危其身
如火燒癡火　人喜爲衆惡　長夜爲已身
命來不自覺　無得嬈比丘　魔瞋莫試佛
無嬈諸弟子　長夜不安隱　必當歸惡趣
於時魔降伏　坐恐比丘故　彼聞此憂慼
應時忽不現
佛說如是諸天龍神莫不歡喜

佛說弊魔試目連經

音釋

嬈爾沼切擾同亂也　埵丁果切土堆也　簸補過切　櫪郎擊切馬櫪也　猫莫交切　鵂狐鵂許尤切狐戶吳切鵂狐即鵂鶹也　鵁古肴切鵁鶄鳥名　擲直炙切投也　拘翼翼與職切拘翼帝釋別名也　輭而兖切與軟同　慼倉歷切不樂也　橫乎孟切不順理也　姊將几切女兄也　黶烏感切

切

闍維 梵語也此云焚燒闍時遮切

奮迅 奮方問切迅息晋切

喘 昌兗切疾息也

搏 伯各切擊也

吞 他根切咽下也

鵶梟 鵶赤脂切梟古堯切鵶梟不孝鳥也

捲掠 捲苦老切打也掠離灼切笘也

儌 古弔切境也

擎 渠京切舉也

斂 良冉切聚也

舁 羊諸切兩手對舉也

䨴 徒對切

蝌蚪 蝌苦禾切蚪當口切蝌蚪蝦蟆也

爓 以贍切火光也

騃 五駭切癡也

佛說泥犁經

東晉三藏竺曇無蘭譯

佛說優婆夷墮舍迦經

失譯人名今附宋錄

佛說齋經

吳優婆塞支謙譯

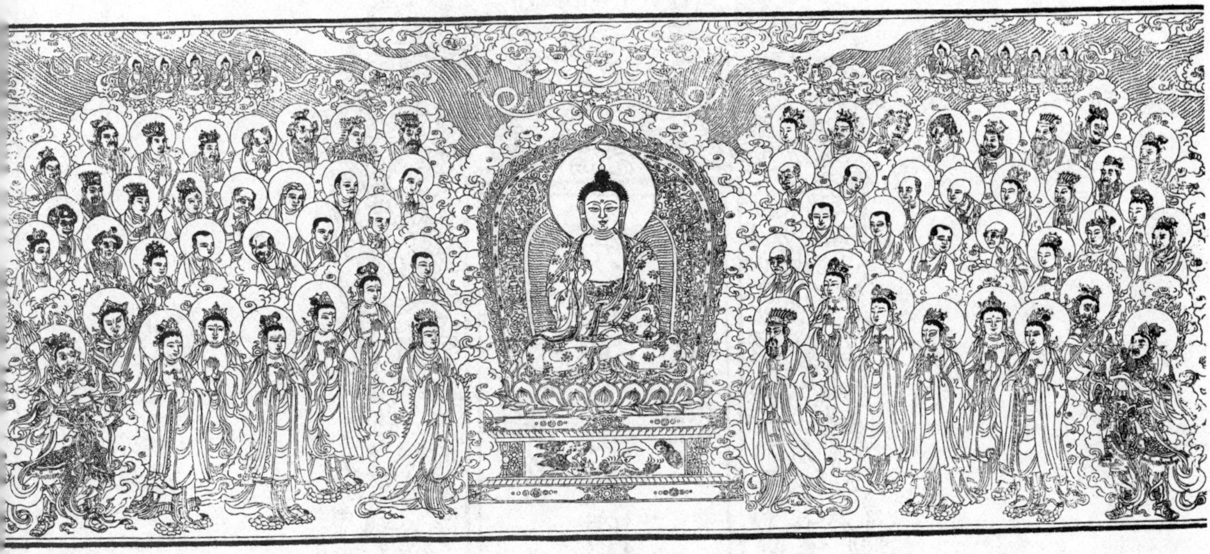

清刻龍藏佛說法變相圖

三經同卷

佛說泥犁經

佛說優婆夷墮舍迦經

佛說齋經

佛說泥犁經

東晉三藏竺曇無蘭譯

聞如是一時佛在舍衛國祇樹給孤獨園佛告諸比丘言凡有人有三事愚癡不足人所平相何等爲三事癡人所念惡所言惡所行惡今世即得其殃用身苦用念苦用憂苦何等爲憂苦癡人與智者相隨智者道說癡人行惡死當入泥犁癡人心念智者所言今我行惡死當入泥犁是爲憂苦何等爲念苦癡人見取盜財酷毒搒械縛束截手截足竹篦

鞭撻用鏤虎若著藁中以火然之若以鈇鑕寸寸斬之若以著地令為蹈之若著釜上甑中蒸之若取四肢生㲚拕之癡人自念惡人所作無狀至使長吏掠治如是設令長吏知我爲惡亦當復取我如是是爲念苦何等爲身苦癡人晨夜臥起未曾安隱心常念惡口常言惡身常行惡是惡已後病時便自見泥犂中火釜中人見人燒時見人煑時所作過惡稍來燒人譬如日中後其影稍下其人稍入泥犂中惡人即自念言我居世間喜殺生喜盜竊喜犯他家婦女喜欺人喜兩舌喜惡口喜妄言喜嫉妬喜慳貪不信有佛不信有經不信所作因有殃福不信有後世生令我死當入泥犂是爲身苦佛言設令惡人眼如我眼見惡人所趣殃過拷掠之處惡人即怖心焦破吐沸血而死佛言欲知勤苦最不可忍者獨有泥犂泥犂者極苦不可具言諸比丘長跪言願聞泥犂勤苦譬喻佛言譬如長吏捕得逆賊將至王前白言此人反逆念國家惡王勑長吏以矛刺百瘡明日問之此人何類白言尚生王言復刺百瘡明日問之此人何類白言尚生王言復刺百瘡佛語諸比丘言如此人被三百瘡寧有完處大如棗葉無諸比丘言無有完處佛語諸比丘此人被三百瘡寧毒痛不諸比丘言人被一瘡舉身皆痛何況被三百瘡佛持小石著手中示諸比丘是石大太山為大諸比丘言佛手中石小奈何持比山欲持比山億億萬倍尚復不如山大佛言泥犂中痛與矛瘡痛億億萬倍尚不如泥犂痛手中小石如三百矛瘡山者

如泥犁中痛癡人心念惡口言惡身行惡死後墮泥犁中泥犁中有獸鬼便牽人前以鉤鉤其上齶復以鉤鉤其頷口皆挓開以取消銅灌入口中脣舌腸胃皆焦爛銅便下過去毒痛不可忍其人平生於世間時求財利逆用飲食故以消銅灌之泥犁勤苦如是泥犁中鬼取人持鉤鉤其上下頷皆挓開取燒鐵杵刺人咽中脣舌腸胃皆焦爛毒痛不可忍過惡未解故不死泥犁勤苦如是泥犁中鬼復取人上鐵山以火燒山令正赤上走下走毒痛不可忍過惡未解故不死泥犁勤苦如是泥犁中鬼復取人以燒赤斧斬其手斬其足斬其百節解斷之毒痛不可忍過惡未解故不死泥犁勤苦如是泥犁中鬼復取人以鐵釿斫人身舉身骨肉皆悉盡毒痛不可忍過惡未解故不死泥犁勤苦如是泥犁中有鳥嘴如鐵生啄人頭噉人腦毒痛不可忍過惡未解故不死也泥犁勤苦如是泥犁中復有羣駱獸共取人裂食齚齧毒痛不可忍過惡未解故不死泥犁勤苦如是泥犁中鬼復取人以刀剥之從兩髂腸上至兩脅持駕鐵車持兩脅肉爲被令挽鐵車走行火上毒痛不可忍過惡未解故不死泥犁勤苦如是泥犁中鬼復取人兩脚倒擲釜中湯沸踊躍在底亦熟在上亦熟沸更上下無有不熟譬如蕢豆上下皆熟覆亦熟露亦熟泥犁中人所在皆熟無有東西上下其人平生在世間時自放恣心恣口恣身所致泥犁勤苦如是泥犁中鬼復取人卧著赤地五毒治之以燒釘釘其左掌復燒釘釘其右掌復以燒釘釘其

右足復以燒釘釘其左足復以燒釘釘其心下徹地毒痛不可忍過惡未解故不死泥犂勤苦如是泥犂中鬼牽人臂入泥犂城中泥犂城正四方四面有門城四面皆堅門皆有守鬼其城壁地皆鐵城用鐵覆蓋之不得令有過泄地皆燒正赤周帀四千里東壁火焰至西壁西壁火焰至東壁南壁火焰至北壁北壁火焰至南壁上火焰下至地地火焰至上諸惡人有犯此十事者皆墮是中殺生者盜竊者犯他家婦女者欺人者兩舌者惡口者妄言者嫉妬者慳貪者不信有佛不信有經不信所作因有殃福如是輩人滿泥犂中泥犂中毒痛極數千萬歲乃遥見東方門開皆走往人足著地者即焦舉足肉復生如故當有得脱者便過出去未當脱者門復閉其人見有得脱出者如反不得出便極視躃地守門鬼言咄死惡人汝來於門下何等求言我饑渴鬼便取鉤鉤其上下頷口皆挓開便以消銅灌人口中脣舌腸胃皆焦爛銅便過下去其人平生在世間時求財利不用道理所犯惡逆故受是殃泥犂勤苦如是復有泥犂如世間鑪炭正赤縱廣數千里人皆走出城趣入炭火泥犂中燒炙焦熟不得休息毒痛不可忍過惡未解故不死泥犂中勤苦如是次復入寒冰泥犂中縱廣數千里人入其中皆寒凍戰慄破碎摧裂毒痛不可忍過惡未解故不死泥犂勤苦如是復次入沸屎泥犂中周帀數千里屎即熱沸有氣走趣行之人入其中便於其中自熱毒痛不可忍過惡未解故不得死泥犂勤苦如是復次入膿血

泥犂中周帀數千里臭惡不可言膿血皆沸入墮其中皆自熟爛形體壞敗爲烏鳥所食毒痛不可忍過惡未解故不得死泥犂勤苦如是次復入剃頭刀山周帀數千里人從膿血泥犂走欲上山山上有刀皆割其足適欲據割其手適欲前割其腹適欲偃割其背適欲踞割其髖適欲傾割其脅毒痛不可忍過惡未解故不死泥犂勤苦如是次復入劒樹樹枝皆如劒人入其中劒刺人胷刺人脅刺人背刺人手刺人足刺人身前後皆徹毒痛不可忍過惡未解故不死泥犂勤苦如是次復入鐵竹蘆縱廣數千里樹葉皆如利刀人入其中者風至吹竹令震動葉皆貫人肌截人骨形體無完處苦痛不可忍過惡未解故不死泥犂勤苦如是次復有入鹹水泥犂縱廣數千里水鹹水如鹽熱沸踊躍水中有鳥喙如鐵生啄人肌齧人骨人不能忍是痛便度水去守泥犂鬼言死惡人汝何等求索人言我苦饑渴鬼即以鉤鉤其上下齗口皆挓開復以消銅灌人口中脣亦焦舌亦焦咽亦焦腹中五臟皆焦盡銅便下過去其人不能復忍復還入沸鹹水中苦痛如前不能復忍復還入鐵竹蘆中苦痛如前不能復忍復還入劒樹間苦痛如前不能復忍還入剃頭刀山苦痛如前不能復忍還入膿血泥犂苦痛如前不能復忍復還入沸屎泥犂苦痛如前不能復忍復還入炭火泥犂苦痛如前不能復忍復還入鐵城泥犂苦痛不可忍東門苦痛亦如是南門苦亦如是西門苦亦如是北門苦亦如是泥犂勤苦如是佛告諸比丘泥

犂苦不可勝數我略麤粗爲汝說耳佛言人作惡在畜生中以芻草爲食舌撈齒嚼何等爲舌撈齒嚼者牛馬騾驢象駱駝之屬如是衆多其人平生居世間時心念惡口言惡身行惡死後展轉來作是畜生勤苦如是佛言有禽獸生於冥處長於冥處死於冥處何等爲生於冥處者蛇鼠狸獺蟲蛾如是之屬衆多其人平生居世間時心念惡口言惡身行惡死後展轉化來作是禽獸勤苦如是佛言有鱗蟲生於水中長於水中死於水中何等爲生於水中者蛟龍魚鼈黿鼉之屬如是衆多其人平生在世間時心念惡口言惡身行惡死後以展轉化來作是鱗蟲勤苦如是佛言有蟲蚤生於臭中死於臭中長於臭中何等爲生於臭中濕地蟲溝邊蟲溷中蟲如是之屬衆多其人平生在世間時心念惡口言惡身行惡死後以來作是蟲豸勤苦如是佛言有蟲畜主食不淨人更衣逕聞其臭走行趣之言我得食何等爲主食不淨者犬豬蜿蜣蜋臭穢之屬如是衆多其人平生於世間時心念惡口言惡身行惡死後展轉以來作是蟲畜勤苦如是佛告諸比丘蟲畜衆多我麤粗爲汝說耳佛言人作惡在薜荔中者常食沸屎尿所以常食沸屎尿者何其人平生在世間時心念惡口言惡身行惡慳貪惜飲食故在薜荔中又薜荔以膿血爲食其人平生在世間時作惡嗜美故令食膿血薜荔中有黑狗白狗主食薜荔肌肉薜荔中有烏主食其腦或有十歲未曾見水者或時百歲未曾得水者或遥見水正清欲行趣飲食水空

竭或時有水化作消銅或鹹水沸如湯適欲前飲鬼便捶之在薜荔中勤苦如是佛言薜荔衆多我粗爲汝説耳佛言人在三惡道難得脱譬如周帀八萬四千里水中有一盲鼈水上有一浮木有一孔鼈從水中百歲一跳出頭寧能值木孔中不諸比丘言百千萬歲尚恐不入也所以者何有時木在東鼈在西有時木在西鼈出東有時木在南鼈出北有時木在北鼈出南有時鼈適出頭木爲風所吹在陸地鼈百歲一出頭尚有入孔中時人在三惡道處難得作人過於是鼈何以故三惡處人皆無所知識亦無法令亦不知善惡亦不知父母亦不知布施更相噉食强行食弱如此輩人身未曾離於屠剥膿血瘡從苦入苦從冥入冥惡人所更如是佛言譬如人有掩者初亡甚多至亡妻子田宅裸跣無所復有尚復負餘財主大促債以烟熏之以火炙之佛言如是掩者所亡尚爲薄少初亡甚多至亡妻子田宅復負擿餘錢爲人所熏炙如是爲一世貧數之無幾錢歲人心念惡口言惡身行惡死後在三惡道中過於是貧在三惡道中無央數正使從三惡道中得解脱復於人中生當於工匠若野處貧乞匃家作子若以手技自給不能自飽滿好衣雖在是中作子或時跛蹇聾盲不屬逮人若生於屠殺家或生於賣牛羊屠魚獵雞狗從惡道出爲是曹家作子復作惡死後當復還入惡道中

聞如是一時佛在舍衛國祇樹給孤獨園佛誡諸比丘言我以天眼視天下人生死好醜

尊者卑者人死得好道得惡道者人於世間身所行惡口所言惡心所念惡常好烹殺祠祀鬼神者死當入泥犂中身常行善口常言善心常念善死即生天上佛言人如天雨水中泡起雨從上滴之一泡壞一泡成人生世間生者死者如泡起頃佛持天眼視一天下人有天上者有入泥犂者貧者富者尊者卑者人所爲善惡佛言我皆知之譬若冥夜於城門兩邊各然大炬火人有出者有入者數千萬人人從冥中皆見火中出入者佛持天眼視上天者入泥犂者如人從冥中視火中出入者如人上高樓下有數千萬家人從上望皆見諸家佛言我見天下人死上天者入泥犂者如人從高樓上視諸家佛言如人乘船行清水中皆見水中魚石所有佛持天眼視天下人生天上者入泥犂者如人視清水中天下有明月珠持五綵縷貫之人視珠皆見五綵別知縷知珠相貫穿佛見天下所從來生死善惡變化如人見珠佛言我見天下人不孝父母不承事沙門婆羅門不敬長老不畏事不畏今世後世不驚不恐者如是輩人死即入泥犂與閻王相見即去惡就善主泥犂卒名曰旁旁即將人導至閻王所泥犂旁白言此人於世間時爲人不孝父母不承事沙門婆羅門不敬長老不喜布施不畏今世後世不畏禁戒顧王處是人過罪王即呼人前對之言若爲人時於世間不念父母養育若推燥居濕乳哺長大若何以不孝父母其人即對言我實愚癡憍慢王言處若罪過者非若父母非天非帝王非沙門婆羅門過

若身所作當自得之即爲閻王第一問若不見世間人病困劇時羸劣甚極手足不任其人言我實見之王言若何以不自改爲善耶人言我實愚癡憍慢王言若身所作當自得之是亦非父母非天非帝王非沙門婆羅門過若身所作當自得之是爲閻王第二問若不見世間男女老時眼無所見耳無所聞持杖而行黑髮更白不如少年時其人對曰我實見老人持杖而行當是時若何以不自改爲善耶其人言我實愚癡憍慢王言是亦非若父母非天非帝王非沙門婆羅門過若身所作當自得之是爲閻王第三問若於世間時不見男子女人死一日至二日至七日身體腐爛形體壞敗爲蟲蟻所食爲衆人所惡若見是何以不自改爲善耶其人言我實見之愚癡憍慢若施行何以不端若行端若口端若心是亦非父母非天非帝王非沙門婆羅門過若身所作當自得之是爲閻王第四問若爲人時於世間寧見長吏捕得劫人殺人賊即反縛送獄掠治拷問或有時出於道中格殺或生辜挓者若寧見是不其人言我實見之若何以不自改爲善若爲人時何以不正若身正若口正若心正其人言我實愚癡憍慢若身所作當自得之是亦非父母非天非帝王非沙門婆羅門過若身所作當自得之是爲閻王第五問對已畢泥犂旁則牽將持出詣一鐵城是第一泥犂名阿鼻磨泥犂城有四門周帀四千里中有大釜縱廣四十里深亦四十里泥犂旁以矛刺人内著釜中煑之如是無數城中皆有火人遥望見之

皆愁怖戰慄如是入者數千萬人泥犁旁趚人而內其中晝夜不得出入四面走欲求出門門皆閉不得出人在其中數千萬歲火亦不滅人亦不死久久見東門自開人皆走欲出適至門中門復閉諸欲出人復於門中共鬬諍欲得出久久復遥見南門皆開走往門復閉人皆復於門中共鬬諍欲得出久久復遥見北城門開人皆走往門復閉人皆復於門中共鬬諍欲得出久久復遥見西門開人皆走往門復閉久久四門復開人皆走往悉得出自以爲得脱復入第二鳩延泥犂中走足著地即焦舉足肉復生如故有東走者西走者南走者北走者周帀地皆熱焦數千萬歲乃竟自以爲得脱復入第三彌離摩德泥犂中其中有蟲蟲名摇喙嘴如鐵頭黒是蟲見人皆迎而啄人肉骨髓皆盡如此數千萬歲乃竟自以爲得脱復入第四崩羅多泥犂中其中有石石如利刀人皆走上其顛有走下者皆欲求脱不知當如去足皆截剥地石皆如利刀如是復數千萬歲乃竟自以爲得脱復入第五阿夷波多洹泥犂中其中有熱風風大熱過於世間爐炭風來著身焦人身體皆欲避之者常與熱風相逢避之不能得脱其人求死不能得死求生不能得生如是數千萬歲竟乃得出自以爲得脱復入第六阿喻慘波犂洹泥犂中其中多樹木樹木皆爲刺樹間有鬼人入其中鬼頭上即出火口中亦出火合身有十六刺鬼遥見人來入大怒火皆出前食人肉十六刺皆貫人身體裂而食之人皆欲得出走者常觸是鬼如是數

千萬歲乃竟自以爲得脫復入第七熱從務泥犂中其中有蟲名敦人入其中者是蟲飛來入人口中食人身體人皆走極欲求脫蟲食不置人皆四面走不能得脫如是數千萬歲乃竟自以爲得脫復入第八檀尼愈泥犂中其中有流水人皆墮水中水邊刺棘是水熱過於世間湯鑊熱沸踊躍人皆熟爛走欲上岸岸邊有鬼持矛手刺人腹内其中令人不得出人入皆隨水下流下流復有鬼鬼復徼而鉤之問言若輩從何所來若爲是間人言我不知從何所來亦不知當如去我但若饑渴欲隨逐飯食耳鬼言我與汝食即取消銅以注人口腹中皆焦如是求死不得死求生不得生其人於世間爲人時作惡是故求解不得解諸泥犂人皆復得出自以爲得脫還反更入第七泥犂中第七泥犂中鬼迎問若去已復還爲諸泥犂中人皆言我但苦饑渴即復入第六泥犂中從第六復入第五從第五復入第四從第四復入第三從第三復入第二從第二復入第一阿鼻摩泥犂求出遥望見鐵城皆歡喜大呼俱稱萬歲閻王聞之即問泥犂旁是何等聲泥犂旁即白言是呼聲者是前所過泥犂中去閻王言是皆不孝父母不畏天不畏帝王不敬先祖不承事沙門婆羅門不畏禁戒者閻王復見之言若莫非閻王也今若皆解脫去當復爲人作子者當孝順當善事長老當畏天當畏帝王當承事沙門婆羅門當端若心端若口端若身人生在世間罪過小且輕泥犂罪過大重若得沙門婆羅門當承事然後當得度脫諸惡

道勤苦之處皆已閉塞對已畢諸泥犁中人皆得出在城外夜皆死死者先世爲人時雖作惡多猶有小善從泥犁中還者皆更正知道從泥犁中出各正心正行者不復還入泥犁也泥犁亦不呼人從惡行所致更泥犁中酷毒痛苦亦可自思念亦可爲善佛説教如是比丘皆歡喜

佛説泥犁經

佛說優婆夷墮舍迦經

失譯人名今附宋錄

聞如是一時佛在舍衛國止城東出有女人子字蕪耶樓人呼爲蕪耶樓母佛在蕪耶樓母家殿上坐有一女人奉持敎戒字墮舍迦以月十五日朝起沐浴有七子婦皆使沐浴著好衣日未中因飯飯已澡手將七子婦至佛所前爲佛作禮佛言就座皆却就座佛問優婆夷墮舍迦今日何等沐浴著好衣與子婦俱至佛所墮舍迦言今日十五日我齋戒我聞一月當六齋我與子婦俱共齋不敢懈慢佛告墮舍迦佛正齋法有八戒使人得度世道不復墮三惡處所生常有福祐亦從八戒本因緣致成佛何等爲佛正齋法是間有賢善人持戒一月六日齋月八日一齋十四日一齋十五日一齋二十三日一齋二十九日一齋三十日一齋齋日朝起告家中言今日我身齋家中今一日且莫飲酒莫鬭諍莫道說錢財家中事意所念口所說當如阿羅漢阿羅漢無殺意齋日持戒亦當如阿羅漢無殺意無捶擊意念畜生及蟲蛾使常生如阿羅漢意是爲一戒今日與夜持殺意使不得殺持意如是爲佛一戒佛言齋日持意當如阿羅漢無貪心無所貪慕於世間無貪毛菜之意齋日如是持意如阿羅漢富有者當念作布施貧無有者常當念施是爲二戒佛言齋日持意當如阿羅漢阿羅漢不畜婦亦不念婦亦不貪女人亦無婬意齋日如是持意如阿羅漢是爲三戒佛言齋日持意當如阿羅漢不妄語語不傷人意語即說佛經不

語者但念諸善齋日如是持意如阿羅漢是爲四戒佛言齋日持意當如阿羅漢阿羅漢不飲酒不念酒不思酒用酒爲惡齋日如是持意如阿羅漢是爲五戒佛言齋日持意當如阿羅漢阿羅漢意不在歌舞聞亦不喜音樂聲亦不在香華氣齋日如是持意如阿羅漢是爲六戒佛言齋日持意當如阿羅漢阿羅漢不於高好牀卧意亦不念高好牀上卧齋日如是持意如阿羅漢是爲七戒佛言齋日持意當如阿羅漢阿羅漢日中乃食日中已後至明不得復食得飲蜜漿齋日如是持意如阿羅漢是爲八戒佛告優婆夷墮舍迦是閒有人頭髮有垢自沐其頭沐已其人便喜言我頭垢已去有人持八戒一日一夜者明日即喜喜者便念佛佛經戒迺如是其有人心中有惡意即去善意即還佛言有人身體饒垢入水中治身垢皆去出水即喜言我垢去身輕其有人齋戒一日一夜明日即喜念佛正語自念當何時得道使我心不復動不復走使我心一志無爲之道佛言有人衣多垢以得灰浣之垢去其人即喜其有人齋戒一日一夜明日即喜便念比丘僧言比丘僧中有須陀洹斯陀含阿那含阿羅漢念比丘僧如是佛言如人有鏡鏡有垢磨去其垢鏡即明其有人齋戒一日一夜有慈心於天下心開如明如鏡者不當有瞋怒意其有人一日一夜齋戒閔哀天下淨心自思自端其意自思念身中惡露如是如是者不當復瞋怒佛告優婆夷墮舍迦持八戒齋一日一夜不失者勝持金銀珠璣施與比丘僧也天下

有十六大國一者名鴦迦二者名摩竭三者名迦夷四者名拘薛羅五者名鳩溜六者名般闍荼七者名阿波耶八者名阿洹提渝九者名脂提渝十者名越祇渝十一者名遬摩十二者名遬賴吒十三者名越蹉十四者名末羅十五者名渝匿十六者名劍善提是十六大國中珍寶物施與比丘僧不如齋戒一日一夜也齋戒使人得度世道以財寶施與不能使人得道令我得佛道本從是八戒起佛告墮舍迦天下人多憂家事我用是故使一月六齋持八戒若有賢善人欲急得阿羅漢道者若欲疾得佛道若欲生天上者能自端其心一其意者一月十五日齋亦善二十日齋亦善人多憂家事故與一月六齋六日齋者譬如海水不可斛量其有齋戒一日一夜者其福不可計佛告墮舍迦且將子婦歸誦念是正齋法八戒也優婆夷墮舍迦前爲佛作禮而去

佛説優婆夷墮舍迦經

佛說齋經

吳優婆塞支謙譯

聞如是一時佛在舍衞城東丞相家殿丞相母名維耶早起沐浴著綵衣與諸子婦俱出稽首佛足一面坐佛問維耶沐浴何早對曰欲與諸婦俱受齋戒佛言齋有三輩樂何等齋維耶長跪言願聞何謂三齋佛言一爲牧牛齋二爲尼揵齋三爲佛法齋牧牛齋者如牧牛人求善水草飲飼其牛暮歸思念何野有豐饒須天明當復往若族姓男女已受齋戒意在家居利欲産業及念美飲食育養身者是爲如彼牧牛人意不得大福非大明尼揵齋者當月十五日齋之時伏地受齋戒爲十由延内諸神拜言我今日齋不敢爲惡不名有家彼我無親妻子奴婢非是我有我非其主然其學貴文賤質無有正心至到明日相名有如故事齋如彼者不得大福非大明佛法齋者道弟子月六齋之日受八戒何謂八第一戒者盡一日一夜時心如眞人無有殺意慈念衆生不得賊害蠕動之類不加刀杖念欲安利莫復爲殺如清淨戒以一心習第二戒者盡一日一夜持心如眞人無貪取意思念布施當歡喜與自手與潔淨與恭敬與不望與却慳貪意如清淨戒以一心習第三戒者一日一夜持心如眞人無婬意不念房室修治梵行不爲邪欲心不貪色如清淨戒以一心習第四戒者一日一夜持心如眞人無妄語意思念至誠安定徐言不爲僞詐心口相應如清淨戒以一心習第五戒者一日一夜持心如眞人不飲酒不醉不迷亂不

失志去放逸意如清淨戒以一心習第六戒者一日一夜持心如眞人無求安意不著華香不傅脂粉不爲歌舞倡樂如清淨戒以一心習第七戒者一日一夜持心如眞人無求安意不卧好牀卑牀草席捐除睡卧思念經道如清淨戒以一心習第八戒者一日一夜持心如眞人奉法時食食少節身過日中後不復食如清淨戒以一心習佛告維耶受齋之日當習五念何謂五一當念佛佛爲如來爲至眞爲等正覺爲明行足爲善逝世間父無上士經法御天人師號曰佛是念佛者愚癡惡意怒習悉除善心自生思樂佛業譬如以麻油澡豆沐頭垢濁得除齋念佛者其淨如是衆人見之莫不好信二當念法佛所說法三十七品具足不毀思念勿忘當知此法爲世間明是念法者愚癡惡意怒習悉除善心自生用樂法業譬如以麻油澡豆浴身垢濁得除齋念法者其淨如是衆人見之莫不好信三當念衆恭敬親附依受慧教佛弟子衆有得溝港受溝港證者有得頻來受頻來證者有得不還受不還證者有得應眞受應眞證者是爲四雙之八輩丈夫皆爲戒成定成慧成解成度知見成爲聖德爲行具當爲叉手天上天下尊者福田是念衆愚癡惡意怒習悉除喜心自生樂衆之業譬如以淳灰浣衣垢汙得除齋念衆者其德如是衆人見之莫不好信四者念戒身受佛戒一心奉持不虧不犯不動不忘善立愼護爲慧者舉後無所悔不以有望能等教人是念戒者愚癡惡意怒習悉除喜心自生樂戒統業如鏡之

磨垢除盛明齋念戒者其淨如是衆人見之莫不好信五當念天第一四天王第二忉利天鹽天兜術天不憍樂天化應聲天當自念我以有信有戒有聞有施有智至身死時精神上天願不失信戒聞施智是念天者愚癡惡意怒習悉除喜心自生樂天統業譬如寶珠常治清明齋念天者其淨如是奉持八戒習五思念爲佛法齋與天參德滅惡興善後生天上終得泥洹是以智者自力行出心作福如是維耶齋之福祐明譽廣遠譬是天下十六大國是十六國滿中衆寶不可稱數不如一日受佛法齋如此其福者則十六國爲一豆耳天上廣遠不可稱說當今人間五十歲爲第一天上一日一夜第一四天上壽五百歲彼當人間九百萬歲佛法齋者得生此

天上人間百歲爲忉利天上一日一夜忉利天壽千歲當人間三千六百萬歲人間二百歲爲鹽天上一日一夜鹽天壽二千歲當人間一億五千二百萬歲人間四百歲爲兜術天上一日一夜兜術天壽四千歲當人間六億八百萬歲人間八百歲爲不憍樂天上一日一夜不憍樂天壽八千歲當人間二十三億四千萬歲人間千六百歲爲化應聲天上一日一夜化應天壽萬六千歲當人間九十二億一千六百萬歲若人有信有戒有聞有施有智奉佛法齋當命盡時其人精神皆生此六天上安隱快樂猗善衆多我少說耳凡人行善寬神上天受福無量維耶聞佛語歡喜言善哉善哉世尊齋之福德甚快無量願受佛戒從今以後月月六齋竭力作福至死

佛說經已皆歡喜受教

佛說齋經

音釋

酷 苦沃切虐也
鞊 他篋切鞍飾也
餧 於偽切飼也
鈇鑕 鈇方矩切大斧也鑕職日切椹也
魚 徐兩切與象同
齀 子孕切
齶 五各切齒根肉也
胃 于貴切穀府也
釿 舉欣切斧斤也
齘齧 齘下戒切齒上下相抵也齧五結切噬也
髈 蒲光切與膀同膀胱也
脅 虛業切腋下也
挽 無遠切牽引也
釘釘 下釘字丁定切以釘釘之也
踞 居御切蹲也
臗 苦官切胜閒也
齩 五巧切齧也
齗 語斤切齒根肉也
撈 魯刀切取也
嚼 在爵切齧也
駱駞 駱盧各切駞徒何切駱駞獸名
獺 他達切食魚獸也
鼈 并列切
黿鼉 黿愚表切鼉徒何切
溷 胡困切廁也
蟲豸 蟲直弓切有足曰蟲豸池爾切無足曰豸
螕 補兮切牛虱也
蟯蜋 蟯去羊切蜋呂張切蟯蜋食糞蟲也
薜荔 梵語具云薜荔多此云餓鬼薜蒲計切荔力計切
跳 他弔切躍也
跛蹇 跛布火切蹇居偃切跛蹇足偏廢行不正也
獦 力涉切與獵同
趂 丑刃切趁也
溜 力救切
渝 音俞
遬 蘇谷切
蹉 倉何切
飲飼 飲於禁切飲之也飼祥吏切食之也
蝡 乳兗切蟲動貌

佛說苦陰經　失譯人名在後漢錄

佛說苦陰因事經　西晋沙門釋法炬譯

佛說釋摩男本經　吴月支優婆塞支謙譯

清刻龍藏佛說法變相圖

三經同卷

佛說苦陰經

佛說苦陰因事經

佛說釋摩男本經

佛說苦陰經

失譯人名在後漢錄

聞如是一時婆伽婆在舍衛城祇樹給孤獨園彼時諸比丘中後聚論皆悉會少有所因彼時有諸異道異學中後行彷徉而行至彼諸比丘所到已共諸比丘面相慰面相慰已却坐一面彼諸異道異學却坐一面已語諸比丘曰諸賢沙門瞿曇智慧說婬智慧說色痛諸賢我等亦以智慧說婬智慧說色痛此諸賢有何差有何降有何若干此沙門瞿曇

及我等俱有智慧彼時諸比丘聞諸異道異學所說亦不然可亦不呰㦤不然可不呰㦤已從座起而還我今聞此所說問世尊已當廣知其義便至世尊所到已禮世尊足却坐一面彼諸比丘却坐一面已如共異道異學所論盡廣向世尊說作如是向世尊說已世尊告諸比丘彼時應向異道異學作如是說云何婬氣味云何是敗壞云何是棄云何色氣味云何是敗壞云何是棄云何痛氣味云何敗壞云何棄此諸比丘應作是答異道異學彼聞已各各相視外當更求論必當瞋恚恨恚已黙然面不悅身支節汗背其面不能答變其面當黙然從座起便即還何以故我不見天及世間魔梵沙門婆羅門衆天及人聞我所說與我等者知其義若從如來如來

弟子若彼聞此此間聞已云何婬氣味謂因五婬若生樂若生喜如是婬氣味此中多有敗壞云何婬敗壞此族姓子或以工技以自存命若耕作若販賣若客書若學筭若學數若學作詩若學首盧若教書若應官募使寒寒所逼熱熱所逼強忍饑渴爲蚊虻蠅蚤所噬彼忍此而求錢財彼族姓子作如是起作如是行作如是勤行彼作如是而不能得財物便憂慼不樂啼哭自搥自打而愚癡作如是言我爲癡行爲不得彼族姓子便起便勤修作行彼便得果彼得錢財便守護之極藏舉之令我此財莫令王奪我莫令賊盜莫令火燒莫令腐壞莫令出利失利彼守護錢財而爲王所奪賊所盜火所燒而敗壞出利不得利彼便憂慼不樂啼哭自搥自打增益愚

癡復次彼長夜所可愛喜念恚敗壞失此令現身是苦陰因婬故緣婬故增上婬故是婬因緣衆生因婬緣婬增上婬因婬故母共子諍子共母諍父共子諍子共父諍兄共妹諍妹共兄諍彼共鬬諍母說子非子說母非父說子非子說父非兄說妹非妹說兄非況復人人耶此是今現苦陰因婬故緣婬故增上婬故此衆生因婬故緣婬故增上婬故王王共諍婆羅門婆羅門共諍居士居士共諍賤人工師賤人工師彼各各共鬬諍各各作種種鬬具或以棒或以石或以刀或以仗於中死死苦此是現苦陰因婬故緣婬故增上婬故此衆生因婬故至增上婬故使著鎧便執弓箭或著皮鎧持極利刀相圍聚鬬彼於中或以象鬬或以馬或以車或以步兵或以女人或以士夫於中或有死死苦此是現苦陰因婬故緣婬故增上婬故此衆生因婬故至增上婬故著鎧至持極利刀詣極高城而欲伐之彼於中或吹貝或擊鼓或舉聲喚呼或以搥或以戟或以鉞或以利輪或以箭相射或下亂石或以弩或以銷銅注之於中死死苦是爲現苦陰因婬故至增上婬故此衆生因婬故至增上婬故至王城邑或穿牆破藏或盜他物或截他道壞他城破他村殺他人被有司執之驅使作種種苦行或截其手或截其足或截手足或截其耳或截其鼻或截耳鼻或截其髻或截其髮或截髻髮或著函中或衣戮殺或著沙石上或著草上或著鐵驢口中或著鐵師子口中或著銅釜中或著鐵釜中或段段割之或利叉刺之或卧熱鐵

牀上以熱油灑之著臼中以鐵杵擣之若以龍噬若以杖撾若以棒棒將至標下以刀梟首是現身苦陰因婬故至增上婬故此衆生因婬故至增上婬故作身苦行口意苦行彼時若得患病苦臥在牀上臥在座上或臥蔭中身有痛極苦極痛不樂命欲斷謂彼身苦行口意苦行彼終時倒懸向下猶若冥時日欲沒大山大山間彼山影倒懸向下如是彼身苦行口苦行意苦行彼時命終倒懸向下彼作是念此身苦行口意苦行倒懸向下本不作行本不作福我多作衆惡謂趣作惡作貪作兇暴不作福行不作善行亦不作有所歸我必墮其趣此便有變悔變悔已終亦不善生亦不善此是現苦陰因婬故至增上婬故此衆生因婬故至增上婬故作身苦行作口意苦行彼作身至意苦行已彼因彼緣身壞死時生惡趣泥犁中此是後身苦陰因婬故至增上婬故是爲婬敗壞云何棄婬若有於婬有求欲當止求欲當度婬欲棄此婬欲是爲棄婬諸有沙門婆羅門如是氣味婬者於中有敗壞棄捨不知如眞彼豈能自棄婬耶復能止他耶如與住俱豈能止婬是事不然諸有沙門婆羅門如是氣味婬知是敗壞能棄捨知如眞彼自能止婬亦能止他如與住俱能止婬者有是處云何氣味色若刹利女婆羅門女工師女庶人女若十四十五女於此時容色具足彼時形色有樂有喜爾時氣味色此中多有敗壞云何色敗壞當如見妹老耄年過齒落髮墮傴背執杖伸縮而行於意云何前好容色寧敗壞不唯然世尊復

次當如見妹病苦患若卧牀上若卧座上若卧蓐中病悉著身極苦極患不樂命欲斷於意云何前好容色寧敗壞不唯然世尊復次當如見妹若死一日至七日若烏啄若鵄啄若狗食若狐食若火燒若埋若蟲於意云何前好容色寧敗壞不唯然世尊復次如見妹死屍若骨若青若蟲若食若骨白於意云何前好容色寧敗壞不唯然世尊復次若見如妹屍無有皮肉但筋相連於意云何前好容色寧敗壞不唯然世尊復次若見如妹死屍骨節處處分解散在異處脚骨在一處𨄔骨髀骨腰骨脊骨肩骨項骨髑髏骨各在一處於意云何前好容色寧敗壞不唯然世尊復次若見如妹死屍骨正白如貝若青鴿色若赤油潤若腐碎於意云何前好容色寧敗壞不唯然世尊是爲色敗壞云何棄色謂於色有求欲當止求欲度一切求欲棄此色諸有沙門婆羅門如是氣味色於中敗壞無棄捨不知如眞豈能自止色耶復能止他乎如與住俱豈能止色耶是事不然諸有沙門婆羅門如是氣味色知敗壞棄捨離知如眞者彼能自止色亦能令他止如所住能止色者有是處云何氣味痛此比丘於婬解脱至住四禪正受住於彼時亦不自壞亦不壞他此無壞已於中便得樂何以故我説不恚得樂痛是爲痛氣味長云何痛敗壞謂痛是無常苦盡法是爲痛敗壞云何痛棄謂痛求欲止求欲度求欲是棄痛若沙門婆羅門如是氣味痛不知敗壞不知棄捨不知如眞彼豈能自止痛耶復能止他乎如與住俱棄痛者是事

不然諸有沙門婆羅門如是氣味痛知是敗壞棄捨知如眞者彼能自止痛亦能令他止如與住俱能止痛者有是處佛如是説彼諸比丘聞世尊所説歡喜而樂

佛説苦陰經

佛說苦陰因事經

西晉沙門釋法炬譯

聞如是一時婆伽婆在釋羇底(刹帝利種也)迦惟羅婆(城名)尼拘蔞園中於是釋摩訶能渠中後彷徉行至世尊所到已禮世尊足却坐一面釋大力士却坐一面已白世尊曰如世尊所說法我悉知謂三意念著結婬意著結瞋恚愚癡意著結如是唯世尊所說法我悉知今此已生婬欲法著其意已生瞋恚愚癡法著其意是故唯然世尊我作是念我有何法未盡而令生婬欲而著其意生瞋恚愚癡法而著其意汝大力士法未盡令汝在家住亦不學道不信樂出家棄家汝大力士若此法盡者汝亦不在家汝必能信樂出家棄家學道汝大力士彼法未盡故而令汝在家不信樂出家棄家學道於是釋大力士從座起一面著衣叉手向世尊白世尊曰如是我今於世尊有信樂唯願世尊善爲說法謂見法令疑盡故此大力士有五婬欲愛念愛色近婬染著眼知色耳知聲鼻知香舌知味身知細滑染著衆中而自娛樂愛樂氣味於中樂如是大力士氣味婬於中多有敗壞云何大力士於婬多有敗壞此大力士若族姓子若學工巧以自存命若耕田若販賣若傭書若學數若學筭若學印若學詩若學守鑪若教書若應王募彼寒寒所逼熱熱所逼服忍饑渴爲蚊虻蠅蚤所蛆彼求錢財彼族姓子如是起如是作如是勤行彼而不能得錢彼便憂慼不樂啼哭自搥自打增益愚癡勤修不得果彼族姓子如是起如是作如是勤行彼便得

錢財得錢財已便守護之莫令此錢財令王奪我莫令賊盜莫令火燒莫令腐壞莫令出利失利彼守護錢財而爲王所奪賊所盜火所燒而腐壞出利不得利彼便憂慼不樂啼哭自搥自打增益愚癡復次長夜所可愛喜悉敗壞失是爲大力士此今現身是苦陰因婬故至增上婬故是婬因緣此大力士衆生因婬至增上婬因婬故母共子諍子共母諍父共子諍子共父諍兄共妹諍妹共兄諍彼共鬪諍母説子非子説母非父説子非子説父非兄説妹非妹説兄非况人人耶此大力士是今現苦陰因婬故至增上婬故此大力士因婬故至增上婬故王王共諍婆羅門婆羅門共諍居士居士共諍賊人賊人共諍工師工師等諍彼各各共鬪諍作種種鬪具或以拳或以石或以刀仗於中或有死死苦是爲大力士此現苦陰因婬故至增上婬故此大力士衆生因婬故至增上婬故便著鎧便執弓箭或著皮鎧持極利刀相圍聚鬪彼於中或以象鬪或以馬或以車或以步兵或以女人或以士夫於中或有死死苦是爲大力士現苦陰因婬故至增上婬故此大力士衆生因婬故至增上婬故著鎧至執弓箭著皮鎧持極利刀詣極高城而欲伐之彼於中或吹貝或擊鼓或舉聲喚呼或以鐵杵或以戟或以利輪以箭相射或下亂石或以弩或以銷銅注之於中死死苦是爲大力士今現苦陰因婬故至增上婬故此大力士衆生因婬故至增上婬故至王城邑或穿墻破藏或盜他物或截他道壞他城破他村殺他人被有

司執之驅使作種種苦行或截其手或截其足或截手足或截其耳或截其鼻或截其舌或截其髻或截其髮或截其髻髮或著函中或衣戮殺或著沙石上或著草上或著鐵驢口中或著鐵師子口中或著銅釜中或著鐵釜中或段段割之或利叉手刺之或臥熱鐵牀或以執油灑之著臼中以鐵杵擣之若以龍蛆若以杖撾若以棒棒將至標下以刀梟首是爲大力士現身苦陰因婬故至增上婬故此大力士衆生因婬故至增上婬故作身苦行口意苦行彼時若得患病苦臥在牀上臥在蔭中身有病極苦痛不樂命欲斷謂彼身苦行口意苦行彼終時倒懸向下猶若冥時日欲没大山大山間彼山影倒懸向下如是謂彼身苦行口苦行意苦行彼時命終倒懸向下彼作是念此身苦行口苦行意苦行倒懸向下本不作行本不作福我多作衆惡謂趣作惡作貪作兇暴不作福行不作善行不作有所歸必墮其趣此便有變悔變悔已終亦不善生亦不善是爲大力士現身苦陰因婬故至增上婬故此大力士衆生因婬故至增上婬故作身苦行口意苦行彼作身苦行已口意苦行已彼因彼緣身壞死時生惡趣泥犂中是爲大力士此是後身苦陰因婬故至增上婬故是爲大力士五氣味婬多有苦敗壞此聖弟子不以等智見如真而於婬作惡不善法亦不喜樂謂無上息如是大力士聖弟子與婬法相應復次大力士我少氣味婬知有苦知是敗壞謂我知見如真亦不於婬作惡不善法住於護安樂謂無上息如

是我大力士不與婬法相應此大力士我一時在羅閱祇鞞陀隸止右脇七葉窟中此大力士從下晡起我至止右脇邊我於中遥見諸尼揵常不坐常跪極苦痛行我到彼所到已作如是言何以故汝尼揵作如此常跪常坐作如此極苦行彼答我言瞿曇有師尼揵親族子彼作是言汝諸尼揵本作惡行今作此苦行當消彼惡行謂今身業行口意業行有惡當不爲我語彼曰云何汝諸尼揵汝師尼揵親族子能信能任彼不不疑彼師耶彼作是言此瞿曇我彼師尼揵親族子我不疑彼師能信能任我答彼曰如是如汝等尼揵有尼揵有彼尼揵本作惡行作極苦行彼尼揵終已當來生人間亦當復在此尼揵中學當如此常跪不坐作苦行如今汝衆皆當爾

彼作是言此瞿曇不從善行得善報彼王頻浮婆安樂住汝沙門瞿曇不能爾汝諸尼揵爲爾不是而作斯言何以故爲是凡愚不定不善無猒無足而作斯言王頻浮婆常住於善常得安樂沙門瞿曇不能爾汝諸尼揵應當先明我云何爲常安樂住而言王頻浮婆沙門瞿曇耶汝諸尼揵我當爲汝說我爲善安樂住非摩竭王頻浮婆者耶及汝應當作是言摩竭王頻浮婆常安樂住非汝沙門瞿曇所能及此沙門瞿曇我今問汝誰爲善安樂住爲摩竭王頻浮婆耶爲沙門瞿曇耶於尼揵意云何彼摩竭王頻浮婆爲得口意自在不七日七夜得身一向安樂不不也唯瞿曇若六五四三二一日一夜得意口自在不身爲一向得安樂住不唯瞿曇不也於尼揵

意云何我爲得意口自在不一日一夜身爲善安樂住不唯然瞿曇二三至七日七夜爲得意口自在不身爲一向善安樂住不唯然瞿曇於尼揵意云何我等誰爲常善安樂住摩竭王頻浮婆耶爲我耶如汝從沙門瞿曇所說知其義沙門瞿曇爲善安樂住非摩竭王頻浮婆此大力士少氣味婬知多有苦是敗壞中多有敗壞謂此聖弟子不能以智慧見如眞而於婬作惡不善法不入喜樂謂無上息如是大力士聖弟子與婬法相應復次大力士我少氣味婬多有苦知是敗壞謂我以智慧等見如眞亦不於婬有不善法但住於護以自樂謂無上息如是我大力士不與婬法相應佛如是說彼大力士諸比丘聞世尊所說歡喜而樂

佛說苦陰因事經

佛說釋摩男本經 四子經

吳月支優婆塞支謙譯

聞如是一時佛在釋羈瘦國行在迦維羅衞兜泥拘類國園坐於樹下是時有釋人名曰摩男到佛所前以頭面著佛足爲禮白佛言我常聞佛語輒著意中我聞佛說人心有三態有婬態有怒態有癡態我從聞以來常著意我自念無有婬態心自爲正無有怒態心自爲正無有癡態心自爲正我自念常持是三者意不動何因緣殊不解佛言若婬心怒心癡心解者何因緣復與妻子共居若有貪心故其有賢者自思惟雖有緣小苦耳久後大樂與妻子共居須臾樂耳久後大苦其有賢者知世間樂少苦多佛言諸比丘得阿羅漢道知世間樂少苦多我故求佛道者但念世間樂少苦多我爲菩薩時常念樂少苦多摩男言獨佛阿羅漢有是念耳佛告摩男聽我言以著心中人於世間何等爲樂凡有五樂人所貪喜眼貪好色即著心中晝夜念之以好色貪著耳聞好聲鼻聞好香舌喜美味身得細輭即著心中以好色貪著如是五者天下人所貪天下樂著皆出是五事知當出幾何憂世間人或作田家從得生活或作工師用得生活或作賈市用得生活或作長吏用得生活或作畜牧用得生活或作畫師用得生活是人寒者忍寒熱者忍熱苦者忍苦饑者忍饑渴者忍渴俱坐貪意俱忍是寒溫饑渴自怨言我治生若干歲苦欲死殊不得錢財與寒苦共居或得病瘦佛告摩男是爲一苦二事者貪婬之意中有人或作田家或

作工師或作市賈或作長吏或作畜牧或作畫師行治生忍寒熱饑渴致貪錢財以得富饒復懷憂恐畏縣官亡其錢財或恐火起燒其錢財或恐乘船船沒亡其錢財或恐賊劫取其錢財或恐貿賣亡其錢財或恐貧家親屬持毒藥毒之或親子散亡錢財是人常與重憂共居晝夜懷憂無有解已時中復有人持錢財行或逢縣官或逢水火或貿賣財物不還或埋置地中不知其處或有來誣謗之或有親子用父錢財其人自念我從少小治生忍寒熱饑渴忍勤苦致錢財今復亡失從是憂念或病或死皆坐財故是皆貪意五樂所致是爲二苦三事者世間人坐錢父與子諍兄與弟諍夫與婦諍或知識朋友共諍或諸家內外共諍皆後相説惡露是皆貪樂所致世間人坐錢財故王者與王者鬬道人與道人鬬田家與田家鬬工師與工師鬬皆坐錢財故口相罵杖相捶刀相斫或相傷殺皆坐貪所致是爲三苦四事者世間人從軍受取官錢公知當行鬬戰生死無期皆貪心故行從軍以受官錢不得復休便鬬或傷頭或截頭或傷臂或截臂或傷脚或截脚展相奪命是皆貪所致是爲四苦五事者世間人貪意夜行穿人室壁或於道中劫人攻人城郭爲吏所得或截頭或截手或截脚或辜磔或割其肌或以火燒之或以大椎椎其顙或斬其腰是皆貪意所致是爲五苦世間人坐錢財轉相欺口亦相欺身亦相欺相欺時自以爲可自用無有過罪不知殃毒在後當入地獄其有若賢者若沙門婆羅門自思惟世間

五樂多耶憂苦多乎佛告摩男我爲菩薩時常念世間樂少苦多以是故求無爲之道其有人欲言世間樂者皆不知生死之道若世間有賢善心意無貪之志復欲教人莫令貪是最爲大德佛告摩男我嘗至王舍國有山名設提班拏瞿阿墮夫婁沛施我見諸尼揵種有被髮行者僂行者坐地者卧地者身體無衣皆被鹿皮佛遥見之前與尼揵語若何因緣作是曹被髮行何因緣於地坐卧亦無衣被自毒如是諸尼揵對佛言我曹先世行惡所致令我今世困苦如是行惡未盡故耳佛言若何因緣聞知是事先世所爲從人聞耶自知之乎諸尼揵言亦不知亦不聞亦不事師佛言若用是困苦故得脱於生死乎若亦不從人聞亦不事師若空自困苦爲寧可棄若所爲來事佛道佛言我但惜若身念若子孫後世皆當復法效若曹所爲諸尼揵皆瞋恚佛所言王萍沙用是沙門瞿曇爲内國中佛告諸尼揵若曹勿恚王萍沙見受我經戒不敢妄有所説佛告諸尼揵若曹寧能正坐七日七夜不飲食不語言如是爲樂耶王有宫闕妓樂爲樂耶尼揵言沙門瞿曇爲樂佛言何以爲樂萍沙見國何以故不樂尼揵言我曹少憂用是故沙門瞿曇勝王萍沙佛告諸尼揵王萍沙有婬之意有怒之意有癡之意亦欲伏諸傍臣復欲伏外諸民晝夜計念當治誰當繫誰佛言其有婬者亦欲自殺亦欲殺人瞋怒者亦欲自殺亦欲殺人癡者亦欲自殺亦欲殺人諸尼揵皆前到佛所白佛言我曹亦無婬態亦無怒態亦無癡態寧

可作沙門佛言當歸報若父母諸尼揵言我曹辭家學道便與父母決佛言若曹且受五戒歸諸尼揵皆受五戒一者不殺二者不盜三者不犯他家婦女四者不欺五者不飲酒諸尼揵受五戒著衣舉髮正行各自歸家佛告摩男若聞經婬意怒意癡意若言我持佛教若熟思惟是五事寧與世間等不摩男言我當歸思惟諷誦是經典日當到佛所摩男前為佛作禮而去

佛說釋摩男本經

音釋

訾懱（訾將几切毀也懱莫結切輕懱也）募（莫故切招也）蠅蚤（蠅余陵切蚤子皓切）鎧（苦亥切甲也）槌（直追切與椎同）戟（紀逆切支兵也）鉞（王伐切大斧也）擣（都皓切舂也）傴（於武切曲也）縮（所六切斂縮也）蹲（市兗切腓腸也）髀（皮彼切股也）䩭（荆猗切）蔞（落侯切）磔（側革切裂也）[illegible]（盧敢切）噬（時制切音誓）

六經同卷

清刻龍藏佛說法變相圖

六經同卷

佛說鞞摩肅經

宋三藏求那跋陀羅譯

聞如是一時婆伽婆在舍衛城祇樹給孤獨園於是鞞摩肅（姓也）異學中食後彷徉而行至世尊所到已白世尊曰唯瞿曇形色極無上

妙此迦旃延云何爲色妙此瞿曇謂色妙極妙更無有妙最勝者最妙最好彼色最妙彼色最上最好猶若迦旃延有人作是説人中有妙者我欲婬之或有作是言汝謂此人中妙者字是姓是像是若長若短若中若端正不端正若白黒若刹利女婆羅門女居士女工師女東方南方西方北方問已不能報汝不知不見謂此人中妙至北方而言欲婬此迦旃延汝所言彼色爲最妙彼色爲最上彼色無上問色已不能知猶若瞿曇閻浮檀金巧工師子極磨治淨著白器中形色極妙色有所照是故瞿曇我作是説色爲最妙色爲最勝彼色爲最勝彼色無上彼色最上是故迦旃延我還問汝隨所思還報之於迦旃延意云何此閻浮檀金巧師子極磨治淨著白器中形色有照謂此即照蟲於闇冥時色妙色有所照誰光最勝最上最妙最好説此瞿曇即照蟲於閻浮檀金光明最勝最上最好最妙説於迦旃延意云何即照蟲於闇冥時光明有所照謂油燈明於闇冥時光明有所照誰光明最勝最妙最好最上唯瞿曇油燈光明於即照蟲光明最勝最上最妙最好於迦旃延意云何謂油燈光明於夜闇冥有所照謂此大火積於夜闇冥光明有所照誰光明最勝最上妙好唯瞿曇火積光明於油燈光明最勝上妙好於迦旃延意云何謂火積於闇冥時光明有所照謂星過夜半天晴無雲曀光明有所照誰光明最勝上妙好唯瞿曇星光明於火積光明最勝上妙好於迦旃延意云何謂星過夜半已天晴無雲蔽光明

有所照謂月夜欲半天無雲蔽光明有所照誰光明最勝上妙好唯瞿曇月光明於星光明最勝上妙好於迦旃延意云何謂月夜欲半天晴無雲蔽光明有所照謂日於夏時日中光明有所照誰光明最勝上妙好唯瞿曇日光明於月光明最勝上妙好此迦旃延彼多有天諸謂如是威神極有所能光明所不及我本在中坐本在中有所說我不作是說光明最勝光明最上光明最妙汝迦旃延謂即照蟲光明最下最不如而說言是最上最勝最妙耶問光明已而不能知於是鞞摩肅異學被世尊面責默然住無有言身面汗迴面無言默然住於是世尊面責鞞摩肅已還欲令言告鞞摩肅異學曰復次迦旃延有五姓欲愛念愛色近婬染著眼知色耳知聲鼻知香舌知味身知細滑此迦旃延或有愛色或有不愛色謂或有一於色歡喜具滿喜意所念亦滿於彼色於餘色不欲不思不欲得不願求是彼色最爲妙最爲上此迦旃延或有一愛聲香味細滑或有一不愛滑或有一細滑者歡喜具滿喜意所念亦滿於彼細滑更餘細滑不欲不思不欲得不願求是彼細滑最上最妙於是鞞摩肅異學叉手向世尊白世尊曰甚奇瞿曇而沙門瞿曇無量方便爲我說婬樂求婬樂猶若瞿曇草木因火然火因草木然如是我沙門瞿曇以無量方便說於婬說婬樂求婬樂止迦旃延汝爲不善於此長夜作異見作異忍作異欲作異求我此所說等與等知其義此迦旃延我弟子諸比丘晨起及暮常不眠臥常行講論必成尊

道具足分別生得盡梵行已成所作已辨名色已有知如眞我此所說等與等知其義於是鞞摩肅異學於世尊極瞋恚極懷恨不歡喜說世尊誹世尊罵世尊如此沙門瞿曇爲非罵說已白世尊曰此准瞿曇或有一沙門婆羅門不知過去世不知當來世無量生世間而記說聖生已盡梵行已成所作已辨名色已有知如眞是故瞿曇我作是念云何或一沙門婆羅門不知過去世不知當來世無量生世間而記說聖生已盡梵行已成所作已辨名色已有知如眞於是世尊作是念念此鞞摩肅異學於我極瞋恚極懷恨不歡喜誹謗我罵詈我此沙門瞿曇我罵說之而白我曰此瞿曇或有一沙門婆羅門不知過去世至知如眞世尊知已告鞞摩肅異學曰此迦旃延或一沙門婆羅門不知過去世至知如眞彼時應作是言置過去世置當來世不應念一生復次迦旃延我作是說置過去世置當來世不應念一生我弟子諸比丘不諛諂亦不幻質直行我教授之我爲說法如所說則能學近於法知有善猶若迦旃延年少童男彼父母或繫手足於彼時有智生彼父母解手足彼但憶解不憶縛如是迦旃延我作是說置過去世至知有善猶若迦旃延因油燈炷炷則得然或有人不更著油不更易炷前者皆盡後亦不益不久速滅如是迦旃延我作是說置過去世至知有善猶若迦旃延有十積木二十三十四十五十六十積木火燒然而然則知有大火積或有人更不著薪不著草不著牛糞不著麩不著掃不久皆

盡亦不更著不久速滅如是迦旃延我作是說置過去世至知有善說此時鞞摩肅異學遠塵離垢諸法眼生於是鞞摩肅異學見法得法了法清淨法離邪疑更無尊天不復信他離諸猶豫得立果於世尊境界得無畏法從座起頭面禮世尊足唯世尊我寧可得於世尊學道受具足爲比丘於世尊所行於梵行此比丘當行梵行彼鞞摩肅則於世尊學道受具足爲比丘尊者鞞摩肅學道受具足知法至成阿羅漢佛如是說鞞摩肅聞世尊所說歡喜而樂

佛說鞞摩肅經

佛説婆羅門子命終愛念不離經

後漢安世高譯

聞如是一時婆伽婆在舍衛城祇樹給孤獨園彼時有異婆羅門有一子命終愛念不離彼命終亦不能食亦不能飲亦不著衣亦不塗香但至塚間而啼泣彼啼泣憶念在抱上於是彼婆羅門彷徉而行至世尊所到已共世尊面相慰勞面相慰勞已彼婆羅門却坐一面已世尊告曰何以故汝婆羅門諸根不常定此瞿曇我意根云何意根當定我有一子而命終愛念不離彼命終我不能食不能飲不著衣不塗香我但在家啼泣啼泣時憶念在抱上如是如是婆羅門此婆羅門愛生已則有憂慼苦不樂云何瞿曇豈當爾愛生已當有憂慼苦不樂耶此瞿曇愛生已當有歡喜愛念再三世尊告彼婆羅門曰如是如是婆羅門此婆羅門愛生已則有憂慼啼泣不樂再三彼婆羅門白世尊曰云何瞿曇豈當爾愛生已有憂慼不樂耶此瞿曇愛生已但有歡喜愛念於是彼婆羅門聞世尊所説亦不樂不説非不樂不然可已從坐起便還彼時祇洹門外有諸戲人共戲彼婆羅門遥見祇洹門外有諸戲人共戲見已作是念世間聰明者此是最勝我寧可所可共沙門瞿曇論者盡當向彼戲人説之於是彼婆羅門便至彼諸戲人所到已所可共世尊論者盡向彼戲人説之如是説已彼諸戲人報彼婆羅門曰此婆羅門豈當爾愛生已則有憂慼苦不樂耶此婆羅門愛生已當有歡喜愛念於是彼婆羅門作是念此諸戲人語與我等

迴頭巳即便去彼所論則廣聞次第徹王宫王波斯匿聞之沙門瞿曇作是言愛生巳則有憂慼苦不樂王波斯匿聞巳告末利夫人曰此末利我聞沙門瞿曇作是言愛生巳則有憂慼苦不樂如是如是大王愛生巳則有苦憂慼不樂此末利我聞汝師言弟子亦爾汝末利彼沙門瞿曇是汝師而今汝作是言愛生巳則有憂慼苦不樂此大王聞我所説不信者便可自往若遣使於是王波斯匿告那棃鴦伽婆羅門曰汝那棃鴦伽往彼沙門瞿曇所到巳以我言問訊沙門瞿曇無量問訊安隱輕舉有力不作如是言此瞿曇王波斯匿無量問訊安隱輕舉有力不實沙門瞿曇作是言愛生巳則有憂慼苦不樂耶此那棃鴦伽若彼沙門瞿曇作是説汝當善受持誦習之何以故彼不虛説彼那棃鴦伽婆羅門速受王波斯匿教巳至世尊所到巳共世尊面相慰勞面相慰勞巳却坐一面彼那棃鴦伽婆羅門却坐一面巳白世尊曰此瞿曇波斯匿王無量問訊安隱輕舉有力不實沙門瞿曇作是言愛生巳則有憂慼苦不樂耶此那棃鴦伽我還問汝隨所有力當還報之於那棃鴦伽意云何或有人母命終彼母命終意狂亂裸形不著衣隨彼遊行作如是言我不見母我不見母此婆羅門當知之愛生巳則有憂慼苦不樂如是父兄姊妹若婦命終彼婦命終巳則意狂亂裸形不著衣隨彼遊行作是言我不見父及婦此婆羅門當知此愛生巳則有憂慼苦不樂此婆羅門昔有一人婦還歸家彼親屬欲奪與他人彼婦人

聞之親屬欲持我與他人彼婦人聞已速便走還還至已夫所到已語彼夫曰君當知我親屬欲持我與他人君所應爲者今當爲之於是彼人作極利刀持彼婦人手還入屋中作如是言當共同去當共同去斷彼女人命亦自斷命此婆羅門當知此愛生已則有憂慼苦不樂於是那棃鴦伽婆羅門聞世尊所說善受持誦習已從坐起繞世尊已離世尊還至王波斯匿所到已白王波斯匿曰實爾大王彼沙門瞿曇作是說愛生已則有憂慼苦不樂於是王波斯匿告末利夫人曰實爾末利彼沙門瞿曇作是說愛生已則有憂慼苦不樂是故大王我還問王隨所有力當報之於大王意云何愛鞞留羅大將不此末利我愛彼鞞留羅大將此大王彼鞞留羅大將是敗壞是變異生苦憂慼不樂不此末利鞞留羅大將有敗壞變異則有憂慼苦不樂此大王當以此知之愛生已則有憂慼苦不樂於大王意云何愛賢首大將愛一奔陀利大象愛婆夷提女愛婆沙剎諦隸夫人愛迦尸人民不此末利愛迦尸拘薩羅人民此大王迦尸拘薩羅人民亦是敗壞有變異生苦憂慼不樂不此末利諸五婬欲自娛樂者皆因迦尸拘薩羅人民此末利迦尸人民敗壞變異者我命不全況當不生苦憂慼不樂此大王當知此愛生已則有苦憂慼不樂於大王意云何今寧愍妾不此末利我亦愍汝此大王妾亦有敗壞有變異寧可不生苦憂慼不樂耶汝末利敗壞有變異我亦當生憂慼苦不樂此大王以此當知之愛生已則有憂慼

若不樂此末利從今日始彼沙門瞿曇因此事當爲我師我爲弟子此末利我今歸彼世尊法及比丘僧我於彼世尊持優婆塞從今日始離於殺今自歸佛如是說王波斯匿遥聞世尊所說歡喜而樂

佛說婆羅門子命終愛念不離經

佛説十支居士八城人經

後漢安世高譯

聞如是一時諸上尊比丘在波羅梨弗都盧城雞園中世尊般涅槃不久於是十支居士八城人多有財物詣波羅梨弗都盧治生於是十支居士八城人持錢財物盡買盡買已極歡喜得盈利極大歡喜意極悦豫出波羅梨弗都盧城已至雞園中到已禮諸上尊比丘足却坐一面彼十支居士八城人却坐一面是諸上尊比丘爲説法勸進等勸進教授等教授以無量方便爲説法勸進至等教授等令歡喜已默然住於是彼十支居士及八城人聞諸上尊比丘所説法勸進至等歡喜已白諸上尊比丘曰此諸上尊今尊者阿難在何所住我今欲見此居士彼尊者阿難在毗舍離獼猴水岸上欲見者當往見之於是十支居士八城人從坐起禮諸上尊比丘足繞諸上尊已離諸上尊還至彼尊者阿難所到已禮尊者阿難足已却坐一面彼十支居士八城人却住一面已白尊者阿難曰此阿難我欲有所問聽我所問當問居士聞已知之此尊者阿難彼世尊有智有見如來無所著等正覺以眼見第一義説一法聖弟子所住於有餘處有漏盡意解脱不此居士彼世尊有智有見如來無所著等正覺以眼見第一義説一法聖弟子所住有餘處有漏盡意解脱云何尊者阿難彼如來無所著等正覺眼見第一義説一法聖弟子所住有餘處有漏盡意解脱此居士聖弟子所聞於婬解脱至住四禪正受住彼依入法法相觀行止彼

依入法法相觀行止住可有是處彼所住得有漏盡不住彼所得有漏盡彼自樂法彼自愛法彼自習法彼自敬法得歡喜五下結盡得化生彼般涅槃成阿那含不還此世間是爲居士彼世尊有智有見如來無所著等正覺眼見第一義說一法聖弟子所住有餘處有漏盡意解脫復次居士聖弟子所聞意與慈俱滿一方已正受住如是二三四上下一切諸方意與慈俱無怨無二無恚極廣極大無量極分別滿諸方已正受住如是意與悲喜護俱滿一切諸方已正受住彼依入法法相觀行止彼依入法法相觀行止住可有是處住彼已得有漏盡不住彼處得有漏盡若彼以法樂以法愛習行法敬法得歡喜法五下結盡得化生於彼處般涅槃成阿那含不還此世間是爲居士彼世尊有智有見如來無所著等正覺眼見第一義說第一法聖弟子所住有餘處有漏盡意解脫復次居士聖弟子所聞度一切色想至有想無想處正受住彼依入法法相觀行止至有漏盡意解脫於是十支居士八城人白尊者阿難曰甚奇尊者阿難我等問尊者阿難一甘露門而爲說十二甘露門甚多尊者阿難於此十二甘露門依各各甘露門當安隱自御之猶若尊者阿難離城村不遠有重閣若重閣房邊有十二門或有人入中少有所爲或有人生無有義不饒益不安隱不快樂或有以火燒重閣此尊者阿難彼人於十二門隨彼意安隱出如是甚奇尊者阿難我等問尊者阿難一甘露門而爲說十二甘露門此尊者阿難爲

甚多當於十二甘露門依各各甘露門各各當出之此尊者阿難彼諸婆羅門與惡法俱施與師物況當我等今於大師當不以財施之於是十支居士八城人於其夜饌具淨妙飲食於其夜饌具淨妙飲食已隨時敷座敷座已請雞園中比丘僧毗舍離比丘僧皆悉聚之雞園中諸比丘僧毗舍離諸比丘僧皆悉聚已以淨妙飲食手自授與以淨妙飲食手授與已知食訖收攝鉢器行澡水以五百種物買房施與尊者阿難以爲私有彼尊者阿難施與招提僧阿難如是說十支居士八城人聞尊者阿難所說歡喜而樂

佛說十支居士八城人經

佛説邪見經

失譯人名今附宋録

聞如是一時尊者阿難在羅閱祇城迦蘭陀竹園世尊般涅槃不久於是有異邪命是尊者阿難總角友中食後行彷徉而行至尊者阿難所到已共尊者阿難面相慰勞面相慰勞已却坐一面彼邪命却坐一面已語尊者阿難曰我欲有所問聽我所問當問賢者邪命聞已知之此阿難彼沙門瞿曇棄邪見除邪見不記説世間有常世間無常世間有邊世間無邊命是身是命異身異有如此命終無有命終有此無有此無有命終此阿難彼之沙門瞿曇知邪見應如此知耶此婆羅門彼世尊有智有知見如來無所著等正覺棄邪見除邪見不記説世間有常至無有命終此婆羅門彼世尊有智有見知此邪見如來無所著等正覺應如此知此阿難彼沙門瞿曇棄邪見除邪見不記説世間有常至無有命終云何阿難彼沙門瞿曇知此邪見此云何知此婆羅門彼世尊有智有見如來無所著等正覺棄邪見除邪見不記説世間有常至無有命終此婆羅門此邪見者相應等相應如是趣如是生及後世此婆羅門彼世尊如是知有知有見如來無所著等正覺知邪見當如是知是故阿難我今歸汝汝婆羅門莫歸於我如我所歸世尊汝自當歸之是故阿難我今便歸彼世尊法及比丘僧我於彼世尊爲優婆塞從今日始離於殺今日歸尊者阿難如是説彼邪命聞尊者阿難所説歡喜而樂

佛說邪見經

佛説箭喻經

失譯人名今附東晉錄

聞如是一時婆伽婆在舍衞城祇樹給孤獨園彼時尊者摩羅鳩摩羅獨在靜處有是念生謂世尊棄邪見除邪見不記説世間有常世間無常世間有邊世間無邊命是身是命異身異有如此命終無有命終有此無有此無有命終我不能忍我所不用我所不樂世尊若一向記世間有常者我當從行梵行若世尊不一向記世間世間有常者論已當離去如是世間世間有邊世間無有邊命是身是命異身異有如此命終無有命終有此無有此無有命終若世尊一向記我言眞諦餘者愚癡者我當行梵行若世尊不一向記我言眞諦餘者愚癡者我問已當離還於是尊者摩羅鳩摩羅從下晡起至世尊所到已禮世尊足却坐一面尊者摩羅鳩摩羅却坐一面已白世尊曰唯世尊我在靜處有是念生請世尊棄邪見除邪見不記説世間有常乃至無有命終此者我不欲我不能忍不能樂若世尊一向知世間有常者世尊當記之世尊若一向不知世間有常者但直言我不能知如是世間無常至無有命終若世尊一向知我言眞諦餘者愚癡世尊當記之若世尊不知我言眞諦餘者愚癡者直言我不能知此摩羅鳩摩羅我前頗向汝説若我記世間有常汝便從我行梵行耶不也唯世尊如是世間無常至無有命終若我記我言眞諦餘者愚癡者汝當從我行梵行耶不也唯世尊汝摩羅鳩摩羅前頗向我説若世尊一向記

世間有常者我當從行梵行耶不也唯世尊如是世間無常至無有命終若世尊記我言眞諦餘者愚癡者我當從行梵行耶不也唯世尊此摩羅鳩摩羅我本不向汝說汝本不向我說汝愚癡人無所因而黙耶於是尊者摩羅鳩摩羅面被世尊責黙然無言身面汗迴其面黙然無言彼時世尊面責摩羅鳩摩羅巳告諸比丘若有愚癡人作是念我不從世尊行梵行要令世尊一向記世間有常彼愚癡人不自知中間當命終如是世間無常至無有命終我不從世尊行梵行要令世尊記我言眞諦餘者愚癡彼人不自知中間命終猶若有人身中毒箭彼親屬慈愍人欲令安隱欲饒益之求索除毒箭師於是彼人作是念我不除箭要知彼人巳姓是字是像是

若長若短若中若黒若白若刹利族若婆羅門族若居士族若工師族若東方南方西方北方誰以箭中我我不除毒箭要當知彼弓爲是薩羅木爲是多羅木爲翅羅鵞掘梨木我不除毒箭要當知彼筋若牛筋若羊筋若犛牛筋而用纏彼弓我不除毒箭要知彼弓弝爲白骨耶爲黒棘耶爲赤棘耶我不除毒箭我要當知彼弓弦爲牛筋羊筋犛牛筋耶我不除毒箭要當知彼箭爲是舍羅木爲是竹耶爲是羅蛾梨木耶我不除毒箭要當知彼箭筋爲是牛筋羊筋犛牛筋耶而用纏箭耶我不除毒箭要當知彼毛羽是孔雀耶爲是鶬鶴耶爲是鷲耶取彼翅用作羽我不除毒箭要當知彼鐵爲是婆蹉耶爲是婆羅耶爲是那羅耶爲是伽羅鞞耶我不除毒箭要

當知彼鐵師姓是字是像是若長若短若中若黑若白若在東方若南方若西方若北方彼人亦不能知於中間當命終如是若有愚癡人作是念我不從彼世尊行梵行要令世尊記世間是常彼愚癡人不自知於中間當命終如是世間非是常世間有邊至無有命終若有愚癡人作是念我不從彼世尊行梵行要令世尊作是記我言眞諦餘者愚癡彼愚癡人不自知於中間當命終世間有常有此邪見亦當於我行於梵行如是世間無常至無有命終此邪見者亦當於我行梵行世間有常有此邪見不應從我行梵行如世間無常至無有命終有此邪見不應從我行梵行世間有常無此邪見亦當從我行梵行如是世間無常至無有命終無此邪見者亦當從我行梵行世間有常無此邪見不應從我行梵行如是世間無常至無有命終無此邪見不應從我行梵行世間有常有生有老有病有死有憂慼啼哭不樂如是此大苦陰是習如是世間無常至無有命終有生有老至大苦陰是習世間有常此不可記如是世間無常至無有命終此不可記云何不可記此非是義亦非法非是梵行不成神通不至等道不與涅槃相應是故不可記云何是我所一向記此苦我一向記苦習苦盡住處我一向記何以故我一向記此是義是法得成神通行梵行至等道與涅槃相應是故我一向記之所可不記者當棄彼我所記者當持之佛如是說彼諸比丘聞世尊所說歡喜而樂

佛說箭喩經

佛說普法義經（亦云具法行經）

後漢安世高譯

聞如是一時佛在舍衛國祇樹給孤獨園是時賢者舍利曰請比丘聽說法上頭亦善中要亦善要亦善善解分別具淨除聽賢者行名具法行當爲聽善心諦念比丘應如賢者言從賢者舍利曰聽賢者舍利曰便說十二時聚會能致賢者道何等爲十二一爲自能教身二爲亦能教餘三爲墮人中四爲墮賢者中五爲根足六爲不墮世間業七爲見賢者喜八爲佛亦有九爲亦說法十爲以說法能受十一爲能聽外受十二爲如得能依方施是賢者十二時聚會爲得賢者道從是行若經欲說異人者當爲二十品說何等爲二十一爲善說說二爲多說說三爲前後說說四爲次第說說五爲歡喜說說六爲可說說七當爲解意說說八當爲除慙說說九當爲莫訶失說說十當爲調說說十一當爲應說說十二當爲莫散說說十三當爲法說說十四當爲隨衆說說十五當爲等意說說十六當爲助護意說說十七當爲莫窮名故說說十八當爲莫利事故說說十九當爲莫從說說自現二十莫從說說調餘若賢者比丘欲爲餘人說說當爲是二十品說說舍利曰復謂比丘欲聞法者當有十六業何等爲十六一當爲有時可聞二當爲多聞三當爲向耳聽四當爲事五當爲莫評諍六當爲莫訶失七當爲莫求長短八當爲法恭敬九當爲說法者恭敬十當爲莫易法十一亦莫易說法者十二亦莫自易身十三當一向心十四莫

餘意十五正持心十六覺一切念可聞法正若賢者欲得聞法當爲案是十六行可聞法何等爲十六一爲時時可聞法二爲可多聞法三爲耳聽可聞法四爲事可聞法五爲不得訶可聞法六爲莫求長短可聞法七爲敬法可聞法八爲敬說經者可聞法九爲莫易法可聞法十爲莫易說法者可聞法十一爲莫易自身可聞法十二爲向一心可聞法十三爲莫有餘意可聞法十四爲正橫意可聞法十五爲一切一意可聞法十六爲念定意可聞法若賢者欲得聞法當爲案是十六比可聞法已聞法如上說便生信可意從是致到無爲已聞如是法便生賢者愛無所欲最從是致無爲已聞如是法便生喜意受爲從是致無爲已聞如是法便捨惡著意爲定意爲從是致無爲已聞如是法得捨疑見復明爲最持至無爲已聞如是法便見陰無所有便見陰空便見陰輕以見便意解便意淨便意止便意解脫如是爲從是致無爲已聞法如是一切世間行見空不復住住便愛盡離滅便可無爲意轉意止得解脫爲從是致無爲已聞法如是意欲行相從行獨坐斷妄得第一願爲從是致無爲已聞如是法爲淨眼見四諦爲從是致無爲已聞如是法爲滿行爲從是致無爲已聞如是法賢者道弟子爲不惱說者亦從聞得樂亦不犯教法亦隨安隱自所求欲滿便是爲十法所從黠行致何等爲十一爲若善知識二爲若善戒三爲若善同學四爲若知受意五爲若受教六爲若問七爲若聞經八爲若聚說經九爲若驚怖

因縁得驚怖十爲已羞驚怖本觀是時本觀便斷一切惡法能斷從本觀已能却是法便定意得自在皆從本觀故如諦從本已捨道弟子便可行十思想何等爲十一者念不淨思想二爲非常思想三爲以非常爲苦思想四爲以苦爲非身思想五爲穢食思想六爲一切天下不欲樂思想七爲念死思想八爲不明思想九爲却意思想十爲滅思想念不淨思想賢者爲隨十四邪法何等爲十四一爲本聚共居失意二爲本聚見貪三爲疾欲四爲不淨思想不知義行五爲不能得觀不淨六爲行惡業人共從事七爲不識是者八爲不事九爲不問十爲不守根十一爲食不知足十二爲初夜後夜不隨行十三爲不能獨坐思惟十四爲如有不能得觀非常思想賢者爲墮世間欲非常苦思想者爲墮六惡法何等爲六一爲不足二爲不精進三爲不信四爲欲五爲不欲閑處坐六爲不得如有觀苦非身思想者見身雜穢食思想者爲味愛不行著一切不樂世間思想者以世間萬物貪欲可行爲邪死思想爲隨命離行冥思想賢者爲隨十一邪何等爲十一一爲疑二爲不念三爲麤身四爲睡眠五爲過精進六爲離精進七爲妄喜八爲怖九爲非一思想十爲無有計十一爲熟觀色却思想者爲欲令離道滅思想者若意在法令離道是所賢者令離道未壞欲壞爲三法多何等爲三一者欲二者斷三爲坐行不淨思想賢者爲行十四法多何等爲十四一爲本聚不共居二爲止意三爲不見本聚四爲自守五爲不疾

欲六爲淨思想不相隨七爲淨思想不觀八爲世間行入不欲共九爲不欲受世間行十爲自守根十一爲不貪知足十二爲初夜後夜行不睡眠十三爲猒欲獨坐十四爲如有觀不淨想行多作賢者從是行爲斷愛欲非常想行多作爲從是斷愛欲非常苦想已習已行已多作爲從是斷曹曹苦非身想已習已行已多作爲從是所見身斷穢食想已習已行已多作爲從是斷愛所世間不樂想已習已行已多作從是斷世間端正死想已習已行已多作意著壽從是斷明想已習已行已多作從是致黠見劫想已習已行已多作從是斷愛滅想已習已行已多作從邪得離如是諦受賢者道弟子爲二十法令不得隨道何等爲二十一爲不行道共居二爲不問三爲所行不知所應四爲曹曹五爲惡行六爲貪意七爲多事八爲寡精進九爲相壞自歸十爲形十一爲冰矜十二爲顛倒十三爲失意十四爲貪十五爲不善群共居十六爲不守根門十七爲飯食不知足十八爲上夜後夜不應行十九爲不喜思惟獨坐二十爲如有不觀是二十事賢者令離道未斷欲斷者有十一法爲多何等爲十一一爲欲二爲得三爲見便四爲有瞻五爲無有費六爲勝七爲得法相八爲隨九爲問十爲獨自守十一爲如有不觀如是政已舍賢者道弟子爲二十法多何等二十一爲行道共居二爲問三爲所行知所應四爲不曹曹五爲互行六爲不在貪七爲少事八爲不捨精進九爲無有橫十爲不隨形十一爲不冰矜十二爲不

顛倒十三爲守意十四爲不貪十五爲善群共居十六爲守根門十七爲飯食知足十八爲上夜後夜能行十九爲喜思惟獨坐二十爲如有觀若已是賢者當復二十二時處已作沙門行道者爲疾是處當爲觀何等爲二十二一爲已受不端正二爲已爲異業三爲我命依他人四爲至命盡當爲求衣飯食病瘦藥作具五爲至命欲已覆六爲至命人間身欲樂已作沙門爲疾觀是七爲莫爲我身傷壞八爲能得獨樂空中九爲不隨罪受食十爲莫爲我身失戒十一爲莫爲我黠同道爲論議十二爲令我道應四德課中得令我命盡時設同道者有問令我得說莫令我即時暫欲行道者當觀是十三爲令我得觀陰非常十四爲令我得觀陰無所有十五爲令我得觀陰不重爲意還依止脱行道者急觀是十六爲令我世間行空不著愛盡離滅無爲意歡喜受止得脱已離形疾時處當爲觀十七爲生者從生未得度十八爲老從老未得度十九爲病從病未得度二十爲法當死從死法未得度譬形急當觀是二十一爲一切我愛共會當別離或亡或人取去或死不得久住已譬形當爲急時處分別觀二十二爲各自從行得各自從行本各自從行受苦各自作善惡從所行受已譬形當爲急時處觀已是二十二行已習已行已多作爲滿沙門亦行者所思已沙門所行者思滿便能滿七思何等爲七一爲常行不止得入二爲不轉三爲不爭四爲直念五爲不起憍慢意六爲但在世間求衣食七爲止意得自在是爲

賢者所意心識從長無有數日夜爲色聲香味細滑爲在世間不能得制故已能制得止便入甘露種已當爲是賢者二十種行未得道者當爲恐意何等爲二十種一者無有八空二爲不學死三爲投渚四爲不畏方五爲不知不知畏方六爲不知道七爲不得定意八爲後世苦九爲賢者難得會十爲開世間門世間人無有異十一爲未作橋梁令得中避獄十二爲未解惡處十三爲著疑無有數十四爲未得作世間要十五爲不黠癡時死十六爲甲不能爲乙故作十七爲不作者亦不應作十八爲不作亦有吉凶十九爲已作不得忘二十爲但自行有但自行隨但自行本但自行歸已若人自行善惡在所有但當爲受行器世間人當從是恐意已從是二十因緣意惡復惡恐復恐却離復却離爲有二十種行意疾止何等爲二十一爲念意想意便疾止二爲意中知意疾止三爲意已十意疾止四爲政想知意疾止五爲政止想意疾止六爲從政起想意疾止七爲攝想意疾止八爲助想意疾止九爲守想意疾止十爲行四意止意疾止十一爲四斷意意疾止十二爲四神足意疾止十三爲離不可行意疾止十四爲當近行處意疾止十五爲當有依從學意疾止十六爲當諷誦亦有解意疾止十七爲當有悲傷意意疾止十八爲當有多道喜意疾止十九爲當識事意疾止二十爲當行是意疾止如是政使身賢者道弟子當有十一橫當識是何等爲十一一爲聚會二爲多食三爲多事四爲多説五爲多睡眠六爲

喜部行七爲樂共居八爲助樂身九爲輕十爲貪婬十一爲不喜郡縣共居是賢者行横未斷當爲斷已當復學十互何等爲十一爲定意互二爲定止互三爲定起互四爲止互五爲制互六爲護互七爲本互八爲護横互九爲方便互十爲入互如是入互者道弟子爲有十三德何等爲十三一爲已念如來便得喜信故生喜二爲法亦爾三爲學者亦爾四爲自持戒亦爾五爲他人持戒亦爾六爲自身得亦爾七爲他人得亦爾八爲自身施亦爾九爲他人施亦爾十爲道多除苦十一爲世間多説經令得思十二爲從無有數行惡還十三爲從無有數善法行令入生喜已信能有喜種如是喜道弟子當依四法行令五法滿何等爲四法依一者爲法依二爲欲依三爲更進依四爲獨坐依莫餘欲著何等爲五法滿爲道用一者爲喜二爲愛三爲依四爲樂五爲定如是喜行者道弟子能得滅八瘡何等八一爲欲瘡二爲瞋恚瘡三爲愚瘡四爲憍慢瘡五爲愛瘡六爲癡瘡七爲利恭敬名聞瘡八爲疑不了了瘡行者已爲是八瘡能没能滅便爲得度世不學十法何等爲十一爲不學直見二爲直治三爲直聲四爲直行五爲直有六爲直方便七爲直念八爲直定九爲直度十爲直黠已是十不學法從是因緣得直相逢便捨五種直六種隨一守四猗不少諦已捨厄不著求止身行止聲行止心行止意慮度最黠度無有餘已行已名爲最賢者是所賢者後意心識從遠來不作不聚不復會便盡是要斷苦上頭所説賢

者聽說法上亦善中亦善要亦善有利有入最俱淨并淨說要道名爲俱利法因緣是所上頭說爲是故說賢者舍利弗說如是比丘至心受如是念所說

佛說普法義經

音釋

曀（於計切陰曀也） 麩（甫無切麥皮也） 翅（式利切） 犛（莫交切長髦牛也） 弝（必駕切弓弝中手執處也） 鶬（七岡切鶬鴰鳥名） 諄（章倫切告曉也） 瞢（武亘切目不明也）

五經同卷

清刻龍藏佛說法變相圖

五經同卷

佛說廣義法門經

佛說戒德香經

佛說四人出現世間經

佛說諸法本經

佛說瞿曇彌記果經

佛說廣義法門經 此經出中阿含一品

陳三藏法師眞諦譯

如是我聞一時淨命舍利弗住舍衛國祇陁樹林給孤獨園與大比丘衆俱是時淨命舍利弗語諸比丘諸比丘言大德舍利弗舍利

弗言長老我今爲長老説法初善中善後善義善語善純一無雜圓滿清淨今爲汝等顯示梵行謂廣義法門是故汝等今當諦聽一心恭敬善思念之此廣義法門長老有十二種離難隨順道時能起方便爲證得聖法何等十二一自勝得二他勝得三生人道四生聖地五性得利根六得成正見七善作資業八善處生信九值佛出世十佛正轉法輪十一正法在世未滅十二依佛教於正法中如理修行長老是十二種離難隨順道時能起方便爲證得聖法長老能説比丘若欲爲他説於正法與法及義相應此語應説謂恭敬次第相攝相應生他歡喜及以欲樂滿足正勤不損惱他所説如理相應無雜隨順聽衆此言應説有慈悲心有利益心有隨樂心不著利養恭敬讚歎若正説法陰時不得自讚自高不得毀呰他人長老若人欲聽正法具十六相乃可聽受何等十六一隨時聽二恭敬三欲樂四無執著五如聞隨行六不爲破難七於法起尊重心八於説者起尊重心九不輕撥正法十不輕撥説者十一不輕巳身十二一心不散十三欲求解心十四注心諦聽十五依理正思十六憶持前後而聽正法佛聖弟子若能如此恭敬諦聽信根生長於正法中心得澄淨以此爲先則於涅槃生歡喜心及求得心以此爲先則於涅槃生喜樂心離於愛著以此爲先則於涅槃滅除惑障得一定心以此爲先則於涅槃捨離疑惑生正直見以此爲先則於涅槃起迴向心爲修觀行爲熾然修爲應隨道法爲滅助道障法

爲得安住心爲得第一義以此爲先於一切行法寂滅證得眞空愛滅離欲於無生涅槃得入成住信樂之心以此爲先則於涅槃及陰無常得入成住信樂之心以此爲先則於涅槃及四聖諦法眼清淨爲生慧眼以此爲先則於涅槃而得解脫以此爲先則於涅槃解脫知見皆得圓滿長老由能如此如理一心諦聽正法諸聖弟子則不損惱能說法者已能了別正說言味即是依法供養大師證得已利及以涅槃是聽法人有十種法生起能成熟般若何等爲十一親近善友二能淨持戒三心欲求解四樂受善教五樂供養說者六依時難問七諦聽正法八恒修正法九於可猒惡恒生猒心十已起猒心如理能起四種正勤何等名爲依理正勤謂於善法心無懈怠恒練治心淨諸惡法若心未得定令得自在若心未通達令得了達如此則名依理正勤長老若聖弟子自如此依於道理而起正勤有十種相應法修行何等爲十一不淨想二無常想三於無常觀於苦想四於苦法中觀無我想五猒惡食想六於一切世間無安樂想七生光明想八觀離欲想九觀滅離想十觀死想長老有十四法能違能障此不淨想何等十四一共女人一處住二失念心觀視女人三恒起放逸四生重欲心五數習淨想六不數習不淨想七恒共作務人聚集而住八隨彼所行九不樂聽正法十不問正法十一不能守護六種根門十二食不節量十三獨住空處不得安心十四不能如實觀察一不淨想者二無常想者謂愛著行法

爲障三於無常苦想者有六法爲障何等爲六一懈怠二懶惰三恒樂住息四放逸五不能隨行六不能如實觀察四於苦無我想者我見爲障五猒惡食想者貪味爲障六於一切世間無安樂想者於世間希愛欲爲障七生光明想者有十一法爲障何等十一一疑惑二不能思量三身麤重四睡弱五正精勤太過六正精勤下劣七心濁八心驚九生種種想十多言説十一於色起最極瞻視八觀離欲想者有欲爲障九觀滅離想者隨法執想爲障十觀死想者愛壽爲障如此等障未曾伏滅爲滅此障有三種法最多恩德何等爲三一樂修二滅離三多住前二長老有十四法於不淨觀最多恩德一不共女人一處住二不失念心觀視女人三恒不放逸四不

生重欲心五數習不淨想六不數習淨想七不共作務人住八不隨其所行九樂聽正法十樂聞正法十一守護六根門十二節量食十三獨處心得安住十四能如實觀察長老一不淨想者若事修習則能滅除欲塵愛欲二無常想者若事修習能滅一切行法愛者三於無常觀苦想者若事修習能除懈怠及懶惰心四於苦法中觀無我想者若事修習能除我見五猒惡食想者若事修習能滅貪味六於一切世間無安樂想者若事修習能滅世間希有愛欲七生光明想者若事修習則能生長智慧及見八觀離欲想者若事修習能除有欲九觀滅離想者若事修習能滅一切有爲法攝十觀死想者若事修習能除壽命貪愛長老若聖弟子如此如理正修正

勤有二十法是勤修障何等二十一與不修觀人共住二不樂聽問三不得非隨順教四自成聾瘂五有多求欲六多事七不如法立資生八捨荷負善法九值八種難十隨流散動十一高慢十二不受善教十三失念十四放逸十五不住正士十六不守根門十七不節量食十八初夜後夜不覺悟修行十九獨住空處不得安心二十不能如實觀察長老如此二十種障未曾伏滅此障有十一法於伏滅此障有多恩德何等十一一信樂修行二觀修功德三能行難行四能制伏自心五心無退墮六了達正法實相七不輕已身八樂聽無猒九問難決疑十獨處空閑心得安住十一能如實觀察長老諸聖弟子若能如此修習正勤有二十法最多恩德何等二十一與修觀人共住二樂聽問正法三得隨順教四自不聾瘂五無多求欲六無多事七如法立資生八不捨荷負善法九不遭八難十不隨流散動十一心無高憍十二能受善教十三不失正念十四心無放逸十五住在正士十六能守護根門十七能節量食十八初夜後夜恒覺悟修行十九獨處空閑心得安住二十如實觀察長老有二十二處出家之人應數數觀察何等二十二一自念我今色形醜陋已捨在家可愛等相此第一事出家之人應數觀察二自念我今已著壞好色衣三自念我身裝飾異於世間四自念我資生繫屬四輩五自念我今依他恒時應須求覓資生謂衣服飲食卧具治病藥具六自念我今盡形壽於人間欲塵已受禁制七自念我

令盡形壽於人間遊戲喜樂等事永受遮制八自念我今依戒爲當訶責自身爲當得不九自念我同行善友爲當於法律中不訶責我耶十自念我今將持此身爲當得不被傷害不十一自念我今受用國土飲食得不空果不十二自念我今獨處空閑得安心住不十三自念我今何所得此日夜得過度十四自念我今於一切行寂滅處證得空處及愛滅處離欲滅無生涅槃得入成住信樂之心十五自念我今於陰無常想陰無所有相於陰虛相於陰無實相於陰壞相得入成住信樂之心十六自念我今於四沙門果中爲當已證得隨一沙門果由此證得臨命終時聰明同行善友來責問時我以無疑畏心生喜樂心應當記自所得若自記時爲如理不十七自念我今未離生法於未來世未度隨處託生十八自念我今未離老相十九自念我今未離病灾二十自念我今未離死灾未度死法二十一自念我今與一切所愛念樂惜別離各處不相應不相聚不相知決定應有二十二自念我今屬業受業控制由業爲因以業爲依我所作業若善若惡隨自有業決定受報如此等處出家之人應數數觀察若出家人數數觀察二十二處於沙門名則得圓滿若沙門名得圓滿已於七種相則得圓滿何等爲七一恒修不息相二得恒教他不疲猒相三得無貪著相四得無瞋恚相五得正念相六得無增上慢相七得一切資生爲成就此故能得定如此七相皆得圓滿長老此心意識長時於色遊戲聲香味觸亦復如

是色聲香味觸之所生長老此之心由不正思惟於甘露界不可安立長老有二十相凡夫之人以此諸相數數應須怖猒自心何等二十一我今空虛無有勝德二我今應當死無制伏死三我當墮最底下四我今應行有怖難方五我今不識無怖畏方六我今不了光等直路七我今不得離散定心八我當來受生苦不可忍九善緣聚集不可恒得十能殺害者恒隨逐我十一六道對我無有遮蔽十二我今未得解脫四趣十三我今未離無量見類十四我今未作堤塘爲遮未來無間業流十五我今未作無始生死相續後際十六若不故心造諸善業終不成作十七無有他人爲他造業十八若不造作則無安吉十九若已作業此業無必有果報二十我今無知無明所覆必有死災以是義故凡夫之人以此諸相數數應須猒怖自心若凡夫人以此二十相猒惡怖畏遮制自心復於二十種法速得依住何等二十一正思修心相心疾得住二思心次第相三思一心住相四入三摩提相五出三摩提相六得抑下心相七得拔起心相八得捨置心相九得遠離不應行處十得正事行處十一正受正教十二多習猒惡相十三多習喜樂相十四能得法門勝智十五正依止師尊十六正修善行心疾得住十七正修阿那波那念十八正修不淨觀十九正修四念處二十正修四聖諦觀於此實相中心疾依住長老諸聖弟子若能如理修習正勤復應知有十一種障礙法爲難何等十一一數數集衆二愛重飲食三恒戲起

造作四恒戲言說五恒戲眠卧六恒戲雜話七恒戲不獨離八愛惜已身九心恒散動十心恒放逸不樂修行十一住非士處長老此十一種名障礙法未曾伏滅爲滅除故有十勝智決應修學何等爲十一三摩提勝智二住定勝智三出定勝智四抑下勝智五拔起勝智六捨置勝智七善進勝智八善退勝智九方便勝智十引攝勝智長老諸聖弟子若能得此十種勝智復有十三喜樂依止法依内生起何等十三一若有信心人正思大師爾時喜樂即依内起是名第一有信心人喜樂依止二正思正法三正思惟僧四正思惟自他清淨戒五正思惟自他捨施善法六正思惟自他修道所證得法爾時依内即生喜樂七應作是念世尊爲我滅衆苦法依此正念爾時依内即生喜樂八應作是念世尊爲我生長衆多安樂利益法九應作是念世尊爲我遮制斷隔無量有礙惡法十復作是念世尊爲我生長無量助道善法有信心人由此四念爾時於即生喜樂長老諸聖弟子若能數得十三喜樂依止四法復有五法至修圓滿何等爲依止四法一信樂二精進三獨處空閑心得安住四於修及滅心無猒極何等五法至修圓滿一心安二心喜三心猗四心樂五心定長老如此五法生長圓滿故復有八刺即離滅壞何等爲八一欲刺二瞋刺三癡刺四慢刺五愛刺六見刺七無明刺八疑刺由此八刺離滅壞故諸聖弟子則得十種無學聖法何等爲十一無學正見二無學正覺三無學正言四無學正業五無學正命

六無學正精進七無學正念八無學正定九無學正解脱十無學正解脱知見長老諸聖弟子由能證得十無學法恒得相應無有退失是聖弟子五分所離六分應相一法守護得四依止捨一諦偏執出過尋覓無濁思惟寂靜身行善解脱心善解脱慧獨住清淨所作已辦如此則説名勝丈夫長老是最後心意識非色聲等所資生長緣無所有是時託後受生悉皆永斷是名苦永斷後際由此説義故所以説名廣義法門長老我已爲汝等説法謂初善中善後善義善語善純一無雜圓滿清淨已爲汝等顯示梵行所謂廣義法門我先許説如此等言即今已説時淨命舍利弗説此經已時聰慧同行無量徒衆未證眞義今得證未得沙門道果今皆已得歡喜踊躍信受奉行大德舍利弗如此正説

佛説廣義法門經

佛說戒德香經

東晋天竺三藏竺曇無蘭譯

聞如是一時佛遊舍衛國祇樹給孤獨園時賢者阿難閑居獨思世有三香一曰根香二曰枝香三曰華香是三品香唯隨風香不能逆風寧有雅香隨風逆風者乎賢者阿難獨處思惟此義所歸不知所趣即從坐起往詣佛所稽首足下叉手前白佛言我獨處思惟世有三香一曰根香二曰枝香三曰華香此三品香唯能隨風不能逆風寧有雅香隨風逆風者乎佛告阿難善哉善哉誠如汝問有香眞正隨風逆風阿難白佛願聞其意佛言若於郡國縣邑村落有善男子善女人修行十善身不殺盜婬口不妄言兩舌惡口綺語意不嫉恚癡孝順父母奉事三寶仁慈道德威儀禮節東方無數沙門梵志歌頌其德南西北方四維上下沙門梵志咸歌其德其郡國土縣邑村落有善男子善女人及奉行善敬事三寶孝順仁慈道德恩義不失禮節是香名曰隨風逆風靡不周照十方宣德一切蒙賴佛時頌曰

雖有美香華　不能逆風熏　不息名栴檀
衆雨一切香　志性能和雅　爾乃逆風香
正士名丈夫　普熏于十方　木榓及栴檀
青蓮諸雨香　一切此衆香　戒香最無上
是等清淨戒　所行無放逸　不知魔徑路
不見所歸趣　此道至永安　此道最無上
所獲斷穢源　降伏絕魔網　用上佛道堂
昇無窮之慧　以此宣維義　除去一切弊

佛告阿難是香所布無礙須彌山川天地不

礙四種地水火風通達八極上下亦然無窮之界咸歌其德一身不殺盜婬世世長壽其命無限不盜竊者世世富饒又不忘遺財寶常存施爲道根不淫泆者不犯他妻所在化生蓮花之中不妄言者口氣香好言可信之不兩舌者家常和合無别離業不惡口者其舌常好言辭辯通不綺言者人聞其言莫不諮受宣用爲珍不嫉妬者世世所生衆人所敬不瞋恚者世世端正人見歡然除愚癡者所生智慧靡不諮請捨于邪見常住正道從行所得各自然生故當棄邪從其眞妙佛説如是時諸比丘聞之歡喜作禮而去

佛説戒德香經

佛說四人出現世間經

宋天竺沙門求那跋陀羅譯

聞如是一時婆伽婆在舍衛城祇樹給孤獨園爾時王波斯匿乘羽葆車羣臣圍遶出舍衛城便往園中至世尊所頭面禮足在一面坐欲聽說法時世尊告波斯匿王有四人出現世間云何爲四或復有人先醜而後妙或復有人先妙而後醜或復有人先醜後醜或復有人先妙後妙云何人先醜後妙或復有人生卑賤家若旃陀羅家若魁膾家若工巧家若剔鬚髮家貧窮家無穀米處食不充口雖復得食臭穢弊惡生如此家顔色醜弊人不喜見爲人輕懱身行善口行善意行善彼已身修善行口修善行意修善行若見沙門婆羅門已便起謙卑意承事恭敬不失時節若見供養者見已便歡喜踊躍命終時生善處天上譬如有人從地至小牀從小牀至大牀從大牀至馬從馬至象從象至大講堂以是故我說此人先醜後妙如是彼人先醜後妙云何人先妙後醜若有人生豪尊家或剎利大姓家婆羅門大姓家或長者大姓家或王家或太子家或大臣家及諸大家顔色端正無有比色如桃華彼人便身行惡口行惡意行惡彼若見沙門婆羅門諸長宿彼見已無恭敬心亦不禮事亦不與言論彼若有供養者見已便起嫉妬心此是邪見猶豫見所攝此便有邪見無施亦無福亦無受者亦無善惡行亦無今世後世無父無母世無阿羅漢等修妙行者疾得證通娛樂其中彼以有此成就惡邪見若命終時生三惡趣獄中猶

如彼人從講堂轉下至象頂從象至馬從馬至大牀從大牀至小牀從小牀首足墮地由是故我說彼人先妙後醜如是彼人先妙後醜彼云何人先醜後醜或有人生卑賤家或旃陀羅家或魁膾家或工巧家或剔鬚髮家及餘貧賤無有飲食雖復得食臭穢難嘗生如此家彼身行惡口行惡意行惡彼已身行惡口行惡意行惡若見沙門婆羅門諸尊長者亦不恭敬亦不禮事亦不與共言論彼是邪見與猶豫見相應彼便有是見無施無福亦不受者亦無善惡行報亦無今世後世無父無母世無沙門婆羅門等行業者無阿羅漢於今世後世疾得證通娛樂其中彼與惡見相應命終時生三趣入地獄中譬如人從冥至冥從暗至暗由是故說此人先醜後醜

如是彼人先醜後醜彼云何人先妙後妙若有人生豪尊家生刹利大姓家或婆羅門大姓家或長者大姓家或王家或太子家大臣家極富饒財多寶彼人極端正無比色如桃華彼身修善行口修善行意修善行彼身已修善行口已修善行意已修善行彼若見沙門婆羅門諸尊長者若見便恭敬禮事供養供給若見有人來供養承事禮敬便發歡喜心彼與等見相應無顛倒相彼有是見有施有福有受者有善惡行有今世後世有父有母有沙門婆羅門等修梵行者阿羅漢於今世後世疾得證通娛樂其中彼已成就善見命終時生天上譬如人從講堂至講堂從觀至觀遊一宮殿至一宮殿由是故我說彼人先妙後妙如是彼人先妙後妙如是大王有

四人出現於世爾時世尊便説偈言

大王人貧賤　得信好布施　見沙門梵志
及諸乞求者　承事禮恭敬　等修諸善業
見施常歡喜　乞者亦惠施　是施微妙業
更不受瑕穢　如是王此人　彼臨命終時
生三十三天　先醜而後妙　大王人有財
無信懷嫉妬　常欲行非行　邪見無有師
見沙門梵志　及諸乞求者　誹謗常罵詈
慳貪如無財　見施往過絶　乞者不惠施
彼命非妙業　彼人受瑕穢　如是王此人
臨欲命終時　必生入地獄　先妙而後醜
大王人貧賤　無信慳貪心　常欲行非行
邪見無有師　見沙門梵志　及諸乞求者
誹謗常罵詈　慳貪言無財　見施而過絶
乞者不惠施　彼命非妙業　彼人受瑕穢
如是王此人　臨欲命終時　必生地獄中
先醜而後醜　大王人饒財　好信常布施
見沙門梵志　及諸乞求者　承事禮恭敬
等修諸善業　見施常歡喜　乞者亦惠施
是世微妙業　更不受瑕穢　如是王此人
臨欲命終時　生三十三天　先妙而後妙

是故大王當作是學如是大王當作是學先妙而後妙莫學先醜而後醜如是大王當作是學爾時波斯匿王聞佛所説歡喜奉行

佛説四人出現世間經

佛説諸法本經

吳月支優婆塞支謙譯

聞如是一時佛在舍衛國祇樹給孤獨園佛告諸比丘聽吾説諸法本對曰唯然世尊曰若有外道異學有來問者何謂法本當答言欲爲諸法本何謂習更爲習何謂同趣痛爲同趣何謂致有念爲致有何謂明道思惟爲明道何謂第一三昧爲第一何謂最上智慧爲最上何謂牢固解脱爲牢固何謂畢竟泥洹爲畢竟如是諸比丘欲爲諸法本更爲諸法習痛爲諸法同趣念爲諸法致有思惟爲諸法明道三昧爲諸法第一智慧爲諸法最上解脱爲諸法牢固泥洹爲諸法畢竟諸比丘當學是常當有去家之想念非常想念非常苦想念苦非身想念穢食想念不淨想念無忘想念一切世間無樂想念知世間邪正想念則世間有無想念世間所習所取歡樂變失及其歸趣當如事以正見知之諸比丘念是爲斷愛棄欲入正慧得苦際佛説經已皆歡喜受行

佛説諸法本經

佛説瞿曇彌記果經

劉宋三藏法師慧簡譯

聞如是一時婆伽婆在釋䩭瘦迦維羅衛城尼拘盧園中與大比丘衆俱受歲彼時大女人瞿曇彌至世尊所到已禮世尊足却住一面大女人瞿曇彌却住一面已白世尊曰惟世尊可有是處女人得爲四沙門果不令女人於此法律信樂出家棄家學道不止瞿曇彌不須爾女人不得於此法律信樂出家棄家學道汝瞿曇彌常可剃頭被袈裟至竟行清淨梵行於是大女人瞿曇彌爲世尊所制禮世尊足遶世尊已離世尊還彼時諸比丘爲世尊作衣世尊不久至釋䩭瘦當受歲受歲竟三月作衣竟已成衣與衣鉢俱遊諸人間彼大女人瞿曇彌聞諸比丘爲世尊作衣世尊不久當至釋䩭瘦受歲受歲竟三月作衣已成衣與衣鉢俱遊人間彼大女人瞿曇彌聞已至世尊所到已禮世尊足却住一面彼大女人瞿曇彌却住一面已白世尊曰惟世尊可有是處令女人得四沙門果令女人於此法律信樂出家棄家學道不止瞿曇彌不須爾女人不應於此法律信樂出家棄家學道汝瞿曇彌剃頭被著袈裟至竟行清淨梵行於是大女人瞿曇彌已被世尊再所制禮世尊足遶世尊離世尊還彼時世尊在釋䩭瘦受歲受歲已竟三月作衣已成衣與衣鉢俱遊於人間行大女人瞿曇彌聞世尊在釋䩭瘦受歲受歲已竟三月作衣已成衣與衣鉢俱至人村間行大女人瞿曇彌聞已與諸老女人俱隨世尊後隨世尊後彼時世尊

次第遊行到那婆提住那婆提者尼舍彼時大女人瞿曇彌至世尊所到已禮世尊足却住一面大女人瞿曇彌却住一面已白世尊曰惟世尊可有是處令女人得四沙門果不令女人於此法律信樂出家棄家學道不止瞿曇彌不須爾女人不得於此法律出家棄家學道汝瞿曇彌剃頭被著袈裟至竟清淨行梵行於是大女人瞿曇彌爲世尊三所制禮世尊足遶世尊已離世尊而還彼時大女人瞿曇彌不洗足身有塵土身疉懵啼泣在門前立尊者阿難遥見大女人瞿曇彌不洗足身有塵土身疉懵啼泣門前立見已作是言何以故瞿曇彌不洗其足身有塵土身疉懵啼泣在門前立如是惟尊者阿難女人不得於此法律不得信樂出家棄家學道汝瞿曇彌住此間我當往至世尊所到已當白世尊於是尊者阿難至世尊所到已禮世尊足却住一面尊者阿難却住一面已白世尊言惟世尊可有是處令女人得四沙門果令女人於此法律信樂出家棄家學道不此阿難止不須爾女人不得於此法律信樂出家棄家學道此阿難若於此法律女人得出家信樂出家棄家學道者梵行者不得久存猶若阿難有家多有女人少有男人寧廣有產不不也惟世尊如是阿難若於此法律女人得出家信樂出家棄家學道者梵行者不得久存猶若阿難成就稻田成就麥田中間若有雹雨爲不饒益彼因彼雹雨故令彼敗壞如是阿難若有於此法律女人信樂出家棄家學道者梵行者不得久存惟世尊大女人瞿

曇彌是有所益世尊母命終因此長養乳哺如是阿難如是阿難此大女人瞿曇彌多有所饒益我母命終此以乳哺長養我此阿難我亦饒益大女人瞿曇彌彼依我歸於我歸於法歸比丘僧於佛無疑於法無疑於衆無疑於苦集盡道無疑具足信戒聞施具足智慧棄於殺離殺不與取邪婬妄言至棄飲酒離飲酒此阿難若有人依因於人歸於佛歸於法歸比丘僧不疑佛不疑法不疑比丘僧不疑苦集盡道具足信戒聞施具足智慧棄殺離殺不與取邪婬妄言至棄飲酒離飲酒此阿難此人有所作盡命衣被牀卧病瘦醫藥於彼人不能報復次阿難女人當施設八重法令女人不得犯女人當盡命持此戒猶若阿難巧水底行若巧弟子入於深水中而施羅網於中護水截水不令流如是阿難女人者當行八重法令女人不得犯女人當盡命與戒俱云何爲八此阿難比丘尼當從比丘求索具足是爲阿難我施設女人初重法令女人不得犯令女人當盡命與戒俱此阿難比丘尼當從比丘半月當受禮節是爲阿難我施設女人二重法令女人不得犯令女人盡命當與戒俱此阿難若無比丘者比丘尼不得受歲坐是爲阿難我施設女人三重法令女人不得犯令女人盡命當與戒俱阿難若比丘尼若至受歲當與二僧俱以三事受歲見聞知是爲阿難我施設女人四重法令女人不得犯令女人當盡命與此戒俱此阿難若比丘不容比丘尼不得問比丘契經毗尼阿毗曇阿難若比丘聽比丘尼當問比

丘契經毗尼阿毗曇是爲阿難我施設女人五重法令女人不得犯令女人當盡命與此戒俱此阿難若比丘尼不得識比丘見聞知阿難比丘當識比丘尼見聞知是爲阿難我施設女人六重法令女人不得犯令女人盡命與此戒俱此阿難若比丘尼有所犯僧伽婆尸沙當於二僧中當半月掃灑是爲阿難我施設女人七重法令女人不得犯令女人當盡命與此戒俱阿難若比丘尼受具足至百歲當向初受具足比丘接足禮之當恭敬承事是爲阿難我施設女人八重法令女人不得犯令女人盡命當與此戒俱是爲阿難我爲女人施設此八重法令女人不得犯令女人盡命與此戒俱此阿難大女人瞿曇彌當與此八重法俱者當於此法律學道當受具足爲比丘尼於是尊者阿難聞世尊所說善思惟念誦習受持禮世尊足遶世尊離世尊而還至大女人瞿曇彌所到已語大女人瞿曇彌作是言已得瞿曇彌女人當於此法律信樂出家棄家學道瞿曇彌世尊作是言當行八重法女人不得犯女人當盡命與此戒俱云何爲八瞿曇彌比丘尼當從比丘求受具足是爲瞿曇彌世尊爲女人初施設此一重法令女人不得犯盡命當與此戒俱至此瞿曇彌若比丘尼受具足百歲當向具足比丘接足作禮當恭敬禮承事是爲瞿曇彌世尊爲女人施設此八重法令女人不得犯令女人當盡命與此戒俱是爲瞿曇彌世尊爲女人施設此八重法令女人不得犯令女人當盡命與此戒俱此瞿曇彌能與此八重

法俱者當於此法律學道受具足爲比丘尼如是尊者阿難當聽我喻智慧聞喻已知其義猶若尊者阿難若刹利女若婆羅門女若工師女若庶人女極澡浴塗香著白淨衣或有人作是念憐愍欲有所益欲令安隱或以優鉢羅華鬘或以瞻蔔華鬘婆師華鬘阿提牟多華鬘授與之彼以兩手受之舉著頭上如是尊者阿難世尊施設八重法我當盡命頂受之汝大女人瞿曇彌當於此法律學道受具足爲比丘尼於是大女人瞿曇彌於後時共諸耆宿比丘尼衆與諸比丘尼上尊長老皆與俱共行梵行共至尊者阿難所到已禮尊者阿難足却住一面大女人瞿曇彌却住一面已白尊者阿難曰尊者阿難當此比丘尼是上尊長老皆行梵行此諸比丘是新成學道未久入此法律未久此諸比丘當向此諸比丘尼如長老當爲作禮承事止瞿曇彌我當往至世尊所到已當以此言白世尊令隨尊者阿難於是尊者阿難至世尊所到已禮世尊足却住一面尊者阿難却一面已白世尊曰惟世尊今日此大女人瞿曇彌與諸比丘尼俱是上尊長老皆行梵行來至我所到已禮我足却住一面大女人瞿曇彌却住一面已語我曰惟尊者阿難當知此諸比丘尼是上尊長老皆行梵行此諸比丘是新成學道不久於此法未久令此諸比丘當向此諸比丘尼如長老如長老當爲作禮承事止阿難當護此言汝莫復作是言汝阿難當知如我所知一句不可解況復作如斯言此阿難女人不於此法律信樂出家棄家學道

者婆羅門居士當以衣敷地以衣敷地已當作是言此諸沙門有戒行沙門當在上行沙門精進甚奇我等當於長夜得義饒益汝阿難若女人不於此法律信樂棄家出家學道婆羅門居士當敷頭髮著地當作是言令沙門在上行令沙門在上住沙門戒行甚難我等當於此長夜得義饒益若阿難女人不於此法律信樂出家棄家學道者婆羅門居士當在道路手執種種囊滿中物當作是言此諸賢當持此隨意飲食我等於長夜得義饒益安隱此阿難若女人不於此法律信樂出家棄家學道者婆羅門居士當信彼諸沙門戒行當以手把之入著已家種種施與隨諸賢取用我等於長夜得義饒益故隱樂此阿難若女人不於此法律信樂出家棄家學道者如此日月極有威神極有威神極有所能彼戒行沙門所有光明能勝於彼況復弊惡異學所能及阿難若女人不於此法律信樂出家棄家學道者遺法當住千歲今已五百歲滅餘有五百歲此阿難無有是處不可容女人終不得五事不得成如來無所著等正覺及轉輪王不得為釋不得為魔不得為梵無有是處可有是處男子得五事得成如來無所著等正覺得為轉輪王得為釋魔梵者可有是處佛如是說尊者阿難聞世尊所說歡喜而樂

佛說瞿曇彌記果經

音釋

撥北末切絶也　醜陋醜昌九切惡也陋落候切鄙也　控苦貢切控勒也

魁膾魁苦回切膾古外切魁膾爲首宰殺者　剔他歷切猶剃也　矇懵

矇都鄧切懵武亘切矇懵目不明也　雹蒲角切雨冰也　鬘莫還切　瞻蔔

梵語也此云黃華瞻職廉切蔔蒲北切

佛說梵志阿颰經

吳月支國優婆塞支謙譯

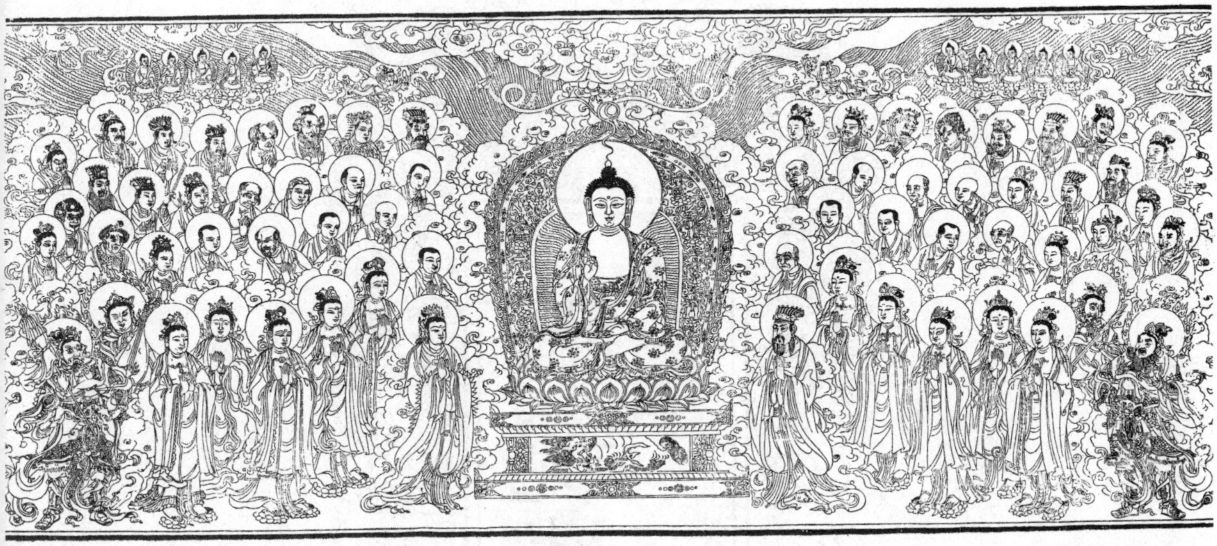

清刻龍藏佛說法變相圖

佛說梵志阿颰經

吳月支國優婆塞支謙譯

聞如是一時佛與五百沙門俱遊於越祇到鼓車城外樹下坐比聚有豪賢梵志名費迦沙明曉經書星宿運度所問皆答有五百弟子弟子中第一者名阿颰阿颰問師言今有佛來人稱其德名蓋天下不識斯何人也費迦沙言吾聞是釋種國王太子厥興無師自著經化阿颰言若無師者名譽何美又國王子多憍嫚好樂安有塗行降志乞食誨人不倦將是眞人乎願師可行觀其道德費迦沙言不然我世豪賢聰叡多才彼爲新出義當來謁吾不宜往阿颰言我聞天帝釋與第七梵皆下事之所教弟子悉得五通輕舉能飛達視洞聽知人意志及生所從來死所趣向

此盡天師何肯來謁費迦沙言經說帝王生子有三十二相者立即當爲飛行皇帝王四天下自然七寶一金輪寶二白象寶三紺馬寶四玉女寶五神珠寶六理家寶七賢將寶當有千子皆才明勇武一人當千兵仗不用其世泰平若棄天下當爲自然佛以無爲化度度人得道彼豈是耶汝且往觀有此相者其審是佛吾當事之阿颰言願與同志共行師言大善即與五百弟子俱到皆下車揖讓佛佛使就座五百人盡坐獨阿颰左右彷徨微觀佛相佛知其意亦起併行阿颰住佛亦住阿颰坐佛亦坐阿颰乃問佛言本事何等道除鬚髮被袈裟持鉢何應佛言吾求道已來歷世久遠不可稱紀常奉諸佛行菩薩道所事師友無復央數除鬚髮者爲終身戒捐棄貪愛無復飾好使人不欲已已亦不欲人袈裟法服古賢旌表解釋蟠結無復世念鉢爲應器宜道人用節身約省非義不受也斯皆無爲清淨之像今我作佛爲天下師自恣汝意欲問勿難阿颰言我等所事師費迦沙世世聰明名昇遐遠又是梵種特勝餘人天下雖貴爲王亦有不仁而我種者獨不好殺佛言吾本用惡殺故求佛無爲之道汝梵志種但口貴仁數雖手不殺心皆有殺今我爲佛身口意淨一切不殺用天下人皆好不殺故教以仁義阿颰問言今佛棄捐妻子自絕種嗣殆不若我師世世繼嗣也佛言天下人姓本末各異衆人前世曾爲我子吾亦曾爲一切人子會輙有離種姓無常或時怨仇相從爲親或時親屬復爲怨仇因緣離合一切

如幻父母妻子本非我親吾亦非彼有世人但以是義非我而爲罪惡爲後受苦昔我故世時曾爲刹利王名爲鼓摩休有四子一名郁鉗二名虔尼三名度四名湻王尚未崩四子諍立王聞愁憂念四子諍當殺人民即委國東去行行自念人生無幾而憂反長令我爲王欲得子姓既已有子還欲相伐有嗣如是何益於人吾不忍見恐殺無辜但當捨家作沙門耳即此入山就道人迦比校止草廬又有道人摩離王問其本何緣學道摩離自說娶妻無子顔慙諸家故作沙門王言異我吾爲國王有子四人身尚未死而子國亂不忍見之故爲道耳摩離意解乃遂精進如是阿颰正使子賢父老病亡子不能却生時爲惡死入地獄子不能得代用是故我常以慈心救濟人物道成得佛度脫天下阿颰言佛爲難及今天下有四種人君子梵志田家工技去彼獨我梵種爲眞且貴其餘三輩皆事我種佛言假使汝種爲眞貴者儻婦無子婢而生男當舉之不曰當舉之令汝祖母現取婢子爲後可爲眞貴耶阿颰默然五百弟子皆起住言瞿曇沙門何毀我種阿颰才智亦能相難佛言皆默然若其才智當自辯之佛問其祖至三無對金剛力士舉杵言佛重問汝何故不對阿颰懼曰實如佛言五百人言佛聖智明阿颰母者信釋家婢我等從今請不復敬佛言不然世或母賤而子賢貴阿颰賢人不可毀也若使梵種娶刹利女生子長大當學父家學母家耶皆曰當學父家佛言如是母賤何損若子長大明經行高踰於父

者汝加敬之若梵志女爲刹利婦生子長大知外家賢而不肯學自效父家射獵殺生汝當敬不皆曰不當佛言如是用爲問母若使阿颰有子復賢才秀絶世汝當奈何皆曰當著上座設父母俱是梵種生子不肖無所中直汝當奈何皆曰當著下座佛言如是素是有常耶若梵志子殺盜犯法吏當捕不曰當捕之汝何不拒言我種貴不應收捕曰現有罪何得言種佛言今我爲佛師民仁孝告之正言去欲怒癡有常之態諸爲惡者我輙教令不殺盜婬妄語飲酒祠祀事邪人宿爲惡身當受罪烹殺祠天爲過滋甚無所補也且夫天意清仁豈食人食乎有德致祐非殺爲福是以天下賢智世主聞佛經戒皆自割絶願不爲惡其持戒死精神上天若能至心清淨即得沙門四道一曰溝港二曰頻來三曰不還四曰應眞又天下君王雖行正欲平亦責民租稅貪意不除今我爲佛都使天下無復情欲得無爲道我求道以來其劫無數每生有願願棄愛欲修沙門行無適無莫於天下人賢明君子聞佛經戒靡不奉行其不承者復皆有悔能制意志無復貪欲便斷生死憂哭之道不相追戀而得離苦當天下無常人如水泡一成一壞莫能自存佛問阿颰汝師以何教戒對曰師戒不得殺人殺牛不得盜金銀不婬師家及弟子婦不得飲酒年四十八乃得取婦我師教人盡此八戒未知佛戒復何義也佛言樂聞者聽若族姓子來自陳說貪樂佛戒我隨其能而授與戒欲居家修道者名曰清信士當持五戒一不好殺禽

獸蟲蟻蝡動之類無所剋傷以身況彼不加刀杖心念爲仁口不及殺二不偷盜貪殘人財欺升秤尺如圭銖分不得侵人心存于義口不教取三不好欲婬犯人婦女不觀華色不聽好音樂心修禮禁言不失法四不妄語譖入人罪笑而後言言必誠信心不漏慢口無毀譽五不飲酒縱情酗醟心不好嗜口無味甞酒有三十六失勿以勸人是名爲我清信士之戒也佛言我不呼人仁人自來請敬受戒轉數教去惡就善天下賢智欲作沙門我每先問何縁覺悟夫爲人子當以孝敬安養爲務而欲爲道當報父母父母聽許然後爲說沙門之戒有二百五十戒終身清淨得無不能中道而廢失供養恩若人固請信意不轉堪奉法律爾乃與戒沙門之戒慈仁爲本不得殘殺蝡動之類哀念人物踰於赤子亦不怨訟求直於人常念所生及師友恩精進求道欲度父母沙門不得貪餘妄取人財見諸寶貨當如糞土人與不受受者不留轉賙窮乏常爲人說不貪之德沙門不得有婦繼嗣防遠女人禁閉情態行見好色目不逆送老者比母次者如姊妹若心不止當觀惡露以却婬行行起生死皆由癡愛沙門不得妄言訛語譖入人罪見聞如實非義勿傳和解諍者兩說其善徐言惟止無宣人私沙門不得吟詠歌曲弄舞調戲及論倡優當勤精思習故知新沙門所說言必法師其所不聞不得意造晨夜誦經不得謬誤精行道要以除衆穢爲人說法思合義意沙門不得妄卧好牀衣不文綵食不著味不用金銀朱漆之

器但應瓦鐵之鉢沙門不得飲酒思嘗氣味不得服藥酒及詣酒家沙門不得以諸華香塗身燒熏衣服思念持戒沙門不得買使奴婢借賃僮客或人進與一不得受沙門不得畜養六畜車轝騎乘快心恣意沙門不得儲貯米穀朝朝乞食不過七家一家不得乃到二家帀七家不得應但飲水沙門入聚當如鳥食飽而棄去不顧其餘若不得食心亦不恨沙門捨家止不懷安不慕好舍其惟山澤樹下而已沙門不得遊廬園圃墾殖苗稼思樂種作沙門不得論說樂他水菜一心惟道不應念餘沙門不得議道國邑墟隙好惡有所高下沙門不得誣謗同道基業田宅穀粮衣食彼有此無沙門不得卧談食語不得豫知國中政事治軍行師攻奪可否沙門不得說諸畜生形態好惡此愚人談非道法儀沙門不得自稱解經說彼不通自伐非賢不當貢高沙門講法不得言我經利汝經綴礙我戒行淨汝戒行穢不得言我師明汝師不明佛經一統其歸無二壯志自抗不當毀譽不得言我世大姓汝種孤窶不得自說曾與其謀以不如我不得轉自相平其好牀机被枕卧具其有櫛梳不得照鏡摩鬚念著細滑不得觀長者鬪諸賤人及畜生鬪不得效以手拳相加不得摴蒱博弈觀效諸戲懈卧謀食不得念到其方某郡從彼還此計其道里不得作男女醫及牛馬醫不得教人當吐下莫吐下不得習弄兵杖彈丸擲戲不得學相男女貧富貴賤有相無相及相六畜儀形之狀不得考占水旱災變歲之豐儉一不得知沙

門過日中不得食衣食粗踈心不以怨鉢常佩左脇下其所行處不憂飢寒身常與鉢俱如鳥有翅口不妄食六情常端耻志不昇不恨身苦願在經戒目不眄色耳鼻舌身所更好惡其心不動節食將身不飢不飽卧趣息體假寐不久抗志清邈恒在泥洹譬如孝子早喪父母哀號思慕無須臾忘斯我沙門守志行道坐即禪思興則諷詠覺寤精進匪違戒行是爲佛弟子佛告阿颰如此戒者有二百五十今粗説耳沙門攝意不使放逸閑居靜處去婬怒癡以就智慧常用慈心愍傷天下捐棄眠卧貪欲之態一心信法不復疑惑乃得羅漢羅漢者爲已應眞譬如人居常貧負債治生獲利歸畢歡喜復如罪人久繫獄中又如長者方便得出亦如奴婢免爲良民及病連年醫療得愈又如商人從澁難道得重貨歸此五譬喻人皆歡喜而我沙門亦猶若此自念生死久繫五陰更苦無量今得解脱何謂五陰一色二痛三想四行五識此五覆人令不見道沙門自思覺知無常身非其身愚癡意解心無所著色陰已除是第一喜沙門思念自見身中五藏不淨貪欲意解善惡無二痛陰已除是第二喜沙門精思見恩愛苦不爲漏習無更樂意想陰已除是第三喜沙門思惟身口意淨無復喜怒寂然意定不起不爲行陰已除是第四喜沙門自念得佛清化斷諸緣起癡愛盡滅識陰已除是第五歡喜也

佛告阿颰我沙門捐棄諸欲奉行經戒以斷生死則於今世無復憂哭相戀之意吾不貪

人人亦不貪我吾而以道慈念一切欲使度
脫夫爲道一世苦身不爲道者其苦彌長如
人沐浴但可外淨心垢不除得應眞者衆惡
都除凡人志心道人心一如石在地日炙不
消雨漬不澤風吹不動出其凡俗得成至道
心意已冷無復熱婬譬如蓮華出於汙泥根
華常冷塵水不著沙門自念父母養子恩極
一世佛開天下使人得道自見本末五道生
死知人壽命意志已止所爲自恣欲上天即
上入海即入譬如以香灌浴死人不能使香
教惡人善不能必善人心惡者身口得惡外
學家言但恣則身無有眞道道人聞此終不
應答知凡人意想見皆倒愚不解道以正爲
邪不別眞僞聖人愍之故加慈愛沙門持意
如人衣新衣坐起愼護不欲點汙故持戒者
常與心諍使百惡來終不聽受父母生子幼
化以道長犯罪死不可怨親譬如踞牀有木
無繩不能得坐子無明師亦不得道如此儒
士吾前世時多事賢聖所受非凡皆無爲師
也得羅漢者能自陳說於其處得溝港於其
處得頻來及不還至應眞爲都解脫不復生
死具知闊狹如觀好畫分別五彩見天下人
皆有三毒憍慢放逸貪味之態自知已解不
復貪天上生亦不樂人中但念衆生欲令解
脫凡人未聞宜諦受學如持絲絲貫瑠璃珠
五色悉現道眼見人魂神生所從來死趣何
道知其人死神墮地獄其墮畜生其墮鬼神
其入人形其死上天道成自知斷此五處已
得所願視身如土聽取我形破碎亦可以明
眞僞如入清水沙礫珠寶所有悉見豫知天

下一人爲百百人爲一所以然者一人生子轉至玄孫興盛爲百或時百人死亡空僻更餘有一沙門得道具見好惡知何人死當生善道亦知何人當墮惡道自見身中四氣分數知人壽命苦樂長短本從不明心識爲行行受名色但因緣寄託生母腹中更相憂念父母言我子子言我父母精神展轉皆不自識宿命善者復生爲人則富貴長壽其不善者則苦短命各由其本行天地人物一仰四氣一地二水三火四風人之身中強者爲地和淖爲水溫熱爲火氣息爲風生借用此死則歸本計其本末各自爲地凡人不覺天地之閒生者如夢命祿至短擾擾而死譬如風吹海水波浪相逮生死亦然往來無休沙門得道悉知天地成敗終始一劫中事身所更來亦知久遠無數劫事乃知天下得道神仙無及佛者自知意志本有萬端令事成一常悲衆人爲貪欲恚婬怒癡醉交亂胷中或作恩愛不知此要得道達視如人鑑鏡飛行無礙石壁皆過能上須彌手捫日月能令身中別出水火能沒地下從一方出能行空中坐臥自在能使魔王梵釋諸天無不傾倒譬如陶家燒作瓦器盛水不漏凡人如坏得道如瓦可燥可濕浸漬不碎如鍛金師任作何器得神足者亦復如是在所變化陶冶之家鬱火成器我之沙門鬱意成道如乾牛皮卷之有聲舒亦有聲濕以脂膏卷舒皆輭道意如是一切柔輭無復剛強譬於高樓見聞下人歌舞鐘鼓諸六畜聲道耳如是亦聞天上音樂亦聞餓鬼地獄飢渴痛聲具見人心有欲

態者無欲態者無諸喜怒憎愛愚智强弱易化難化好道不好道皆分別知之如人喜沐浴摩身不遍復更熟摩道眼觀知可度者即持佛經開解授與意悉善者復得爲人行高者死得上天若持戒淨便得沙門四道其得道者知一世十世百世無數世事亦知天地終始劫成劫敗則知無數劫身所從生彼時生父母姓字彼時異壽數多少知彼時從人道上作天從天道下作人或從人入地獄從地獄作畜生作餓鬼從餓鬼出作人或從人復作鬼神從鬼神入地獄上作天悉分別知自思惟如人遠客憶念故鄉具識所有觀見五道自知已解道力自在欲壽百歲千歲萬歲至無數劫皆能欲不食十日百日一歲百歲可至無數欲食即食如登高樓聽視下人東西南北坐立語聲一切聞見道人自知意志已淨善惡皆棄如人好過誤犯法吏以取鉤鉗頸徇令其人羞慚欲疾免離得羅漢者羞身如是羅漢有二輩一輩爲滅一輩爲護所謂滅者自憂得道即取泥洹護者憂人度脱天下譬如水清其中沙石魚鼈自現道意以淨悉見天下心識所有沙門如是汝師教誠寧能爾不阿颰對曰此實難及佛言我見世間亦有道士不知佛法隱居藪澤食於果蓏言不用師當得自然此得道乎對曰不得佛言道從心得當有師法是爲癡妄信道一也復有道士採取百草枝葉華實服食方藥自用可仙汝師弟子亦信此乎對曰不信是爲癡妄信道二也或有道士委棄父母著鹿皮衣卧止草蓐被髮不食拜天求道徒自困

苦無所成獲汝效此乎對曰不效是爲癡妄信道三也亦有道士深居閑處題門有道祭事水火日月五星烹殺祠天博類求福汝爲此乎對曰不爲是謂爲癡妄信道四也佛告阿颰天地開闢已來有大梵志道士二十三人名爲耆屠留耗盡陀迦夷阿柔迦晨謣夷頞超餓毛巳蜜監化阿倫褁曇耆賴謣淚迦葉暴伏阿敗摸頭優察波利僥頸陂佉天下城郭皆是此二十三人共所造也今費迦沙何如此輩人對曰不及佛言汝師何長能爲帝王作師令帝王得道耶對曰不能汝等能爲太子大臣長吏作師使得道耶對曰不能汝師能教士農工商長中少年男子婦女及令汝等皆得道乎對曰不能汝師先祖頗得道乎對曰不聞師教汝等趣何等道曰師言持八戒者死上梵天寧見汝輩持是八戒昇梵天耶曰聞師言耳佛告阿颰我沙門得應眞者知劫中生死分別衆人彼時爲其從其作其知天下人及天上事飛行在所至到能存能亡能動地移須彌山出入無間變化恣意父母死亡知墮何道追求開導能令解脫子得道者父母皆度又我沙門持一正意行二百五十戒就無爲道佛告阿颰我棄國捐王行作沙門憂斷生死今得自然爲如來至眞等正覺明行成爲善逝世間解無上士道法御天人師號佛衆祐都爲天上天下作師其持我經戒無不得道者我常慈心教化天下去惡就善善可常行惡不可久苦可長處樂不可保樂者當時快意久後受苦罪至而悔無所及矣於是阿颰熟視佛身心念佛相

有三十二我殊不見一相何也佛知其意即爲出舌先舐左耳却舐右耳復舐髮際以舌覆面徐引舌下阿颰歎曰如佛者難值萬世時有舌相乃爾安得不知佛言汝等來久歸謝汝師五百人皆前接佛足而去賷迦沙乘車而出見諸弟子來即住待之諸弟子至下車作禮師言瞿曇沙門名聞天下有其相乎住何以久盡說何事阿颰言朝來所語無有一失還舍飯已徐當說之師言佛不能讓留汝飯乎對曰佛坐樹下了無所有知可飯時故遣我還即俱歸飯已阿颰向師具說佛語師言汝道佛語得無增減欲使我事之耶阿颰言聽佛所語勝我梵志但恐我種不能事耳師即怒蹹地曰我累世爲師何用不如阿颰言師試自往觀其智能師言然當自請佛與共談語暮即施牀席作五百人供具鷄鳴師自行至通姓名請佛相見作禮畢一面坐叉手言今設微食願佛與衆沙門俱屈威神佛以默然可之賷迦沙歡喜辭歸辦食日未中又遣阿颰行迎佛與五百沙門俱就舍坐已定施飯食行澡水畢賷迦沙問佛言昨阿颰還道說佛語不審諦願重聞之佛言皆是無所增減便復爲說昨時所語聞佛語喜即自稽首言我昨無故瞋阿颰所語佛言汝雖怒者是賢弟子譬如善馬知人心意佛呪願阿颰言使汝壽身無病於是師讚佛言

火能照於冥　江海百谷王　聖人廣教授
如國有明君　摩尼寶第一　月爲星中明
如日照天下　三界惟佛尊

佛知其心輭正無邪爲說偈言

人當仁義布施作福覺識非常守行經戒
世間危險樂少苦多當自憂身不宜懈怠
務斷貪欲致畏之習生老病死憂哭之痛
恩愛別離一切皆苦是故聖人求無爲道
賷迦沙意解起禮佛足垂淚言曰念我先祖
皆無有知白佛言願佛愍傷我我有昆弟妻
子諸家今欲將來使受佛法佛言可即皆來
禮佛足受三自歸與阿颰等俱持五戒後賷
迦沙以其命終弟子問佛是師死者趣何道
乎佛言已得第三不還生十九天阿那含中
當於彼般泥洹阿颰等五百人欲作沙門佛
言各且歸家善持五戒意志已固乃可捨家
佛説經已皆大歡喜作禮如去

佛説梵志阿颰經

音釋

颰蒲撥切 彷徨彷步光切徨胡光切彷徨徘徊也 蝡而兗切蟲動貌
銖市朱切十黍重曰銖 譖莊蔭切讒毀也 酗許具切醉怒也 醟于命切醉湎也
賙職流切賑贍也 訛五禾切舛也 墾殖墾康很切耕墾也殖時職切種也
墟去魚切四邑爲墟 聚才句切與聚同邑落曰聚 窶其呂切貧無禮也
櫛阻瑟切梳比也 摴蒱摴丑居切蒱薄胡切摴蒱博戲也 脇虛業切腋下也
聎莫甸切斜視也 邈莫角切遠也 寤五故切與悟同 礫離擊切小石也
儩息利切盡也 淖奴教切泥也 捫莫奔切 坏鋪杯切未燒陶器也
鍛丁貫切鍊也 鼈并列切 藪蘇后切 蓐如欲切薦也
⿰言零郎丁切 頞烏割切 顙蘇朗切 揳胡雞切 頭相俞切
僥古了切 頸居郢切 陂波爲切 佉丘迦切 舐神紙切餂也
蹹徒合切踐也

佛說寂志果經

東晉沙門竺曇無蘭譯

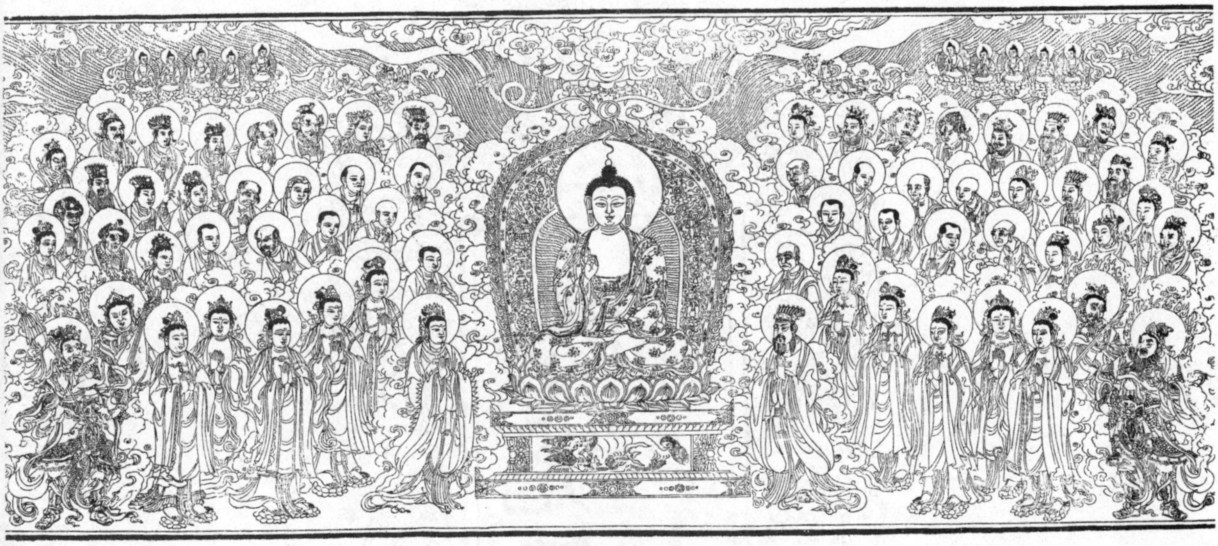

清刻龍藏佛說法變相圖

佛說寂志果經

東晉沙門竺曇無蘭譯

聞如是一時佛遊王舍城耆域柰國與比丘衆千二百五十人俱時王阿闍世七月十五日過新歲臘與群臣百官俱眷屬圍繞上寂安觀謂群臣言諸卿當知如是我修非時愁悒不改雖得此歲憒慘不次當何方便除其怵惕有臣白王當以五樂消散憂慮有臣當作名倡巧妙異妓鼓樂絃歌可以療憂有臣白王宜以四種象馬車步勇猛兵士消除悒憒有臣白王不蘭迦葉莫軻離惟瞿婁阿夷耑其耶今離迦旃先比盧持尼揵子等是諸師者各與五百之衆在此大城可嚴大駕造與相見談聽歡娛可離所患時有童子醫王名曰耆域（此言固活）持扇侍王王顧語言卿何故

默獨無所陳耆域白王欲蠲怵惕忘憂除患今佛世尊與弟子衆俱在柰園可到佛所稽首致敬諮啓疑惑乃得開解時王阿闍世便即欲見天中之天答耆域言善哉大佳當俱往覲耆域受教嚴五百象五百采女嚴訖白辦宜知是時王乘駕象名曰仁調與五百侍從俱導衛前後出王舍城然大炬火時王恐懼住止不前謂耆域言佛與幾比丘俱在柰園答曰有千二百五十王曰卿得無詐令吾出國道相危乎每至異道諸梵志所其衆五百音聲揚逸今比丘多而不聞聲耆域曰王莫恐莫懼不敢謀王不造逆害及危貴人惟佛世尊長夜寂然弟子志學法則靜然願王前覲上妙光明見佛世尊諸弟子衆意爾乃悅於是王阿闍世遥見世尊便下所乘屏遊五事脱王冠幘瓔珞寳服幢華翠羽去蓋收刀步到講堂問耆域曰佛爲所在答曰衆比丘前坐者是也威神光光功德巍巍王前詣佛問訊瞻對却住一面觀佛比丘衆悉坐寂定無量清淨甚深微妙其心欣然叉手向佛白世尊言佛心寂然微妙無念弟子亦爾願令我心志于微妙隱定如是有一童子名曰帛賢白其王言大王願欲得是行耶王白佛言唯然世尊願樂衆僧其心歡悦於是王阿闍世白佛言願欲有所問儻有聽者乃敢發言佛言便問在意所欲王言所可供事及諸所欲娱樂睡眠合聚計校筭術印綬大臣百官群從太史占變知人終始受人恭敬飯食技藝或爲已身父母妻子奴婢供養沙門梵志施以上供求索安隱吉祥之利頗有立於

是佛法律得道證不乎佛言大王曾聞諸外異道如是誼不王白佛言曾到不蘭迦葉所問所有象馬乘車步行財寶侍從篋藏力士勇猛大象車馬娛樂睡眠合會天人印綬大臣百官群從太史占變知人終始所可恭敬有所作爲或爲巳身求索安隱或爲父母妻子奴婢供養沙門梵志施以上供是我寧得法律之正入寂然道乎即報我言無有是也亦無世尊無答善恩亦無罪福無有父母亦無羅漢得道之人供養無福亦無今世後世亦無專行一心道志於是雖有身命壽終之後四事散壞心滅歸無後不復生雖葬土藏各自腐敗悉盡如空無所復有唯然世尊我問外師以是見答我心念言無云何而無罪福報應譬如有人問柰何類以瓜答之問瓜以柰答之不蘭迦葉亦如是也言語顛倒無有本末雖聞彼説不以爲解王阿闍世白佛言我復至莫軻梨瞿耶婁所問何謂小處欲處人無因緣得淨人爲有罪福不爲無知無見亦答我言無今世後世無力不力無精進一切人得其苦樂若問六以七答世尊譬如問柰以瓜答問瓜以柰答此異道人如是在我國内問其所問以是見答問其所言不以開解即便捨去我復至阿夷耑所問何謂所住處欲處云何於是法律得至道證答我言惟大王他人徃問亦作是答言有後世復生我問之亦言有後世設有後世復生世間爲有爲無如我意想爲有後世或無後世或有人徃問言儻有後世儻無後世或有是或無是譬人問柰以瓜答問瓜以柰答阿夷耑亦

如是問沙門得道之證持異術多事答我言語無次我心念言一切王舍城所有異道不能開解除我愁意當於何所得沙門梵志令解我意使不憂悒見阿夷耑所說無益便起捨去我復至波休迦旃所問何謂所住處粗問畜生所由於是法律云何得道證答我言惟大王其有人得受身者無因亦無緣無有想亦無貢高積累賊害於住立而得住處於是得身無有失者所想知想而自流行謂罪福善惡其有人所斷截目所覩見無有諍訟有身壽盡不憂命死彼無有說是欲我當死及諸天用人故說壽終沒已於是人間愛欲勞塵天人見欲其欲及便有五賊六十二種其六十二種者無種性俱說六十二事與種性俱無用思想入其八難皆當棄捐常得增益便得安隱已得安隱常在於天已在於天便有八十四大念與幻術俱與微妙俱便起老病苦無有道人亦無梵志所說如是我飛清淨又離愛欲於欲已盡常隨逐身譬如然燈已然其事如是無得道梵志譬如有人問柰以瓜答問瓜以柰答其波休迦旃如是我問沙門得道之證通持老病人答我我心念言問於道證反以是答聞其所言不以為悅不用作解便起捨退我復至先比盧持所而問之問所住欲於是法律云何成道答我言惟大王人所作教人所當為所斷所奪所見離見所求皆猒愁憂自推毀瓶甕離慳貪破壞國城賊害人民殺盜婬泆妄言兩舌飲酒鬪亂雖犯是事無有罪殃所布施者無有福報殘害悖逆作衆不善無罪無福亦無所取

所作無因緣無有至誠亦無質朴縱行義理善惡無應譬如問柰以瓜答問瓜以柰答比盧持亦如是問行法當得道證更答斷絕無有罪福我心念言何緣如是不以爲解即便捨退我復至尼揵子所問尼揵子何謂得所住處欲處有人無耶所受罪福云何爲前世事乎學道爲得道不答我言惟大王一切現人有所見者所得罪福皆是前世之事因緣愛欲而生因緣有老病於是學道有因緣想因生子孫然後得道譬如問柰以瓜答問瓜以柰答我問得道之證反以虛妄見答我聞其語不悅不樂即起捨退王阿闍世白佛言徧問諸師不得開解敢問世尊財寶所在處惟以所問願答其疑云何寂志梵志於是法律逮得道證佛告王言在所欲問吾當爲汝事事分別令心結解我先問王王以意答之云何大王若有人著好衣服供侍王以自娛樂其人不樂居處及本土心自念言阿闍世王是人我亦是人王以五樂自娛衣服自嚴不樂本土不懷居處我當立德離諸罪殃我不如除鬚髮被袈裟作沙門以家之信捨家爲道便受法戒奉行道禁不殺盜婬不妄言兩舌惡口罵詈不怒嫉妬於王意何如往詣王所白言其人好莊嚴供侍王者不樂居處亦不懷土以家之信捨家爲道護身口意不犯衆惡修行十善王柰之何王白佛言我見其人當歡喜問訊恭修禮敬供養衣服飲食牀臥具病瘦醫藥佛語王其人未行大法得道果證王白佛言取其說法佛語王我與世間爲如來至眞等正覺明行成爲善逝世間

解無上士道法御天人師號佛世尊便即説法初語亦善中語亦善竟語亦善誼慧妙具講清淨行若尊長者有子聞佛所講説經於如來法律得信善利自見於佛法中有大善利即得法忍念止居家逼於垢塵其出家者爲無罣礙便一其心心除欲樂盡其形壽奉清淨行念言我欲棄家財産門室眷屬下鬚髮被袈裟以家信出遵道捨所樂立寂志奉比丘戒二百五十不犯道禁護得度法行止禮節不失儀撿忍除所有靜恭畏慎一心平等修習正戒也遠離於殺不執刀杖心懷慙愧普安一切不施恐怖其心清淨無所加害遠離盜竊除不與取樂喜惠施心欲放捨所思念安常自護已其心清淨不與不取遠離婬行淨修梵行志于貞潔消滅濁欲其心清淨不爲色惑遠離妄語不尚虛誕未曾詐紿志存誠信所住安諦不違世誓其心清淨不懷欺僞不樂兩舌讒謗敗德未曾傳説鬬亂彼此和解變諍散除怨害其心清淨不仇兩舌遠離惡口不好罵詈每制自在未曾放恣吐不善言所説柔順無麤獷辭聽服踊躍歸仰其心清淨曾不罵詈遠離綺語發言應節無所毀害詳在誼法所説安詳寂靜無失分別情理其心清淨志不綺語遠離無默除去愚心不貪他有不求人短已身及人常求大止其心清淨不懷愚癡遠離瞋怒無恚害意心常懷慈志存善權哀護蠕動羞媿安慰一切衆類其心清淨不懷恚怒遠離睡眠心習空行常行寂然未嘗安寢欲思見明想欲得起其心清淨志不睡眠遠離調戲嘲談寱語

行無所著無有卒暴其心清淨志不調戲遠離狐疑心不猶豫秉意一定在於善法其心清淨志不狐疑遠離邪見今世後世信施得福孝順父母尊敬賢聖奉修善道信人壽命後當復生得道六通平等之行其心清淨無有邪見遠離諛諂其心質朴不懷巧僞不用升斗尺寸侵欺削人不行繫縛及與牢獄無毀無望求欲得明其心清淨志不諛諂遠離男女不樂居處妻子愛欲省除區欵其心清淨無所榮冀不畜奴客僕從婢妾不樂治家其心清淨不妄執事不畜象馬牛羊不樂畜獸其心清淨不志車乘不畜鷄鶩狗犬猪豕無所利求其心清淨不存鷄猪遠離廬館不飾屋宇不畜田宅園圃果蓏其心清淨不在田舍遠離金銀高廣之座不樂綺麗茵褥几筵其心清淨不寢高牀遠離七寶不畜珍琦捨除玩弄無所榮冀其心清淨不貪財色遠離華香不樂雜馨身不芬薰無所希求其心清淨不志華香遠離非時飯食中節恒以一食終爲期度其心清淨飯不失時犂地下種莊嚴中間見所爲行行沙門事嚴淨其心光餤憂愁除諸穢害常行眞正節度知足一心在道然後爲沙門梵志受信施食在土地郡國縣邑所行如法根本常淨莖節枝葉華實亦淨具足種種清淨其種像如是在郡國縣邑作沙門遠離是若有沙門梵志是應食信施所住處善思念其人行常如應若有沙門梵志所在受信施食所止住處所行不應求索飯食校計合會求索香華衣被牀卧藏積珍寶求索其處沙門道人皆遠離是若有沙

門梵志食信施食坐高廣綺牀處於寶牀所行不應莊校榻莚彩畫文褥錦繡若好繒綵驚怖毛竪執持幢拂乘象車馬志求好食常在名色沙門道人皆遠離是若有沙門梵志食信施食沐浴自在所行不應所行斷絶香華自熏求索供養不以道理手執刀蓋校以眞珠瓔珞臂腕頸脚身著白淨衣服斷截樹木如此住行沙門道人當遠離是若有沙門梵志受信施食自綺其身所住之處其行不應鬬象牛馬鷄犬羊豕鬬亂於人男女大小徃觀戰鬬及衆大會如是之行所可求住沙門道人遠離如是若有沙門梵志受信施食自莊嚴身所住以非其行不應但行聽象聲群馬車行人牛羊撾鼓妓樂歌舞調戲話語如是之法異道道行沙門道人已遠離此若有沙門梵志受人信施食行樗蒱博戲所住非法其行不一便共競諍樢橛兜揭君犢塞稚盧如是之行非法所作沙門道人已遠離此若有沙門梵志受信施食常共鬬諍講校言語所行非法所住非法其行不應此爲是法是爲非法是不如是是爲一法不如卿語我所行法汝所爲不應我所爲應汝有因緣我無因緣汝自前住在後妄語我得卿勝卿無所種但行衆惡當見危害我得度脫卿見棄捐不得自在如是諍訟非法之言沙門道人已遠離此若有沙門梵志食信施食坐共寱語其行不應王者云何盜賊云何戰鬬云何飲食云何衣被男女大小云何說世事因事好事如是之像非法之言沙門道人已遠離此沙門梵志受信施食妄說非事其行不

應說王者婆羅門事說樹木人事說國事於此彼當如是彼國當有是此人當往彼彼人當來此如是句所言非法沙門道人已遠離此沙門梵志受信施食而行諛諂所爲非法其行不應坐共語言是爲得利是爲衰折治生賈販財物之人出如是諛諂非法之事沙門道人已遠離此沙門梵志受信施食學修幻術興起邪見說日之怪逆占觀相妄語有所奪學品術處度術所學呪欺詐術軋陀羅呪孔雀呪雜碎呪術是異術欺詐迷惑如是之像非法之術沙門道人已遠離此也沙門梵志受信施食學迷惑呪欺詐之術觀人面像星宿災變風雲雷霧求索良日夏月之時其聚落當雨不雨其地當吉不吉說國王事如是之行非法之術沙門道人已遠離此沙門梵志受信施食學有若干種非邪之法畜生之業處方行藥住在所欲令人短氣吐下淚出動人血脉志不中正說欺詐術占安隱事如是之像畜生之業沙門道人已遠離此沙門梵志受信施食所行非法以斷鎧口說嫁娶事某有居跱某館某舍某堂懷軀某堂燕處某有宮殿爲精進行某有堂舘無精進行說王者雜事如是之像畜生之業沙門道人已遠離此沙門梵志受信施食作若干種畜生行邪見之業有占相珠寶牛馬居家刀刃所見相男子女人大小如是之像邪見之業沙門道人已遠離此沙門梵志受信施食或有妖妄之本行非法業無智之事自以爲智卜問行符呪如是之像邪見之業沙門道人已遠離此沙門梵志受信施食或見善或

見惡豫説米穀當飢貴當平賤當有恐怖當有安隱當大疫當死亡如是之像邪見之業沙門道人已遠離此沙門梵志受信施食説其國王戰鬭當得勝某國王當不如某國王當出遊觀他國他國王不得自在此當得勝彼當敗壞此王象馬六畜車乘多彼王象馬車乘少如是之像邪見之業沙門道人已遠離此沙門梵志受信施食共説日月順行日月差錯星宿順行星宿差錯日月運行遲疾不順當有災異無常之變日月當蝕或雨霜雹或當霹靂如是之像邪見之業沙門道人已遠離此沙門梵志受信施食便説日月是故順行以是不順行星宿順有因緣不順亦有因緣有所罣礙變怪日月西行或言東行或言當蝕又云何不蝕當雷電霹靂如是之像常見證驗沙門道人已遠離此是謂賢聖我弟子沙門以是奉賢聖戒品行知止足衣輙蔽形食纔充口所遊至處衣鉢隨身無所顧戀譬如飛鳥飛行空中兩翅隨身比丘如是奉賢聖戒心知止足無所希望一曉節度其行安隱盡行安詳視眄觀瞻不失儀軌屈伸進止依法從宜坐起安雅行無所壞持是戒品第一知足根門寂定心在安跡諸根不亂守護其心救使無念無想在道目見好色不想求以爲好斷截所受奉行善本其心内住遠離内色守護眼根如是耳聲鼻香舌味身更不以想求亦無所著除諸不可棄瘵愚癡斷不善法其意内住救使不亂令心根定其比丘奉是賢聖戒第一知足其心寂定禮節根定於内無起而行安隱閑居寂然山藪

避隈巖穴野處身宴其中離世無黠心念無想不貪他有不起愚癡不侵亂人常行慈心其意清淨無有癡想所在遊行心無所著快善安隱譬如有人遠行求利經過惡道得度險窄多獲盈利無所遺亡供給妻室男女親族其人自念心甚歡喜比丘如是遠離愚癡其心清淨無有垢濁已除恚害喜悅無穢譬如有人得疾著牀連年羸頓後日得愈安隱有力飯食消釋心自念言我本委厄今得除愈比丘如是除瞋恚心熟自思惟心亦歡喜譬如有人爲他下使羈繫作役終無休閑不得自在然後得免脫爲良民心自念言我本屬人今得脫出心亦踊悅比丘去疑心無猶豫立在清淨欣喜踊躍譬如有人拘閉牢獄楚痛苦毒然後得出心自念言我本幽閉今已得脫亦自僥愛比丘如是除去狐疑心淨無瑕歡喜比丘除不正心心無瑕想清淨其志譬如有人遭值穀貴恐怖飢餓得濟安隱救攝其命值得豐殖穀米平賤逸豫無畏心自念言我本飢匱危困難言今得飽安心亦歡喜比丘如是除不正心無衆想行却本清淨無疑心除五蓋遠塵勞自心力得智慧而脫衆厄刑獄飢餓已去愛欲衆不善法有想有行寂而清淨行第一禪譬如有人入水洗浴清潔無垢度在岸邊心亦歡喜比丘如是寂然獨處安靜喜悅觀視一切身本所趣覩無有身普觀無根心用寂然喜悅安隱第一一心彼以是定其心清淨寂然住立得無有異愛欲已盡除去想行內已具足所念安隱爲善行第二一心復以是身得三昧定歡喜

安隱以無罣礙觀視具足無有身類成無所
與當得定喜譬如有青蓮芙蓉莖華生於汙
泥長養水中雖在水中其根葉華實在水無
著亦無所汙比丘如是於是身與三昧安隱
歡喜彼以是正受之心至于堅住得無有異
清淨其心無有欲塵第三一心彼以是心身
安隱意定安隱無著設無有身普觀徧無所
有亦不復歡喜安隱不亂譬如有山完具無
缺廣普無邊東方風來而不能動南西北風
亦復如是所以者何其下根堅不可動故中
有流水清涼具美無能汙者用依山故流滿
具足周普徧流無所不至用水清淨之故比
丘如是於是觀身無所愛樂所倚安隱其行
具足觀視無身爾乃普見彼以是心安隱之
行清淨無瑕堅住無異除去愛欲無苦無樂

當行第四禪一心譬如有人月七八日著新
衣服首面悅澤觀視其無有裸形欲著上好
妙衣之故也比丘如是身行清淨其心無垢
歡喜得度行無所處不見有身普觀無處用
心清淨無有衆穢譬如郡國縣邑不遠有大
講堂有人在上然火然明其明等照不高不
下風不能滅鳥不能覆及餘衆類不能翳明
堅住不動比丘如是其心不亂堅住不動已
得空淨比丘作是了知已得正受其身寂然
是四大身從父母生魂神所依棄身不樂常
立身心是可患猒不復更受使心無色除去
一切形類身諸有種不失根本當立身心化
現諸身具足衆好無所缺減譬如拔草木根
株明者見知如拔根本不復更生比丘如是
曉了如此其身所有見有名色四大合成從

父母生衣食所養爲虛僞覆有何堅固爲磨滅法魂神所依使住不亂亦不動揺我當立身心化現衆身無有色心具足形容諸根無毀從三昧起化若干意形容具足譬如有人出篋中虵明者見之知爲四虵之篋比丘如是曉了如此是有形之身依所溫暖四大合成從父母生魂神依之當立身心變現衆形無有名色具足形容諸根無缺從三昧起化無數身譬如有人從鞘拔刀明者見之是鞘中有利鐵刀令拔出耳比丘如是曉了如此普觀其人化無數形衆好具足令不缺減比丘以是三昧正受其心清淨無有瑕穢除去塵勞柔輭無欲堅住不動神足之慧已逮得證神通之慧心無增減其行平等尊大自在心念無畏以一身化無數身無數身還合爲一獨立現變若干之慧出趣墻壁而無礙跡譬如飛鳥遊於虛空出無門入無孔入地無罣如出大水經行水上譬如履地在虛空中正跏趺坐如飛鳥雲於是日月威神廣遠以手捉持而捫摸之變身上至第七梵天譬如巧黠陶師調和其泥模好模像埏埴作器無所不成比丘如是得神通在所變化至于梵天譬如調象馬師調諸象馬皆令成就比丘如是神通變化身至梵天譬如金師所鍛工巧取紫磨金作臂環瓔璅印步揺勝隨意悉成比丘如是神通變化身至梵天比丘持三昧正受心淨無瑕至于證智逮得神通心無所著眼能徹視見天上天下善惡所趣耳能徹聽聞諸天人所語及蚑行蠕息人物之聲譬如達士丈夫吹大鳴螺立大高山盡力吹

之其聲四聞比丘如是道耳徹聽諸天人善惡所歸皆悉聞知用得道證神通普徹知他人心所念善惡有欲無欲有怒無怒有慈無慈有癡無癡有黠無黠有塵勞無塵勞得道證不得證亂心靜心進者怠者功德智慧有量無量皆悉知之譬如郡國縣邑不遠有大棚閣若高樓人住其上見無數人行來出入智者見之觀出入者比丘如是見他人心所念善惡是非普及一切世間形類佛言其比丘得神通者念過去無央數世事慧心癡心見一世十世百世千世萬世千萬世無數世徃來周旋天地成敗是人本生彼來生此其所在處土地名字種姓名色長短好醜善惡彼沒生此此沒生彼悉了知之譬如有人從此聚落到彼聚落坐起言語卧眠不語從彼聚落來還至此坐起言語經行皆識見之比丘如是識知如海見過去無數世事佛言比丘得神通者其心清徹道眼洞視過於人本見人沒生善惡好醜歸善道惡道是人身行善口言善心念善正觀無邪見緣是之本壽終得生天上是人身行惡口言惡心念惡緣是之本身死之後墮惡道中譬如有人住高樓上視行人徃來出入及坐歡喜悲哀比丘如是逮得神通道眼徹視清淨無瑕見去來事佛言比丘逮得神通諸漏已盡慧證三達不以戲疑解知苦集盡諦道諦除流無流無有癡心悉見其本深諦無異見知如是已度欲漏所有癡漏其心淨脫則度脫已度智具足無死已斷已逮梵行所作已辦知名色本佛言大王是為現在沙門道果於是摩竭王

阿闍世起坐稽首佛足自首悔過惟願世尊原其罪釁譬如小兒愚癡無智迷惑失志無有善權佛爲法王一切父母常立正法救迷立法無怒害陰蓋今若更生願世尊受身歸命自見過惡更受勑誡懲改旣往修順將來佛言大王如仁所言實如小兒愚癡無智迷惑無懼害其父母命今歸法王爲得更生自見罪過於是法律爲得善利不爲有損時王阿闍世叉手向佛惟願世尊受我供施及比丘衆時佛默然即已受請王知受請其心喜踊遶佛三帀稽首而退時王旣退去佛不遠告耆域童子卿之於我多所饒益今吾詣佛啓受法誨得覲世尊免吾罪尤令重咎微輕佛告諸比丘王阿闍世已得生忍雖害法王了除瑕穢無有諸漏已住於法而不動轉於是座上遠塵離垢諸法眼生王還歸宮即夜設百種飯食餚饍精細明旦往詣佛所稽首佛足白佛言時已到願尊自屈佛即與比丘僧俱眷屬圍遶往詣王宮佛衆坐定行澡水訖連布飯食手自斟酌食澡畢竟王取小榻而坐佛前聽佛說經王白佛唯然世尊願受我一夏之請於王舍宮供養所乏及比丘衆當爲佛立五百精舍令千二百五十人寢息有所倉庫米穀中宮小大當進所供養佛言大王喜悅則所施具足前已受舍衛國長者須達之請一夏矣王白佛言彼國長者爲得善利佛天中天先受其請故時佛爲阿闍世王說法令心開解佛說偈言

有作火祠者　一切自謂上　王者人中尊
海爲衆流本　星宿中月明　日者晝垂光

上下所往來　所可謂萌類　天上及世間

佛道爲最尊

佛說經已王阿闍世諸比丘衆諸天阿須倫聞經歡喜作禮而去

佛說寂志果經

音釋

悒於汲切憂也　憒慘憒古對切心亂也慘七感切愁戚也　怵惕怵丑律切惕他的切怵惕憂懼也　[illegible]彼義切遠也　儻他朗切或然之辭　綬承呪切印組也　耑多官切　誕徒案切妄也　紿徒亥切欺也　讒鋤銜切譖也　獷古猛切惡也　蠕而兗切蟲動貌　嘲陟交切言相調也　寱魚祭切睡中語也　鶩莫卜切野鴨也　蓏郎果切在樹曰果在地曰蓏　繒疾陵切帛也　腕烏貫切手腕也　橥櫟橥堅堯居言二切櫟其月切　搨都盍切　遘古候切猶結構也　饐五恨切食飽也　跱除紀切與偫同儲偫也　蝕乘力切虧敗曰蝕　雹蒲角切雨冰也　霹靂霹普擊切靂郎擊切霹靂雷之急激者　黠胡八切慧也　羈居宜切縶也　縶陟立切繫也

匱求位切乏也　虺許偉切蝮也　鞘私妙切刀室也　埏埴埏式連切埴時職切埏埴和黏土也　璅蘇果切連絡也　蚑詰利切蟲行貌　蝡昌兗切無足蟲動貌　舋許覲切瑕隙也　懲直陵切戒也

四經同卷

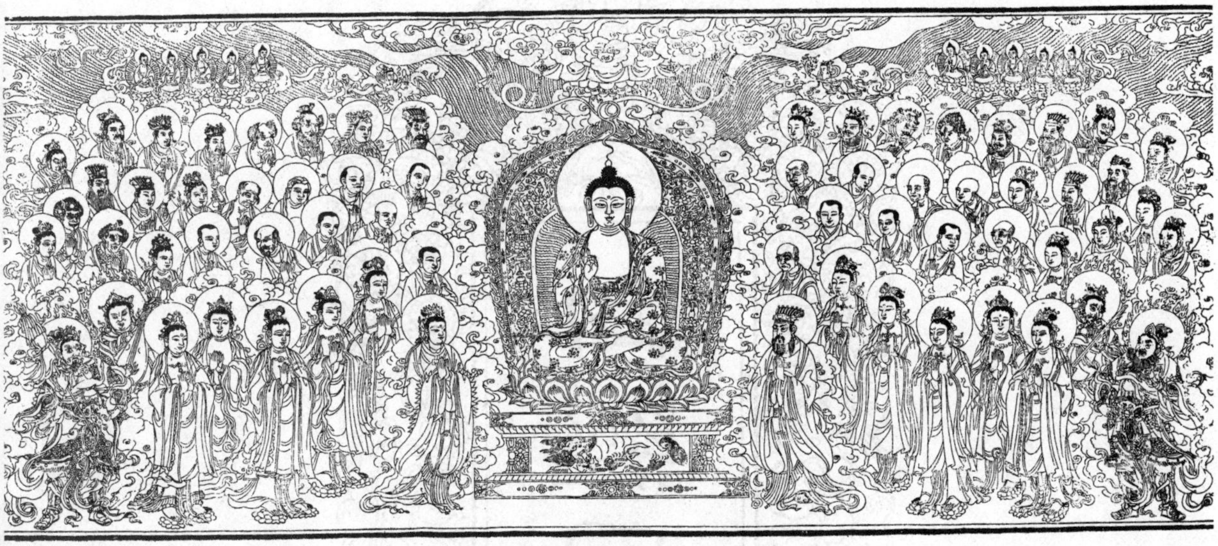

清刻龍藏佛說法變相圖

四經同卷
佛說賴吒和羅經
佛說善生子經
佛說數經
佛說梵志頞波羅延問種尊經

佛說賴吒和羅經

吳月支優婆塞支謙譯

聞如是一時佛與五百沙門俱遊拘留國轉到鞞羅歐吒國國中人民婆羅門道人皆聞佛轉遊到此國聞佛功德妙達無有貪婬瞋怒愚癡人心所言者皆中正但得佛道自知所從來生豫知去來現在之事眼能徹視知世間人民蚑行蠕動之類所趣生死善惡之道行即能飛能入地出無間入無孔自在變化所作知世間人民及蚑行蠕動之類心所

念者皆豫知之佛自制眼自制耳自制鼻自制口自制身自制心世間凡九十六種道皆不及佛道佛教天上天下人民如父母教子能使去惡就善佛爲天上天下人民作師佛所教授諸天人民皆得阿羅漢泥洹道舉一國中人民皆言佛是吉祥之人善說經戒共往觀視其道德其國中人民或有五十人爲伴有百人爲伴者有五百人爲伴者共行到佛所中有爲佛跪者中有繞佛三帀者中有頭面著佛足者中有叉手者中有但說姓字者人民皆坐佛爲人民說經戒人民皆叉手向佛衆坐中有一長者子名賴吒和羅在坐中聽佛說經以著心中賴吒和羅自思惟如佛經戒者不宜居家居家者不能自淨學佛道也思惟念不如除頭髮願被袈裟行作沙門鞊羅歐吒國人民聞經戒皆歡喜繞佛三帀各自還歸賴吒和羅中道屈還到佛所前爲佛作禮叉手長跪白佛言我思念佛經戒不宜居家居家者不能自淨學佛經道也意欲除頭髮願被袈裟作沙門願佛哀我令我得作沙門佛言汝報父母未賴吒和羅言我未報父母也佛言諸佛法父母不聽者不得作沙門亦不得與戒賴吒和羅言諾請歸報父母父母聽我作沙門者我當來還佛言大善自思議之賴吒和羅即爲佛作禮而歸到父母前白言我所聞佛經戒不宜居家居家者不能自淨學佛經道也意欲除頭髮被袈裟作沙門父母聞子語聲皆相對啼泣言我曹夫婦少子姪禱祀諸天日月四面叩頭求哀子姪令續門戶後常恐我卒死門戶滅絕

我從天得汝一子耳舉家共重愛見汝莫知猒足設汝終亡我夫婦當共坐守汝屍死至老今反欲生棄我曹去耶賴吒和羅語父母言如今不聽我到佛所作沙門者從今已去不復飲不復食不復沐浴今聽我作沙門者善不者當就死耳便去却委卧空地不食一日二三日四日至五日不食賴吒和羅宗親九族中外聞賴吒和羅從父母求欲作沙門父母不聽委卧空地絶穀水漿五日不食中外宗親九族皆到賴吒和羅所曉語令起沐浴飲食語賴吒和羅言汝父母未有汝時禱祀諸天日月四面叩頭求子姪適得汝一子耳汝當供養父母爲續門戶後世設汝終亡父母常欲坐守汝屍死至老何況欲生別離去賴吒和羅亦不應宗親九族皆復到父母前啼泣謂言此兒終不受我諫也賴吒和羅復有諸親厚知識聞賴吒和羅欲到佛所作沙門父母不聽委卧空地不飲不食五日親厚知識皆到賴吒和羅所諫曉令起沐浴飲食語言父母未有汝時禱祀諸天日月四面叩頭求子姪適得汝一子耳汝當供養父母爲續門戶後設汝終亡父母常欲守汝屍死至老汝反欲生別離去耶賴吒和羅亦不應親厚知識復到父母前啼泣各自拭淚語父母言宜放是子聽令作沙門所以者何如使樂道作沙門者後可生相見設不樂道者自當棄道來歸當復如何于今反空使死亡臭爛爲蟲蟻作食用死人軀爲今子大短氣恒欲死父母家室妻子伎人宗親知識皆舉聲大哭父母拭淚語賴吒和羅諸親厚知識與

共約束設放若作沙門以後汝當復來歸與我曹相見不賴吒和羅言放我去到佛所作沙門使我生不死會當來歸與父母相見也父母聞子語聲便復大哭即聽令去作沙門賴吒和羅大歡喜自念我不食五日身體大羸瘦時佛從鞋羅歐吒國至舍衛國相去五百里且自養視須我強健乃行賴吒和羅自養視數日有氣力前報父母言自安我去到佛所作沙門父母復舉聲大哭父母拭淚言可去自愛也賴吒和羅便以頭面著父母足起繞父母三帀便去轉到舍衛祇洹前至佛所向佛作禮白言父母已聽我佛寧可持我作沙門佛即用作沙門被袈裟受沙門經戒佛使諸阿羅漢日共教授不敢毀傷經戒自思惟戒道便得四禪得第一須陀洹第二斯陀含第三阿那含第四阿羅漢便得四神足飛行能以天眼遠視天耳遠聽天上天下人民及蚑行蠕動之類皆聞知所言所念自知宿命所從來生隨佛十歲如影隨人十歲以後意念我初去家時與父母辭決期當復還相見賴吒和羅白佛言我初去家時期當還相見願得行到父母所佛念賴吒和羅不能復入愛欲中如在家時已從愛欲得度脫佛言大善即爲佛作禮而去轉行到鞋羅歐吒國晨起被袈裟持應器入父母里中向家門乞食舉家無肯應視者所以者何用沙門道故生亡我丈夫子舉家惡見沙門故不應視也賴吒和羅到家門無有乞者亦無應視者無有白者但得罵詈亦不憂不愁適欲去家有一婢欲出門棄臭豆羹賴吒和羅還顧見

婢問言若用是臭豆羹爲時婢言臭惡不復食故棄之賴吒和羅言如姊欲棄者持用乞我婢便以著應器中婢陰識賴吒和羅手足語聲即念是我丈夫子也即走入語其母大夫丈夫子已來在外母大喜語婢審如言者今日即免汝爲良民便以我所著身上衣被珠環悉賜與汝母便走至夫所夫時適在中庭傾頭語夫言婢見我子賴吒和羅來在是間我語是言汝審見賴吒和羅者我悉脱身上衣被珠環乞匃與汝免汝爲良民母語夫言疾起分布行求索之夫即檢頭走行於諸街曲里巷而求索之見賴吒和羅於屏處仰頭視日適得飯時便止食臭豆羹滓父便前言賴吒和羅汝不當來歸於家好坐食羹飯耶而反於是間止食臭豆羹滓爲賴吒和羅

語父言我棄家學道作沙門無家我當那所得家父呼共歸家不肯隨去父便宿請明日來到家飯行見汝母賴吒和羅言大善父歸語嫗言賴吒和羅審來在此我已宿請明日當來飯子受請所當具者便饒具之母即呼舍中奴婢皆著前告言我初入門時父母所送我金銀白珠珍寶悉出著中庭地以物覆其上婢即受母教悉出金銀白珠珍寶積著中庭物覆其上高出人頭上賴吒和羅食時被袈裟持應器到父母家父母遥見子來入門母便取金銀積上覆去之前以兩手把金銀散之語賴吒和羅言見金銀珍寶是汝母入門時所有也汝父所有也金銀珍寶無央數汝可取以布施飲食極自娛樂用沙門作爲不如作白衣自在家也賴吒和羅語父母

言如使大人用我言者我欲戒大人一事父母言大佳受教賴吒和羅言取寶物上覆皆用作囊悉取珍寶盛著囊中載著車上持到恒水邊視占深處以投其中所以者何畜財寶者令人憂多或恐縣官盗賊或恐水火或恐怨家父母便生意言賴吒和羅不可以財寶化也試持故時諸美人妓女化還之爾母即到諸美人妓女所教令悉沐浴莊嚴著珠環服飾如賴吒和羅在時所喜被服來出母教諸美人妓女言汝出見賴吒和羅者但言大家子何所玉女勝我曹者而棄我曹行學道更求玉女乎諸美人妓女即受母教莊飾出諸美人妓女語賴吒和羅言大家子何所玉女勝我曹而棄我曹行學道更求玉女乎賴吒和羅言我不用索玉女故棄諸姊去也

諸美人妓女聞之語即慙愧長跪低頭以手覆面言以不用我曹作妻反呼我曹爲姊賴吒和羅語父母言何爲致相嬈欲作飯者善不能者已父母即爲出飯具著前便飯食父母欲久視其子恐飯已便捨去勑閉諸門戸皆令下鑰關飯竟爲父母說經言諸野人畜獸不當拘閉畜獸不得自在且捨人走飯已當去耳野獸得脱便走入深山梳頭著澤畫眉粉白黛黒可以化愚人耳已度世之人不可以此化也視子骸骨皮肉裹之飾以金珠珥璫瑑瑤之人向是曹人如入湯火中火適無所愛香熏塗身可以化愚人不可化度世之人也不能自知當所爲而爲之亦不能別父母亦不能別兄弟人心有所愛不能自絶也婦女譬若衆水水流入大海愚人向女人

便流入泥犁中禽獸中薜荔中意欲脫於生死憂苦者欲得泥洹道者當遠離婦女賴吒和羅爲父母說經竟便飛從天窻中上出去如猛師子走得脫時國王名拘獵與賴吒和羅少小親厚王有一樓觀在城外賴吒和羅飛往前入樓中有樹名維醯勒止坐於下時王拘獵偶欲出到廬遊戲勑廬監令預掃除廬監被勑即行掃除見賴吒和羅在醯勒廬樹下坐廬監見之即行白王掃除以淨王常可道說親厚知識賴吒和羅今在廬中樹下坐王欲見者可行王聞之大歡喜即嚴駕而出到廬外下車步入至賴吒和羅所前作禮却坐賴吒和羅言王來到是大善王言雖我自來者卿是我少小知識意欲持財物極意相遺賴吒和羅報王言不宜持財物相遺也今我以棄重擔牢獄解去也王復欲持牢獄重擔著我上耶不宜持是來相與也王言我當持何等相遺耶賴吒和羅言王但當言令我國熾盛五穀豐熟人民衆多乞匃易得可止我國中我不得令吏民侵枉卿王言受教當如所願賴吒和羅所言王言我欲有所問願聽我言賴吒和羅言大善王便言凡人作沙門有四苦事乃行作沙門何等爲四一者年耆二者病瘦三者孤獨四者貧窮人有是四苦者乃行作沙門耳今我視卿了無是四事用何等故作沙門乎王言所以年耆作沙門者人老自念氣力薄少坐起苦難不能遠行治生致錢財政使有財産不能堅持用是故除鬚髮作沙門我視卿了無有是頭鬚正黑身體完具適是中年當自娛樂時有父母

啼泣不樂卿作沙門二者若人身被重病身體羸瘦自念不能治生致錢財政使有財產不能堅持用是故除鬚髮作沙門我視卿了無是重病身體强健三者人有孤獨一身不能治生致財政使有財產不能堅持以是故作沙門我視卿了無是除王宗親視我國中尚無過卿者四者人貧窮飢寒無以自給自念貧窮無以治生以是故除鬚髮作沙門得乞匃以自活我視卿了無是我視國中富者無過於卿人用是四苦故作沙門耳王問寧復有異是四事作沙門者不賴吒和羅言佛持是四事常自道說皆更知之用教戒人我心中審如佛言是故我除鬚髮被袈裟作沙門何等爲四一者人生無有能避於老者無有能止身使不老者二者無有能避於病者身無有代人死者三者人死空身不能賷持財產去四者人至死無有能猒於愛欲及財產者人皆爲財產愛欲作奴婢佛爲我說是四事我心信之故作沙門王言卿說是四事徵促我意不解願更爲我廣說之賴吒和羅言我自問王王當以誠報我王年二十三十至四十時諸氣力射戲上象騎馬行步趨走當爾時自視寧有雙無王言實如賴吒和羅言我年二十三十至四十時自視無有雙如我射戲上象騎馬行步趨走今年長老氣力衰微坐起苦難意欲有所越蹈不能越度賴吒和羅言佛說是一事我用是故剃頭鬚作沙門王言佛說是事實奇實善入我心中賴吒和羅問王言國中寧有傍臣百官仰王生活者不王言然有是賴吒和羅言王曾被病

困劣著牀時不王言然有是賴吒和羅言被病著牀時王呼傍臣百官仰王活者教勑言今我被病困劇汝曹共分取我病去王雖有是教臣下寧能共分王病持去不王言不也身會當自受之傍臣不能代賴吒和羅言佛說是是爲二事我用是故作沙門王言實奇實善入我心中賴吒和羅問王言若人壽終欲盡且死時人之意所不喜也雖不喜亦不能得離於死賴吒和羅言人自知當死何以故不豫持珍寶著當所生處王言不能持財寶豫著當所生處也皆當棄空去耳賴吒和羅言佛說是是爲三事我用是故作沙門王言佛說是事實奇實善入我心中賴吒和羅問王言王寧有國中安寧人民熾盛五穀豐熟我識道徑有是賴吒和羅言若有人從東方來至誠語王王亦信其所言我從東方來見有大國國中豐熟人民熾盛我識道徑能持王兵往攻取其國王聞是語寧欲使人往取其國不王言然貪其利入猶欲取之賴吒和羅言若復有人從南方西方來北方來者導說有國如東方者王寧欲取之不王言然貪其利入猶欲取之賴吒和羅言若復有人從海一邊度來至誠語王王亦信其所言海一邊有大國國中五穀豐熟人民熾盛我識道徑能持王兵往攻其國王聞是語寧欲使人取其國不王言然貪其利入猶欲取之賴吒和羅言佛見是事知人苦貪無猒足也是爲四事我用是故作沙門佛見是四事用教戒人王言佛說是事實奇實善入我心中王言佛豫知去來現在之事善乃如是耶賴吒

和羅言王自有國及四方國尚不猒足復悕望海外國佛見世間人有財寶者皆堅藏守之不肯布施與人慳貪藏之更復求索帝王及人民皆不知猒足於死不棄愛欲貪當捨其死所有財寶皆置空去當趣所作善惡道善惡隨人如影隨身人死後家室宗親啼哭悲哀棺殮瘞埋人生獨生死亦獨死身作善惡身獨當之無有代人者飲食金銀珍寶不能令人得道財富不能救護人命令不老死人之所思念多端人之所愛樂也人志意數轉不能專一佛言人坐恣意故以致凶變怨禍恐懼譬如穿壁盜者之所念也志意數轉不能專一人坐恣意以致凶變怨禍恐懼譬如盜者人從後得之身所作惡自陷其死如世間人作惡死後當入泥犂畜生薜荔中譬如樹木生華葉茂實者中有花時墮者中有成果時墮者中有大時墮者中有熟時墮者人亦如是中有從腹中墮者中有墮地死者中有半年死者中有老時死者人命不可知頼吒和羅言我用是故作沙門凡人謂我雖有諸論議要不如學道頼吒和羅說法經竟王便得第一須陀洹道使受五戒一者不殺二者不盜三者不犯他人婦女四者不妄語五者不飲酒王受戒已即作禮而去

佛説頼吒和羅經

佛說善生子經

西晉沙門支法度譯

聞如是一時衆祐遊於羅閱耆闍崛山彼時居士善生疾病困篤勑其子曰吾歿之後汝必爲六面禮於是善生他日殞命子乃敬送供養喪事訖畢輙早起沐浴著新衣之水上拜謁六面而言曰余以恭肅敬禮子于東方之生彼又我敬焉周旋南方西方北方上下面面同辭爾時佛晨旦著衣持鉢適欲入城見居士善生子於水上六面拜語如是衆祐則從而問曰居士子汝何近聞必當早起沐浴著新衣之水上拜謁六面自說恭肅敬禮拜于諸方而又浴彼之敬者是何師法善生子善生子對曰吾父臨亡先有此令是以遵行不聞之於師也衆祐報曰居士子父所言者非此六方也且而睞坐六面之欲如有四面垢惡之行不能悔者則是身死精神當生惡道地獄之中夫人以四事爲勞當識知何謂四一爲好殺生二爲好盜竊三爲婬邪行四爲喜妄語佛頌其義曰

殺生與盜竊　欺詐爲妄語　趣向他人婦
不爲智者譽

又居士子有四事或往惡道何謂四一爲欲二爲怒三爲癡四爲畏頌其義曰

有欲怒癡畏　不承受正法　是以名處下
猶月陰退虧　無欲怒癡畏　而承受正法
是以名處上　猶月陽進滿

又居士子有六患消財入惡道當識知何謂六一爲嗜酒遊逸二爲不時入他房三爲博戲遊逸四爲大好妓樂五爲惡友六爲怠墮

頌其義曰

飲酒入他房　博戲好妓倡　惡友與怠墮

聖哲所不稱

夫酒有六變當知何謂六爲消財爲致病爲興爭爲多怒爲失譽爲損智已有斯惡則廢事業未致之財不獲既獲者消宿儲耗盡

婬邪有六變當知何謂六不自護身不護妻子不護家屬以疑生惡怨家得便衆苦所圍已有斯惡則廢事業未致之財不獲既獲者消宿儲耗盡

博戲有六變當知何謂六勝則生怨負則熱中朋友慼之怨家快之有獄凶憂人衆疑之已有斯惡則廢事業未致之財不獲既獲者消宿儲耗盡

好樂有六變當知何謂六志在儛志在歌志在絃志在節志在鼓志在彼已有斯惡則廢事業未致之財不獲既獲者消宿儲耗盡

惡友有六變當知何謂六習醉迷習惛亂習縱盜習酒舍習小人習鄙語已有斯惡則廢事業未致之財不獲既獲者消宿儲耗盡

怠墮有六變當知何謂六飽不作飢不作寒不作熱不作晨不作昏不作已有斯惡則廢事業未致之財不獲既獲者消宿儲耗盡頌其義曰

好色樂歌儛　晝息夜從彼　惡友與怠墮

士爲斯大損　博戲酒慌壞　志在彼婦人

遠賢而近愚　其損猶月數　行身自憍大

毀懺沙門道　邪見而行慳　是謂慢盪士

夫酒妨財用　少利飲大渴　病水興債負

作亂危身疾　或以酒結友　或以酒犯法

若以成美利　斯有猶可忍　或晝如奉戒
昏夜盜爲姦　常依于酒廬　如此慎勿親
夫自寒至暑　如草不貴已　精進修事業
爾利是用損　若能忍寒暑　如草不貴已
精進修事業　則安且益矣　狎下爲漸消
習上未曾損　進善超然尊　以善必得善
大善則邁善　誠善能兼習　親戚之所尚
奉戒以滅惡　是以當爲習　已有行復行
其爲親戚上　如帝莅於衆

又居士子有四友非友像當識知何謂四一爲取異物二爲言佞三爲面愛四爲邪教頌其義曰

取異物之友　言美以順耳　面談爲媚愛
邪教相危殆　斯以非友像　智者則不友
已識當遠離　譬猶出嶮道

取異物之友當以四事知何謂四貪取彼物與少望多爲畏故習爲利故習頌其義曰

夫以取非物　少與而多欲　畏習與利習
貪人友璨然　斯以非友像　智者所不友
已識當遠離　譬猶出嶮道

言佞之友當以四事知何謂四宣人之私自隱其私面偽稱善退則興誹頌其義曰

好行宣人私　有私而自隱　面從褒揚善
退則議其惡　斯以非友像　智者所不友
已識當遠離　譬猶出嶮道

面愛之友當以四事知何謂四說人往短陰求來過與而不實欲人有厄頌其義曰

爲於不可爲　不利造佞語　與而不爲實
願人厄請已　斯以非友像　智者所不友
已識當遠離　譬猶出嶮道

邪教之友當以四事知何謂四以殺生之事勸化人以盜竊以婬邪欺詐之事勸化人頌其義曰

殺生與盜竊　欺詐爲妄語　趣向他人婦
以此勸立人　斯以非友像　智者所不友
已識當遠離　譬猶出嶮道

又居士子有四友爲仁明欲利人當識知何謂四一爲同苦樂二爲利相攝三爲與本業四爲仁慜傷頌其義曰

與人同安危　攝之以善利　爲厚能業人
哀慜導正道　如斯爲友像　智者所習諷
當與此從事　必益不爲惡

同苦樂之友當以四事知何謂四施之以已所寶施之以妻子利施之家所有言忠爲忍言頌其義曰

與其利已者　有財利亦與　與以家之利
言忠爲忍言　如斯爲友像　智者所習親
當與此從事　必益不爲惡

利相攝之友當以四事知何謂四彼私不宣已私不隱面説善言還爲弭謗頌其義曰

以不宣彼私　已私不爲隱　相見語講善
還則弭誹謗　如斯爲友像　智者所習親
當與此從事　必益不爲惡

與本業之友當以四事知何謂四以利業之以力業之縱恣諫之以善養之頌其義曰

業之以財利　以力助安之　切磋其縱恣
將養其善志　如斯爲友像　智者所習親
當與此從事　必益不爲惡

仁慜傷之友當以四事知何謂四教勸豎立以成其信成其戒成其聞成其施頌其義曰

信戒聞施道　恒以勸化人　如斯爲友像
智者所習親　當與此從事　必益不爲惡
又居士子夫東面者猶子之見父母也是以子當以五事正敬正養正安父母何謂五念思惟報家事唯修債負唯解勑戒唯從供養唯歡父母又當以五事愛哀其子何謂五與造基業與謀利事與娉婦教學經道經則以所有付授與子是爲東方二分所欲者得古聖制法爲子必孝爲父母慈愛士丈夫望益而善法不衰夫南面者猶弟子之見師也是以弟子當以五事正敬正養正安於師何謂五必審於聞必愛於學必敏於事必無過行必供養師師又當以五事哀教弟子何謂五以學學之極藝教之使敏於學導以善道示屬賢友是爲南方二分所欲者得古聖制法爲弟子謙師以仁教士丈夫望益而善法不衰夫西面者猶夫之見婦也是以夫當以五事正敬正養正安其婦何謂五正心敬之不恨其意不有他情時與衣食時與寶飾婦又當以十四事事於夫何謂十四善作爲善爲成受付審晨起夜息事必學閨門侍君子君子歸問訊辭氣和言語順正几席潔飲食念布施供養夫是爲西方二分所欲者得古聖制法夫婦之宜士丈夫望益而善法不衰夫北面者猶友見其朋也是以友當以五事正敬正養正安朋類何謂五正心敬之不恨其意不有他情時時分味恩厚不置朋類又當以五事攝取其友何謂五有畏使歸我我遨逸則數喪私事則爲隱供養又益勝言忠爲忍言是爲北方二分所欲者得古聖制法朋

友之交士丈夫望益而善法不衰夫下面者猶長子之見奴客執事也是以長子當以五事正敬正養正安奴客執事何謂五適力使之用時衣食時時分味時時教齊疾病息之奴客執事又當以十事供養長子何謂十善作爲善爲成受付審夜卧早作凡事必學作務勤力家貧不慢空乏不離出門稱曰我家長子聰而有慧是爲下方二分所欲者得古聖制法長子執事之宜士丈夫望益而善法不衰夫上面者猶居家布施之人之見沙門梵志也是以居之來當以五事正敬正養正安沙門梵志何謂五開門待之來迎問訊與設几席經法藏護施食潔淨以是供養沙門梵志又當五事答布施家何謂五教誨以成其正信教誨以成其戒行教誨以成其多聞教誨以成其布施教誨以成其智慧是爲上方二分所欲者得古聖制法居家及沙門梵志之宜士丈夫望益而善法不衰頌其義曰

東面爲父母　師教宜南面　西面爲子婦
朋友位北面　奴客執事下　沙門梵志上
如此應爲禮　亦爲居家宜　凡人富有財
當念以利人　與人同財利　布施者昇天
得利與人共　在在獲所安　義攝世間者
斯爲近樂本　夫以恩攝人　如母之爲子
善攝護天下　其福數數及　上得處衆會
能益利與安　成人之信戒　必使得名聞
意與常不墮　捨棄慳恪行　攝人以友事
飲食相惠施　往來而又往　如是名不虧
夫能修慎身　斯居家爲賢　居積寶貨者
當興爲仁義　先學學爲最　次乃爲治産

若索以得財　當常作四分　一分供衣食
二爲本求利　藏一爲儲待　厄時可救之
爲農商養牛　畜羊業有四　次五嚴治室
第六可娉娶　如是貨乃積　日日尋益增
夫財日夜聚　如流歸于海　治產求以漸
喻若蜂作蜜　有財無與富　又無與邊方
慳悋及惡業　有力無與友　事中用則學
不用勿自妨　觀夫用事者　朋好猶熾火
其於族親中　乃兼爲兩好　與親衆座安
如釋處天宮

於是善生子聞衆祐說已即稽首佛足下起繞三帀欣然自歸從佛受戒

佛說善生子經

佛說數經

西晉釋法炬譯

聞如是一時婆伽婆在舍衛城東園中鹿講堂彼時數婆羅門中食後行彷徉而行至世尊所到已共世尊面相慰勞面相慰勞已却坐一面彼數婆羅門却坐一面已白世尊曰此瞿曇我欲有所問聽我所問聽汝問婆羅門隨意所樂此瞿曇此鹿講堂次第作次第成瞿曇此鹿講堂初上減梯如是二三四瞿曇如是此鹿講堂次第得上瞿曇此御象者次第教授次第學謂手執鉤瞿曇此乘馬者次第教授次第學謂已鞆靽此瞿曇謂刹利種次第教授次第學謂執弓箭瞿曇此婆羅門次第教授次第學謂學詩章瞿曇我等學數數以存命若數弟子謂有小兒被初一二數之二三二三若十若百若增多如是瞿曇我等學數數以存命次第教授次第學謂學數沙門瞿曇於此法律以何數授何所學而可知汝數目揵連若作是說為等說不次第教授次第學行戒教學此目揵連若作是說為次第說不於我法律何以故此目揵連於我法律次第有教授次第行戒次第學此目揵連謂彼為比丘初學不久至此法律亦未從如來教語之此比丘身行等淨其行口意等淨其行此目揵連若比丘身行等淨其行口意等淨其行彼如來無上御之此比丘當內身身相觀行止至痛意法法法相觀行止此目揵連謂比丘內身身相觀行止至痛意法法法相觀行止彼如來無上調御之此比丘當守護根門自護其意護意念俱自行精

進彼眼見色當莫受想莫受他想謂增上因緣故護眼根無耻貪憂慼意不在惡不善法彼在中學護於眼根如是耳鼻舌身意根身意知法莫受想莫受他想謂增上因緣故是意根無耻貪憂慼意不善法不在意住彼在中學自護意根此目揵連若比丘具足諸根門自護其意意無染護意意與念俱等行精進彼眼見色亦不受想不受他想謂增上緣故具足眼根無耻貪憂慼意不在惡不善法彼學自護眼根如是耳鼻舌身意知法亦不受想至彼在中學自護意根彼如來無上調御之此比丘過已過當爲等行觀已觀屈伸持僧伽棃衣鉢若行若住若坐若眠若覺若說若默當爲等行此目揵連若比丘過已過至行於等行彼如來無上調御之此比丘知牀臥已而受之若在靜處若在樹下空靜處山間窟中路坐草蓐牀間塜間彼若在靜處依數尼師壇結跏趺坐正身意願意最在前除貪嫉意無瞋恚住莫於他財發於貪謂他物令我有淨除貪意如是瞋恚懈怠睡眠掉戲羞耻除疑貪離邪離疑離諸猶豫法淨於疑意彼棄五蓋意著結智慧羸於婬解脫至住四禪如是目揵連比丘於婬解脫至住四禪如是目揵連如來爲初學比丘多有所益謂教學教行謂目揵連彼諸比丘上尊諸王所識無懈怠住行於梵行如來無上御之謂至竟盡有漏盡一切沙門瞿曇弟子如是教授如是教學至竟盡近涅槃此目揵連非一向或一不或一向此瞿曇有何因有何緣言有涅槃求涅槃道沙門瞿曇住能教授或一

比丘如是教授如是教學至竟盡至竟向涅槃或一不如此是故目揵連我還問汝隨汝所樂而還報之於目揵連意云何善知退羅閱祇道路不唯瞿曇我善知退羅閱祇道路若有人來欲至羅閱祇到王所到汝所而作是言目揵連婆羅門善知數羅閱祇行道路我欲到羅閱祇至王所而問道路汝當作是言汝當以此道正而去正去已趣彼村趣彼已至彼處是故汝次第當至羅閱祇謂於羅閱祇園地快樂林快樂地快樂池快樂河水流泠安隱快樂當知此當見此彼當受汝教等受其教受教已以彼道直至彼直至彼已反取邪道背而行彼於羅閱祇園地快樂至安隱快樂彼亦不知彼亦不見若有人來有王事欲至羅閱祇而到汝所當作是言目揵連婆羅門善知數羅閱祇道路我欲至羅閱祇我今問汝道汝當作是言汝以此道直而往至直往已至彼村至彼村已至彼處彼次第到羅閱祇謂彼羅閱祇園地快樂至安隱快樂彼知彼見此目揵連何因何緣有彼羅閱祇有羅閱祇道路汝住教授彼初人得教授亦不受教授而取邪道背而去謂於羅閱祇園地快樂至安隱快樂彼亦不知彼亦不見彼二人如教授受其教取其道次第到羅閱祇謂於羅閱祇園地快樂至安隱快樂彼便知彼便見此瞿曇我當如何有彼羅閱祇有羅閱祇道路我住教授彼初人如所教不受教取邪道反而往謂於羅閱祇園地快樂至安隱快樂彼亦不知彼亦不見彼二人如所教授受其教授取其道次第到羅閱祇謂

於羅閱祇園地快樂至安隱快樂彼當知彼當見如是目揵連我亦當如何有彼涅槃有涅槃道我住教授或一比丘如是教授如是教令至竟盡近涅槃或一不如此此目揵連謂彼比丘於中受教於世尊衆中受教所授記謂至竟盡有漏盡已過瞿曇已過瞿曇猶若瞿曇極好地有娑羅林樹彼守娑羅樹林者勤修無懈彼自以力俱彼娑羅樹根以時穿毀視之以糞投中以水漑之若有不滿以上滿之若邊有草拔已棄之若近有蔓草弊惡曲戾不直此所防盡拔已棄之謂彼棄新生極長彼初生隨時水治以糞投中以水漑之如是瞿曇好地娑羅樹林於後時極大轉增如是瞿曇謂彼人諛諂爲幻不信懈怠亂志不定惡智意亂根不定戒行不勤不極分別沙門行沙門瞿曇不共彼宿不共如此人住何以故瞿曇如是彼人爲壞梵行者瞿曇謂彼人無有諛諂亦無有邪意信行精進意常住應於定智慧順敬戒學多分別沙門行沙門瞿曇爲無所著共如此人宿止何以故瞿曇如此人者於梵行者爲應法清淨猶若瞿曇諸有根香迦羅爲最上何以故瞿曇彼迦羅諸根香首猶若瞿曇諸有娑羅香赤栴檀是彼之首何以故瞿曇諸娑羅香赤栴檀爲首故猶若瞿曇諸水中華青優鉢爲首何以故瞿曇諸水華青優鉢爲首故猶若瞿曇諸陸地花拘牟尼娑利師爲首何以故瞿曇諸陸地花娑利師爲首故猶若瞿曇諸世之論沙門瞿曇論爲最何以故沙門瞿曇論能攝一切異學故是故唯世尊我今自歸法及

比丘僧唯世尊我今持優婆塞從今日始盡命離殺生今自歸佛如是說常數目揵連婆羅門聞世尊所說歡喜而樂

佛說數經

佛説梵志頞波羅延問種尊經

東晉沙門竺曇無蘭譯

聞如是一時佛在舍衛國祇樹給孤獨園時有五百比丘俱舍衛城中有婆羅門五百人五百人相將俱出城自至其田廬相與共坐講議言本初起地上人時皆是我曹婆羅門種第二種者刹利第三種者田家第四種者工師我曹種最尊初起地上作人時皆是我曹種初生時從口中出今世人反從下出在天下者我曹種爲最尊我曹種皆是第七梵天子孫佛反言天下一種耳佛皆持我曹種與刹利田家工師種等我曹種死皆上梵天佛反持我曹種與凡人等自相與議誰能與佛共講議分别是種者時有一婆羅門有一子年十五六字頞波羅延大聖明工書知方來之事五百婆羅門中無有能與等者皆師事之能説經知天下事頞波羅延人聖身有奇相諸婆羅門自共議言獨頞波羅延能與佛共談我曹皆不能與佛共談五百人共告頞波羅延言佛以天下人爲一種我曹種與刹利田家工師異我曹種從梵天來下生從口出今世人生反從下出佛言天下有四種四種皆願頞波羅延自屈俱往與佛共講頞波羅延言佛持正道能答應正道者欲持婆羅門種往不其有持道道正也五百人皆言我曹持頞波羅延作師何爲不往講是四種事如是者再三頞波羅延即起與五百人俱到佛所祇樹阿難白佛有婆羅門子字頞波羅延年十五六所從五百長老婆羅門來在外佛言呼入阿難出請頞波羅延入頞波羅

延等五百人皆住不爲佛作禮自説言我有小事欲問佛佛言可坐頞波羅延白佛我欲有所問寧可相答佛言有所疑者便説之頞波羅延言我曹種道説與刹利田家工師種異言我曹種是梵天子孫我曹先祖初生時皆從口出死皆上天佛報言我經不道説異種若婆羅門娶刹利女刹利女爲生子刹利娶田家女田家女爲生子田家娶工師女工師女爲生子工師娶婆羅門女婆羅門女爲生子佛言我經中以施行爲本施行善者最爲大種其天下尊貴者皆施行善得耳不以種得也我先世無數劫時亦作婆羅門子亦作刹利子亦作田家子亦作工師子自致爲王子今身爲佛佛告頞波羅延我問若一事若如事説之佛言若見世間人善家子爲人

作奴奴更免爲人作子不頞波羅延白佛言我聞月支國中有是佛言是何等故善家子反作奴奴反爲人作子是奴志意施行善故人用作子子作奴者志意施行惡故自賣爲人作奴耳若曹言人有種如是者人種在何佛言若有婆羅門刹利田家工師是四種其爲喜殺喜盜喜婬喜兩舌喜惡口喜妄言喜讒人喜與癡人相隨喜瞋恚喜祠祀作是行者寧墮地獄中不頞波羅延言婆羅門種説雖有是惡我種最尊是梵天子孫生從口出死皆當上天佛言其有婆羅門刹利田家工師種無殺心無盜心無婬心無兩舌心無惡口心無妄言心無喜讒人心無喜隨愚癡心無喜瞋恚心祠祀心如是死者不生天上耶頞波羅延言如是皆生天上佛言若説種類

者在何所佛言人種類皆從心意識出心意識施行善者生天上人間心意識惡者入蟲獸畜生鬼神地獄道中其有婆羅門刹利田家工師種施行惡者同入三惡道中如是者種在何所婆羅門種施行亦有善惡刹利種施行亦有善惡田家種施行亦有善惡工師種施行亦有善惡若曹自説言有種如是種爲在何所若婆羅門持意怨是虛空刹利田家工師亦怨是虛空不能中傷也用意言等但婆羅門持意自貢高世間耳婆羅門種刹利田家工師種入大溪水中各自浴垢墮水中寧能別知是婆羅門垢刹利垢田家垢工師垢不頞波羅延言垢在大溪水中當知在何所若尚不知人垢及言我種在天上本從口出餘人從下出我種人中最尊貴佛告頞波羅延若國王聞某國某郡縣某聚有婆羅門及子高明有刹利及子高明有田家及子高明有工師及子高明王即徵召俱爲王臣王豈問種類耶其高才明達者王即先與好郡國王何以不問子種類若曹言有種類者爲頞波羅延若戒在何所從諸長者坐在長老上是五百人何以不責若種類若作師其有婆羅門刹利田家工師種及餘種寒時俱在大火邊火熱不獨至一種所温熱皆等耳若有大船度水婆羅門刹利田家工師種俱在一船上度船不獨度婆羅門種亦不獨度餘種佛問頞波羅延若婆羅門刹利田家工師種亦餘種子在母腹中時同十月有增減邪頞波羅延言皆十月耳無有增減也若曹何以説言我種梵天子孫生從口出婆羅門

種刹利種田家種工師種亦餘種日月何以不獨照若一種何爲并照餘種頞波羅延言我種自説言勝餘種佛告頞波羅延有驢父馬母馬生子名是何等頞波羅延言名騾父亦不字爲騾母亦不字爲騾若何以字爲騾我先祖呼作騾我隨言騾有馬父驢母驢生子名是何等字爲駏驉父亦不字爲駏驉母亦不字爲駏驉若何知爲駏驉我先祖呼爲駏驉因隨言駏驉婆羅門娶刹利女刹利女爲生子當名爲何等當言婆羅門種刹利種頞波羅延言不知當呼何種佛言若不自知類何以名騾駏驉刹利女爲婆羅門生子入若門中隨若祠祀隨若種類是兒然後高明若曹當承事當出去我曹當承事婆羅門娶田家女田家女爲生子子有殺心有盜心有婬心有兩舌心有惡口心有妄言心有讒人心有喜隨愚癡心有瞋恚心有祠祀心有是行者若曹與相隨不我曹不與相隨子心意識施行惡我曹當逐出不内我曹羣輩中佛言若曹自説是梵天子孫生從口出死當上天若曹但見心意識施行惡便生相逐何爲道説種類佛言若有婆羅門種中有不孝父母者喜殺盜行十惡者死當趣何道頞波羅延言心意識施行如是者死當入地獄中佛言若曹言我種本梵天生從口出於人中最尊何爲入地獄中佛言天下人無種類無有常高明者心意志善施行好是爲尊貴心意施行惡是爲下賤頞波羅延自思念我本不欲來衆人共使我來自思惟我本意不得與佛諍我續言佛道正佛言若本時言人當種

往今反就我言心意志往頞波羅延自思念佛語遮我前後佛告頞波羅延乃往去時有七婆羅門皆有道日日祠祀於天七婆羅門亦自道說我是梵天子孫我曹生亦從口出凡人從下出我種與凡人異我種死皆當上天佛言我是時亦作道人字阿洫衆人共呼我道爲天道我是時見七婆羅門乃在爛火祠諸婆羅門皆言我曹死當如是火光當上天佛言我見子曹所爲我自變身體手持黄金柄幢毛身著白衣從人假車而往至七婆羅門所七婆羅門時經行及子曹見我呼我作婆羅門道從何所來七婆羅門言若是天道略與我等何以著好衣載車手持黄金幢若從何所生欲至何所從何所來何以來到是間時我不與語子曹見我不語皆瞋旣呪我欲令我住死子曹呪我我面更好子曹更復呪我面色復重好七婆羅門大驚言我曹所呪者皆死今我呪之面色復更好更復呼阿洫自思念子欲趣何等道阿洫即答言我道意勝若曹何爲怒若曹聞阿洫道天道不子曹言我不聞賢者道人相見當相問何爲相瞋阿洫言我聞若曹說天下婆羅門爲梵天子孫生從口出人中獨尊用是故來相問若起是火祠天祠天若法何師道得無復從先祖聞七婆羅門言我先祖爲我曹效耳阿洫道人言若曹先祖母是婆羅門女他人女言我曹不知先祖母刹利女田家女工師女我不知若先祖母爲婆羅門生若曹愛他人生若曹種類若殊不知先祖何以知先祖從梵天來生女人心不可保若曹能知世間人

夫婦合會云何生子子曹皆言我不知若亦不知先祖亦不知人所生何爲向我瞋怒凡人相見當先相勞問高下當知人意志乃可怒何爲先怒若知子初入腹中時不父有貪婬之態母有愛慕之心所當爲作子者三合成子所當爲子者誰令温意得父母乃成爲子子在腹中或先世作惡令在腹中或盲或聾或瘂或傴或跛或杌父母皆不知之父母懷子在腹中尚不能知其子好醜若曹何以知先祖是梵天子孫生從口出人中獨尊佛告頞波羅延先世時七婆羅門尚能呪殺人是時我不聽子曹所語亦不録也今我作佛若復來道説我梵天子孫生從口出人中獨尊佛告頞波羅延思惟我所語天下生子養者爲父母成者師也頞波羅延婆羅門又與五百婆羅門及諸婆羅門共思惟我往時尚爲七婆羅門作師七婆羅門皆道德人能呪殺人我於今分別道説是人有種一爲百百爲千千爲萬萬萬爲一頞波羅延及諸婆羅門俱前以頭面著佛足不審一爲百百爲千千爲萬萬爲一是者何謂佛言是世間人貪樂生死者衆多一人生子孫然後更分爲百家百家求道一道耳何等爲一道謂無爲道如是者一爲千千爲萬頞波羅延前長跪言寧可哀畜我曹如哀沙門莫有恨心於我曹所謂歸相檢斂佛言善若曹朝來不食皆起以頭面著佛足去

佛説梵志頞波羅延問種尊經

音釋

黈 天口切
滓 側氏切粗滓也
嫗 於武切老婦之稱
㛍 徒禮切女弟也
嬈 而沼切亂也
珥璫 珥忍止切璫都郎切珥璫充耳珠也
玢瑤 玢薄故切玢瑤亦作步搖首飾也
騙 匹扇切躍上馬也
劇 奇逆切甚也
悕 香衣切與希同
殮 力贍切
慌 呼廣切昏也
懱 莫結切輕易也
莅 力至切臨也
澀 所立切與澀同
璨 倉案切
弭 綿婢切止也
娉 匹正切娶問也
偫 丈里切儲偫謂儲物以待須索也
輢靽 輢居宜切與羈同靽傅貫切與絆同
駏驉 駏其呂切驉朽居切駏驉即騾子也
洫 呼域切
傴 於武切傴僂也
跛 布火切足偏癈也
杌 五忽切

七經同卷

清刻龍藏佛說法變相圖

七經同卷

佛說四諦經

後漢沙門安世高譯

聞如是一時佛在舍衛國祇樹給孤獨園是時佛告諸比丘比丘應唯然比丘便從佛聞佛便說是比丘眞正法說爲是四諦具思惟

見開了分別發見若所有比丘過世時如來無所著正覺是亦從是正說爲是四諦具思惟見開了分別發見從是四諦若所有比丘從後世來者如來無所著正覺是爲從是正法眞爲賢者四諦具如上說令有比丘見在如來無所著正覺是亦從是正諦說如是四諦具思惟見開了分別發見佛復告比丘舍利曰比丘慧疾慧走慧利慧方慧深徹慧要慧不猒能見慧珍寶慧隨比丘舍利曰能比丘舍利曰所是賢者四諦平說見能舍利曰比丘爲竒人具說思惟能見能開能了能分別發能見令多少隨道法是舍利曰比丘最無有過從邪能還舍利曰比丘能令隨道目乾連比丘能令竟道舍利曰比丘如母生目乾連比丘如母供養當目乾連比丘如是覺

者舍利曰目乾連當可事當爲供當可往問舍利曰比丘目乾連比丘爲同學者致樂念令無有他佛已說如是從座起入寺室頃思惟在時賢者舍利曰比丘爲利故令佛在世間故令爲說是四諦何等爲四一爲苦二爲集三爲盡四爲道四諦受行令滅苦何等爲賢者苦諦從生苦從老苦爲病苦爲死苦不哀相逢苦離哀苦所求不得是亦苦倉卒五種苦生賢者苦生爲何等若是人彼彼人種從生增生以隨以有欲成五陰已生命根已得是名爲生生賢者苦何因緣生苦爲生者人令身有故更苦從更復更從痛復痛令意更苦從更復更從受復受令身意更苦從更復更知受復受令身待受惱從更復更覺受復受意念熱惱從更復更知受復受令身意

熱惱從更復更從受復受身熱疲熱惱從更復更從受復受意熱惱疲令熱憂從更復更從受復受令身意惱熱疲從念熱惱從更復更從受復受生賢者苦上說苦是故說從是有老賢者苦老爲何等所各各疲疲人其爲是老皺白力動以老僂拄杖鬚髮隨黑子生變變根已熟身欲壞色已轉老已壽是名爲老老賢者苦何因緣說老苦以人老身更苦從更復更行受復受意念更苦從更復更作受復作受身意亦苦從更復更行受復受身熱惱從更復更從受復受意念熱惱從更復更從受復受身意熱惱從更復更從受復受身熱疲憂惱從更相更從受相受意念熱惱疲惱憂從更相更從受相受身意念熱疲憂惱從更相更從受復受是故賢者說老苦上

說苦爲是故說病賢者苦病爲何等有頭病有腹病有耳病有鼻病有口病有脣病有舌病有咽喉病有噦病有變病有下病有熱病有淋瀝病有癲病有咽瘤病有尋尋病有骨節病有皮病有肪病有血熱病有痰病是亦餘若干皆從猗生不得離是皆在著身病賢者苦何因緣病苦人受故令身更苦從更復更從受復受意念苦從更復更從受復受并身意念更苦從更復更從受復受身熱惱從更復更從受復受令意熱惱從更復更從受復受身意念熱惱從更復更從受復受身熱疲憂惱從更復更從受復受意熱疲憂惱從更復更從受復受身意念熱疲憂惱從更復更從受復受所說病賢者苦是故說亦從是因緣有死賢者苦死爲何等所爲人有所爲

人有在生死處處爲捨身廢壞滅不復見命已盡五陰已捨命根已滅死時是名爲死賢者苦何因緣死苦死者人爲身更苦從更復更從受復受意念更苦從更復更從受復受身意念更苦從更復更從受復受令身熱惱從更復更從受復受令意念熱惱從更復更從受復受令身意熱惱從更復更從受復受身熱疲悔惱從更復更從受復受令身意念熱疲悔惱從更復更從受復受死賢者苦爲是因緣說亦從是因緣有說不相哀相逢會賢者苦不相哀相逢會爲何等有賢者人六自入不哀不可是從是相逢會有是一壞相離本相聚會共事相離是爲苦如是外亦爾識亦爾思亦爾痛亦爾思想亦爾念爲亦爾愛亦爾六行亦爾有賢者人爲六種持不哀何等六種若地種若水種火種風種空種識種是一會相有合聚共會共事是爲苦不相哀會賢者苦何因緣不相哀會賢者苦不相哀共事會賢者人令身更苦從更復更從受復受令意更苦從更復更從受復受令身意念更苦從更復更從受復受令身意念熱從更復更從受復受令身熱疲苦惱從更復更從受復受令意熱疲苦惱從更復更從受復受令身意念熱疲苦惱從更復更從受復受不相哀相逢會賢者苦是故所說亦從是故從是說哀相別離賢者爲苦哀別離爲何等有是賢者人爲所自所入哀令從是相別離亡相別相離不相俱不會不共居不相逢不更是爲苦如是自外亦爾識亦爾更受亦爾痛亦爾念爲亦爾愛亦爾六持亦爾有賢者

人爲哀六持地持水持火持風持空持識持令從是相别離相别相離不會遠離不共居不相會不共更是爲苦是離哀賢者苦爲是故說亦從是因緣說若求不得是亦苦是故復說世間法賢者爲人若意生㦲爲莫生是亦可舍老法賢者爲人如是欲生爲㦲莫老是意不舍病法賢者人病已受爲是欲生令我莫有苦是欲舍死法者賢者人已應受死有是欲生令我莫死得不從是舍有賢者人已生痛不可不貪意不用爲是欲生令是所生痛不可貪意不用令是爲可令是爲欲令是爲意不得從欲斷有賢者人爲求思想亦念不可不用意不可有是意生令是意生者思想求不用不可意不可爲欲是意用可可意爲令我是意當用當可不得從是得斷有是賢者人有更用可可意設有是意生所是更已生用可可意令是常不離是欲不當斷設有賢者人生是思想念愛可意欲得爲是欲生令是思想念生欲可意欲得令是常堅勿相離念是願莫斷所求不得是亦苦是故說亦從是因緣故說本爲五陰苦是故復說令從是法是法非常厄病爲壞病敗老不堅可信欲轉離爲是故本五陰苦過世賢者同是苦諦未來世賢者亦是苦諦見在世賢者亦是苦諦是無有異不倒不惑如有諦如是如應賢者諦賢者諦賢者是諦知見解得應如是諦覺是故名爲賢者諦何等爲賢者苦集賢者諦或人賢者六自入身相愛彼所愛著近往是爲集如自身外身亦爾識更知行哀有賢者人爲六持愛一爲地二爲水三爲

火四爲風五爲空六爲識彼所愛著相近往發是爲集如是何應若人在兒子亦妻從使御者田地舍宅坐肆卧具便息爲愛著近更發往求當知是愛集爲苦集賢者諦過世賢者時亦是愛集爲苦集賢者集未來世時亦是愛集爲苦集賢者集今見世時亦是愛集爲苦集賢者集如是不異如有不倒不惑眞諦正如有賢者諦爲賢者諦更見解得相應如有覺是故苦集名爲賢者諦何等爲賢者苦盡賢者諦有賢者爲人六自身中種入爲不受得從是解不共更已斷已捨相離已盡不復望已滅寂然是苦滅如是内身外亦爾識相近更思想念行望愛亦爾有賢者人六持不愛一地二水三火四風五空六識從是得解不共更已斷已捨已棄已異不用寂然

是爲苦盡是亦爲何等若人無有愛著在兒在家在使在御田地舍宅居肆卧具賣買利息無有愛著不相近意生發求無有是當知是愛盡爲苦盡賢者諦過世賢者時是亦愛盡爲苦盡賢者諦未來世亦爾今見在世時亦是愛盡爲苦盡賢者諦如是不異如有不惑不倒眞諦是如有是故苦已盡名爲賢者諦何等爲賢者苦盡受行賢者諦有是賢者八種道一直見二直治三直語四直行五直業六直方便七直念八直定何等爲賢者直見若賢者道德弟子爲苦念苦爲集念集爲盡念盡爲道念道得分別觀能得法觀能受想能觀想能可想能受行是名爲直見亦觀持宿亦念道德亦行見行悔受止無爲念寂然止從不著而得脫意分別觀行相行意在

法觀相不離相貪受是名爲正直見是名爲道德諦何等爲賢者正直治若賢者道德弟子苦爲苦念集爲集念盡爲盡念道爲道念若行隨投念復念是名爲直治亦觀宿命持亦所學行相念從行觀悔無爲寂然受止從無所著得脱意觀止所求所投念行隨行是名爲直治是名爲道德諦何等爲賢者正直語同賢者道德弟子爲從苦念苦爲從集念集爲從盡念盡爲從道念道止四口犯有餘口惡行從是得止離止相離攝守不可作不作從受罪無有罪已止是爲直語亦復爲持宿觀已入行行念道從行悔意止無爲度世寂然可意止無所著如得解脱意分别觀除四口惡行離止相離攝守不可作不作從受罪無有罪已止是名爲直語是名爲道德諦何等爲賢者正直行令爲賢者道德弟子從苦爲念苦從集爲念集從盡爲念盡從道爲念道除身三惡行亦除身惡行從是止離攝守不可作不作從受罪無有罪已止是名爲直行亦持觀宿命亦從道德行念世間行見悔止無爲度世見寂然止從無爲度世不著而得脱意得觀除身三惡行亦除身惡行離止相離攝守不可作從受罪無有罪已止是名爲正直行是名爲道德諦何等爲賢者正直業若賢者道德弟子苦從苦念苦集從集念集盡從盡念盡道從道行得念所不應求所不可行若干畜生業從邪行欲自活是名爲邪業亦持宿命行觀從行得道念世間行觀悔止度世無爲觀寂然止得度世不著如得脱意從得觀不應求不求若干畜生業行

自活命離止相離攝守不可作從受罪無有罪已止是名爲正直業是名爲道德諦何等爲賢者正直方便賢者道德弟子苦爲念苦集爲念集盡爲念盡道爲念道所精進所方便所出所住止所能所敷所喜不翍不滅念正止是名爲正直方便亦有持宿命觀亦從得行念從世間行見悔止見度世無爲寂然止從不著已得道觀解脫意所精進所方便所出住止所敷所喜不翍滅念正攝止是名爲正直方便是名爲道德諦何等爲賢者直正念若賢者道德弟子苦爲念苦集爲念集盡爲念盡道爲念道相念從念念念不忘少言念不離是名爲直正念亦觀持宿命亦從得道行念世間行不可悔攝止度世無爲寂然止見一德無所著如解脫意觀念想念從念念念不忘少言念不離是名爲直正念是名爲道德諦何等爲賢者直正定若賢者道德弟子苦爲念苦集爲念集盡爲念盡道爲念道意止故不動不走已攝止故意念在一是名爲直正定亦觀持宿命亦從得解意念見世間行悔攝止度世無爲見可如得無所著從解脫因緣意向觀所意止正安一不惑不走攝止念定在二念是名爲正直定是名爲道德諦過世賢者亦是苦盡受賢者諦後世未來時亦從是受行賢者諦今見世時亦從是受行滅苦賢者諦如是不異如有不失不惑眞諦如本如有德道德諦賢者是諦更見得應解脫是故爲苦盡從是行名爲道德諦從後歛說苦集盡亦見道佛所說行無有量舍利曰說如是比丘受行

佛説四諦經

佛說恒水經

西晉沙門釋法炬譯

聞如是一時佛與大比丘僧諸弟子菩薩俱行到恒水諸天人民鬼神龍人非人及初發道意者無央數各持華香妓樂皆追從佛已到恒水施座而坐衆會皆定月十五日說戒時阿難從座起整衣服前作禮以頭腦著佛足却長跪叉手白佛言諸弟子坐安定願佛可說戒經佛默然不應阿難還就坐其久到夜半阿難復起前長跪叉手白佛言夜已半諸弟子坐皆安定願聞佛說戒經佛復默然不應阿難復還就坐大久鷄向欲鳴阿難復起前長跪叉手白佛言鷄欲鳴諸弟子願欲聞說佛戒經佛告阿難言人生死展轉五道以往來在世間甚大勤苦不自識知前世宿命本末者皆坐心意不端故人身甚難得已得人身佛經戒復難得值聞已得聞佛經戒信入佛道復難已入佛道守持經戒復難佛欲說戒經今坐中有一弟子不能持佛戒經用是故佛不說戒經阿難白佛言我不知何所弟子不持佛戒經摩訶目揵連三昧徹視見不持戒弟子即起往至其前謂之言卿爲佛作弟子不能持戒法是爲捐棄之人不應與尊者共同座席當起出不得復入衆中佛告摩訶目揵連汝好曉令出不持戒弟子即自慙愧出去佛告諸弟子善聽今說法諸弟子皆叉手言唯然受教佛言大海水有朝夕來往時不過故際還去亦不過故際諸弟子皆當端心正汝意還自視中表五藏思惟生死甚勤苦當奉持戒經不當缺犯持五戒者

還生世間作人持十善者得生天持二百五十戒者現世可得阿羅漢辟支佛菩薩佛泥洹大道以道以受人身當奉持經戒死死不當鈇犯大如毛髮譬如海水朝夕來往時不敢過故際海中有七寶何謂七寶一者白銀二者黄金三者珊瑚四者白珠五者硨磲六者明月珠七者摩尼珠是爲海中七寶今佛道中亦有七寶佛言道寶是也一者須陀洹二者斯陀含三者阿那含四者阿羅漢五者辟支佛六者發意念度一切菩薩七者佛泥洹大道是爲七寶欲得道寶者皆當棄捐婬泆瞋恚愚癡持戒精進累積功德中外清淨自守無常高士如是海水不受惡露若有死人汙穢臭處不清潔者疾風吹著岸上今佛道中不受汙穢不持經戒惡人諸有犯經戒者乃牽臂出之譬如四輩鼠一者屋間鼠二者家中鼠三者野田鼠四者圂溷中鼠屋間鼠不能居平地平地鼠不能居屋間野田中鼠不能居人家人家鼠不能居野田圂溷中鼠不能出圂溷中也不知倉中饒穀故也人復有四輩何謂四輩一輩人端心正意持戒不犯欲得阿羅漢道二輩人者持戒精進欲得辟支佛道三輩人持戒學問明經智慧念度一切欲得佛道四輩人託名爲弟子不能奉持明戒不欲學問心意猶豫恐不得道故是爲前却弟子如彼四輩鼠佛言諸弟子天下有五江東流一江字沙禄南流一江字阿夷西流一江字恒北流一江字黙徘徊中流名字爲江轉流入海皆棄本名字當爲海水佛言諸弟子有婆羅門種有刹利種有工師

種有田家種有乞人有若干輩各自道説言我種豪貴如貴富樂貧賤當如五江水入海若干輩爲佛作弟子皆當棄本名字乃爲是佛弟子耳安得復有貴賤自貢高先知當教後知不得言我知道自憍貴不得言學久知經多不得言我所作意應道彼所作非作是者皆爲犯戒不得入衆中也道法長幼相教護當相承用有未解經道者不得向説深事此爲大過天下大雨水水流入水溝水溝流入溪澗溪澗流入江江流入海中海水不增不減諸弟子學得須陀洹者有得斯陀含者阿那含者有得阿羅漢者有得辟支佛者有得阿惟越致者有得佛泥洹道者來者去者佛道亦不增亦不減如海水不增不減也佛言海中有大魚一者長四千里二者長八千里三者長萬二千里四者長萬六千里五者長二萬里六者長二萬四千里七者長二萬八千里學問不值明師安知天下有大道乎乘船遊於洿池泉流安知天下有江海佛經如江海一切世間經書皆因佛經而出經難得再見聞當取諷誦讀却後數千萬億歲乃復有佛經戒耳日月星宿當有壞敗時奉行佛經戒無有壞滅時自今以後佛不復説經戒佛經戒甚重中有受持戒已違戒犯惡者頭破作七分故也佛説經訖諸弟子皆一心重持戒法諸天人民鬼神龍皆起前以頭面著地爲佛作禮而去

佛説恒水經

佛説瞻婆比丘經

西晉沙門釋法炬譯

聞如是一時婆伽婆在瞻婆恒伽卜法賴池水上彼時世尊十五日説戒在比丘僧前坐世尊坐已觀諸比丘意之所念觀諸比丘意之所念已夜初一分時坐默然住於是有異比丘從座起一面著衣叉手向世尊白世尊曰惟世尊夜一時已過世尊及比丘僧坐已久惟願世尊當説戒彼時世尊默然住世尊至夜半默然坐住彼比丘再叉手向世尊白世尊曰惟世尊夜已過初時夜已過半世尊比丘僧坐已久惟願世尊當説戒彼時世尊亦默然住彼時世尊於夜半後坐默然住彼比丘三叉手向世尊白世尊曰惟世尊夜已過初時夜已過半夜已過半後明星欲出不久當明星出世尊比丘僧坐已久惟願世尊當説戒彼時世尊告此比丘曰我比丘衆中有不淨者彼時尊者大目揵連亦在衆中會衆中會已於是尊者大目揵連作是念世尊爲説何比丘言衆中有不淨我寧可作如是像三昧正受以三昧意觀諸比丘意之所念於是尊者大目揵連即如其像三昧正受以三昧意觀諸比丘意之所念尊者大目揵連即便知之世尊所爲比丘於是尊者大目揵連從三昧起便至彼比丘所到已牽彼比丘臂將出門外汝愚人去汝不應在此宿無有比丘共汝住者汝今爲比丘外於是尊者大目揵連牽彼比丘臂將出門外反閉門關門已至世尊所到已禮世尊足却坐一面尊者大目揵連却一面已白世尊曰世尊所説比

丘者言衆中有不淨我已牽彼比丘臂將出門外汝愚人去汝不應在此宿無有比丘共住汝今比丘爲是外惟世尊已過夜初分已過夜半已過夜半後夜已欲曉明星出時明星不久當出世尊比丘僧坐已久願世尊當説戒汝目揵連彼愚癡人爲多受罪而觸嬈世尊及比丘僧若目揵連衆中有不淨比丘如來説戒者彼愚人頭當破爲七分是故汝目揵連從今日始汝等當共説戒如來不復來説戒何以故目揵連比一愚人如是過已過觀而觀屈伸卷舒持僧伽梨衣鉢而於他梵行者自言是梵行此目揵連若人言是梵行者若人作是念沙門爲幻沙門爲麤沙門爲刺沙門非言如是知已便棄著外何以故恐壞餘淨比丘故猶若目揵連成就稻田麥田若中有惡草生彼草根如麥根枝節葉實亦如是未成其子當棄之目揵連若成子已彼田居士便作是念此爲是壞麥子之草麥之刺麥之麤彼便拔棄著外何以故恐壞餘淨麥故如是目揵連若有一愚人作是念過已過觀而觀屈伸卷舒持僧伽梨衣鉢而於餘梵行者自言是梵行者若目揵連他稱言是梵行者彼若作是念此沙門壞此沙門刺此沙門麤此沙門非言彼知已便棄著外何以故恐壞餘淨比丘故猶若目揵連彼田居士於冬月時治大穀積若彼穀所有堅固住者一向皆離去謂所有若草若葉彼揚著風中一向吹去彼田居士執掃箒在中掃之在中掃令淨何以故恐壞餘淨穀故如是目揵連若一愚人作是行過已過觀而觀屈伸卷

舒持僧伽梨衣鉢而於他梵行者自言是梵行者若目揵連他稱是梵行者他作是念此沙門壞此沙門麤此沙門刺彼知已棄著外何以故恐壞餘比丘故猶目揵連彼田居士彼求水欲通水執極利斧入於林中彼執斧斵樹謂彼所有樹堅固住而不可入謂所有枯樹打已斧則陷入田居士截其根截根已通其中通其中已便作木筧函通水如是目揵連或一愚人作如是行過已過覲而覲屈伸卷舒持僧伽梨衣鉢而於他梵行者自言是梵行者若目揵連他稱言是梵行者彼作是念沙門壞沙門麤沙門刺沙門非彼知已棄著外何以故恐壞餘淨比丘故説偈言

共止及當知　惡求及瞋恚　恚恨不捨貪
不棄幻諛諂　在人詐言息　自説是沙門
自作諸惡行　惡見非是樂　多作諸妄言
如是知彼已　悉皆不與會　擯棄不共止
知時具淨行　分別諸言已　非息言沙門
惡行擯棄已　不與惡共止　數數及日日
悉皆共會集　當棄此苦際

佛如是説彼諸比丘聞世尊所説歡喜而樂

佛説瞻婆比丘經

佛說本相倚致經

後漢沙門安世高譯

聞如是一時佛在舍衛國祇樹給孤獨園佛便告比丘本有愛不見不了今見有從有愛設是本有愛無有今爲有今見分明從是本因緣令致有愛有愛比丘從致有本不爲無有本何等爲比丘從有愛致本謂爲癡癡本比丘從致有本不爲無有本何等爲比丘癡有本從致謂爲五蓋五蓋比丘亦從有本致不爲無有本何等爲比丘五蓋從有致謂爲三惡行三惡行比丘亦有本從致不爲無有本何等爲比丘三惡行本從致謂爲不攝根不攝根比丘亦有本從致不爲無有本何等爲比丘不攝根從致謂非本念故非本念比丘亦有本從致不爲無有本何等爲比丘非本念從致謂不信故不信故比丘亦有本從致不爲無有本何等爲比丘不信本從致謂惡非法聞故非法聞比丘亦有本從致不爲無有本何等爲比丘非法聞本從致謂非賢者人事非賢者亦有本從致不爲無有本何等爲比丘非賢者從致謂非賢者人共會樂如是比丘以不賢者聚會滿令不賢者事滿以不賢者事滿令非法滿以非法滿令不信滿以不信滿令非本念滿以非本念滿令不攝根滿以不攝根滿令三惡行犯法滿以三惡行犯法滿令五蓋滿以五蓋滿令癡滿以癡滿令有世間愛滿如是愛樂滿稍轉稍轉猗增有度世智慧解脫亦有本不爲無有本何等爲度世智慧解脫本謂七覺意爲本七覺意從有本不爲無有本何等爲七覺意從

有本謂爲四意止四意止從有本不爲無有本何等爲比丘四意止從有本謂三清淨行三清淨比丘亦有本從行不爲無有本何等爲比丘三清淨有本謂爲守攝根守攝根亦有本不爲無有本何等爲比丘守攝根有本謂爲本念故本念比丘亦有本不爲無有本何等爲比丘本念本謂爲信本信本比丘亦有本不爲無有本何等爲比丘信本有本謂爲聞法經本聞法經亦有本不爲無有本何等爲聞法經本謂事賢者本事賢者亦有本不爲無有本何等爲事賢者有本謂賢者聚本如是比丘聚賢者能得事賢者以事賢者便聞法言以聞法言便致信本以致信本便得念本以得念本便攝守根以攝守根便得三清淨以有三清淨便得四意止以得四意止本便有七覺意以有七覺意便有無爲解脱得度世如是解脱度世轉轉有本令得度世

佛説如是弟子奉行

佛説本相倚致經

佛說緣本致經

失譯人名今附東晉錄

聞如是一時佛在舍衛國祇樹給孤獨園佛告諸比丘愛訒染有榮色未起爲纏沒住亦有本栽非無緣致愛有躭荒本致熟在狂醉爲受不明觀解是名癡本癡緣所生亦爲有本何等爲本眩曜色聲五蓋馳惑斯生癡本矣五蓋蔽冥致影沉吟亦爲有本何等爲本三惡種牽斯謂爲本三惡栽習亦爲有本何等爲本不攝根識斯亦爲本不攝根識緣致有本何等爲本謂非所應念專念不已斯謂本也非應所念亦從本緣不爲無本何等爲本不從正信述於所向斯謂本也不信從謬亦有緣致非爲無本何等爲本惡師所引非法聽受斯謂爲本非正失聽亦有緣本何等爲本違背賢聖英儁之聚斯謂爲本乖錯賢儁緣致隊背亦爲有本何等爲本失於戴仰虛心集樂斯爲本矣如是比丘夫失賢衆清高之聚身口意行視聽惑滿胷心閉塞矣以非法見信向毀矣正道負背則邪見增邪增則內攝喪內攝喪則三惡興恣三惡興恣則五蓋盈滿五蓋盈滿則癡本足癡本足則愛受盛以斯轉種增著倚有塵染無際矣度世明慧昇于脫要亦爲有本何謂度世智慧解脫之本七覺妙法謂爲致本七覺鏡照亦爲有本何等爲本謂四意止斯則覺本四意靜止由從有本非無有本其義焉在謂清淨潔妙其行在三三清淨行亦爲有本非無有本本義爲何謂守攝諸根斯則爲本守攝諸根亦爲有本非無有本本義爲何謂鏡攬玄照

斯爲本念矣本念照往亦爲有本緣致入正何等爲本本念造勝謂之樹信信亦有本不爲無本何等信本謂多聞經道次第典要斯謂爲本聞於經法亦爲有本不爲無本何等聞法謂賢行澄清業眞者也賢者淳靜亦爲有本何等爲本謂雋行清眞潔白之聚如是比丘賢者集勝依附明哲奉事多聞能致信本信本巳立便得正念正念巳樹守攝諸根根守巳建登三行淨巳三清淨便四意止四意止立便七覺意七覺意成立是即無爲解脫度世佛說如是弟子奉行

佛說緣本致經

佛說頂生王故事經

西晉沙門法炬譯

聞如是一時婆伽婆在舍衛城祇樹給孤獨園爾時尊者阿難在閑獨處便作是念乃至貪欲染著皆悉藏貯貪欲無猒足爾時尊者阿難便從座起往至世尊所到已頭面作禮便一面坐爾時尊者阿難須臾退坐長跪叉手曰世尊言向至禪所便起是念乃至貪欲染著無猒足爾時世尊告阿難曰如是如是阿難乃至貪欲染著藏貯實無猒足所以然者阿難曩昔久遠時有大王名頂生眞法之王治化人民無有卒暴七寶具足所謂七寶者輪寶象寶紺馬寶珠寶玉女寶居士寶典兵寶是爲七寶亦有千子勇悍猛健顏色暐曄能却他敵猶如此世界江河大海以法治化不加刀杖爾時阿難大王頂生便作是念我曾聞曩昔舊人壽命極長聰明黠慧便作是語然我有是閻浮利地有力勢神足穀茂豐熟人民繁稠王便生是念我欲使雨七寶於我宮中爾時阿難王頂生作是念已即七日之中雨七寶爾時頂生王復於異時便生是念我曾聞曩昔舊人壽命極長聰明黠慧聞有弗于逮神足自在穀茂豐熟人民繁稠我欲往彼治化爾時阿難王頂生適作是念已於閻浮利不現出弗于逮及四部兵爾時弗于逮衆生遥見王頂生來大衆圍遶各各持銀鉢盛滿碎金或持金鉢盛滿碎銀往至頂生王所到已白頂生王善來大王此是大王弗于逮界神足自在穀茂豐熟人民繁稠願大王於此治化我等盡是大王所領爾時

阿難王頂生於彼治化無數百千歲是時阿難大王頂生復於異時便作是念我有閻浮利地所欲自在神足穀茂豐熟人民繁稠我已雨七寶於宮殿乃至七日今復有弗于逮境界自在神足穀茂豐熟人民繁稠我曾聞曩昔舊人聰明黠慧便作是語有瞿耶尼國土神足自在穀茂豐熟人民繁稠王便作是念我欲往至瞿耶尼界率化人民爾時阿難王頂生作是念已便從弗于逮沒往瞿耶尼界及四種兵爾時瞿耶尼人民遥見王頂生各以持銀鉢盛滿碎金或持金鉢盛滿碎銀各送獻往至王頂生所到已白頂生王言善來大王此是王瞿耶尼界穀茂豐熟人民繁稠惟願大王於此瞿耶尼界率化人民我等盡是大王所領爾時阿難王頂生於瞿耶尼治化人民無數百千歲無數萬歲爾時阿難大王頂生復於異時便生是念我有閻浮利地穀食豐熟人民繁稠雨七寶於宮殿乃至七日亦有弗于逮界神足自在穀食豐茂人民繁稠亦有瞿耶尼界神足自在人民繁稠是時頂生王便作是念我曾聞曩昔舊人聰明黠慧有作是語有鬱單曰界神足自在人民繁稠於彼國土一切人民各無所屬所欲自在壽命極長於彼命終盡生天上食自然粳米著劫波育衣爾時頂生王便作是念我當於彼治化以生此念爾時阿難頂生王於瞿耶尼沒即往鬱單曰界及四種兵爾時頂生王遥見彼國地皆平正盡紺青色見彼色已便告諸羣臣人民卿輩頗見地平正紺青色不乎答曰如是大王卿等欲知此是劫波

育衣樹彼人盡著劫波育衣卿等亦著劫波育衣爾時大王頂生復更見地純白色見已復告羣臣卿等見此地白不平答曰如是此是自然粳米無皮無莖不加捶杖亦不揚簸香順風百由旬逆風五十由旬極香極美彼土人民食此粳米諸賢亦當食此粳米爾時頂生王遥見地平正皆紺青色見已告羣臣人民言汝等見此紺青色不對曰如是大王此是四指輭草極輭如孔雀毛各各右旋與體無異鬱單曰人皆坐此草卿等亦當坐此草爾時大王頂生遥見城郭樓櫓埤堄見已便告羣臣人民言卿等見此地平正樓櫓埤堄不對曰如是大王此是人民所住舍爾時鬱單曰人遥見頂生王來各以金鉢盛銀粟銀鉢盛金粟白頂生王言善來大王此是王鬱單曰界神足自在穀茂豐熟人民熾盛願大王於鬱單曰治化人民我等亦當順從王教爾時阿難頂生王於鬱單曰治化人民無數百歲無數千歲是時王頂生復於異時便作是念我所念境界有閻浮利地神足自在至人民熾盛我於彼雨七寶在宮殿乃至七日我亦有弗于逮界神足自在至人民熾盛我亦有瞿耶尼界神足自在至人民熾盛我亦有鬱單曰界神足自在至人民熾盛我曾聞舊人聰明黠慧作是說曰有三十三天壽命極長顏貌端正於彼有天名釋提桓因我今當往詣彼三十三天便受五處天壽天色天樂天神足天增上我今欲往至三十三天爾時阿難頂生王作是念已於鬱單曰沒便往住三十三天及四種兵詣彼善法講堂爾

時釋提桓因遥見頂生王來見已便語頂生王曰善來大王可就此坐爾時阿難頂生王即就座而坐與釋提桓因同坐此二王同坐而無有異顔容姿貌正等無異惟眼瞬異是時頂生王復於異時便作是念我有閻浮利地神足自在至人民繁稠於宫殿雨七寶乃至七日亦有弗于逮界神足自在至人民繁稠我亦有瞿耶尼界神足自在至人民繁稠我亦有欝單曰界神足自在至人民繁稠及此三十三天長壽久處此爾時三十三天集善法講堂各次第坐爾時三十三天便作是念此頂生王是閻浮利地王以法治化七寶具足千子圍遶於四境界最尊第一不加刀杖以法治化人民爾時阿難釋提桓因與頂生王半座使坐二人同坐光色無異顔彩容貌皆悉同一惟眼瞬異爾時阿難頂生王於彼五欲而自娛樂無有猒足無數百千歲無數萬歲爾時阿難頂生王復於他時而生是念我所領境界有閻浮利地神足至人民熾盛七日之中雨七寶於宫殿上亦有弗于逮神足至人民熾盛我亦有瞿耶尼界神足至人民熾盛我亦有欝單曰界神足至人民熾盛復有此三十三天壽命延長顔色曄曄有此善法講堂四園具足云何四難檀桓園寶采園麤堅園雜種園是爲四園有晝度樹拘毗多羅樹皆悉茂盛香順風百由旬逆風五十由旬此是三十三天所娛樂處四月之中五欲自娛此是善法講堂所皆青瑠璃此是天帝所坐處百臺圍遶皆七寶成一一臺有七百閣一一閣有七七玉女一一玉女有七

士使人皆是釋提桓因所領爾時阿難頂生王復生此念我今當移釋提桓因於此三十三天治化諸天爾時阿難頂生王適生是念即於釋提桓因坐處墮閻浮利及四部兵失神足舉身皆痛猶如人欲死時輪寶滅象寶命過馬寶亦終珠寶不現女寶命終居士寶典兵寶命終爾時阿難大王頂生五種親屬皆悉雲集往詣頂生王所白頂生王曰大王命終後彼有問我曹者頂生大王臨欲崩時有何顧命我等當何以答彼爾時頂生王答曰若我命終後有作是問者大王頂生臨崩時有何顧命汝等當作是答諸賢欲知大王頂生典領四天下往至三十三天於五欲而無猒足便於彼命終阿難汝欲知者爾時頂生王者豈異人乎莫作是觀何以故爾時王者阿難即我身是以此方便阿難當知乃至五欲而無猒足染著於欲聚集藏貯欲無猒足所謂足者至賢聖道然後乃足爾時世尊便說偈言

不以錢財業　覺知欲猒足　樂少苦惱多
智者所不爲　設於五欲中　意不愛樂彼
愛盡便得樂　是三佛弟子　食欲拘利歲
終便入地獄　本欲安所至　命爲苦所切
諸法悉無常　生者必壞敗　生生悉歸盡
彼滅第一樂

爾時尊者阿難聞佛所說歡喜奉行

佛說頂生王故事經

佛說文陀竭王經

北涼三藏法師曇無讖譯

聞如是一時佛在舍衛國祇樹給孤獨園是時阿難於屏處思惟世間人略猒五所思者少至死不知猒足者多阿難日中後到佛所前爲佛作禮却白佛言我於屏處思惟世間人略猒五所思者少至死不知猒足者多佛言審如阿難言世間人略猒五所思者少至死不知猒足者多所以者何昔者有王名號文陀竭生從毋頂出是故字爲文陀竭後作遮迦越王東西南北皆屬之有七寶一者金輪二者白象三者紺色馬四者明月珠五者玉女婦六者聖輔臣七者導道主兵臣作遮迦越王有七寶如是王仁賢修正法不煩擾萬民有千子皆端正高才健猛力壯四天下皆降屬之作王數千歲意中自念我有四天下人民熾盛穀米平賤人民多富王復自念言我有千子皆端正無比高才健猛力壯令天爲我雨錢金銀七日七夜快耶天聞其語隨其所願即爲雨錢金銀七日七夜王見天雨錢金銀七日七夜大歡喜即共相娛樂數千歲王自念言四天下皆屬我我有千子七寶皆在我前所欲得者皆已得之天復不奪我所願爲我雨錢金銀七日七夜文陀竭王聞南方有閻浮提國大樂人民熾盛王意欲往適生意便舉十寶四種兵俱飛到閻浮提國二十八萬里其國見王即降伏屬之王宿命作善故至便得是福在俱耶尼國數千歲王復生意我有大國在西方名俱耶尼縱廣三十二萬里我有七寶天爲我雨錢金銀七

日七夜我有千子皆端正無比高才健猛力壯我有南方閻浮提國二十八萬里王聞東方有弗于逮國人民熾盛穀米平賤其國大樂王意欲往適生意便舉七寶四種兵俱飛行到其國王及人民便降伏屬之王因以正法治國如是數千歲王復生意我有閻浮提國二十八萬里我有俱耶尼國三十二萬里我有弗于逮國二十六萬里王聞北方有鬱單曰天下大樂人民熾盛王意欲往到其國其國中無貧窮無豪羸强弱無有奴婢尊卑皆同一等今我人衆官屬共食之自然粳米自然衣被服飾諸珍寶王適生意便舉七寶四種兵俱飛行入鬱單越國界遥見地正青如翠羽色王問邊臣言汝曹寧見是地正青如翠羽色不邊臣對言唯然見之王言是故鬱單曰天下也王適前行復見地正白如雪王復語邊臣言是見地正白不邊臣對言唯然見之王言是故鬱單曰地自然生成擣稻米汝曹皆當共食之適復前行遥見諸寶樹百種衣樹金銀璧環瓔珞皆懸著樹王問邊臣言汝曹見是諸寶樹不邊臣言唯然見之王言是故百種衣樹金銀璧環瓔珞樹也汝曹往皆當共聚著之王便前到鬱單曰國人民皆悉降伏屬之王治鬱單曰數千歲復生意自念言我有閻浮提地有拘耶尼地有弗于逮地有鬱單曰四十萬里王意欲上須彌四寶山王至忉利天王釋所止處王適生意便舉七寶百官俱飛到須彌山上便前入天王釋宮釋遥見文陀竭王來便起迎之言數聞功德欲相見日久仁者來大善便牽與共

坐以半之座與文陀竭王適坐左右顧視天上有玉女侍使皆以七寶金銀瑠璃水精珊瑚琥珀硨磲以爲宫殿見之心便念言我有閻浮提俱耶尼弗于逮鬱單曰我舍中有雨錢金銀七日七夜文陀竭王自念言使天王釋死去我欲代其處治天上如治天下時快耶王適生意神便去即來還在天下便被病困劣著牀王所從羣臣官屬悉在王牀邊問王得無有遺言王曰有敢問汝曹王有何等遺言汝曹語之言王在時治四天下天爲雨錢金銀七日七夜王有千子七寶皆能飛行王上忉利天上天王釋起迎勞徠問訊以半之座坐之尚復生意欲得天王釋處適生意便來下在地即被病困劣自悔言人至死無有猒足知猒足者少耳經說言不以天雨錢金銀七日七夜故不飽也其利少耳其過大重有智之人當思惟是事復得天王釋半座復不足人行求道得須陀洹斯陀含阿那含阿羅漢辟支佛至得佛道乃猒足耳佛告阿難時文陀竭王者是我身也佛說如是阿難歡喜爲佛作禮

佛說文陀竭王經

音釋

皺側救切蹙也　僂力主切傴僂也　噦於月切逆氣也　淋瀝淋力尋切瀝郎擊切淋瀝小便病也　癲都年切狂也無　瘤力求切瘻也　肪甫良切肥脂也　痰徒含切病液也　翍普皮切與披同　圊溷圊七情切溷胡困切圊溷廁也　洿汪胡切濁水不流也　積資四切聚也　箒之九切篲也　斵竹角

切削也
筧古典切以竹通水也
詡而振切與認同
儁祖峻切與俊同
悍侯旰切性勇急也
瞕瞱瞕于鬼切瞱域輒切瞕瞱光盛貌
捶之累切擊也
皺補過切揭也
埤垷埤匹詣切垷五計切埤垷城上女墻也
瞬舒問切目動也
勞徠勞郎到切徠洛代切答其勤曰勞撫其至曰徠